마션

THE MARTIAN

마션

앤디 위어 | 박아람 옮김

THE
MARTIAN

RHK
RH Korea

나를 '피클'이라고 부르시는 어머니

그리고 나를 '인마'라고 부르시는 아버지에게

이 책을 바칩니다.

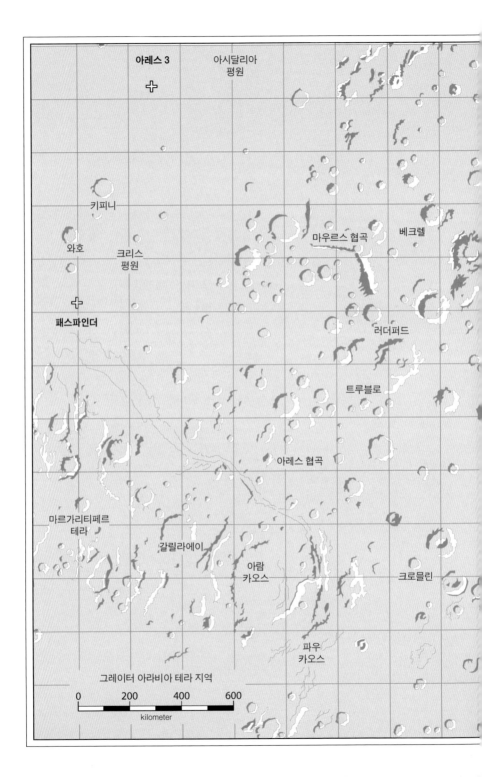

아레스 3

아시달리아
평원

키피니

와호

크리스
평원

마우르스 협곡

베크렐

러더퍼드

패스파인더

트루블로

아레스 협곡

마르가리티페르
테라

갈릴라에이

아람
카오스

크로믈린

파우
카오스

그레이터 아라비아 테라 지역

0   200   400   600

kilometer

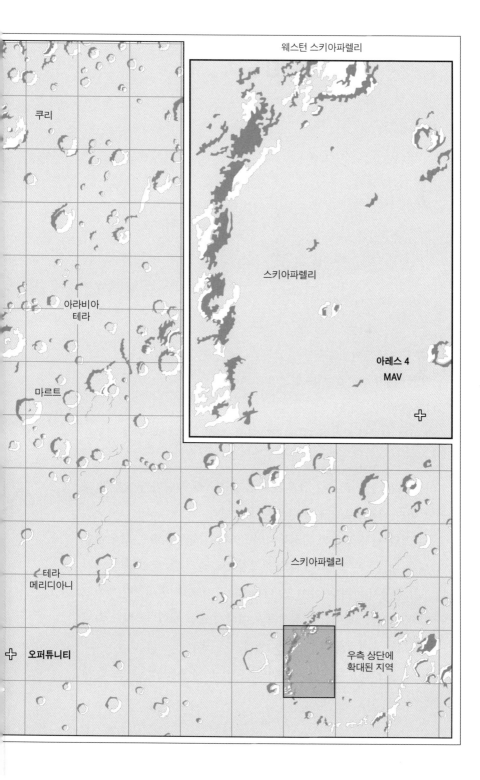

01

―――――――――――――

∅ 일지 기록 : 6화성일째

아무래도 좆됐다.

그것이 내가 심사숙고 끝에 내린 결론이다.

나는 좆됐다.

내 인생 최고의 시간이 될 줄 알았던 한 달이 겨우 엿새 만에 악몽으로 바뀌어 버렸다.

이 기록을 누가 읽기나 할지 모르겠다. 결국엔 누군가가 발견할 것이다. 아마 지금으로부터 백 년쯤 후에 말이다.

공식적인 기록을 위해 밝혀두자면… 나는 6화성일째에 죽지 않았다. 다른 대원들은 분명히 내가 6화성일째에 죽은 줄 알고 있다. 하지만 그들 잘못이 아니다. 아마 조만간 나의 국장(國葬)이 치러질 것이고 위키피디아에서 내 이름을 검색하면 이렇게 나올 것이다. '마크 와트니는 화성에서 사망한 유일한 인간이다.'

그리고 십중팔구 그것이 현실이 될 것이다. 나는 이곳에서 죽을 게 확실하니까. 다만, 모두가 알고 있는 것처럼 6화성일째에 죽지 않았을 뿐이다.

가만… 어디서부터 시작해야 할까?

아레스 프로그램? 세계 최초로 인간을 다른 행성에 보내어 인류의 한계를 확장하네 어쩌네 하는 목적을 가진 인류의 화성 진출 프로그램이다. 아레스 1 탐사대의 대원들은 임무를 수행하고 영웅이 되어 귀환했다. 그들은 가두 행진을 하고 명예와 전 세계 사람들의 사랑을 얻었다.

아레스 2 탐사대 역시 화성의 다른 지역에서 같은 임무를 수행했다. 그들은 고국에 돌아가 진심 어린 악수와 따뜻한 커피를 대접받았다.

아레스 3 탐사대. 그것이 나의 팀이다. 뭐 딱히 '나의' 팀이라고 말할 수는 없다. 우리 팀의 책임자는 루이스 대장이니까. 나는 일개 대원이었을 뿐이다. 솔직히 말하면 대원들 가운데서도 가장 꽁무니 서열이었다. 나 혼자 남아야만 우리 팀의 '대장'이 될 수 있는 그런 입장이었단 말이다.

그런데 이제는 내가 대장이다.

우리 탐사대 대원들이 늙어 죽기 전에 이 일지가 발견될 수 있을지는 모르겠다. 그들이 모두 무사히 지구로 돌아갔을 거라 가정하고 몇 마디 남기겠다. 아레스 3 탐사대 여러분, 혹시 이 글을 읽게 된다면 이 일은 여러분의 잘못이 아니었다는 점을 명심하십시오. 여러분은 해야 할 일을 한 것뿐입니다. 내가 그 입장이었더라도 똑같이 했을 겁니다. 나는 여러분을 원망하지 않으며, 여러분이 살아서 정말 기쁩니다.

비전문가들이 이 글을 읽게 될 수도 있으니 화성 탐사 임무에 대해 설명할 필요가 있을 것 같다. 우리는 정상적인 방법으로, 즉 보통 우주선을 타고 지구궤도에 있는 헤르메스 호까지 갔다. 모든 아레스 탐사대는 화성에 갈 때와 화성에서 돌아올 때 헤르메스를 이용한다. 헤르메스는 아주 크고 값비싼 우주선이므로 미 항공우주국, 즉 나사(NASA)는 딱 한 대만 건조했다.

우리가 헤르메스에 도착해 우주여행을 준비하는 동안 추가로 네 번의 무인 보급 계획을 통해 연료 및 식량 보급이 이뤄졌다. 모든 준비가 끝나자 우리는 화성을 향해 출발했다. 하지만 처음부터 속도가 아주 빠르진 않았다. 무거운 화학연료를 연소시키고 화성 천이(遷移) 궤도를 계산하던 시대는 지났다.

헤르메스는 이온엔진으로 움직인다. 이온엔진들이 우주선 뒤쪽으로 아르곤을 정말 빠르게 내뿜으면 아주 미미한 가속도를 얻을 수 있다. 중요한 것은, 이온엔진은 반응물을 많이 필요로 하지 않기 때문에 소량의 아르곤으로 (그리고 각종 장비의 동력원이 되는 원자로 하나로) 끝까지 지속적으로 가속도를 얻게 해준다는 점이다. 그 미미한 가속이 장시간에 걸쳐 계속되면 놀랄 만큼 속도가 빨라진다.

우리가 얼마나 재미있게 여행을 했는가 하는 이야기로 분위기를 띄울 수도 있지만 그러고 싶지 않다. 지금은 그런 이야기를 들려줄 기분이 아니다. 124일 동안 서로 목 졸라 죽이는 일 없이 무사히 화성에 도착했다고만 해두겠다.

거기서 우리는 MDV, 즉 화성하강선(Mars Descent Vehicle)을 타고 화성 표면으로 내려갔다. 기본적으로 MDV는 가벼운 추진기와 낙하산들이 탑재된 커다란 깡통이다. 역할은 오직 하나, 여섯 명의 인간들이 단 한 사람도 죽지 않고 화성 궤도에서 화성 표면까지 내려가게 하는 것이다.

이제 화성 탐사 임무의 진짜 비결을 밝히겠다. 바로 우리의 모든 물품을 사전에 구비해 놓았기에 가능한 일이었다.

총 열네 번의 무인 보급 계획을 통해 화성 탐사 활동에 필요한 모든 물자가 이미 쟁여져 있었다. 나사 사람들은 보급품을 대체로 한 구역에 착륙시키려고 최선을 다했고 실제로 그 부분에서 꽤 성공한 편이었다. 보급품은 인간처럼 다치기 쉬운 존재가 아니니까 땅에 아주 세게 충돌해도 괜찮다. 단, 사방팔방으로 튕겨 나가기 쉽다.

당연히 나사는 모든 보급품이 화성 표면에 온전하게 도달했으며 각 컨테이너들이 파열되지 않았다는 사실을 확인하기 전까지는 우리를 화성에 보내지 않았다. 화성 탐사 임무는 보급 작전을 포함해 처음부터 끝까지 대략 3년 정도 소요된다. 사실 아레스 2 탐사대가 지구로 귀환하고 있을 때 이미 아레스 3 탐사대의 보급품을 화성으로 보내기 시작했다.

사전 보급품 가운데 가장 중요한 것은 단연 MAV이다. MAV, 즉 화성상승선(Mars Ascent Vehicle) 말이다. 그것은 우리가 화성 탐사 임무를 완수한 후 헤르메스로 돌아갈 때 사용할 이동수단이었다. MAV는 (기구를 달고 사방으로 튕겨 나간 다른 보급품과는 반대로) 연착륙했다. 또한 MAV는 휴스턴과 끊임없이 교신을 했다. 만약 MAV에 조금이라도 문제가 있었다면 우리는 착륙하지 않고 화성을 지나쳐 다시 지구로 돌아갔을 것이다.

MAV는 꽤 멋진 녀석이다. 사실 화성에 가져온 수소는 화성 대기와 일련의 깔끔한 화학반응을 일으켜 1킬로그램당 13킬로그램의 연료를 만들어낸다. 그러나 그 속도가 그리 빠르지 않다. 탱크를 가득 채우기까지 24개월이 걸린다. 그래서 나사는 우리가 도착하기 훨씬 전에 MAV를 보내놓았던 것이다.

이제 MAV가 사라졌다는 사실을 알았을 때 내가 얼마나 망연자실했는지 충분히 상상할 수 있을 것이다.

나는 일련의 기막힌 사건들로 인해 죽을 뻔했다가 그보다 훨씬 더 기막힌 사건들로 인해 살아났다.

화성 탐사대는 최대 시속 150킬로미터의 모래 폭풍에 대비한다. 따라서 시속 175킬로미터의 모래 폭풍이 우리를 습격하자 휴스턴에서는 몹시 불안해했다. 우리는 거주용 막사의 공기가 다 빠져나갈 경우에 대비해 모두 비행용 우주복을 입고 막사 한가운데에 웅크리고 있었다. 그러나 진짜 문제는 막사가 아니었다.

MAV는 일종의 우주선이라 민감한 부품들이 많다. 어느 정도의 폭풍은 견딜 수 있지만 모래바람을 한없이 맞게 해선 안 된다. 모래 폭풍이 1시간 30분 동안 계속되자 나사에서 임무 중단 명령이 내려왔다. 한 달짜리 임무를 겨우 6일 만에 포기하는 것은 아무도 원치 않았지만 MAV에 그 이상의 시련이 가해지면 우리는 모두 그곳에서 오도 가도 못하는 신세가 될 게 분명했다.

우리는 거주용 막사에서 나와 모래 폭풍을 뚫고 MAV까지 가야 했다. 그것도 위험한 일이었지만 다른 방법이 없었다.

모두가 성공했다. 나만 빼고.

거주용 막사에서 헤르메스로 신호를 전달하는 우리의 주 통신 접시 안테나가 지지대에서 떨어져 나와 광풍에 실려가면서 낙하산으로 돌변했다. 그리고 그 과정에서 수신 안테나 배열을 치고 지나갔다. 그리하여 길고 가느다란 막대형 안테나 하나가 내게 거꾸로 꽂혔다. 그것은 마치 총알이 버터를 관통하듯 내 우주복을 뚫었고 뒤이어 나의 옆구리까지 찢어놓으면서 내 평생 최악의 통증을 안겨주었다. 배에 강력한 펀치를 맞은 것처럼 횡격막에 경련이 일고(진짜 강펀치를 맞은 셈이다) 우주복의 압력이 빠져 귀가 찢어질 듯했던 기억이 어렴풋이 난다.

내가 마지막으로 본 것은 속수무책으로 나를 향해 손을 뻗고 있던 조한슨의 모습이었다.

그 후 나는 내 우주복에서 울려대는 산소 경보를 듣고 깨어났다. 끊임없이 삑삑 울려대는 그 불쾌한 소리가 결국, 이대로 죽어버렸으면 좋겠다는 간절하고도 깊은 갈망으로부터 나를 흔들어 깨웠다.

모래 폭풍은 사라졌다. 나는 모래에 거의 완전히 파묻힌 채 엎어져 있었다. 어렴풋이 의식이 돌아오면서 왜 내가 죽지 않았을까 하는 의문이 들었다.

안테나는 우주복과 내 옆구리를 뚫고 들어오다 골반 때문에 더 나아가지 못했다. 그러니까 우주복에는 구멍이 하나만 뚫려 있었다(물론 내 몸에도 구멍이 하나 뚫렸다).

나는 꽤 멀리 날아갔다가 가파른 언덕에서 굴러떨어졌다. 그러다 엎어진 채로 착지하면서 안테나가 완전히 사선으로 각도를 틀어 우주복의 구멍을 크게 비틀어 놓았다. 덕분에 공기 유출이 줄었다.

그러고 나서는 내 상처에서 흘러나온 방대한 피가 그 구멍으로 흘러갔다. 우주복의 구멍 부분에 도달한 피는 밖으로 새어나가는 공기의 흐름과 외부의 낮은 기압으로 인해 순식간에 수분을 빼앗기고 끈적거리는 찌꺼기만 남았다. 피는 계속 흘렀지만 역시 계속 찐득찐득한 찌꺼기만 쌓여갔다. 결국 그 찌꺼기가 구멍 주위의 틈을 막으면서 공기 유출량은 우주복이 감당할 수 있는 수준까지 떨어졌다.

우주복은 기막히게 제 역할을 해냈다. 압력이 줄고 있다는 것을 감지하고 지속적으로 내 질소 탱크에서 공기를 빼내 압력을 채운 것이다. 공기 유출이 통제 가능한 수준으로 줄고 나자, 이제 우주복은 새로운 공기를 천천히 유입시켜 빠져나간 공기를 메우기만 하면 되었다.

얼마 후 우주복의 이산화탄소(CO_2) 흡수 기능이 한계에 도달했다. 실제로 생명 유지를 좌우하는 것은 이산화탄소 흡수 기능이다. 산소를 얼마나 가져가느냐가 아니라 이산화탄소를 얼마나 제거할 수 있느냐가 생명 유지의 관건이라는 얘기다. 거주용 막사 안에는 산소 발생기가 있다. 이산화탄소를 분해하여 산소를 되돌려주는 커다란 장비이다. 그러나 그것은 휴대가 불가능하므로 우주복은 1회용 필터로 화학적 흡수를 하는 단순 프로세스를 이용한다. 내가 너무 오래 잠들어 있었던 탓에 나의 필터들은 더 이상 사용할 수 없는 상태가 되었다.

우주복은 문제를 감지하고 공학자들이 '사혈'이라고 부르는 비상 모드에 돌입했다. 이산화탄소를 분리 배출할 방법이 없어지자 아예 공기를 화성 대기로 배출시키고 그 자리를 질소로 메우기 시작한 것이다. 이미 구멍이 난 데다 사혈까지 이뤄지자 순식간에 질소가 바닥났다. 남은 거라고는 나의 산소 탱크뿐이었다.

그리하여 우주복은 나를 살리기 위해 남아 있는 유일한 방법을 택했다. 순산소로 공기를 메우기 시작한 것이다. 이제 나는 산소 중독으로 죽을 판이었다. 과도한 양의 산소가 나의 신경계와 폐와 눈을 태워버리는 상태 말이다. 공기가 새는 우주복을 입고 산소 과다로 죽다니 얼마나 아이러니한 일인가.

그 순간에 이르기까지 매 단계 삑삑거리는 경보음과 함께 경고 메시지가 울렸을 것이다. 그러나 결국 나를 깨운 것은 산소 과다 경보였다.

우주 탐사 임무에 참여하는 사람들은 엄청난 양의 훈련을 받는다. 지구에서 나는 우주복과 관련된 비상 훈련만 꼬박 일주일을 받았다. 따라서 방법은 잘 알고 있었다.

나는 조심조심 헬멧 측면으로 손을 뻗어 땜 장비를 꺼냈다. 기본적으로 이 장비는 좁다란 한쪽 끝에 밸브가 달려 있고 넓은 반대편 끝에는 초강력 수지가 들어 있는 깔때기이다. 밸브를 열고 파열 부위에 넓은 부분을 갖다 대기만 하면 된다. 공기는 밸브를 통해 빠져나가기 때문에 밀폐에 방해가 되지 않는다. 그런 다음 밸브를 잠그면 파열 부분이 빈틈없이 메워진다.

더 큰 문제는 안테나를 제거하는 일이었다. 나는 단번에 안테나를 잡아 빼려다가 움찔했다. 압력이 갑자기 줄면서 현기증이 나고 옆구리의 상처가 고통으로 아우성쳤다.

나는 땜 장비를 우주복 파열 부위에 대고 땜질을 했다. 구멍은 단단히 봉해졌다. 그사이에 빠져나간 공기는 또다시 산소로 메워졌다. 팔에 장착된 판독기를 확인해 보니 우주복의 산소 농도가 85퍼센트였다. 참고로 지구의 대기는 산소가 약 21퍼센트이다. 뭐, 괜찮을 것 같았다. 그 상태로 너무 오래 지체하지만 않는다면 말이다.

나는 비트적비트적 다시 언덕을 올라 거주용 막사로 향했다. 정상에 오르자 몹시 기쁜 광경과 몹시 우울한 광경이 한눈에 들어왔다. 거주용 막사는 멀쩡했고(만세!) MAV는 사라졌다(우우!).

그 순간 나는 이제 망했다는 것을 깨달았다. 하지만 그냥 그렇게 화성 표면에서 죽고 싶진 않았다. 절뚝거리며 거주용 막사로 돌아가 에어로크 안으로 몸을 집어넣었다. 에어로크의 기압이 오르자 헬멧을 벗었다.

막사 안으로 들어간 나는 우주복을 벗고 처음으로 상처 부위를 제대로 들여다보았다. 꿰매야 했다. 다행히 우리 대원들은 모두 기본적인 응급처치 훈련을 받았고, 막사 안에는 끝내주는 구급 물품이 갖춰져 있었다. 단번에 국소마취 주사를 놓고 상처 부위를 세척한 다음 아홉 바늘을 꿰매자 모든 치료가 끝났다. 2주간 항생제를 먹어야 하겠지만 그러고 나면 말끔히 나을 것이다.

나는 소용없다는 것을 알면서도 혹시나 싶어 통신 장치를 켜보았다. 당연히 신호가 없었다. 아까 말했듯이 주 위성 안테나가 떨어져 나갔다. 그리고 그게 날아가면서 수신 안테나도 낚아채 갔다. 막사에는 제2, 제3의 비상 통신시스템이 있었지만 둘 다 MAV하고만 연결되는 것이었다. MAV로 신호를 전달하면 MAV가 훨씬 더 강력한 통신시스템을 이용해 헤르메스로 전송해 주는 방식을 사용하고 있었기 때문이다. 그러니까 MAV가 없으면 모든 게 무용지물이다.

나는 헤르메스와 교신할 방법이 전혀 없었다. 늦기 전에 밖에서 접시안테나를 찾을 수도 있었지만 어떻게든 수리하려면 몇 주가 걸릴 테고 그러면 때를 놓쳐버릴 게 분명했다. 임무를 포기한 이상 헤르메스는 24시간 이상 궤도에 머물 이유가 없었다. 궤도 역학상 서두를수록 더 짧고 안전한 여행을 할 수 있는데 왜 시간을 지체하겠는가?

내 우주복을 살펴보니 안테나가 나의 생체신호 감지 컴퓨터를 뚫고 지나갔다. 선외활동을 할 때 모든 대원들은 서로의 상태를 확인할 수 있도록 우주복을 네트워크로 연결해놓는다. 동료들은 내 우주복이

0에 가까이 감압된 후에 곧바로 나의 생체신호가 일자로 바뀌는 광경을 목격했을 것이다. 게다가 모래 폭풍이 한창일 때 내가 몸에 창을 꽂고 언덕에서 굴러떨어지는 것까지 보았다면…. 그렇다. 그들은 내가 죽은 줄 알 것이다. 어떻게 아니라고 생각하겠는가?

어쩌면 내 시체를 수거하는 문제에 대해 잠시 상의했을지도 모른다. 하지만 그에 관해서는 분명한 규정이 존재한다. 화성에서 죽은 대원은 화성에 두고 올 것. 시체를 두고 오면 돌아갈 때 MAV의 무게가 줄어든다. 그러면 연료 효율이 높아지고 귀환 추진의 오차 허용 범위도 커진다. 감상에 젖어 그런 이점을 포기하는 것은 아무런 도움이 되지 않는다.

대강의 상황은 이러하다. 나는 화성에서 오도 가도 못하는 신세가 되었다. 헤르메스나 지구와 교신할 방법도 없다. 모두들 내가 죽은 줄 알고 있다. 내가 있는 이 거주용 막사는 31일간의 탐사 활동을 위해 설계된 것이다.

산소 발생기가 고장 나면 질식사할 것이다. 물 환원기가 고장 나면 갈증으로 죽을 것이다. 이 막사가 파열되면 그냥 터져버릴 것이다. 이런 일들이 일어나지 않는다 해도 결국 식량이 떨어져 굶어 죽을 것이다.

그러니까 그렇다. 나는 망했다.

02

숙면을 취하고 나자 상황이 어제만큼 절망적으로 느껴지진 않는다.

오늘 나는 보급품 재고 조사를 하고 잠깐의 선외활동을 통해 외부 장비를 점검했다. 나의 상황은 다음과 같다.

화성 표면 탐사 기간은 31일로 예정되어 있었다. 그러나 보급선들은 넉넉잡아 전 대원이 56일 동안 먹을 수 있는 식량을 가져다 놓았다. 보급선 한두 대에 문제가 생겨도 식량 때문에 임무가 중단되는 것을 막기 위해서이다.

그러나 겨우 6일 만에 임무가 중단되었으므로 여섯 사람이 50일 동안 버틸 수 있는 식량이 남았다. 나 혼자 먹으면 300일을 버틸 수 있다는 뜻이다. 그것도 식사량을 제한하지 않고 온전히 1인분씩을 먹을 때 얘기다. 그러니 남은 식량으로 버틸 수 있는 기간은 그리 짧은 편이 아니다.

선외우주복도 넉넉히 있다. 우리 대원들은 한 사람당 두 벌의 우주복을 받았다. 하강할 때와 상승할 때 입는 비행용 우주복 한 벌과 표면 탐사를 할 때 입는 선외우주복 한 벌. 선외우주복은 비행용 우주복보다 훨씬 더 부피가 크고 튼튼하다. 내 비행용 우주복은 구멍이 났고, 나머지 다섯 명의 비행용 우주복은 당연히 그들이 헤르메스로 돌아갈 때 입고 갔다. 그러나 선외우주복 여섯 벌은 이곳에 남았고 상태도 아주 멀쩡하다.

거주용 막사는 이번 폭풍에도 끄떡없이 버텼다. 하지만 막사 밖의 상황은 장밋빛이라고 할 수 없다. 위성 접시안테나도 보이지 않는다. 수 킬로미터쯤 날아간 모양이다.

물론 MAV는 사라졌다. 나의 동료들이 헤르메스로 갈 때 타고 갔으니까. 하지만 하단부(착륙단)는 이곳에 남아 있다. 무게를 최대한 줄여야 하기 때문에 착륙단을 다시 가져갈 이유가 없었던 것이다. 그 안에는 착륙 장치와 연료 설비 그 밖에 나사에서 궤도로 돌아가는 데 필요하지 않다고 판단한 것들이 전부 포함되어 있다.

MDV는 옆으로 쓰러져 있고 선체 외곽에 균열이 생겼다. 폭풍 때문에 비상용 낙하산의 덮개가 떨어져 나간 모양이다(우리가 착륙할 때는 이 비상용 낙하산을 사용할 필요가 없었다). 노출된 낙하산이 펼쳐져 MDV 선체가 사방팔방 끌려다니면서 주변 암석들에 부딪혔다. 사실 MDV가 나한테 크게 쓸모 있을 것 같지는 않다. MDV의 추진 장치들은 그 자신도 들어 올리지 못한다. 하지만 그 부품들은 꽤 값비쌌을 것이다. 어쩌면 아직도 그 값어치를 할 수 있을지 모른다.

화성 표면 탐사 차량인 두 대의 로버는 모래에 반쯤 묻혀 있지만 역시 멀쩡하다. 압력 밀폐도 온전하게 유지되었다. 어찌 보면 당연한 일이다. 로버 운용 규정상 폭풍 시에는 로버 구동을 멈추고 폭풍이 지나가길 기다려야 한다. 따라서 로버는 그러한 시련을 견디도록 설계되었다. 하루 정도 힘을 쓰면 두 대 모두 다시 파낼 수 있다.

거주용 막사에서 사방으로 1킬로미터 거리에 있는 기상관측소들과는 통신이 두절되었다. 아마 멀쩡하게 돌아가고 있을 것이다. 지금 막사의 통신 장치 신호가 너무 약해져서 1킬로미터에도 미치지 못하는 것뿐이다.

태양 전지들은 모래를 뒤집어쓴 채 아무 일도 하지 않고 있었다(힌트: 태양 전지는 태양광이 있어야만 전기를 만든다). 그러나 내가 모래를 쓸어주자 완벽하게 제 기능을 회복했다. 앞으로 무엇을 하든 전력은 충분할 것이다. 태양 전지는 다 합쳐서 200평방미터에 달하며 여분의 전기를 비축할 수 있는 수소연료전지도 있다. 그저 며칠에 한 번씩 태양 전지의 모래를 쓸어주기만 하면 된다.

안에 있는 장비들은 거주용 막사의 튼튼한 설계 덕분에 상태가 아주 좋은 편이다.

나는 산소 발생기에 대해 전체 진단을 실행했다. 그것도 두 번이나. 아무 이상 없다. 산소 발생기에 문제가 생기더라도 한동안은 버틸 수 있는 대체 장비도 있다. 그러나 그것은 산소 발생기를 수리하는 동안 임시로 사용하는 비상용 장비이다. 이 대체 장비는 이산화탄소를 분해하여 산소를 되돌려주지 못한다. 그저 우주복과 똑같이 이산화탄소를 흡수하는 역할만 한다. 필터들이 포화 상태가 될 때까지 최대 5일 동안 사용할 수 있으므로 내겐 30일 치의 여분이 있는 셈이다(여섯 명이 아니라 혼자 숨 쉬는 것이므로). 그러니까 그것도 어느 정도 여유는 있다.

물 환원기도 잘 돌아간다. 안타깝게도 물 환원기는 대체 장비가 없다. 물 환원기가 작동을 멈추면 비상용 물을 마시면서 원시적인 증류 장치를 만들어 소변을 끓여야 한다. 게다가 내가 숨을 쉬면서 하루에 0.5리터씩 물을 뱉어낼 테니 결국 막사 안의 습도가 최대한도에 달해 온갖 표면마다 물방울이 맺히기 시작할 것이다. 그러면 벽을 핥으면 된다. 만세! 어쨌든 지금은 물 환원기도 문제없이 돌아가고 있다.

이 정도다. 식량, 물, 거주지 모두 문제없다. 지금 이 순간부터 식사량을 제한할 것이다. 한 끼분의 식량 팩은 이미 최소량으로 이뤄져 있지만 4분의 3만 먹어도 괜찮을 것이다. 그러면 300일분의 식량으로 400일까지 버틸 수 있다. 나는 의무실을 뒤지다가 커다란 비타민 병을 발견했다. 종합비타민은 몇 년 정도 버틸 만큼 충분히 있다. 그러니 영양도 문제없다(비타민을 아무리 많이 먹어도 결국 식량이 떨어지면 아사할 것이다).

의무실에는 비상용 모르핀도 있다. 그것도 치사량이 될 만큼 충분하다. 분명히 말하지만 나는 천천히 굶어 죽는 짓은 하지 않을 것이다. 그 시점에 이르면 좀 더 쉽게 가는 길을 택할 것이다.

우리 대원들은 각자 전문 분야가 두 개씩 있었다. 나는 식물학자 겸 기계공학자이다. 기본적으로 식물을 갖고 노는 전담 수리공인 셈이다. 기계공학 지식은 무언가가 고장 났을 때 내 목숨을 구해줄 수 있을지도 모른다.

나는 어떻게 하면 살아남을지 계속 궁리하고 있다. 희망이 전혀 없는 것은 아니다. 약 4년 후에 아레스 4 탐사대가 도착하면 다시 화성에 인간들이 존재하게 된다(나의 '죽음'으로 인해 아레스 프로그램 자체가 취소되지 않는다면 말이다).

아레스 4 탐사대는 현재 내가 있는 아시달리아 평원에서 약 3,200킬로미터 떨어진 스키아파렐리 분화구에 착륙할 것이다.

나 혼자 힘으로 그곳까지 가는 것은 불가능하다. 하지만 통신만 되면 구조될 수 있을지도 모른다. 아레스 4 대원들이 수중에 있는 자원으로 어떻게 나를 구조해 낼지는 모르지만 나사에는 똑똑한 사람들이 많다.

그러니까 지금 나의 임무는 이러하다. 지구와 교신할 길을 찾을 것. 그럴 수 없다면 4년 뒤 헤르메스가 아레스 4 대원들을 태우고 다시 왔을 때 그들과 교신할 방법을 찾을 것.

물론 1년 치 식량으로 어떻게 4년을 버틸지는 아직 모른다. 하지만 하나씩 해결하자. 지금 나는 배를 채웠고 확실한 목적을 갖고 있다. 빌어먹을 통신 장치를 고치는 것 말이다.

Ø 일지 기록 : 10화성일째

선외활동을 세 번이나 했는데 접시안테나는 그림자도 찾지 못했다.

모래 속에 파묻힌 로버 한 대를 파내어 주위를 제법 둘러보았지만, 며칠 동안 돌아다닌 끝에 그만 포기해야 한다는 결론을 내렸다. 폭풍은 안테나를 꽤 멀리 날려버린 뒤 그것이 지나간 자국이나 홈까지 전부 지워버린 모양이다. 안테나 자체도 모래 속에 묻혔을 것이다.

오늘 나는 거의 온종일 밖에서 통신 장비를 붙잡고 낑낑거렸다. 애처롭기 그지없는 광경이었다. 그 빌어먹을 물건이 도움 되길 바라느니 차라리 지구 쪽을 향해 목이 터져라 외쳐대는 편이 나을 것 같다.

금속으로 대충 접시 비슷하게 만들어 안테나 지지대에 붙여볼 수도 있었지만 이건 지구에서 쓰는 무선 송수신기와는 차원이 다르다. 화성과 지구 사이의 교신은 보통 일이 아니기에 아주 특수한 장비가 필요하다. 은박지와 껌 따위로 급조할 수 있는 게 아니란 말이다.

식량과 마찬가지로 선외활동도 제한해야 한다. 이산화탄소 필터는 재사용이 불가능하다. 한 번 포화되면 그걸로 끝이다. 이번 탐사 임무에서 애초에 고려한 선외활동 시간은 대원 한 명당 하루에 네 시간꼴이었다. 다행히 이산화탄소 필터는 크기가 작고 무게도 가벼워서 나사에서 꽤 여유 있게 챙겨 넣었다. 다 합치면 총 1,500시간의 선외활동을 할 수 있는 양이다. 다 쓰고 나면 공기 '사혈'을 견디면서 선외활동을 해야 한다.

1,500시간은 꽤 긴 시간처럼 느껴지지만 이곳에서 내가 한 가닥 구조의 희망이라도 잡으려면 적어도 4년을 버텨야 하고 적어도 일주일에 몇 시간씩은 밖에 나가 태양 전지들을 쓸어줘야 한다. 여하튼 쓸데없는 선외활동은 금물이다.

한편, 식량과 관련해 좋은 생각이 떠오르기 시작했다. 어쩌면 결국 나의 식물학적 지식이 쓸모 있을 것 같기도 하다.

식물학자를 화성에 데려온 이유가 무엇일까? 어쨌든 화성은 아무것도 자라지 않기로 유명한데 말이다. 뭐 명시적으로는 화성 중력에서 식물이 얼마나 잘 자라는지 알아보고, 실질적인 목적은 화성 토양을 어디에 써먹을 수 있는지도 알아보기 위해서이다. 간단하게 답하면 여러 가지에 써먹을 수 있다···. 잘만 하면. 화성 토양은 식물의 성장에 필요한 기본적인 요소들을 갖추고 있다. 그러나 지구의 토양에는 화성 토양에 없는 것들이 많이 있다. 화성 토양은 지구 대기권으로 가져가 물을 듬뿍 주어도 지구 토양에 있는 성분들을 가질 수 없다. 이를테면, 박테리아의 활동 그리고 동물의 생태가 제공하는 특정한 영양분 등이 그렇다. 화성에서는 그런 것들이 이뤄지지 않는다. 이번 임무에서 내가 맡은 역할 중 하나는 지구와 화성의 토양 및 대기를 다양한 방식으로 조합해 각각의 환경에서 식물이 어떻게 성장하는지를 알아보는 것이다.

그래서 나는 약간의 지구 토양과 식물 종자들을 가져왔다.

그렇다고 마냥 기뻐할 일은 아니다. 내가 가져온 토양은 기껏해야 창가 화단 하나를 채울 수 있는 정도이고 종자도 두세 종의 잔디와 이끼가 전부다. 잔디와 이끼는 지구에서도 가장 튼튼하고 쉽게 재배할 수 있는 식물이라 나사는 그 두 가지를 실험대상으로 택했다.

그러니까 내겐 두 가지 문제가 있다. 흙이 충분하지 않다는 것 그리고 그 흙으로 식용작물을 재배할 수 없다는 것.

젠장 나는 식물학자란 말이다. 그러니까 식용작물을 재배할 방법을 찾아내야 한다. 그러지 않으면 1년 후에 나는 정말 배고픈 식물학자가 될 것이다.

Ø 일지 기록 : 11화성일째

시카고 컵스는 잘하고 있으려나? 궁금하다.

　나는 시카고 대학교에서 학부를 졸업했다. 그 학교 식물학과 학생들의 절반은 자신이 모종의 자연계 시스템으로 회귀할 수 있다고 믿는 히피들이었다. 그저 원시적인 농사만으로도 70억 명의 사람들을 먹여 살릴 수 있다고 생각하는 그런 부류 말이다. 그들은 어떻게 하면 마리화나를 더 잘 키울 수 있을까 궁리하는 데 대부분의 시간을 허비했다. 나는 그런 부류를 싫어했다. 내가 식물학과에 들어간 것은 학문을 공부하기 위해서였지, 새로운 세계 질서 따위를 구축하기 위해서가 아니었다.

　그들이 퇴비를 만들고 생체에서 나오는 물질을 전부 재활용하려고 애쓰는 모습을 보면서 나는 비웃었다. "멍청한 히피들! 자기 집 뒷마당에서 복잡한 지구 생태계를 시뮬레이션하는 꼴이라니, 불쌍해서 못 봐주겠군."

　그렇다. 지금 내가 하는 일이 바로 그거다. 나는 생체에서 나오는 물질을 하나도 버리지 않고 전부 모으고 있다. 식사를 끝내면 남은 찌꺼기를 모조리 퇴비 통에 넣는다. 여타의 생물학적 물질들은… 거주용 막사의 변기들은 정교한 시스템을 갖추고 있어서 누군가가 똥을 누면 그것을 진공 건조하여 봉지에 넣고 밀봉해서 화성 표면에 버려주는 시스템이다.

　이제 그 방식을 사용할 수 없다!

　심지어 나는 밖으로 나가 대원들이 떠나기 전에 버린 똥 봉지들을 도로 가져오기까지 했다. 이미 완전 건조되어 박테리아는 없지만 복합 단백질이 있어 유용한 거름이 될 수 있다. 거기에 물과 활성 박테리아를 더하면 순식간에 그 박테리아가 증식하여 '최후 심판의 변기'가 죽인 박테리아들을 대체할 수 있다.

나는 커다란 용기를 찾아 그 안에 물을 조금 붓고 건조된 똥을 넣었다. 그런 다음 거기에 내 똥을 첨가했다. 냄새가 지독할수록 잘 되고 있다는 뜻이다. 박테리아가 제 할 일을 하고 있는 셈이니까!

이제 화성 토양을 이 안에 들여와서 똥과 섞어 넓게 펴주면 된다. 그런 다음 그 위에 지구 토양을 뿌려주는 것이다. 이것은 그리 중요한 일이 아닌 듯 보이겠지만 사실은 아주 중요한 단계이다. 지구 토양에는 수십 종의 박테리아가 살고 있고, 그들은 식물의 성장에 결정적인 역할을 한다. 그 박테리아들이 넓게 퍼져서 번식할 것이다. 이를테면, 세균 감염이 되는 셈이다.

수 세기 동안 사람들은 인간의 배설물을 비료로 사용해왔다. 심지어 '뒷거름'이라는 유쾌한 이름까지 붙여놓았다. 원래 그것은 농작물 재배 방식으로 그리 이상적이라고 할 수 없다. 분뇨는 병을 퍼뜨리기 때문이다. 인간의 배설물에는 병원체가 들어 있어 짐작컨대 인간은 그 병원체에 감염된다. 하지만 나한테는 문제가 되지 않는다. 이 배설물에 병원체가 들어 있다면 내가 이미 갖고 있는 병원체일 테니까.

일주일 후면 박테리아에 감염된 화성 토양은 식물이 싹을 틔울 수 있는 상태가 된다. 하지만 당장 씨를 뿌리지는 않을 것이다. 밖에서 죽어 있는 토양을 더 퍼 와서 그 위에 다시 살아 있는 토양을 뿌릴 것이다. 그러면 살아 있는 토양이 새 토양을 '감염'시켜 처음의 두 배에 달하는 토양이 생긴다. 또 일주일이 지나면 그 토양이 다시 두 배로 불어난다. 그러한 과정을 몇 번 반복할 생각이다. 물론 그러는 내내 새로운 천연비료도 계속 더해줄 것이다.

나의 항문은 나의 두뇌 못지않게 나의 생존을 돕고 있다.

이것은 내가 처음으로 생각해 낸 개념이 아니다. 사람들은 수십 년 동안 화성의 흙으로 농작물 재배에 적합한 토양을 만드는 법을 고심해 왔다. 나는 그저 최초로 그것을 시험해 보는 것뿐이다.

나는 식량을 뒤져 심을 수 있는 것은 죄다 찾아냈다. 예를 들면 완두콩. 강낭콩도 많다. 감자도 몇 알 찾았다. 그중 어느 것 하나라도 시련을 견디고 싹을 틔울 수 있다면 대단한 성과가 될 것이다. 비타민은 거의 무한대로 있으니 이제 살아남기 위해 필요한 것은 칼로리이다. 어떤 종류든 상관없다.

거주용 막사의 총면적은 대략 92평방미터이다. 이 공간을 전부 농작물 재배에 할애할 계획이다. 발에 흙이 묻는 것쯤은 상관없다. 엄청난 노동이 필요하겠지만 어쨌든 바닥 전체를 10센티미터 깊이로 덮어야 한다. 화성 토양 9.2입방미터를 막사 안으로 들여와야 한다는 얘기다. 에어로크로 한 번에 들여올 수 있는 양은 약 0.1입방미터쯤일 테고, 흙을 푸다 보면 허리가 끊어질 듯 아플 것이다. 하지만 결국 모든 것이 계획대로 돌아간다면 작물 재배가 가능한 토양 92평방미터가 생긴다.

나는 식물학자이니라! 나의 식물학적 능력을 두려워하라!

Ø 일지 기록 : 15화성일째

으악! 정말 허리가 끊어질 것 같다.

오늘은 막사 안으로 흙을 퍼 나르느라 열두 시간 동안 선외활동을 했다. 그런데도 간신히 한쪽 귀퉁이만 조금 채웠다. 약 5평방미터쯤?

이런 속도라면 필요한 흙을 전부 퍼 나르는 데 몇 주일쯤 걸릴 것이다. 하지만 어차피 나는 가진 게 시간뿐이다.

처음 몇 번의 선외활동은 다소 비효율적이었다. 작은 용기 몇 개를 채워 그것들을 갖고 에어로크를 통과해 막사 안을 들락거렸다. 그러다 꾀를 내어 에어로크에 커다란 용기 하나를 놓고 작은 용기들로 그 안을 채웠다. 에어로크를 한 번 통과하는 데엔 대략 10분이 걸리기 때문에 방법을 바꾸고 나자 속도가 훨씬 더 빨라졌다.

지금은 온몸이 쑤신다. 게다가 내가 가진 삽들은 표본 채취용이지 굴착용이 아니다. 허리가 아파서 죽을 것 같다. 약 상자를 뒤져 비코딘(진통제 상표명-옮긴이)을 찾아냈다. 10분 전에 먹었으니 곧 약효가 돌겠지.

그래도 진전이 보이니까 좋다. 이제 박테리아가 이 무기물을 처리하도록 만들어야 한다. 일단 끼니부터 해결해야겠다. 오늘은 4분의 3만 먹어서는 안 된다. 온전히 1인분을 먹을 자격이 있다.

　

　

Ø 일지 기록 : 16화성일째

　

내가 미처 생각하지 못한 문제가 있었다. 바로 물!

화성 표면에 수백만 년 동안 자리하고 있던 토양은 수분을 몽땅 빼앗겨 버린 상태이다. 내가 식물학 석사로서 장담하는데, 흙이 젖어 있어야만 식물이 자랄 수 있다. 그전에 그 안에서 박테리아가 살아야 한다는 것은 말할 필요도 없다.

다행히 물은 있다. 하지만 충분하진 않다. 생육을 위해 필요한 물의 양은 토양 1입방미터당 40리터이다. 내 계획에 필요한 토양은 총 9.2입방미터이다. 따라서 최종적으로 368리터의 물이 필요하다는 얘기다.

거주용 막사에는 훌륭한 물 환원기가 있다. 지구상에서 최고의 기술을 자랑하는 장비이다. 따라서 나사는 생각했다. "물을 많이 보낼 필요가 있나? 비상시에 필요한 정도만 보내면 되지." 인간은 하루에 3리터의 물을 섭취하면 충분하다. 나사는 한 사람당 여분의 물을 50리터씩 보냈으므로 막사 안에는 총 300리터의 물이 있다.

나는 비상용으로 50리터만 남겨놓고 나머지는 모두 양보할 의향이 있다. 그렇다면 10센티미터 깊이의 토양 62.5평방미터에 물을 줄 수 있다. 거주용 막사 총면적의 3분의 2에 해당한다. 그 정도로 어떻게든 때워야 한다. 그것이 장기적인 계획이다. 오늘 당장의 목표는 5평방미터이다.

나는 떠난 동료들의 옷과 이불 들을 둘둘 말아 화단의 한쪽 경계를 만들고 나머지 경계는 둥근 막사의 벽면을 활용했다. 최대한 5평방미터에 가깝게 만들었다. 그 안에 흙을 10센티미터 깊이로 채웠다. 그런 다음 흙의 신들에게 귀중한 물 20리터를 바쳤다.

이제 좀 더러운 일이 남았다. 나는 커다란 똥통의 내용물을 흙 위에 쏟아 붓고 냄새 때문에 속을 게울 뻔했다. 삽으로 흙과 똥을 잘 섞고 다시 고르게 폈다. 그런 다음 그 위에 지구에서 가져온 흙을 뿌렸다. 어서 일을 시작하렴, 박테리아들아. 난 너희들만 믿는다. 냄새는 한동안 사라지지 않을 것이다. 창문을 열 수 있는 것도 아니니까. 하지만 냄새에는 결국 적응이 되게 마련이다.

한편, 오늘은 추수감사절이다. 늘 그랬듯 나의 가족은 명절을 쇠기 위해 시카고에 있는 부모님 집에 모일 것이다. 내가 열흘 전에 죽었으니 즐거운 명절이 될 리 없다. 아아, 그들은 나의 장례식도 벌써 치렀을 것이다.

나의 가족이 지금 이 실상을 알게 되는 날이 과연 올까? 나는 그동안 살 궁리를 하느라 너무 정신이 없어서 부모님 생각을 미처 하지 못했다. 지금쯤 두 분은 인간이 견딜 수 있는 최악의 고통을 경험하고 계실 텐데. 내가 살아 있다는 사실을 알릴 수만 있다면 무슨 짓이든 할 수 있다.

끝까지 살아남아 보답하는 수밖에.

∅ 일지 기록 : 22화성일째

와. 많은 진전을 이뤘다.

그동안 필요한 흙을 전부 다 들여와 준비를 끝마쳤다. 이제 막사 바닥의 3분의 2가 흙으로 덮여 있다. 그리고 오늘 처음으로 살아 있는 흙을 두 배로 불리는 일을 끝냈다. 일주일 만에 화성 토양이 비옥하고 훌륭한 상태로 변신했다. 이 과정을 두 번 더 반복하면 밭 전체를 완성할 수 있다.

노동을 하고 나니 의욕이 샘솟았다. 뭔가 할 일이 생겼기 때문이다. 그러나 상황이 어느 정도 정리된 후 조한슨이 가져온 비틀스 음악을 들으며 저녁을 먹다 다시 기운이 빠졌다.

계산해 보니 이 정도로는 굶어 죽는 것을 막을 수 없다.

현재 상황에서 칼로리를 낼 수 있는 가장 확실한 농작물은 감자다.

감자는 수확률이 높을 뿐 아니라 칼로리 함량도 꽤 높다(1킬로그램당 770킬로칼로리). 내가 가진 감자들은 틀림없이 싹을 틔울 것이다. 문제는 그래도 충분한 양이 되진 못한다는 것이다. 62평방미터에서 400일(남은 식량으로 버틸 수 있는 시간) 동안 수확할 수 있는 감자는 대략 150킬로그램이다. 칼로리로 환산하면 총 115,500킬로칼로리로, 지속 가능한 에너지는 하루 평균 288칼로리인 셈이다. 나는 키와 몸무게를 감안할 때 어느 정도의 굶주림을 감수한다고 해도 하루에 필요한 최소 칼로리가 1,500킬로칼로리 정도이다.

어림도 없다.

그러니까 저 밭농사로는 한없이 살 수 없다. 그러나 수명을 늘릴 수는 있다. 그 정도면 76일을 더 버틸 수 있는 양이다.

감자는 계속 자랄 테니 그 76일 동안 다시 22,000킬로칼로리의 감자를 수확할 것이고, 그것으로 다시 15일을 더 버틸 수 있다. 이러한 추세를 이어가 봐야 의미가 없다. 기껏해야 약 90일을 더 버틸 수 있을 뿐이다.

그렇다면 이제 나는 400화성일이 아니라 490화성일에 걸쳐 굶어 죽는 여정을 시작하는 셈이다. 좀 나아지긴 했지만 생존할 수 있다는 희망이라도 품어보려면 아레스 4가 착륙하는 1,412화성일째까지 살아남아야 한다.

약 1,000일분의 식량이 부족하다는 뜻이다. 이 문제를 해결할 방법도 내겐 없다.

젠장.

03

∅ 일지 기록 : 25화성일째

대수학 시간에 풀었던 응용 문제를 기억하는가? 어떤 용기에 일정한 속도로 물이 차는 동시에 다른 속도로 물이 계속 빠진다면 그 용기가 완전히 비는 데 걸리는 시간은 얼마인가? 이런 문제 말이다. 내가 지금 연구 중인 '마크 와트니는 죽지 않는다' 프로젝트에서 아주 중요한 개념이다.

나는 열량원을 만들어야 한다. 아레스 4 탐사대가 도착할 때까지 1,387화성일을 버틸 수 있는 칼로리가 필요하다. 아레스 4 탐사대에게 구조되지 못하면 어차피 죽는다. 화성의 하루는 지구의 하루보다 39분이 더 길기 때문에 지구의 일수로 계산하면 1,425일을 버텨야 한다. 그러니까 나의 목표는 1,425일분의 식량을 마련하는 것이다.

종합비타민은 충분히 있다. 필요한 양의 두 배가 넘는다. 그리고 식량 한 팩에는 단백질이 최소 필요량의 다섯 배가 들어 있으니 신경 써서 배분한다면 적어도 4년 치의 단백질이 있는 셈이다. 전체적인 영양은 그럭저럭 해결할 수 있다. 이제 열량원만 있으면 된다.

나는 하루에 1,500킬로칼로리를 섭취해야 한다. 그리고 이미 400일 분의 식량을 갖고 있다. 대략 총 1,425일 동안 살려면 하루에 얼마만큼의 칼로리를 만들어내야 하는가?

산수는 내가 대신하겠다. 답은 약 1,100킬로칼로리이다. 아레스 4가 도착할 때까지 살려면 농사로 하루 1,100킬로칼로리를 만들어내야 한다. 아니, 그보다 좀 더 많이 만들어야 할 것이다. 오늘이 벌써 25화성일째인데 나는 아직 아무것도 심지 않았으니까.

지금 내가 만든 62평방미터의 농지로는 하루에 288킬로칼로리를 만들 수 있다. 살아남으려면 농작물 생산량을 현재 계획의 약 4배로 늘려야 한다는 얘기다.

그렇다면 농지 면적을 늘려야 하고, 아울러 토양에 줄 물도 더 조달해야 한다. 이제부터 하나씩 차근차근 풀어보겠다.

내가 실제로 마련할 수 있는 총농지 면적은 얼마일까?

막사 안 면적은 92평방미터다. 그것을 전부 활용한다고 가정하자.

그리고 사용하지 않는 침상이 다섯 개 있다. 거기에도 흙을 깐다고 가정하자. 하나가 2평방미터이니 총 10평방미터이다. 이제 이용 가능한 총면적은 102평방미터이다.

막사 안에는 실험용 탁자가 세 개 있는데 하나당 면적이 2평방미터이다. 하나는 내가 써야 하고 그중 두 개를 밭으로 사용할 수 있다. 그럼 4평방미터가 추가되어 총 106평방미터가 된다.

내게는 화성 탐사 로버가 두 대 있다. 로버는 압력 밀폐가 가능해서 그것을 타면 장시간 동안 우주복을 착용하지 않고도 화성 표면을 돌아다닐 수 있다. 그러나 농작물을 키우기엔 실내가 너무 좁으며, 나는 어쨌든 두 대 모두 몰 수 있는 상태로 두고 싶다. 그러나 로버에는 비상용 간이텐트가 하나씩 있다.

간이텐트를 농지로 사용하는 데에는 많은 문제가 따르지만 어쨌든 하나당 면적이 10평방미터이다. 그 많은 문제들을 극복할 수 있다고 가정하면 나의 농지는 추가로 20평방미터가 생겨 총 126평방미터가 된다.

126평방미터의 농지. 거기서부터 출발하겠다. 그 많은 토양을 모두 적시기엔 여전히 물이 턱없이 부족하지만 아까 말했듯이 하나씩 차근차근 풀어보겠다.

그다음으로 생각해 볼 문제는 내가 얼마나 효율적으로 감자를 재배할 수 있는가이다. 나는 지구의 감자 농사를 토대로 나의 감자 수확량을 추산해 보았다. 하지만 지구에서 감자 농사를 짓는 사람들은 나처럼 절실한 생존 싸움에 처해 있지 않다. 그렇다면 나의 수확률이 더 높지 않을까?

무엇보다도 나는 감자 작물 한 포기 한 포기에 일일이 관심을 쏟을 수 있다. 적당히 가지치기를 해주어 서로 방해받지 않고 건강하게 자라게 할 수 있다. 또한 줄기가 땅을 뚫고 올라오면 그것을 좀 더 깊이 다시 심고 그 위에 더 어린 작물을 심을 수도 있다. 보통 감자 농사를 짓는 사람들은 감자 작물을 말 그대로 수백만 포기 갖고 있으므로 그렇게 할 필요가 없다.

게다가 이런 식으로 농사를 지으면 토양이 살아남지 못한다. 누구든 이런 식으로 농사를 지으면 12년 안에 농지가 황무지로 변해버린다. 지속 가능한 방식이 아니란 말이다. 하지만 무슨 상관인가? 나는 4년만 버티면 되는데.

이러저러한 방책을 사용하면 수확량을 50퍼센트쯤 더 늘릴 수 있을 것이라 추정된다. 게다가 총 농지 면적이 (현재 62평방미터의 두 배가 넘는) 126평방미터이니 하루에 850킬로칼로리가 넘는 에너지원을 생산할 수 있다는 얘기다.

엄청난 발전이다. 그래도 굶어 죽을 위험이 있긴 하지만 잘하면 생존할 수도 있다. 거의 기아 상태로나마 죽지 않고 버틸 수 있다는 얘기다. 육체노동을 최소화하여 칼로리 소모를 줄이면 된다. 막사 안의 온도를 정상 온도보다 높여서 체온 유지에 소모되는 에너지를 줄이는 방법도 있다. 한쪽 팔을 잘라 먹으면 귀중한 칼로리를 얻을 수 있을 뿐만 아니라 나의 전체 칼로리 필요량도 줄어들 것이다.

아니, 그건 좀 아닌 것 같다.

그러니까 어쨌든 126평방미터의 농지를 개간할 수 있다고 치자. 그럭저럭 할 수 있을 것도 같다. 그런데 물은 어디서 구할까? 깊이 10센티미터의 농지를 62평방미터에서 126평방미터로 늘리려면 흙을 6.4입방미터 더 들여와야 하고(휴우, 또 삽질을 해야 한다!) 물도 250리터 이상 더 필요하다.

현재 내가 가진 50리터는 물 환원기가 고장 났을 때 마실 물이다. 그러니까 총목표량 250리터 가운데 250리터가 부족한 셈이다.

퉤퉤. 잠이나 자야겠다.

Ø 일지 기록 : 26화성일째

허리가 끊어질 듯 아프지만 생산적인 하루였다.

머리 쓰는 게 지겨워서 물 250리터를 어디서 구할지 궁리하다 말고 단순노동을 시작했다. 당장은 바싹 말라 쓸모없는 흙이라도 결국에는 왕창 들여와야 하니까 말이다.

1입방미터를 들여온 후 나는 완전히 녹초가 되었다.

그러고 나자 한 시간 동안 약한 모래 폭풍이 지나가면서 태양 전지들을 먼지로 뒤덮어 버렸다. 그래서 나는 '또 한 번' 우주복을 입고 '또한 번' 선외활동을 해야 했다. 그러는 내내 화가 치밀었다. 거대한 태양 전지 농장을 쓸어주는 일은 지겹고 고생스럽다. 하지만 그 일이 끝나고서야 나는 '초원의 막사'로 돌아올 수 있었다.

이제 또 한 번 토양을 두 배로 불릴 때가 되었으므로 빨리 해치우는 편이 나을 것 같았다. 그 일을 하는 데 한 시간이 걸렸다. 이제 한 번만 더 토양 불리기를 하면 현재 사용 가능한 흙은 모든 준비가 끝나는 셈이다.

그러고 보니 슬슬 종자를 준비해야 한다는 생각이 들었다. 이만큼 흙을 불렸으니 한 귀퉁이는 떼어 써도 될 것 같았다. 심을 수 있는 감자는 열두 개였다.

그나마 그 열두 개의 감자가 냉동건조 상태이거나 잘게 썰린 상태가 아니라는 게 얼마나 다행인지 모른다. 나사에서 왜 통감자 열두 개를 냉동이 아닌 냉장 상태로 보냈을까? 그리고 왜 다른 보급품과 함께 넣지 않고 우리와 함께 내압 화물로 보냈을까? 우리의 임무 수행 기간에 추수감사절이 끼어 있는데, 나사의 정신과 의사들은 추수감사절에 우리가 함께 식사를 만들어 먹는 것이 정신 건강에 좋으리라 판단했기 때문이다. 그냥 음식을 먹기만 하는 것보다는 실제로 음식을 만드는 것이 좋다고 그들은 생각했다. 틀림없이 근거 있는 논리겠지만 그런

게 무슨 상관이람?

나는 감자를 한 조각에 최소한 눈이 두 개씩 들어가도록 신경 써서 네 조각으로 잘랐다. 그 눈에서 싹이 나온다. 그런 다음 조금 굳도록 두세 시간 놓아두었다가 밭 한 귀퉁이에 적당한 간격을 두고 심었다. 행운을 빈다, 나의 귀여운 감자들. 내 목숨은 너희에게 달려 있어.

원래 온전한 크기의 감자를 수확하기까지는 최소 90일이 걸린다. 하지만 그렇게 오래 기다릴 수는 없다. 지금 심은 종자에서 나오는 감자들을 모조리 잘라서 나머지 밭에 다시 심어야 한다.

막사의 온도를 섭씨 25.5도로 다소 훈훈하게 해놓으면 감자가 더 빨리 자란다. 실내조명으로 '햇빛'도 풍부하게 공급할 것이고 물도 충분히 줄 생각이다(물을 구할 방법을 알아내기만 한다면 말이다). 이곳에는 악천후도 없고 그들을 괴롭히는 기생충도 없으며 양분이나 흙을 빼앗아가는 잡초도 없다. 방해물이 전혀 없으니 40일 뒤면 다시 싹을 틔울 수 있는 건강한 덩이줄기 작물이 열릴 것이다.

이 정도면 '농부' 마크의 하루 치 노동으로 충분한 듯했다.

저녁에는 온전히 한 끼 식사를 먹었다. 내겐 그럴 자격이 있었으니까. 게다가 칼로리를 엄청나게 소모했으므로 그것도 보충하고 싶었다.

루이스 대장의 소지품을 뒤져 개인 USB를 찾아냈다. 우리 대원들은 제각기 원하는 디지털 오락물을 가져왔는데 이제 조한슨의 비틀스 앨범이 지겨웠다. 루이스 대장이 무얼 챙겨왔는지 한번 봐야겠다.

촌스러운 TV 프로들. 그게 그녀가 가져온 것이다. 옛날 옛적 TV 시리즈들이 수없이 들어 있다.

어쩔 수 없다. 얻어먹는 놈이 무얼 가리겠는가. 〈스리스 컴퍼니(Three's

Company, 1970년대 후반 미국의 시트콤-옮긴이)〉부터 시작해 봐야겠다.

지난 며칠에 걸쳐 나는 필요한 흙을 모두 들여왔다. 탁자들과 침상들이 흙의 무게를 지탱하도록 준비하고 심지어 흙을 모두 깔아놓았다. 아직 그 흙을 쓸모 있게 만들어줄 물은 구하지 못했다. 그러나 몇 가지 아이디어가 있다. 정말 끔찍한 아이디어지만 어쨌든 아이디어는 아이디어다.

오늘의 주요 성과는 간이텐트를 설치한 것이다.

로버 간이텐트의 문제는 빈번하게 사용하는 용도로 설계된 것이 아니라는 점이다.

원래는 비상시에 빠르게 펼쳐서 구조대가 올 때까지 안에 들어가 기다리는 용도로 만든 것이다. 따라서 간이텐트의 에어로크는 밸브들과 두 개의 문으로만 이뤄져 있다. 내가 있던 곳과 기압을 맞춘 다음 그 안에 들어가 다시 나갈 곳과 기압을 맞추고 나와야 한다. 그 말은 곧 에어로크를 한 번 사용할 때마다 많은 양의 공기를 잃게 된다는 뜻이다. 나는 적어도 하루에 한 번 그 안에 들어가야 한다. 간이텐트는 전체 용적이 꽤 적은 편이라 공기 손실이 일어나선 안 된다.

나는 간이텐트 에어로크를 막사 에어로크에 부착하는 방법에 대해 '몇 시간' 동안 고심해 보았다. 거주용 막사에는 에어로크가 세 개 있다. 나는 그중 두 개를 기꺼이 간이텐트에게 양보할 수 있다. 그럴 수 있다면 얼마나 좋을까.

안타깝게도 간이텐트 에어로크가 부착될 수 있는 에어로크는 따로 있다! 간이텐트 안에는 부상자들이 있을 수도 있고 우주복이 충분하지 않을 수도 있다. 그들을 화성 대기에 노출시키지 않고 내보낼 수 있어야 한다.

그러나 간이텐트에 있는 동료를 구출하려면 로버를 타고 가야 한다. 거주용 막사의 에어로크는 로버 에어로크와는 완전히 다르고 크기도 훨씬 더 크다. 생각해 보면 정말 간이텐트를 거주용 막사에 부착할 이유가 전혀 없다.

화성에 고립된 상태이고 모두가 자신이 죽을 줄 알고 있으며 살기 위해 시간 그리고 기후와 필사적으로 싸우는 상황이 아니라면 말이다. 정말이지 그런 상황을 제외하곤 간이텐트를 거주용 막사에 부착할 이유가 전혀 없다.

결국 나는 타격을 감수하기로 했다. 내가 간이텐트를 들락거릴 때마다 공기가 빠져나가는 것을 감수하기로 했다는 얘기다. 다행히 간이텐트 외부에는 공기주입 밸브가 하나씩 있다. 기억할지 모르겠지만 이 간이텐트는 비상 피난처이다. 그 안에 있는 사람이 공기를 필요로 하는 상황일 수도 있으므로 공기줄을 연결해 로버의 공기를 공급할 수 있도록 설계되었다. 그래봐야 간이텐트의 기압을 로버의 기압에 맞춰주는 관에 불과하지만 말이다.

거주용 막사와 로버는 동일한 규격의 밸브와 관을 사용하므로 간이텐트를 막사에 직접 연결하는 것도 가능하다. 그러면 내가 들락거리면서(나사 사람들은 '진입'과 '탈출'이라고 부른다) 빠져나간 공기가 자동으로 보충될 것이다.

나사는 이 비상용 텐트들을 제대로 만들었다. 로버에서 비상 단추를 누르자 고막이 터질 듯 요란한 소리와 함께 텐트가 펼쳐져 로버의 에어로크에 부착되었다. 대략 2초 만에 이 모든 과정이 이뤄졌다.

그러고 나서 로버의 에어로크를 닫자 완전히 고립된 멋진 텐트가 생겼다. 공기줄을 연결하는 일은 어렵지 않았다(이번만큼은 장비를 본래의 용도로 사용한 것이므로). 그런 다음 에어로크를 몇 번 들락거리며(그 과정에서 빠져나간 공기는 거주용 막사가 자동으로 채워주었다) 그 안에 흙을 들여놓았다.

또 하나의 텐트에도 같은 과정을 반복했다. 모든 게 정말 순탄하기만 했다.

휴우… 물.

나는 고등학교 때 던전 앤드 드래곤 게임을 많이 했다(이 식물학자 겸 기계공학자는 고교 시절 컴퓨터 괴짜가 아니었을 거라고 생각했을지 모르지만 사실은 나도 그런 부류였다). 그 게임에서 나는 성직자를 했는데, 성직자가 쓸 수 있는 마법의 주문들 가운데 하나는 '물을 만들라'였다. 나는 그 주문이 너무 바보 같다고 생각해서 한 번도 쓰지 않았다. 아아, 지금 현실에서 그 주문을 쓸 수 있다면 무슨 짓이든 할 수 있을 것이다.

그만. 그 문제는 내일 생각하련다.

오늘 밤엔 다시 〈스리스 컴퍼니〉를 계속 봐야겠다. 어젯밤에 로퍼 씨가 무언가를 목격하고 무작정 오해하는 부분까지 보고 끊었다.

　나는 필요한 물을 얻기 위해 터무니없이 위험한 계획을 세웠다. 아아, '정말' 위험한 계획이다. 하지만 내겐 선택권이 많지 않다. 이제 아이디어도 바닥났고 며칠 안에 또 한 번 토양 불리기를 해야 한다. 이번에 마지막으로 흙을 불리고 나면 새로 들여온 토양에도 같은 작업을 할 것이다. 그 흙에 먼저 물을 먹여놓지 않으면 그냥 죽어버리고 말 것이다.

　화성에는 물이 많지 않다. 극지방에 얼음이 있긴 하지만 너무 멀다. 따라서 물을 원한다면 직접 만들어야 한다. 다행히 나는 방법을 알고 있다. 하나, 수소를 준비한다. 둘, 산소를 첨가한다. 셋, 태운다.

　하나씩 차근차근 해보겠다. 산소부터 시작하자.

　산소는 꽤 많이 있지만 250리터의 물을 만들 정도는 아니다. 막사 한구석에 놓아둔 고압 탱크 두 개에 들어 있는 것이 전부다(물론, 막사의 공기에도 들어 있긴 하다). 탱크 하나당 액체 산소 25리터가 들어 있다. 막사는 비상시가 아니면 그것을 사용하지 않는다. 이미 산소 발생기가 대기의 균형을 맞춰주고 있다. 이 안에 산소 탱크를 구비하고 있는 이유는 우주복과 로버에 산소를 공급하기 위해서이다.

　어쨌든 그 비상용 산소로 만들 수 있는 물은 겨우 100리터이다(O_2 50리터로 O 원자가 하나뿐인 분자를 100리터 만들 수 있으므로). 하지만 그것을 다 써버리면 나는 선외활동을 할 수 없고 비상용 산소도 없어진다. 게다가 그것으로는 필요한 물을 절반도 만들지 못한다. 그러니 그 방법은 탈락이다.

　그러나 화성에서 산소를 찾기란 생각보다 어렵지 않다. 화성의 대기는 95퍼센트가 이산화탄소이다. 게다가 마침 내겐 이산화탄소에서 산소를 분리하는 기능만 전담하는 기계가 있다. 산소 발생기 만세!

한 가지 문제는 화성의 공기가 희박하다는 것이다. 화성의 기압은 지구 기압의 1퍼센트에도 미치지 못해 모으기 어렵다. 더군다나 밖에서 공기를 들여오는 일은 거의 불가능하다고 봐야 한다. 이 거주용 막사는 전적으로 그런 상황을 막기 위해 지어놓은 것이라 해도 과언이 아니다. 내가 에어로크를 사용할 때 들어오는 극소량의 화성 대기로는 어림도 없다.

그래서 생각해낸 것이 바로 MAV, 다시 말해 화성상승선의 연료 설비이다.

나의 동료들은 몇 주 전에 MAV를 타고 떠났다. 하지만 그 하부는 그대로 남아 있다. 나사는 궤도 진입 시 불필요하게 중량을 늘리는 것을 금하는 습관이 있다. 그래서 착륙 장치와 진입 램프, 연료 설비는 이곳에 남아 있다. MAV가 화성 대기의 도움을 받아 연료를 만든다고 한 것을 기억하는가? 그 첫 단계가 바로 이산화탄소를 모아 고압 용기에 저장하는 것이다. 그 연료 설비를 거주용 막사의 전원에 연결하면 액상 이산화탄소를 시간당 0.5리터씩 무한대로 얻을 수 있다. 10화성일 동안 모으면 이산화탄소는 125리터가 되고 그것으로 산소 발생기를 돌리면 산소 125리터가 생긴다.

산소 125리터면 물 250리터를 만들 수 있다. 산소는 해결이다.

수소는 좀 더 어려울 것이다.

수소연료전지를 써먹으면 어떨까 생각해 보았지만 밤에 전기를 쓰려면 수소연료전지가 있어야 한다. 밤에 전기를 쓰지 못하면 온도가 너무 떨어질 것이다. 나는 옷을 껴입으면 되지만 내 농작물은 얼어죽을지도 모른다. 게다가 연료전지로 얻을 수 있는 수소(H_2)는 어차피 극소량에 불과하다. 얼마 되지도 않는 수소를 얻겠다고 그렇게 유용한 물건을 희생시킬 수는 없다. 내게 그나마 다행스러운 점 한 가지는 당장 에너지 걱정이 없다는 것이다. 그것까지 포기하고 싶진 않다.

그렇다면 다른 경로를 택해야 한다.

지금까지 나는 MAV를 자주 들먹거렸다. 이제 MDV, 즉 화성하강선 얘기를 좀 해야겠다.

내 인생에서 가장 무시무시했던 23분, 그러니까 마르티네스가 MDV를 조종해 화성 표면으로 내려가는 그 시간 동안 다른 네 명의 동료와 나는 정신을 바짝 차리려고 안간힘을 썼다. 마치 회전식 건조기 안에 들어가 있는 것 같았다.

우리는 먼저 헤르메스에서 내려와 적절하게 추락을 시작할 수 있도록 궤도 속도를 줄였다. 평온한 추락이 이어지다 마침내 대기권에 충돌했다. 시속 720킬로미터의 제트여객기를 타고 가다 난기류에 휩싸이는 상황을 생각해 보면 시속 28,000킬로미터로 난기류를 만났을 때 어떻게 되는지 상상할 수 있을 것이다.

우리의 하강 속도를 늦추기 위해 몇 단의 낙하산들이 자동으로 펼쳐지고 나자 마르티네스는 분사기들을 이용해 하강 속도를 늦추고 횡운동을 통제해 가며 수동 조종으로 MDV를 바닥에 착륙시켰다. 그는 그것을 위해 몇 년 동안 훈련을 받았으므로 뛰어난 솜씨로 그 일을 해냈다. 그리하여 착륙 시 발생할 수 있는 모든 변수들을 뛰어넘고 목표지에서 겨우 9미터 떨어진 곳에 우리를 내려놓았다. 정말이지 그 친구는 착륙을 완전히 통제했다.

고마워 마르티네스, 덕분에 내 목숨을 구한 것 같군!

그저 착륙을 완벽하게 해냈기 때문만이 아니라 연료를 아주 많이 남겨놓았기에 하는 말이다. 하이드라진 수백 리터가 사용하지 않은 채로 남았다. 하이드라진 분자 하나에는 네 개의 수소 원자가 들어 있다. 그렇다면 하이드라진 1리터에는 물 2리터를 만들 수 있는 수소가 들어 있는 셈이다.

　오늘 잠깐 밖으로 나가 확인해 보았다. MDV의 탱크들에는 하이드라진 292리터가 남아 있었다. 거의 600리터의 물을 만들 수 있는 양이다! 필요한 양보다 훨씬 더 많이 만들 수 있다!

　다만 한 가지 걸리는 게 있다. 하이드라진에서 수소를 분리하는 것은 그러니까… 로켓을 발사시키는 방법이다. 정말정말 뜨겁다. 그리고 위험하다. 산소 함유 대기에서 그것을 분리하면 풀려나온 뜨거운 수소가 폭발할 것이다. 결국 많은 양의 물(H_2O)이 만들어지긴 하겠지만 나는 이미 오래전에 죽어서 기뻐할 수도 없을 것이다.

　하이드라진의 기원은 꽤 간단하다. 제2차 세계대전 때 독일군이 로켓 추진 전투기의 연료로 사용했다(그러다 가끔 자신을 날려버리기도 했다).

　촉매를 첨가하기만 하면(촉매는 MDV 엔진에서 빼오면 된다) 하이드라진은 질소와 수소로 분리된다. 복잡한 화학과정을 생략하고 최종 결과만 얘기하면, 하이드라진 분자 다섯 개는 무해한 질소(N_2) 분자 다섯 개와 사랑스러운 수소(H_2) 분자 열 개로 분리된다. 이 과정에서 암모니아가 되는 중간 단계를 거친다. 화학이란 게 조금은 엉성한 부분이 있어서 그중 일부 암모니아는 하이드라진과 반응하지 않고 그냥 암모니아로 남을 것이다. 혹시 암모니아 냄새를 좋아하는가? 나야 뭐, 점점 생활이 지독해지고 있으니 암모니아 냄새가 고약할 것도 없다.

화학은 내 편이다. 이제 문제는 어떻게 하면 반응 속도를 늦출 수 있는가, 그리고 수소를 어떻게 모아야 하는가, 하는 것이다. 답은?

나도 모른다.

결국 좋은 생각이 나겠지. 혹은 죽거나.

당장엔 그보다 더 중요한 문제가 있다. 크리시가 물러나고 대신 신디가 그 자리를 메우게 된 것이 나로서는 참을 수가 없다. 이런 실책 때문에 〈스리스 컴퍼니〉는 결국 산으로 갈지도 모른다. 시간이 가면 알게 되겠지.

04

∅ 일지 기록 : 32화성일째

   그러니까 나는 물 생성 계획과 관련해 수많은 문제에 봉착해 있다.

   나의 계획은 (하이드라진에서 얻을 수 있는 수소의 양에 맞춰) 대략 600리터의 물을 만드는 것이다. 그러려면 액체산소(liquid O_2) 300리터가 필요하다.

   산소는 어렵지 않게 조달할 수 있다. MAV 연료 설비를 이용해 이산화탄소를 10리터들이 탱크에 채우는 데엔 스무 시간이 걸린다. 산소 발생기를 이용해 이산화탄소를 산소로 전환하면 대기 조절기가 막사 안 공기에 산소 함량이 높다는 것을 감지하고 산소를 거두어 주 산소 탱크에 저장할 것이다. 그 탱크들이 다 차고 나면 나머지 산소를 로버의 탱크들로 옮겨놓아야 하고, 필요하다면 우주복의 탱크들에도 저장해야 한다.

   하지만 빨리 만들 수는 없다. 이산화탄소 생성량은 시간당 0.5리터이므로 필요한 산소를 다 모으려면 25일이 걸린다. 너무 느리다.

수소를 저장하는 것도 문제다. 막사와 로버 두 대, 그리고 모든 우주복의 탱크들을 총동원하면 정확히 374리터를 저장할 수 있다. 물의 원료를 전부 보관하려면 무려 900리터에 달하는 저장 공간이 필요하다.

로버 한 대를 아예 '탱크'로 사용하는 것도 고려해 보았다. 크기는 충분하겠지만 로버는 그렇게 엄청난 압력을 감당하지 못한다. 로버는 (짐작하다시피) 1기압을 견디도록 설계되었다. 나는 그 50배의 압력을 견딜 수 있는 저장고가 필요하다. 틀림없이 로버는 터져버릴 것이다.

물의 원료를 저장하는 최선의 방법은 그것을 물로 만들어버리는 것이다. 그렇다면 나는 무엇을 해야 할까.

원리는 간단하지만, 그것을 실행하는 건 말도 안 되게 위험하다.

MAV 연료 설비를 이용하면 스무 시간당 10리터의 이산화탄소를 얻을 수 있다. 그러면 아주 과학적인 방법으로, 즉 MAV 착륙지지대에서 탱크를 분리하는 방법으로 이산화탄소를 막사 안으로 옮기고 밸브를 열어 그것을 풀어놓으면 된다.

산소 발생기는 나름의 속도로 이산화탄소를 산소로 바꿀 것이다.

그런 다음 이리듐 촉매 위로 하이드라진을 '아주 천천히' 배출하면 하이드라진이 질소와 수소로 분리된다. 그러면 곧바로 수소를 작은 구역으로 보내어 태우는 것이다.

짐작하다시피 이 계획에는 내가 강한 폭발로 인해 죽는 경우의 수가 꽤 포함되어 있다.

우선 하이드라진 자체가 다소 치명적인 물질이다. 실수할 경우 막사가 있던 자리에는 '마크 와트니 추모 분화구'만 쓸쓸히 남을 것이다.

하이드라진으로 신세를 조지지 않는다 해도 수소를 태우는 문제가 남는다. 나는 불을 놓아야 한다. 막사 안에 일부러 말이다.

나사의 공학자들을 모두 붙잡고 이 막사에 일어날 수 있는 최악의 시나리오가 무엇이냐고 묻는다면 그들은 하나 같이 '화재'라고 대답할 것이다. 그에 따른 결과가 무엇이냐고 물으면 그들은 '화재에 의한 사망'이라고 대답할 것이다.

하지만 제대로 해내기만 하면 수소나 산소를 따로 저장하지 않고도 지속적으로 물을 만들 수 있다. 습기가 되어 대기에 섞이겠지만 물 환원기가 알아서 거둬줄 것이다.

심지어 하이드라진의 양을 연료 설비가 만들어내는 이산화탄소의 양에 완벽하게 맞출 필요도 없다. 막사 안에는 산소가 충분하고 여분의 산소도 많다. 그저 물을 너무 많이 만들어서 내가 숨 쉴 산소까지 다 떨어지게 하지만 않으면 된다.

나는 MAV 연료 설비를 막사의 전원에 꽂았다. 다행히 둘 다 사용 전압이 같다. 지금 MAV 연료 설비는 나를 위해 칙칙폭폭 이산화탄소를 모으고 있다.

저녁식사는 절반만 먹었다. 오늘은 온종일 나를 죽일 수도 있는 계획을 세우며 보냈으므로 에너지를 많이 소비하지 않았다.

오늘 밤엔 〈스리스 컴퍼니〉를 마저 볼 생각이다. 솔직히 나는 로퍼 부부보다 펄리 씨가 더 좋다.

Ø 일지 기록 : 33화성일째

어쩌면 이것이 나의 마지막 기록이 될지도 모른다.

나는 6화성일째부터 줄곧 내가 이곳에서 죽을 확률이 아주 높다고 생각했다. 하지만 먹을 게 다 떨어져서 죽을 줄 알았다. 이렇게 일찍 죽게 될 줄은 몰랐다.

나는 곧 하이드라진에 불을 붙일 것이다.

우리 탐사대는 계획 당시부터 뭔가를 수리해야 할지도 모른다는 사실을 염두에 두고 있었으므로 공구를 충분히 챙겨왔다. 덕분에 나는 우주복을 입고도 MDV의 탱크 저장실 덮개를 비집어서 떼어내고 여섯 개의 하이드라진 탱크에 접근할 수 있었다. 나는 그 탱크들이 너무 뜨거워지지 않도록 로버 그늘 안에 놓았다. 막사 주위에는 훨씬 더 크고 시원한 그늘이 있지만, 그건 안 될 말씀이다. 혹시라도 탱크들이 폭발한다면 로버 한 대만 날리면 되지 내 집까지 날릴 필요는 없다.

그런 다음 연소실을 비집어 떼어냈다. 너무 힘들어서 그 빌어먹을 물건을 반으로 가르긴 했지만 어쨌든 빼냈다. 다행히 나는 적절한 연료 반응을 필요로 하는 게 아니다. 사실 적절한 연료 반응이 일어나는 건 죽어도 원치 않는다.

나는 연소실을 안으로 갖고 들어왔다. 잠시, 위험을 줄이기 위해 하이드라진 탱크를 하나씩 들여오는 게 낫지 않을까 생각해 보았다. 급하게 끼적끼적 계산해 본 결과, 하이드라진 탱크 하나만으로도 거주용 막사를 통째로 날려버릴 수 있다. 그래서 여섯 개를 몽땅 들여왔다. 굳이 하나씩 들여올 이유가 없었다.

하이드라진 탱크들에는 수동 배출 밸브가 있다. 그 용도에 대해선 100퍼센트 확신이 서지 않는다. 분명 우리가 사용하라고 만든 건 아니다. 탱크를 만드는 과정에서 연료를 채우기에 앞서 다양한 품질 검사를 할 때 압력을 배출하라고 만들어놓은 게 아닐까 싶다. 원래 용도가 무엇이었든 어쨌든 내겐 편리한 밸브이다. 렌치만 있으면 손쉽게 사용할 수 있다.

나는 물 환원기에서 비상용 호스 하나를 풀었다. 누군가의 유니폼에서 실을 뜯어내어(조한슨, 미안) 호스를 밸브 출구에 연결했다. 하이드라진은 액체이므로 그저 연소실(이제는 '연소 그릇'에 더 가깝지만)로 유도해 주기만 하면 된다.

한편, MAV 연료 설비는 지금도 계속 돌아가고 있다. 벌써 이산화탄소 탱크 하나를 안으로 들여와 비운 다음 다시 채우려고 제자리에 갖다놓았다.

더 이상은 미룰 구실이 없다. 이제는 정말 물을 만들어야 한다.

만약 이 막사 안에서 까맣게 탄 잔해가 발견된다면 내가 뭔가 실수를 했다는 뜻이다. 이 기록은 복사해서 두 대의 로버에 한 부씩 갖다놓았으니 내가 죽어도 남을 가능성이 높다.

하는 데까지 해볼 테다.

Ø 일지 기록 : 33화성일째(2)

죽진 않았다.

나는 가장 먼저 선외우주복의 내피를 입었다. 우주복을 다 입자니 너무 거추장스러워서 장갑과 신발을 포함해 그 속에 입는 내피만 입었다. 그런 다음 의무실에서 가져온 산소마스크를 쓰고 포겔의 화학실험 장비 가운데 실험용 고글을 찾아 썼다. 거의 온몸을 다 감싸고 캔에 담긴 공기로 숨을 쉬었다.

왜 그랬을까? 하이드라진은 '매우' 유독한 물질이다. 하이드라진을 너무 많이 마시면 폐에 큰 문제가 생긴다. 피부에 닿으면 죽을 때까지 화학적 화상이 남는다. 나는 그 어떤 위험도 감수하고 싶지 않았다.

그런 다음 밸브를 열어 소량의 하이드라진이 흘러나오게 했다. 그러고는 이리듐 그릇에 떨어뜨렸다.

그것은 별 감흥 없이 지글거리다 사라졌다.

하지만 그게 바로 내가 원하던 바였다. 나는 방금 수소와 질소를 분리해 냈다. 만세!

내가 정말 넉넉하게 갖고 있는 것 중 하나는 바로 봉지이다. 주방에서 쓰는 쓰레기봉지와 비슷하게 생겼지만 나사에서 사용하는 것이니 틀림없이 5만 달러는 줬을 것이다.

루이스 대장은 우리 탐사대 지휘관 겸 지질학자의 자격으로 참가했다. 그녀는 임무 구역(반경 10킬로미터) 곳곳의 돌과 토양을 수집할 예정이었다. 지구로 가져갈 수 있는 무게가 제한되어 있었으므로 먼저 수집한 다음 그중 가장 흥미로운 것 50킬로그램만 선별하여 고국으로 가져갈 계획이었다. 이 봉지들은 그 표본들을 보관하고 분류하기 위한 것이다. 지퍼 백보다 작은 것부터 정원용 쓰레기봉투만큼 커다란 것까지 크기도 다양하다.

내겐 덕트 테이프도 있다. 철물점에서 쉽게 구할 수 있는 평범한 배관용 테이프 말이다. 덕트 테이프는 나사조차도 크게 개선할 수 없었던 모양이다.

나는 정원용 쓰레기봉투만 한 봉지들을 잘라 테이프로 붙여서 일종의 텐트를 만들었다. 사실 텐트라기보다는 그냥 초대형 봉지에 가까웠다. 위험천만한 하이드라진 과학 장비를 놓은 탁자 전체를 덮을 수 있는 크기였다. 나는 탁자 위에 몇 가지 잡동사니를 올려놓아 이 비닐이 이리듐 그릇에 직접적으로 닿지 않게 만들었다. 고맙게도 투명한 봉지라 그 안에서 일어나는 일을 지켜볼 수 있었다.

그다음으로는 우주복 하나를 희생시켰다. 공기 호스가 필요했다. 어차피 우주복은 충분히 있다. 각 대원에게 한 벌씩 지급되었으니 총 여섯 벌이다. 그중 하나를 잡는다고 해서 문제가 되진 않을 것이다.

비닐 위쪽에 구멍을 내어 덕트 테이프로 호스를 연결했다. 잘 봉해진 것 같았다.

그런 다음 조한슨의 옷에서 실을 좀 더 뜯어내어 호스의 반대편 끝을 묶고 두 가닥으로 벌려 (호스 구멍을 막지 않도록) 막사의 둥근 천장 꼭대기에 매달았다. 이제 작은 굴뚝이 생겼다. 호스는 폭이 약 1센티미터다. 바라건대 그 정도 구멍이면 충분할 것이다.

수소는 반응하고 난 후엔 뜨겁기 때문에 위로 상승하려고 할 것이다. 따라서 나는 수소가 굴뚝을 타고 올라가게 한 다음 나올 때 태울 생각이었다.

이제 불을 만들어야 했다.

나사는 이 안에 가연성 물질을 두지 않으려고 최대한 노력했다. 이 안에 있는 것은 전부 금속이나 방염 플라스틱으로 만들어졌고 유니폼은 합성섬유이다. 나는 불꽃을 유지해 줄 만한 무언가, 즉 일종의 점화용 불씨가 필요했다. 나를 죽이지 않고 불씨를 유지할 수 있을 만큼만 수소를 내보내는 재주가 내게는 없기 때문이다. 그 범위는 너무도 협소했다.

모든 대원들의 개인 소지품을 뒤진 후에야 나는 답을 찾았다(프라이버시를 보호받고 싶었다면, 화성에 개인 소지품과 함께 나를 버려두고 가지 말았어야 한다).

마르티네스는 독실한 가톨릭 신자이다. 그건 나도 익히 아는 사실이었다. 하지만 그가 작은 나무십자가를 가져온 것은 몰랐다. 틀림없이 나사에선 그에 대해 꽤 촉각을 곤두세웠을 것이다. 그러나 나는 마르티네스의 고집이 만만치 않다는 것도 알고 있다.

나는 펜치와 스크루드라이버를 사용해 그의 신성한 물건을 길게 쪼갰다. 정말 하느님이 계시다면 나의 상황을 감안하시어 크게 노하진 않으실 것이다.

혹시라도 내게 남아 있던 유일한 종교적 성상을 파괴해 화성 뱀파이어의 공격에 취약해졌다면 그 정도 위험은 기꺼이 감수할 생각이다.

스파크를 일으킬 전선과 배터리는 널렸다. 하지만 작은 전기 스파크로 나무에 불을 붙이는 것은 불가능하다. 그래서 나는 현지 야자수의 나무껍질을 떼어낸 다음 나무 막대 두 개를 비벼 마찰을 일으켜… 그런 것은 아니다. 그게 아니라, 가늘게 쪼갠 막대에 순산소를 흘려보내고 스파크를 일으켰다. 마치 성냥이라도 되는 듯 불이 붙었다.

나는 이 작은 횃불을 손에 들고 천천히 하이드라진을 내보내기 시작했다. 하이드라진은 이리듐 위에서 지글거리다 사라졌다. 곧이어 굴뚝에서 푸푸거리며 짧게 불꽃이 튀기 시작했다.

내가 가장 주의해야 할 것은 온도였다. 하이드라진 분해 과정은 극도의 발열을 동반한다. 따라서 나는 하이드라진을 아주 조금씩 흘려보내면서 내가 이리듐 연소 그릇에 붙여놓은 열전대(서로 다른 두 종류 금속의 기전력을 이용하여 온도를 측정하는 장치-옮긴이)의 표시기를 계속해서 주시했다.

중요한 건 이 방식이 정말 먹혔다는 사실이다!

하이드라진 탱크 하나에는 50리터가 조금 넘는 하이드라진이 들어 있다. 그것으로 만들 수 있는 물의 양은 약 100리터이다. 산소가 그만큼 충분하지 않아서 100리터까지 만들 수는 없지만 지금 나는 너무 신이 나서 내가 가진 비상용 산소를 절반은 써버릴 용의가 있다. 결론만 말하면 탱크가 반쯤 비었을 때 중단하면 된다. 그러면 결국 50리터의 물이 생긴다!

Ø 일지 기록 : 34화성일째

정말 오래 걸렸다. 나는 밤새도록 하이드라진에 매달려 있었다. 하지만 어쨌든 해냈다.

더 빨리 끝낼 수도 있었지만 밀폐된 공간에서 로켓 연료에 불을 붙이는 일인 만큼 안전을 최우선으로 삼아야 한다고 생각했다.

아아, 지금 이곳은 무슨 열대림 같다.

실내 온도가 거의 섭씨 30도까지 올라갔고 지독하게 습하다. 지금까지 나는 엄청난 열기와 물 50리터를 대기에 투척한 셈이다.

그러는 내내 가엾은 거주용 막사는 사정없이 집을 어지르는 꼬맹이의 엄마처럼 뒷수습을 해야 했다. 막사는 내가 대기 중에서 써버린 산소를 다시 채우고 있고 물 환원기는 습도를 정상으로 낮추려고 애쓰고 있다. 열기를 해결할 방법은 없다. 막사에는 에어컨이 없으니까. 화성은 몹시 춥다. 열기를 제거해야 하는 상황이 오리라고는 아무도 예상하지 못했다.

이제 나는 끊임없이 울려대는 각종 경보에 적응되었다. 더 이상 불을 피우지 않으므로 드디어 화재 경보는 멈췄다. 산소 부족 경보도 곧 멈출 것이다. 고습 경보는 좀 더 오래갈 것이다. 물 환원기가 그것 때문에 오늘 고생깨나 하고 있다.

잠시 또 다른 경보가 울렸다. 물 환원기의 주요 탱크가 가득 찼다는 경보. 야호! 그것이야말로 내가 정말 일어나길 바라던 문제였다!

내가 어제 우주복 한 벌을 살해한 것을 기억하는가? 나는 그것을 옷걸이에 걸어놓고 물 환원기의 물을 양동이에 담아 몇 번이고 그리로 옮겨 부었다. 우주복은 1기압의 공기를 견딜 수 있다. 그러니 물 몇 양동이쯤은 지탱할 수 있을 것이다.

아, 피곤하다. 밤을 새웠으니 이제 자야겠다. 하지만 6화성일째 이래 최고의 기분으로 꿈나라에 빠져들 수 있을 것 같다.

드디어 나의 계획이 이뤄지고 있다. 그것도 아주 끝내주게 말이다! 마침내 살 수 있는 가망이 생겼다!

∅ 일지 기록 : 37화성일째

망했다. 난 이제 죽었다!

일단 진정하자. 뭔가 방법이 있을 것이다.

미래의 화성 고고학자에게, 나는 지금 로버 2에서 이 일지를 쓰고 있다. 내가 왜 막사에 있지 않은지 궁금할 것이다. 바로 겁에 질려 도망쳤기 때문이다! 게다가 앞으로 어떻게 해야 할지도 모르겠다.

그래도 상황 설명은 해야 할 것 같다. 이게 나의 마지막 기록이라면 적어도 그 이유를 알려줘야 할 테니까.

지난 며칠 동안 나는 기쁘게 물을 만들었다. 정말 물속을 헤엄치듯 모든 게 매끄럽게 진행되었다(말 그대로 '물속을 헤엄치는' 것 같았다면 이해가 되겠는가?).

심지어 MAV 연료 설비의 공기 압축기를 보강하기까지 했다. 아주 전문적인 일이었다(펌프의 전압을 올렸다). 그래서 이제 물을 만드는 속도가 훨씬 더 빨라졌다.

처음에 신이 나서 물 50리터를 한꺼번에 만든 나는 마음을 가라앉히고 산소가 만들어지는 속도에 맞추기로 결심했다. 비상용 산소를 25리터 이하로 떨어뜨리고 싶진 않았다. 그래서 산소 수위가 너무 낮아지면 하이드라진 분해를 중단하고 산소가 다시 25리터를 훌쩍 넘길 때까지 기다리기로 했다.

여기서 한 가지 짚고 넘어갈 게 있다. 내가 물 50리터를 만들었다고 한 것은 어디까지나 추정이다. 실제로 내가 '회수'한 물은 50리터가 되지 않았다. 막사 안에 추가로 들여온 토양이 몹시 건조한 상태였으므로 순간적으로 많은 양의 습기를 게걸스럽게 빨아들였다. 어차피 그 흙에 물을 줄 것이었으므로 걱정할 필요는 없다. 그래서 나는 물 환원기의 물이 50리터에 한참 못 미친 것을 보고도 놀라지 않았다.

펌프를 보강한 후로 이제 이산화탄소는 열다섯 시간에 10리터씩 모이고 있다. 지금까지 이 과정을 총 네 번 반복했다. 나의 계산에 따르면 처음에 한꺼번에 모은 50리터를 포함해 물은 총 130리터가 되어야 한다.

그런데 계산이 전혀 맞아떨어지지 않았다!

물 환원기와 우주복 물 탱크에 저장된 물은 70리터밖에 되지 않았다. 벽면과 천장에도 수분이 꽤 많이 응축되어 있었고 토양이 빨아들이는 양도 분명히 적지 않을 것이다. 하지만 아무리 그래도 60리터나 비는 건 말이 되지 않는다. 뭔가 잘못됐다는 뜻이다.

그때 또 한 대의 산소 탱크가 눈에 들어왔다.

막사 안에는 비상용 산소 탱크가 두 개 있다. 안전상의 이유로 양쪽에 하나씩 있다. 거주용 막사는 그때그때 둘 중 어떤 것을 사용할지 결정한다. 알고 보니 그동안엔 탱크 1이 대기에 산소를 내보내고 있었다. 그러나 내가 (산소 발생기를 통해) 대기에 산소를 추가하면 막사는 새로 들어온 산소를 두 개의 탱크에 고르게 나눠 담았다. 그러니까 탱크 2의 산소는 서서히 늘어가고 있었던 것이다.

문제는 그게 아니다. 거주용 막사는 제 할 일을 하고 있다. 그렇다면 그동안 탱크의 산소가 점점 증가하고 있었어야 한다. 그 말은 곧 내가 생각했던 만큼 산소가 빠르게 소비되지 않고 있다는 의미다.

나는 처음에 이렇게 생각했다. "만세! 산소가 더 있었잖아! 이제 더 빨리 물을 만들 수 있겠어!" 그러나 좀 더 불편한 사실이 불현듯 떠올랐다.

나의 논리를 잘 따라오기 바란다. 탱크의 산소는 계속 늘고 있다. 하지만 내가 밖에서 들여오는 산소의 양은 일정하다. 따라서 탱크의 산소가 '늘었다'는 것은 소비한 산소의 양이 내가 생각했던 것보다 적다는 뜻이 될 수밖에 없다. 하지만 나는 밖에서 들여오는 산소를 모두 사용하고 있다고 가정하고 하이드라진 반응을 계속 진행해 왔다.

그러니까 가능한 설명은 한 가지뿐이다. 그동안 내가 내보낸 수소를 전부 태우지 않았다는 것.

돌아보면 어떻게 몰랐을까 싶다. 하지만 수소를 전부 연소시키지 않았다는 생각은 단 한 번도 내 머리를 두드리지 않았다. 수소가 불꽃을

지나 팔랑팔랑 날아가 버린 것이다. 젠장, 난 식물학자이지 화학자가
아니란 말이다!

더러운 화학 같으니라고! 그러니까 지금 공기 중에 연소되지 않은
수소가 있다는 말이다. 수소가 나를 에워싸고 있다. 산소와 뒤섞인 채
그렇게… 그냥 놀고 있다. 불똥 하나만 튀면 '펑!' 하고 막사를 날려버
리려고 기다리고 있단 말이다!

그 사실을 깨닫고 불안해진 마음을 어느 정도 진정시킨 뒤 나는 지
퍼 백 크기의 봉지를 들고 주위에 한 번 빙 돌려 공기를 채운 다음 밀
봉했다.

그러곤 잠깐의 선외활동을 거쳐 로버로 갔다. 로버에는 대기 분석기
가 있다. 질소: 22퍼센트. 산소: 9퍼센트. 수소: 64퍼센트.

그때부터 나는 줄곧 이 로버에 피신해 있었다.

지금 막사 안은 수소 천국이다.

지금까지 막사가 폭발하지 않은 것만 해도 나는 정말 운이 좋았다.
작은 정전기 하나만 일었어도 나 혼자만의 '힌덴부르크 호(1937년 내부
에 저장한 수소의 폭발로 대참사를 일으킨 독일 항공기-옮긴이)'가 될 뻔했다.

그게 지금 내가 로버 2에 앉아 있는 이유다. 이곳에 머무를 수 있는
시간은 기껏해야 하루나 이틀이다. 그러고 나면 로버와 내 우주복의
이산화탄소 필터가 포화될 것이다. 그 전에 문제를 해결할 방법을 찾
아야 한다.

지금 거주용 막사는 폭탄이다.

05

∅ 일지 기록 : 38화성일째

나는 아직도 로버에 웅크리고 앉아 있다. 하지만 시간을 갖고 생각해 보았다. 그리고 나는 수소를 다루는 법을 알고 있다.

대기 조절기를 보자. 대기 조절기는 대기에 무엇이 있는지를 시시각각 파악하여 균형을 맞추는 장치이다. 그 장치 덕분에 그동안 내가 과도하게 들여온 산소가 결국 탱크 안에 저장된 것이다. 문제는 대기 중의 수소를 제거하는 기능이 없다는 점이다.

대기 조절기는 동결 분리 방식으로 기체를 분류한다. 대기 중에 산소가 너무 많다는 것을 감지하면 공기를 탱크로 빨아들여 90K(절대 온도 Kelvin의 단위. 0K는 섭씨 -273.15도-옮긴이)로 냉각한다. 그러면 산소는 액체가 되고 질소는 여전히 기체 상태로 남아 있다(질소의 응결점은 77K이므로). 그런 다음 액화된 산소를 저장하는 것이다.

하지만 수소에는 이러한 과정을 적용할 수가 없다. 수소는 21K가 되어야 액체가 된다. 게다가 대기 조절기는 온도를 그 정도까지 낮출 수도 없다. 여기서 막혔다.

해결책은 다음과 같다.

수소는 폭발 가능성이 있으므로 위험하다. 하지만 산소가 있어야만 폭발할 수 있다. 산소가 없으면 수소는 무해하다. 그리고 대기 조절기는 오직 공기 중의 산소를 제거하는 역할을 한다.

대기 조절기에는 막사의 산소 농도를 너무 많이 낮추는 것을 막기 위한 네 가지 안전 연동장치가 있다. 그러나 그것들은 기술적인 문제를 막기 위한 것이지 고의적인 사보타주를 위해 만들어놓은 것이 아니다(으하하!).

복잡한 부분은 생략하고 결론만 말하자면, 나는 대기 조절기가 막사 안의 산소를 모조리 빨아들이도록 조작할 수 있다. 그렇게 해서 폭발의 위험을 없앤 다음 우주복을 입고(숨은 쉬어야 하니까) 하고 싶은 일을 하면 된다.

나는 산소 탱크를 이용해 수소에 산소를 조금씩 뿌려가면서 전선 두 개와 배터리로 스파크를 일으킬 생각이다. 그러면 수소에 불이 붙겠지만 살포된 소량의 산소가 없어지고 나면 다시 불이 꺼질 것이다.

그런 식으로 통제된 폭발 과정을 반복해서 수소를 모두 태워버리면 된다.

단, 이 계획에는 한 가지 아주 작은 결함이 있다. 나의 흙이 죽어버린다는 것.

흙은 그 속에서 박테리아가 자라고 있어야만 생육 가능한 상태가 된다. 산소를 모조리 없애면 박테리아도 죽는다. 당장 박테리아들에게 입힐 작은 우주복 100억 벌을 구할 수도 없다.

그러니까 어쨌든 이건 반쪽짜리 해결책이다.

이 로버를 마지막으로 사용한 사람은 루이스 대장이다. 그녀는 7화성일째에 이 로버를 다시 사용할 예정이었지만 대신 집으로 가버렸다. 그래서 뒷자리에 그녀의 여행용 물품들이 그대로 실려 있다. 뒤져보니 단백질 바 하나와 개인 USB가 있다. 틀림없이 운전할 때 들을 음악이 가득 들어 있을 것이다.

이제 배를 좀 채우고 우리의 훌륭한 대장이 어떤 음악을 갖고 왔는지 살펴봐야겠다.

Ø 일지 기록 : 38화성일째(2)

디스코다. 아, 젠장, 루이스.

Ø 일지 기록 : 39화성일째

답을 찾은 것 같다.

토양 박테리아는 겨울을 날 수 있다. 활동량이 줄기 때문에 보다 적은 양의 산소로도 생존할 수 있다. 막사의 온도를 섭씨 1도로 내리면 그들은 거의 동면 상태에 들어갈 것이다. 지구에서는 매년 일어나는 일이다. 이런 식으로 그들은 이삼일을 생존할 수 있다. 지구의 박테리아는 그 긴 추위를 어떻게 버티는 걸까 궁금하다면 그 답은 버틸 수 없다는 것이다. 땅속으로 더 깊이 내려갈수록 더 따뜻하기 때문에 깊은 곳에 살던 박테리아가 번식하여 위쪽의 죽은 박테리아를 대신하는 것뿐이다.

그래도 산소는 필요하지만 조금만 있어도 된다. 1퍼센트가 적당할 것이다. 그 정도면 박테리아가 숨을 쉴 수 있는 동시에 불을 키우지는 못한다. 따라서 수소가 폭발하는 일은 없을 것이다.

하지만 또 다른 문제가 있다. 심어놓은 감자들은 이 계획을 좋아하지 않을 것이다. 그들은 산소가 부족한 것은 개의치 않겠지만 너무 추우면 죽어버린다. 그러니까 감자를 화분(사실상 봉지)에 옮겨 심어 로버에 두어야 한다. 아직 싹이 나지 않았으니 빛은 필요하지 않다.

의외로 골치 아팠던 문제는, 어떻게 하면 사람이 타고 있지 않은 로버를 따뜻하게 유지하는가였다. 그것도 알아냈다. 어차피 나는 지금 가진 게 시간밖에 없으니까.

최종 계획은 우선 감자 작물을 봉지에 옮겨 심어서 로버로 가져간다 (빌어먹을 히터가 꺼지지 않게 해놓고). 그다음, 막사의 온도를 섭씨 1도로 내린다. 산소 농도를 1퍼센트로 줄인다. 그다음, 배터리 하나와 전선 몇 개, 그리고 산소 탱크로 수소를 태운다.

됐다. 참담하게 실패할 위험이 없는 아주 훌륭한(반어법이다) 아이디어인 것 같다. 어쨌든 가보자.

Ø 일지 기록 : 40화성일째

100퍼센트 성공했다고 할 수는 없다.

첫 실행에서 남는 계획은 없다고들 하지 않는가. 맞는 말인 것 같다.

오늘 있었던 일을 설명하면 다음과 같다.

나는 용기를 끌어모아 마침내 거주용 막사로 돌아갔다. 일단 안으로 들어가자 좀 더 자신감이 생겼다. 모든 게 내가 놓아둔 그대로였다(아니면? 화성인들이 들어와서 내 물건을 뒤지기라도 했을까 봐?).

온도가 내려가는 데에 시간이 걸리므로 나는 가장 먼저 온도 조절기를 섭씨 1도로 설정해 놓았다.

그런 다음 감자를 봉지로 옮겨 심으면서 잘 자라고 있는지도 확인해보았다. 적당히 뿌리를 내렸고 곧 싹을 틔울 것 같았다. 내가 미처 생각하지 못한 한 가지 문제는 그것들을 막사에서 로버까지 어떻게 갖고 가느냐 하는 것이었다.

그 답을 찾는 건 그리 어렵지 않았다. 나는 그것들을 모두 마르티네스의 우주복 안에 넣었다. 그런 다음 임시 온실로 꾸며놓은 로버로 끌고 갔다.

히터가 꺼지지 않도록 억지로 고정시켜놓고 다시 막사로 돌아갔다.

내가 들어갔을 때 막사 안은 이미 썰렁해져 있었다. 벌써 섭씨 5도까지 떨어졌다. 몸서리가 나고 입김도 나왔으므로 나는 옷을 좀 더 껴입었다. 다행히 나는 몸집이 큰 편이 아니다. 마르티네스의 옷은 내 옷 위에도 들어갔고 포겔의 옷은 마르티네스의 옷 위에 껴입어도 들어갔다. 그러나 이 초라한 옷들은 난방이 들어오는 실내에서 입는 용도였다. 세 벌을 껴입었는데도 여전히 추웠다. 나는 내 침상으로 들어가 이불을 뒤집어썼다.

실내 온도가 섭씨 1도로 내려간 뒤 한 시간을 더 기다렸다. 흙 속의 박테리아들이 이제 활동을 늦춰야 한다는 메시지를 확실하게 접수하도록 하기 위해서였다.

그런 다음 나는 또 하나의 문제에 부딪혔다. 바로 대기 조절기였다. 내가 큰소리를 뻥뻥 치긴 했지만 그 녀석의 지략은 뛰어넘을 수 없었다. 대기 조절기는 '고집스럽게도' 대기 중의 산소를 너무 많이 제거하려 들지 않았다. 내가 조작할 수 있는 최저치는 15퍼센트였다. 무슨 짓을 해도 그 아래로는 내려가지 않았다. 나는 그 안에 들어가 프로그램을 조작하는 계획들을 잔뜩 세웠다. 알고 보니 안전 규약들은 읽기 전용 기억장치에 들어가 있었다.

그걸 원망할 수는 없다. 대기 조절기의 유일한 용도는 대기가 치명적인 상태로 바뀌지 못하게 '막는' 것이니까. 나사에서 "전부 즉사하도록 산소 농도를 치명적으로 낮춰보자!"라고 제안할 사람이 어디 있겠는가.

그래서 나는 좀 더 원시적인 계획을 사용할 수밖에 없었다.

대기 조절기는 주 공기 분리 통로와는 별개로 공기 표본을 분석하는 통로를 갖고 있다. 동결 분리되는 공기는 본체에 있는 커다란 단일 통로로 들어온다. 그러나 본체로 이어지는 아홉 개의 작은 통로들로 공기를 빨아들여 표본 검사를 한다. 그래야 막사 전체의 공기를 균일하게 유지할 수 있고 국지적인 불균형으로 인해 전체 균형이 깨지는 것을 막을 수 있다.

나는 여덟 개의 공기 주입구를 테이프로 막고 하나만 열어놓았다. 그런 다음 정원 쓰레기봉투 크기의 커다란 봉지 주둥이를 뚫려 있는 우주복(이번엔 조한슨의 우주복)의 목 부분에 둘러씌워 테이프로 붙였다. 봉지 뒤쪽에 작은 구멍을 뚫고 하나 남은 주입구를 그 안에 넣어 테이프로 고정했다.

그런 다음 우주복 탱크에 들어 있는 순수한 산소로 봉지를 팽창시켰다. 대기 조절기는 이렇게 생각했을 것이다. "앗, 큰일 났다! 당장 산소를 빨아들여야겠어."

효과가 있었다!

나는 우주복을 입지 않을 생각이었다. 어차피 기압은 괜찮을 것이고 그저 산소만 더 있으면 되었다. 의무실에서 산소통과 호흡기를 가져왔다. 그러면 몸을 훨씬 더 자유롭게 움직일 수 있다. 게다가 호흡기에 고무밴드까지 달려 있어 얼굴에 고정할 수도 있었다!

하지만 이제 막사의 메인 컴퓨터는 실내공기가 산소 100퍼센트라고 믿고 있었으므로 진짜 산소 농도를 파악하기 위해서는 우주복이 필요했다. 어디 보자… 마르티네스의 우주복은 로버에 가 있었고 조한슨의 우주복은 대기 조절기를 속이는 중이었다. 루이스의 우주복은 물 탱크 역할을 하고 있었다. 내 것은 망치고 싶지 않았다(맞춤복이란 말이다). 그렇다면 남은 것은 두 벌뿐이었다.

나는 포겔의 우주복을 집어 헬멧을 벗겨놓은 채로 내부 공기 센서를 작동시켰다. 산소 농도가 12퍼센트로 떨어지자 나는 호흡기를 썼다. 그러고는 계속해서 산소 농도가 떨어지는 것을 지켜보았다. 마침내 1퍼센트에 도달하자 나는 대기 조절기의 전원을 껐다.

프로그램 조작은 불가능해도 이 자식을 완전히 끄는 건 가능하다.

막사 안에는 위급한 정전에 대비해 곳곳에 비상용 손전등이 설치되어 있었다. 나는 그중 하나에서 LED 전구들을 뜯어내고 너덜거리는 전선 두 개를 서로 아주 가깝게 놓았다. 그런 다음 스위치를 올리자 작은 스파크가 일었다.

나는 포겔의 우주복에서 산소통 하나를 떼어내어 양 끝에 끈을 묶고 내 어깨에 둘러멨다. 그런 다음 탱크에 공기줄 하나를 연결해 그것을 엄지손가락으로 찌그러뜨렸다. 그러곤 아주 느리게 산소를 흘려보냈다. 내가 찌그러뜨리고 있는 부분이 원상 복귀되지 않을 만큼 세심하게 양을 조절했다.

나는 한 손으로 스파크가 튀는 손전등을 들고 다른 한 손으로는 산소줄을 잡은 채 탁자 위에 올라서서 위로 두 손을 뻗어 시험해 보았다.

맙소사, 효과가 있었다! 손전등 위로 산소를 내보내며 스위치를 켜자 공기줄에서 경이로운 불꽃이 뿜어져 나왔다. 물론 화재 경보도 울렸다. 하지만 최근에 경보를 너무 많이 들어서 더 이상 신경 쓰이지도 않았다.

나는 다시 한 번 해보았다. 그런 다음 또 한 번 했다. 계속해서 짧은 폭발이 일었다. 요란한 불꽃은 아니었다. 나는 기꺼이 시간을 두고 천천히 해나갔다.

마냥 행복했다! 이렇게 훌륭한 작전을 생각해 내다니! 수소를 제거할 뿐만 아니라 물까지 만들고 있잖아!

모든 게 순조로웠다. 폭발이 일기 전까지는.

분명히 신나게 수소를 태우고 있었는데, 정신을 차려보니 내가 막사 반대편 구석에 처박혀 있고 온갖 물건들이 여기저기 날아가 있었다. 비틀거리며 일어나 보니 막사 안은 엉망진창이었다.

가장 먼저 든 생각: "귀가 왜 이렇게 아픈 거야!"

그런 다음 "어지러워"라고 생각하며 나는 풀썩 무릎을 꿇었다. 그러고는 앞으로 고꾸라졌다. '그렇게나' 어지러웠다. 나는 두 손으로 머리를 더듬으며 부상의 흔적을 찾았다. 부디 그런 게 발견되지 않기를 절실히 바라면서. 문제는 없는 듯했다.

그러나 머리와 얼굴 전체를 만져보자 진짜 문제가 드러났다. 산소마스크가 폭발로 찢어졌던 것이다. 나는 거의 순질소로만 호흡하고 있었다.

막사 바닥은 잡동사니로 뒤덮여 있었다. 의료용 산소 탱크를 찾을 희망은 없어 보였다. 아니, 이 잡동사니들 속에서는 정신을 잃기 전에 무엇이든 찾을 희망이 없어 보였다.

그때 원래 자리에 그대로 걸려 있는 루이스의 우주복이 눈에 들어왔다. 그것은 폭발 속에서 조금도 움직이지 않은 채 제자리를 지키고 있었다. 그렇지 않아도 무거운 상태에서 70리터의 물이 들어차 있었으니 날아갈 수가 없었을 것이다.

나는 그리로 달려가 재빨리 산소를 틀고 뚫린 목 부분에 머리를 집어넣었다(물에 쉽게 접근하기 위해 헬멧은 오래전에 떼어버렸다). 현기증이 가실 때까지 한동안 숨을 쉰 다음, 깊이 한 번 들이마시고 숨을 참았다.

그러곤 계속 숨을 참은 채로 대기 조절기를 속이는 데 사용한 우주복과 대형 봉지를 흘끗 넘겨다보았다.

나쁜 소식: 나는 그것들을 제거하지 않았다.

좋은 소식: 그것들은 폭발로 인해 저절로 떨어져 나갔다.

대기 조절기의 공기 주입구 아홉 개 중 여덟 개는 여전히 막혀 있었지만 적어도 남은 하나는 진실을 말해줄 수 있었다.

나는 비틀비틀 그리로 걸어가 조절기를 다시 켰다.

녀석은 2초 동안 부팅을 수행한 후(당연히 신속하게 부팅되도록 설계되었다) 곧바로 문제를 감지했다.

막사 전체에 찢어질 듯 날카로운 산소 부족 경보가 울려 퍼졌고 대기 조절기는 안전한 범위 내에서 최대한 신속하게 대기에 순산소를 쏟아내기 시작했다. 대기에서 산소를 '분리'해 내는 과정은 어렵고 시간이 걸리는 일이지만, 대기에 산소를 '쏟아 붓는' 일은 밸브만 열면 간단하게 해결된다.

나는 바닥에 흩어진 잔해들을 넘어서 다시 루이스의 우주복으로 기어가 또 한 번 머리를 집어넣고 좀 더 좋은 공기를 들이마셨다. 3분 만에 대기 조절기는 막사의 산소 농도를 정상으로 되돌려 놓았다.

그제야 나는 내 옷이 얼마나 심하게 탔는지 깨달았다. 옷을 세 겹이나 껴입어 천만다행이었다. 손상이 가장 심한 곳은 소매였다. 겉옷은 완전히 날아가고 없었다. 그 안에 겹쳐 입은 옷은 군데군데 그슬리고 구멍이 났다. 나의 유니폼은 그럭저럭 멀쩡했다. 이번에도 운이 좋았던 것 같다. 게다가 막사의 메인 컴퓨터를 보니 온도가 섭씨 15도까지 올라가 있었다. 매우 뜨겁고 폭발력 강한 무언가가 일어났는데 그게 무엇인지 혹은 어떻게 일어났는지는 모르겠다.

이 글을 쓰고 있는 지금도 마찬가지다. 대체 무슨 일이 일어난 걸까 여전히 궁금해 하고 있다.

너무 많은 일을 하고 폭발까지 겪었더니 녹초가 되었다. 내일은 오만 가지의 장비 점검을 하고 폭발 원인도 찾아야 한다. 하지만 지금은 그저 자고 싶은 마음뿐이다.

나는 또다시 로버에 와 있다. 수소가 없어졌다고 해도 이유 없이 폭발한 이력을 가진 막사에 머물기가 꺼림칙했다. 게다가 막사가 새지 않는다는 보장도 없다.

이번에는 온전한 식량 팩 하나와 디스코가 아닌 다른 음악을 챙겨 왔다.

하루 종일 거주용 막사의 모든 시스템에 대해 총체적인 점검을 실시했다. 미치도록 따분했지만 내 목숨이 그 기계들에 달려 있으므로 생략할 수가 없었다. 한 번의 폭발이 장기적인 손상으로 이어질 수 있다는 사실을 간과해선 안 된다.

나는 가장 중요한 것들부터 먼저 점검했다. 거주용 막사의 캔버스가 온전한지 확인하는 것이 최우선이었다. 로버에서 몇 시간 자고 돌아갔는데도 기압이 정상인 것을 보면 멀쩡한 게 거의 확실했다. 컴퓨터의 정보에 따르면 그사이에 기압은 온도 때문에 미미하게 변했을 뿐 크게 변하진 않았다.

그다음으로는 산소 발생기를 점검했다. 산소 발생기가 멈추고 수리할 길이 없다면 나는 죽은 목숨이나 다름없으니까. 아무 이상 없었다.

다음엔 대기 조절기를 확인했다. 역시 이상은 없었다.

난방장치, 주요 배터리들, 산소 및 질소 저장 탱크들, 물 환원기, 세 개의 에어로크, 조명 시스템, 메인 컴퓨터… 점검해 나갈수록 각각의 시스템이 모두 완벽하게 돌아가고 있다는 확신이 들어 기분이 점점 나아졌다.

나사를 인정해 줘야겠다. 무엇 하나 대강 만들지 않았다.

또 하나 중요한 점검 사항, 흙이 남았다. 나는 막사 곳곳에서(기억할지 모르겠지만 이제 막사의 바닥 전체가 흙으로 덮여 있다) 표본을 채취해 슬라이드를 만들었다.

손을 떨면서 슬라이드 하나를 현미경에 넣고 화면에 영상을 띄웠다. 그대로였다! 건강하고 활발한 박테리아들이 열심히 일하고 있었다!

어쨌든 400화성일째에 굶어 죽는 일은 면한 것 같다. 그제서야 나는 의자에 털썩 앉아 숨을 돌렸다.

그런 다음 어질러진 것들을 치우기 시작했다. 그러면서 대체 어떻게 된 것일까 생각해 보았다.

어떻게 된 걸까? 한 가지 이론이 떠올랐다.

메인 컴퓨터에 따르면, 폭발이 일어났을 때 1초도 안 되는 짧은 시간 동안 내압이 1.4기압까지 치솟았고 온도는 섭씨 15도까지 올라갔다. 하지만 기압은 금세 다시 1기압으로 돌아왔다. 대기 조절기가 작동하고 있었다면 이상할 게 없지만 나는 대기 조절기를 아예 꺼놓았었다.

온도는 그 뒤에도 한동안 섭씨 15도로 유지되었으니 여전히 열팽창했어야 한다. 하지만 기압은 다시 떨어졌다. 그렇다면 그 나머지 압력은 어디로 갔단 말인가? 온도가 오르는데 내부의 원자 개수가 일정하다면 기압이 높아져야 말이 된다. 하지만 그러지 않았다.

금세 그 답이 떠올랐다. 수소(연소될 수 있는 유일한 물질)가 산소와 결합해(연소되어) 물이 되었다. 물의 밀도는 기체의 1,000배이다. 그러니까 열이 가해져서 기압이 높아졌다가 수소와 산소가 물로 바뀌면서 기압이 다시 내려갔던 것이다.

여기서 100만 달러짜리 문제. 산소는 대체 어디서 나왔을까? 나는 산소를 제한함으로써 폭발을 막는 작전을 썼다. 그것이 한동안 순조롭게 진행되다 갑자기 폭발이 일어났다.

나는 답을 알고 있다. 이런저런 생각 끝에 자연스레 나온 것이다. 내가 우주복을 입지 않았던 것을 기억하는가? 그것 때문에 나는 죽을 뻔했다.

의료용 산소 탱크는 순산소를 주변 공기와 섞어 산소마스크를 통해 전달해 준다. 이 마스크는 작은 고무밴드를 목 뒤로 감아 얼굴에 고정시키는 방식이다. 완전히 밀폐되지 않는다.

그렇다면 아마 그 산소마스크에서 산소가 샌 모양이라고 생각할 것이다. 하지만 그게 아니다. 나는 산소를 들이마시고 있었다. 숨을 들이마실 때는 마스크가 얼굴에 흡착되어 공기가 밖으로 빠져나가지 않고 거의 완전히 밀폐된다.

문제는 '숨을 내쉴 때' 일어났다. 우리가 평소에 호흡할 때 공기 중에 있는 산소를 얼마나 흡수하는지 아는가? 나도 잘 모르지만 100퍼센트는 아니다. 나는 숨을 내쉴 때마다 대기에 산소를 다시 뱉은 것이다.

생각도 하지 못했다. 하지만 했어야 한다. 우리가 들이마신 산소를 폐에서 모조리 흡수한다면 입으로 하는 인공호흡은 효과가 없을 것이다. 그것을 생각하지 못했다니 얼마나 어리석은가! 게다가 그 어리석음 때문에 죽을 뻔했다!

앞으로는 더 조심해야겠다.

그나마 폭발이 일어나기 전에 수소를 대부분 연소시켜서 얼마나 다행인지 모른다. 그러지 않았더라면 모든 게 끝장나 버렸을 것이다. 다행히 막사를 날려버릴 만큼의 폭발은 아니었다. 그래도 하마터면 고막이 터질 뻔했다.

이 모든 게 내가 만든 물이 60리터쯤 빈다는 것을 깨달으면서 시작되었다. 의도적인 방화와 예기치 못한 폭발을 거치는 사이, 나는 다시 정상 궤도에 들어섰다. 간밤에 물 환원기가 실력을 발휘하여 공기 중에 새로 생성된 물 50리터를 끌어모았다. 지금 그 물은 루이스의 우주복에 저장되어 있는데, 앞으로는 그 우주복을 '시스턴'이라고 부를 것이다. 그 이름이 더 멋지니까. 나머지 10리터는 바싹 말라 있던 흙이 바로 빨아들였다.

오늘은 힘을 많이 썼다. 온전한 한 끼를 먹을 자격이 있다. 그리고 막사로 돌아온 첫날 밤을 자축하기 위해 편안히 쉬면서 루이스 대장의 촌스러운 20세기 TV 프로를 볼 것이다.

〈해저드 마을의 듀크 가족(The Dukes of Hazzard)〉. 까짓것 한번 보는 거다.

Ø 일지 기록 : 42화성일째

오늘은 늦잠을 잤다. 그럴 만도 하다. 나흘 동안 로버에서 새우잠을 잤더니 나의 침상이 세상에서 가장 푹신하고 가장 아름다운 깃털 침대처럼 느껴졌다.

나는 간신히 침상에서 몸을 떼어내 폭발의 잔해를 마저 치웠다.

오늘은 감자 작물을 다시 옮겨왔다. 시기적으로도 꼭 알맞은 것 같다. 지금 감자는 싹을 틔우고 있다. 녀석들은 건강하고 행복해 보인다. 이건 화학도, 의학도, 세균학도 아니다. 영양 분석도 아니고 폭발 역학도 아니고, 그 밖에 내가 최근에 해온 그 어떤 개똥 같은 학문도 아니다. 이건 '식물학'이다. 적어도 식물을 키우는 일은 실패하지 않을 거라고 확신한다.

과연?

정말 짜증 나는 건 물을 겨우 130리터밖에 못 만들었다는 사실이다. 앞으로 470리터를 더 만들어야 한다. '두 번이나' 죽을 뻔했으면 이제 하이드라진을 만지는 일은 그만해도 되지 않느냐고 생각할지도 모르겠다. 그건 아니다. 앞으로 열흘 동안 열 시간에 한 번씩 막사 안에서 하이드라진을 분해하여 수소를 태울 것이다. 이제는 더 잘할 수 있다. 한 번의 깔끔한 반응에 의존하지 않고 작은 불꽃으로 여러 번에 걸쳐 '수소 청소'를 해줄 것이다. 수소가 '마크 살해 위협' 수위까지 올라가지 않고 점진적으로 연소되도록 말이다.

그러면 많은 시간을 죽여야 한다. 각각의 이산화탄소 탱크가 찰 때까지 열 시간씩 기다려야 한다. 하이드라진을 분해하고 수소를 태우는 데에는 겨우 20분이 걸린다. 남는 시간은 TV나 보면서 보낼 생각이다.

그나저나 정말 궁금해서 그러는데⋯ 제너럴 리(〈해저드 마을의 듀크 가족〉에서 주인공들이 타고 다니는 닷지차저 자동차의 이름-옮긴이)는 분명히 경찰차보다 빨리 달릴 수 있다. 왜 보안관 로스코는 그냥 듀크 농장으로 가서 그들이 차에 타고 있지 '않을' 때 체포하지 않는 걸까?

06

벤카트 커푸어는 자신의 사무실로 돌아와 바닥에 서류가방을 내려놓고 가죽 의자에 풀썩 앉았다. 잠시 창밖을 내다보았다. 1동에 위치한 그의 사무실에서는 존슨우주센터 단지 한가운데에 있는 커다란 공원의 전경이 내려다보였다. 그 너머로 멀리 보이는 머드호(湖)까지 수십 채의 건물이 점점이 흩어져 있었다.

컴퓨터 화면을 보니 읽지 않은 이메일 마흔일곱 통이 관심을 가져달라고 아우성이었다. 당장 열어볼 필요는 없었다. 오늘은 슬픈 날이었다. 마크 와트니의 장례식 날이니까.

와트니의 용기와 희생 그리고 나머지 대원들을 안전하게 이끈 루이스 대장의 민첩한 행동을 치하하는 대통령의 연설이 있었다. 루이스 대장과 살아남은 대원들은 헤르메스에서 장거리 통신을 통해 먼 우주에서 잃어버린 동료를 추모하는 연설을 했다. 그들은 앞으로 10개월의 여정을 더 견뎌야 했다.

나사의 국장도 연설을 통해 우주 비행이 몹시 위험천만한 일이며 우리는 이러한 역경 앞에서 굴하지 않을 것임을 모두에게 주지시켰다.

그들은 벤카트에게도 연설을 하겠느냐고 물었다. 그는 거절했다. 연설할 이유가 없었다. 와트니는 죽었다. 화성 탐사 임무의 책임자가 번드르르한 연설을 한다고 해서 그가 살아 돌아오는 것은 아니었다.

"벤카트, 괜찮나?"

문가에서 귀에 익은 목소리가 들려왔다.

벤카트는 의자를 돌리며 대꾸했다.

"괜찮겠죠."

테디 샌더스는 티 한 점 없이 깔끔한 재킷에서 삐져나온 실밥 한 가닥을 홱 뜯어냈다.

"연설 좀 하지 그랬어?"

"하고 싶지 않았습니다. 아시잖아요."

"그래, 알지. 나도 하고 싶지 않았어. 하지만 난 항공우주국 국장이잖아. 하지 않을 수가 없었지. 정말 괜찮은 건가?"

"네, 괜찮을 겁니다."

"좋아."

테디는 커프스단추를 매만지며 말을 이었다.

"그럼 다시 일을 하자고."

벤카트는 어깨를 으쓱했다.

"그러죠. 그럼 먼저 위성 사용을 허락해 주십시오."

테디는 한숨을 쉬며 벽에 몸을 기댔다.

"또 그 얘기군."

"네, 또 그 얘깁니다. 왜 안 되는 겁니까?"

벤카트가 물었다.

"좋아, 터놓고 얘기해 보지. 정확히 무얼 원하는 건가?"

벤카트는 상체를 앞으로 숙이며 대꾸했다.

"아레스 3은 실패했지만 건질 것이 남았을 수도 있습니다. 우린 총 다섯 번의 아레스 탐사 비용을 지원받았습니다. 의회에서 여섯 번째 탐사 임무까지 자금을 지원하도록 만들 수도 있지 않을까 싶습니다."

"난 모르겠군, 벤카트…."

그러자 벤카트는 계속해서 밀어붙였다.

"간단합니다, 국장님. 아레스 3 탐사대는 6화성일 만에 대피했습니다. 온전히 한 번의 탐사 임무를 수행할 수 있는 보급품이 거의 그대로 남아 있습니다. 통상 탐사 임무 예산의 극히 일부만 지원하면 됩니다. 임무 하나를 준비하려면 사전 보급선을 열네 대 보내지만 지금 상황이라면 세 대 정도면 빠진 것을 보충할 수 있을 겁니다. 두 대로 충분할 수도 있고요."

"벤카트, 거긴 시속 175킬로미터의 모래 폭풍이 강타했어. 엉망이 되었을 거야."

"그래서 영상을 찍게 해달라는 겁니다. 사진 두어 장만 있으면 됩니다. 그 정도면 많은 것을 알 수 있습니다."

"이를테면 어떤 걸 알 수 있지? 모든 게 완벽하게 제자리에 있다는 확신도 없이 화성에 사람들을 보낼 거라고 생각하나?"

그러자 벤카트가 얼른 대꾸했다.

"완벽할 필요는 없습니다. 망가진 게 있으면 그것만 새로 보내면 되지요."

"사진만으로 뭐가 망가졌는지 어떻게 알겠나?"

"일단 그렇게 시작하자는 겁니다. 그들이 대피했던 건 폭풍이 MAV를 위협해서였습니다. 거주용 막사는 그보다 훨씬 더 심한 바람도 견딜 수 있습니다. 아마 온전하게 남아 있을지도 모릅니다.

다른 건 몰라도 그건 확실하게 알 수 있지요. 만약 터졌다면 완전히 날아가거나 폭삭 주저앉았을 겁니다. 멀쩡하게 서 있다면 그 안에 있는 것들도 전부 온전할 겁니다. 그리고 로버들도 튼튼합니다. 로버는 화성의 어떤 모래 폭풍도 견딜 수 있습니다. 그냥 한번 볼 수 있게만 해주십시오, 국장님. 제가 원하는 건 그것뿐입니다."

테디는 창문으로 걸어가 광활한 땅에 들어선 건물들을 내다보았다.

"위성 사용을 원하는 사람이 한두 명이 아니야. 아레스 4 보급 일정도 다가오잖아. 이제 스키아파렐리 분화구에 집중해야지."

그러자 벤카트가 말했다.

"이해가 안 됩니다, 국장님. 대체 왜 그러십니까? 저는 그저 탐사대를 한 번 더 파견할 수 있게 해보자는 겁니다. 화성 주위에는 우리 위성이 열두 대나 있잖아요. 그중 한두 대는 두어 시간쯤 빼주실 수도 있지 않습니까? 각 위성이 아레스 3 탐사 구역을 촬영할 만한 각도가 되는 시간을 알려드리면…."

"위성을 빼주고 말고의 문제가 아니야, 벤카트."

테디가 그의 말을 잘랐다.

벤카트는 멈칫했다.

"그럼… 뭐가… 문제인지…."

테디는 몸을 돌려 벤카트를 마주 보았다.

"나사는 공공기관이야. 여긴 비밀 정보나 보안 정보 같은 게 있을 수 없어."

"그게 무슨 상관입니까?"

"우리가 찍은 위성사진은 하나도 빠짐없이 바로 공개되지."

"그러니까 그게 어쨌다는 겁니까?"

"거주용 막사에서 반경 20미터 안에 마크 와트니의 시신이 있을 거야. 어느 정도는 모래에 덮였겠지만 그래도 보이긴 하겠지. 가슴엔 통신 안테나가 박혀 있을 테고. 우리가 사진을 찍으면 무조건 그런 광경이 들어가 있을 거라고."

벤카트는 테디를 응시했다. 그러다 테디를 노려보며 말했다.

"그럼 지난 두 달 동안 사진을 찍게 해달라는 요청을 거절하신 이유가 '그것' 때문입니까?"

"벤카트, 진정하…."

"정말 그런 겁니까? 그깟 공보 문제 때문에요?"

테디는 무뚝뚝하게 대꾸했다.

"언론은 와트니의 죽음을 끈질기게 물고 늘어지다 이제야 겨우 잠잠해지기 시작했어. 두 달 동안 끔찍한 보도가 꼬리에 꼬리를 물었지. 오늘 추모식이 있었으니 이제 사람들도 종지부를 찍을 거고 언론도 다른 기삿거리를 찾기 시작할 거야. 그 모든 걸 다시 들춰내는 건 안 될 일이야."

"그럼 어떻게 하실 겁니까? 와트니의 시신은 썩지도 않을 겁니다. 영원히 그대로 있을 거라고요."

그러자 테디가 말했다.

"영원히는 아니지. 정상적인 기상 활동이 계속 일어나면 1년 안에 모래 속에 묻힐 거야."

"1년이라고요?"

벤카트는 자리에서 일어서며 다시 말을 이었다.

"말도 안 됩니다. 1년이나 기다릴 수는 없어요."

"안 될 이유가 뭔가? 아레스 4 탐사대도 5년은 지나야 출발할 텐데. 시간은 많아."

벤카트는 심호흡을 하며 잠시 생각해 보았다.

"그럼 이렇게 한번 생각해 보시죠. 현재 대중은 와트니의 유족들을 대단히 안타까워하고 있습니다. 아레스 6이 실현된다면 시신을 수거해 올 수 있겠지요. 그것을 아레스 6의 '목적'으로 삼자는 게 아니라 임무로 천명하자는 겁니다. 그런 식으로 방향을 잡으면 의회의 지지도 좀 더 끌어올 수 있을 테고요. 하지만 1년을 기다리면 그럴 수가 없습니다. 1년 후면 사람들은 더 이상 관심도 갖지 않을 겁니다."

테디는 턱을 문질렀다.

"흠…."

★☆★

민디 파크는 천장을 바라보았다. 달리 할 일이 없었다. 새벽 3시 근무는 따분했다. 잠들지 않으려면 끊임없이 커피를 마셔대는 수밖에 없었다.

이쪽 부서로 옮겨올 때 화성 주위를 도는 인공위성들의 상태를 살피는 업무는 재미있을 것 같았다. 그러나 위성들은 대개 스스로 알아서 제 할 일을 했다. 그녀의 업무는 영상이 나오면 그것을 이메일로 보내주는 것이 전부였다.

그녀는 혼자 중얼거렸다.

"기계공학 석사까지 마치고 하는 일이 기껏 야간 사진 촬영 부스에서 영상 전송이라니."

그러고는 커피를 홀짝거렸다.

화면이 깜박거리면서 새로운 일련의 영상들이 전송 준비를 끝마쳤음을 알렸다. 그녀는 해당 데이터를 요청한 사람이 누구인지 확인했다.

벤카트 커푸어.

그녀는 그 데이터를 내부 서버에 바로 올리고 커푸어 박사에게 이메일을 썼다. 해당 영상의 위도와 경도를 입력하다 보니 낯이 익은 좌표였다.

"31.2°N, 28.5°W… '아시달리아 평원'… '아레스 3 탐사 구역'이잖아?"

호기심이 발동한 그녀는 열일곱 개의 영상 가운데 처음 영상을 불러왔다.

예상한 대로 그곳은 아레스 3 탐사 구역이었다. 그곳 영상을 찍는다는 얘기는 이미 들어 알고 있다. 그녀는 약간의 수치심을 느끼며 마크 와트니의 시체를 찾아보려고 영상을 꼼꼼히 살폈다. 1분 동안 뜯어봤는데도 아무것도 보이지 않자 안도와 실망이 동시에 밀려들었다.

계속해서 나머지 사진들을 살펴보았다. 거주용 막사는 온전하게 서 있었다. 커푸어 박사가 보면 좋아할 것이다.

그녀는 커피 잔을 입으로 가져가다 멈칫했다.

"어… 저건…."

그녀는 나사 인트라넷 창을 띄우고 아레스 프로그램의 세부 사항을 찾아보았다. 잠시 급하게 훑어본 뒤 전화기를 들었다.

"여보세요? 위성관리팀의 민디 파크예요. 아레스 3의 임무 기록이 필요한데, 어디서 구할 수 있죠? 네… 네… 알겠습니다…. 고맙습니다."

인트라넷을 좀 더 뒤져본 후 그녀는 의자에 깊숙이 몸을 기댔다. 더 이상 커피로 잠을 깨울 필요가 없었다.

그녀는 다시 한번 전화기를 들고 말했다.

"여보세요, 보안과죠? 위성관리팀 민디 파크인데요. 벤카트 커푸어 박사님의 비상연락번호 좀 알려주세요. (…) 네, 급한 일이에요."

★☆★

벤카트가 터덜터덜 들어오자 민디는 자리에서 안절부절못했다. 화성 탐사 작전의 총책임자가 위성관리팀을 방문하는 것은 이례적인 일이었다. 게다가 청바지와 티셔츠 차림으로 나타나는 것은 더더욱 흔치 않은 일이었다.

"민디 파크요?"

그는 겨우 두 시간을 자고 불려 나온 사람답게 얼굴을 잔뜩 찡그리고 물었다.

"그렇습니다. 밤늦게 전화해서 죄송해요."

민디가 떨리는 목소리로 대답했다.

"그럴 만한 이유가 있겠지. 무슨 일이오?"

그녀는 시선을 내렸다.

"어, 그러니까 그게… 요청하신 영상이 나왔어요. 그런데 이쪽으로 오셔서 직접 보시는 게 좋을 것 같습니다."

벤카트는 민디 옆으로 의자 하나를 끌고 와서 앉았다.

"와트니의 시신 때문이오? 그래서 그렇게 동요한 건가?"

"아뇨. 그게 아니라… 그러니까 그게…."

그녀는 자신도 모르게 말을 더듬자 당황하며 화면을 가리켰다.

벤카트는 영상을 살펴보았다.

"거주용 막사는 온전한 것 같군. 다행이야. 태양 전지도 괜찮고. 로버들도 멀쩡하네. 주 접시안테나는 안 보이네요. 그건 이미 예상했던 거고. 뭐가 그렇게 놀라운 건가?"

"그게⋯."

그녀는 손가락을 화면에 대고 다시 말했다.

"저것 때문에요."

벤카트는 상체를 숙여 좀 더 가까이 들여다보았다. 막사 바로 밑 모래밭, 두 대의 로버 옆에 하얀색 원 모양의 물체 두 개가 자리하고 있었다.

"흠. 막사 캔버스 같은데. 그럼 막사가 멀쩡하지 않았던 건가? 아무래도 일부가 떨어져 나와서⋯."

"아뇨. 저건 로버의 간이텐트 같아요."

민디가 그의 말을 잘랐다.

벤카트는 다시 화면을 보았다.

"흠. 그런 것 같군."

"저게 어떻게 펼쳐졌을까요?"

민디가 물었다.

벤카트는 어깨를 으쓱했다.

"루이스 대장이 대피할 때 펴놓으라고 지시했겠지. 괜찮은 생각이야. 혹시라도 MAV가 작동하지 않고 막사까지 파손되었을 경우 비상 피난처가 필요할 테니까."

"그렇죠. 그런데⋯."

민디는 컴퓨터 화면에 문서 하나를 띄우며 계속 말을 이었다.

"이게 1화성일째부터 6화성일째까지 임무 기록 전체예요. MDV가 착륙한 순간부터 MAV가 비상 이륙한 순간까지 있었던 모든 일이 기록되어 있죠."

"그런데?"

"제가 다 읽어봤거든요. 몇 번이나. 그들은 간이텐트를 펼치지 않았어요."

'간이텐트' 부분에서 그녀의 목소리가 갈라졌다.

벤카트는 이맛살을 찌푸렸다.

"그렇다면 간이텐트를 펴긴 했는데 기록이 되지 않은 모양이군."

"비상용 간이텐트 두 개를 활성화하면서 아무에게도 말하지 않을 수 있었을까요?"

"흠. 그건 좀 말이 안 되긴 하지. 폭풍 때문에 로버들이 오작동해서 텐트가 자동으로 펼쳐졌을 수도 있어."

"하지만 자동으로 펼쳐진 뒤에 스스로 로버에서 떨어져 나와 서로 20미터쯤 간격을 두고 나란히 정렬될 수도 있을까요?"

벤카트는 다시 영상을 보았다.

"어떻게든 활성화되긴 했는데."

"태양 전지는 어째서 저렇게 깨끗한 걸까요?"

민디는 애써 눈물을 참으며 다시 말을 이었다.

"강력한 모래 폭풍이 불었어요. 그런데 어째서 태양 전지들이 모래로 뒤덮이지 않았을까요?"

"또 한 번 바람이 불어 쓸어냈을 수도 있지 않을까?"

벤카트가 자신 없는 목소리로 말했다.

"제가 와트니의 시신을 못 찾았다고 말씀드렸던가요?"

민디는 코를 훌쩍거렸다.

사진을 보던 벤카트의 눈이 커졌다. 그가 조용히 말했다.

"이런… 이런, 세상에….”

민디는 두 손으로 얼굴을 가리고 조용히 흐느꼈다.

★☆★

"내가 미쳐! 지금 저 놀리시는 거죠?!”

애니 몬트로즈가 말했다.

테디는 티 한 점 없는 자신의 마호가니 책상을 사이에 두고 나사의 공보 책임자인 애니를 노려보며 대꾸했다.

"흥분해서 좋을 거 없어요, 애니.”

그런 다음 그는 화성 탐사 작전의 총책임자를 돌아보며 물었다.

"얼마나 확실한 건가?”

"거의 100퍼센트입니다.”

벤카트가 대답했다.

"미쳐!”

애니가 말했다.

테디는 책상 위에 놓인 서류철이 마우스 패드와 나란히 정렬되도록 오른쪽으로 살짝 밀며 다시 말했다.

"그렇게 된 걸 어떡하겠나. 이제 해결해야지.”

"이게 얼마나 ‘엄청난’ 폭풍을 몰고 올지 짐작이나 하세요? 국장님은 빌어먹을 기자들을 매일 상대할 필요가 없겠죠. 하지만 저는 해야 하거든요!”

그녀가 날카롭게 항변했다.

그러자 테디가 말했다.

"하나씩 풀어보자고. 벤카트, 그가 살아 있다고 확신하는 이유가 뭔가?"

벤카트는 설명을 시작했다.

"우선 시체가 없습니다. 그리고 간이텐트가 펼쳐져 있지요. 태양 전지도 깨끗하고요. 그나저나 이런 것들은 전부 위성관리팀의 민디 파크가 알아낸 겁니다."

그는 계속해서 말을 이었다.

"6화성일째에 불어닥친 폭풍으로 시신이 완전히 묻혔을 수도 있지요. 간이텐트들은 자동으로 펼쳐져서 바람에 날아왔을 수도 있고요. 그런 다음 시속 30킬로미터의 모래 폭풍이 불었을 수도 있습니다. 그랬다면 태양 전지들을 깨끗이 쓸어주기만 하고 다시 모래로 덮어놓진 않았을 겁니다. 확률이 낮긴 하지만 불가능한 일은 아닙니다.

그래서 지난 몇 시간 동안 가능한 것들을 최대한 확인해 보았습니다. 루이스 대장은 로버 2를 타고 두 번 탐사를 나갔다 왔습니다. 두 번째로 나간 건 5화성일째였지요. 임무 기록에 따르면 루이스는 탐사를 나갔다 돌아와서 로버를 충전하려고 거주용 막사에 꽂아놓았습니다. 그 뒤론 사용하지 않았고 그로부터 열세 시간 후에 그들 모두 대피했습니다."

그는 책상 위에 사진 한 장을 놓고 테디 쪽으로 밀었다.

"어젯밤에 찍은 사진 중 하나입니다. 보시다시피 로버 2는 막사를 '등지고' 있습니다. 충전용 포트는 앞쪽에 있고 선이 그렇게 길지도 않습니다."

테디는 멍하니 사진을 돌려 책상 가장자리와 수평을 맞춰놓으며 말했다.

"루이스는 틀림없이 로버가 막사를 마주 보도록 세워놓았겠지. 그렇지 않았다면 충전할 수 없었을 테니까. 그렇다면 5화성일째 이후에 움직였다는 얘긴데."

"맞습니다."

벤카트는 또 한 장의 사진을 테디에게로 밀며 말을 이었다.

"하지만 진짜 증거는 바로 이겁니다. 이 사진의 오른쪽 하단에 MDV가 보이실 겁니다. 분해된 상태지요. 대원들이 이런 일을 했다면 우리에게 보고하지 않았을 리가 없습니다."

그런 다음 벤카트는 손가락으로 한 곳을 가리켰다.

"그리고 이 사진 오른쪽에 결정적인 증거가 있습니다. MAV의 착륙 지지대 말입니다. 연료 설비가 완전히 제거됐고 그러면서 지지대에 엄청난 손상이 가해진 듯 보입니다. 이륙 전에 이런 일이 일어났을 리는 절대 없습니다. 그러면 MAV가 너무 위험해지기 때문에 루이스가 절대 허락하지 않았을 겁니다."

그러자 애니가 말했다.

"그냥 루이스한테 물어보는 건 어때요? 교신 담당한테 가서 직접 물어보라고 하세요."

벤카트는 대답 대신 의미심장한 눈으로 테디를 보았다.

그러자 테디가 말했다.

"와트니가 정말 살아 있다고 해도 아레스 3 대원들에겐 알리지 않을 생각이야."

"뭐라고요!? 어떻게 그들한테 알리지 않을 수가 있어요?"

애니가 묻자 테디의 답변은 이랬다.

"그들은 앞으로 열 달을 더 버텨야 돌아올 수 있어. 우주여행은 아주 위험하지. 정신을 바짝 차리고 딴생각을 해선 안 돼. 동료를 잃어서 슬픈데 실은 살아 있는 동료를 버리고 왔다는 걸 알게 되면 얼마나 참담하겠나."

그러자 애니는 벤카트를 보며 물었다.

"박사님도 같은 생각이세요?"

"당연한 겁니다. 감정적 트라우마는 우주선을 타고 날아다니지 않을 때 겪어도 됩니다."

벤카트가 대답했다.

"이건 아폴로 11호 이래로 가장 떠들썩한 사건이 될 거예요. 그걸 어떻게 숨기시려고 그래요?"

그러자 테디는 어깨를 으쓱하며 대꾸했다.

"간단해. 그들과의 교신은 모두 우리가 통제하잖아."

"미쳐."

애니는 자신의 노트북 컴퓨터를 열며 다시 물었다.

"언제 공개하실 거예요?"

"언제가 좋을까?"

테디가 되물었다.

애니가 대답했다.

"음, 이 사진들은 24시간 후에 의무적으로 공개해야 해요. 성명을 곁들여서 내보내야 할 것 같네요. 사람들이 자의적으로 해석하게 해선 안 돼요. 그럼 우리가 얼마나 한심해 보이겠어요?"

"그렇지. 성명서를 작성해."

테디가 맞장구쳤다.

"정말 재밌겠네요."

애니가 툴툴거렸다.

"이제 어떻게 해야 하지?"

테디가 벤카트에게 물었다.

"가장 시급한 건 통신입니다. 사진상으로는 통신 안테나가 파손된 게 분명하게 보입니다. 다른 통신 방법을 찾아야지요. 교신을 할 수 있다면 상황을 파악하고 계획을 세울 수 있을 겁니다."

"좋아. 당장 시작해. 부서를 막론하고 필요한 사람이 있으면 모두 동원해. 초과근무도 필요한 만큼 시키고. 와트니와 교신할 방법을 찾게. 일단 지금은 거기에만 주력해."

"알겠습니다."

"애니, 우리가 발표하기 전까지는 절대 얘기가 새어나가서는 안 돼."

"그래야죠. 또 누가 알죠?"

애니가 물었다.

"우리 셋하고 위성관리팀의 민디 파크뿐입니다."

벤카트가 대답했다.

"민디 파크한테는 제가 얘기할게요."

애니가 말했다.

테디가 자리에서 일어나며 휴대전화를 열었다.

"나는 시카고에 가봐야겠어. 내일 돌아올 거야."

"시카고엔 왜요?"

애니가 물었다.

"와트니의 부모님이 시카고에 사시거든. 뉴스로 보기 전에 직접 설명을 드려야지.”

테디가 말했다.

“아들이 살아 있다는 걸 알면 정말 좋아하시겠네요.”

애니가 말했다.

“그래, 살아 있긴 하지. 하지만 내 계산이 맞다면 우린 그 친구가 굶어 죽기 전에 손쓸 수 없을 수도 있어. 부모님을 만나뵙는 게 썩 유쾌한 일이 될 것 같진 않군.”

“미쳐.”

애니가 조심스럽게 말했다.

★☆★

“방법이 없다고? 전혀?”

벤카트는 탄식하며 말을 이었다.

“그걸 말이라고 하나? 전문가 스무 명이 열두 시간 동안 매달렸어. 수십억 달러짜리 통신망도 있고. 그런데 교신할 방법을 ‘전혀’ 알아내지 못했다고?”

벤카트의 사무실에 앉아 있는 두 남성은 안절부절못했다.

“그쪽에 무선통신 장비가 없어서요.”

척이 말했다.

“사실 통신 장비는 있는데 안테나가 없죠.”

모리스가 말했다.

척이 다시 말했다.

“접시안테나가 없으면 신호가 정말 강해야 해요. 이를테면…”

"비둘기들을 녹일 정도로요."

모리스가 거들었다.

"그래야 그쪽에서 받을 수 있죠."

척이 다시 거들었다.

그러자 모리스가 말했다.

"화성 주위의 인공위성들도 감안해 계산했습니다. 그것들은 거리가 훨씬 더 가까우니까요. 하지만 그래도 계산이 안 나옵니다. 가장 강력한 송신기를 가진 슈퍼서베이어 3조차도 열네 배는 더 강력해야…."

"열일곱 배지."

척이 말했다.

"열네 배야."

모리스가 우겼다.

"아냐, 열일곱 배라니까. 히터에 들어가는 최소 전류량을 잊은 모양이네. 히터가 돌아가야…."

"그만. 무슨 말인지 알겠네."

벤카트가 그들의 말을 잘랐다.

"죄송합니다."

"죄송합니다."

"아니야. 내가 너무 예민하게 군 것 같군. 간밤에 잠을 두 시간밖에 못 잤거든."

벤카트가 말했다.

"저흰 괜찮습니다."

모리스가 말했다.

"충분히 이해합니다."

척이 말했다.

벤카트가 다시 입을 열었다.

"자, 그럼 어떻게 하면 모래 폭풍 한 번으로 아레스 3 탐사대와 교신이 완전히 끊어질 수 있는지 설명해 보게."

"상상을 못 한 거죠."

척이 말했다.

"그런 일이 생길 줄은 전혀 몰랐습니다."

모리스도 맞장구쳤다.

"아레스 탐사대의 비상 통신시스템이 몇 개지?"

벤카트가 물었다.

"네 개입니다."

척이 대답했다.

"세 개입니다."

모리스가 말했다.

"아냐, 네 개야."

척이 다시 말했다.

그러자 모리스가 우겼다.

"'비상' 시스템이라고 하셨잖아. 그럼 기본 시스템은 빼고 말씀드려야지."

"그렇군. 세 개입니다."

"그러니까 총 네 개란 말이군. 어떻게 네 개가 다 끊겼는지 설명해봐."

벤카트가 말했다.

그러자 척이 설명을 시작했다.

"기본 통신시스템은 커다란 위성 접시안테나를 이용하는 것이었습니다. 그 안테나가 폭풍에 날아가 버렸지요. 나머지 비상 통신시스템들은 MAV에 있었고요."

이번엔 모리스가 거들었다.

"맞습니다. MAV는 일종의 통신 '기계'입니다. 지구와 헤르메스뿐만 아니라 필요한 경우에는 화성 주위의 위성들과도 교신할 수 있습니다. 게다가 세 개가 모두 개별 시스템이라 운석 충돌이 일어나지 않는 이상 통신이 끊어질 수가 없습니다."

"문제는 루이스 대장과 나머지 대원들이 MAV를 타고 떠났다는 거죠."

척의 말이었다.

"그래서 네 개의 개별 통신시스템이 하나가 된 겁니다. 그리고 그 하나가 끊어져 버렸지요."

모리스가 결론을 내렸다.

벤카트는 손가락으로 콧잔등을 집으며 말했다.

"어떻게 이런 상황을 예측하지 못할 수가 있나?"

척이 어깨를 으쓱하며 대답했다.

"생각도 못 했습니다. MAV가 '없는' 상태에서 누군가가 화성에 남을 줄은 정말 몰랐습니다."

"생각해 보세요! 그럴 확률이 얼마나 되겠습니까?"

모리스가 말했다.

그러자 척이 그를 돌아보며 대꾸했다.

"경험칙에 따르면 세 번에 한 번꼴로 일어난 셈이야. 그렇게 생각하면 확률이 꽤 높은 거지."

쉽지 않으리라는 것을 애니는 알고 있었다. 나사 역사상 중대한 과실을 전달해야 했다. 게다가 그 과정이 1초도 빠짐없이 영구적으로 기록될 것이다. 그녀의 손짓 하나하나, 말투 하나하나, 표정 하나하나를 수백만 명의 사람들이 몇 번이고 반복해서 보게 될 것이다. 한동안은 물론이고 앞으로 수십 년 동안 언론에서 수도 없이 돌려댈 게 분명했다. 와트니의 상황을 다룬 다큐멘터리가 제작될 때마다 그녀의 발표 영상이 삽입될 것도 분명했다.

그럼에도 그녀는 연단에 오르면서 그런 우려를 조금도 내비치지 않았다고 자신할 수 있었다.

"급하게 연락드렸는데 이렇게 모여주셔서 감사합니다. 중대 발표가 있습니다. 모두들 착석해 주십시오."

그녀가 앞에 모인 기자들에게 말했다.

"대체 무슨 일입니까, 애니? 헤르메스에 문제라도 생긴 겁니까?"

NBC의 브라이언 헤스였다.

"자리에 앉아주세요."

애니가 다시 한 번 말했다.

기자들이 잠시 어수선하게 돌아다니며 자리다툼을 벌이긴 했지만 금세 장내가 조용해졌다.

애니가 입을 열었다.

"아주 중요한 사안이지만 짧막하게만 말씀드리겠습니다. 지금은 어떠한 질문도 받지 않을 겁니다. 약 한 시간 후에 정식 기자회견을 열고 질의응답 시간을 갖도록 하죠. 최근에 화성 주위의 위성에서 촬영한 사진을 검토한 결과 우주비행사 마크 와트니가 살아 있다는 것을 확인했습니다."

꼬박 1초 동안 완벽한 정적이 흐른 뒤 곳곳에서 웅성거리는 소리가 들리기 시작했다.

★☆★

이 기막힌 소식은 발표된 지 일주일이 지나서도 여전히 세계 각지에서 톱뉴스로 다뤄지고 있었다.

"매일 기자회견을 하는 것도 아주 지긋지긋합니다."

벤카트가 애니에게 속삭였다.

"난 매시간 기자회견을 하는 게 지긋지긋해요."

애니가 벤카트에게 속삭였다.

두 사람은 나사의 다른 수많은 관리자 및 중역 들과 함께 기자회견장의 작은 무대 위에 서 있었다. 그들 앞에는 새로운 정보를 조금이라도 더 캐가려고 혈안이 된, 한 무리의 굶주린 기자들이 모여 있었다.

"늦어서 죄송합니다."

테디가 옆문으로 들어오며 말했다. 그는 주머니에서 메모용 카드 몇 장을 꺼내어 두 손에 반듯하게 들고 목을 가다듬었다.

"마크 와트니의 생존 소식을 발표한 후 9일 동안 모든 부문에서 엄청난 지원이 들어왔습니다. 저희는 뻔뻔하게 그런 지원을 최대한 활용하고 있지요."

장내 곳곳에서 자그맣게 킬킬거리는 소리가 들렸다.

"어제는 외계 지적 생명체 탐사 프로그램(SETI, Search for Extra-

Terrestrial Intelligence)이 저희의 요청을 받고 전파망원경 네트워크 전체를 화성으로 맞춰놓았습니다. 혹시 와트니가 약한 무전 신호라도 보내고 있지 않을까 해서 말이지요. 아닌 것으로 밝혀지긴 했지만, 각계각층에서 우리에게 얼마나 많은 도움을 주고 있는지 확실하게 보여주는 또 하나의 증거였습니다.

전 세계인이 관심을 갖고 지켜보는 만큼 저희는 모두에게 지속적으로 정보를 제공하기 위해 최선을 다하겠습니다. 최근 CNN에서는 와트니 소식을 집중적으로 보도하는 30분짜리 일간 프로그램을 편성한다고 하더군요. 대중이 최신 정보를 가능한 한 빨리 접할 수 있도록 나사의 공보팀 직원 몇 명을 그 프로그램에 파견할 생각입니다.

아레스 3 탐사 구역이 좀 더 오래 비쳐지도록 위성 세 대의 궤도를 조정했으니 곧 마크가 밖에 나와 있는 사진을 볼 수 있지 않을까 기대하고 있습니다. 마크가 나와 있는 모습이 찍히면 자세와 행동을 토대로 신체 건강 상태를 판단할 수 있을 것입니다.

아직 생각해야 할 것이 많습니다. 마크가 얼마나 오랫동안 버틸 수 있는가? 식량은 얼마나 남아 있는가? 아레스 4 탐사대가 그를 구할 수 있을 것인가? 그와 어떻게 교신할 것인가? 하지만 우리가 듣고 싶은 이야기는 이런 것들이 아닙니다.

그를 반드시 구하겠다고 확언할 수는 없지만 한 가지는 확실하게 약속할 수 있습니다. 나사는 마크 와트니를 고국으로 데려오는 데 총력을 기울일 것입니다. 그가 지구로 돌아올 때까지 혹은 그가 화성에서 사망한 것으로 확인될 때까지 저희는 다른 모든 일을 제쳐놓고 오직 그를 데려오는 일에만 주력할 것입니다.”

"연설 좋았습니다."

벤카트가 테디의 사무실로 들어오며 말했다.

"다 진심이었어."

테디가 말했다.

"물론 압니다."

"필요한 거라도 있나, 벤카트?"

"한 가지 아이디어가 있습니다. 사실은 제트추진연구소에서 내놓은 것이지요. 저는 전달만 하는 겁니다."

"아이디어 좋지."

테디가 말하며 앉으라고 손짓했다.

벤카트는 자리에 앉았다.

"아레스 4 탐사대를 이용해서 구조를 할 수 있답니다. 아주 위험하긴 하지요. 아레스 4 대원들과도 상의해 봤습니다. 기꺼이 하겠다는 정도가 아니라 오히려 자기들이 더 밀어붙이고 있습니다."

"이상할 것도 없지. 우주비행사들은 기본적으로 제정신이 아니거든. 그리고 아주 고매한 사람들이지. 아이디어라는 게 뭔가?"

벤카트는 설명을 시작했다.

"아직 구상 단계입니다만, 제트추진연구소는 MDV를 변형해서 와트니를 구할 수 있다고 생각합니다."

"아레스 4는 아직 출발하지도 않았잖아. 왜 MDV를 변형하나? 더 나은 걸 만들면 안 되는 건가?"

"새로 우주선을 만들 시간이 없습니다. 사실 아레스 4가 도착할 때까지 와트니가 생존하는 것도 불가능하긴 하지만 그건 또 다른 문제지요."

"MDV를 어떻게 변형한다는 건가?"

"그 안에 있는 것들을 최대한 들어내 무게를 줄이고 연료 탱크를 추가하는 겁니다. 그런 다음 아레스 4 대원들이 아레스 3 탐사 구역에 착륙하는 것이지요. 아주 효율적으로 말입니다. 그러고 나서 전력으로 분사를 하면, 그러니까 정말 '전력으로' 분사하면 한 번 더 이륙할 수 있습니다. 다시 궤도에 들어서는 건 불가능하지만 횡방향으로 아레스 4 탐사 구역까지 갈 수는 있습니다. 횡방향 비행이 정말 무섭긴 하겠지요. 어쨌든 그러고 나면 MAV에 도달할 수 있습니다."

"무게는 어떻게 줄인다는 건가? 이미 최소 무게 아닌가?"

테디가 물었다.

"안전 장비와 비상용 장비 들을 들어내야지요."

"잘하는군. 그러니까 여섯 명의 목숨을 담보로 잡겠다는 얘기로군."

테디가 말했다.

"그렇습니다. 아레스 4의 대원들은 헤르메스에 남아 있고 조종사만 MDV를 타고 내려가면 더 안전하긴 하겠지요. 하지만 그건 임무를 포기하겠다는 뜻이고, 그들은 그럴 바엔 차라리 죽음의 위험을 감수할 겁니다."

"우주비행사들이니까."

테디가 말했다.

"우주비행사들이니까요."

벤카트가 맞장구쳤다.

"됐어. 말도 안 되는 아이디어였군. 난 절대 허락하지 않을 거야."

그러자 벤카트가 말했다.

"좀 더 고민해 보겠습니다. 좀 더 안전하게 만들어보지요."

"그러도록 해. 와트니를 4년 동안 살려놓을 방법은 있나?"

"없습니다."

"그것도 고민해 봐."

"알겠습니다."

벤카트가 말했다.

테디는 의자를 돌려 창밖의 하늘을 보았다. 가장자리가 짙어지면서 밤이 다가오고 있었다.

"어떤 기분일까?"

그는 잠시 생각한 뒤 다시 말을 이었다.

"저 먼 곳에서 오도 가도 못하는 신세가 되었으니. 자기가 온전히 혼자이고 우리 모두가 자기를 포기했다고 생각하겠지. 그런 것들이 한 사람의 정신 건강에 어떤 영향을 미칠까?"

그는 벤카트를 돌아보며 다시 말했다.

"지금 마크가 무슨 생각을 하고 있을지 궁금하군."

Ø 일지 기록 : 61화성일째

아쿠아맨은 어떻게 고래들을 마음대로 조종할 수 있을까? 고래도 포유류가 아닌가! 정말 이해할 수가 없다.

07

Ø 일지 기록 : 63화성일째

물을 만드는 일은 얼마 전에 끝냈다. 이제 나는 폭발의 위험에서 벗어났다. 감자는 잘 자라고 있다. 몇 주 동안 나의 생명을 위협하는 것이 전혀 없었다. 게다가 70년대 TV 프로들은 이래도 되나 싶을 만큼 재미있다. 화성에서의 생활이 어느 정도 안정되었다.

이제 장기 계획을 세워야 한다.

어떻게든 방법을 찾아 나사에 내가 살아 있다는 사실을 알린다고 해도, 그들이 나를 구출할 수 있다는 보장은 없다. 내가 사전 대책을 강구해야 한다. 아레스 4 탐사 구역까지 가는 방법을 찾아야 한다는 얘기다.

쉽지 않을 것이다.

아레스 4 탐사대는 이곳에서 3,200킬로미터 떨어진 스키아파렐리 분화구에 착륙할 예정이다. 사실 그들의 MAV는 이미 와 있다. 마르티네스가 그것을 착륙시키는 광경을 내 눈으로 똑똑히 보았다.

MAV는 연료를 만드는 데 18개월이 걸리기 때문에 나사는 MAV를 가장 먼저 보내놓는다. 실제론 48개월 전에 보내는데, 연료 반응이 예상보다 느릴 경우에 대비해 여유 시간을 확보하기 위해서이다. 그러나 그보다 훨씬 더 중요한 이유가 있으니, 바로 궤도에서 조종사가 원격으로 정확히 연착륙을 시킬 수 있기 때문이다. 휴스턴에서 직접 원격 조종을 하는 것은 안 될 말씀이다. 둘 사이의 거리가 짧을 때는 4광분(光分)에서 길 때는 20광분에 달하기 때문이다.

아레스 4의 MAV가 화성에 도달하는 데에는 11개월이 걸렸다. 우리보다 먼저 출발해서 우리와 똑같이 화성에 도착했다. 예상했던 대로 마르티네스는 훌륭하게 착륙시켰다. 그것이 우리가 MDV를 타고 화성 표면으로 내려가기 전에 마지막으로 수행했던 일이다. 아아, 동료들이 있던 아름다운 옛날이여.

그래도 다행이다. 3,200킬로미터면 아주 나쁜 편은 아니니까. 1만 킬로미터 떨어진 탐사 구역도 있다. 게다가 내가 있는 곳은 화성에서 가장 평평한 지대이므로 첫 650킬로미터는 평탄하고 매끈한 길이 이어질 것이다(아시달리아 평원 만세!) 그러나 그다음부터는 분화구가 많고 울퉁불퉁하며 거친 지형이 나온다.

아무래도 로버를 이용해야 할 것이다. 그리고 솔직하게 말하면 로버는 장거리 육로 이동용으로 설계된 수단이 아니다.

그렇다면 많은 연구가 필요할 것이고 실험도 여러 번 해봐야 한다. 나는 1인 항공우주국이 되어 막사에서 꽤 먼 곳까지 탐험하는 법을 알아내야 한다. 그나마 다행스러운 것은 시간이 아주 많다는 점이다. 거의 4년이나 있다.

몇 가지는 분명하다. 먼저 로버를 사용해야 한다. 꽤 오랜 시간이 걸릴 테니 각종 물품을 챙겨가야 한다. 가는 도중에 충전을 해야 하는데 로버에는 태양 전지가 없으니 막사의 태양광 농장에서 태양 전지 몇 개를 훔쳐가야 한다. 가면서 나는 숨을 쉬고 먹고 마셔야 한다.

다행히 모든 장비의 기술 명세가 컴퓨터 안에 다 들어 있다.

로버 한 대는 개조해야 한다. 기본적으로 이동식 거주용 막사로 만들어야 할 것이다. 내가 노리는 건 로버 2이다. '37화성일째의 수소 폭발 위협' 사건 당시 이틀 동안 로버 2에서 생활했더니 그 녀석과 특별한 유대가 생겼다.

한꺼번에 다 생각하려면 너무 복잡하다. 그러니까 우선은 전력에 대해서만 생각해 보겠다.

우리 탐사대의 작전 반경은 10킬로미터였다. 그러나 직선 경로로만 이동하는 것은 아니므로 나사는 로버가 한 번의 충전으로 최대 35킬로미터를 가도록 설계했다. 단, 험하지 않은 평지에서 말이다. 로버 한 대당 9,000와트시(時)의 배터리가 장착되어 있다.

제1단계는 로버 1의 배터리를 떼어내 로버 2에 장착하는 것이다. 짜잔! 그러면 한 번의 충전으로 두 배의 거리를 갈 수 있다.

그러나 한 가지 변수가 있다. 바로 난방이다.

배터리의 전력 가운데 일부는 로버의 난방에 들어간다. 화성은 정말 춥다. 원래 규정에 따르면, 선외활동은 가급적 다섯 시간 이하로 제한해야 한다. 하지만 나는 하루에 24시간 30분을 밖에서 보내야 할 것이다. 명세에 따르면 난방장치의 소비 전력은 400와트이다. 하루 종일 틀면 9,800와트시를 잡아먹는다는 얘기다. 매일 내가 사용할 수 있는 전력의 절반이 넘는다!

하지만 내겐 공짜 난방 원료가 있다. 바로 나 자신 말이다. 약 200만

년에 걸친 진화를 통해 나는 '온혈(溫血)' 기술을 갖게 되었다. 난방을 끄고 옷을 껴입으면 된다. 로버는 단열도 잘 된다. 그 정도로 충분할 것이다. 나는 전력을 조금도 허투루 쓸 수 없다.

나의 따분한 계산에 따르면 로버를 구동하는 데 소비되는 전력량은 1킬로미터당 200와트시이므로 총 18,000와트시를 모두 구동에 사용하면 (컴퓨터와 생명 유지 장비 등에 들어가는 아주 미미한 양의 전력은 제하고) 90킬로미터를 달릴 수 있다. 이제야 얘기가 좀 통하는군.

'실제로는' 한 번의 충전으로 90킬로미터를 갈 수 없을 것이다. 언덕과 험난한 지형, 모래밭 등을 감안해야 하니까. 그저 대략적으로 따져 보면 그렇다는 얘기다. 그럼 아레스 4 탐사 구역까지 가는 데 걸리는 시간은 '최소' 35일이다. 넉넉잡아 50일쯤 될 것이다. 그 정도면 고려해 볼 만도 하다.

로버의 최고 속도인 시속 25킬로미터로 질주하면 3시간 30분 만에 배터리가 떨어진다. 어스름한 새벽에 운전을 하고 햇빛이 강한 한낮에 충전을 하면 된다. 이맘때의 낮 길이는 대략 열세 시간이다. 그렇다면 거주용 막사의 태양 전지 농장에서 전지를 몇 개나 빼돌려야 할까?

충실한 미국 납세자들 덕분에 나는 세상에서 가장 비싼 태양광판을 100평방미터도 넘게 갖고 있다. 효율은 무려 10.2퍼센트이다. 화성은 지구만큼 태양 빛을 많이 받지 못하기 때문에 그 정도면 아주 훌륭한 편이다. 1평방미터당 발전량은 500~700와트에 불과하다(지구는 1,400와트다).

복잡한 얘긴 생략하고 결론만 말하면 28평방미터의 태양 전지를 가져가야 한다. 총 열네 판이다.

지붕에 두 줄로 일곱 개씩 쌓으면 된다. 가장자리가 튀어나오긴 하겠지만 떨어지지만 않으면 된다. 매일 신나게 운전한 다음 태양 전지들을 펼쳐놓고 하루 종일 기다리는 거다. 엄청나게 따분하겠군.

이제 슬슬 시작해야겠다.

내일 할 일: 로버 1의 배터리를 로버 2로 옮길 것.

∅ 일지 기록 : 64화성일째

모든 게 술술 풀리는 때가 있는가 하면 그렇지 않을 때도 있다. 로버 1의 배터리를 빼내는 일은 술술 풀렸다. 차체 밑에 있는 클램프 두 개를 풀자 배터리가 바로 빠져나왔다. 선을 분리하는 것도 어렵지 않았다. 복잡한 플러그 두어 개를 빼니까 해결되었다.

그러나 그 배터리를 로버 2에 장착하는 것은 얘기가 다르다. 놓을 곳이 없단 말이다!

배터리는 '거대'하다. 간신히 끌었다. 그것도 화성의 중력에서 말이다.

어쨌든 너무 크다. 차체 밑에 배터리를 하나 더 넣을 공간은 없다. 지붕에도 공간이 없다. 지붕에는 태양 전지를 쌓아올려야 한다. 안에도 공간이 없을뿐더러 너무 커서 에어로크를 통과시키지도 못한다.

하지만 걱정 마시라. 해결책을 찾았으니.

나사는 이것과 완전히 무관한 비상 상황에 대비해 여분의 거주용 막사 캔버스 6평방미터와 초강력 수지를 보내놓았다. 6화성일째에 나의 목숨을 구해준 바로 그 수지 말이다(우주복의 구멍을 메울 때 사용한 땜 장비의 수지).

거주용 막사가 파열되면 모두 에어로크로 달려가야 한다. 막사가 터지는 것을 막으려고 애쓰다 죽는 대신 그냥 터지도록 놔두는 것이 규정이다. 그런 다음 우주복을 입고 어디가 손상되었는지 파악해야 한다. 파열 부분을 찾으면 여분의 캔버스와 수지로 그 부분을 때운다. 그런 다음 다시 공기를 주입해 부풀리면 감쪽같이 새것이 된다.

6평방미터의 비상용 캔버스는 편리하게도 가로, 세로 길이가 각각 1미터, 6미터이다. 나는 일종의 마구(馬具)를 만들기 위해 그것을 10센티미터 폭의 가느다란 끈으로 잘랐다.

그 끈들과 수지를 사용해 원주가 10미터인 고리 두 개를 만들었다. 그런 다음 각 고리에 커다랗게 자른 캔버스 조각을 하나씩 달았다. 이렇게 해서 허접하게나마 나의 로버에 장착할 안장주머니를 마련했다.

나날이 옛날 서부극 〈짐마차(Wagon Train)〉가 되어가고 있다.

수지는 금방 잘 붙는다. 그러나 한 시간쯤 놓아두면 더 단단하게 붙는다. 그래서 나는 기다렸다. 그런 다음 우주복을 입고 밖으로 나가 로버로 갔다.

배터리를 로버 옆으로 끌고 가서 마구의 한쪽 고리를 배터리에 씌웠다. 그런 다음 반대편 고리를 지붕 너머로 던졌다. 반대편으로 가서 그 안에 암석들을 채웠다. 양쪽의 무게가 거의 똑같아지자 암석들이 아래로 당겨지고 배터리가 들려 올라갔다.

만세!

나는 로버 2의 배터리를 빼고 로버 1의 배터리를 꽂았다. 그런 다음 에어로크를 통과해 로버 안으로 들어가 모든 시스템을 점검했다. 이상은 없었다.

나는 마구가 안전한지 확인하기 위해 잠시 로버를 몰아보았다. 일부러 마구가 흔들리게 하려고 조금 큼직한 암석들을 찾아 넘기도 했다.

마구는 그대로 붙어 있었다. 제법이군.

두 번째 배터리까지 주 전원에 연결하는 게 어떨까, 하고 잠깐 생각해 보았다. 결론은 '집어치우자'였다.

지속적인 전력 공급을 해줄 필요는 없다. 배터리 1이 다 떨어지면 잠깐 내려서 배터리 1을 뽑고 배터리 2를 꽂으면 된다. 안 될 이유가 없지 않은가? 그래봐야 고작 하루에 10분 선외활동이 늘어나는 것이다. 충전할 때 또 한 번 배터리들을 바꿔 꽂아줘야 하겠지만 그것 역시 안 될 이유는 없다.

그 후 해가 저물 때까지 태양 전지들을 쓸어주었다. 나는 조만간 그중 몇 개를 훔칠 것이다.

⊘ 일지 기록 : 65화성일째

태양 전지는 배터리보다 훨씬 더 다루기 쉬웠다.

태양 전지들은 얇고 가벼우며 그냥 바닥에 놓여 있다. 게다가 내겐 또 하나의 보너스가 있었다. 처음에 태양 전지들을 배치한 사람이 바로 나라는 점이다.

뭐, 솔직히 말하면 나 혼자 한 건 아니다. 포겔과 함께 했다. 게다가 우린 그에 대해서도 훈련을 받았다. 태양 전지를 배치하는 훈련만 거의 꼬박 '일주일'을 받았단 말이다. 그리고 나서도 우리의 시간이 빌 때마다 계속해서 반복 훈련을 받았다. 태양 전지는 화성 탐사 임무에서 아주 중요한 요소이다. 그것을 망가뜨리거나 사용할 수 없게 만들면 거주용 막사는 전력을 얻을 수 없고 그러면 임무는 끝이 난다.

우리가 전지판을 놓는 동안 다른 대원들은 무얼 했을까? 그들은 막사를 설치했다. 기억할지 모르겠지만 나의 이 영광스러운 왕국에 있는 것들은 전부 상자에 담긴 채로 보내졌다. 우리는 1화성일째와 2화성일째에 그것들을 전부 설치해야 했다.

태양 전지들은 14도의 경사도를 유지하도록 경량 격자를 하나씩 받쳐놓았다. 솔직히 말하면 왜 하필 14도인지는 나도 모른다. 태양 에너지를 극대화해 주는 각도라거나 뭐 그런 이유일 것이다. 어쨌든 태양 전지는 간단하게 빼낼 수 있고 몇 개쯤 빼내도 거주용 막사는 버틸 수 있다. 여섯 사람이 쓸 전기를 나 혼자 쓰고 있으니 발전량이 14퍼센트 줄어도 큰 문제는 없을 것이다.

이제 로버 위에 쌓아야 했다.

암석 시료 용기를 없앨까 고민했다. 암석 표본들을 담기 위해 지붕에 붙여놓은 커다란 캔버스 자루 말이다. 그것은 태양 전지들을 넣기엔 너무 작았다. 그러나 좀 더 생각해 보니 훌륭한 완충장치가 될 것 같아서 그냥 두기로 했다.

전지들은 쌓기가 편했으므로(원래 화성으로 수송하기 위해 쌓을 수 있게 만들었다) 지붕에 두 줄로 깔끔하게 올라갔다. 좌우 가장자리가 밖으로 튀어나오긴 했지만 터널을 지날 일이 없으니 상관없다.

나는 비상용 막사 재료를 좀 더 낭용해 끈을 만들고 그것으로 태양 전지들을 차체에 묶었다. 로버의 앞쪽과 뒤쪽에는 외부 걸고리가 있었다. 원래는 지붕에 암석을 실을 때 쓰라고 만들어놓은 것이다. 끈을 고정하기에 딱이었다.

뒤로 물러서서 나의 작품을 감상했다. 정말이지 나는 그럴 자격이 있었다. 정오도 안 되어 다 해치웠단 말이다.

나는 거주용 막사로 돌아와 점심을 먹고 그 후론 농작물을 돌보았다. 감자를 심은 지 39화성일(지구의 날짜로는 약 40일)이 되었으므로 이제 수확을 하고 다시 심어야 했다.

감자는 내가 예상했던 것보다 훨씬 더 잘 자랐다. 화성에는 곤충도 없고 기생충도 없으며 경계해야 할 병충해도 없다. 게다가 막사 안의 온도와 습도는 늘 성장에 알맞은 수준으로 유지된다.

지구에서 먹는 감자와 비교하면 크기가 작은 편이지만 상관없다. 새로 싹을 틔우기만 하면 되니까.

나는 줄기가 꺾이지 않도록 조심하며 그것들을 파냈다. 그런 다음 눈이 하나씩 들어가도록 작게 잘라 새 흙에 다시 심었다. 이대로만 자라준다면 이곳에서 꽤 오랫동안 버틸 수 있다.

힘쓰는 일을 많이 했으니 잠깐 쉬는 것도 좋을 듯 싶었다. 오늘 조한슨의 컴퓨터를 뒤져봤는데 전자책이 수도 없이 나왔다. 애거서 크리스티의 열혈 팬인 모양이다. 비틀스에 크리스티까지…. 아무래도 영국 예찬론자가 아닐까 싶다.

나는 어릴 때 TV에서 하던 〈에르퀼 푸아로〉 시리즈를 좋아했다. 《스타일스 저택의 괴사건》부터 읽어볼 생각이다. 그게 첫 번째 이야기인 것 같다.

Ø 일지 기록 : 66화성일째

이제 몇 가지 임무를 수행할 때가 왔다(불길한 배경음 점점 크게)!

나사는 각 임무에 신의 이름 따위를 붙인다. 나라고 못 할 이유가 없다. 그런 이유로 로버 실험 작전은 '시리우스' 작전이라고 부를 것이다. 이해했나? '개 작전'인 셈이다. 모르면 말고.

시리우스 1은 내일부터 시작한다.

작전 설명: 배터리 두 개를 완전히 충전하고 태양 전지들을 지붕에 얹은 채로 배터리가 다 떨어질 때까지 달린 후 얼마나 멀리 갔는지 확인한다.

어리석은 짓을 해선 안 된다. 따라서 막사에서부터 계속 직진해 나아가지 않고 500미터 구간을 왔다 갔다 할 것이다. 집까지 걸어올 수 있는 거리에서 벗어나지 않겠다는 얘기다.

오늘 밤에는 내일의 시운전에 대비해 배터리 두 개를 모두 충전할 것이다. 시운전에는 대략 3시간 30분이 소요될 것이므로 새 이산화탄소 필터들을 챙겨야 한다. 난방은 켜지 않을 생각이니 옷을 세 겹 껴입어야 한다.

Ø 일지 기록 : 67화성일째

시리우스 1 완료!

더 정확히 말하면 시리우스 1은 한 시간 만에 중단되었다. 누가 보면 '실패'라고 말하겠지만, 나는 '교육적인 경험'이었다고 말하겠다.

출발은 좋았다. 거주용 막사에서 1킬로미터까지 로버를 몰고 가서 적당히 평평한 지점에서부터 500미터 구간을 왔다 갔다 하기 시작했다.

얼마 안 가 그것이 적절한 실험이 아니라는 사실을 깨달았다. 몇 번 왔다 갔다 하고 나자 흙이 다져져 단단한 길이 생겨난 것이다. 단단하고 평탄한 길에서는 에너지 효율이 비정상적으로 높아진다. 장기 여행은 완전히 딴판일 것이다.

그래서 나는 방법을 조금 바꾸었다. 거주용 막사 반경 1킬로미터 안에서 마구잡이로 돌아다니기 시작한 것이다. 훨씬 더 현실적인 실험이었다.

한 시간이 지나자 추워지기 시작했다. '정말' 추웠다.

원래 로버에 타면 처음에는 몹시 춥다. 그전에 히터를 꺼놓지 않았다면 금세 따뜻해진다. 추울 거라고 예상은 했지만 추워도 너무 추웠다!

처음 한동안은 괜찮았다. 내 몸의 열기에 세 겹의 옷이 더해져 체온이 따뜻하게 유지되었다. 게다가 로버의 단열재는 최첨단이다. 내 몸에서 나간 열기가 금세 실내를 데웠다. 하지만 완벽한 단열이란 건 세상에 없다. 결국 열이 광활한 외부로 빠져나가면서 점점 추워지기 시작했다.

한 시간도 안 되어 이가 떨리면서 정신이 멍해지기 시작했다. 더 이상은 참을 수 없었다. 이대로 장거리 여행은 불가능했다.

나는 히터를 켜고 곧바로 막사로 돌아왔다.

집에 돌아온 후 한동안 의기소침해 있었다. 그토록 멋진 나의 모든 계획이 열역학 때문에 좌절되다니. 빌어먹을 엔트로피!

큰일이다. 빌어먹을 히터가 매일 내 배터리 전력의 절반을 잡아먹게 생겼다. 히터를 적게 틀 수는 있을 것이다. 조금 춥긴 해도 얼어 죽진 않을 것이다. 그렇다고 해도 최소한 4분의 1은 잡아먹을 것이다.

좀 더 생각해 봐야겠다. 이렇게 자문해 보자…. 에르퀼 푸아로라면 어떻게 했을까? 그 문제를 해결하는 데 나의 '회색 세포들'을 할애해야겠다.

아, 젠장.

해결책이 떠오르긴 했는데… 내가 막사 안에서 로켓 연료를 태웠던 걸 기억하는가? 이건 그보다 더 위험하다.

나는 RTG를 사용할 것이다.

RTG(Radioisotope Thermoelectric Generator, 방사성 동위원소 열전기 발전기)는 커다란 플루토늄 상자이다. 하지만 핵폭탄에 사용되는 그런 플루토늄이 아니다. 어림도 없는 소리. 이 플루토늄은 그보다 '훨씬' 더 위험하다!

플루토늄-238은 극도로 불안정한 동위원소이다. 저절로 시뻘겋게 달아오를 만큼 방사성이 강하다. 짐작하다시피 방사선으로 '진짜 계란 프라이를 할 수 있다'면 꽤 위험한 물질인 셈이다.

플루토늄을 담고 있는 RTG는 방사선을 열의 형태로 잡아 전기로 바꾼다. 그것은 원자로가 아니다. 방사선은 증감될 수가 없다. 원자 수준에서 일어나는 전적으로 자연적인 과정이다.

오래전 1960년대에 나사는 무인탐사선의 동력원으로 RTG를 사용하기 시작했다. RTG는 태양에너지에 비해 많은 이점을 갖고 있다. 폭풍에 영향을 받지 않으며, 낮뿐만 아니라 밤에도 사용할 수 있고, 완전히 내적이라서 탐사선 외부를 민감한 태양 전지로 도배할 필요가 없다.

그러나 유인우주선에는 절대 대형 RTG를 쓰지 않았다. 아레스 프로그램 전까지는 말이다.

왜 그랬을까? 굳이 말하지 않아도 짐작할 것이다. 우주비행사들이 번쩍거리는 죽음의 방사성 물체 옆에 있는 것을 원치 않았기 때문이다!

조금 과장하긴 했다. 플루토늄은 펠릿 다발 속에 들어 있는데, 펠릿은 바깥 용기가 깨져도 방사능이 유출되지 않도록 하나씩 밀봉되어 있다. 나사는 아레스 프로그램에서만큼은 위험을 감수하기로 했다.

아레스 임무의 기본은 MAV이다. MAV는 아레스 임무에서 가장 중요한 부분이다. 다른 것으로 대체할 수도 없고 우회할 수도 없는 몇 안 되는 시스템들 가운데 하나로 여기에서 문제가 생기면 임무를 포기할 수밖에 없다.

태양 전지는 단기적으로 훌륭한 동력원이지만 인간이 옆에서 관리만 해주면 장기적으로도 유용하다. 하지만 MAV는 대원들이 도착하기 전까지 홀로 수년 동안 연료를 만들어야 한다. 게다가 아무것도 하지 않아도 나사에서 원격으로 상태를 확인하고 자동 검사를 시행하려면 전력이 있어야 한다.

나사는 태양 전지에 먼지가 쌓여 임무를 포기하게 되는 상황을 용인할 수 없었다. 좀 더 확실한 전력이 필요했다. 따라서 MAV는 처음에 이리로 올 때 RTG 하나를 탑재한다. 그 안에는 플루토늄-238이 2.6킬로그램 들어 있다. 대략 1,500와트의 열을 방출하는 양이다. 그것은 100와트의 전기로 전환될 수 있다. 탐사대가 도착하기 전까지 MAV는 계속 그렇게 돌아간다.

100와트는 난방을 돌리기에 충분하지 않지만 전기 출력은 중요하지 않다. 내가 원하는 건 난방이다. 1,500와트의 열이 방출되면 내부가 너무 뜨거워지는 것을 막기 위해 로버의 단열재를 뜯어내야 할 판이다.

루이스 대장은 로버들이 밖으로 나와 활성화되자 가장 먼저 RTG를 시원하게 폐기했다. MAV에서 떼어내서 로버에 싣고 4킬로미터를 달려가 묻어버린 것이다. RTG는 아무리 안전하다고 해도 방사선을 방출하기 때문에 나사는 우주비행사들 옆에 두는 것을 원치 않았다.

임무 지침에는 RTG의 구체적인 폐기 장소에 대해 명시되어 있지 않다. 그저 '최소 4킬로미터 떨어진 곳'이라고만 되어 있다. 그래도 나는 그것을 찾아내야 한다.

내게는 두 가지 힌트가 있다. 첫째, 나는 루이스 대장이 로버를 출발시킬 때 포겔과 함께 태양광판을 배치하고 있었으므로 그녀가 남쪽으로 가는 것을 목격했다. 둘째, 루이스 대장은 RTG를 묻고 밝은 초록색 깃발이 달린 3미터짜리 장대를 박아 위치를 표시했다. 화성 토양에서 초록색은 한눈에 확 들어온다. 그러니까 우리가 나중에 로버를 타고 선외활동을 하다 길을 잃었을 때 혹시라도 그곳에 접근할까 봐 박아놓은 것이다.

따라서 나의 계획은 남쪽으로 4킬로미터를 달려가 주위를 둘러보며 초록색 깃발을 찾는 것이다.

로버 1은 사용할 수 없는 상태이니 나의 변신 로버를 타고 가야 한다. 이번 여행을 유용한 실험으로 이용할 수도 있다. 마구처럼 만든 배터리 주머니가 실전에서 얼마나 잘 견딜 수 있는지, 태양 전지들이 지붕에 얼마나 잘 붙어 있는지 확인하게 될 것이다.

이번 작전의 이름은 시리우스 2이다.

Ø 일지 기록 : 69화성일째

이제 화성은 내게 낯선 곳이 아니다. 나는 이곳에 꽤 오래 있었다. 하지만 거주용 막사가 보이지 않는 곳까지 나간 것은 오늘이 처음이다. 그게 뭐 그리 대수냐고 생각하겠지만 그렇지 않다.

RTG 매립지로 향하다 보니 문득, 화성은 황무지이고 나는 이곳에 '완전히' 혼자라는 생각이 들었다. 물론 이미 알고 있던 사실이다. 하지만 머리로 아는 것과 뼈저리게 느끼는 것은 다르다. 사방이 흙과 암석, 끝없이 펼쳐진 사막뿐이었다. 화성은 붉은 행성으로 유명한데, 산화철이 모든 것을 뒤덮고 있어 그렇다. 이곳은 그냥 사막이 아니다. 너무 오래돼서 말 그대로 녹슬고 있는 사막이다.

거주용 막사는 내게 남은 유일한 문명의 흔적이므로, 일단 시야에서 사라지니 인정하고 싶지 않을 만큼 불안해졌다.

나는 그런 생각을 애써 밀어내고 당면 과제에만 집중했다. 예상했던 대로 RTG는 막사에서 남쪽으로 4킬로미터 떨어진 지점에 있었다.

나는 그것을 쉽게 찾아냈다. 루이스 대장은 자그마한 언덕 꼭대기에 RTG를 묻었다. 틀림없이 깃발이 누구에게든 눈에 확 띄게 하려고 그랬을 것이다. 그녀의 계산은 정확히 들어맞았다! 나는 그것을 피하기는커녕 오히려 곧장 달려가서 파냈다. 루이스 대장은 절대 그런 일을 허락하지 않았을 것이다.

그것은 커다란 원통 모양으로 겉면 전체가 방열판들로 둘러싸여 있었다. 우주복 장갑을 끼고 있는데도 방출되는 열기가 느껴졌다. 정말 꺼림칙했다. 특히 그 열의 원천이 방사선이라고 생각하니 마음이 편치 않았다.

RTG를 지붕에 얹어 돌아오는 건 무의미했다. 나의 계획은 어쨌든 로버 안 선실에 들여놓는 것이었다. 그래서 안으로 갖고 들어와 히터를 끄고 다시 거주용 막사로 향했다.

히터를 껐는데도 집으로 돌아오는 10분 동안 로버의 실내 온도는 불편하게도 무려 섭씨 37도까지 올라갔다. 확실히 RTG만 있으면 추위에 떨 걱정은 없을 것이다.

이번 여행을 통해 내가 개조한 부분들이 이상 없다는 사실도 입증되었다. 무작위로 선발된 8킬로미터의 지형을 횡단하는 동안 태양 전지와 예비 배터리는 온전히 제자리에 붙어 있었다.

시리우스 2는 성공임을 선언한다!

그 후 해가 지기 전까지 나는 로버 내부를 파괴했다. 로버의 가압 격실은 탄소복합재로 만들어졌다. 그 안에는 단열재가 있고 그 단열재는 단단한 플라스틱으로 뒤덮여 있다. 나는 복잡한 방법을 사용해(즉, 망치로) 플라스틱들을 제거한 다음, 경질 발포단열재를 조심스레 제거했다(역시 망치로).

단열재를 뜯어낸 뒤 우주복을 입고 RTG를 밖으로 가지고 나갔다. 로버 안이 다시 추워지자 나는 RTG를 다시 들여놓았다. 그러곤 서서히 온도가 올라가는 것을 지켜보았다. 매립지에서 돌아올 때보다 온도가 올라가는 속도가 훨씬 느려졌다.

나는 (또 망치로) 조심스레 단열재를 더 뜯어내고 다시 확인해 보았다. 몇 번 더 같은 과정을 반복하고 나자 RTG가 가까스로 따라잡는 수준이 되었다. 사실 그것은 지는 싸움이었다. 시간이 갈수록 열기는 서서히 침출될 테니까. 상관없다. 필요하면 잠깐씩 히터를 켜면 된다.

나는 뜯어낸 단열재 조각들을 막사 안으로 갖고 들어왔다. 최첨단 건축 기술을 사용해(즉, 덕트 테이프로) 그중 일부를 붙여 사각형으로 만들었다. 너무 추워질 경우 로버의 발가벗은 부분에 테이프로 다시 붙이면 RTG가 '난방 싸움'에서 승리할 것이다.

내일은 시리우스 3이다(추위의 방해가 없는 상태에서 시리우스 1을 되풀이하는 작전이다).

오늘은 로버에서 이 글을 쓰고 있다. 시리우스 3은 절반쯤 진행했고 지금까지는 순조로운 편이다.

나는 동이 틀 때 출발하여 일부러 한 번도 가지 않은 땅을 골라가며 막사 주위를 몇 바퀴 돌았다. 첫 번째 배터리는 두 시간이 채 안 되어 떨어졌다. 나는 잠깐의 선외활동을 통해 케이블을 바꿔 꽂고 다시 운전을 했다. 다 합쳐서 3시간 27분 동안 81킬로미터를 달렸다.

'아주' 양호한 편이다! 단, 막사 주변은 정말 평평하며 아시달리아 평원 전체가 그렇다는 사실을 잊어선 안 된다. 아레스 4 탐사 구역으로 갈 때 거친 지형이 나오면 에너지 효율이 어떻게 변할지 전혀 짐작할 수가 없다.

두 번째 배터리가 조금 남긴 했지만 그것까지 다 소진시켜선 안 된다. 기억할지 모르지만 배터리를 충전하는 동안 생명 유지 장비는 계속 돌려야 한다. 이산화탄소는 화학적인 과정으로 흡수되지만 그것을 밀어내는 팬이 돌아가지 않으면 나는 질식할 것이다. 산소 펌프 역시 중요하다.

나는 운전을 끝낸 후 태양 전지들을 펼쳐놓았다. 쉽진 않았다. 지난번에는 포겔이 거들어 주었다. 태양 전지는 무겁진 않지만 거추장스럽다. 절반쯤 펼쳐놓은 뒤에야 들고 옮기는 것보다 끄는 편이 낫다는 사실을 깨달았고, 그러고 나자 속도가 좀 더 빨라졌다.

지금 나는 배터리들이 충전되기를 마냥 기다리고 있다. 너무 지루해서 일지를 기입하는 중이다. 그나마 에르퀼 푸아로 시리즈를 전부 내 컴퓨터에 담아왔다. 시간을 때우는 데 도움이 될 것이다. 어쨌든 충전을 하려면 열두 시간은 걸릴 테니까 말이다.

어째서 열두 시간이냐고? 앞에선 열세 시간이라고 하지 않았냐고? 단도직입적으로 말해주겠다.

RTG는 일종의 '발전기'이다. 로버의 소비 전력에 비하면 발전량이 아주 미미하지만 전혀 도움이 안 되는 것은 아니다. 100와트. 그 정도면 전체 충전 시간을 한 시간은 단축시켜준다. 그렇다면 당연히 써먹어야 하지 않겠는가?

내가 이렇게 RTG를 갖고 노는 것을 알면 나사 사람들이 어떻게 반응할까? 틀림없이 오랜 친구인 계산자를 마치 곰 인형처럼 안고 자기 책상 밑에 들어가 웅크리고 있을 것이다.

Ø 일지 기록 : 기화성일째

예상했던 대로 배터리 두 개를 완전히 충전하는 데엔 열두 시간이 걸렸다. 충전이 끝나자마자 나는 곧장 집으로 돌아왔다.

이제 시리우스 4를 계획해야 한다. 아마 여러 날에 걸친 현장학습이 될 것이다.

전력과 배터리 충전은 해결된 것 같다. 식량도 문제없다. 저장 공간은 충분하니까. 물은 식량보다 훨씬 더 쉬운 문제다. 하루에 2리터면 충분하다.

실제로 아레스 4 탐사 구역으로 갈 때는 산소 발생기를 가져가야 한다. 하지만 너무 크고 당장 떼어내고 싶지도 않다. 그래서 시리우스 4에서는 산소와 이산화탄소 필터에 의존할 생각이다.

이산화탄소는 문제없다. 처음 이 엄청난 모험을 시작할 때 이산화탄소 필터는 1,500시간분이 있었고 비상용으로 720시간분이 더 있었다. 게다가 모든 시스템들이 표준 필터를 사용한다(아폴로 13호를 통해 배운 중요한 교훈이다). 그때 이후로 나는 이러저러한 선외활동 때문에 131시간분의 필터를 사용했다. 아직 2,089시간분이 남았다. 87일치이다. 충분하다.

그보다는 산소가 문제다. 로버에는 이틀 동안 세 사람이 숨 쉴 수 있는 산소가 있으며, 만일에 대비해 약간의 여유분이 있다. 따라서 로버의 산소 탱크로는 7일 동안 버틸 수 있다. 그걸로는 충분하지 않다.

화성은 대기압이 거의 없다. 로버 내부는 1기압이다. 따라서 산소 탱크는 내부에 있다(기압 차를 줄이기 위해서다). 그게 어쨌다는 것일까? 다른 산소 탱크들을 가져오면 선외활동을 하지 않고도 로버의 탱크들을 교체할 수 있다는 의미이다.

그래서 오늘 나는 막사에서 25리터들이 액화 산소 탱크 두 개 중 하나를 분리해 로버 안에 들여놓았다. 나사에 따르면 인간이 살아가는 데 필요한 산소량은 하루 588리터이다. 압축된 액화 산소의 밀도는 편안한 대기의 기체 산소의 약 1,000배에 달한다. 복잡한 부분은 생략하고 결론만 얘기하자면, 막사에서 가져온 탱크가 있으면 내가 49일 동안 버틸 수 있는 산소가 생긴다. 그 정도면 충분할 것이다.

시리우스 4는 20일짜리 여행이 될 것이다.

조금 길다고 생각하겠지만 나는 구체적인 목표를 생각해 두었다. 게다가 아레스 4 탐사 구역까지 가는 데엔 최소 40일이 걸릴 것이다. 이번 여행은 훌륭한 축척 모형이 될 수 있다.

내가 떠나 있는 동안 거주용 막사는 문제없이 돌아가겠지만 감자들이 걱정이다. 내가 가진 물의 대부분을 감자밭에 줄 생각이다. 그런 다음 대기 조절기가 공기 중의 수분을 빼앗지 않도록 꺼놓을 생각이다. 실내가 몹시 습해져서 온갖 표면에 물이 맺힐 것이다. 그러면 내가 떠나 있는 동안에도 감자는 물을 충분히 먹을 수 있다.

더 큰 문제는 이산화탄소다. 감자도 숨을 쉬어야 한다. 이렇게 생각할지도 모르겠다. "이봐, 마크! '당신'이 이산화탄소를 만들어내잖아! 그 모든 게 장엄한 자연계 섭리라고!"

문제는 그것을 어디에 저장하느냐이다. 물론 나는 숨을 쉴 때마다 이산화탄소를 뱉는다. 하지만 그것을 저장할 방법이 없다. 산소 발생기와 대기 조절기를 꺼놓고 계속 호흡을 하여 막사 안을 서서히 나의 숨결로 채워놓는 방법도 있다. 하지만 이산화탄소는 나에게 치명적이다. 한꺼번에 풀어놓고 도망가야 한다.

MAV 연료 설비를 기억하는가? 그것은 화성의 대기에서 이산화탄소를 거둬들인다. 10리터의 압축된 액체이산화탄소 한 탱크를 막사 안에 배출해 주면 충분할 것이다. 시간은 하루도 채 걸리지 않는다.

다 해결되었다. 막사 안으로 이산화탄소가 배출되도록 한 다음, 대기 조절기와 산소 발생기를 끄고 많은 양의 물을 감자 작물에 부은 뒤 밖으로 나가는 것이다.

시리우스 4. 나의 로버 연구에서 진일보가 될 것이다. 게다가 내일 당장 시작할 수 있다.

08

캐시 워너가 카메라를 보고 말했다.

"시청자 여러분, 안녕하세요. CNN의 마크 와트니 특보입니다. 지난 며칠에 걸쳐 그는 몇 차례의 선외활동을 했습니다…. 그것이 어떤 의미일까요? 나사의 구조 계획에는 어떤 진전이 있을까요? 그리고 그것이 아레스 4 탐사대의 준비에 어떤 영향을 미칠까요?

오늘은 나사 화성 탐사 계획의 총책임자인 벤카트 커푸어 박사를 모셨습니다. 어서 오십시오."

"불러주셔서 감사합니다."

벤카트가 말했다.

"커푸어 박사님, 마크 와트니는 현재 태양계에서 가장 주목받는 인물이 아닐까 싶은데요?"

캐시가 말했다.

벤카트는 고개를 끄덕였다.

"나사에서 가장 주목하는 인물임엔 틀림없습니다. 현재 우리가 화성에 보내놓은 총 열두 대의 인공위성이 모두 그가 있는 곳이 보일 때마다 사진을 찍고 있으니 말입니다. 유럽 우주기구도 그쪽에서 보낸 두 대의 위성으로 그가 있는 구역을 찍고 있지요."

"전부면 얼마나 자주 찍는 거죠?"

"2, 3분 간격입니다. 가끔 위성의 궤도 때문에 조금 길어지기도 하지만 그의 선외활동을 모두 추적하는 데엔 전혀 무리가 없는 수준입니다."

"최근의 선외활동에 대해 말씀해 주시죠."

벤카트는 설명을 시작했다.

"그러죠. 마크는 현재 장기 여행을 위해 로버 2를 준비하고 있는 것으로 보입니다. 64화성일째에는 로버 1의 배터리를 분리해 직접 만든 끈으로 로버 2에 장착했습니다. 그다음 날에는 태양 전지판 열네 개를 거두어 로버의 지붕에 쌓아올렸지요."

"그런 다음 로버를 조금 몰아보지 않았나요?"

캐시가 물었다.

"그렇습니다. 한 시간 동안 무작위로 달리다가 다시 거주용 막사로 돌아왔습니다. 시운전을 해본 것으로 보입니다. 그리고 나서 이틀 후에 다시 밖으로 나왔고 이번엔 4킬로미터 지점까지 로버를 몰고 나갔다 돌아왔지요. 좀 더 고도의 시운전인 것으로 추정됩니다. 그런 다음 지난 이틀 동안 로버에 각종 물품을 싣더군요."

"흠, 대부분의 분석가들은 마크가 구조되려면 아레스 4 탐사 구역으로 가는 방법밖에 없다고 하던데요. 마크도 같은 결론을 내린 걸까요?"

캐시가 물었다.

"아마 그럴 겁니다. 그는 우리가 보고 있다는 것을 모릅니다. 그의 관점에서 보면 아레스 4가 유일한 희망이지요."

벤카트가 대꾸했다.

"조만간 떠나는 건가요? 여행을 준비하는 듯 보이는데요."

그러자 벤카트가 다시 입을 열었다.

"그건 아니었으면 좋겠습니다. 지금 아레스 4 탐사 구역에는 MAV 말고는 아무것도 없습니다. 다른 사전 보급품은 아직 도착하지 않았지요. 아주 길고 위험한 여행이 될 것이고, 안전한 막사를 가져갈 수도 없습니다."

"그런데 굳이 그런 위험을 감수할 이유가 있을까요?"

"만약 그렇다면 통신 때문일 겁니다. MAV에 도달하면 우리와 교신할 수 있으니까요."

벤카트가 말했다.

"그럼 좋은 일 아닌가요?"

"통신이 된다면 '더할 나위 없이' 좋겠지요. 하지만 아레스 4 탐사 구역까지 3,200킬로미터를 횡단하는 것은 무척 위험한 일입니다. 우리는 그가 떠나지 않기를 바라고 있습니다. 그와 연락할 수 있다면 틀림없이 그냥 있으라고 했을 겁니다."

"하지만 계속 그냥 있을 수는 없지 않나요? 결국에는 MAV로 가야 할 텐데요."

그러자 벤카트가 말했다.

"꼭 그런 건 아닙니다. 제트추진연구소에서 MDV를 개조하는 실험을 하고 있습니다. 착륙 후에 짧은 육상 비행을 할 수 있도록 말이지요."

"그건 너무 위험해서 승인을 받지 못했다고 들었는데요."

캐시가 말했다.

"첫 번째 제안은 그랬지요. 그 후 좀 더 안전하게 할 수 있는 방법을 연구하고 있습니다."

"아레스 4의 출발 예정일까지는 겨우 3년 반이 남아 있습니다. MDV를 개조하고 시험해 보기에 시간이 충분한 건가요?"

"그건 확실하게 말씀드릴 수 없습니다. 하지만 생각해 보세요. 우린 달 착륙선을 아무 준비 없이 7년 만에 만들어냈습니다."

캐시는 미소를 지었다.

"좋은 지적이네요. 그럼 지금 상황에서 마크 와트니가 살아 돌아올 가능성은 얼마나 되죠?"

"전혀 모릅니다. 하지만 그를 살리기 위해 가능한 일을 전부 시도할 생각입니다."

벤카트가 말했다.

★☆★

민디는 초조한 얼굴로 회의실 안을 휙 둘러보았다. 살면서 이토록 철저하게 높은 사람들 사이에 에워싸여본 적이 없었다. 직급상 그녀보다 네 단계 높은 벤카트 커푸어 박사가 그녀 왼쪽에 앉아 있었다.

그 옆에는 제트추진연구소 소장인 브루스 응이 자리했다. 그는 이 회의에 참석하기 위해 패서디나에서 휴스턴까지 비행기를 타고 날아왔다. 귀중한 시간을 한시도 낭비하지 않으려는 듯 노트북 컴퓨터를 열심히 두드리고 있었다. 눈 밑의 검은 그림자를 보면서 민디는 대체 얼마나 일에 매달려 사는 걸까 생각했다.

아레스 3의 비행 감독인 미치 핸더슨은 귀에 무선 이어폰을 꽂은 채

의자를 이리저리 돌리고 있었다. 무선 이어폰으로 그는 관제 센터의 모든 교신 내용을 실시간으로 듣고 있었다. 자신의 교대 시간이 아니었는데도 그는 결코 귀를 닫지 않았다.

애니 몬트로즈가 문자 메시지를 보내면서 회의실 안으로 들어왔다. 그녀는 전화기에서 눈을 떼지 않은 채 사람들과 의자들을 교묘하게 피하며 회의실 가장자리를 돌아 늘 앉던 자리에 앉았다. 민디는 이 공보 책임자를 보면서 질투가 났다. 자신이 원하는 것을 모두 갖추었기 때문이다. 고위직인 데다 자신감 넘치고 아름다웠으며 나사 안에서 많은 이들의 존경을 받는 인물이었다.

"오늘 나 어땠어요?"

벤카트가 물었다.

애니는 전화기를 내리며 대꾸했다.

"음, '그를 살리기 위해' 같은 말은 하지 마셔야죠. 그런 말을 들으면 사람들은 그가 죽을 수도 있다는 사실을 새삼 떠올린다고요."

"그런 말을 안 한다고 해서 그런 사실을 떠올리지 않을 거라 생각합니까?"

"나한테 어땠냐고 물었잖아요. 마음에 안 들어요? 그럼 물어보지 말던가."

"까칠한 건 알아줘야 한다니까, 애니. 그래서 어떻게 나사의 공보 책임자가 된 겁니까?"

"그러게 말이에요."

애니가 말했다.

브루스가 입을 열었다.

"여러분, 난 세 시간 후에 다시 LA행 비행기를 타야 합니다. 국장님은 언제 오시는 겁니까?"

"보채지 좀 마세요, 브루스. 우리도 기다리고 싶어서 기다리는 거 아니거든요."

애니가 말했다.

미치가 이어폰의 볼륨을 줄이고 민디를 보며 물었다.

"누구라고 했죠?"

"저는… 민디 파크입니다. 위성관리팀에서 일합니다."

민디가 대꾸했다.

"책임자나 뭐 그런 겁니까?"

"아뇨, 그냥 위성관리팀 직원이에요. 말단입니다."

그러자 벤카트가 미치를 보며 말했다.

"내가 와트니를 추적하는 일을 맡겼습니다. 우리한테 영상을 보내주는 사람이 민디예요."

"허, 위성관리팀 책임자가 아니고?"

미치가 물었다.

"밥이 화성에만 매달려 있을 수는 없잖아요. 화성 위성들은 전부 민디가 관리하면서 계속 마크를 찍고 있습니다."

"왜 그걸 굳이 민디가 하는 겁니까?"

미치가 물었다.

"와트니가 살아 있다는 것을 처음 발견한 사람이 민디입니다."

"그 영상이 들어왔을 때 때마침 근무를 서고 있었다는 이유로 책임자 자리에 올라간 겁니까?"

그러자 벤카트는 인상을 쓰며 대답했다.

"그게 아니라 와트니가 살아 있다는 걸 알아냈기 때문에 진급한 겁니다. 너무 그러지 맙시다, 미치. 민디가 얼마나 불쾌하겠습니까?"

미치는 눈썹을 추켜세웠다.

"그 생각을 못 했네요. 미안해요, 민디."

민디는 탁자를 내려다보며 가까스로 입을 열었다.

"괜찮습니다."

그때 테디가 회의실로 들어왔다.

"늦어서 죄송합니다."

그는 자리에 앉아 서류가방에서 서류철 몇 개를 꺼냈다. 그런 다음 그것들을 차곡차곡 쌓아놓고 맨 위의 서류철을 열어 그 안의 서류들을 정돈했다.

"시작합시다. 벤카트, 현재 와트니의 상황은 어떤가?"

그러자 벤카트가 대답했다.

"건강하게 살아 있습니다. 아까 보내드린 이메일 그대로입니다. 변동 사항은 없습니다."

"RTG는? 그것에 대해서도 대중에게 공개됐나?"

테디가 물었다.

애니가 몸을 앞으로 내밀며 대꾸했다.

"별일 없어요. 영상이 공개되긴 했지만 우리의 분석 내용까지 알려줄 의무는 없잖아요. 아직 아무도 파악하지 못했어요."

"대체 그걸 왜 꺼내온 거야?"

이번에는 벤카트가 대답했다.

"난방 때문일 겁니다. 로버로 장기 여행을 준비하고 있습니다. 로버의 난방을 계속 켜놓으면 전력이 많이 듭니다. RTG가 있으면 배터리를 잡아먹지 않고도 내부를 데울 수 있지요. 실은 꽤 좋은 생각입니다."

"위험성은 얼마나 되지?"

테디가 물었다.

"용기가 파손되지만 않으면 전혀 위험하지 않습니다. 용기가 깨지더라도 그 안에 든 펠릿이 깨지지 않으면 괜찮을 겁니다. 하지만 펠릿까지 깨지면 죽은 목숨이지요."

"그런 일이 일어나지 않기를 바라야겠군. 제트추진연구소, MDV 계획은 어떻게 되어가나?"

테디가 물었다.

"계획은 오래전에 나왔습니다. 그런데 국장님이 반대하셨지요."

브루스가 대꾸했다.

"브루스."

테디가 경고하듯 말했다.

브루스는 한숨을 쉬며 다시 말했다.

"MDV는 이륙이나 횡비행을 하려고 만든 게 아닙니다. 연료를 더 넣어도 소용없습니다. 엔진이 더 커야 하는데 새로 만들기엔 시간이 부족합니다. 그러니까 MDV의 무게를 줄여야 할 것 같습니다. 한 가지 방법이 있긴 합니다.

처음에 하강할 때는 기존 무게로 그냥 가는 겁니다. 열차폐와 외피를 분리 가능하게 만들면 아레스 3 구역에 착륙한 후에 무게를 크게 줄여서 좀 더 가벼운 상태로 아레스 4 구역까지 횡비행을 하면 됩니다. 지금 계산해 보고 있습니다."

"새로운 소식이 나오는 대로 계속 알려줘요."

테디가 말했다. 그런 다음 그는 민디를 돌아보았다.

"파크, 빅 리그에 온 걸 환영하네."

"네."

목구멍에 뭔가가 걸린 듯했지만 민디는 애써 태연한 척 대꾸했다.

"현재 와트니를 주시하면서 가장 공백이 긴 경우는 언제인가?"

"그게… 41시간에 한 번씩 17분의 공백이 생깁니다. 궤도 때문입니다."

민디가 대답했다.

"이렇게 바로 대답이 나오다니. 좋아. 자기 일을 확실하게 파악하고 있는 게 마음에 드는군."

테디가 말했다.

"고맙습니다, 국장님."

"그 공백을 4분으로 줄여보게. 위성들의 궤적과 궤도 조정에 대해선 전적으로 자네에게 맡기겠네. 어떻게든 해봐."

"알겠습니다."

민디는 대답을 하긴 했지만 실제로 어떻게 해야 할지 전혀 감이 잡히지 않았다.

테디는 미치를 돌아보며 말했다.

"미치, 이메일에 긴히 할 얘기가 있다고 썼던데?"

"그렇습니다. 아레스 3 대원들에게 언제까지 숨기실 겁니까? 그들은 모두 와트니가 죽은 줄 압니다. 그것 때문에 사기가 크게 떨어진 상태입니다."

미치가 말했다.

테디는 벤카트를 보았다.

그러자 벤카트가 말했다.

"미치, 그 건은 이미 논의를…."

"'두 분'이 논의했지요."

미치가 그의 말을 자르고 계속해서 말을 이었다.

"그들은 동료를 잃었다고 생각합니다. 실의에 빠져 있다고요."

"하지만 자신들이 동료를 '버리고' 왔다는 걸 알게 되면요? 그럼 좀 나을까요?"

벤카트가 물었다.

미치는 손가락으로 탁자를 쿡 찌르며 대꾸했다.

"그들은 알 권리가 있어요. 루이스 대장이 진실을 감당할 수 없을 거라고 생각하십니까?"

그러자 벤카트가 말했다.

"이건 사기의 문제입니다. 지금 그들은 지구로 돌아오는 데만 집중해야…"

"그건 제가 판단할 일입니다. 대원들에게 무엇이 최선인지 결정하는 사람은 바로 저란 말입니다. 저는 그들에게 이 상황을 알려야 한다고 생각합니다."

잠시 침묵이 흐른 뒤 모두가 테디를 돌아보았다.

테디는 잠깐 생각한 후에 입을 열었다.

"미안하네, 미치. 이 문제에 대해선 나도 벤카트와 같은 생각이야. 하지만 구출 계획이 나오기만 한다면 헤르메스에 바로 전달할 수 있을 걸세. 희망이 있어야지, 희망도 없는 상태에서 알리는 건 무의미해."

"돌겠군요. 그건 말이 안 되는 논리입니다."

미치는 투덜거리며 팔짱을 끼었다.

테디가 차분하게 말했다.

"화나는 건 알겠네. 곧 알릴 거야. 와트니를 구출할 방법이 나오는 대로.”

다음 문제로 넘어가기 전에 잠깐의 정적이 흘렀다. 그런 다음 그는 고갯짓으로 브루스를 가리키며 다시 입을 열었다.

“제트추진연구소에서 현재 구출 작전을 구상 중입니다. 하지만 그건 아레스 4 작전에 포함되겠지요. 그때까지 와트니는 어떻게 버텨야 할까요? 벤카트?”

벤카트는 서류철을 열고 그 안에 든 서류를 흘끗 보며 대답했다.

“각 팀과 함께 각 시스템의 수명이 어느 정도인지 재차 확인해 봤습니다. 거주용 막사는 4년 동안 버틸 수 있다고 거의 확신합니다. 특히 사람이 상주하면서 문제가 터질 때마다 수리한다면 더욱 확실하지요. 하지만 식량 문제는 피해갈 길이 없습니다. 1년 안에 식량이 다 떨어질 겁니다. 보급품을 ‘보내야’ 합니다. 간단하지요.”

“아레스 4의 보급품을 보내는 건 어떤가? 그걸 아레스 3 구역에 떨어뜨린다면?”

테디가 말했다.

그러자 벤카트가 대꾸했다.

“저희도 그 방법을 고려하고 있습니다. 문제는, 아레스 4의 보급품도 지금으로부터 1년 후에 발사할 계획이었다는 겁니다. 그래서 아직 준비가 안 되었습니다. 시기가 가장 좋을 때도 보급선이 화성에 도달하는 데엔 8개월이 걸립니다. 지금은 지구와 화성의 위치가 그리 좋은 시기가 아닙니다. 그러니 9개월쯤 걸릴 것으로 추정됩니다. 와트니가 식이 제한을 한다고 가정하면 350일 정도는 더 버틸 수 있습니다. 그렇다면 ‘3개월’ 안에 보급품을 준비해야 한다는 뜻이지요. 제트추진연구소는 아직 시작도 하지 않았습니다.”

이번엔 브루스가 입을 열었다.

"너무 촉박합니다. 사전 보급품을 꾸리는 데엔 보통 6개월이 걸립니다. 하나씩 후다닥 만들어지는 게 아니라 여러 개의 보급선이 한꺼번에 일련의 과정을 거쳐 꾸려지는 것이지요."

브루스가 말했다.

"미안하네, 브루스. 과한 요구라는 건 알지만 그래도 방법을 찾아야하네."

테디가 말했다.

"찾아보겠습니다. 하지만 초과근무 수당만 해도 어마어마할 텐데요."

브루스가 대꾸했다.

"당장 시작하게. 돈은 어떻게든 지원하겠네."

그러자 벤카트가 말했다.

"추진 로켓도 문제입니다. 현재 행성들의 위치를 고려할 때 화성에 무인선을 보내려면 엄청난 연료를 써야 합니다. 그걸 해낼 수 있는 추진 로켓은 하나밖에 없습니다. 토성 탐사선 이글아이 3을 쏘아 올리기 위해 지금 발사대에 올라 있는 델타 9호이지요. 그것을 빼돌리는 수밖에 없습니다. ULA(United Launch Alliance, 보잉과 록히드 마틴의 우주발사체 합작 회사-옮긴이)에 연락해 봤는데 시간 내에 새로 추진 로켓을 만들수는 없답니다."

"이글아이 3팀이 노발대발하겠지만 어쩔 수 없지. 제트추진연구소가 시간 안에 보급품을 다 꾸릴 수만 있다면 그쪽 임무는 나중으로 미뤄도 돼."

테디가 말했다.

브루스는 눈을 비비며 대꾸했다.

"최선을 다하겠습니다."

"그러지 않으면 와트니는 굶어 죽을 거야."

테디가 말했다.

★☆★

벤카트는 커피를 한 모금 마시고 이맛살을 찌푸리며 컴퓨터를 들여다보았다. 한 달 전만 해도 밤 9시에 커피를 마시는 건 생각할 수도 없는 일이었다. 이제 커피는 필수 연료가 되었다. 직원들의 근무 일정을 짜고, 자금을 할당하고, 프로젝트로 아슬아슬하게 곡예를 하거나 다른 프로젝트들을 철저히 약탈하고…. 살면서 이렇게 수많은 묘기를 부려 본 적은 없었다.

그는 키보드를 두드리며 문서를 작성하고 있었다.

"나사는 커다란 조직입니다. 갑작스러운 변화에는 잘 대처하지 못합니다. 우리가 이 상황을 헤쳐나갈 수 있는 단 하나의 동력은 절박함입니다. 우리 모두는 마크 와트니를 구하려고 협력하고 있습니다. 부서 전체가 충돌하는 일도 없습니다. 정말 드문 일이죠. 그렇다고는 해도 이 일에는 수천만 달러, 어쩌면 수억 달러가 들 수도 있습니다. MDV 개조만 해도 온전한 하나의 프로젝트로서 많은 인원을 투입해야 합니다. 전 국민의 관심으로 의원 여러분의 일이 조금은 수월해지지 않을까 기대합니다. 지속적인 지원에 감사드리며 모쪼록 저희가 이 비상 상황에 대처하는 데 필요한 자금을 지원하는 쪽으로 만장일치를 보시길 바랍니다."

노크 소리에 그는 타이핑을 중단했다. 눈을 들어 보니 민디였다. 트

131

레이닝복 바지에 티셔츠 차림이었고 머리는 뒤로 넘겨 느슨하게 묶었다. 일하는 시간이 길어지면 패션이 시련을 겪게 마련이다.

"방해해서 죄송합니다."

민디가 말했다.

그러자 벤카트가 대꾸했다.

"나도 좀 쉬어야지. 무슨 일인가?"

"와트니가 이동하기 시작했어요."

민디가 말했다.

벤카트는 의자에 몸을 축 늘어뜨렸다.

"시운전일 가능성은 없나?"

민디는 고개를 저었다.

"거주용 막사에서 거의 두 시간 동안 직진한 뒤에 잠시 선외활동을 하고 또 두 시간 동안 로버를 몰았어요. 선외활동은 배터리 교체를 위한 것으로 추정되고요."

벤카트는 무겁게 한숨을 쉬었다.

"그냥 좀 더 길게 시운전을 하는 건 아닐까? 1박 2일 정도로."

그러자 민디가 대꾸했다.

"현재 막사에서 72킬로미터 떨어진 곳에 있어요. 1박 2일 시운전이었다면 걸어서 돌아올 수 있는 거리를 벗어나진 않았겠죠."

"그래, 그랬겠지. 미치겠군. 각 팀을 동원해 상상할 수 있는 시나리오는 전부 검토해 봤어. 그 정도 준비로 아레스 4까지 가는 건 도저히 불가능해. 산소 발생기와 물 환원기를 싣는 것도 못 봤고. 지금 상태로는 아레스 4에 도착할 때까지 살 수 있는 기본적인 요소들을 충분히 갖추지 못했어."

그러자 민디가 말했다.

"아레스 4 구역으로 가는 것 같진 않아요. 만약 그렇다면 이상한 경로를 택한 셈이고요."

"그래?"

벤카트가 되물었다.

"그가 간 방향은 남남서쪽이거든요. 스키아파렐리 분화구는 남동쪽이에요."

"좋아. 그럼 희망이 있을지도 모르겠군. 지금 마크는 무얼 하고 있나?"

벤카트가 물었다.

"충전 중이에요. 태양 전지들을 전부 펼쳐놓았어요. 지난번 충전할 때 보니까 열두 시간이 걸리더라고요. 박사님이 괜찮으시다면 저는 잠깐 집에 가서 눈 좀 붙이고 올게요."

"그래, 그게 좋겠군. 그 친구가 내일 어떻게 하는지 봅시다. 어쩌면 다시 막사로 돌아갈 수도 있어."

"어쩌면요."

민디가 자신 없는 목소리로 대꾸했다.

★☆★

"다시 스튜디오입니다."

캐시는 카메라를 보며 계속 말을 이었다.

"오늘은 US 포스탈서비스(USPS)의 마커스 워싱턴 씨를 모시고 얘기를 나누고 있습니다. 워싱턴 씨, 아레스 3 탐사대 때문에 시행하게 된

우편 사업이 있었다고요? 시청자 여러분께 설명해 주시죠."

마커스가 입을 열었다.

"네, 두 달이 넘는 기간 동안 우리는 모두 마크 와트니가 사망한 것으로 알고 있었지요. 그래서 우리는 그를 추모하는 기념우표를 발행했습니다. 2만 장을 발행해 전국 우체국으로 보냈지요."

"그러다 그가 살아 있다는 사실이 밝혀졌군요."

캐시가 말했다.

"그렇습니다. 저희는 살아 있는 인물의 기념우표는 발행하지 않습니다. 그래서 즉각 발행을 중단하고 우표를 회수했지만 이미 수천 장이 팔렸습니다."

마커스가 말했다.

"전에도 이런 일이 있었나요?"

캐시가 물었다.

"없습니다. 우체국 역사상 처음 있는 일입니다."

"이제 그 우표들의 가치가 꽤 많이 올라갔겠는데요."

그러자 마커스는 웃으면서 대꾸했다.

"그럴 수도 있지요. 하지만 말씀드렸다시피 수천 장이 팔렸습니다. 희귀하긴 하지만 아주 희귀한 것은 아니지요."

캐시도 웃으면서 다시 카메라를 보고 말했다.

"지금까지 마크 워싱턴 씨와 이야기를 나눴습니다. 마크 와트니 기념우표를 갖고 계신 분들은 잘 간직하시는 게 좋겠네요. 와주셔서 감사합니다, 워싱턴 씨."

"불러주셔서 감사합니다."

마커스가 말했다.

"다음으로 모실 손님은 아레스 탐사 임무의 전담 비행심리학자이신 아이린 실즈 박사입니다. 실즈 박사님, 어서 오세요."

"안녕하세요."

아이린은 자신의 마이크 핀을 매만졌다.

"마크 와트니를 개인적으로 아시나요?"

"물론이죠. 저는 한 달에 한 번씩 각 대원들의 정신 건강을 진단했습니다."

아이린이 말했다.

"마크 와트니에 대해 말씀해 주시죠. 그의 성격이나 사고방식은 어떤가요?"

"마크 와트니는 아주 똑똑한 사람입니다. 물론 아레스 탐사대의 대원들 모두가 그렇습니다. 하지만 마크 와트니는 그중에서도 특히 임기응변에 강하고 문제 해결 능력이 탁월합니다."

"그렇다면 그런 성격이 그의 목숨을 구하는 데 도움이 될 수도 있겠군요."

캐시가 말했다.

그러자 아이린이 맞장구쳤다.

"아마 그럴 겁니다. 게다가 성격이 좋은 사람입니다. 늘 유쾌하고 유머 감각이 뛰어나죠. 재치도 있고요. 아레스 탐사대의 대원들은 출발 전 몇 달 동안 아주 엄격한 훈련 일정을 소화했습니다. 그래서 모두들 스트레스의 징후를 보였고 감정의 기복도 컸습니다. 마크도 예외는 아니었지만, 좀 더 농담을 많이 해서 모두를 웃게 하는 방식으로 스트레스를 표출했어요."

"정말 멋진 사람인 것 같군요."

캐시가 말했다.

"그렇습니다. 어느 정도는 그런 성격 때문에 선발되었다고 봐야 하죠. 아레스 탐사대의 대원들은 열세 달을 함께 보내야 합니다. 따라서 사회적 적응력이 핵심 요소입니다. 마크는 어떤 사회 집단에서도 잘 어울릴 뿐 아니라 해당 집단의 성과를 높여주는 촉매 역할을 하는 사람입니다. 그의 '죽음'은 다른 대원들에게 '엄청난' 타격이었습니다."

"그들은 아직 마크가 사망한 것으로 알고 있죠? 아레스 3 탐사대의 대원들 말입니다."

그러자 아이린이 대답했다.

"안타깝게도 그렇습니다. 상부에서 당분간 그들에게 알리지 않기로 결정했거든요. 어렵게 내린 결정이었을 겁니다."

캐시는 잠시 멈칫했다가 다시 입을 열었다.

"알겠습니다. 이건 여쭤봐야 할 것 같은데요, 지금 마크 와트니는 무슨 생각을 하고 있을까요? 마크 와트니 같은 사람은 이런 상황에 어떻게 대응하죠? 혼자 화성의 미아가 되어, 우리가 도우려고 애쓰고 있다는 것도 모를 텐데요."

그러자 아이린이 대꾸했다.

"확실하게 말씀드릴 수는 없습니다. 가장 큰 걱정은 희망을 버리는 겁니다. 자신이 생존할 가망이 없다는 결론을 내리면 더 이상 노력도 하지 않을 테니까요."

"그렇다면 아직은 괜찮은 것 아닌가요? 지금은 열심히 노력하고 있는 듯 보이는데요. 장기 여행을 하기 위해 로버를 준비하고 시운전을 하고 있으니까요. 아레스 4가 착륙하면 그리로 가려고 계획하고 있다던데요."

캐시가 말했다.

"그게 한 가지 해석입니다."

아이린이 말했다.

"다른 해석도 있나요?"

아이린은 신중하게 생각한 뒤에 다시 입을 열었다.

"사람은 죽음에 직면하면 누군가가 자신의 말을 들어주길 원합니다. 혼자 죽는 것은 원치 않죠. 그저 죽기 전에 다른 사람과 얘기하기 위해 MAV의 무선통신을 사용하려는 것일 수도 있어요.

만약 그가 희망을 잃었다면 더 이상은 생존에 연연하지 않을 겁니다. 그저 통신만을 목표로 삼겠죠. 그 후엔 굶주리느니 좀 더 쉽게 생을 마감하는 방법을 택할 겁니다. 아레스 탐사대에 제공된 의료품 중에는 치사량의 모르핀이 들어 있습니다."

몇 초 동안 스튜디오에 완벽한 정적이 흘렀다. 이윽고 캐시는 다시 카메라를 마주했다.

"잠시 후에 뵙겠습니다."

★☆★

"접니다, 벤카트."

벤카트의 책상 위 스피커폰에서 브루스의 목소리가 들렸다.

벤카트는 컴퓨터 키보드를 두드리며 대답했다.

"브루스, 시간 내줘서 고마워요. 사전 보급에 대해 얘기를 나누고 싶었습니다."

"좋습니다."

"보급품을 완벽하게 연착륙시킨다고 가정합시다. 그런데 마크에겐 어떻게 알립니까? 어디에 떨어졌는지는 또 어떻게 알리고요?"

"저희도 그 문제에 대해 생각해 봤습니다. 몇 가지 아이디어가 있긴 합니다."

브루스가 말했다.

"말씀해 보시지요."

벤카트는 작성하던 문서를 저장하고 노트북 컴퓨터를 닫았다.

"어쨌든 통신 장비도 보내야 할 것 아닙니까? 착륙 후에 그것이 켜지도록 하면 됩니다. 로버와 선외우주복 주파수로 신호를 보내는 겁니다. 대신 신호가 아주 강해야겠지요.

로버는 거주용 막사와 또 다른 로버하고만 교신할 수 있습니다. 신호의 원천이 반경 20킬로미터 이내에 있어야 하고요. 수신 장치가 그리 민감하지 않거든요. 우주복은 그보다 더 심하지요. 하지만 신호가 강하다면 괜찮을 겁니다. 일단 보급품을 착륙시키고 나면 우리가 위성을 통해 정확한 위치를 알 수 있으니 마크가 찾아갈 수 있도록 알려주는 겁니다."

"하지만 마크는 듣고 있지 않을 가능성이 높습니다. 그럴 이유가 없지 않습니까?"

벤카트가 말했다.

"그 점도 생각해 봤습니다. 밝은 초록색 리본을 한 뭉텅이 준비하는 겁니다. 화성의 대기에서도 사방으로 펄럭거리면서 떨어지도록 가벼운 걸로 준비해야겠지요. 각 리본에는 '마크: 통신을 켜라'라는 문구를 찍어 넣는 겁니다. 이것도 투하 장치를 연구하고 있습니다. 물론 착륙이 일어나는 동안 떨어지도록 해야겠지요. 화성 표면 위 1,000미터 상공에서 투하하는 게 이상적일 겁니다.”

“그거 괜찮군요. 그중 하나만 발견하면 되니까요. 밖에서 밝은 초록색 리본을 보면 틀림없이 확인해 볼 겁니다.”

벤카트가 말했다.

그러자 브루스가 다시 입을 열었다.

“벤카트, 만약 그가 ‘와트니 개조 차량’을 몰고 아레스 4로 간다면 이 모든 게 무용지물이 될 겁니다. 그럴 경우엔 보급품을 아레스 4에 착륙시키면 되겠지만….”

“하지만 그에겐 거주용 막사가 없지요. 맞습니다. 하나씩 풀어갑시다. 리본 투하 장치가 구상되면 알려주십시오.”

“그러지요.”

벤카트는 전화를 끊은 뒤 다시 일을 하기 위해 노트북 컴퓨터를 열었다. 민디 파크의 이메일이 그를 기다리고 있었다.

‘와트니가 다시 이동하고 있습니다.’

★☆★

“계속 직진하고 있어요.”

민디가 모니터를 가리키며 말했다.

벤카트가 대꾸했다.

“그렇군. 아레스 4 탐사 구역으로 가는 게 아닌 건 확실해. 천연 장애물 같은 걸 피해가려는 게 아니라면.”

“피해갈 만한 게 전혀 없어요. 아시달리아 ‘평원’이잖아요.”

민디가 말했다.

"저건 태양 전지인가?"

벤카트가 화면을 가리키며 물었다.

민디가 대답했다.

"네, 두 시간 운전하고 선외활동을 한 다음 다시 두 시간 운전하는 방식으로 움직이고 있어요. 지금 막사와의 거리는 165킬로미터이고요."

두 사람은 화면을 들여다보았다.

그러다 벤카트가 입을 열었다.

"잠깐, 설마…."

"왜 그러세요?"

민디가 물었다.

벤카트는 메모지와 펜을 집어 들었다.

"마크 위치와 막사 위치 좀 불러봐."

민디는 화면을 확인했다.

"현재 마크의 위치는 북위 28.9도, 서경 29.6도예요."

그녀는 자판을 몇 번 두드려 또 다른 파일을 불러낸 뒤 다시 말했다.

"막사는 북위 31.2도, 서경 28.5도이고요. 그건 왜요?"

벤카트는 숫자를 마저 적었다.

"갑시다."

그러곤 서둘러 밖으로 나갔다.

민디는 그를 따라가며 머뭇머뭇 물었다.

"어디로 가시는 거예요?"

"위성관리팀 휴게실. 거기 벽에 있던 화성 지도 아직 붙어 있지?"

벤카트가 물었다.

그러자 민디가 대꾸했다.

"그럼요. 하지만 그건 그냥 선물가게에서 산 포스터예요. 제 컴퓨터에 고화질 디지털 지도가 있는데…"

"됐어. 거기엔 낙서를 할 수가 없잖아."

그가 말했다. 그러고는 휴게실로 이어지는 모퉁이를 돌아 휴게실 벽에 걸린 화성 지도를 가리키며 다시 말했다.

"저 위엔 낙서를 할 수 있지."

휴게실에서는 컴퓨터 전문가 한 명이 커피를 홀짝거리고 있을 뿐이었다. 벤카트와 민디가 쿵쾅거리며 들어오자 그는 화들짝 놀라 고개를 들었다.

"좋아. 위선과 경선이 있네."

벤카트는 숫자를 적은 메모지를 보고 손가락으로 지도를 훑다가 'X' 자를 그려 넣었다.

"여기가 거주용 막사야."

그가 말했다.

"어어, 저희 포스터에 낙서하시는 거예요?"

컴퓨터 전문가가 물었다.

"내가 새로 하나 사줄게요."

벤카트는 돌아보지도 않고 이렇게 대꾸했다. 그런 다음 또 하나의 X를 그려 넣었다.

"여기가 현재 마크의 위치이고. 자 좀 줘봐."

민디는 좌우를 살폈다. 자가 보이지 않자 컴퓨터 전문가의 수첩을 집어 들었다.

"어어!"

그가 항변했다.

벤카트는 그 수첩의 가장자리를 사용해 막사에서부터 마크의 위치를 지나는 선을 그었다. 그런 다음 한 걸음 물러섰다.

"그래! 거기로 가는 거였어!"

벤카트가 흥분해서 말했다.

"아!"

민디가 말했다.

벤카트가 그은 선은 지도에 찍힌 밝은 노란색 점의 정중앙을 지나갔다.

"패스파인더(1996년 12월 4일, 6개의 바퀴가 달린 소형 탐사 로버 소저너를 탑재하고 발사된 무인 화성 탐사선-옮긴이)! 패스파인더로 가고 있는 거군요!"

민디가 말했다.

"맞아! 이제야 감이 좀 잡히는군. 거기까지는 대략 800킬로미터야. 그 정도면 지금 챙긴 보급품으로도 다녀올 수 있지."

벤카트가 말했다.

"패스파인더와 소저너 로버도 갖고 올 수 있죠."

민디가 거들었다.

벤카트는 전화기를 꺼내며 다시 말했다.

"우린 1997년에 패스파인더와 교신이 끊어졌어. 마크가 그걸 다시 연결한다면 우리랑 교신할 수 있지. 태양 전지만 닦아주면 해결될지도 몰라. 더 큰 문제가 있다고 해도 어쨌든 마크는 공학자잖아!"

그는 전화를 걸면서 덧붙였다.

"수리가 본업인 사람이라고!"

그는 미소를 지으며 전화기를 귀에 대고 응답을 기다렸다. 몇 주 만에 처음 웃어보는 것 같았다.

"브루스? 벤카트입니다. 특종이에요. 와트니가 패스파인더로 향하고 있습니다. 그렇다니까! 그러게 말입니다! 패스파인더 프로젝트에 참여했던 사람들을 전부 소집해서 제트추진연구소에 모이게 해줘요. 바로 비행기를 잡아타고 가겠습니다."

그는 전화를 끊고 지도를 보며 빙긋 웃었다.

"마크, 이 엉큼한 놈. 하여튼 영리하다니까!"

09

∅ 일지 기록 : 79화성일째

길 떠난 지 8일째 되는 저녁이다. 아직 시리우스 4는 성공적이다.

이제 나름의 일과가 잡혔다. 나는 매일 아침 동 틀 녘에 일어난다. 가장 먼저 하는 일은 산소와 이산화탄소 농도를 확인하는 것이다. 그런 다음 아침식사 한 팩을 먹고 물 한 잔을 마신다. 그러고 나면 최대한 물을 아껴 이를 닦고 전기면도기로 면도를 한다.

로버에는 화장실이 없다. 로버에서 화장실을 쓰려면 우주복에 있는 재생 시스템을 이용해야 한다. 하지만 그것도 20일 치의 배설물을 감당하지는 못한다.

나는 플라스틱 밀폐 용기에 아침 소변을 본다. 뚜껑을 열면 고속도로 화물차 휴게소의 남자 화장실 냄새가 로버 안에 진동한다. 밖으로 갖고 나가 증발시킬 수도 있지만 그렇게 어렵게 만든 물을 그냥 버리는 짓은 절대 하고 싶지 않다. 돌아가면 다시 물 환원기에 넣어야 한다.

그보다 훨씬 더 귀한 것은 바로 내가 만들어내는 천연 비료이다. 그

144

것은 감자 농사에 필수적이며 화성에서는 내가 유일한 생산자이다. 다행히 우주에 오래 있다 보면 봉투에 변을 보는 법을 터득하게 된다. 소변 통을 열어도 지독한 악취가 나는데 시원하게 해우(解憂)를 한 뒤에는 냄새가 어떻겠는가.

이런 사랑스러운 일들을 끝마친 뒤에는 밖으로 나가 태양 전지들을 걷는다. 왜 전날 밤에 거두지 않았느냐고? '칠흑 같은 어둠' 속에서 태양 전지들을 철거해 쌓아올리는 것은 썩 재미있는 일이 아니다. 나는 그 사실을 힘들게 배웠다.

전지를 걷고 나면 다시 안으로 들어가 구린 70년대 음악을 켜고 운전을 시작한다. 로버의 최대 속도인 시속 25킬로미터로 털털거리며 달린다. 로버 안은 편안하다. RTG가 실내를 뜨겁게 데우는 동안에는 급하게 잘라 만든 반바지와 얇은 셔츠를 입고 운전한다. 너무 뜨거워지면 선체에 덕트 테이프로 붙여놓은 단열재를 뗀다. 너무 추워지면 다시 붙인다.

두 시간 가까이 달리고 나면 배터리 하나가 다 떨어진다. 그러면 잠깐의 선외활동을 통해 케이블을 바꿔 꽂은 다음 다시 운전대 앞에 앉아 오늘의 후반부 운전을 시작한다.

이곳은 지형이 아주 평평하다. 로버의 차대에 닿을 정도로 커다란 암석도 없고, 언덕들은 억겁에 걸쳐 모래 폭풍을 맞은 탓에 경사가 완만하다.

두 번째 배터리까지 나가면 또 한 번 선외활동을 한다. 나는 지붕에 올린 태양 전지들을 끌어내려 땅바닥에 펼쳐놓는다. 처음 며칠간은 일렬로 나란히 놓았다. 이제는 로버에 최대한 붙여서 아무렇게나 늘어놓는다. 전적으로 귀찮아서다.

그러고 나면 남은 하루 동안 미치도록 따분한 시간을 보내야 한다. 할 일 없이 열두 시간 동안 앉아 있어야 하니까. 게다가 로버가 점점 지겨워진다. 로버의 실내는 승합차와 비슷한 크기다. 그 정도면 꽤 널찍하다고 생각할 수도 있지만 8일 동안 승합차에 틀어박혀 보면 알 거다. 나는 널찍한 거주용 막사에서 감자밭을 돌볼 날을 손꼽아 기다리고 있다.

거주용 막사를 그리워하다니. 이 무슨 말도 안 되는 일이란 말인가?

촌스러운 70년대 TV 드라마들도 있고 읽지 않은 에르퀼 푸아로 책도 아직 많다. 하지만 나는 주로 아레스 4 탐사 구역까지 어떻게 갈까 궁리하며 시간을 보낸다. 언젠가는 해야 할 일이다. 어떻게 이 녀석을 타고 3,200킬로미터를 살아서 갈 수 있단 말인가? 50일은 걸릴 것이다. 물 환원기와 산소 발생기도 가져가야 한다. 거주용 막사의 주 배터리도 몇 개 가져가야 할지 모른다. 이것저것 충전하려면 태양 전지도 더 챙겨가야 하는데 그걸 전부 어디다 싣지? 길고 지루한 낮 시간 동안 이런 생각들이 나를 괴롭힌다.

그러다 결국 날이 저물고 피곤이 몰려온다. 나는 식량과 물 탱크, 예비 산소 탱크, 이산화탄소 필터들, 소변 통, 변 봉투들, 여타 개인 물건들 틈새에 몸을 눕힌다. 내 이불과 베개는 물론이고 침상으로 쓰려고 동료들의 작업복까지 챙겨왔다. 나는 매일 밤 고철 더미 속에서 잠을 청하는 셈이다.

자는 얘기가 나왔으니 이제 굿 나이트.

내 계산에 따르면, 현재 나는 패스파인더에서 약 100킬로미터 떨어져 있다. 엄밀히 말해 그곳은 '칼 세이건 추모 기지(Carl Sagan Memorial Station, 1996년 12월 폐렴으로 타계한 천문학자 칼 세이건의 화성 연구 업적을 기리는 뜻에서 붙여진 이름-옮긴이)'이다. 하지만 내가 아무리 칼을 추모하고 존경해 마지않는다 해도 이름은 내 마음대로 붙일 수 있다. 나는 화성의 왕이니까.

앞에서도 말했듯이 나는 장시간 지루함을 견디며 이동했다. 그런데도 여전히 반환점을 찍지 못했다. 하지만 나는 우주비행사가 아니던가. 죽도록 긴 여행을 다니는 게 내 일이다.

문제는 정확한 위치를 찾는 것이다.

거주용 막사의 무선 표지가 도달하는 거리는 최대 40킬로미터에 불과하므로 이곳에서는 전혀 도움이 되지 않는다. 나는 이 여행을 계획할 때부터 그 사실을 알았으므로 아주 끝내주는 계획을 세워놓았다. 그러나 효과는 없었다.

컴퓨터에 상세한 지도가 있으므로 주요 지형지물로도 길을 찾을 수 있을 거라고 생각했다. 그게 아니었다. 망할, 지형지물이라고 할 만한 게 하나도 없는 곳에서 어떻게 지형지물로 길을 찾는단 말인가.

우리가 착륙한 곳은 오래전에 사라진 강의 삼각주이다. 나사가 그곳을 고른 것은, 만약 현미경으로 확인할 수 있는 미세한 화석이 존재한다면 그곳에 있을 가능성이 높다는 이유였다. 게다가 강물이 수천 킬로미터 떨어진 곳에서부터 암석과 토양을 싣고 왔을 가능성도 높다. 조금만 파보면 광범위한 지질학적 역사를 확인할 수 있을 거라는 계산이었다.

과학을 위해서는 더할 나위 없이 좋은 요건이지만, 그 말은 곧 거주용 막사가 '특징 없는 황무지'에 있다는 뜻이다.

나는 나침반을 만들면 어떨까 생각해 보았다. 로버는 충분한 전기를 갖고 있고 구급함 안에는 바늘도 있다. 단 한 가지 문제가 있었으니, 바로 화성에는 자기장이 존재하지 않는다는 점이다.

그래서 나는 포보스(화성의 두 위성 중 하나—옮긴이)를 길잡이로 사용하고 있다. 포보스는 화성의 주위를 도는 속도가 매우 빨라서 하루에 두 번 서쪽에서 떠서 동쪽으로 진다. 아주 정확한 시스템은 아니지만 그럭저럭 효과가 있다.

75화성일째에는 상황이 조금 수월해졌다. 서쪽으로 비탈면이 있는 골짜기에 도달했다. 거기에는 로버가 편하게 달릴 수 있는 평지가 있었으므로 그저 서쪽으로 솟은 언덕의 가장자리를 따라가면 되었다. 나는 우리의 대담한 대장 이름을 따서 '루이스 협곡'이라는 이름을 붙여주었다. 지질학광인 루이스가 좋아할 만한 곳이었다.

3일 후 루이스 협곡이 끝나고 넓은 평원이 나왔다. 또다시 참고할 만한 게 없어졌으므로 나는 다시 포보스에 의존해 길을 찾아야 했다. 여기엔 어떤 의미가 담겨 있는 것 같다. 포보스는 공포의 신인데 나는 그것에 의지하여 길을 찾고 있다니. 썩 좋은 징조는 아니다.

하지만 마침내 오늘 나의 운이 바뀌었다. 2화성일 동안 사막을 헤맨 끝에 길잡이가 될 만한 무언가를 발견한 것이다. 너무 작아서 이름도 없는 5킬로미터짜리 분화구. 하지만 지도에는 나와 있으므로 내게는 그것이 알렉산드리아 등대와도 같다. 그것이 시야에 들어오는 순간, 나는 정확한 위치를 파악할 수 있었다.

사실은 지금 그 근처에서 야영 중이다.

드디어 지도상에서 아무것도 없는 지역들을 다 지나왔다. 내일은 나의 알렉산드리아 등대를 길잡이로 삼으면 되고, 그러고 나면 하멜린 분화구가 나온다. 머릿속이 정리된 기분이다.

이제 다음 일로 넘어가야 한다. '열두 시간 동안 아무것도 하지 않고 앉아 있기' 말이다.

당장 시작해야겠다!

⌀ 일지 기록 : 81화성일째

패스파인더에 거의 도달했는데 배터리가 다 떨어졌다. 이제 22킬로미터만 더 가면 된다!

순조로운 여정이었다. 길을 찾는 것도 문제 되지 않았다. 나의 알렉산드리아 등대가 멀리 사라지자 하멜린 분화구의 가장자리가 시야에 들어왔다.

아시달리아 평원은 오래전에 벗어났다. 지금은 아레스 협곡에 꽤 깊이 들어와 있다. 황량한 평원은 좀 더 거친 지형으로 바뀌었고 모래에 묻히지 못한 분출물이 여기저기 흩어져 있다. 덕분에 운전하기가 좀처럼 쉽지 않다. 정신을 바짝 차려야 한다.

지금까지도 나는 내내 암석이 흩어져 있는 길을 달려왔다. 하지만 남쪽으로 갈수록 암석이 더 커지고 많아진다. 옆으로 피해가지 않으면 차대받이가 손상될 만큼 큰 것도 있다. 다행히 그런 지형은 오래 가지 않을 것이다. 패스파인더에 도달하면 돌아서 왔던 길을 되돌아가면 되니까.

그동안 날씨는 무척 좋았다. 바람이 심하게 불지도 않았고 폭풍도 없었다. 날씨만큼은 운이 따랐던 것 같다. 지난 며칠 동안 로버가 지나온 길에는 바큇자국이 그대로 남아 있을 가능성이 높다. 그것만 따라가면 루이스 협곡으로 돌아갈 수 있을 것이다.

오늘은 태양광판을 늘어놓고 잠시 산책을 다녀왔다. 그러나 로버가 시야에서 사라질 때까지 나가진 않았다. 걸어나갔다 길을 잃는 일은 생각하고 싶지도 않다. 하지만 비좁고 냄새나는 쥐새끼 굴 안으로 다시 기어들어가는 것도 견딜 수가 없었다. 당장은 그러고 싶지 않았다.

기분이 참 묘하다. 어디를 가든 내가 최초가 아닌가. 로버 밖으로 나가면? 그곳에 발을 디딘 최초의 인간이 된다! 언덕을 오르면? 그 언덕을 오른 최초의 인간이 된다! 암석을 걷어차면? 그 암석은 백만 년 만에 처음 움직인 것이다!

나는 최초로 화성에서 장거리 운전을 했다. 최초로 화성에서 31화성일을 넘겼다. 최초로 화성에서 농작물을 재배했다. 최초로, 최초로, 최초로 말이다!

내가 무엇에서든 최초가 될 줄은 몰랐다. 이곳에 착륙할 때는 MDV에서 다섯 번째로 내렸고 그로써 화성에 열일곱 번째로 발을 디딘 인간이 되었다. MDV 탈출 순서는 몇 년 전에 정해진 것이었다. 출발하기 한 달 전에 우리는 모두 '화성 순번'을 문신으로 새겼다. 조한슨의 순번 '15'는 하마터면 새기지 못할 뻔했다. 조한슨이 아플까 봐 몹시 겁을 냈기 때문이다. 사실 그녀는 원심가속기와 무중력실, 경착륙 훈련, 10킬로미터 달리기도 견뎌냈다. 거꾸로 빙글빙글 돌면서 시뮬레이션 MDV 컴퓨터의 문제를 해결했다. 그런 여성이 문신용 바늘을 겁내

150

다니.

아, 동료들이 보고 싶다.

아아, 누구하고든 5분만 대화를 할 수 있다면 무슨 짓이든 할 것이다. 누구하고든, 어디에서든, 무엇에 관해서든 상관없다.

나는 하나의 행성에 온전히 혼자 남은 최초의 인간이다.

아니야. 질질 짜는 건 그만하자. 어쨌든 나는 지금 누군가와 '대화'를 하고 있다. 이 기록을 읽는 사람과 말이다. 좀 일방적인 대화이긴 하지만 그래도 도움이 될 것이다. 결국 죽는다고 해도 내게 무슨 일이 있었는지 누군가는 알게 될 테니까. 젠장.

그리고 이 여행은 무선통신 장치를 회수하기 위한 것이 아니던가. 죽기 전에 인간과 다시 연락할 수 있을지도 모른다.

이제 또 한 번 최초가 될 일이 남아 있다. 내일 나는 최초로 화성 탐사선을 회수할 것이다.

∅ 일지 기록 : 82화성일째

승리! 결국 찾았다!

저 멀리 쌍둥이 언덕이 보이자 내가 제대로 찾아왔음을 알 수 있었다. 착륙지에서 1킬로미터도 안 되는 곳에 작은 언덕 두 개가 솟아 있었다. 더욱 다행스러운 점은 착륙지 너머에 있다는 사실이었다. 그러니까 패스파인더 착륙선이 보일 때까지 그 두 개의 언덕을 향해 달려가기만 하면 된다는 뜻이었다.

드디어 보였다! 정확히 내가 예상했던 자리에 있었다! 나는 신이 나

151

서 뒤뚱뒤뚱 로버에서 내려 그리로 달려갔다.

패스파인더의 마지막 하강단은 기구들로 감싼 사면체였다. 기구들로 감싼 것은 착륙의 충격을 흡수하기 위해서였다. 바닥에 닿고 나자 기구들은 바람이 빠졌고 사면체가 꽃처럼 펼쳐지며 화성 탐사선 패스파인더가 모습을 드러냈다.

사실 패스파인더는 두 가지 요소로 구성되어 있다. 착륙선 자체와 소저너 로버. 착륙선은 움직이지 않는 반면, 소저너는 주위를 돌아다니며 일대의 암석들을 꼼꼼하게 살피는 용도였다. 둘 다 가져갈 계획이지만 중요한 것은 착륙선이다. 지구와 통신할 수 있는 것은 바로 착륙선이기 때문이다.

패스파인더를 찾아서 얼마나 기쁜지 말로 표현할 수가 없다. 여기까지 오는 데 '엄청난' 수고를 했지만 어쨌든 결국 해냈다.

패스파인더는 반쯤 묻혀 있었다. 나는 서둘러 조심조심 흙을 파내어 선체를 드러냈다. 하지만 커다란 사면체와 바람 빠진 기구들은 여전히 땅속에 박혀 있었다.

주위를 휙 둘러보니 소저너가 보였다. 이 꼬마 친구는 착륙선에서 겨우 2미터 떨어진 곳에 있었다. 내가 어렴풋이 기억하기로 이 소저너는 마지막으로 목격되었을 때 착륙선과 좀 더 멀리 떨어져 있었다. 아마 비상 모드로 들어가 착륙선 주위를 돌며 통신을 시도했을 것이다.

소저너는 금세 로버에 실을 수 있었다. 작고 가벼워서 에어로크를 쉽게 통과했다. 하지만 착륙선은 얘기가 달랐다.

통째로 막사로 가져가기란 불가능했다. 너무 컸다. 하지만 나는 패스파인더 자체만 있으면 되었다. 이제 기계공학자의 실력을 발휘할 때가 왔다.

패스파인더는 펼쳐진 사면체의 가운데 패널에 있었다. 나머지 세 개의 패널은 각각 금속 경첩 하나로 가운데 패널에 붙어 있었다. 제트추진연구소에 물어보면 알겠지만 무인탐사선은 아주 약하다. 그래서 무게를 버티는 것이 심각한 문제다.

경첩들은 쇠지레를 갖다 대자마자 떨어져 나갔다!

문제는 그다음이었다. 패스파인더가 자리한 가운데 패널을 들어보았지만 꿈쩍도 하지 않았다. 나머지 3면과 마찬가지로 가운데 패널 아래 있는 기구들도 바람이 빠졌다.

지난 수십 년에 걸쳐 기구들이 찢어져 모래가 그 안을 채웠다.

기구들을 떼어낼 수는 있었지만 그러려면 먼저 흙을 파내야 했다. 그리 어려운 일은 아니었다. 그래봐야 모래니까. 하지만 나머지 세 개의 패널이 길을 떡하니 막고 있었다.

잠시 후 나는 다른 패널들의 상태는 신경 쓸 필요가 없다는 사실을 깨달았다. 나는 로버로 가서 막사용 캔버스를 길게 몇 줄로 자른 다음 땋아서 원시적이지만 튼튼한 밧줄을 만들었다. 견고함은 내 덕이라고 할 수 없다. 나사의 덕이다. 나는 그저 그것을 밧줄 모양으로 만들었을 뿐이다.

그 밧줄의 한쪽 끝을 세 개의 패널 중 하나에 묶고 반대편 끝은 로버에 묶었다. 로버는 가파르고 울퉁불퉁한 지형을 횡단하도록 설계되었다. 빠르지는 않아도 토크 하나는 끝내준다. 나는 시골 사람들이 나무 밑동을 제거할 때처럼 그 패널을 끌어냈다.

이제 흙을 팔 수 있는 공간이 생겼다. 기구가 하나씩 나올 때마다 떼어냈다. 이 모든 작업에 총 한 시간이 소요되었다.

그런 다음 패스파인더가 있는 가운데 패널을 당당하게 번쩍 들어 로버로 가져가는 것이다!

정말 그러고 싶었다. 그러나 그 자식은 여전히 죽도록 무거웠다. 족히 200킬로그램은 나갈 것 같았다. 화성 중력에서 그 정도는 좀 너무 했다. 막사 안이었다면 번쩍 들고 옮길 수도 있었겠지만, 거추장스러운 우주복을 입고 그 짓을 한다는 건 말도 안 되는 일이다.

그래서 그냥 로버까지 질질 끌고 갔다.

그다음 과제는 그것을 지붕 위로 올리는 일이었다.

지붕은 비어 있었다. 배터리는 완전히 충전된 상태에서 거의 사용하지 않았지만, 로버를 세워놓고 있었으므로 태양 전지들을 다시 펼쳐놓은 터였다. 당연하지 않은가? 공짜 에너지를 왜 놀린단 말인가.

나는 미리 계획을 세워두었다. 이곳으로 올 때는 태양 전지들을 두 줄로 쌓아올려 지붕 면적 전체를 활용했다. 돌아갈 때는 전지들을 한 줄로 쌓아올리고 남는 공간에 패스파인더를 올릴 생각이었다. 좀 더 위험하긴 하다. 태양 전지들이 넘어갈 수도 있으니까. 게다가 그렇게 높게 쌓기도 굉장히 어려울 것이다. 하지만 어쨌든 그렇게 할 생각이었다.

밧줄을 로버 위로 넘겨 패스파인더가 로버의 옆면을 타고 올라오게 하는 방법은 안 될 말씀이다. 패스파인더가 망가지는 것은 원치 않는다. 물론 이미 망가지긴 했다. 1997년에 통신이 끊겼으니까. 하지만 '여기서 더' 망가지는 것은 원치 않는단 말이다.

한 가지 해결책이 떠오르긴 했지만, 오늘은 힘쓰는 일을 너무 많이 한 데다 날도 거의 저물었다.

지금 나는 로버 안에서 소저너를 보고 있다. 멀쩡한 것 같다. 겉으로 보기엔 물리적인 손상이 없다. 햇볕을 너무 많이 받았다거나 그런 것 같지도 않다. 빽빽하게 뒤덮인 화성의 먼지가 태양광으로 인한 장기적인 손상을 막아준 모양이다.

소저너가 과연 나한테 도움이 될 수 있을까? 소저너는 지구와 교신할 수도 없다. 그런데 왜 그렇게 신경을 쓰는 것일까?

소저너에는 움직이는 부품들이 많다.

만약 나사와 연락이 닿을 경우 나는 글을 써서 착륙선 카메라 앞에 들어 보이면 된다. 하지만 그들은 내게 어떻게 메시지를 전달할까? 착륙선에서 유일하게 움직이는 부분은 고성능 안테나(이것은 어차피 계속 지구 쪽을 향해 있어야 한다)와 카메라 이동대뿐이다. 아마 나는 나사 쪽에서 카메라 헤드를 회전시켜 메시지를 전달하는 방법을 구상해야 할 것이다. 속 터지게 느리겠지만 말이다.

하지만 소저너에는 꽤 빠르게 회전하는 여섯 개의 독립적인 바퀴가 있다. 그것들을 이용하면 훨씬 더 쉽게 교신할 수 있을 것이다. 내가 각 바퀴에 철자를 적어놓으면 나사에서 그것들을 회전시켜 원하는 철자를 가리킬 수도 있다.

단, 이 모든 일은 내가 착륙선의 무선통신 장치를 고칠 수 있어야만 가능하다.

그만 자련다. 내일은 허리가 끊어질 만큼 힘쓰는 일을 많이 해야 한다. 쉬어야겠다.

아, 아파 죽겠다.

하지만 패스파인더를 지붕 위에 안전하게 올리는 방법이 달리 생각나지 않았다.

나는 암석과 모래를 쌓아 경사로를 만들었다. 고대 이집트인들처럼 말이다.

참고로 아레스 협곡에는 널린 게 돌멩이다!

먼저 경사도가 어느 정도여야 하는지 알아내기 위해 실험을 했다. 패스파인더 근처에 암석들을 쌓아 경사로를 만든 다음 패스파인더를 끌고 올라갔다 내려왔다. 그다음에는 좀 더 가파른 경사로를 만들어 패스파인더를 끌고 오르내릴 수 있는지 확인해 보았다. 이 과정을 몇 번 반복한 끝에 최적의 경사도가 30도라는 결론을 내렸다. 그보다 가파르게 쌓으면 너무 위험할 것 같았다. 내가 손을 놓쳐서 패스파인더가 경사로 아래로 굴러떨어질 수도 있다.

로버의 높이는 땅에서부터 2미터이다. 따라서 나는 거의 4미터의 경사로를 만들어야 했다. 만만치 않은 일이었다.

처음에 암석 몇 개를 쌓는 것은 쉬웠다. 그러나 갈수록 무겁게 느껴지지 시작했다. 우주복을 입고 육체노동을 하는 것은 여간 힘든 일이 아니다. 이미 우주복만 해도 20킬로그램을 끌고 다니는 셈이므로 모든 게 더 힘들게 느껴질 뿐 아니라 움직임도 둔해진다. 20분도 채 되지 않아 나는 숨이 차기 시작했다.

그래서 약간의 속임수를 썼다. 산소 농도를 높인 것이다. 그러고 나자 좀 살 것 같았다. 습관이 되면 좋지 않겠지만. 게다가 덥지도 않았다. 내 몸에서 열기를 발산하는 속도보다 우주복에서 열기가 빠져나가는 속도가 더 빠르다. 우주복의 난방 시스템은 내부 온도를 견딜 수 있는 수준으로 유지해 주는 장치이다. 내가 힘을 쓴 덕분에 우주복 자체는 그만큼 열을 발생시킬 필요가 없었다.

한 시간쯤 죽도록 힘을 쓰고 나자 마침내 경사로가 완성되었다. 로버 한 면에 암석을 쌓아놓은 것에 불과했지만 어쨌든 지붕까지 이어졌다.

나는 먼저 그 경사로를 쿵쾅쿵쾅 오르내리며 안전한지 확인한 다음 패스파인더를 끌고 올라갔다. 나의 계획은 마법처럼 통했다!

나는 싱글벙글 웃으면서 패스파인더를 제자리에 묶었다. 단단히 묶었는지 확인한 다음, 내친김에 태양 전지도 한 줄로 쌓아올렸다(이왕 경사로를 만들었으니 최대한 써먹어야 하지 않겠는가?).

그러다 불현듯 이런 생각이 들었다.

'로버를 몰고 떠날 때 이 경사로가 무너지면 암석들 때문에 바퀴나 차대받이가 손상될지도 몰라.'

그런 일을 막으려면 경사로를 다시 치워야 했다.

윽.

경사로를 허무는 일은 쌓기보다 쉬웠다. 암석 하나하나를 안정적인 위치에 놓으려고 신경 쓸 필요가 없으니까. 그냥 아무 데나 던져놓으면 그만이었다. 한 시간 만에 다 허물었다.

이제 정말 다 끝났다!

내일은 새로 찾은 나의 200킬로그램짜리 망가진 무전기를 싣고 다시 집으로 향할 것이다.

10

Ø 일지 기록 : 90화성일째

패스파인더를 찾은 지 7일, 그만큼 집에 더 가까워졌다.

예상했던 대로 루이스 협곡까지는 내가 만든 바큇자국을 길잡이로 삼았다. 그 후 4화성일 동안 순조로운 여정이 이어졌다. 왼쪽에 언덕들이 있어서 길을 잃을 위험이 없었고 지형도 평탄했다.

그러나 좋은 시절은 끝났다. 지금 나는 다시 아시달리아 평원에 들어와 있다. 내가 달려온 흔적은 오래전에 사라져 버렸다. 16일 만이다. 아무리 날씨가 온화했다고 해도 그 정도 시간이 지나면 충분히 바큇자국이 없어질 수 있다.

야영할 때마다 돌멩이라도 쌓아놓았어야 했다. 이렇게 평평한 땅이라면 수 킬로미터 떨어진 곳에서도 보였을 텐데.

하지만 그 빌어먹을 경사로를 만든 일을 떠올려 보면…. 으.

어쨌든 나는 다시 황야의 미아가 되어 포보스를 길잡이로 삼으며 너무 많이 벗어나지 않기만을 바라고 있다. 막사의 반경 40킬로미터 안에만 들어가면 무선 표지 신호가 잡힐 것이다.

지금 나는 아주 긍정적이다. 이 행성에서 살아나갈지도 모른다는 생각을 처음으로 하고 있다. 그래서 그날을 위해 선외활동을 할 때마다 토양과 암석 표본을 채취한다.

처음에는 의무라고 생각했다. 내가 구조된다면 지질학자들에게 사랑받을 테니까. 하지만 그러다 재미가 붙기 시작했다. 지금은 로버를 몰 때마다 암석을 채취하는 단순한 활동이 몹시 기다려진다.

다시 우주비행사가 된 것 같아 기분이 좋다. 바로 그거였다. 마지못해 농사를 짓는 농부도 아니고, 전기공학자도 아니고, 장거리 화물차 운전사도 아니다. 우주비행사. 나는 우주비행사들이 하는 일을 하고 있다. 얼마나 그리웠던 일인가.

∅ 일지 기록 : 92화성일째

오늘 2초쯤 거주용 막사의 무선 표지 신호가 잡혔지만 곧 사라져 버렸다. 그래도 조짐이 좋다. 이틀 동안 막연히 북북서 방향으로 로버를 달렸다. 지금 거주용 막사와의 거리는 족히 100킬로미터쯤 될 것이다. 그러니 신호가 잡힌 것은 기적 같은 일이다. 아주 잠깐 동안 기상 조건이 완벽했던 모양이다.

미치도록 따분한 낮 시간에 〈600만 불의 사나이〉를 보기 시작했다. 루이스 대장의 마르지 않는 70년대 컬렉션 속에서 찾아낸 것이다.

방금 전에도 한 편을 봤는데, 스티브 오스틴이 실수로 지구에 착륙한 러시아 금성 탐사선과 싸우는 내용이다. 행성 간 여행 전문가로서

장담하는데, 거기엔 과학적 오류가 '전혀' 없다. 우주탐사선이 엉뚱한 행성에 착륙하는 일은 꽤 흔하게 일어난다. 게다가 선체가 커다랗고 평평한 판으로 이뤄진 그 탐사선은 기압이 높은 금성에 이상적이다. 그리고 다들 알겠지만 탐사선은 흔히 명령에 불복하고 대신 앞에 보이는 인간을 공격한다.

아직까지 패스파인더는 나를 죽이려 들지 않았다. 그래도 경계를 늦춰선 안 된다.

Ø 일지 기록 : 93화성일째

오늘은 거주용 막사의 신호를 찾았다. 이제 길을 잃을 염려는 없다. 컴퓨터에 따르면 막사까지의 거리는 24,718미터이다.

내일은 집에 도착할 것이다. 로버에 엄청난 결함이 생긴다고 해도 문제없다. 여기서는 '걸어서' 막사까지 갈 수 있다.

전에도 얘기했는지 모르겠는데, 이 로버 안에 들어앉아 있는 건 미치도록 지겹다. 너무 오랫동안 앉아 있거나 누워 있기만 해서 허리가 망가진 것 같다. 지금 이 순간 동료들 가운데 가장 그리운 사람은 베크다. 그가 있었다면 허리 통증을 고쳐주었을 것이다.

물론 잔소리도 실컷 퍼부어댔겠지. "스트레칭은 왜 안 하는 거야? 몸이 얼마나 중요한데! 섬유질도 더 많이 섭취하라고." 이렇게 말이다.

지금 같아서는 건강에 대한 장광설도 반가울 것 같다.

훈련을 받을 때 우리는 '궤도 진입 실패'라는 끔찍한 시나리오를 연습해야 했다. MAV 상승 도중 2단 추진이 실패할 경우 우리는 궤도에 들어서긴 하되 너무 낮아서 헤르메스에 닿을 수 없게 된다. 그러면 대기권 상층을 지나면서 우리의 궤도는 빠른 속도로 붕괴된다. 이 경우에는 나사가 원격 조종을 하여 헤르메스가 우리를 태우러 오게 한다. 그러면 우리는 헤르메스가 너무 많은 항력을 받기 전에 서둘러 빠져나가야 한다.

이 훈련을 위해 우리는 무려 3일 동안 MAV 시뮬레이터에 갇혀 있었다. 원래 23분간 비행하도록 설계된 상승선 안에서 여섯 명이 3일을 버틴 것이다. 꽤 비좁았다. 여기서 '꽤 비좁았다'는 말은 '서로를 죽이고 싶었다'는 뜻이다.

그들과 다시 한 번 그 비좁은 캡슐 안에 갇힐 수만 있다면 무슨 짓이든 할 것 같다.

아아, 부디 패스파인더를 고칠 수 있었으면 좋겠다.

Ø 일지 기록 : 94화성일째

즐거운 나의 집!

오늘은 거대한 동굴 같은 거주용 막사 안에서 이 글을 쓰고 있다!

들어오자마자 나는 두 팔을 마구 휘저으며 껑충껑충 막사 안을 돌았다. 날아갈 것 같았다! 22화성일 동안 좁아터진 로버에 틀어박혀 있었고 밖에 나갈 때는 꼭 우주복을 입어야 했으니까 말이다.

아레스 4 탐사 구역으로 가려면 그 두 배의 시간을 견뎌야 한다. 하지만 그건 나중 문제다.

막사 안을 몇 바퀴 돌면서 자축한 뒤, 나는 곧바로 다시 일을 시작해야 했다.

먼저 산소 발생기와 대기 조절기를 켰다. 공기 농도를 확인해 보니 아무 이상이 없는 것 같았다. 이산화탄소가 남아 있어서 내가 호흡을 통해 이산화탄소를 내보내지 않아도 농작물은 질식하지 않고 살아 있었다.

농작물도 철저하게 점검했는데 모두 건강했다.

나는 변 봉투들을 비료 더미에 쏟아 부었다. 정말 죽이는 냄새였다. 하지만 흙과 섞어놓으니 그럭저럭 참을 만했다. 소변 통의 소변은 물 환원기에 부었다.

3주 동안 막사를 비우면서 농작물 때문에 실내를 아주 습하게 해놓았다. 공기 중에 습기가 너무 많으면 여러 가지 전기 문제가 일어날 수 있으므로 그 후 두세 시간에 걸쳐 모든 장비에 대해 총체적인 점검을 수행했다.

그런 다음 잠시 빈둥거렸다. 남은 하루는 편히 쉬고 싶었지만 또 할 일이 있었다.

나는 우주복을 입고 로버로 가서 지붕에 올린 태양 전지들을 끌어내렸다. 그 후 몇 시간 동안 그것들을 원래 자리에 돌려놓고 거주용 막사의 전력망에 연결했다.

패스파인더를 지붕에서 내리는 일은 올리는 일에 비해 훨씬 수월했다. 나는 MAV 플랫폼에서 지지대 하나를 떼어내어 로버로 끌고 왔다. 그것을 로버 선체에 기대어놓고 반대편 끝을 땅속에 파묻어 고정시키자 경사로가 생겼다.

패스파인더를 찾으러 갈 때도 그 지지대를 가져갔다면 좋았을 텐데. 역시 산 경험이 중요하다.

패스파인더를 에어로크 안으로 갖고 들어오는 건 불가능하다. 너무 크다. 분해해서 한 조각씩 들여놓으면 될 것 같지만 그래선 안 되는 꽤 확실한 이유가 있다.

화성에는 자기장이 없기 때문에 가혹한 태양 복사를 전혀 막지 못한다. 만약 거기에 노출되면 나는 갖가지 암에 걸릴 것이고 그 암 덩어리마저 암에 걸릴 것이다. 따라서 거주용 막사의 캔버스는 전자기파를 차단하는 기능을 갖추고 있다. 이 말은 곧 패스파인더를 안에 들여놓으면 모든 송신이 차단된다는 뜻이다.

암 얘기가 나와서 말인데 이제 RTG를 폐기해야 했다.

그것을 로버 안에 들여놓느라 엄청 '고생'했지만 그래도 해야 했다. RTG가 파열되기라도 하면 나는 꼼짝없이 죽을 테니까.

나사가 4킬로미터를 안전거리로 정했으므로 고민할 필요도 없었다. 루이스 대장이 처음에 그것을 폐기한 곳으로 로버를 몰고 가서 같은 구멍에 버린 다음, 다시 막사로 돌아왔다.

패스파인더 작업은 내일 시작할 생각이다.

이제는 진짜 침대에서 푹 자야겠다. 내일 아침 변기에 소변을 볼 수 있다고 생각하니 마음이 한결 더 편해진다.

∅ 일지 기록 : 95화성일째

오늘은 하루 종일 수리를 했다!

패스파인더는 알 수 없는 주요한 결함 때문에 임무를 종료했다. 제트추진연구소는 패스파인더와 교신이 끊긴 후로는 소저너가 어떻게 되었는지 전혀 알 길이 없었다. 어쩌면 생각보다 멀쩡할지도 모른다. 그냥 전기가 필요한 것일 수도 있다. 태양광판이 사정없이 먼지를 뒤집어쓰고 있어서 전기를 얻을 수 없었을 테니까.

나는 그 작은 로버를 내 작업대에 올려놓고 외판 하나를 비집어 열어 안을 들여다보았다. 배터리는 충전이 불가능한 염화티오닐 리튬 배터리였다. 아주 미묘한 몇 가지 단서들을 통해 그것을 알아냈다. 이를테면, 연결 부위의 모양과 절연재의 두께, 그리고 그 위에 선명하게 찍힌 글씨 'LiSOCl2 NON-RCHRG('염화티오닐 리튬-충전 불가'라는 뜻-옮긴이)' 따위로 말이다.

태양광판들을 확실하게 청소한 다음, 목이 자유자재로 휘어지는 작은 램프로 와서 그것들을 살펴보았다. 배터리는 오래전에 죽었다. 하지만 태양광판들은 멀쩡할지도 모른다. 그렇다면 소저너는 태양광판으로 직접 전기를 만들어 작동할 수 있을 것이다. 두고 보면 알겠지.

이제 소저너의 아빠를 들여다봐야 했다. 나는 우주복을 입고 밖으로 나갔다.

대부분의 착륙선들은 배터리가 취약점이다. 배터리는 가장 예민한 요소로, 한 번 죽으면 복원할 길이 없다.

배터리 잔량이 부족하다고 해서 모든 작동을 멈추고 기다릴 수는 없다. 착륙선의 전자 장치들은 온도가 일정 수준에 이르지 않으면 움직이지 않는다. 그래서 착륙선들은 전자 장치들이 따뜻하게 유지되도록 히터를 탑재한다. 지구에서는 보기 드문 문제이지만 여긴 화성이란 말이다.

시간이 가면서 태양광판에는 먼지가 덮인다. 그러다 겨울이 찾아와서 기온은 더 떨어지고 일조량도 줄어든다. 이 모든 것이 합쳐지면 화성은 착륙선에게 크게 '한방'을 먹인다. 쌓인 먼지를 뚫고 태양광판에 도달하는 햇빛은 갈수록 미미해지는데 착륙선은 온도를 유지하기 위해 갈수록 많은 전기를 소비한다.

일단 배터리가 나가면 전자 장치들이 너무 차가워져서 작동을 멈추고. 그러면 전체 시스템이 죽어버린다. 태양광판을 통해 배터리가 다시 어느 정도 충전되지만 시스템 재부팅 명령을 내릴 만한 게 없다. 그런 결정을 내리는 것은 전자 장치들인데 이미 작동을 멈췄으니까. 결국에는 전기가 남아 있는 배터리도 전기를 보유하는 능력을 상실해버린다.

그것이 일반적인 사인(死因)이다. 패스파인더도 그런 이유로 사망한 것이길 간절히 바란다.

나는 남아 있는 MDV 부품들을 쌓아 임시 작업대와 경사로를 만들었다. 그런 다음 패스파인더를 나의 새 야외 작업대로 끌고 왔다. 선외 우주복을 입고 작업하는 것만 해도 충분히 신경질 나는 일인데, 허리까지 굽히고 일해야 한다면 고문과도 같을 것이다.

나는 연장통을 가져와 여기저기 건드려 보기 시작했다. 외판을 여는 일은 그리 어렵지 않았고 당연히 배터리도 쉽게 찾아냈다. 제트추진연구소는 모든 것에 라벨을 붙여놓았다. 최적 전압 1.5볼트에 40암페어시 Ag-Zn(은아연) 배터리. 와, 정말 눈곱만큼의 전기로 돌렸군.

나는 배터리를 분리해 안으로 갖고 들어갔다. 전기 공구함을 가져와서 확인해 보니 진짜 확실하게 죽었다. 카펫에 발을 끌고 다니기만 해도 더 많은 전기를 모을 수 있으련만….

어쨌든 패스파인더가 필요로 하는 전압이 얼마인지는 알게 되었다. 1.5볼트.

6화성일째 이래로 내가 뚝딱거리며 만든 각종 임시 장치들에 비하면 이건 일도 아니었다. 내 공구함에는 전압제어장치들이 있었다. 제어장치 하나를 남는 전선에 연결하는 데 15분, 밖으로 나가 그 선을 원래 배터리가 있던 곳에 연결하는 데 한 시간이 걸렸다.

이제 온도가 문제였다. 전자 장치는 섭씨 영하 40도 이상으로 유지해 주는 것이 좋다. 오늘 기온은 무려 영하 63도이다.

배터리는 커서 눈에 쉽게 띄었지만 히터가 어디 있는지는 전혀 감이 잡히지 않았다. 설사 안다고 해도 전기를 직접 연결하는 건 너무 위험했다. 전체 시스템을 태우기 십상이었다.

그래서 나는 옛 친구인 '찌끄러기' 로버 1로 가서 내장된 히터를 훔쳐냈다. 이것저것 뜯겨나간 그 가엾은 로버는 꼭 위험한 동네에 잘못 주차했다 봉변을 당한 자동차 꼴을 하고 있다.

나는 그 히터를 나의 야외 '작업대'로 끌고 가서 막사 전기에 연결했다. 그런 다음 그것을 패스파인더 배터리가 있던 곳에 놓았다.

지금 나는 기다리고 있다. 간절한 마음으로.

∅ 일지 기록 : 96화성일째

아침에 일어나면 패스파인더가 마법처럼 작동하고 있길 간절히 바랐지만, 그런 행운은 따르지 않았다. 패스파인더의 고이득 안테나는 전날 있었던 위치에 그대로 있었다. 그게 어쨌다는 걸까? 설명해 보겠다….

만약(그러니까 아주 만약에) 패스파인더가 다시 살아나면 그것은 지구와 교신하려고 애쓸 것이다. 문제는 듣고 있는 사람이 아무도 없다는 점이다. 패스파인더 팀이, 어떤 제멋대로인 우주비행사가 오래전에 죽은 그들의 탐사선을 고칠지도 모른다고 생각하여 제트추진연구소에 대기하고 있을 리는 만무하다.

그나마 희망을 걸 수 있는 것은 원거리 우주 통신망(The Deep Space Network)과 외계 지적 생명체 탐사 프로그램의 전파망원경이다. 둘 중 하나라도 패스파인더의 신호를 잡았다면 제트추진연구소에 알렸을 것이다.

제트추진연구소는 삼각법으로 그 신호가 나의 착륙지에서 나오는 것임을 깨닫고 금세 상황을 파악했을 것이다.

그들은 패스파인더에게 지구의 위치를 알려주었을 테고, 그랬다면 고이득 안테나가 적절한 각도를 찾아 움직였을 것이다. 바로 그래서 안테나의 각도로 연결 여부를 알 수 있다는 것이다.

지금까지는 전혀 움직이지 않았다.

아직 희망은 있다. 교신이 지연될 만한 이유는 수없이 많다. 로버 히터는 1기압에서 공기를 데우도록 설계되었으므로 기압이 낮은 화성의 대기에서는 작동 능력이 현저하게 떨어진다. 그래서 전자 장치가 데워지기까지 시간이 더 오래 걸리는 건지도 모른다.

게다가 지구는 낮에만 보인다. 나는 어제저녁에 패스파인더를 고쳤다(정말 고친 것이길 바란다). 지금은 아침이니까 그동안의 시간은 대부분 밤이었다. 지구가 보이지 않았다는 뜻이다.

소저너 역시 살아날 기미가 보이지 않는다. 쾌적하고 따뜻한 막사 안에서 밤을 보낸 데다 녀석의 반짝거리는 태양 전지에는 충분한 빛이 내리쬐었는데도 말이다. 어쩌면 자동 검사가 조금 길어지는 건지도 모른다. 아니면 패스파인더나 무언가로부터 신호가 올 때까지 꼼짝없이 기다리고 있는 것이거나.

지금은 이런 생각을 잠깐 미뤄둬야겠다.

패스파인더 로그: 0화성일

부팅 시작

시각 00:00:00

전력 상실 감지, 날짜/시간 확인 불가

OS 로딩 중⋯

VXWARE 운영체제 (C) 윈드리버 시스템 하드웨어 점검 중:

내부 온도: -34℃

외부 온도: 확인 불가

배터리: 100%

고이득: OK

저이득: OK

풍속: 확인 불가

기상: 확인 불가

ASI(대기속도): 확인 불가

카메라: OK

로버 램프: 비활성

태양 전지 A: 비활성

태양 전지 B: 비활성

태양 전지 C: 비활성

하드웨어 점검 완료

통신 상태

원격 계측 신호 수신 대기…

원격 계측 신호 수신 대기…

원격 계측 신호 수신 대기

신호 감지…

11

"뭔가 들어오고 있네요. 됐어요… 됐습니다! 패스파인더예요!"

사람들이 가득한 방에서 박수와 환호가 터져 나왔다. 벤카트는 처음 보는 기사의 등을 때렸고 브루스는 허공에 주먹을 흔들었다.

급하게 마련한 패스파인더 관제 센터는 그 자체로도 꽤 인상적인 성과였다. 지난 20일 동안 일단의 제트추진연구소 공학자들은 밤을 새워가며 오래된 컴퓨터들을 조립하고 망가진 요소들을 수리하고 이것저것을 연결했다. 뿐만 아니라 옛날 시스템들을 현대의 원거리 우주 통신망과 호환시켜주는 소프트웨어를 급하게 만들어 설치했다.

이 방은 원래 회의실이었다. 제트추진연구소에는 당장 관제 센터를 만들 만한 공간이 여의치 않았다. 그렇지 않아도 각종 컴퓨터와 장비들이 빽빽이 들어찬 비좁은 방 안에 많은 사람들이 들어와 있어 밀실 공포증이 느껴질 정도였다.

AP의 카메라 팀이 피해를 주지 않으려고 (불가능한 일이었지만) 뒤쪽 벽에 붙어 서서 이 경사스러운 순간을 기록하고 있었다. 다른 언론사들은 AP의 생중계에 만족하며 기자회견을 기다려야 했다.

벤카트가 브루스를 돌아보며 말했다.

"대단해요, 브루스. 이번엔 정말 엄청난 마법을 부린 것 같네요! 훌륭합니다!"

그러자 브루스가 겸손하게 말했다.

"저는 책임자일 뿐입니다. 일은 다 이 친구들이 해냈으니 이 친구들을 칭찬해 주시지요."

벤카트는 환하게 웃었다.

"물론 그래야지요. 하지만 그전에 앞으로 나와 아주 친하게 지낼 새 친구와 얘기를 좀 해야겠습니다."

그런 다음 그는 헤드셋을 쓰고 콘솔 앞에 앉아 있는 남성을 돌아보며 물었다.

"이름이 뭔가, 친구?"

"팀입니다."

남성이 화면에서 눈을 떼지 않은 채 대답했다.

"어떻게 되어가고 있나?"

벤카트가 물었다.

"자동으로 원격 계측 신호를 전송했습니다. 11분 후면 도착할 겁니다. 그러고 나면 패스파인더에서 고이득 전송을 시작할 겁니다. 그러니까 우리가 다시 수신하기까지는 22분이 걸리겠죠."

"벤카트는 물리학 박사야, 팀. 전송시간까지 설명할 필요는 없어."

브루스가 말했다.

팀은 어깨를 으쓱하며 대꾸했다.

"그래도 윗분들은 모르는 거거든요."

"아까 받은 내용은 뭔가?"

벤카트가 물었다.

"그냥 기본 뼈대입니다. 하드웨어 자기검사 결과죠. '비활성' 시스템이 많은데, 와트니가 떼어버린 패널들에 있던 것들입니다."

"카메라는 어때?"

"카메라는 이상 없다고 하네요. 가능해지면 곧바로 파노라마를 찍게 하겠습니다."

Ø 일지 기록 : 97화성일째

됐다!

맙소사, 정말 성공했다!

방금 우주복을 입고 패스파인더를 확인했다. 고이득안테나가 '정확히' 지구를 가리키고 있다! 패스파인더는 자신이 어디에 있는지 전혀 알지 못하며, 따라서 지구가 어디에 있는지도 알지 못한다. 그것을 알아냈다면 신호가 잡혔다는 뜻이다.

나사는 내가 살아 있다는 걸 알았다!

무슨 말을 해야 할지 모르겠다. 정신 나간 계획이었는데 이렇게 먹히다니! 이제 다시 인간과 대화를 할 수 있게 되었다. 지난 3개월 동안 나는 지구 역사상 가장 외로운 남성이었는데 마침내 그런 생활이 끝났다.

물론 구조되지 않을지도 모른다. 그렇지만 적어도 이제 혼자가 아니다.

패스파인더를 갖고 돌아오는 내내, 이 순간이 오면 기분이 어떨까 상상해 보았다. 껑충껑충 뛰며 환호성을 지르고 심지어는 화성 땅에게 가운뎃손가락을 들어 보이지 않을까 생각했다(이 죽일 놈의 화성 땅 전체가 나의 적이므로). 하지만 막상 그러지 않았다. 나는 거주용 막사로 돌아와 우주복을 벗고 내 밭에 앉아 울음을 터트렸다. 몇 분 동안 어린아이처럼 엉엉 울었다. 결국 울음이 멎고 그 여파로 인한 딸꾹질이 멈추고 나자 마음이 차분해졌다.

기분 좋은 평정이었다.

갑자기 떠오른 건데, 이제 죽지 않을지도 모르니 창피한 일들을 기록하는 건 좀 자제해야겠다. 이미 기록한 건 어떻게 삭제하지? 방법이 없는 것 같다. 그건 나중에 생각해야겠다. 지금은 그보다 더 중요한 일이 있다.

사람들과 얘기해야 한다!

★☆★

벤카트는 웃으면서 제트추진연구소 기자회견실의 연단에 올랐다.

그런 다음 앞에 모인 기자들에게 말했다.

"약 30분 전에 고이득안테나의 응답을 받았습니다. 그러고 나서 곧바로 패스파인더가 파노라마를 찍을 수 있도록 조정해 놓았습니다. 와트니가 우리에게 메시지를 보낼 겁니다. 질문 있으십니까?"

장내를 가득 메운 기자들이 저마다 손을 들었다.

"캐시, 먼저 질문하시죠."

벤카트가 CNN 기자를 가리키며 말했다.

"감사합니다. 소저너 로버와는 교신이 되나요?"

그녀가 물었다.

"안타깝게도 그건 안 됩니다. 패스파인더가 소저너와 교신이 끊겼습니다. 이쪽에서 소저너와 직접 교신하는 것은 불가능합니다."

벤카트가 대답했다.

"문제가 뭐라고 생각하시나요?"

"짐작이 가지 않네요. 화성에 그렇게 오랫동안 있었으니 무슨 문제든 생길 수 있지요."

벤카트가 대답했다.

"그래도 추측을 해보신다면?"

"마크가 소저너를 거주용 막사 안에 들여놓았기 때문일 수도 있습니다. 그러면 패스파인더의 신호가 막사 캔버스를 통과할 수 없어서 소저너에 닿을 수 없을 겁니다."

그런 다음 그는 다른 기자를 가리켰다.

"질문하시죠."

"NBC 뉴스의 마티 웨스트입니다. 완벽하게 교신이 되면 마크 와트니와 어떻게 소통하실 생각입니까?"

마티 웨스트가 물었다.

"그건 와트니에게 달려 있습니다. 우리가 이용할 수 있는 것은 카메라뿐입니다. 와트니 쪽에서는 메모를 써서 카메라 앞에 들고 서 있으면 됩니다. 하지만 우리가 답신하는 것은 그렇게 쉽지가 않지요."

벤카트가 대답했다.

"이유를 설명해 주시겠습니까?"

마티가 다시 물었다.

"우리가 조작할 수 있는 것은 카메라 대밖에 없습니다. 패스파인더에서 움직이는 부분은 그것뿐입니다. 카메라 대의 회전만으로 정보를 얻을 수 있는 방법은 많지만 그에 대해 와트니에게 알려줄 길이 없습니다. 와트니가 방법을 고안해서 우리에게 알려줘야 합니다. 우리는 그의 결정을 따라야지요."

그는 또 다른 기자를 가리키며 말했다.

"질문하세요."

"BBC의 질 홀브루크입니다. 교신왕복에 22분이 걸리고 교신할 수 있는 도구가 회전하는 카메라 대 하나뿐이라면 대화가 답답할 정도로 느리게 이뤄지겠군요?"

벤카트는 그의 말에 동의했다.

"그럴 겁니다. 지금 아시달리아 평원은 이른 아침이고 이곳 패서디나는 새벽 3시가 조금 넘었습니다. 우린 여기서 밤을 새울 겁니다. 게다가 이제 시작에 불과하지요. 오늘 질문은 여기까지만 받겠습니다. 몇 분 후에 파노라마 영상이 들어올 겁니다. 새로운 소식이 나오는 대로 전해드리겠습니다."

또다시 질문이 나올까 봐 벤카트는 성큼성큼 옆문을 통해 복도로 나와 서둘러 임시 패스파인더 관제 센터로 갔다. 그런 다음 사람들을 헤치고 콘솔로 향했다.

"들어온 거 있나, 팀?"

"그럼요. 하지만 그냥 텅 빈 검은 화면을 보는 게 화성 사진을 보는 것보다 훨씬 더 재미있어서 그걸 보고 있답니다."

팀이 대답했다.

"버르장머리하고는."

벤카트가 말했다.

175

"제가 좀 유명하죠."

그때 브루스가 앞으로 나왔다.

"아직 몇 초 남았어요."

침묵 속에서 시간이 흘렀다.

"뭔가 들어옵니다. 파노라마 영상이네요."

팀이 말했다.

영상이 들어오기 시작하자 안도의 한숨 소리와 숨죽인 말소리 들이 팽팽한 정적을 깼다. 오래된 탐사선의 대역폭 한계 때문에 영상이 왼쪽에서 오른쪽으로 화면을 채워가는 속도는 달팽이처럼 느렸다.

"화성 표면이고…."

선들이 서서히 화면으로 들어오자 벤카트가 계속 중얼거렸다.

"저것도 화성 표면…."

"막사 귀퉁이예요!"

브루스가 화면을 가리키며 말했다.

벤카트는 미소를 지었다.

"막사군. 계속 막사… 또 막사… 저거 메시지 아니야? 메시지네요!"

영상이 점점 커지면서 카메라 높이에 맞춰 가느다란 금속 막대에 걸어놓은 손글씨가 드러났다.

"마크의 메시지가 보입니다!"

벤카트가 방 안에 모인 사람들에게 말했다.

박수 소리가 방 안을 채웠다 곧 사그라졌다.

"뭐라고 썼습니까?"

누군가가 물었다.

벤카트는 화면으로 바싹 몸을 기울였다.

"읽어보죠…. '여기에 질문을 적겠음. 수신하고 있나?'"

"그리고요?"

브루스가 물었다.

"그게 다예요."

벤카트는 어깨를 으쓱하며 대꾸했다.

"메시지가 또 있는데요."

팀이 화면을 가리키며 말했다. 영상이 계속 들어오고 있었다.

벤카트는 다시 상체를 숙였다.

"'OK이면 여기를 가리킬 것'이라는데요."

그는 팔짱을 끼며 다시 말했다.

"됐습니다. 이제 우린 마크와 교신을 하게 됐어요. 팀, 카메라로 저기를 가리켜서 대답해 줘. 그런 다음 이제부터는 마크의 질문이 또 보일 때까지 10분 간격으로 사진을 찍게."

∅ 일지 기록 : 97화성일째(2)

'OK!' 그들이 'OK!'라고 했다.

고등학교 댄스파티 이후로 'OK'라는 대답을 듣고 이렇게 신이 나보긴 처음이다.

일단 진정하자.

종이가 무한정 있는 것은 아니다. 지금 내가 사용하는 종이는 시료 봉투 라벨용 카드다. 약 50장이 있다. 양면을 사용할 수 있으며 다 쓰고 나면 전에 쓴 글씨를 긁어내고 다시 사용할 수도 있다.

내가 사용하는 샤피 펜은 종이보다 오래갈 테니 잉크 걱정은 없다. 하지만 글씨는 막사 안에서 써야 한다. 이 잉크에 어떤 환각 성분이 들어 있는지는 모르지만 화성 대기에 노출되면 증발해 버릴 게 거의 확실하다.

나는 카드 고정 장치로 예전 안테나의 부속품을 사용하고 있다. 참 아이러니한 일이다.

30분에 한 번씩 네/아니오 질문만 하는 건 너무 느리다. 카메라는 360도 회전할 수 있고 안테나 부속품도 충분하다. 이제 알파벳을 만들어야 한다. 하지만 A부터 Z까지 다 만들 수는 없다. 알파벳 스물여섯 자에 나의 질문 카드까지 더하면 패스파인더 둘레에 총 27장의 카드를 늘어놓아야 한다. 그러면 카드 한 장에 할애되는 각도는 겨우 13도이다. 제트추진연구소에서 카메라로 완벽하게 철자를 가리킨다고 해도 내가 알아먹지 못할 가능성이 높다.

대안은 아스키코드를 사용하는 것이다. 컴퓨터가 문자를 처리할 때처럼 말이다. 각 알파벳 문자는 0에서 255 사이의 고유한 코드 값을 갖고 있다. 0부터 255 사이의 값은 16진 숫자 두 개로 표시할 수 있다. 그러니까 제트추진연구소는 16진 숫자 두 개를 가리키는 방식으로 숫자와 구두점 등을 포함해 어떤 문자든 내게 전송할 수 있다.

그럼 나는 해당 숫자가 의미하는 문자를 어떻게 알아낼까? 조한슨의 노트북 컴퓨터는 정보의 보고이다. 틀림없이 어딘가에 아스키코드 표도 저장해놓았을 것이다. 원래 컴퓨터 또라이들은 다 그렇다.

따라서 나는 0부터 9까지, 그리고 A부터 F까지의 카드를 만들 것이다. 그러면 카메라 주위에 둘러놓을 카드는 16장 더하기 질문 카드 한 장이다. 17장이면 한 장당 할당되는 각도가 21도이다. 훨씬 더 수월할 것이다.

시작해 보자!

'아스키코드로 철자를 표시할 것. 0-F까지 각 21도 이상임. 이곳 시각으로 11:00부터 카메라를 보고 있겠음. 메시지를 완성하고 나면 카메라를 여기로 돌려놓을 것. 그런 다음 20분 동안 기다렸다 사진을 찍을 것(내가 답장을 써서 걸어놓는 데 시간이 걸리므로). 매 시각 정각에 이 과정을 반복할 것.'

S ··· T ··· A ··· T ··· U ··· S (현재 상황)

'건강 이상 없음. 막사의 모든 요소들 정상 가동 중. 식사량은 3/4으로 제한. 막사 안에서 흙을 배양해 농작물을 재배하는 데 성공했음. 추신: 현재 상황은 아레스 3 대원들의 잘못이 아님. 운이 나빴을 뿐.'

H ··· O ··· W ··· A ··· L ··· I ··· V ··· E (어떻게 살았나)

'안테나 막대에 찔렸음. 감압 때문에 의식 상실. 엎어졌는데 피가 구멍을 막았음. 깨어보니 대원들은 떠났음. 생체신호 감지 컴퓨터는 핑크로 손상. 대원들은 내가 죽었다고 생각할 수밖에 없었음. 그들 잘못이 아님.'

C ··· R ··· O ··· P ··· S ··· ? (농작물?)

'얘기하자면 복잡함. 매우 식물학적인 이야기. 126평방미터의 농지를 일궈 감자 재배 중. 식량을 늘릴 수는 있지만 아레스 4가 착륙할 때까지 버티는 건 불가능. 장거리 여행에 적합하도록 로버를 개조해 아레스 4로 갈 계획임.'

W ··· E ··· S ··· A ··· W ··· — ··· S ··· A ··· T ··· L ··· I ··· T ··· E(다 보았다 — 위성으로)

'정부가 위성으로 나를 보고 있다고? 머리에 은박지를 뒤집어써야 할 듯! 아울러 좀 더 빠른 대화가 필요할 듯. 〈철자로 말해요〉 방법은 하루 종일 걸리는 듯. 좋은 생각이라도?'

B ··· R ··· I ··· N ··· G ··· S ··· J ··· R ··· N ··· R ··· O ··· U ··· T (소저너를 내놓을 것)

'소저너 로버를 끌어내 패스파인더의 북쪽 1미터 지점에 놓았음. 그쪽에서 소저너와 교신할 수만 있다면 내가 바퀴에 16진 숫자들을 적어놓으면 한 번에 6바이트씩 보낼 수 있음.'

S ··· J ··· R ··· N ··· R ··· N ··· O ··· T ··· R ··· S ··· P ··· N ··· D (소저너 응답 없음)

'이런. 다른 방법은? 좀 더 빠른 교신이 필요함.'

W ··· O ··· R ··· K ··· I ··· N ··· G ··· O ··· N ··· I ··· T (연구 중)

'지구가 곧 저물 것임. 이곳 시간으로 내일 아침 8:00에 통신을 재개해야 할 듯. 우리 가족에게 내가 잘 있다고 전해주길. 대원들에게도 안부 전달 요망. 루이스 대장에게 디스코 완전 구리다고 전할 것.'

★ ☆ ★

벤카트는 책상 위의 서류들을 정리하면서 침침한 눈을 몇 번 깜빡였다. 그는 제트추진연구소 휴게실 안쪽에 접이식 탁자를 놓고 임시 사무실로 사용하고 있었다. 사람들이 하루 종일 간식을 먹으러 들락거리긴 했지만 커피포트가 가까이 있다는 이점이 있었다.

"실례합니다."

한 남성이 그의 자리로 다가오며 말했다.

"네네, 다이어트 콜라 다 떨어졌어요. 언제 들어올지는 모릅니다."

벤카트는 눈을 들지도 않은 채 대꾸했다.

"드릴 말씀이 있어서 왔습니다, 커푸어 박사님."

"으응?"

벤카트는 눈을 들었다. 그러곤 고개를 저었다.

"미안해요. 내가 밤을 꼬박 새웠거든."

그는 커피를 한 모금 마신 다음 다시 물었다.

"누구라고?"

"잭 트레버입니다. 소프트웨어 엔지니어 팀에서 일합니다."

벤카트 앞에 선 마르고 창백한 남성이 대꾸했다.

"무슨 일이오?"

"저희가 통신과 관련해 좋은 방법을 구상했습니다."

"얘기해 봐요."

"옛날 패스파인더 소프트웨어를 살펴봤습니다. 복제 컴퓨터들로 실험을 해보았지요. 당시 탐사 계획을 사장시킬 뻔한 문제를 찾는 데 사용된 바로 그 컴퓨터들입니다. 그 사건도 정말 재미있었죠. 결국 알고보니 소저너의 스레드 관리에서 우선순위가 도치되어…."

"요점만요, 잭."

벤카트가 그의 말을 잘랐다.

"알겠습니다. 그러니까 패스파인더에는 OS 업데이트 프로세스가 있습니다. 따라서 우리는 소프트웨어를 원하는 대로 바꿀 수가 있지요."

"그게 무슨 도움이 되지?"

"패스파인더에는 통신시스템이 두 개입니다. 하나는 우리와 교신하는 것이고, 또 하나는 소저너와 교신하는 것이지요. 이 두 번째 시스템이 아레스 3 로버 주파수로 교신하도록 바꿀 수 있습니다. 그런 다음

181

그것이 거주용 막사의 무선 표지 신호인 것처럼 속이면 됩니다."

"패스파인더가 마크의 로버와 교신하게 할 수 있다고?"

"그게 유일한 방법입니다. 거주용 막사의 무선통신은 죽었지만 로버에는 거주용 막사와, 그리고 다른 로버와 교신하는 통신 장비가 있습니다. 문제는 새로운 통신시스템을 실행시키려면 양쪽 모두 적절한 소프트웨어가 갖춰져야 한다는 겁니다. 패스파인더는 우리가 원격으로 업데이트할 수 있지만 로버는 그럴 수가 없습니다."

"그러니까 패스파인더가 로버로 신호를 보내게 할 수는 있지만 로버가 그것을 듣거나 답신을 보내게 할 수는 없다?"

벤카트가 물었다.

"그렇습니다. 우리 메시지가 로버 화면에 뜨고 와트니도 우리에게 답신을 보낼 수 있는 게 이상적인 방법이지요. 그러려면 로버의 소프트웨어를 수정해야 합니다."

벤카트는 한숨을 내쉬었다.

"우리가 로버의 소프트웨어를 업데이트할 수도 없다면서 왜 이런 얘기를 하고 있는 건가?"

잭은 빙긋 웃으면서 설명을 이어나갔다.

"우리가 수정할 수는 없지만 와트니는 할 수 있습니다! 이쪽에서 데이터를 보내주고 와트니에게 직접 로버를 업데이트하게 하는 거죠."

"데이터가 얼마나 되지?"

"지금 저희 팀원들이 로버 소프트웨어 업데이트를 작업하고 있습니다. 패치 파일이 최소 20메가쯤 될 겁니다. '철자로 말해요' 방법을 쓰면 약 4초에 1바이트꼴로 보낼 수 있죠. 그럼 3년 동안 끊임없이 보내야만 패치 파일을 전부 다 보낼 수 있습니다. 썩 좋은 방법이라고 할 수 없죠."

"하지만 나한테 와서 얘기하는 것을 보니 해결책이 있는 모양이군?"

벤카트는 소리치고 싶은 것을 애써 참으며 탐색전을 벌였다.

잭은 환하게 웃으면서 대꾸했다.

"당연하죠! 소프트웨어 엔지니어들은 데이터 관리에 관해선 아주 교활하거든요."

"얘기해 봐요."

벤카트가 말했다.

잭은 마치 작당 모의를 하듯 설명을 시작했다.

"비법은 바로 이겁니다. 현재 로버는 신호를 바이트 단위로 분석한 다음 거주용 막사가 보내는 특정 시퀀스를 구분해 냅니다. 그래야 자연적인 전파로 인해 자동 유도 표지가 방해를 받지 않거든요. 바이트가 올바르지 않으면 로버는 무시해 버립니다."

"그래서?"

"그렇다면 코드 베이스에, 분석한 바이트들이 들어오는 지점이 있다는 뜻이죠. 거기에 약간의 코드를 삽입해서, 이를테면 명령어 스무 개 정도를 삽입해서 분석한 바이트들이 유효성 검사 이전에 로그 파일로 기록되도록 하는 겁니다."

"그럴듯한 것 같은데…"

벤카트가 말했다.

그러자 잭이 흥분해서 소리쳤다.

"그렇다니까요! 먼저 우리가 패스파인더를 업데이트해서 로버와 교신하도록 해놓는 겁니다. 그런 다음 와트니에게 로버 소프트웨어를 해킹하여 그 스무 개의 명령어를 삽입하는 정확한 방법을 알려주는 거죠. 그러고 나서 우리가 패스파인더에게 로버로 새로운 소프트웨어를 보내게 하면 됩니다. 로버는 그 바이트들을 기록해 파일을 만들겠죠. 마지막으로 와트니가 그 파일을 실행 가능한 파일로 만들어올리면, 로버는 와트니가 만든 그 파일로 자체 업데이트가 되는 겁니다!"

벤카트는 잠을 자지 못해 멍한 정신으로 무리한 정보를 받아들이느라 이맛살을 찌푸렸다.

잭이 다시 말했다.

"어… 환호성을 지르거나 춤을 추실 줄 알았는데요."

"그러니까 우리가 와트니한테 스무 개의 명령어를 보내기만 하면 되는 거지?"

벤카트가 물었다.

"그것과 파일들을 편집하는 방법을 보내야죠. 그 명령들을 파일의 어디에 삽입해야 하는지도."

"그것만 하면 되는 건가?"

"그것만 하면 됩니다!"

벤카트는 잠시 침묵을 지키다 입을 열었다.

"잭, 자네 팀 전원에게 친필 사인이 들어간《스타 트렉》기념품을 사 주겠네."

"저는《스타워즈》가 더 좋은데요."

잭은 가려고 돌아서다가 다시 덧붙였다.

"물론 오리지널 3부작만 좋아합니다."

"그렇겠지."

벤카트가 말했다.

잭이 가고 나자 한 여성이 벤카트의 책상으로 다가왔다.

"무슨 일이오?"

벤카트가 물었다.

"다이어트 콜라가 없던데 다 떨어졌나요?"

"네. 언제 다시 들어올지는 모르겠습니다."

벤카트가 대꾸했다.

"알겠습니다."

여성이 말했다.

다시 일을 시작하려 하는데 휴대전화가 울렸다. 그는 천장을 보고 신음을 내뱉으며 책상에서 전화기를 집어 들었다.

"여보세요?"

그는 최대한 밝은 목소리로 전화를 받았다.

"와트니 사진 주세요."

"애니, 나도 반가워요. 휴스턴은 어때요?"

"헛소린 됐어요, 벤카트. 사진을 달라고요."

"그렇게 간단한 문제가 아니에요."

벤카트가 설명했다.

"카메라로 와트니와 대화를 하고 있잖아요. 그런데 사진 한 장 찍는 게 뭐가 그렇게 어려워요?"

"우린 철자를 하나씩 가리켜서 메시지를 전달한 다음 20분을 기다렸다 사진을 찍습니다. 그때쯤 되면 와트니는 다시 막사 안으로 들어가고 없어요."

"사진 찍을 때 옆에 있으라고 하면 되잖아요."

애니가 말했다.

"한 시간에 메시지를 하나씩만 보낼 수 있어요. 그것도 아시달리아 평원이 지구와 마주 보고 있을 때만 가능하단 말입니다. 기껏 사진 포즈를 취해달라는 말로 귀중한 메시지 하나를 날릴 수는 없어요. 게다가 와트니는 선외우주복을 입고 있을 겁니다. 얼굴은 보이지도 않아요.”

“뭐라도 있어야 해요, 벤카트. 교신이 이뤄진 지 24시간이나 됐어요. 언론에서 난리라고요. 기사에 쓸 사진을 요구하고 있어요. 전 세계 뉴스 사이트에 실릴 거예요.”

“와트니의 메시지 사진이 있잖아요. 그걸로 어떻게 해봐요.”

그러자 애니가 말했다.

“그걸로는 안 돼요. 언론에서 사진을 내놓으라고 목을 조르고 있어요. 쫓아다니기도 하고요. 양쪽으로 난리예요, 벤카트! 사람 피를 말린다니까요!”

“며칠 기다려봐요. 패스파인더를 로버 컴퓨터와 연결시키려고 시도하고 있…”

“며칠이라고요!?”

애니는 숨을 들이켜며 말을 이었다.

“이건 당장 모든 사람들이 주목하고 있는 이슈예요. 전 세계 사람들이 주목하고 있다고요. 아폴로 13호 이래로 최대의 기삿거리잖아요. 잔말 말고 사진 내봐요!”

벤카트는 한숨을 쉬었다.

“내일 찍어볼게요.”

“좋아요! 기대하고 있을게요.”

그녀가 말했다.

카메라가 철자를 가리킬 때는 카메라를 보고 있어야 한다. 카메라는 한 번에 0.5바이트, 즉 반 글자를 가리킨다. 따라서 나는 숫자 두 개를 본 다음 내가 만든 아스키코드표에서 그것을 찾아본다. 그게 철자 하나이다.

나는 한 글자도 까먹지 않으려고 막대를 이용해 그것을 모래밭에 써놓는다. 철자를 찾아보고 그것을 모래밭에 쓰는 데엔 2, 3초가 걸린다. 그러다 다시 카메라를 보면 숫자 하나를 놓치는 경우도 있다. 대개는 문맥으로 짐작할 수 있지만 아예 놓쳐버릴 때도 있다.

오늘 나는 약속한 시간보다 몇 시간 일찍 잠이 깼다. 크리스마스 날의 아침 같았다! 아무리 기다려도 8시는 오지 않았다. 나는 아침을 먹고 쓸데없이 막사 장비들을 점검한 다음 에르퀼 푸아로 책을 조금 읽었다. 그러다 마침내 약속한 시간이 되었다!

CNHAKRVR2TLK2PTHFDRPRP4LONGMSG

(로버해킹시패스파인더통신가능장문준비)

이런. 해석하는 데 시간이 조금 걸렸다. '로버를 해킹하면 패스파인더와 통신할 수 있음. 장문의 메시지를 준비할 것.'

정신 수양이 필요했다. 하지만 끝내주는 소식이었다! 정말 그것을 해낼 수만 있다면 이제 유일한 제약은 송신 시간뿐이다! 나는 '알았다'는 메시지를 걸었다.

'장문의 메시지'가 어느 정도의 장문을 뜻하는지는 알 수 없지만 어쨌든 준비해두는 게 좋을 것 같았다. 다음 정각이 돌아오기 15분 전에 나는 밖으로 나가 넓은 모래밭을 골랐다. 그리고 써놓은 메시지를 밟지 않고도 흙을 고른 구역에 닿을 수 있도록 가장 긴 안테나 막대를 찾아놓았다.

그런 다음 그 옆에 서서 기다렸다.

정각이 되자 메시지가 들어왔다.

LNCHhexiditONRVRCMP,OPENFILE-/usr/lib/habcomm.so-SCRO
LLTILIDXONLFTIS:2AAE5,OVRWRT141BYTSWTHDATAWE'LLS
NDNXTMSG,STANDINVIEW4NXTPIC20MINFTERTHSDONE

(로버컴헥스에디트실행-/usr/lib/habcomm.so파일열고좌측인덱스
2AAE5로스크롤,141바이트를다음메시지전송데이터로덮어쓰기,20분
후다음촬영시포즈취할것)

맙소사. 해석….

로버 컴퓨터에서 '헥스에디트'를 실행한 다음 /usr/lib/habcomm.so 파일을 열고 화면 좌측의 인덱스가 2AAE5로 바뀔 때까지 스크롤한 뒤, 그 부분의 바이트들을 다음 메시지로 보내주는 141바이트 시퀀스로 바꾸라는 얘기다. 좋았어.

그리고 무슨 이유에서인지 다음 사진을 찍을 때 옆에 서 있으라고 한다. 왜인지 모르겠다. 우주복을 입고 있으면 내 몸의 어느 곳 하나 노출되지 않을 텐데 말이다. 심지어 안면 보호막에는 빛이 엄청나게 반사될 것이다. 그래도 어쨌든 그쪽에선 그렇게 요구했다.

나는 다시 막사 안으로 들어가 나중에 참고하려고 방금 전에 받은 메시지를 적어놓았다. 그런 다음 짤막한 메모를 써서 다시 밖으로 나왔다. 대개 나는 그 메모를 걸어놓고 다시 안으로 들어가 버린다. 그러나 이번에는 사진 포즈를 취해야 했다.

나는 메모 옆에 나란히 서서 카메라를 향해 양쪽 엄지손가락을 들어

보였다. 메모에는 이렇게 적었다. '쪼오아!'

70년대 TV를 너무 많이 본 탓이다.

★☆★

"사진을 달랬더니 웬 폰지(70년대 미국 시트콤 〈해피 데이스〉의 등장인물로, '쪼오아'라고 말하며 두 엄지손가락을 치켜세우는 걸로 유명함-옮긴이)예요?"

애니가 벤카트에게 책망하듯 물었다.

"사진 줬으니 그만 따집시다."

벤카트는 전화기를 어깨로 받치며 대꾸했다. 그는 애니와의 대화는 뒷전이고 앞에 있는 도식에 정신이 팔려 있었다.

"쪼오아! 대체 왜 그런대요?"

애니가 흉내를 내며 말했다.

"마크 와트니를 직접 만나봤어요?"

"알았어요, 알았다고요. 그래도 최대한 빨리 얼굴 사진을 찍어주세요."

"그건 안 돼요."

"왜요?"

"헬멧을 벗으면 죽으니까요. 애니, 그만 끊어야겠어요. 제트추진연구소의 프로그래머가 와 있는데 급한 일이랍니다. 잘 지내요!"

"하지만….."

그는 애니의 말을 무시한 채 전화를 끊었다.

문가에 서 있던 잭이 말했다.

189

"급한 일은 아닙니다."

"알아. 무슨 일인가?"

벤카트가 물었다.

잭이 설명을 시작했다.

"저희가 생각해 봤는데, 로버 해킹이 꽤 세부적으로 갈 수도 있을 것 같습니다. 와트니와 수차례에 걸쳐 양방향 대화를 해야 할 수도 있겠는데요."

"괜찮아. 시간이 좀 걸리더라도 제대로 해야지."

벤카트가 말했다.

"송신 시간이 짧아지면 좀 더 빨리 처리할 수 있습니다."

잭이 말했다.

벤카트는 의아한 얼굴로 그를 보았다.

"지구와 화성을 좀 더 가까이 붙여놓을 방법이라도 있다는 건가?"

그러자 잭이 말했다.

"지구는 빠져도 됩니다. 현재 헤르메스는 화성에서 7,300백만 킬로미터 떨어져 있습니다. 겨우 4광분 거리죠. 베스 조한슨은 뛰어난 프로그래머입니다. 조한슨이 헤르메스를 통해 마크와 교신하게 하면 됩니다."

"그건 안 돼."

벤카트가 말했다.

"조한슨은 아레스 3 탐사대의 시스템 운영 관리자잖아요. 이런 일엔 전문가입니다."

잭이 다시 한 번 주장했다.

"그럴 수는 없네, 잭. 아레스 3 대원들은 아직 모르고 있어."

"대체 무슨 생각이십니까? 그냥 알리면 되잖아요?"

그러자 벤카트가 대답했다.

"내가 책임질 사람은 와트니뿐만이 아니네. 그 친구 말고도 다섯 명의 우주비행사가 지금 심우주에서 지구로 돌아오는 데 주력하고 있어. 이런 생각을 하는 사람은 아무도 없지만 통계상으로는 지금 와트니보다 그들이 더 위험한 상태야. 와트니는 행성에 있잖아. 그들은 우주에 있단 말이야."

잭은 어깨를 으쓱하며 대꾸했다.

"알겠습니다. 그럼 그냥 천천히 하죠."

∅ 일지 기록 : 98화성일째(2)

한 번에 0.5바이트씩 무작위로 들어오는 141바이트의 코드를 기록해본 적이 있는가?

엄청 따분하다. 게다가 펜을 쓸 수 없어 여간 골치 아픈 게 아니다.

그전까지 나는 그저 모래밭에 철자를 적어놓았다. 하지만 이번엔 휴대용 도구에 숫자들을 적는 방법을 찾아야 했다. 첫 계획은 노트북 컴퓨터를 사용하는 것이었다!

대원들은 각자 노트북 컴퓨터를 한 대씩 갖고 있었다. 따라서 지금 내가 사용할 수 있는 노트북은 여섯 대이다. 아니, 여섯 대'였다'. 지금은 다섯 대가 되었다. 노트북 컴퓨터는 갖고 나가도 괜찮을 줄 알았다. 그냥 전자 제품이잖아. 안 그래? 잠깐이니까 온도가 크게 떨어지지 않을 것이고 공기를 필요로 하는 물건도 아니다.

그러나 금세 죽어버렸다. 에어로크에서 나가기도 전에 화면이 까매졌다. 알고 보니 'LCD'의 'L'은 'Liquid(액체)'의 약자였다. 액체가 얼었거나 증발해 버렸을 것이다. 상품평에 이렇게 올려야겠다.

'화성 표면에 갖고 나갔더니 작동을 멈췄음. 10점 만점에 빵점.'

그래서 나는 카메라를 사용했다. 화성에서 사용하는 특수 카메라는 원 없이 갖고 있다. 나는 들어오는 바이트들을 모래에 적은 다음 사진을 찍어 막사 안에서 옮겨 적었다.

이제 밤이라 더 이상 메시지를 받을 수 없다. 내일 이걸 갖고 로버에 올라타면 제트추진연구소의 컴퓨터 또라이들이 알아서 해줄 것이다.

★☆★

임시 패스파인더 관제 센터에서는 진한 냄새가 사라질 줄 몰랐다. 이처럼 많은 사람을 감당할 만한 통풍시설이 마련되지 않은 데다, 모두들 깨어 있는 시간을 총동원해 일하고 있는 터라 개인위생에 신경 쓸 시간이 많지 않았다.

"이쪽으로 오게, 잭. 오늘은 자네가 팀하고 가장 많이 붙어 있어야 할 거야."

벤카트가 말했다.

"고맙습니다."

잭은 평소에 벤카트가 앉았던 팀 옆자리에 앉았다.

"안녕, 팀!"

"왔군."

팀이 말했다.

"수정하는 데 얼마나 걸리나?"

벤카트가 물었다.

그러자 잭이 대답했다.

"금방 끝날 겁니다. 와트니가 해킹을 끝마쳤고 저희가 제대로 했는지 확인도 했습니다. 패스파인더 OS 업데이트도 문제없이 끝냈고요. 로버 패치를 보냈고, 패스파인더가 그것을 다시 전송했습니다. 와트니가 그 패치를 실행시키고 로버를 재부팅 하면 연결될 겁니다."

"맙소사, 엄청 복잡하군."

벤카트가 말했다.

"리눅스 서버 업데이트 한번 해보시죠."

잭이 말했다.

잠시 침묵이 흐른 뒤 팀이 말했다.

"농담이었다는 거 아시죠? 원래 재미있어야 하는 건데."

"그랬군. 난 물리쟁이지 컴퓨터쟁이가 아니라서."

벤카트가 말했다.

"컴퓨터쟁이들한테도 재미없어요."

"하여튼 재미를 모른다니까, 팀."

잭이 말했다.

"시스템 연결됐어요."

팀이 말했다.

"뭐?"

"연결됐다고요. 그냥 참고하세요."

"우와!"

잭이 말했다.

"성공입니다!"

벤카트가 방 안에 모인 사람들에게 말했다.

★☆★

[11:18] 제트추진연구소: 마크, 벤카트 커푸어다. 우린 49화성일째부터 쭉 자네를 지켜보고 있었어. 전 세계가 자네를 주목하고 있네. 정말 대단해. 패스파인더를 찾아오다니. 지금 구출 계획을 짜고 있어. 제트추진연구소에서 아레스 4 MDV가 잠깐의 육상 비행을 할 수 있도록 개조하고 있네. 그것으로 자네를 태운 다음 스키아파렐리로 데려가게 할 생각이야. 아레스 4가 도착할 때까지 식량이 떨어지지 않도록 보급 방법도 연구하고 있어.

[11:29] 와트니: 기쁜 소식이네요. 정말 죽지 않을 수도 있을 것 같은데요. 분명히 말씀드리지만 대원들의 잘못이 아니었어요. 질문 하나만. 제가 살아 있다는 걸 알고 대원들이 뭐라고 하던가요? 그리고 참, "엄마, 저예요!"

[11:41] 제트추진연구소: '농작물' 얘기 좀 해봐. 우리 계산에 따르면, 현재 갖고 있는 식량은 한 끼를 4분의 3으로 제한할 경우 400화성일째까지 버틸 수 있더군. 농작물로 얼마나 더 버틸 수 있나? 질문에 답하자면, 자네가 살아 있다는 얘긴 대원들에게 하지 않았네. 지구로 귀환하는 데 집중하게 하려고 말이야.

[11:52] 와트니: 농작물은 감자예요. 추수감사절에 요리하려고 가져온 감자를 재배하고 있어요. 잘 자라고 있긴 한데, 지속 가능한 방식으로 농사를 짓기에는 이용 가능한 농지가 부족해요. 900화성일째쯤이면 식량이 떨어질 거예요. 추신. 대원들한테 제가 살아 있다고 얘기하세요! 정신 나간

거 아니에요?

[12:04] 제트추진연구소: 식물학자들을 섭외해 자네의 농사에 대해 상세한 자문을 구하고 잘하고 있는지 확인해야겠군. 목숨이 걸린 일이니 확실하게 해야지. 900화성일째까지 버틸 수 있다니 듣던 중 반가운 소식이야. 좀 더 시간을 갖고 보급 계획을 마련할 수 있겠어. 그리고 말 가려서 해. 자네 메시지가 전 세계에 생중계되고 있거든.

[12:15] 와트니: 보세요! 젖탱이예요! --> (.Y.)

★☆★

테디는 전화기에 대고 말했다.

"감사합니다, 대통령 각하. 이렇게 직접 전화를 주시다니 영광입니다. 나사 전체에 축하 말씀 전하겠습니다."

그는 전화를 끊고 전화기가 책상 한구석의 양쪽 모서리와 수평이 되게 조심스레 놓았다.

미치가 열려 있는 사무실 문을 두드렸다.

"시간 괜찮으세요?"

미치가 물었다.

"들어와요, 미치. 앉지."

테디가 말했다.

"고맙습니다."

미치는 질 좋은 가죽 소파에 앉았다. 그러고는 이어폰으로 손을 뻗어 볼륨을 줄였다.

"관제 센터는 어떤가?"

테디가 물었다.

"아주 좋습니다. 헤르메스도 아무 문제 없고요. 게다가 제트추진연구소에서 추진한 일이 잘돼서 모두들 의욕이 넘치고 있죠. 오랜만에 아주 기분 좋은 하루였습니다!"

미치가 대답했다.

테디가 맞장구쳤다.

"그래, 맞아. 와트니를 구출하는 데 한 걸음 가까이 다가갔지."

"얘기가 나와서 말인데, 제가 왜 왔는지 아실 겁니다."

미치가 말했다.

"짐작이 가는군. 대원들에게 와트니가 살아 있다는 걸 알리고 싶어서겠지."

테디가 대꾸했다.

"맞습니다."

미치가 말했다.

"벤카트가 반대할까 봐 일부러 그 사람이 패서디나에 가 있는 틈을 타서 왔을 테고."

"사실 이 문제는 국장님이나 벤카트, 그 밖에 누구와도 상의할 필요가 없습니다. 제가 비행 감독입니다. 처음부터 제가 결정할 일이었는데 두 분이 끼어들어 막은 겁니다. 그런 건 다 제쳐두더라도 어쨌든 희망이 생기면 그들에게 알리기로 합의하셨잖아요. 이젠 희망이 생겼습니다. 교신이 성공해서 구출 계획을 짜고 있고, 게다가 마크가 농사를 짓고 있어서 보급품을 준비할 시간도 벌었습니다."

"좋아, 이제 알리게."

테디가 말했다.

미치는 멈칫했다.

"그게 답니까?"

"조만간 이렇게 찾아올 것 같아서 이미 충분히 생각해 보고 결정을 내려뒀어. 어서 가서 그들에게 알리게."

미치는 자리에서 일어섰다.

"알겠습니다. 고맙습니다."

그는 사무실을 나갔다.

테디는 의자를 돌려서 창밖으로 펼쳐진 밤하늘을 바라보았다. 그러고는 별들 속에서 희미하게 빛나는 붉은 점을 응시하며 중얼거렸다.

"기다려, 와트니. 곧 가겠네."

12

와트니는 침상에서 평화롭게 자고 있었다. 무슨 좋은 꿈을 꾸는지 얼굴에 미소를 띤 채 몸을 조금씩 뒤척거렸다. 전날 거주용 막사를 보수하느라 세 번이나 선외활동을 하며 힘을 많이 썼다. 그래서 아주 오랜만에 깊은 단잠에 빠져 있었다.

"여러분, 좋은 아침! 새날이 밝았다! 6화성일째야. 어서 일어나!"

루이스가 소리쳤다.

일제히 신음을 내뱉는 다른 대원들의 목소리에 와트니도 가세했다.

루이스는 또 한 번 재촉했다.

"자자, 징징거리지 마. 지구에서보다 40분이나 더 잤어."

마르티네스가 가장 먼저 침상에서 나왔다. 공군인 그는 해군인 루이스의 생활방식에 무리 없이 적응할 수 있었다.

"좋은 아침입니다, 대장."

그가 잠이 덜 깬 목소리로 말했다.

조한슨은 일어나 앉긴 했지만 이불 밖 거친 세상으로 조금도 나오지 않았다. 소프트웨어 엔지니어인 그녀는 아침형 인간이 아니었다.

포겔이 손목시계를 보며 천천히 침상에서 육중한 몸을 일으켰다. 그는 말없이 작업복을 입고 최대한 주름을 매만져 폈다. 또 하루 샤워를 하지 못한 찝찝함 때문에 속으로 한숨을 쉬었다.

와트니는 베개를 머리로 끌어당기며 돌아누웠다.

"시끄러워. 다들 저리 가."

그가 중얼거렸다.

마르티네스가 아레스 3 탐사대의 의사를 흔들며 소리쳤다.

"베크! 정신 차리고 일어나, 친구!"

"응, 그래."

베크는 눈을 게슴츠레 뜨고 대꾸했다.

조한슨은 침상에서 떨어져 나와 바닥에 앉아 있었다.

루이스가 와트니의 손에서 베개를 빼앗으며 말했다.

"움직이자고, 와트니! 우리가 여기 있는 동안 정부에서 대주는 돈이 1초당 십만 달러야."

"베개 빼앗는 사람 나빠요."

와트니는 눈을 뜨기 싫어서 툴툴거렸다.

"난 지구에서 90킬로그램짜리 남성들도 침상에서 떨어뜨렸어. 0.4중력에서 실력 좀 발휘해 볼까?"

"아뇨, 됐어요."

와트니는 일어나 앉았다.

대원들을 모두 일으킨 루이스는 통신 장비 앞에 앉아 밤사이 휴스턴에서 들어온 메시지들을 확인했다.

와트니는 발을 질질 끌며 식량을 넣어놓은 찬장으로 가서 아침식사로 아무거나 하나를 집었다.

"난 '계란'으로 갖다 줘."

마르티네스가 말했다.

"차이가 있나?"

와트니는 마르티네스에게 식량 한 팩을 건네며 물었다.

"아니."

마르티네스가 대꾸했다.

"베크, 뭘로 줄까?"

와트니가 물었다.

"됐어. 아무거나 줘."

베크가 말했다.

와트니는 식량 한 팩을 그에게 던져주었다.

"포겔, 늘 먹던 소시지요?"

"야(독일어로 긍정의 대답-옮긴이), 부탁해."

"참 한결같다니까."

"난 그게 편해."

포겔은 와트니가 주는 아침식사를 받으며 대꾸했다.

"거기, 아가씨. 오늘은 아침 먹을 거야?"

와트니가 조한슨에게 소리쳤다.

"웅아웅."

조한슨이 끙끙거렸다.

"아무래도 거절인 것 같군."

와트니가 넘겨짚었다.

대원들은 말없이 식사했다. 조한슨은 결국 터벅터벅 찬장으로 가서 포장된 커피 하나를 집었다. 그런 다음 어눌한 손놀림으로 뜨거운 물을 부어 홀짝홀짝 마시면서 서서히 정신을 차리기 시작했다.

루이스가 말했다.

"휴스턴에서 들어온 소식이야. 위성 관측 결과 폭풍이 오고 있지만 그게 이곳에 도달하기 전까지는 표면 탐사를 할 수 있다. 포겔, 마르티네스, 두 사람은 나와 함께 나간다. 조한슨은 여기 남아서 일기예보를 주시하도록. 와트니는 오늘까지 해야 할 토양 실험이 밀려 있지. 베크는 어제 선외활동에서 채취한 표본을 분광계에 돌려봐."

"폭풍이 온다는데 꼭 나가셔야 합니까?"

베크가 물었다.

"휴스턴에서 허락했어."

루이스가 말했다.

"불필요한 위험을 감수하는 것 같은데요."

"화성에 온 것 자체가 불필요한 위험을 감수하는 거야. 무슨 말이 하고 싶은 거야?"

루이스가 물었다.

베크는 어깨를 으쓱하며 대꾸했다.

"그냥 조심하시라고요."

★☆★

동쪽에 세 사람의 형체가 보였다. 둔한 선외우주복을 입고 있어서 세 사람 모두 똑같아 보였다. 그러나 포겔은 어깨에 유럽연합기(旗)가 달려 있어 성조기를 달고 있는 루이스, 마르티네스와 구분되었다.

동쪽에서 시커먼 그림자가 일출의 광선에 너울너울 굽이쳤다.

포겔이 독특한 억양으로 말했다.

"폭풍입니다. 휴스턴에서 예보한 것보다 더 가까이 있어요."

"아직 시간이 있어. 하던 일에 집중해. 이번 선외활동은 화학 분석을 위한 거야. 포겔은 화학자니까 이번 시료 채취를 총괄해."

루이스가 말했다.

"30센티미터 깊이로 파서 토양 시료를 채취하세요. 최소 100그램씩. 30센티미터 깊이로 파는 게 아주 중요합니다."

포겔이 말했다.

"좋아."

루이스가 대꾸했다.

"막사에서 100미터 밖으로 나가선 안 돼."

그녀가 다시 덧붙였다.

"네."

포겔이 말했다.

"알겠습니다, 대장."

마르티네스도 대답했다.

그런 다음 세 사람은 흩어졌다. 아레스 탐사대의 선외우주복은 아폴로 시절 이래로 크게 발전하여 몸을 훨씬 더 자유롭게 움직일 수 있었다. 땅을 파고 허리를 굽히고 시료를 봉투에 넣고 봉하는 일 따위는 그리 어렵지 않았다.

얼마 후 루이스가 물었다.

"시료를 얼마나 채취해야 하지?"

"한 사람당 일곱 개쯤이면 되지 않을까요?"

"그 정도면 되겠지. 난 네 개 끝냈어."

루이스가 말했다.

"저는 다섯 개요. 아무리 그래도 해군이 공군을 따라잡는 건 힘들죠. 안 그렇습니까?"

마르티네스가 말했다.

"그렇게 나오겠다 이거지?"

루이스가 말했다.

"저는 있는 그대로 말씀드리는 것뿐입니다, 대장."

"여기는 조한슨."

무전을 통해 시스템 운영 관리자의 목소리가 들려왔다.

"휴스턴에서 폭풍의 강도를 '위험' 수준으로 올렸습니다. 15분 후에 이곳에 도착한답니다."

"본부로 귀환한다."

루이스가 말했다.

★☆★

매서운 바람에 막사가 흔들리자 우주비행사들은 한가운데 웅크리고 앉았다. MAV로 달려가 비상 이륙을 해야 하는 경우에 대비해 여섯 명모두 비행용 우주복을 입고 있었다. 조한슨은 자신의 노트북 컴퓨터를 주시했고 다른 대원들은 그녀를 보고 있었다.

"이제 평균 풍속이 시속 100킬로미터가 넘어요. 돌풍은 125까지 올라갔고요."

조한슨이 말했다.

"맙소사, 이러다 오즈로 휩쓸려가겠군. 풍속이 얼마나 되면 임무를 포기해야 하지?"

와트니가 물었다.

"규정상으로는 시속 150킬로미터. 그 이상이 되면 MAV가 넘어갈 위험이 있거든."

마르티네스가 대꾸했다.

"폭풍 경로에 대한 예측은 어때?"

루이스가 물었다.

조한슨은 화면에서 눈을 떼지 않은 채 대답했다.

"지금 이게 폭풍의 가장자리예요. 여기서 점점 더 나빠지다 사그라지겠죠."

가혹한 공격에 막사 캔버스가 요동쳤고 돌풍이 한 번 지나갈 때마다 내부 지지대들이 휘어지고 떨렸다. 매 순간 불협화음이 점점 더 커져 갔다.

루이스가 말했다.

"좋아. 임무 포기 준비해. MAV로 가서 행운을 빌어보자고. 바람이 너무 심해지면 발사하는 거야."

그들은 두 명씩 짝을 지어 거주용 막사에서 나가 에어로크 1 앞에 모였다. 강풍과 모래가 그들을 때려댔지만 아직은 똑바로 서 있을 수 있었다.

루이스가 말했다.

"시계가 거의 제로야. 혹시 낙오되면 내 우주복의 원격 신호로 자동 유도되도록 설정해. 막사에서 멀어질수록 바람이 더 심해질 테니까 각오하라고."

그들은 강풍을 뚫고 비틀거리며 MAV로 향했다. 루이스와 베크가 앞장 서고 와트니와 조한슨이 뒤따랐다.

와트니가 숨을 헐떡거리며 말했다.

"대장, MAV에 지지대를 대면 어떨까요? 그럼 넘어갈 확률이 줄어들 텐데요."

"어떻게?"

루이스가 가쁜 숨을 내쉬며 되물었다.

"태양광 농장의 케이블들을 받침 줄로 사용하면 되잖아요."

그는 잠시 씨근거리고는 다시 말을 이었다.

"로버들을 닻으로 삼고요. 거기에 줄을 둘러서…."

그때 바람에 날아온 잔해가 와트니와 충돌해 그를 바람 속으로 데려갔다.

"와트니!"

조한슨이 소리쳤다.

"무슨 일이야?"

루이스가 물었다.

"무언가가 와트니를 때렸어요!"

조한슨이 보고했다.

"와트니, 응답해."

루이스가 말했다.

대답이 없었다.

"와트니, 응답하라."

루이스가 다시 한 번 말했다.

이번에도 돌아오는 것은 침묵뿐이었다.

"연결이 끊겼어요. 어디 있는지도 모르겠어요!"

조한슨이 보고했다.

"대장, 와트니의 원격 신호가 끊어지기 전에 감압 경보가 울렸습니다!"

베크가 말했다.

루이스가 소리쳤다.

"젠장! 조한슨, 와트니를 마지막으로 봤을 때 어디 있었어?"

"바로 제 앞에 있다 사라졌어요. 서쪽으로 날아갔어요."

조한슨이 대답했다.

"알았어. 마르티네스, MAV로 가서 발사 준비해. 나머지는 모두 조한슨에게 자동 유도되도록 설정하고."

루이스가 말했다.

포겔이 힘겹게 폭풍을 뚫고 나아가며 물었다.

"베크, 감압이 되면 사람이 얼마나 살 수 있지?"

"1분도 못 살아요."

베크가 목메는 소리로 대답했다.

"아무것도 안 보여."

대원들이 주위로 몰려들자 조한슨이 말했다.

루이스가 지시를 내렸다.

"줄 서서 서쪽으로 걸어가. 좁은 보폭으로. 와트니는 엎어져 있을 거야. 넘어가면 안 되잖아."

그들은 서로의 시야에서 벗어나지 않은 채 터벅터벅 혼돈 속으로 나아갔다.

마르티네스는 MAV 에어로크 안으로 들어가 바람과 싸우며 힘겹게 문을 닫았다. 가압이 되자 그는 서둘러 우주복을 벗었다. 사다리를 타고 선실로 가서 조종석에 앉아 시스템을 부팅했다.

한 손으로 비상 발사 점검표를 집어 들고 다른 손으로 신속하게 스위치들을 올렸다. 시스템들이 하나씩 비행 준비 상태로 바뀌었다. 시스템들이 연결되자 그는 그중 하나를 눈여겨보았다.

"대장, MAV가 7도 기울었습니다. 12.3도 이상 기울면 넘어갈 겁니다."

그가 무전을 보냈다.

"알았어."

루이스가 응답했다.

베크가 자신의 팔에 장착된 컴퓨터를 보며 말했다.

"조한슨, 와트니의 생체신호 감지기가 꺼지기 전에 무슨 신호를 보냈어. 내 컴퓨터에는 '불량 패킷'이라고만 뜨는데."

그러자 조한슨이 대꾸했다.

"내 것도 그래. 전송이 완료되지 않았어. 일부 데이터가 손실돼서 검사 합계가 안 나오는 거야. 잠깐만."

그때 마르티네스의 목소리가 들렸다.

"대장, 휴스턴에서 메시지가 왔습니다. 우리 임무가 공식적으로 중단되었답니다. 폭풍이 매우 심해질 게 확실하답니다."

"알았어."

루이스가 응답했다.

마르티네스가 다시 말했다.

"메시지 전송시간은 4분 30초 전이지만 위성 데이터는 9분 전에 확인된 것입니다."

"알았어. 발사 준비 계속하도록."

루이스가 응답했다.

"알겠습니다."

마르티네스가 말했다.

"베크, 가공되지 않은 패킷이 있어. 평문(암호화되지 않은 데이터-옮긴이)이야. BP 0, PR 0, TP 36.2. 이게 다야."

조한슨의 말이었다.

그러자 베크가 침울하게 응답했다.

"혈압 0, 맥박 0, 체온 정상이란 뜻이군."

한동안 아무도 무전을 보내지 않았다. 그들은 기적을 바라면서 계속 발을 끌며 모래 폭풍 속으로 나아가고 있었다.

"체온은 정상이라고?"

루이스가 희망을 갖고 물었다.

"시간이 좀 걸리죠, 그러니까…."

베크는 더듬거리며 말을 이었다.

"식을 때까지 말입니다."

다시 마르티네스의 목소리가 들렸다.

"대장, 현재 10.5도인데 돌풍이 불며 11도로 기울고 있습니다."

"알았다. 조종 잠금 해제 상태인가?"

루이스가 물었다.

"네. 언제든 발사할 수 있습니다."

마르티네스가 응답했다.

"쓰러지기 시작하면 완전히 넘어가기 전에 발사할 수 있나?"

예상치 못한 질문에 마르티네스가 머뭇거렸다.

"그게… 할 수 있습니다, 대장. 수동 조종으로 추진력을 최대로 높이면 될 겁니다. 그렇게 해서 앞코를 위로 올린 다음 사전 프로그래밍된 상승으로 돌아가면 됩니다."

"좋아. 모두들 마르티네스의 우주복으로 자동 유도되도록 설정해. 그럼 MAV 에어로크에 도달할 거다. 들어가서 발사 준비해."

루이스가 말했다.

"대장은요?"

베크가 물었다.

"난 좀 더 찾아볼게. 어서 이동해. 마르티네스, MAV가 넘어가기 시작하면 발사해."

"정말 제가 대장을 두고 갈 거라고 생각하세요?"

마르티네스가 말했다.

"명령이다. 세 사람은 어서 MAV로 가."

루이스가 응답했다.

그들은 마지못해 루이스의 명령에 따라 MAV로 걸음을 옮겼다. 한 걸음 발을 뗄 때마다 지독한 바람이 불었다.

루이스는 땅을 볼 수도 없는 상태에서 발을 끌며 앞으로 나아갔다. 그러다 불현듯 무언가를 떠올리고는 등으로 손을 뻗어 한 쌍의 착암기 날을 꺼냈다. 낮에 지질학 표본 채취를 할 생각이었으므로 아침에 1미터짜리 착암기 날 두 개를 더 넣어두었다. 그것을 양손에 하나씩 들고 땅 위로 끌면서 걸어갔다.

20미터쯤 가서 그녀는 뒤로 돌아 반대쪽으로 걸어갔다. 똑바로 걷는 것이 불가능했다. 앞이 보이지 않을 뿐 아니라 끝없이 불어오는 바람 때문에 자꾸만 옆으로 밀려났다. 한 걸음 내디딜 때마다 그녀의 발은 수북한 모래 속에 파묻혔다. 그녀는 끙끙거리면서도 계속 나아갔다.

베크와 조한슨, 포겔은 MAV 에어로크 안으로 몸을 쑤셔 넣었다. 이 에어로크는 원래 2인용이지만 비상시에는 세 명까지 들어갈 수 있었다. 에어로크가 가압되고 있을 때 무전을 통해 루이스의 목소리가 들려왔다.

"조한슨, 로버의 적외선 카메라가 도움이 되지 않을까?"

"적외선의 모래 투과율은 가시광선보다 크게 나을 것이 없어요."

조한슨이 응답했다.

베크가 헬멧을 벗고 말했다.

"대체 무슨 생각을 하는 거지? 대장은 지질학자야. 적외선이 모래 폭풍을 투과하지 못한다는 것쯤은 알잖아."

"미련을 못 버리는 거지."

포겔은 안쪽 문을 열며 다시 말을 이었다.

"가속 의자로 가야 돼. 서두르자고."

"영 찜찜하네요."

베크가 말했다.

"나도 그래. 하지만 대장이 명령을 내렸잖아. 명령 불복종은 도움이 되지 않을 거야."

포겔은 사다리를 올라갔다.

마르티네스가 무전을 보냈다.

"대장, 11.6도로 기울고 있습니다. 돌풍 한 번이면 넘어갈 것 같은데요."

"근접 레이더는 어때? 그걸로 와트니의 우주복을 탐지할 수는 없나?"

루이스가 물었다.

"어림도 없습니다. 그건 궤도에서 헤르메스를 보는 용도예요. 겨우 우주복의 쇠붙이 따위가 감지될 리가 없죠."

마르티네스가 대답했다.

"한번 해봐."

루이스가 말했다.

그러자 베크가 헤드셋을 쓰고 자신의 가속 의자로 들어가며 말했다.

"대장, 인정하고 싶지 않겠지만… 와트니는 죽었습니다."

"알았어. 마르티네스, 한번 해봐."

"알겠습니다."

마르티네스가 응답했다.

그는 레이더를 켜고 자동검사가 끝나기를 기다렸다. 그사이 베크를 노려보면서 말했다.

"대체 왜 그래?"

"방금 내 친구가 죽었어. 대장까지 죽는 건 원치 않아."

베크가 대꾸했다.

마르티네스는 그를 매섭게 노려보았다. 잠시 후 그는 레이더를 보고 무전을 보냈다.

"근접 레이더에 잡히는 게 없습니다."

"아무것도 없어?"

루이스가 물었다.

"거주용 막사가 간신히 잡힙니다. 모래 폭풍 때문에 제대로 돌아가는 게 없어요. 그렇지 않다고 해도 금속이 충분하지 않아… 으악!"

그는 대원들에게 소리쳤다.

"벨트 매! 넘어가고 있어!"

MAV는 끼이익 소리를 내며 점점 더 빠르게 기울어졌다.

"13도."

조한슨이 자신의 가속 의자에서 소리쳤다.

포겔이 안전벨트를 매며 말했다.

"너무 많이 기울어졌어. 다시 일어나지 못할 거야."

"대장을 두고 갈 수는 없어요! 넘어가도록 두자고요. 고치면 되잖아요!"

베크가 소리쳤다.

마르티네스가 조종 장치들 위로 두 손을 현란하게 움직이며 말했다.

"연료까지 합쳐서 무게가 32미터톤이야. 그게 땅에 충돌하면 탱크와 프레임, 심지어 2단 엔진까지 구조적인 손상을 입을 거야. 고치는 건 불가능해."

"대장을 버릴 순 없어! 그건 절대 안 돼."

베크가 말했다.

"한 가지 방법이 있어. 그게 먹히지 않으면 대장의 명령을 따르자고."

마르티네스는 궤도 기동 시스템(OMS, Orbital Maneuvering System, 우주선의 궤도 변경이나 이동, 궤도 이탈 등을 위해 사용되는 추진 기능-옮긴이)을 켜고 MAV의 노즈콘(원추형 머리 부분-옮긴이)에서 지속적인 분사가 이뤄지도록 설정했다. 작은 분사기들이 천천히 기울어가는 육중한 선체와 맞서 싸우기 시작했다.

"OMS를 가동하는 거야?"

포겔이 물었다.

그러자 마르티네스가 대꾸했다.

"효과가 있을지 모르겠어요. 아주 빠르게 기울어지지는 않는데요. 느려지고 있는 것 같기도 하고…."

"공력 덮개들이 자동으로 떨어져 나갔겠군. 선체 옆면에 구멍 세 개가 뚫렸으니 상승할 때 꽤 덜커덕거리겠어."

포겔이 말했다.

"조언 잘 들었습니다."

마르티네스는 분사를 계속 유지하며 기울기를 주시했다.

"제발…."

"아직 13도야."

조한슨이 말했다.

"뭐가 어떻게 돼가는 거야?"

루이스가 무전을 보냈다. 그러곤 다시 말했다.

"왜 이렇게 조용해? 어서 응답해."

"잠깐만요."

마르티네스가 응답했다.

"12.9도."

조한슨이 말했다.

"효과가 있는데."

포겔이 말했다.

"일단은 그렇죠. 기동 연료가 끝까지 버텨줄지 모르겠어요."

마르티네스가 말했다.

"12.8도야."

조한슨이 다시 말했다.

"OMS 연료 60퍼센트 남았어. 헤르메스와 도킹하려면 얼마나 필요한데?"

베크가 물었다.

"다른 문제가 없다면 10퍼센트."

마르티네스가 분사 각도를 조정하며 대답했다.

"12.6도, 다시 일어서고 있어."

조한슨이 말했다.

"바람이 조금 사그라졌을 수도 있지. 남은 연료 45퍼센트."

베크의 말이었다.

"분사구들이 손상될 수도 있어. 궤도 기동 시스템은 원래 오랫동안 분사하도록 만들어진 게 아니잖아."

포겔이 경고했다.

"알아요. 필요하다면 노즈콘 분사를 하지 않고 도킹할 수 있어요."

마르티네스가 대꾸했다.

조한슨이 말했다.

"거의 다 됐어… 됐다, 12.3도 이하로 내려갔어."

"OMS 중지."

마르티네스가 분사를 끝내며 선언했다.

"계속 일어서고 있어. 11.6… 11.5… 11.5에서 멈췄어."

조한슨의 말이었다.

"OMS 연료는 22퍼센트."

베크가 말했다.

"나도 보고 있어. 그 정도면 충분할 거야."

마르티네스가 대꾸했다.

"대장, 이제 돌아오셔야 합니다."

베크가 무전을 보냈다.

"맞아요. 그 친구는 죽었어요, 대장. 와트니는 죽었습니다."

마르티네스도 무전을 보냈다.

네 사람은 대장의 응답을 기다렸다.

마침내 루이스가 응답했다.

"알았어. 지금 가겠다."

그들은 말없이 각자의 가속 의자에 누워 안전벨트를 매고 발사 준비를 했다. 베크는 와트니의 빈 의자를 보았다. 그러고 보니 포겔도 그곳을 보고 있었다. 마르티네스는 노즈콘 OMS 분사기들에 대해 자동검사를 수행했다. 그것들은 이제 사용하기에 안전하지 않았다. 마르티네스는 자신의 일지에 문제에 대해 기록했다.

에어로크가 돌아가기 시작했다. 루이스가 우주복을 벗고 선실로 들어왔다. 그러고는 굳은 얼굴로 말없이 자신의 가속 의자에 누워 안전벨트를 맸다. 감히 말을 걸 수 있는 사람은 마르티네스뿐이었다.

"아직 조종 잠금 해제 상태입니다. 발사 준비 됐습니다."

그가 조용히 말했다.

루이스는 눈을 감고 고개를 끄덕였다.

마르티네스가 다시 말했다.

"대장, 죄송하지만 소리 내어 말씀해 주셔야…."

"발사해."

그녀가 말했다.

"알겠습니다, 대장."

마르티네스는 발사 시퀀스를 활성화했다.

발사대의 고정 클램프들이 풀려 바닥으로 떨어졌다. 몇 초 후 소형 유도폭탄이 발사되면서 주 엔진들이 점화되었고 MAV는 덜컥 솟아올랐다.

서서히 가속도가 붙었다. 그러면서 MAV는 윈드시어(바람의 진행 방향에 대해 수직 또는 수평 방향으로 급작스럽게 풍향이나 풍속이 바뀌는 돌풍 현상-옮긴이)로 인해 좌우로 경로를 이탈했다. 상승 소프트웨어가 이 문제를 감지하고 그에 대응하기 위해 선체가 바람 속으로 들어가도록 각도를 조정했다.

연료가 소비되어 무게가 가벼워질수록 점점 더 가속도가 붙었다. 상승 속도가 기하급수적으로 빨라지면서 MAV는 순식간에 최대 가속도에 도달했다. 최대 가속도의 한계를 정하는 것은 선체의 동력이 아니라 그 안에 탄 연약한 인간들의 무게였다.

선체가 솟아오르면서 덮개가 떨어져 나간 OMS 분사구들은 나름의 응징을 가했다. 선체가 격렬하게 흔들렸고, 그에 따라 대원들도 각자의 의자에서 요란하게 흔들렸다. 마르티네스와 상승 소프트웨어는 선체의 균형을 유지하긴 했지만 끊임없이 전투를 벌여야 했다. 결국 공기가 점점 희박해지면서 난기류가 서서히 잦아들어 완전히 사라졌다.

갑자기 모든 공격이 사라졌다. 1단 추진이 끝났다. 대원들은 몇 초 동안 무중력 상태를 경험하다 2단 추진이 시작되면서 다시 압력 때문에 의자 속으로 깊숙이 밀려들어갔다. 선체 밖에서는 이제 껍데기만 남은 1단이 떨어져 나갔다. 결국에는 저 아래 행성 어딘가로 추락할 것이다.

2단 추진은 선체를 훨씬 더 높이 밀어 올려 저궤도에 진입시켰다. 거창했던 1단 추진보다 지속 시간이 짧고 훨씬 더 부드러워서 그저 1단 추진을 보충하는 것처럼 느껴졌다.

불현듯 엔진이 멈추고 숨 막히는 평온이 불협화음을 대신했다.

마르티네스가 말했다.

"주 엔진 가동 중지. 상승 시간 8분 14초. 헤르메스와의 랑데부를 위한 정상 궤도에 들어섰음."

원래 무탈한 발사 뒤엔 축하가 이어진다. 그러나 이번엔 침묵만 뒤따랐다. 그 침묵을 깬 것은 조한슨의 나지막한 흐느낌이었다.

★☆★

4개월 후….

베크는 자신이 무중력 식물 생육 실험을 하고 있는 이유에 대해 생각하지 않으려고 애썼다. 떠올려봐야 마음만 아플 뿐이었다. 그는 양치류 잎들의 크기와 모양을 살피고 사진을 찍고 메모를 했다.

그날의 과학실험 일과를 끝낸 후 시계를 보았다. 딱 좋은 시간이었다. 곧 데이터 전송이 완료될 것이다. 그는 허공에 떠서 원자로를 지나 세미콘 A 사다리로 향했다.

발부터 시작해 사다리를 따라가다 빙글빙글 돌아가는 선체의 원심력이 강해지자 곧 사다리를 단단히 잡아야 했다. 세미콘 A에 도달했을 때 중력은 0.4였다.

선체에서의 편안함은 헤르메스의 원심력 덕분이다. 그것은 그들의 건강을 유지시켜주는 역할을 했다. 만약 없었다면 화성에 도착해서 처음 한 주 동안에는 제대로 걷지도 못했을 것이다. 무중력 운동요법을 통해 심장과 뼈를 건강하게 유지하는 것은 가능했지만 화성에 도착한 첫날부터 온전하게 기능하게 해줄 만한 운동요법은 아직 고안되지 않았다.

이 우주선은 어차피 회전하도록 설계되었으므로 그들은 돌아올 때에도 역시 회전 시스템을 사용했다.

조한슨이 자신의 작업대 앞에 앉아 있었다. 루이스는 그 옆에 앉아 있고 포겔과 마르티네스는 근처를 서성거렸다. 지구에서 한꺼번에 보내주는 데이터 속에는 집에서 보낸 이메일과 동영상 등이 포함되어 있었다. 하루의 하이라이트인 셈이었다.

"아직 안 됐어?"

베크가 브리지 안으로 들어오며 물었다.

"다 되어가. 98퍼센트."

조한슨이 대답했다.

"기분이 좋아 보이는군, 마르티네스."

베크의 말에 마르티네스는 환하게 웃으면서 대꾸했다.

"어제 우리 아들이 세 살이 됐거든. 생일파티 사진이 있을 거야. 베크는 특별히 기다리는 거 없어?"

"별로. 몇 년 전에 쓴 논문에 대한 동료 비평이 와 있을걸."

베크가 말했다.

조한슨이 다시 입을 열었다.

"완료. 개인 이메일은 전부 각자의 노트북으로 보냅니다. 그 밖에 포겔 앞으로 온 원격 계측 업데이트와 내 앞으로 온 시스템 업데이트가 있네요. 대원 전체에게 보내는 음성 메시지도 있는데요."

그녀는 어깨 너머로 루이스를 보았다.

루이스는 어깨를 으쓱하며 대꾸했다.

"재생해 봐."

조한슨은 메시지를 열고 의자에 깊숙이 몸을 기댔다.

"헤르메스, 미치 핸더슨이다."

메시지가 시작되었다.

마르티네스가 어리둥절한 얼굴로 말했다.

"핸더슨? 교신 담당이 있는데 왜 직접 보냈지?"

루이스는 조용히 하라는 신호로 한 손을 들어 올렸다.

미치의 목소리가 계속 이어졌다.

"새로운 소식이 있다. 돌려 말하지 않겠다. 마크 와트니가 살아 있다."

조한슨이 숨을 들이켰다.

"저게 무슨…."

베크는 말을 잇지 못했다.

포겔은 입을 다물지 못한 채 충격에 빠진 얼굴로 서 있었다.

마르티네스는 루이스를 보았다. 그녀는 앞으로 바싹 몸을 숙이고 자신의 턱을 꼬집었다.

미치가 계속 말을 이었다.

"놀라운 소식이라는 거 안다. 물어볼 게 많다는 것도 안다. 다 대답해 주겠다. 일단 기본적인 사항만 전달한다. 와트니는 건강하게 살아 있다. 우리는 이미 두 달 전에 이 사실을 알았지만 여러분에게 알리는 일은 보류하기로 했었다. 개인 메시지까지 전부 검열했지. 물론 나는 그 결정을 '강력히' 반대했다. 마침내 그와 교신할 수 있게 되고 실행 가능한 구조 계획을 세우는 지금에야 알리게 되었다. 우선은 아레스 4 탐사대가 개조한 MDV로 그를 태워가는 방향으로 가닥이 잡히고 있다.

당시 정황이 상세하게 나와 있는 서면 기록을 보낼 예정이다. 하지만 결단코 여러분 잘못은 아니다. 마크 역시 그 문제가 언급될 때마다 그 점을 재차 강조하고 있다. 단지 운이 나빴던 것뿐이다.

이 소식을 받아들이는 데에는 어느 정도 시간이 필요할 거라 생각한다. 내일 과학실험은 전부 면제다. 궁금한 점들을 물어보면 답해주겠다. 이상."

메시지 재생이 끝나자 브리지 안에는 숨 막히는 정적이 흘렀다.

"마크가… 살아 있다고?"

마르티네스는 이렇게 말하며 미소 지었다.

포겔이 기뻐하며 고개를 끄덕였다.

"살았대."

조한슨은 믿을 수 없다는 듯이 눈을 크게 뜨고 자신의 컴퓨터 화면을 응시했다.

베크가 웃으면서 말했다.

"맙소사, 대장! 마크가 살았대요!"

"내가 버려두고 왔어."

루이스가 조용히 말했다.

대원들이 대장의 표정을 보는 순간 자축의 분위기는 끝났다.

베크가 다시 입을 열었다.

"하지만 우리 모두 다 같이…"

"여러분은 명령을 따른 거야."

루이스가 그의 말을 잘랐다. 그러고는 계속해서 말을 이었다.

"난 그를 버려두고 왔어. 아무도 닿을 수 없는 그 황폐하고 우울한 황무지에."

베크는 도움을 청하듯 마르티네스를 보았다. 마르티네스는 입을 열긴 했지만 끝내 할 말을 찾지 못했다.

루이스는 터덜터덜 브리지를 나갔다.

13

'데요 플라스틱의 직원들은 아레스 3 탐사대의 거주용 막사 캔버스를 완성하기 위해 2교대로 일했다. 나사에서 주문을 또 한 번 늘리면 3교대로 일하자는 이야기도 나왔다. 아무도 반대하지 않았다. 초과근무 수당이 어마어마했고 필요 자금은 한없이 지원되었기 때문이다.

탄소실을 엮어 만든 직물이 천천히 압축기를 통과해 고분자 시트 사이에 압착되었다. 그런 다음 네 번 접혀 단단하게 접착되었다. 그렇게 해서 만들어진 두툼한 시트는 다시 연수지로 코팅되었고 그 후 경화 (硬化)를 위해 고온실로 옮겨졌다.'

∅ 일지 기록 : 114화성일째

나사는 교신이 가능해지자 도무지 입을 다물 줄을 모른다.

거주용 막사의 모든 시스템에 대해 지속적인 업데이트를 요구할 뿐만 아니라, 한 무리의 사람들을 동원해 나의 농사에 대해 세세하게 간섭하려 든다. 식물학자인 내게 농작물 재배 방법을 알려주는 한심한 인간들이 지구에 한 무리나 있다니 참 '굉장한' 일이다.

나는 대개 그냥 무시해버린다. 잘난 체하려는 건 아니지만 어쨌든 나는 이 행성 최고의 식물학자란 말이다.

한 가지 커다란 보너스는 바로 이메일이다! 예전에 헤르메스에서 그랬듯이 데이터가 한꺼번에 한 번씩 전송된다. 나사는 친구들과 가족들의 이메일은 물론이고 일반인들이 보낸 이메일을 선별해서 보내주기도 한다. 록스타들과 운동선수들, 여배우들, 심지어 대통령에게도 이메일을 받았다.

나의 모교인 시카고 대학에서 온 메일도 있었다. 그들의 말에 따르면, 어디서든 농작물을 재배하면 공식적으로 그곳을 '점령하게' 되는 것이란다. 그러니까 엄밀히 말해 나는 화성을 점령했다.

보고 있나, 닐 암스트롱!?

하지만 제일 반가운 것은 우리 어머니의 메일이었다. 빤한 내용이었다. 네가 살아 있다니 얼마나 감사한지 모른다, 마음 굳게 먹어라, 죽으면 안 된다, 네 아버지가 안부 전해달라고 하신다 등등.

그 메일만 연달아 쉰 번은 읽었다. 아, 오해하지 마시길. 마마보이나 그런 건 절대 아니다. 우연히도 기저귀를 차고 있긴 하지만(선외우주복을 입으면 기저귀를 차야 한다) 어쨌든 나는 멀쩡한 성인 남성이다. 지금 내 상황에서 어머니의 편지에 그토록 집착하는 것은 지극히 정상적인 일이다. 여름 캠프에서 엄마가 보고 싶다고 징징거리는 어린애와는 분명 다르단 말이다.

사실 나는 이메일을 확인하기 위해 하루에 다섯 번씩 뒤뚱거리며 로버까지 가야 한다. 나사는 지구에서 이 먼 화성까지 메시지를 날리면서 거주용 막사까지 겨우 10미터를 더 날리진 못한다. 하지만 그런 걸로 징징댈 수는 없다. 이제는 내가 이곳에서 살아남을 확률이 훨씬 더 높아졌으니까.

지난번 교신을 통해 들은 바에 따르면, 나사는 아레스 4 MDV의 무게 문제를 해결했다고 한다. 일단 이곳에 착륙한 뒤에 열차폐 장비와 모든 생명 유지 장비, 빈 연료 탱크들을 버릴 계획이란다. 그러고 나면 우리 일곱 사람(아레스 4 대원들과 나)이 모두 스키아파렐리로 날아갈 수 있다. 그들은 이미 아레스 4의 표면 탐사 임무에서 내게 할당할 일을 구상하고 있다. 얼마나 멋진 일인가?

한편, 나는 모스부호를 배우고 있다. 이유는? 유사시에 통신수단으로 사용하기 위해서이다. 나사는 수십 년 된 탐사선을 유일한 통신수단으로 삼는 것은 이상적이지 않다고 판단했다.

패스파인더가 망가지면 나는 암석들을 이용해 메시지를 적고 나사는 위성으로 그것을 볼 것이다. 그쪽에서 답신을 보낼 수는 없지만 적어도 일방 통신은 가능하다. 왜 하필 모스부호일까? 돌멩이로는 글씨를 쓰는 것보다 점과 줄표를 그리는 게 훨씬 더 쉽기 때문이다.

정말 조악한 통신수단이다. 그걸 쓸 일이 없기를 바라는 수밖에.

'모든 화학반응이 끝난 뒤 이 두툼한 시트는 살균 처리되어 청정실로 옮겨졌다. 그곳에서 직원 한 명이 가장자리를 한 줄 잘라낸 다음 그것을 다시 여러 개의 사각형으로 잘라 제각기 일련의 엄격한 실험을 거치게 했다.

검사를 통과한 시트는 일정한 모양으로 재단되었다. 그런 다음 가장자리를 접어 올려 꿰매고 다시 한 번 수지로 봉했다. 클립보드를 든

남성이 일일이 치수를 확인하며 최종 점검을 한 뒤 사용 허가를 내주었다.'

∅ 일지 기록 : 115화성일째

간섭쟁이 식물학자들이 내가 감자를 제대로 재배하고 있다는 점을 드디어 마지못해 인정했다. 그들은 내가 900화성일째까지 버틸 만한 식량을 얻을 수 있다는 데 동의했다. 나사는 그 점을 고려하여 뼈대뿐이던 보급 계획에 살을 붙여나갔다.

처음에 나사는 400화성일째가 되기 전에 보급선을 착륙시키는 긴박한 계획을 구상했다. 그러나 내가 감자 농사를 지어 500화성일의 시간을 벌었으므로 이제 그들은 좀 더 시간을 갖고 계획을 세울 수 있었다.

그들은 내년 호만 전이 궤도(서로 다른 동심원의 궤도 사이를 최소량의 에너지로 전이하게 해주는 궤도-옮긴이)를 이용할 수 있는 시기에 보급선을 발사할 예정이고 그러면 여기까지 도달하는 데엔 약 9개월이 걸린다. 대략 856화성일째에 도착한다. 충분한 식량과 비상용 산소 발생기, 물 환원기, 통신시스템이 포함될 것이다. 정확히 말하면 통신시스템은 세 개가 올 것이다. 무선통신이 끊겨졌을 때 내가 바로 옆에 있었던 전력 때문에 조금도 위험을 감수하고 싶지 않은 모양이다.

오늘 헤르메스로부터 처음 이메일을 받았다. 그동안 나사는 직접적인 접촉을 제한했다. "날 화성에 버리고 가다니, 개자식들!" 내가 이런 말을 퍼붓기라도 할 줄 알았던 모양이다. 대원들이 '과거 화성 탐사대의 유령'으로부터 소식을 듣고 놀라긴 했겠지만 그래도 그건 좀 아닌 것 같다! 가끔은 나사가 너무 일일이 간섭하지 않았으면 좋겠다. 어쨌든 그들은 드디어 대장의 이메일을 전달해 주었다.

> 와트니, 살아 있다는 소식을 듣고 우리가 얼마나 기뻐했는지 잘 알 거다. 자네가 그렇게 된 건 나의 책임이니 직접 도울 수 있다면 원이 없을 것 같다. 하지만 나사에서 훌륭한 구출 계획을 세운 것 같더군. 앞으로도 계속 놀라운 대처 능력으로 극복해 나갈 거라고 믿는다. 지구에서 맥주 한 잔 사줄 날을 고대하고 있겠다.
> - 루이스

나는 이렇게 답장을 보냈다.

> 대장, 이건 대장의 책임이 아니라 운이 나빴던 겁니다. 대장은 옳은 판단을 내려 다른 대원들의 목숨을 구한 겁니다. 힘든 결정이었겠지만 그날의 상황은 어떻게 분석해도 대장이 전적으로 옳은 결정을 내렸다고 볼 수밖에 없습니다. 대원들이 모두 안전하게 집에 돌아간다면 저도 기쁠 겁니다.
> 그래도 맥주는 사주세요.
> - 와트니

'직원들은 시트를 잘 접어 아르곤을 채운 선적용 밀폐 용기에 담았다. 클립보드를 든 남성이 겉면에 스티커를 붙였다. 〈아레스 3 프로젝트. 막사 캔버스, 시트 AL102.〉

이 선적물은 전세기에 실려 캘리포니아 에드워드 공군기지로 날아갔다. 전세기는 좀 더 순탄한 비행을 위해 엄청난 연료비를 감수하며 정상 고도보다 높이 날았다.

목적지에 도착한 선적물은 즉시 패서디나로 특별 호송되었다. 그리고 그곳에서 다시 제트추진연구소의 우주선 조립 시설로 옮겨졌다. 그 후 5주에 걸쳐 엔지니어들은 흰색 보디슈트를 입고 사전 보급선 309를 꾸렸다. 그 안에는 AL102 이외에 열두 개의 막사 캔버스가 실렸다.'

Ø 일지 기록 : 116화성일째

이제 두 번째 수확기가 다가온다. 만세.

밀짚모자와 멜빵바지가 있었으면 좋겠다.

내가 재배하여 다시 심은 감자는 아주 잘 자랐다. 내 주위를 에워싸고 있는 수십억 달러 치의 생명 유지 장비 덕분에 화성에서는 감자 수확률이 아주 높다는 사실을 새삼 깨닫고 있다. 건강한 감자 작물이 400포기나 되고 각 포기마다 나의 식사거리가 되어줄, 칼로리가 풍부한 감자들이 주렁주렁 달려 있다. 열흘 후면 잘 여물 것이다!

이번엔 씨감자로 다시 심지 않을 것이다. 이번 수확물은 나의 식량이다. 화성에서 키운 천연 유기농 감자. 이런 것을 또 어디서 먹어보겠는가?

그것들을 어떻게 저장해야 할까? 그냥 이 안에 쌓아두면 먹기도 전에 대부분이 썩어버릴 것이다. 그래서 나는 지구에서는 절대 통하지 않을 방법을 사용하려 한다. 밖에다 던져놓는 것이다.

그러면 거의 진공에 가까운 대기가 수분을 대부분 빼앗아가서 감자는 바싹 마른 채로 꽁꽁 얼어버린다. 나의 감자들을 썩히려고 벼르고 있던 박테리아들은 모조리 비명을 지르며 죽어갈 것이다.

한편, 벤카트 커푸어 박사로부터 다음과 같은 이메일을 받았다.

마크, 일전에 자네가 물어본 것들에 대해 답해주겠네.

우리 식물학 고문팀에게 '꺼지라'고 할 수는 없어. 자네가 오랫동안 혼자서도 잘 해왔다는 건 알지만 이제 우리와 연락이 닿았으니 우리의 조언을 귀담아 듣는 편이 좋을 거야.

시카고 컵스는 내셔널 리그 중부에서 꼴찌로 시즌을 마감했어.

데이터 전송 속도 때문에 음악 파일은 압축해도 보낼 수가 없을 것 같네. 그러니까 '제발 디스코만 빼고 뭐든' 보내달라는 자네의 요청은 들어줄 수가 없어. 디스코를 신나게 즐겨보도록.

한 가지 불편한 소식이 있어…. 나사에서 위원회를 조직하고 있네. 자네를 화성의 미아로 만든 실수들 가운데 피할 수 있는 것은 없었는지 조사하려는 거야. 그냥 조심하자는 차원에서 추진하는 일이야. 그쪽에서 자네에게 몇 가지 질문을 할 수도 있을 것 같군.

새로운 소식이 있으면 바로바로 알려주게.

- 커푸어

나는 이렇게 답장했다.

그 조사위원회한테 나는 신경 끌 테니 마녀사냥을 할 셈이면 알아서 하라고 전해주세요. 그리고 불가피하게 루이스 대장을 문책해야 한다면 저는 공식적으로 반박할 것입니다. 틀림없이 다른 대원들도 모두 저와 같은 생각일 거예요.

참, 그 위원회 구성원 모두에게 좆 까라고 전해주세요.

- 와트니

추신: 젖도 까라고 해주세요.

'아레스 3의 사전 보급선들은 호만 전이 궤도를 이용할 수 있는 시기 동안 연속 14일에 걸쳐 발사되었다. 사전 보급선 309는 세 번째로 발사되었다. 화성에 이르는 251일간의 여정은 두 번의 미세한 경로 조정을 제외하고는 무탈하게 이뤄졌다.

몇 차례의 공력 제동으로 속도를 늦춘 사전 보급선 309는 아시달리아 평원을 향해 마지막 하강을 시도했다. 처음에는 열차폐 장비 덕분에 대기권 재진입을 견뎌냈다. 그다음에는 낙하산을 펼치고 이제는 늘어나 버린 열차폐 장비를 분리시켰다.

내장 레이더를 통해 지상 30미터 상공임이 감지되자 낙하산을 끊고 선체 겉면 전체를 에워싼 기구들을 부풀렸다. 이윽고 인정사정없이 표면에 떨어진 사전 보급선 309는 이리저리 튕기고 구르다가 마침내 정지했다.

기구들의 바람이 빠지자 내장 컴퓨터가 지구로 착륙 성공 사실을 알렸다.

그 후 23개월 동안 잠자코 기다렸다.'

⌀ 일지 기록 : 117화성일째

물 환원기가 말썽이다.

여섯 사람이 하루에 배출하는 물의 양은 18리터이다. 따라서 물 환원기는 20리터의 물을 처리하도록 설계되었다. 하지만 최근까지는 그럴 수가 없었다. 많아야 하루에 10리터 정도를 처리했다.

내가 하루에 물을 10리터나 배출하는 것일까? 그건 아니다. 난 오줌싸개 챔피언이 아니란 말이다. 그보다는 농작물 때문이다. 막사 안의 습도가 적정 수치보다 훨씬 높아서 물 환원기가 끊임없이 대기에서 물을 빨아들이고 있는 것이다.

크게 걱정하지는 않는다. 필요하다면 내가 농작물에 직접 소변을 보면 된다. 그러면 농작물이 알아서 필요한 만큼 물을 흡수할 것이고 남는 물은 벽에 맺힐 것이다. 벽에 맺힌 물을 수거할 수 있는 도구쯤은 충분히 만들 수 있다. 문제는, 물이 달리 갈 데가 없다는 것이다. 이것은 폐쇄계이다.

뭐, '엄밀히 말하면' 꼭 그렇다고는 할 수 없다. 식물은 물에 대해 완전히 중성적인 것은 아니니까. 때로는 물에서 수소를 빼앗아 (산소를 풀어내고) 그것을 사용해 식물 그 자체인 복합적 탄화수소를 만든다. 하지만 그로 인해 손실되는 물은 극소량에 불과한 데다 나는 MDV 연료로 물을 600리터나 만들었다. 여러 번 '목욕'을 해도 충분히 남을 양이다.

그러나 나사에선 완전히 난리가 났다. 그들은 물 환원기를 생존에 필수적인 요소로 간주한다. 여분이 없으니 그것이 망가지면 내가 당장 죽는 줄 아는 모양이다. 그들에게 장비 고장은 무시무시한 일이다. 내겐 그저 일상일 뿐이다.

그래서 나는 수확 준비를 포기하고 평소보다 더 여러 번 로버를 왔다 갔다 하며 그들의 질문에 답해야 한다. 그들은 매번 어떤 해결책을 알려준 다음 그것을 시도해 보고 결과를 보고하라는 메시지를 보낸다.

지금까지 각종 해결책을 시도해 본 결과, 전기 문제도 아니고 냉각 시스템 문제도 아니며 기기 장치나 온도 문제도 아니었다. 장담하는데, 결국 알고 보면 어딘가에 작은 구멍이 나 있을 것이다. 그러고 나면 나사 사람들은 네 시간 동안 회의를 한 끝에 결국 덕트 테이프로 구멍을 막으라고 할 것이다.

'루이스와 베크가 사전 보급선 309를 열었다. 그들은 선외우주복 때문에 둔해진 몸으로 최대한 움직여서 막사 캔버스의 다양한 부품들을 땅에 꺼내놓았다. 막사 재료에만 온전히 세 개의 보급선이 할애되었다.

그들은 이미 수백 번 연습한 절차를 따라 효율적으로 각 부품들을 조립했다. 재단된 캔버스 사이에는 특수 제작된 쫄대를 끼워 공기가 새지 않도록 철저히 봉합했다.

그들은 막사의 주요 뼈대를 세운 뒤 세 개의 에어로크를 조립했다. 시트 AL102에는 에어로크 1과 크기가 꼭 맞는 구멍이 있었다. 베크는 시트를 팽팽하게 잡아당겨 에어로크 외부에 장착된 쫄대들에 고정시켰다.

세 개의 에어로크가 모두 제자리에 부착되고 나자 루이스는 거주용 막사에 공기를 채웠고 AL102는 생애 처음으로 압력을 마주했다. 루이스와 베크는 한 시간 동안 지켜보았다. 압력은 그대로 유지되었다. 완벽한 설치였다.'

내가 물 환원기에 관해 나사와 주고받은 대화는 따분할 뿐만 아니라 기술적인 사항들 때문에 이해하기도 어려울 것이다. 그러니 쉬운 말로 요약해 보겠다.

나: 어딘가가 막힌 게 분명합니다. 그냥 뜯어서 안에 있는 관들을 확인해 보면 어떨까요?
나사: (다섯 시간 고심한 끝에) 안 돼. 그러다 망치면 죽는 거야.

그래서 나는 그냥 뜯었다.

나도 안다. 나사에는 울트라 슈퍼 천재들이 많으니 그쪽 지시를 따라야 한다는 것을. 게다가 그들은 하루 종일 내 목숨을 구할 방법을 연구하고 있는데 내가 이렇게 뻣뻣하게 굴어선 안 된다는 점도 안다.

하지만 뒤를 닦는 방법까지 일일이 간섭하려 드는 데 질렸다. 그들은 아레스 탐사대의 우주비행사들을 선발할 때 자립심을 중요한 기준으로 삼지 않았던가. 그것은 13개월에 걸친 임무이며 그중 대부분은 지구에서 수 광분 떨어진 곳에서 이뤄진다. 따라서 그들은 자주적으로 행동하는 사람을 원했다.

루이스 대장이 있었다면 당연히 그녀의 지시를 따랐을 것이다. 하지만 저 지구에 있는 얼굴도 모르는 관료들의 지시를 따르는 건? 미안하지만 좀 어렵다.

나는 정말 조심스럽게 작업했다. 뜯어낸 부품마다 일일이 표시를 했고 모든 것을 탁자 위에 늘어놓았다. 컴퓨터에 도면이 있었으므로 정체를 알 수 없는 부품은 하나도 없었다.

내가 의심했던 대로 관 하나가 막혀 있었다. 물 환원기는 원래 소변을 정화하고 대기 중의 습기를 빨아들이는 기구이다(우리는 호흡을 통해서도 소변과 거의 비슷한 양의 수분을 배출한다). 그런데 나는 물을 흙과 섞어 광천수로 만들어버린 것이다. 물 환원기에는 광물질이 쌓여 있었다.

나는 그 관을 청소한 다음 다시 조립했다. 문제는 완전히 해결되었다. 언젠가 또다시 이 짓을 해야 한다. 하지만 당장 100화성일 정도는 버틸 수 있을 것이다. 별일 아니다.

나는 나사에 내가 한 일을 보고했다. 우리의 대화는 (쉽게 바꿔보면) 다음과 같았다.

나: 뜯어서 문제를 찾아 고쳤습니다.

나사: 미친놈.

'AL102는 가혹한 폭풍에 몸서리쳤다. 자신의 한계치를 훨씬 넘어서는 외부의 힘을 버텨내면서 에어로크 쪽대에 연결된 부분이 격렬하게 요동쳤다. 나머지 캔버스들은 마치 한 장의 시트인 듯 쪽대들과 함께 굽이쳤지만 AL102는 그런 호사를 누리지 못했다. 에어로크가 좀처럼 움직이지 않았으므로 AL102는 폭풍을 온전히 받아내야 했다.

층층의 합성수지가 끊임없이 휘어지면서 순전히 마찰력 때문에 수지가 뜨거워졌다. 그리하여 좀 더 유연한 환경이 만들어지자 탄소섬유들이 분리되기 시작했다.

AL102는 늘어나 버렸다.

심하지는 않았다. 겨우 4밀리미터였다. 하지만 원래 폭이 500미크론인 탄소섬유 한가운데에 원래 폭의 8배에 달하는 틈이 생겼다.

폭풍이 잦아든 후 홀로 남은 우주비행사는 막사 전체를 꼼꼼하게 점검했다. 하지만 그는 문제를 전혀 발견하지 못했다. 캔버스의 약해진 부분은 쫄대에 감춰져 있었다.

31화성일간의 임무를 위해 만들어진 AL102는 예정된 기간을 한참 넘어서까지 잘 버텼다. 시간은 계속 흘렀고, 그사이 홀로 남은 우주비행사는 거의 매일 막사를 들락거렸다. 에어로크 1은 로버 충전 구역과 가장 가까웠으므로 그는 세 개의 에어로크 가운데 에어로크 1을 가장 많이 이용했다.

에어로크는 가압이 되면 조금 팽창했다가 압력이 빠지면 다시 줄어들었다. 우주비행사가 에어로크를 사용할 때마다 AL102는 늘어났다 줄어들길 반복했다.

당겨지고, 밀리고, 약해지고, 늘어나는 과정은 계속되었으니…'

∅ 일지 기록 : 119화성일째

간밤에 막사가 흔들리는 바람에 잠에서 깼다.

중간 수준의 모래 폭풍이 돌연 시작되었다가 사라졌다. 풍속이 시속 50킬로미터인 3급 폭풍에 불과했다. 걱정할 필요는 없었다. 그렇다고 해도 완벽한 정적에 익숙해지면 윙윙거리는 바람 소리만 들려도 불안해지게 마련이다.

내가 걱정하는 것은 패스파인더이다. 그것이 모래 폭풍 때문에 손상

된다면 나사와 연락이 끊어질 테니까. 이론상으로는 걱정할 필요가 없다. 패스파인더는 몇십 년 동안 화성 표면에 놓여 있었다. 잠깐의 강풍으로 손상되진 않을 것이다.

밖에 나가면 가장 먼저 패스파인더가 잘 돌아가는지 확인해야겠다. 그러고 나면 힘들고 짜증 나는 오늘의 노동을 시작해야 한다.

모래 폭풍이 불고 나면 태양 전지 청소를 피해갈 수 없다. 나처럼 성실한 화성인들 사이에서는 유서 깊은 전통이다. 그러고 보니 시카고에서 자랄 때 눈을 치우던 일이 생각난다. 아버지에게 감사드려야 할 것 같다. 우리 아버지는 눈 치우는 일을 시키면서 그것이 인격을 배양하기 위해서라거나 고된 노동의 가치를 가르쳐 주기 위해서라고 주장하지 않았다.

그보다는 늘 이렇게 말했다.

"제설기는 비싸. 넌 공짜잖아."

한번은 엄마에게 도움을 청해보았다. 그러자 엄마는 이렇게 말했다.

"징징거리지 마라."

한편, 7화성일 후에는 수확을 해야 하는데 아직 준비를 하지 못했다. 우선 괭이를 만들어야 한다. 밖에 감자 저장고도 마련해야 한다. 그냥 밖에다 아무렇게나 쌓아둘 수는 없다. 또 한 번 혹독한 폭풍이 몰아치면 '화성 감자의 대이동'이 일어날 것이다.

어쨌든 지금은 그 모든 것을 잠시 보류해야 한다. 오늘 하루는 온종일 할 일이 태산이다. 태양 전지들을 청소한 다음 혹시 폭풍에 손상되진 않았는지 태양광 농장 전체를 철저히 점검해야 한다. 그러고 나면 로버를 점검하는 일이 기다리고 있다.

당장 시작해야겠다.

에어로크 1은 천천히 0.006기압으로 감압되었다. 와트니는 선외우주복을 입고 그 안에 서서 감압이 완료되길 기다렸다. 말 그대로 수백 번 해온 일이었다. 첫날에 느낀 불안감은 이미 오래전에 사라졌다. 이제 그것은 화성 표면으로 나가기 전에 반드시 거쳐야 하는 따분하고 성가신 절차일 뿐이었다.

감압이 이뤄지면서 막사의 기압이 에어로크를 압박하자 AL102는 마지막으로 또 한 번 늘어났다.

119화성일째에 거주용 막사는 파열되었다.

최초의 파열은 1밀리미터가 채 안 되었다. 탄소섬유는 수직으로 짜였으므로 파열이 늘어나는 것을 막을 수도 있었다. 하지만 너무 많이 사용한 나머지 종방향 섬유들은 늘어나 분리되었고 횡방향 섬유들도 약해져서 못 쓰게 되었다.

막사의 공기가 파열 부분을 통해 전속력으로 빠져나갔다. 0.1초도 안 되어 작은 파열은 쫄대와 나란한 방향으로 1미터까지 늘어났다. 그리고 계속해서 에어로크를 한 바퀴 돌아 결국 시작 지점에 도달했다. 에어로크는 막사와 완전히 분리되었다.

막사 안의 대기가 파열 부분을 통해 폭발하듯 빠져나가면서 거칠 것 없는 압력이 에어로크를 대포알처럼 날려버렸다. 그 힘으로 안에 있던 와트니는 에어로크 뒷문에 쿵 부딪히며 어안이 벙벙해졌다.

에어로크는 40미터를 날아가 바닥으로 떨어졌다. 좀 전의 충격에서 간신히 벗어난 와트니는 이번엔 앞문에 얼굴을 박았다.

안면 보호막이 심한 타격을 받아 안전유리가 수백 개의 작은 사각형으로 산산조각 났다. 그는 헬멧 안쪽에 머리를 박고 정신을 잃었다.

에어로크는 화성 표면을 15미터쯤 더 굴러갔다. 두툼한 우주복이 골절상을 막아주었다. 와트니는 상황을 이해하려고 안간힘을 썼지만 정신이 가물가물했다.

마침내 에어로크는 먼지구름 한가운데에 옆으로 쓰러진 채로 멈춰섰다.

와트니는 등을 대고 누운 채 부서진 안면 보호막의 구멍으로 멍하니 위를 바라보았다. 이마에 난 상처에서 피가 흘러내렸다.

조금씩 정신이 들면서 상황 파악이 되기 시작했다. 그는 머리를 옆으로 돌려 뒷문의 창밖을 내다보았다. 폭삭 주저앉은 거주용 막사가 멀리서 일렁거렸고 그 앞엔 수많은 파편들이 흩어져 있었다.

이윽고 쉬 하는 소리가 그의 귀에 들려왔다. 자세히 들어보니 우주복에서 나는 소리가 아니었다. 공중전화 부스만 한 에어로크 어딘가에 작은 균열이 생겨 공기가 새어나가고 있었다.

그는 그 소리를 열심히 듣다가 부서진 안면 보호막을 만져보았다. 그런 다음 다시 창밖을 보았다.

"지금 장난해?"

그가 말했다.

14

∅ 오디오 기록 녹취 : 119화성일째

이게 말이 돼!? 다 필요 없어! 이 에어로크도, 저 막사도, 이 행성 전체도 다 꺼져버리라고!

이제 정말 안 한다! 지긋지긋하다! 어차피 몇 분 후면 공기가 다 빠져나갈 텐데 그 시간을 화성과 싸우는 데 허비하는 건 미친 짓이지. 그런 짓은 토 나올 만큼 지겹게 했다!

그냥 이대로 있을 거다. 공기가 다 빠져나가면 죽겠지.

그만하련다. 헛된 희망도 그만, 자기기만도 그만, 문제 해결도 그만이다. 빌어먹을, 난 할 만큼 했다!

∅ 오디오 기록 녹취 : 119화성일째(2)

휴우… 진정하자. 실컷 성질을 부렸으니까 이제 살길을 모색해야 한다. '또 한 번' 말이다! 일단 어떤 방법이 있는지 생각해 보면….

지금 나는 에어로크 안에 있다. 창밖으로 막사가 보인다. 족히 50미
터는 될 것 같다. 원래 에어로크는 거주용 막사에 '붙어' 있어야 한다.
그러니까 이건 문제다.

현재 에어로크는 옆으로 쓰러져 있고 계속해서 쉬 하는 소리가 들린
다. 어딘가가 새고 있거나 그렇지 않으면 이 안에 뱀이 있다는 얘기다.
어느 쪽이든 난감하긴 마찬가지다.

대체 어떻게 된 건지는 모르지만 어쨌든 나는 핀볼처럼 이리저리 팅
겨 나갔고 그러면서 내 안면 보호막이 박살 났다. 선외우주복에 커다
란 구멍이 나면 공기는 절대 내게 협조하지 않는다.

거주용 막사는 공기가 완전히 빠져 주저앉은 것 같다. 그러니까 설
사 우주복이 멀쩡해서 이 에어로크에서 나갈 수 있다고 해도 갈 데가
없다. 미칠 노릇이다.

잠시 생각을 해야겠다. 그리고 이 우주복을 벗어야겠다. 너무 둔한
데다 에어로크는 아주 비좁다. 게다가 지금 이 우주복은 내게 아무런
도움이 되지 않는다.

Ø 오디오 기록 녹취 : 119화성일째(3)

생각만큼 나쁘진 않은 것 같다.

뭐랄까. 좆 된 건 맞는데 심하게 좆 된 건 아니라는 얘기다.

막사가 왜 주저앉았는지는 모르지만 틀림없이 로버는 멀쩡할 것이
다. 로버는 이상적인 안식처는 아니지만 적어도 공기가 새는 공중전화

부스보단 낫다.

물론 내 우주복에는 땜 장비가 있다. 6화성일째에 내 목숨을 구해준 바로 그 장비 말이다. 하지만 너무 좋아해선 안 된다. 지금 이 우주복에는 도움이 되지 않을 테니까. 그것은 원뿔 모양의 밸브로 넓은 밑판 쪽에 초강력 수지가 담겨 있다. 하지만 너무 작아서 8센티미터 이상의 구멍을 때울 수는 없다. 사실 9센티미터의 구멍이 나면 이 장비를 꺼내기도 전에 죽을 것이다.

그래도 어쨌든 쓸모는 있다. 에어로크의 구멍을 막아줄 수 있을 테니까. 지금은 그게 나의 최우선 과제이다.

아주 작은 구멍인 것 같다. 안면 보호막이 뚫렸으므로 지금은 선외 우주복이 에어로크 전체를 효율적으로 관리하고 있다. 계속 공기를 내보내어 빠져나간 압력을 채우고 있다는 얘기다. 하지만 결국에는 공기가 바닥날 것이다.

구멍을 찾아야 한다. 소리로 봐선 나의 발치 어디쯤인 것 같다. 이제 우주복을 벗었으니 몸을 돌려서 살펴보겠다….

아무것도 안 보인다…. 소리는 들리는데… 여기 어디쯤인데 정확한 위치를 모르겠다.

방법은 하나뿐인 것 같다. 불을 내는 거다!

그렇다. 지금까지 내가 낸 아이디어들은 대부분 불을 내는 것이었다. 그리고 물론, 이렇게 작고 밀폐된 공간에서 일부러 불을 내는 것은 대개 굉장히 어리석은 짓이라는 점도 안다. 하지만 연기가 필요하다. 아주 조금만 있으면 된다.

늘 그렇듯 나는 불에 타지 않도록 특수 설계한 물건들에 에워싸여 있다. 하지만 나사가 아무리 주의 깊게 설계했다고 해도 순산소 한 통을 들고 불을 내리려고 작정한 방화범을 막을 수는 없다.

안타깝게도 선외우주복은 전체가 다 불연성 소재이다. 에어로크도 마찬가지다. 내 옷도 실오라기까지 다 불연성이다.

애초에 나는 어젯밤 폭풍에 태양 전지들이 손상되지 않았는지 살펴본 뒤 필요한 경우에는 수리를 하려고 나오던 길이었다. 그래서 연장통을 갖고 나왔다. 하지만 그 안을 아무리 들여다봐도 전부 쇠붙이거나 불연성 플라스틱뿐이다.

방금 깨달았는데, 나 자신에게 가연성 물질이 있었다. 나의 털. 효과가 있을 것이다. 연장통에는 날카로운 칼이 있다. 팔의 털을 조금 깎아내어 쌓아놓으면 될 것이다.

그다음으로 준비할 것은 산소다. 순산소만큼 내가 정확하게 통제할 수 있는 것이 있을까? 그나마 내가 할 수 있는 일이라곤 선외우주복이 전체 에어로크의 산소 농도를 높이도록 조작하는 것밖에 없으니까 말이다. 40퍼센트로 높이면 적당할 것이다.

이제 스파크만 있으면 된다.

선외우주복에도 전기 장치들이 있지만 전압이 아주 낮다. 그 정도로는 불똥도 얻지 못할 것이다. 게다가 우주복을 망가뜨리고 싶진 않다. 이 에어로크에서 로버까지 가려면 우주복이 있어야 한다.

에어로크 자체에도 전기 장치가 있지만 막사의 전기로 돌아간다. 나사 사람들은 에어로크가 50미터쯤 발사되는 상황에 대해서는 생각해보지 않은 모양이다. 게으른 사람들 같으니.

플라스틱은 불이 붙지 않지만 풍선을 갖고 놀아본 사람이라면 정전기를 일으키는 데 직방이라는 사실을 알 것이다. 정전기가 일면 금속 공구 하나만 건드려도 스파크가 튄다.

재미있는 사실: 아폴로 1호의 승무원들은 바로 이렇게 사망했다. 내게 행운을 빌어주길!

지금 나는 머리카락 타는 냄새가 진동하는 통 안에 들어 있다. 좋은 냄새는 아니다.

첫 시도에서 불이 붙긴 했지만 연기가 아무렇게나 퍼져나갔다. 내 호흡 때문에 엉망이 된 것이다. 그래서 숨을 참고 다시 시도해 보았다.

두 번째 시도는 선외우주복이 망쳐놓았다. 새어나가는 에어로크의 공기를 우주복이 계속 메우고 있었으므로 안면 보호막에서 공기가 조금씩 흘러나오고 있었던 것이다. 그래서 나는 우주복을 끄고 숨을 참고는 다시 시도했다. 서둘러야 했다. 기압이 계속 떨어지고 있었다.

세 번째 시도는 내가 불을 붙이면서 팔을 휙 움직이는 바람에 망했다. 그냥 움직이기만 해도 연기가 사방으로 퍼질 만큼 심한 난기류가 일었다.

네 번째 시도에서는 우주복을 꺼놓고 숨을 참으면서 아주 느린 동작으로 불을 붙였다. 그런 다음 가만히 지켜보니 작은 연기가 에어로크 바닥으로 흘러가 틈으로 사라졌다.

잡았다, 요 작은 틈 녀석!

나는 게걸스럽게 공기를 마시며 우주복을 다시 켰다. 잠깐 실험을 하는 동안 압력은 0.9기압으로 떨어졌다. 하지만 나와 내 털에 붙은 불이 숨 쉴 수 있는 산소는 충분히 있었다. 우주복은 기압을 금세 정상으로 돌려놓았다.

균열을 살펴보니 아주 작았다. 우주복 땜 장비로 확실히 막을 수 있었다. 하지만 다시 생각해 보니 그래선 안 될 것 같았다.

어떻게든 안면 보호막을 고쳐야 한다. 아직 방법은 모르지만 이 땜 장비와 그 안에 들어 있는 내압성 수지가 아주 중요한 역할을 할 가능성이 높다. 게다가 수지를 조금씩 나누어 사용하는 것은 불가능하다. 일단 땜 장비를 개봉하고 나면 수지의 두 가지 성분이 섞여 60초 후에 굳어버린다. 에어로크를 고치고 남겨놓을 수가 없다는 얘기다.

시간이 있다면 안면 보호막을 고칠 방법을 생각해 낼 수 있을지도 모른다. 그러면 그것을 고칠 때 몇 초만 할애하여 에어로크의 구멍을 수지로 막으면 된다. 하지만 내겐 시간이 없다.

질소 탱크가 40퍼센트까지 떨어졌다. 당장 구멍을 막아야 한다. 그것도 땜 장비를 사용하지 않고 말이다.

아이디어 1: 그 유명한 네덜란드 소년처럼 손바닥에 침을 묻히고 구멍에 갖다 댄다.

그러면⋯ 완벽하게 막진 못할 테니 공기의 흐름이 계속 일어날 것이고⋯ 점점 차가워지고⋯ 점점 불편해져서⋯ 안 되겠다. 이 방법은 탈락.

아이디어 2로 넘어가 보자⋯. 테이프!

연장통에 덕트 테이프가 있다. 그것을 구멍에 붙인 다음 공기 유출이 줄어드는지 확인하면 된다. 압력 차이로 인해 찢어질 때까지 얼마나 버틸지는 모르겠다. 일단 붙여보는 거다.

붙였다⋯ 아직 붙어 있다⋯.

우주복을 확인해 보면⋯ 압력이 안정되었다. 덕트 테이프가 구멍을 확실하게 막은 모양이다.

얼마나 버티는지 보자….

15분이 지났는데 덕트 테이프는 여전히 붙어 있다. 그 문제는 해결된 것 같다.

이렇게 시시하게 해결되다니. 나는 이미 얼음으로 구멍을 막는 방법을 구상하고 있었다. 선외우주복의 '햄스터 물통' 안에는 2리터의 물이 들어 있다. 우주복의 난방장치를 끄고 에어로크를 꽁꽁 얼 정도로 냉각시킨 다음… 아니다, 그만하자.

어쨌든 얼음으로 해결할 수도 있었다. 그냥 그렇다는 거다.

자, 이제 다음 문제로 넘어가야 한다. 선외우주복을 어떻게 수리할 것인가? 덕트 테이프는 가느다란 실틈을 막을 수는 있지만 부서진 안면 보호막에 붙이면 기압을 견뎌내지 못할 것이다.

땜 장비는 너무 작긴 하지만 그래도 쓸모가 있을 것이다. 안면 보호막 가장자리에 수지를 펴 바르고 무언가를 붙여 구멍을 막으면 된다. 문제는 무엇을 붙이느냐이다. 커다란 압력을 견딜 수 있는 것이어야 한다.

주위를 둘러보니 기압을 유지해 줄 만한 것은 우주복뿐이다. 소재로 치면 양이 충분할 뿐만 아니라 심지어 나는 그걸 자를 수도 있다. 내가 막사 캔버스를 가늘게 자른 것을 기억하는가? 그때 썼던 가위가 지금 내 연장통에 들어 있다.

우주복을 자르면 우주복에 또 다른 구멍이 생긴다. 하지만 그 구멍의 모양과 위치는 내가 선택할 수 있다.

그래 해결책을 찾은 것 같군. 팔을 자르는 거다!

아니, 내 팔 말고. 우주복의 팔 말이다. 왼쪽 팔꿈치 아랫부분을 자르자. 그런 다음 가운데를 세로로 잘라 사각형으로 만든다. 그 정도면 깨진 안면 보호막을 충분히 덮을 수 있고 수지로 붙이면 확실하게 고정될 것이다.

기압 차를 견딜 수 있는 소재입니까? 네.

수지 역시 압력 차를 견딜 수 있는 접착제입니까? 네.

그렇다면 소매에 뚫린 구멍은 어떻게 할 것인가? 안면 보호막과 달리 우주복의 소재는 유연하다. 서로 맞붙여서 수지로 봉하면 된다. 우주복을 입을 때는 왼팔을 옆구리에 붙이고 있어야 한다. 공간은 충분하다.

전부 다 붙이려면 수지를 아주 얇게 펴 발라야 하겠지만 어쨌든 그것은 말 그대로 인간에게 알려진 가장 강력한 접착제이다. 그리고 아주 완벽하게 밀봉하지 않아도 된다. 안전한 곳에 도달할 때까지만 버티면 되니까.

그런데 '안전한 곳'이 대체 어디일까? 전혀 모르겠다.

어쨌든 하나씩 해결하자. 먼저 우주복을 고치는 거다.

Ø 오디오 기록 녹취 : 119화성일째(6)

우주복의 팔을 잘라내는 일은 쉬웠다. 가운데를 잘라 사각형으로 만드는 것도 어렵지 않았다. 가위가 꽤 잘 들었다.

안면 보호막에 남아 있는 유리 조각을 제거하는 일이 생각보다 오래 걸렸다. 그것 때문에 우주복 소재가 뚫릴 가능성은 크지 않지만 지금 나는 조금의 위험도 감수할 수 없었다. 게다가 안면 보호막을 썼을 때 얼굴에 유리 조각이 붙는 것도 원치 않았다.

어려운 부분은 그다음이었다. 땜 장비를 개봉한 후에는 수지가 굳기 전에 60초 안에 일을 끝내야 했다. 나는 손가락으로 땜 장비의 수지를 떠서 재빨리 안면 보호막 가장자리에 펴 발랐다. 그런 다음 남은 수지를 잘라낸 소매로 가져가 봉합했다.

나는 두 손으로 헬멧에 붙인 우주복 천을 누르면서 동시에 봉합한 소매를 무릎으로 누르고 있었다.

그 상태로 120초를 셌다. 그냥 확실하게 하기 위해서 말이다.

제대로 붙은 것 같았다. 확실하게 밀봉되었고 수지는 돌처럼 단단하게 굳었다. 그러나 내 손까지 헬멧에 붙어버렸다.

너무 웃지 마시길.

지나고 나서 생각해 보니 손가락으로 수지를 펴 바른 것은 썩 좋은 계획이 아니었다. 다행히 왼손은 자유로웠다. 조금 낑낑거리고 많이 욕한 끝에 간신히 연장통에 손이 닿았다. 스크루드라이버가 잡히자 그것으로 붙어버린 손을 떼기 시작했다(그러는 내내 나 자신이 정말 한심하게 느껴졌다). 피부가 까지는 것은 원치 않았으므로 아주 조심스럽게 작업했다. 스크루드라이버를 헬멧과 수지 사이로 통과시켜야 했다. 결국 피 한 방울 내지 않고 손을 떼어냈으니 성공한 셈이다. 하지만 순간접착제를 갖고 논 아이처럼 며칠 동안 손에 굳은 수지를 붙이고 살아야 할 것이다.

나는 팔에 장착된 컴퓨터를 사용해 우주복의 압력을 1.2기압으로 올렸다. 안면 보호막에 붙인 천은 바깥쪽으로 휘긴 했지만 그래도 단단히 붙어 있었다. 새로 봉합한 소매는 공기가 차오르면서 뜯어질 것 같기도 했지만 끝내 뜯어지지 않았다.

그런 다음 나는 판독기를 지켜보며 공기 밀폐가 확실하게 이뤄지는지 확인했다.

답: 썩 그렇다고 할 수 없었다.

공기가 확실하게 새고 있었다.

60초 만에 공기가 너무 많이 새서 에어로크 전체 기압이 1.2였다.

우주복은 원래 최대 사용 시간이 여덟 시간이다. 그렇다면 액화 산소는 250밀리리터가 있어야 한다. 그러나 만일에 대비해 우주복의 산소 용적은 온전히 1리터이다. 하지만 그게 다가 아니다. 공기의 나머지는 질소이다. 질소는 압력을 높이는 역할을 한다. 우주복의 공기가 새면 질소가 그 공백을 메운다. 우주복에는 2리터들이 액화 질소 저장고가 있다.

에어로크의 용적이 2입방미터라고 치자. 부풀린 선외우주복이 차지하는 부피는 필경 그 용적의 절반쯤 될 것이다. 그렇다면 1입방미터를 0.2기압 올리는 데 1분이 걸린 셈이다. 0.2기압은 공기 285그램이다(수학은 나한테 맡겨라). 탱크 안에는 1입방센티미터당 1그램의 공기가 들어 있으므로 방금 빠져나간 공기는 285밀리리터라는 얘기다.

세 개의 탱크를 합치면 애초에 공기는 총 3,000밀리리터였다. 그중 상당량이 에어로크가 샐 때 기압을 유지하기 위해 빠져나갔다. 게다가 내가 호흡하면서 산소의 일부가 이산화탄소로 바뀌었고, 이산화탄소는 우주복의 이산화탄소 필터가 빨아들였다.

판독기를 보니 산소는 410밀리리터, 질소는 738밀리리터가 남았다. 합치면 약 1,150밀리리터이다. 그것을 분당 손실량 285밀리리터로 나누면….

에어로크에서 나가면 이 우주복은 겨우 4분을 버틸 수 있다는 뜻이다.

젠장.

Ø 오디오 기록 녹취 : 119화성일째(7)

좀 더 생각해 보았다.

로버로 가면 무슨 이익이 있을까? 그래봐야 여기 대신 거기에 갇히는 것뿐이다. 공간이 좀 더 넓어져서 좋긴 하겠지만 어차피 결국엔 죽는다. 물 환원기도 없고 산소 발생기도 없고 식량도 없다. 취향껏 고르면 된다. 세 가지 모두 치명적인 문제이니까.

일단, 막사를 고쳐야 한다. 방법은 알고 있다. 훈련 기간에 연습해 보았다. 하지만 시간이 오래 걸릴 것이다. 먼저 폭삭 주저앉은 캔버스 안을 돌아다니며 파열된 부분을 때우는 데 필요한 여분의 캔버스와 장비를 찾아야 한다. 그런 다음 파열 부위를 찾아 쫄대로 캔버스를 고정시켜야 한다.

하지만 그렇게 수리하려면 몇 시간이 걸릴 테고 나의 우주복으로는 감당할 수가 없다.

다른 우주복이 필요하다. 로버 안에는 원래 마르티네스의 우주복이 있었다. 패스파인더를 찾으러 갈 때 혹시 여벌이 필요할까 봐 실어놓았던 것이다. 그러나 돌아와서 다시 막사 안에 갖다놓았다.

빌어먹을!

그러니까 로버로 가려면 그전에 다른 우주복을 가져와야 한다. 누구 것을 가져올까? 조한슨의 것은 나한테 너무 작다(조한슨은 몸집이 작은 여성이다). 루이스의 우주복에는 물이 잔뜩 들어 있다. 지금쯤은 서서히 승화 중인 얼음이 가득 차 있을 것이다. 내 우주복은 내가 지금 입고 있다. 자르고 기워서 엉망이 된 이 우주복 말이다. 그렇다면 남은 것은 마르티네스와 포겔, 베크의 우주복뿐이다.

마르티네스의 것은 혹시 급하게 우주복이 필요할 경우에 대비해 침상 근처에 놓아두었다. 물론 갑자기 막사의 공기가 빠졌으니 지금은 어디로 날아갔을지 모른다. 그래도 어쨌든 원래 있던 자리부터 찾아봐야 한다.

그다음 문제: 지금 나는 거주용 막사에서 대략 50미터 떨어져 있다. 0.4 중력에서 둔한 선외우주복을 입고 달리기란 쉽지 않다. 터벅터벅 걸어가면 기껏해야 초속 2미터 정도일 것이다. 그러면 귀중한 25초가 낭비된다. 내게 주어진 4분의 시간 가운데 8분의 1을 잡아먹는다는 말이다. 그 시간을 단축해야 한다.

하지만 어떻게?

Ø 오디오 기록 녹취 : 119화성일째(8)

이 빌어먹을 에어로크를 굴릴 생각이다.

기본적으로 이 에어로크는 옆으로 쓰러진 공중전화 부스와도 같다.

나는 몇 가지 실험을 해보았다.

이것을 굴리려면 가능한 한 세게 벽을 쳐야 한다고 판단했다. 그리고 그와 동시에 나는 허공으로 떠올라야 한다. 에어로크의 반대편을 내가 밀고 있어선 안 된다. 그러면 양쪽에 작용하는 힘이 서로를 상쇄하여 꿈쩍도 하지 않을 것이다.

먼저 나는 한쪽 벽에서 몸을 떼어내 반대편 벽에 던져보았다. 에어로크는 조금 미끄러지긴 했지만 그게 전부였다.

그다음엔 슈퍼 푸시업을 해서 허공에 몸을 띄운 다음(0.4 중력 만세!) 두 발로 벽을 찼다. 이번에도 조금 미끄러질 뿐이었다.

세 번째는 성공이었다. 두 발로 벽 근처의 바닥을 단단히 짚고 반대편 벽의 위쪽으로 몸을 던져 등으로 쳤다. 방금 전에 했을 때는 충분한 힘을 받아 에어로크가 기울어졌고, 그리하여 땅과 수직으로 있던 면이 땅에 닿으면서 막사 쪽으로 한 면만큼 굴러갔다.

에어로크의 폭은 1미터다. 그러니까… 휴우… 50번을 더 해야 한다는 뜻이다.

다 하고 나면 등이 죽어라 아프겠지.

∅ 오디오 기록 녹취 : 120화성일째

등이 죽어라 아프다.

'벽으로 몸을 던지는' 이 정교하고 세련된 기법에는 약간의 결함이 있었다. 열 번에 한 번꼴로만 먹힌다는 것, 그리고 몹시 아프다는 것이다. 나는 중간중간 쉬면서 스트레칭을 해야 했고 이번엔 메치기에 성공할 수 있다고 끊임없이 자기 최면을 걸어야 했다.

밤새 죽을 고생을 했지만 어쨌든 성공했다.

지금 나는 거주용 막사에서 10미터 떨어진 곳에 있다. 감압 사고로 튕겨 나온 파편들이 사방에 흩어져 있어서 더 이상은 접근할 수가 없다. 이건 '전천후' 에어로크가 아니란 말이다. 저런 장애물은 넘을 수가 없다.

막사가 터진 것은 아침이었다. 그리고 또다시 아침이 왔다. 나는 꼬박 하루 동안 이 좁아터진 통 안에 있었다. 하지만 곧 나갈 것이다.

지금 나는 선외우주복을 다 입고 나갈 준비를 하고 있다.

자… 진정하고… 마지막으로 계획을 한 번 더 점검하겠다. 수동밸브로 에어로크를 감압한다. 밖으로 나가 서둘러 막사로 간다. 내려앉은 캔버스 밑으로 들어간다. 마르티네스의 우주복을 찾는다(포겔의 것이 먼저 눈에 띄면 그것도 괜찮다). 그것을 갖고 로버로 간다. 그럼 나는 안전해진다.

우주복을 찾기 전에 시간이 다 되면 그냥 로버로 달려갈 것이다. 그러고 나면 다시 상황에 빠지겠지만 생각할 시간을 벌 수는 있다. 그 안에 있는 재료로 어찌어찌 해볼 수도 있을 것이다.

심호흡하고… 출발!

Ø 일지 기록 : 120화성일째

살았다! 이제 로버 안이다!

계획대로 척척 진행되지는 않았지만 죽지 않았으니 성공한 셈이다.

에어로크 감압은 문제없이 이뤄졌다. 나는 30초 안에 화성 표면으로 나왔다. 수많은 파편들을 헤치고 껑충껑충 뛰어서(0.4 중력에서 가장 빠른 이동 방법이다) 거주용 막사로 향했다. 정말이지 막사가 터지면서 나를 포함해 수많은 것들이 날아갔다.

앞을 보기가 어려웠다. 안면 보호막에 우주복 천을 덮어놓았으니까. 다행히 팔에 카메라가 있었다. 나사 사람들은 선외우주복을 입은 상태에서 무언가를 보려고 몸을 돌리는 것이 어려울 뿐 아니라 시간 낭비라고 생각했다. 그래서 우주복의 오른팔에 작은 카메라를 장착했다. 카메라 영상은 안면 보호막 안쪽에 투사된다. 따라서 보고 싶은 것이 있으면 그것을 가리키기만 하면 된다.

안면 보호막에 덮어놓은 천이 완전히 팽팽하지도 않고 투사가 잘 되지도 않았으므로 영상이 울퉁불퉁 왜곡되어 나타났다. 그래도 눈앞의 상황을 파악하기에는 충분했다.

나는 곧장 에어로크가 있던 곳으로 갔다. 거기에 커다란 구멍이 뚫렸을 게 분명했으므로 그리로 들어갈 수 있을 거라 판단했다. 구멍은 쉽게 찾았다. 아아, 정말 제대로 찢어졌다! 수리하려면 고생깨나 할 것이다.

그때부터 내 계획의 결함이 드러나기 시작했다. 나는 한쪽 팔만 쓸 수 있었다. 왼팔은 몸에 붙이고 있었고 잘라낸 소매는 이리저리 덜렁거렸다. 멀쩡한 한쪽 팔로 캔버스를 든 채 그 속을 돌아다녀야 했다. 빨리 움직일 수가 없었다.

당장 눈앞에 보이는 바에 따르면 막사 안은 혼돈 그 자체였다. 제자리에 있는 것이 하나도 없었다. 탁자들과 침상들은 전부 원래 있던 자리에서 수 미터씩 날아가 있었다. 가벼운 물건들은 뒤죽박죽 섞였고 대부분이 땅바닥에 내동댕이쳐져 있었다. 엉망이 된 감자 작물들과 흙이 모든 것을 뒤덮었다.

나는 터벅터벅 마르티네스의 우주복이 있던 곳으로 갔다. 놀랍게도 그것은 그 자리에 있었다!

나는 순진하게 생각했다.

'만세! 문제 해결.'

하지만 안타깝게도 우주복은 탁자 밑에 깔렸고, 탁자는 내려앉은 캔버스에 눌려 있었다. 양팔을 썼다면 쉽게 당겨낼 수 있었겠지만 한쪽 팔로는 불가능했다. 시간이 없었으므로 나는 헬멧을 떼어냈다. 그것을 옆에 놓고 탁자 너머 마르티네스의 땜 장비가 있는 곳으로 손을 뻗었다. 팔에 장착된 카메라의 도움을 받아 그것을 찾아냈다. 그런 다음 헬멧 속에 넣어 들고 서둘러 나왔다.

가까스로 시간 안에 로버에 도달했다. 압력이 떨어져 귀가 터지려고 하는 순간 로버의 에어로크가 경이로운 1기압의 공기로 채워졌다.

나는 안으로 기어들어가 풀썩 앉아 숨을 골랐다.

그렇게 해서 지금 나는 또다시 로버에 있다. 패스파인더 대탐험 때처럼. 윽. 적어도 이번엔 그때만큼 고약한 냄새가 나진 않는다.

지금쯤 나사 사람들은 나를 걱정하고 있을 것이다. 에어로크가 거주용 막사 쪽으로 이동한 것을 봤을 테니 내가 살았다는 사실은 알겠지만 그래도 현재 상황이 궁금할 것이다. 마침 패스파인더와 교신하는 것은 바로 이 로버이다.

메시지를 보내봤지만 패스파인더가 응답하지 않는다. 당황할 일은 아니다. 패스파인더의 전원은 거주용 막사에 연결되어 있는데 지금은 거주용 막사가 꺼진 상태이니까. 아까 허겁지겁 선외활동을 할 때 얼핏 봤는데 패스파인더는 내가 놓아둔 자리에 그대로 있었고 거기까지 파편들이 날아가지는 않았다. 전기만 연결하면 괜찮을 것이다.

현재 상황에 대해 말해보면, 헬멧을 가져온 것은 큰 소득이다. 헬멧은 교체가 가능하므로 부서진 내 헬멧을 마르티네스의 헬멧으로 바꿀 수 있다. 잘라낸 소매는 해결하지 못했지만 공기 유출의 주요 원인은 안면 보호막이었다. 게다가 새 땜 장비를 가져왔으니 수지를 더 발라서 팔을 완벽하게 봉하면 된다.

하지만 그건 나중에 해도 된다. 나는 24시간 넘게 깨어 있었다. 당장 위험하진 않으니 우선 잠부터 자야겠다.

Ø 일지 기록 : 121화성일째

간밤에 숙면을 취한 뒤 오늘 큰 진전을 이뤘다.

가장 먼저 한 일은 소매를 다시 봉하는 것이었다. 지난번엔 수지를 대부분 안면 보호막에 사용했으므로 소매에는 얇게 펴 발라야 했다. 그러나 이번엔 땜 장비 하나를 온전히 팔에 사용할 수 있었다. 소매는 완벽하게 밀폐되었다.

외팔이 우주복인 것은 변함없지만 적어도 공기가 새진 않았다.

어제 공기를 대부분 써버리긴 했지만 30분쯤 버틸 수 있는 산소가 남아 있었다. 전에도 말했듯이 인간의 몸은 산소를 많이 필요로 하지 않는다. 문제는 압력을 유지하는 것이다.

30분이면 로버의 외부 탱크 충전 기능을 이용할 수 있었다. 우주복이 샐 때는 불가능했던 일이다.

탱크 충전은 비상수단이다. 원래 로버를 사용할 때는 온전한 선외우주복을 갖고 시작해 공기가 남아 있을 때 돌아와야 한다. 로버는 장기여행용으로 설계된 것도 아니고 심지어 밤을 지새우는 용도도 아니다. 하지만 비상시를 위해 외부에 충전용 호스가 탑재되어 있다. 내부 공간은 그렇지 않아도 비좁은 데다, 나사 사람들은 공기와 관련된 응급상황이 외부에서 일어날 가능성이 높다고 판단했기 때문이다.

하지만 충전 속도가 느리다는 게 문제였다. 내 우주복이 샐 때는 충전되는 속도보다 공기가 빠져나가는 속도가 더 빨랐다. 그래서 헬멧을 교체하기 전까지는 내게 도움이 되지 않았다. 이젠 압력을 유지할 수 있는 온전한 우주복이 있으므로 탱크를 충전하는 일은 아무것도 아니었다.

충전한 뒤 더 이상 우주복이 새지 않는다는 사실을 확인하고 나자 몇 가지 시급한 일들을 해결해야 했다. 나는 수작업에 의존하는 사람인 만큼 양쪽 소매가 온전하게 달린 우주복을 구해야 했다.

그래서 다시 거주용 막사로 갔다. 이번에는 시간에 쫓기지 않았으므로 기둥 하나를 지렛대 삼아 마르티네스의 우주복을 깔아뭉갠 탁자를 들어 올릴 수 있었다. 우주복이 빠져나오자 나는 곧바로 그것을 끌고 로버로 돌아왔다.

확인차 다시 한 번 철저하게 검사를 거듭한 뒤 마침내 온전한 선외우주복을 입었다! 막사를 두 번이나 왕복해야 했지만 어쨌든 손에 넣었다.

내일은 막사를 고칠 것이다.

오늘은 가장 먼저 로버 근처에 돌맹이로 '아주 멀쩡함'이라고 써놓았다. 나사 사람들은 그것을 보고 마음을 놓았을 것이다.

나는 손상이 어느 정도인지 파악하기 위해 다시 막사 안으로 들어갔다. 가장 먼저 할 일은 막사를 온전하게 세우고 공기를 채워 넣는 것이다. 그러고 나면 그 안에서 고장 난 물건들을 고칠 수 있다.

막사는 원래 돔형이다. 유연한 지지대들이 아치를 떠받치고 있고 휘지 않는 접이식 바닥재가 바닥을 평평하게 유지하고 있다. 막사를 지지하는 데 필수적인 요소는 바로 내부 압력이다. 그것이 없으면 전부다 내려앉아 버린다. 지지대들을 점검해 보니 부러진 것은 없었다. 그냥 쓰러지기만 한 것이었다. 몇 개는 다시 연결해야 하겠지만 어렵지 않을 것 같았다.

에어로크 1이 있던 곳에는 거대한 구멍이 뚫렸다. 그러나 해결할 수 없는 것은 아니다. 쫄대도 있고 여분의 캔버스도 있다. 일이 많긴 하겠지만 막사를 다시 세울 수 있다. 그런 다음 전기를 연결하고 패스파인더도 연결할 것이다. 그러고 나면 내가 해결하지 못한 문제는 나사에서 방법을 알려줄 것이다.

그런 건 걱정할 정도는 아니다. 지금 내겐 그보다 훨씬 더 큰 문제는 감자밭이 죽은 거다.

공기가 다 빠져나간 탓에 물이 대부분 증발했다. 게다가 온도는 동결점 아래로 크게 떨어졌다. 흙 속에 있는 박테리아라고 해도 그런 대참사에서는 살아남지 못한다. 농작물 일부는 막사 밖 간이텐트에서 재배했다. 하지만 그것들도 죽었다. 나는 공기와 온도를 일정하게 유지

255

하기 위해 간이텐트들을 호스로 거주용 막사에 직접 연결해 놓았다. 막사가 날아가면서 간이텐트들도 감압이 되었다. 감압이 되지 않았다고 해도 혹독한 추위 때문에 감자들이 다 얼어 죽었을 것이다.

이제 화성에서 감자는 멸종했다.

토양 박테리아도 마찬가지다. 여기 있는 동안 나는 어떤 식물도 키우지 못할 것이다.

우리는 계획을 다 세워놓았다. 내 감자밭에서 나오는 수확물로 나는 900화성일째까지 버틸 수 있었다. 따라서 식량이 다 떨어지기 훨씬 전인 856화성일째에 보급선이 도착할 예정이었다. 이제 감자밭이 죽어버렸으니, 그 계획도 과거의 일이 되었다.

식량 팩들은 이번 폭발에 영향을 받지 않았을 것이다. 지금까지 키운 감자는 죽긴 했지만 먹을 수는 있다. 곧 수확하려고 했으니 지금 이런 일이 일어난 것은 그나마 불행 중 다행이다.

식량 팩으로는 400화성일째까지 버틸 수 있다. 감자는 어느 정도 열렸는지 보지 못했으니 며칠분인지 확실하게 알 수가 없다. 하지만 대략 가늠해 볼 수는 있다. 감자 작물은 총 400포기였고 대략 한 포기당 평균 다섯 개씩 열렸을 것이다. 그러면 총 2,000개이다. 감자 하나당 150킬로칼로리이니 1화성일당 10알씩 필요하다. 200화성일을 더 버틸 수 있다는 얘기다. 다 합쳐서 남은 식량으로 나는 600화성일째까지 버틸 수 있다.

856화성일째면 나는 이미 죽은 지 오래일 것이다.

15

[08:12] 와트니: 테스트.

[08:25] 제트추진연구소: 수신했다! 얼마나 걱정했는지 모른다. '아주 멀쩡함'이
라고 써줘서 고맙다. 위성 영상을 분석해 보니 에어로크 1이 완전히 분
리됐던데. 맞나? 현재 상태는?

[08:39] 와트니: '분리됐다'는 것이 '대포처럼 발사됐다'는 뜻이라면 맞다. 이마가
조금 찢어졌음. 선외우주복에 문제가 있었다(나중에 설명하겠음). 거주용
막사는 파열 부분을 때우고 다시 공기를 채웠음(주 공기 탱크들은 문제없
음). 방금 전력을 연결했음. 감자밭 사망. 지금까지 키운 감자는 최대한
거두어 밖에 저장했다. 세어보니 총 1,841개. 184일을 버틸 수 있는 양.
기존에 남아 있던 식량과 합치면 584화성일째부터 굶주리기 시작할
듯.

[08:52] 제트추진연구소: 우리도 파악했다. 식량 문제는 해결책을 궁리 중이다.
막사 시스템들의 상태는?

[09:05] 와트니: 주 공기 탱크 및 물 탱크 들은 손상되지 않았다. 로버, 태양 전
지, 패스파인더는 폭발 범위에서 벗어나 있었음. 다음 응답을 기다리는

동안 막사 시스템들을 점검하겠다. 그런데 누구?

[09:18] 제트추진연구소: 휴스턴의 벤카트 커푸어다. 패서디나에서 내 메시지를 그쪽으로 전달해 주고 있다. 앞으로 자네와의 직접적인 교신은 모두 내가 맡는다. 산소 발생기와 물 환원기부터 확인하도록. 가장 중요한 장비니까.

[09:31] 와트니: 뜨악. 산소 발생기는 멀쩡함. 물 환원기는 완전 먹통. 안에서 물이 얼어 관이 터진 걸로 추정됨. 틀림없이 내가 고칠 수 있을 듯. 막사의 메인 컴퓨터도 문제없이 잘 돌아감. 막사가 폭발한 원인이 대체 뭘까요?

[09:44] 제트추진연구소: 에어로크 1 주위의 캔버스가 노후한 것으로 추정된다. 반복적인 가압과 감압으로 캔버스가 압박을 받아 결국 터진 것 같다. 이제부터는 선외활동을 할 때 무조건 에어로크 2와 3을 번갈아 사용하도록. 총체적인 캔버스 검사를 위한 절차 및 점검 사항들을 보내주겠다.

[09:57] 와트니: 만세, 몇 시간 동안 벽을 보고 있어야겠군요! 내가 굶어 죽지 않을 방법이 나오면 알려주세요.

[10:11] 제트추진연구소: 그러지.

★☆★

"오늘이 122화성일째야. 584화성일째가 되기 전까지는 보급선을 착륙시켜야 해요. 462화성일, 지구 시간으로는 475일이 남은 셈이지."

브루스가 말했다.

제트추진연구소의 각 부서장들은 인상을 쓰며 눈을 비볐다.

브루스는 자리에서 일어나 계속 말을 이었다.

"지금은 지구와 화성의 위치가 이상적인 상태가 아니야. 화성까지

가는 데 총 414일이 걸리지. 보급선을 추진 로켓에 탑재하고 각종 점검을 하는 데 걸리는 시간은 13일쯤 될 거야. 그럼 48일 만에 보급선을 만들어야 한다는 얘기야."

흥분하여 속닥거리는 소리가 곳곳에서 들려왔다.

"맙소사."

누군가가 말했다.

브루스는 다시 입을 열었다.

"상황이 완전히 달라졌어. 이제 식량에만 중점을 두어야 하네. 다른 것들은 전부 사치야. 동력 하강 착륙선을 만들 시간은 없어. 그냥 떨어뜨려야 한다는 얘기야. 그러니까 깨지는 건 넣을 수 없겠지. 처음에 보내려고 했던 다른 보급품은 전부 포기해야 해."

"추진 로켓은 어디서 구합니까?"

재진입 프로세스 책임자인 놈 토시가 물었다.

"토성탐사선 이글아이 3 있잖아. 그게 다음 달에 발사될 예정이었어. 나사는 그걸 보류시키고 우리에게 그 추진 로켓을 넘겨주기로 했지."

브루스가 대꾸했다.

"이글아이 팀이 엄청 화가 났겠네요."

놈이 말했다.

"그랬겠지. 하지만 적당한 추진 로켓이 그것밖에 없어. 뒤집어 말하면 우리에게 기회는 이번 한 번뿐이라는 얘기야. 우리가 실패하면 마크 와트니는 죽는 거야."

브루스는 방 안을 둘러보며 자신의 말이 흡수되길 기다렸다.

그러곤 다시 입을 열었다.

"그나마 아주 절망적인 상황은 아니야. 아레스 4의 사전 보급을 위해 준비해 놓은 것들이 있잖아. 그것을 빼서 쓰면 시간이 조금 절약되겠지. 게다가 우리가 보내는 건 식량이야. 식량은 웬만해선 손상되지 않지. 재진입에 문제가 생겨 보급선이 엄청난 속도로 떨어진다고 해도 식량을 못 먹게 되는 건 아니니까.

그리고 정확하게 착륙시킬 필요도 없어. 필요하다면 와트니가 수백 킬로미터까지 갈 수 있을 거야. 그러니까 그가 가져올 수 있는 거리에 착륙시키기만 하면 돼. 그렇다면 사전 보급의 표준 방식인 '추락 착륙'으로 가도 되겠지. 무조건 빨리 해내는 데 주력해야 해. 당장 시작하자고."

★☆★

[08:02] 제트추진연구소: 식량 조달 프로젝트가 나왔다. 약 일주일 전에 실행에 들어갔음. 굶주리기 전에 착륙시킬 수는 있지만 시간이 빠듯할 듯. 식량과 무전 통신 장치 한 대만 보내겠네. 동력 하강이 불가능해서 산소 발생기와 물 환원기, 여타의 장비는 보낼 수가 없어.

[08:16] 와트니: 제가 뭘 더 바라겠어요?! 식량만 보내주면 감사하죠. 막사의 시스템들은 전부 다 제대로 돌아가고 있어요. 물 환원기도 터진 호스들을 교체했더니 잘 돌아가고요. 물은 620리터가 남았답니다. 원래 900리터였죠(처음에 가져온 300리터에 하이드라진을 분해해 만든 600리터까지). 약 300리터가 승화된 모양이에요. 그래도 물 환원기가 다시 돌아가니까 물은 충분합니다.

[08:31] 제트추진연구소: 좋아, 기계 문제나 전기 문제가 있으면 언제든 알리게. 참고로 우리가 보내는 보급선의 이름은 이리스야. 바람의 속도로 하늘

을 나는 그리스 여신의 이름을 딴 거지. 무지개의 여신이기도 해.

[08:47] 와트니: 게이 보급선이 나를 구하러 오는 거군요. 알겠어요.

★☆★

리치 퍼넬은 적막한 건물 안에서 커피를 홀짝거렸다. 그는 자신이 작성한 소프트웨어를 최종적으로 검사했다. 문제는 없었다. 그는 안도의 한숨을 내쉬며 의자에 깊숙이 몸을 기댔다. 컴퓨터 시계를 보고 고개를 절레절레 저었다. 새벽 3시 42분.

천체역학자인 리치는 늦게까지 일하는 경우가 거의 없었다. 그의 업무는 특정 임무에 필요한 정확한 궤도 및 보정 궤도를 찾는 것이었다. 모든 단계는 궤도를 기반으로 하기 때문에 원래 그것은 프로젝트 초기 단계에 해당했다.

하지만 이번에는 정반대였다. 이리스의 궤도를 계산해야 하는데 정확한 발사 날짜를 아무도 몰랐기 때문이다.

행성들은 수시로 이동한다. 특정 발사 날짜에 맞춰 계산한 궤도는 그날에만 적용된다. 하루만 넘어가도 화성을 완전히 빗겨가는 결과가 나온다.

그래서 리치는 '여러 개의' 경로를 계산해야 했다. 이리스 발사 가능 기간은 25일이었다. 그는 그 25일 각각에 맞는 경로를 모두 계산했다.

그러곤 상사에게 이메일을 쓰기 시작했다.

'마이크, 각 날짜에 대해 계산한 이리스의 궤도를 첨부합니다. 공식적으로 승인받을 수 있도록 동료 검사 및 확인을 시작해야 합니다. 말씀하신 대로 정말 밤을 거의 꼬박 새웠네요.

261

하지만 그렇게 힘들진 않았어요. 헤르메스의 궤도를 계산하는 것과는 비교할 수도 없죠. 계산법을 설명하면 지루해하실 테니 요점만 말씀드릴게요. 강하게 집중적으로 추진하는 사전 보급선보다는 작게 지속적으로 추진하는 헤르메스 이온 구동이 계산하기가 훨씬 더 어렵답니다.

25개 궤도 모두 소요 기간은 414일이고 추진 시간과 각도만 조금씩 다릅니다. 필요한 연료의 양은 거의 다 동일하며 이글아이 추진 로켓으로 충분히 감당할 수 있습니다.

정말 안타깝네요. 지금 지구와 화성의 위치가 정말 안 좋거든요. 아, 차라리…'

그는 타이핑을 멈췄다.

이맛살을 찌푸리며 먼 곳을 응시했다.

"흠."

곧 커피 잔을 집어 들고 커피를 다시 채우려고 휴게실로 향했다.

★☆★

테디는 사람들로 북적거리는 회의실을 훑어보았다. 나사의 핵심 인물들이 모두 이렇게 한자리에 모이는 것은 드문 일이었다. 그는 준비한 메모들을 차곡차곡 쌓아 자기 앞에 깔끔하게 놓았다.

그러고는 입을 열었다.

"모두들 바쁘실 텐데 이렇게 모여주셔서 감사합니다. 이리스 프로젝트와 관련해 전 부서의 진행 상황을 파악하기 위해 회의를 소집했습니다. 벤카트, 그쪽 팀부터 시작하지."

"아레스 팀은 준비되었습니다."

벤카트는 자신의 노트북 컴퓨터에 떠 있는 스프레드시트를 보며 계속 말을 이었다.

"아레스 3과 아레스 4의 사전 보급 팀들 사이에 작은 영역 싸움이 있었습니다. 아레스 3 팀은 와트니가 화성에 있는 한 여전히 아레스 3 탐사 임무가 진행되고 있는 셈이니 자신들이 맡아야 한다고 주장했지요. 아레스 4 팀은 원래 자기네 보급선이었다고 지적했고요. 결국 저는 아레스 3 팀의 손을 들어줬습니다."

"아레스 4 팀이 화를 내진 않았나?"

테디가 물었다.

"그러긴 했지만 풀릴 겁니다. 앞으로 그들은 13개의 사전 보급선을 꾸려야 합니다. 부루퉁해 있을 시간이 없지요."

테디는 비행 감독을 보며 물었다.

"미치, 발사 준비는 어떻게 돼가나?"

미치는 귀에서 이어폰을 빼고 말했다.

"관제실은 준비됐습니다. 제가 발사를 감독한 뒤, 순항과 착륙은 벤카트의 팀에게 넘겨줄 겁니다."

"공보 쪽은 어때?"

테디가 애니를 돌아보며 물었다.

"언론에 매일 업데이트를 해주고 있어요."

애니는 의자에 깊숙이 몸을 기대며 계속 말을 이었다.

"이번 일이 실패하면 와트니는 끝이라는 사실을 모든 사람들이 알고 있어요. 아폴로 11호 이래로 우주선 건조에 대중이 이렇게 주목한 적은 없어요. CNN의 '와트니 특보'는 지난 2주 동안 동시간대 최고의 시청률을 기록했죠."

그러자 테디가 대꾸했다.

"주목받는 건 좋은 일이야. 의회로부터 비상 자금 지원을 끌어오는 데 도움이 될 테니까."

그런 다음 그는 출입문 가까이에 서 있는 한 남성을 올려다보며 다시 말했다.

"모리스, 급하게 불렀는데도 여기까지 와줘서 고맙군."

모리스는 고개를 까닥해 보였다.

테디는 그를 가리키며 방 안에 모인 사람들에게 소개했다.

"모르시는 분들도 있을 텐데, 모리스 스테인입니다. 케이프커내버럴에서 왔지요. 이글아이 3의 발사 책임자로 예정되어 있었는데 대신 이리스의 발사 책임자가 됐습니다. 유인 상술을 써서 미안하군, 모리스."

"아닙니다. 도울 수 있어서 기쁩니다."

모리스가 말했다.

테디는 차곡차곡 쌓아놓은 메모들 가운데 맨 윗장을 들어 옆에 엎어 놓고 다시 말했다.

"추진 로켓은 어떤가?"

모리스가 설명을 시작했다.

"지금은 괜찮습니다. 하지만 최적의 상태는 아닙니다. 이글아이 3 발사 준비를 하고 있었습니다. 추진 로켓은 장기간 똑바로 서서 중력의 압박을 견디기가 어렵지요. 발사 전에 제거할 외부 지지대를 추가하고 있습니다. 해체하는 것보다는 그게 더 쉽거든요. 또한 연료가 내부 탱크에 부식을 일으킬 수 있어서 연료를 빼놓았습니다. 3일에 한 번씩 모든 시스템을 점검하고 있습니다."

"좋아, 고마워요."

테디가 말했다. 그런 다음 그는 브루스 옹에게로 눈을 돌렸다. 브루스는 빨갛게 충혈된 눈으로 그를 보았다.

"브루스, 역시 여기까지 날아와 줘서 고마워요. 요즘 캘리포니아 날씨는 어떤가?"

"모르겠네요. 밖을 거의 못 봐서요."

잠깐 동안 낮은 웃음소리가 방 안을 채웠다.

테디는 메모를 또 한 장 넘겼다.

"이제 핵심적인 질문을 해야 할 것 같군, 브루스. 이리스는 어떻게 되어가나?"

브루스는 지친 모습으로 고개를 절레절레 저으며 대답했다.

"늦어지고 있습니다. 최대한 서두르고는 있지만 그래도 늦어지네요."

"초과근무에 드는 비용은 얼마든지 지원하겠네."

테디가 말했다.

"이미 24시간 쉬지 않고 일하고 있습니다."

"얼마나 늦어질 것 같나?"

테디가 물었다.

브루스는 눈을 비비며 한숨을 쉬었다.

"지금 시작한 지 29일 됐습니다. 앞으로 겨우 19일이 남았지요. 그러고 나면 발사팀이 그것을 추진 로켓에 탑재하는 데 13일이 걸립니다. 저희는 적어도 2주쯤 더 필요할 것 같습니다."

"2주가 최대로 잡은 건가? 혹시 더 늦어질 가능성은 없고?"

테디가 종이에 메모를 하며 물었다.

브루스는 어깨를 으쓱하며 대답했다.

"더 이상 문제가 생기지 않는다면 2주로 될 겁니다. 하지만 항상 일이 터지긴 하지요."

"정확한 날짜로 말해보게."

테디가 말했다.

"15일. 15일만 더 주시면 그 안에는 확실히 끝낼 수 있습니다."

브루스가 대답했다.

"좋아. 그럼 15일을 만들어야겠군."

테디가 말하며 또 한 번 메모를 했다.

그러곤 아레스 3 탐사대 전담 외과 의사를 돌아보며 물었다.

"켈러 박사, 와트니가 지금 있는 식량으로 더 오래 버티도록 섭취량을 더 줄일 수 있나?"

"죄송하지만 그건 안 됩니다. 이미 최소 칼로리를 섭취하고 있습니다. 사실 지금 육체노동 정도를 감안하면 훨씬 더 많이 섭취해야 합니다. 게다가 갈수록 나빠질 겁니다. 조만간 감자와 비타민만으로 버텨야 하죠. 나중을 위해 단백질이 풍부한 식량을 아껴두고 있긴 하지만 그래도 영양실조 상태일 겁니다."

켈러가 말했다.

"식량이 다 떨어진 후엔 얼마나 연명할 수 있지?"

테디가 물었다.

"물이 충분하다면 3주 정도 버틸 수 있을 겁니다. 일반적으로 단식 투쟁을 할 때는 그보다 더 오래 버티기도 하지만 그는 이미 영양실조에다 여윈 상태로 굶기 시작할 테니까요."

벤카트가 한 손을 들어 주의를 환기시키며 말했다.

"이리스는 착륙시킬 게 아니라 투하할 거라는 점도 잊어선 안 됩니다. 며칠 동안 운전해서 가져와야 할 수도 있어요. 말 그대로 굶어 죽어가는 상태라면 로버를 몰기가 어려울 것 같은데요."

그러자 켈러가 말했다.

"맞습니다. 식량이 떨어지면 4일 안에 로버 운전은 고사하고 서 있기도 힘든 상태가 될 겁니다. 게다가 정신력도 급속히 떨어지겠지요. 깨어 있기도 힘들 겁니다."

"그럼 착륙일은 바꿀 수가 없군. 모리스, 이리스를 추진 로켓에 탑재하는 시간을 13일 이하로 줄일 수도 있나?"

테디가 말했다.

모리스는 벽에 등을 기댄 채 턱을 꼬집었다.

"글쎄요… 실제 탑재하는 건 3일이면 됩니다. 그 후 열흘 동안 각종 점검과 시험을 수행해야 하지요."

"그걸 얼마나 단축할 수 있나?"

"초과근무를 하면 탑재는 이틀 만에 끝낼 수도 있습니다. 패서디나에서 케이프커내버럴로 수송하는 시간까지 포함해서요. 하지만 점검 시간은 단축할 수가 없습니다. 점검은 시간이 중요합니다. 변형되거나 휘어지는 것이 없는지 확인하려면 시간 간격을 두고 여러 번에 걸쳐 점검해야 하거든요. 시간 간격을 줄이면 확실한 결과를 얻을 수 없습니다."

"그런 점검을 통해 문제가 드러나는 경우가 얼마나 되지?"

테디가 물었다.

침묵이 내려앉았다.

이윽고 모리스가 더듬거리며 되물었다.

"저… 혹시 점검을 하지 말라고 하시는 겁니까?"

그러자 테디가 말했다.

"아니. 일단은 문제가 드러나는 경우가 얼마나 되느냐고 물었네."

"스무 번에 한 번꼴입니다."

테디는 그것을 받아 적고 다시 물었다.

"그럼 임무 실패로 이어질 만한 문제가 드러나는 경우는?"

"그게, 글쎄요. 확실하진 않습니다. 대략 그중 절반 정도?"

테디는 그것도 받아 적었다.

"그렇다면 점검과 시험을 생략할 경우 그것이 임무 실패로 이어질 확률은 40번에 한 번꼴이군?"

테디가 물었다.

이번엔 벤카트가 끼어들었다.

"그럼 2.5퍼센트입니다. 보통 그 정도면 카운트다운을 하다가도 중단할 타당한 이유입니다. 그런 모험을 감행할 수는 없습니다."

"지금은 '보통' 상황이 아니야. 97.5퍼센트면 0퍼센트보다는 낫잖아. 시간을 단축하는 더 안전한 방법이 있습니까?"

테디는 사람들을 훑어보았다. 멍한 얼굴들이 그를 보고 있었다.

"그럼 됐습니다."

그는 자신이 메모한 내용에 동그라미를 치며 말을 이어갔다.

"탑재를 빨리 끝내고 점검을 생략하면 11일을 벌 수 있습니다. 브루스가 묘책을 찾아서 좀 더 빨리 끝내준다면 모리스가 몇 가지 검사를 할 수는 있겠지요."

"그래도 4일이 늦어지는데, 그건 어떻게 합니까?"

벤카트가 물었다.

"기존 식량을 4일 정도는 연장할 수 있을 것 같은데. 영양실조 상태이긴 하겠지만 말이야."

테디는 켈러를 보았다.

켈러가 입을 열었다.

"그건 추천할 만한…"

"잠깐."

테디가 켈러의 말을 잘랐다. 그러고는 자리에서 일어나 겉옷을 매만져 펴며 계속 말을 이었다.

"여러분의 입장은 이해합니다. 우리에겐 절차라는 게 있지요. 그런 절차들을 생략하는 것은 모험입니다. 모험을 하면 해당 부서 전체가 곤란해질 테고요. 하지만 지금은 발뺌을 할 때가 아닙니다. 우리가 위험을 감수하지 않으면 마크 와트니가 죽습니다."

그는 켈러를 돌아보며 말했다.

"기존의 식량으로 4일 더 버티게 만들어요."

켈러는 고개를 끄덕였다.

★☆★

"리치."

마이크가 불렀다.

리치 퍼넬은 자신의 컴퓨터 화면에 정신이 팔려 있었다. 칸막이가 쳐진 그의 자리는 각종 인쇄물과 도표들, 참고도서들로 어지러웠다. 그나마 비어 있는 부분은 빈 커피 잔들이 메우고 있었고 바닥에는 음식 포장지들이 굴러다녔다.

"리치."

마이크는 좀 더 힘주어 불렀다.

리치가 눈을 들었다.

"네?"

"지금 뭐 하는 거야?"

"그냥 뭘 좀 하고 있어요. 확인하고 싶은 게 있어서요."

"흠… 그건 괜찮은데, 맡은 일부터 먼저 처리해야지. 2주 전에 위성 궤도 수정을 요청했는데 아직도 안 끝냈잖아."

"슈퍼컴퓨터 좀 쓸게요."

리치가 말했다.

"늘 하던 위성 궤도 수정 작업에 슈퍼컴퓨터를 쓰겠다고?"

"아뇨. 지금 연구 중인 다른 일 때문에요."

리치가 대꾸했다.

"리치, 정말 이럴 거야? 맡은 일부터 해야지."

리치는 잠시 생각해 보았다.

"지금 휴가를 써도 괜찮을까요?"

그가 물었다.

마이크는 한숨을 쉬었다.

"있잖아, 리치. 아무래도 지금 '꼭' 휴가를 쓰는 게 좋겠군."

리치는 미소를 지었다.

"좋아요! 저 지금부터 휴가예요."

"그래. 집에 가. 가서 좀 쉬어."

마이크가 말했다.

"집에 가려는 거 아니에요."

리치는 좀 전에 하던 계산을 계속했다.

마이크가 눈을 비비며 말했다.

"그래, 마음대로 해. 그런데 그 위성 궤도 말이야…"

"저 지금 휴가예요."

리치는 눈도 들지 않고 말했다.

마이크는 어깨를 으쓱하며 그곳을 떠났다.

★☆★

[08:01] 와트니: 제 식량은 어떻게 돼가요?

[08:16] 제트추진연구소: 조금 늦어지긴 하겠지만 어쨌든 보낼 거야. 그사이에 자네가 다시 일을 하는 게 어떨까 싶어. 막사 상태는 그럭저럭 괜찮잖아. 유지 보수를 하는 데 걸리는 시간은 기껏해야 일주일에 12시간 정도이고. 그러니 남는 시간은 조사와 실험에 썼으면 좋겠네.

[08:31] 와트니: 좋아요! 저도 아무것도 안 하고 있는 게 지긋지긋하거든요. 어차피 저는 여기 몇 년 있어야 하잖아요. 이왕이면 써먹어야죠.

[08:47] 제트추진연구소: 우리도 같은 생각이야. 과학팀에서 일정을 짜는 대로 알려줄게. 주로 선외활동을 해야 할 거야. 지질표본 채취, 토양 실험, 그리고 일주일에 한 번 자기 의학 테스트도 하고. 솔직히 이건 오퍼튜니티 착륙선(2003년 7월 8일에 발사된 화성 탐사 로버로 예상 탐사 기간은 90화성일이었으나 2019년 2월 13일까지 임무를 수행했다-옮긴이) 이래로 최고의 '보너스 화성 탐사 시간'이잖아.

[09:02] 와트니: 오퍼튜니티는 예상대로 지구로 돌아가지 못했잖아요.

[09:17] 제트추진연구소: 미안. 비유가 부적절했군.

'클린룸'으로 알려진 제트추진연구소의 우주선 조립 시설은 거의 알려지지 않았지만 화성 탐사 역사에서 가장 유명한 우주선들이 탄생한 곳이었다. 몇 개만 이름을 대보면, 매리너, 바이킹, 스피리트, 오퍼튜니티, 큐어리어서티가 모두 이곳에서 탄생했다.

오늘 이곳은 내내 떠들썩하고 부산스러웠다. 전문 기사들이 특수 설계된 선적 컨테이너에 이리스를 넣고 있었기 때문이다.

교대 시간이 끝난 기사들도 전망대에서 이 과정을 지켜보았다. 그들은 지난 두 달 동안 거의 집에 들어가지 못했다. 대신 구내식당에 임시 숙소가 마련되었다. 평소 같으면 그중 3분의 1이 자고 있을 시간이었지만 모두들 이 순간을 놓치고 싶지 않았다.

근무조의 조장이 마지막 볼트를 조였다. 그가 렌치를 빼자 엔지니어들은 우렁차게 박수를 쳤다. 눈물을 보이는 사람도 많았다.

63일간의 고된 노력 끝에 드디어 이리스가 완성되었다.

★☆★

애니는 연단에 올라 마이크를 조정하고 입을 열었다.

"발사 준비가 끝났습니다. 이리스는 이제 떠날 준비가 되었습니다. 발사 예정 시각은 오전 9시 14분입니다.

발사 후 최소 세 시간 동안 이리스는 궤도에 머물 것입니다. 그사이에 관제 센터에서는 정확한 원격 계측 데이터를 수집해 화성 천이 기동을 준비하게 되죠. 그 과정이 끝나면 아레스 3의 사전 보급 팀이 책임을 인계받아 그 후 수개월 동안 이리스의 진행 상황을 지켜볼 것입니다. 화성에 도달하기까지 소요되는 기간은 414일입니다."

"탑재물에 식량 말고 다른 것도 있다고 들었는데요?"

한 기자가 물었다.

애니는 미소를 지으며 대답했다.

"그렇습니다. 100그램의 사치품이 허용되었죠. 마크 가족의 손편지와 대통령의 편지, 그리고 다양한 시대의 음악을 가득 담은 USB 하나를 넣었습니다."

"디스코 음악도 있습니까?"

누군가가 물었다.

"디스코는 뺐어요."

애니의 대답에 여기저기서 킬킬거리는 소리가 들렸다.

CNN의 캐시 워너가 목소리를 높여 물었다.

"만약 이번 발사가 실패하면 와트니를 구할 다른 방법이 있나요?"

"모든 발사에는 실패의 위험이 따릅니다."

애니는 질문을 교묘하게 피하며 계속 말을 이었다.

"하지만 저희는 문제가 없을 것으로 예상합니다. 현재 케이프커내버럴의 날씨가 아주 맑고 기온도 높습니다. 최적의 조건이죠."

"이번 구조 작전의 비용과 관련해 특별히 정해놓은 상한선이 있습니까? 일부에서 적정 상한선이 어느 정도인지 의문을 제기하더군요."

또 다른 기자의 질문이었다.

애니는 이런 질문이 나올 것을 예상하고 미리 답변을 준비해 두었다.

"중요한 건 액수가 아닙니다. 지금 한 인간의 목숨이 절박한 위험에 처해 있습니다. 하지만 금전으로 환산하고 싶다면 마크 와트니의 임무 연장이 갖는 가치도 고려해야겠죠. 그의 임무와 생존투쟁이 연장되면 우리는 화성에 대해 아레스 프로그램을 모두 합친 것보다 더 많은 지식을 얻게 되니까요."

★☆★

"신을 믿어요, 벤카트?"

미치가 물었다.

"물론이죠. 난 여러 신을 섬깁니다. 힌두교도거든요."

벤카트가 대답했다.

"그럼 모든 신들에게 이번 발사가 성공하게 해달라고 기도해 주세요."

"그러죠."

미치는 앞으로 나아가 관제 센터의 자기 자리로 향했다. 관제실은 수십 명의 관제사들이 제각기 최종 발사 준비를 하고 있어 활기가 넘쳤다.

미치는 헤드셋을 쓰고 앞쪽 대형 중앙 스크린에 표시된 시각을 흘끗 보았다. 그런 다음 헤드셋을 켜고 말했다.

"비행 감독이다. 발사 준비 여부 점검을 시작하라."

"알았다, 휴스턴."

플로리다에서 발사 관제 책임자가 대답했다. 그는 계속해서 교신을 이어나갔다.

"발사 책임자가 모든 자리에 담당자가 있으며 시스템이 준비됐는지 점검한다. 준비 여부를 알려라. 카운트다운?"

"준비."

응답이 돌아왔다.

"계시 담당."

"준비."

또 다른 목소리가 응답했다.

"QAM1."

"준비."

미치는 두 손으로 턱을 받치고 중앙 스크린을 응시했다. 발사대 영상이 나오고 있었다. 냉각 프로세스로 인한 뿌연 수증기 속으로 추진로켓이 보였다. 옆면에는 여전히 '이글아이 3'이라고 찍혀 있었다.

"QAM2."

"준비."

"QAM3."

"준비."

벤카트는 뒷벽에 몸을 기댔다. 그는 행정관이었다. 그의 역할은 끝났다. 그가 할 수 있는 일이라곤 지켜보며 기도하는 것뿐이었다. 그의 시선은 반대편 벽의 화면에 고정되어 있었다. 이 임무를 성사시키기 위해 자신이 저지른 범죄와도 같은 일들, 노골적인 거짓말들, 무수한 근무시간 조정, 그리고 숫자들이 머릿속에 펼쳐졌다. 성공하기만 하면 모두 다 가치 있는 일이 될 것이다.

"FSC."

"준비."

"추진 엔지니어 1."

"준비."

테디는 관제 센터 뒤에 있는 VIP 관망실에 앉아 있었다. 나사의 국장이라는 지위 덕분에 그는 맨 앞줄 중앙의 가장 좋은 자리를 차지했다. 그는 서류가방을 발치에 놓고 두 손으로 파란색 폴더를 들고 있었다.

"추진 엔지니어 2."

"준비."

"PTO."

"준비."

애니 몬트로즈는 기자회견실 옆에 붙어 있는 자신의 사무실을 서성거렸다. 벽에 장착된 아홉 대의 텔레비전은 제각기 다른 채널에 맞춰져 있었지만 아홉 개 채널 모두 발사대를 비추고 있었다. 컴퓨터를 흘끗 보니 외국 방송들도 모두 마찬가지였다. 전 세계가 숨을 죽이고 있었다.

"ACC."

"준비."

"LWO."

"준비."

브루스 웡은 이리스에 저마다 모든 것을 쏟아 부은 수백 명의 엔지니어들과 함께 제트추진연구소 구내식당에 앉아 있었다. 그들은 프로젝션 화면으로 생중계를 지켜보았다. 그중 몇몇은 편히 앉아 있지 못하고 엉덩이를 들썩거렸다. 어떤 사람들은 두 손을 꼭 잡고 있었다. 패서디나의 시각은 새벽 6시 13분이었지만 전 직원이 한 명도 빠짐없이 참석했다.

"AFLC."

"준비."

"유도 관제."

"준비."

수백만 킬로미터 떨어져 있는 헤르메스의 승무원들은 조한슨의 주위에 모여 귀를 쫑긋 세웠다. 2분의 전송 지연 시간은 문제가 되지 않았다. 그들은 도울 길이 없었으므로 상호 교신할 필요가 없었다. 조한슨은 오디오 신호 강도만 나오는 컴퓨터 화면을 뚫어져라 응시했다. 베크는 두 손을 꼭 맞잡았다. 포겔은 시선을 바닥에 고정한 채로 꼼짝없이 서 있었다. 마르티네스는 처음엔 조용히 기도를 했지만 굳이 숨길 필요가 없다는 사실을 깨달았다. 루이스 대장은 멀찍이 떨어져 팔짱을 끼고 서 있었다.

"PTC."

"준비."

"발사 로켓 감독."

"준비."

"휴스턴, 여기는 발사 관제. 발사 준비 완료."

"알았다."

미치는 카운트다운 시계를 확인하고 다시 말했다.

"여기는 비행 감독, 예정대로 발사 가능."

"알았다, 휴스턴. 예정대로 발사한다."

발사 관제사가 말했다.

카운트다운 시계가 00:00:15에 이르자 텔레비전 방송국들이 그토록 기다리던 일이 시작되었다. 카운트다운 담당관이 소리 내어 카운트다운을 시작한 것이다.

"15… 14… 13… 12… 11…"

케이프커내버럴에는 수천 명의 사람들이 모여 있었다. 역사상 무인 우주선 발사 장면을 보기 위해 이렇게 많은 사람들이 몰려든 적은 없었다. 그들은 관람석으로 울려 퍼지는 카운트다운 담당관의 목소리에 귀를 기울였다.

"10··· 9··· 8··· 7···"

리치 퍼넬은 궤도 계산에 정신이 팔려 시간 가는 줄도 몰랐다. 동료들이 TV가 있는 커다란 회의실로 전부 가버린 것도 몰랐다. 사무실이 평소와 달리 너무 조용하다는 생각이 막연하게 들긴 했지만 그 이유에 대해 깊이 생각해 보지 않았다.

"6··· 5··· 4···"

"점화 시작."

"3··· 2··· 1···"

클램프들이 풀리고 연기 기둥과 불길 속에서 추진 로켓이 처음에는 느렸다가 점점 빠르게 솟아올랐다. 현장에 모인 관중들이 환호했다.

"···이리스 보급선 이륙."

카운트다운 담당관이 말했다.

추진 로켓이 솟아오르자 미치는 중앙 스크린에 비치는 장관을 구경하고 있을 새가 없었다.

"자세는?"

그가 소리쳤다.

"자세 양호."

즉각적인 응답이 돌아왔다.

"진로는?"

그가 물었다.

"이상 없음."

"고도 1,000미터."

누군가가 말했다.

"안전 임무 포기 범위에 도달했음."

또 다른 목소리가 외쳤다. 필요한 경우 우주선이 지상에 해를 입히지 않고 대서양으로 추락할 수 있다는 뜻이었다.

"고도 1,500미터."

"상하 진동 및 좌우 회전 시작."

"약간의 시미 현상(shimmy, 자동차나 비행체의 진행 과정에서 일정 속도에 이르렀을 때 나타나는 흔들림-옮긴이)이 있다, 비행."

미치는 상승 비행 책임자를 보았다.

"뭐라고?"

"시미가 있습니다. 내장 유도 컴퓨터가 조정하고 있습니다."

"계속 주시해."

미치가 말했다.

"고도 2,500미터."

"상하 진동 및 좌우 회전 완료, 단 분리까지 25초 남았음."

★☆★

이리스를 설계할 때 제트추진연구소는 착륙이 계획대로 이뤄지지 않을 가능성을 염두에 두었다. 따라서 이리스에 실은 식량의 대부분은 평소 보급품으로 사용하던 식량 팩이 아니라 단백질 바의 재료를 정육면체로 만든 것이었다. 그러면 이리스가 추락용 기구들을 펼치지 못해 엄청난 속도로 땅에 충돌하더라도 식량이 못쓰게 되는 것을 막을 수 있기 때문이었다.

이리스는 무인우주선이었으므로 가속 제한이 없었다. 이 우주선의 내용물은 인간으로서는 견딜 수 없는 힘을 이겨냈다. 그러나 나사는 단백질 바에 극도의 중력가속도가 가해졌을 때 일어나는 영향에 대해서만 실험했을 뿐 그와 함께 횡방향 진동이 일어날 때 어떤 영향이 가해지는지는 실험하지 않았다. 시간이 좀 더 있었더라면 그것 역시 실험했을 것이다.

연료 혼합의 미미한 불균형으로 무해한 시미 현상이 일면서 탑재물이 흔들렸다. 이리스는 추진 로켓 위에 탑재된 보호각 안에 확실하게 고정되어 있었으므로 굳건하게 버텼다. 그러나 이리스 안에 실린 단백질 바들은 그러지 못했다.

이 단백질 바들은 현미경으로 보면 고체의 음식 입자들이 진한 식물성 기름에 매달려 있는 형태였다. 음식 입자들은 크기가 절반 이하로 압착되었지만 기름은 거의 영향을 받지 않았다. 그리하여 액체 대 고체의 용적비가 크게 변했고 이로 인해 전체적인 형태가 액체로 바뀌었다. 이른바 '액화'라는 이 과정은 단백질 바들을 단단한 고체에서 질퍽한 곤죽으로 바꿔놓았다.

단백질 바들이 압착되자, 원래 남는 공간이 전혀 없던 화물칸 안에 질퍽한 단백질 곤죽이 철벅거릴 공간이 생겼다.

거기에 시미 현상까지 더해져 화물의 불균형이 커지면서 단백질 곤죽이 화물칸 가장자리로 밀려났다. 그리하며 무게중심이 변했고, 이로 인해 더 큰 문제로 악화되어 시미 현상은 점점 더 심해지기만 했다.

"시미가 점점 격렬해지고 있습니다."

상승 비행 책임자가 보고했다.

"어느 정도야?"

미치가 물었다.

"걱정스러운 수준입니다. 하지만 가속도계들이 시미를 감지하고 무게중심을 다시 계산했습니다. 유도 컴퓨터가 엔진 추력을 조정해 대응하고 있습니다. 아직은 괜찮습니다."

"계속 보고해."

미치가 말했다.

"단 분리까지 남은 시간 13초."

예기치 못한 무게중심의 변화가 큰 재앙으로 이어지진 않았다. 모든 시스템은 최악의 시나리오를 고려하여 설계되었으므로 제각기 각자의 역할을 훌륭하게 해냈다. 정교한 소프트웨어에 의해 자동 실행된 약간의 경로 조정만으로 이리스는 계속해서 궤도를 향해 나아갔다.

1단의 연료가 고갈되자 추진 로켓은 폭발물이 내장된 볼트들을 이용해 클램프들을 폐기했다. 1초도 안 되는 짧은 순간 그것은 동력 없이 관성으로 움직였다. 껍데기뿐인 1단 로켓이 떨어져 나가고 2단 엔진들이 점화를 준비했다.

가혹한 힘이 사라졌다. 컨테이너 안에서는 곤죽이 된 단백질 바들이 이리저리 떠다녔다. 그대로 2초만 더 있었더라면 단백질 바들은 다시 팽창해 고체로 굳어졌을 것이다. 하지만 주어진 시간은 겨우 4분의 1초였다.

2단 엔진이 점화되자 순간적으로 선체에 엄청난 추진력이 가해졌다. 이제는 무거운 1단과 씨름할 필요가 없었으므로 더욱더 가속도가 붙었다. 300킬로그램의 질퍽한 곤죽이 컨테이너 뒤쪽을 강타했다. 충격 지점은 이리스의 가장자리, 즉 하중이 가해질 거라고는 아무도 예상하지 못한 부분이었다.

이리스는 다섯 개의 커다란 볼트들로 고정되어 있었지만 그중 하나에만 온전히 충격이 전달되었다. 이 볼트는 엄청난 힘을 버티도록 만들어진 것이었다. 필요한 경우에는 전체 화물을 지탱할 수도 있었다. 하지만 제멋대로 돌아다니는 300킬로그램의 물질이 갑작스레 때려대자 당해낼 재간이 '없었다.'

그 볼트는 부러졌다. 그러고 나자 나머지 네 개의 볼트에 짐이 지워졌다. 강력한 충격은 지나갔으므로 남은 볼트들에게 지워진 부담은 부러진 전우가 떠안았던 것보다 훨씬 더 적었다.

발사 팀에게 정상적인 점검 시간이 주어졌더라면 그들은 볼트 하나에 작은 결함이 있다는 사실을 발견했을 것이다. 그저 해당 볼트에 약간의 영향을 미치는 수준일 뿐, 정상적인 상황에서는 임무 실패로 이어질 만한 결함이 아니었다. 그렇다고 해도 어쨌든 그것은 온전한 볼트로 교체되었을 것이다.

화물이 중심을 잃어 남은 네 개의 볼트에 고르지 않게 무게가 실리면서 문제의 볼트는 가혹한 힘을 견뎌야 했다. 곧 그 볼트도 떨어져 나갔다. 그러고 나자 순식간에 나머지 세 개가 줄줄이 떨어졌다.

이리스는 보호각 안의 지지대에서 미끄러져 나와 외곽에 충돌했다.

★☆★

"어엇!"

상승 비행 책임자가 소리쳤다.

"비행 감독, 커다란 세차(歲差) 운동이 일어나고 있다!"

"뭐?"

미치가 되물었다. 모든 콘솔에 경보음이 울리고 경고등이 깜박거렸다.

"이리스에 7G의 중력이 가해지고 있다."

누군가가 말했다.

"간헐적으로 신호가 상실된다."

또 다른 목소리가 외쳤다.

"상승 비행, 어떻게 된 거야?"

미치가 다그쳐 물었다.

"전부 다 풀렸어요. 장축을 17도 세차 운동으로 돌고 있어요."

"얼마나 심하지?"

"최소 5rps(초당 회전율), 경로를 벗어나고 있어요."

"궤도에 도달할 수 있나?"

"교신할 수가 없어요. 어느 쪽 신호도 잡히지 않아요."

"통신!"

미치는 통신 책임자를 소리쳐 불렀다.

"노력 중이다, 비행. 내장 시스템에 문제가 있다."

응답이 돌아왔다.

"내부에 커다란 중력이 가해지고 있다, 비행."

"지상 원격 계측에 따르면 목표 경로 200미터 아래에 있다."

283

"비행 감독, 이리스 신호 상실."

"완전히 상실했나?"

그가 물었다.

"그렇다. 발사체의 신호는 간헐적으로 잡히는데 이리스는 전혀 잡히지 않는다."

"젠장. 보호각 안에서 풀린 모양이군."

미치가 말했다.

"팽이처럼 돌아가고 있다, 비행."

"조금 늦더라도 궤도에 들어갈 수 없나? 아주 낮은 궤도라도? 혹시…."

"신호 상실."

"여기도 신호 상실."

"여기도."

관제실은 침묵에 휩싸였다. 경보음들만 울려 퍼질 뿐이었다.

잠시 후 미치가 말했다.

"다시 연결할 수 없나?"

"가망 없다."

통신 담당자가 말했다.

"지상관제?"

미치가 물었다.

응답이 돌아왔다.

"여기는 지상관제, 발사체가 이미 시거리를 벗어났다."

"위성관리?"

미치가 불렀다.

"위성에도 신호가 잡히지 않는다."

미치는 앞에 있는 중앙 스크린을 보았다. 이제 검은 화면에 커다란 흰색 글씨가 떠 있었다. 'LOS(신호 상실)'

그때 무전을 통해 누군가가 말했다.

"비행 감독, 미 구축함 '스톡턴'으로부터 하늘에서 파편이 떨어진다는 보고가 들어온다. 추락 위치는 마지막으로 확인한 이리스의 위치와 일치한다."

미치는 두 손에 머리를 묻으며 대답했다.

"알았다."

그런 다음 그는 비행 감독이라면 누구든 피하고 싶은 말을 해야 했다.

"지상관제, 여기는 비행 감독. 문을 잠가라."

발사 실패에 따르는 절차를 밟으라는 신호였다.

VIP 관망실에서는 테디가 실의에 빠진 관제 센터를 지켜보고 있었다. 그는 숨을 깊이 마셨다가 내뱉었다. 그러곤 발사 성공을 축하하는 기분 좋은 연설문이 담긴 파란색 서류철을 쓸쓸히 바라보았다. 그는 그것을 서류가방 속에 넣고 빨간색 서류철을 꺼냈다. 그 안에는 '다른' 연설문이 들어 있었다.

★☆★

벤카트는 자신의 사무실 창문으로 우주센터를 바라보았다. 인류의 가장 진보적인 로켓 공학 지식이 집약된 우주센터이건만 오늘의 발사를 성공으로 이끌지 못했다.

휴대전화가 울렸다. 또 아내였다. 틀림없이 걱정되어서 전화했을 것이다. 그는 음성메시지로 넘어가게 두었다. 아내를 마주할 수가 없었다. 누구도 마주할 수가 없었다.

그의 컴퓨터에서 알림 벨이 울렸다. 화면을 보니 제트추진연구소에서 이메일이 도착해 있었다. '패스파인더'에서 온 메시지를 전송한 것이었다.

[16:03] 와트니: 발사는 어떻게 됐어요?

16

마르티네스에게,

실즈 박사가 대원들 모두에게 일일이 편지를 쓰라고 하더군. 그래야 내가 인간다움을 유지할 거라나. 난 말도 안 된다고 생각해. 하지만 명령이잖아. 어쨌든 네겐 터놓고 얘기할게.

만약 내가 죽으면 우리 부모님 좀 찾아가 줘. 우리가 화성에서 보냈던 시간에 대해 직접 얘기를 듣고 싶으실 거야. 네가 해줬으면 좋겠어.

자식 잃은 부모 앞에서 죽은 자식 얘기를 하는 게 쉽지는 않겠지. 무리한 부탁이라는 거 알아. 그래서 너한테 부탁하는 거야. 너 정도면 가장 절친한 친구라고 할 수 있으니까. 믿기진 않겠지만.

포기하려는 건 아니야. 그냥 혹시 모르니까 이러저러한 계획을 세우는 거야. 그냥 그뿐이야.

★☆★

중국 국가 항천국(CNSA) 국장인 궈밍은 책상에 쌓여 있는 엄청난 양의 서류들을 살펴보았다. 예전에는 중국이 로켓 발사를 원하면 그저 발사하면 그만이었다. 이제는 국제협약 때문에 사전에 다른 나라들에게 통지해야 했다.

미국에는 적용되지 않는 요건이지, 하고 궈밍은 혼자 생각했다. 공정하게 말하면 미국도 발사 일정에 대해 일찌감치 공표하기 때문에 결국 똑같은 셈이긴 했다.

그는 아슬아슬하게 줄타기를 하며 양식을 채워갔다. 발사 날짜와 항로는 분명하게 밝히되, 최대한 '국가 기밀을 숨겨야' 했기 때문이다.

그는 이 마지막 요건을 보고 코웃음을 쳤다.

"우습군."

그는 이렇게 중얼거렸다.

타이양셴은 전략적 가치나 군사적 가치를 갖고 있지 않았다. 이 무인우주선이 지구궤도에 머물기로 예정된 시간은 이틀이 채 되지 않았다. 그런 다음 수성과 금성 사이의 태양 궤도로 향할 계획이었다. 태양 궤도를 도는 중국 최초의 태양 탐사선인 셈이었다.

그럼에도 국무원은 모든 발사가 비밀리에 이뤄져야 한다고 주장했다. 설사 숨길 것이 전혀 없다고 해도 말이다. 그래야 기밀 탑재물을 발사하는 경우에도 다른 국가들이 정보 공개의 제한을 통해 이를 유추해 낼 수 없다는 논리였다.

한창 서류를 작성하고 있는데 누군가가 문을 두드렸다.

"들어와요."

궈밍이 말했다. 잠시 일을 놓을 수 있다는 사실이 반가웠다.

"접니다, 국장님."

부국장인 쥐타오였다.

"부국장, 돌아왔군."

"네, 국장님. 베이징에 오니 좋네요."

그러자 궈밍이 물었다.

"주취안은 어땠나? 너무 춥지는 않았나? 대체 우리 발사 시설은 왜 고비 사막 한가운데 있는지 도무지 이해할 수 없단 말이야."

"춥긴 했지만 못 견딜 정도는 아니었습니다."

쥐타오가 말했다.

"발사 준비는 어떻게 되어가나?"

"다행히 예정대로 진행되고 있습니다."

"잘됐군."

궈밍은 미소를 지었다.

쥐타오는 말없이 자신의 상사를 응시했다.

궈밍은 쥐타오를 보며 그가 입을 열길 기다렸지만, 그는 가려고 일어나지도 않았고 얘기를 더 이어가지도 않았다.

"부국장, 무슨 할 얘기라도?"

궈밍이 물었다.

"저어… 이리스 보급선 소식은 당연히 들으셨겠지요?"

쥐타오가 말했다.

궈밍은 이맛살을 찌푸리며 대꾸했다.

"들었지. 참 안됐어. 이제 굶어 죽게 생겼으니."

"그렇죠. 하지만 아닐 수도 있습니다."

쥐타오가 말했다.

궈밍은 의자에 깊숙이 몸을 기댔다.

"그게 무슨 말인가?"

"타이양셴의 추진 로켓 말입니다. 우리 엔지니어들이 계산해봤는데, 그 정도 연료면 화성 천이 궤도까지 충분히 갈 수 있답니다. 419일이면 도달할 수 있다더군요."

"지금 농담하는 건가?"

"제가 언제 '농담'하는 것 보셨습니까, 국장님?"

궈밍은 자리에서 일어나 자신의 턱을 꼬집었다. 그러곤 왔다 갔다 걸으면서 말했다.

"정말 타이양셴을 화성까지 보낼 수 있나?"

"그건 아닙니다. 너무 무겁습니다. 열차폐 장치가 너무 거대해서 역대 중국에서 건조된 무인선 가운데 최대 무게가 되었지요. 그래서 그 추진 로켓도 그렇게 튼튼하게 만든 거고요. 하지만 추진 로켓의 탑재 하중을 줄이면 화성까지 보낼 수도 있습니다."

쥐타오가 대답했다.

"어느 정도 무게면 가능하지?"

궈밍이 물었다.

"941킬로그램입니다, 국장님."

"흠, 그 정도면 나사에서도 어찌해 볼 수 있었을 텐데. 왜 우리에게 접근하지 않았지?"

궈밍이 물었다.

쥐타오가 대답했다.

"몰랐기 때문입니다. 우리의 추진 로켓 기술은 모두 기밀 정보입니다. 국가안전부는 심지어 우리의 능력에 대해 허위 정보를 퍼뜨리고 있습니다. 이유야 분명하지요."

"그러니까 나사는 우리가 도울 수 있다는 사실을 모르는 거군. 우리가 돕기로 작정하지 않으면 우리가 도울 수 있다는 사실을 아무도 모르겠지."

궈밍이 말했다.

"그렇습니다, 국장님."

"그럼 일단 돕기로 한다고 가정해 보지. 그럼 어떻게 되나?"

그러자 줘타오가 대답했다.

"시간이 문제입니다. 화성까지 가는 데 걸리는 시간과 그 우주비행사의 남은 식량을 감안하면 한 달 안에는 어떤 보급선이든 발사해야 합니다. 그렇게 보내도 그 사람은 어느 정도 기아 상태에서 받게 될 겁니다."

"한 달이면 타이양셴을 발사하려 했던 시기와 엇비슷하군."

"그렇습니다. 하지만 그들은 이리스를 두 달 만에 만들었습니다. 너무 급하게 만드는 바람에 결국 실패했죠."

"그건 그쪽 문제지. 우리는 추진 로켓을 제공하기만 하면 돼. 주취안에서 발사해야 할 거야. 800톤짜리 로켓을 플로리다로 보낼 수는 없으니까."

"그 추진 로켓에 대해 미국이 어떻게 배상하느냐에 따라 합의가 결정되겠지요. 국무원에선 미 정부로부터 정치적 혜택을 끌어내려 할 가능성이 높습니다."

줘타오가 말했다.

"배상은 의미가 없어. 이건 아주 값비싼 프로젝트였잖아. 국무원은 지금까지도 구시렁거리고 있어. 그러니 그에 걸맞게 두둑한 보상을 받아낸다 해도 국무원은 그걸 우리에게 다시 내주지 않을 거야. 우리가 그 보상금으로 새 추진 로켓을 만들게 될 일은 없을 거란 말이지."

그는 뒷짐을 지며 다시 말을 이어갔다.

"그리고 미국 국민들은 감상에 젖어 있을지 몰라도 미국 정부는 그렇지 않아. 미 국무부에서 한 사람의 목숨을 살리겠다고 중요한 카드를 내놓을 리는 없어."

"그럼 가망이 없는 겁니까?"

쥐타오가 물었다.

귀밍은 그의 말을 뒤집었다.

"가망이 없는 건 아니야. 어려운 것뿐이지. 외교적인 협상으로 넘어가면 답이 없어. 이 문제는 과학자들끼리 해결해야 하네. 우주국 대 우주국으로 말이야. 통역관을 불러서 나사 국장에게 전화를 해보지. 합의를 얻어낸 다음, 그것을 우리 정부에 기정사실로 제시하는 거야."

"하지만 나사가 우리에게 무얼 해줄 수 있습니까? 우리는 추진 로켓을 포기하면 사실상 타이양셴을 포기하는 셈입니다."

쥐타오가 말했다.

귀밍은 미소를 지으며 대답했다.

"나사에서 내주지 않으면 절대 손에 넣을 수 없는 무언가를 얻어내야지."

"그게 뭡니까?"

"화성에 중국 우주비행사를 보내는 것."

쥐타오는 자리에서 일어나며 말했다.

"그렇군요."

그러곤 미소를 지으며 말을 이었다.

"아직 아레스 5 탐사대가 선발되지 않았습니다. 중국인 한 명을 끼워달라고 하면 되겠군요. 우리가 선발해서 훈련시킨 사람으로 말입니다. 나사와 미국 국무부는 틀림없이 받아들일 겁니다. 그런데 우리 국무원에서도 받아들일까요?"

귀밍은 교활하게 미소를 지었다.

"그렇게 되면 우리가 공식적으로 미국인을 구조하는 셈이 되지. 게다가 화성에 중국인 우주비행사를 보낸단 말이야. 우주에선 중국이 미국과 동등하다는 것을 세계에 입증하는 셈이야. 그 정도면 국무원 사람들은 자기 '엄마'도 팔려고 들걸."

★☆★

테디는 전화기를 귀에 대고 집중해서 들었다. 수화기 저편의 목소리는 할 말을 다 끝낸 다음 조용히 대답을 기다리고 있었다.

그는 초점 없는 눈으로 멍하니 앞을 보며 방금 들은 이야기를 곱씹어보았다.

잠시 후 그가 대답했다.

"좋습니다."

★☆★

조한슨에게,

당신 포스터는 나머지 대원들을 전부 합친 것보다 더 많이 팔렸지. 화성에 간 섹시 미녀. 전 세계 기숙사 방이 당신 얼굴로 도배되어 있을 거야.

그렇게 죽여주는 여성이 어쩌다 그런 컴퓨터 또라이가 됐어? 아니라고 하진 않겠지? 당신 정말 심각한 또라이거든. 나도 얼마 전에 패스파인더가 로버와 교신하게 하려고 컴퓨터를 좀 만졌는데, 할 짓이 못 되더라고. 나사에서 일일이 방법을 알려줬는데도 말이야.

좀 멋있게 하고 다니라고. 시커먼 선글라스에 가죽재킷도 입어보고 말이야. 잭나이프도 하나 차고. 좀 멋있어지려고 노력해 봐. 이를테면⋯ '식물학자'처럼 말이야.

루이스 대장이 우리 남자 대원들만 데리고 얘기한 거 알아? 누구든 당신한테 수작 걸면 그날로 임무 끝인 줄 알라고. 평생 해군 병사들을 지휘하다 보니 생각이 그쪽으로만 돌아가는 모양이야.

어쨌든 당신은 또라이야. 다음에 만나면 당신한테 내가 똥침을 놔줄 테니까 기대하라고.

★☆★

"또 모였군."

브루스는 한자리에 모인 제트추진연구소 부서장들을 향해 계속 말을 이었다.

"타이양셴 소식은 다들 들었으니 우리의 중국 친구들 덕분에 또 한 번의 기회가 주어졌다는 사실은 알고 있을 거야. 하지만 이번엔 더욱 어렵겠지.

타이양셴은 28일 후에 발사 준비를 완료할 예정이었어. 제대로 발사가 이뤄질 경우 우리의 보급선이 화성에 도착하는 날은 624화성일째. 와트니의 식량이 다 떨어지고 6주 뒤에나 도착하는 셈이지. 나사는 그의 식량을 연장하는 방법을 연구하고 있네.

우리는 이리스를 63일 만에 완성하여 역사를 다시 썼어. 이제 28일 안에 해내야 하지."

그는 탁자에 둘러앉은 사람들을 훑어보았다. 모두들 기가 찬 표정이었다.

그는 다시 말을 이었다.

"자자, 이번 우주선은 지금껏 건조된 우주선들 가운데 가장 '빈곤한' 우주선이 될 거야. 그렇게 빠른 시일 내에 끝내려면 방법은 하나뿐이야. 착륙 장치를 생략하는 거지."

"뭐라고요?"

잭 트레버가 더듬거리며 되물었다.

브루스는 고개를 끄덕였다.

"들은 그대로야. 비행 중 경로 조정을 해야 하니 유도장치는 있어야겠지. 하지만 일단 화성에 도착하면 그냥 추락하는 거야."

"말도 안 돼요! '엄청난' 속도로 충돌할 텐데요!"

잭이 말했다.

"맞아. 대기 항력이 이상적이라면 초속 300미터로 충돌하겠지."

브루스가 대꾸했다.

"가루가 된 보급선이 와트니에게 무슨 도움이 됩니까?"

잭이 물었다.

"식량은 대기권에 진입할 때 타버리지만 않으면 먹을 순 있어."

브루스가 말했다.

그는 화이트보드로 몸을 돌려 기본적인 조직도를 그리기 시작했다. 그러곤 다시 입을 열었다.

"두 팀으로 나누겠네. 한 팀은 외피와 유도장치, 분사기들을 만들 거야. 화성에 도달하게만 하면 돼. 최대한 안전하게 만들었으면 좋겠군.

분무 추진제가 가장 좋을 것 같아. 우리와 교신할 수 있도록 고이득 안테나를 장착하고 표준 위성 항법 소프트웨어도 탑재해야겠지.

또 한 팀은 탑재물을 담당할 거야. 충돌할 때 식량이 터져 나오지 않는 방법을 찾아야겠지. 단백질 바는 초속 300미터 속도로 모래에 충돌하면 단백질 맛 모래가 되어버릴 가능성이 높아. 충돌 후에도 '먹을 수 있는' 상태여야 하네.

타이양셴 추진 로켓의 유효탑재량은 941킬로그램이야. 적어도 300킬로그램은 식량이 되어야겠지. 어서 시작하자고."

★☆★

"저어, 커푸어 박사님? 시간 괜찮으세요?"

리치가 벤카트의 사무실로 머리를 디밀고 물었다.

벤카트는 들어오라고 손짓했다.

"누구지…?"

"리치입니다. 리치 퍼넬. 천체역학팀 소속입니다."

그는 뒤죽박죽인 문서 한 뭉치를 두 팔로 감싸 안고 발을 질질 끌며 사무실 안으로 들어왔다.

"만나서 반가워요. 무슨 일이지, 리치?"

벤카트가 물었다.

"제가 얼마 전에 구상한 것이 있습니다. 꽤 많은 시간을 들였어요."

그는 벤카트의 책상에 문서들을 내려놓으며 말을 이었다.

"요약한 게 있는데…."

벤카트는 자신의 깨끗했던 책상 위에 어질러진 수십 장의 인쇄물을 허망하게 바라보았다.

"찾았다!"

리치가 종이 한 장을 집으며 의기양양하게 말했다. 그러나 곧 침울한 표정이 되었다.

"엇, 이게 아니네."

"리치, 그냥 말로 하면 안 되나?"

벤카트가 말했다.

리치는 너저분한 문서들을 보며 한숨을 쉬었다.

"요점 정리를 끝내주게 했는데…."

"무엇에 관한 건데?"

"와트니를 구출하는 방법이요."

"그거라면 이미 진행되고 있네. 최후의 방법이긴 하지만…."

"타이양셴이요?"

리치는 콧방귀를 뀌며 다시 말을 이었다.

"그게 되겠어요? 화성 착륙선을 한 달 만에 만드는 건 불가능하죠."

"어쨌든 시도는 해볼 생각이네."

벤카트가 짜증 섞인 목소리로 말했다.

그러자 리치가 말했다.

"앗, 죄송해요. 제가 좀 버릇없게 굴었죠? 사람 대하는 법을 잘 몰라서요. 가끔 버릇없이 군답니다. 그럴 때는 주위 사람들이 좀 알려줬으면 좋겠어요. 어쨌든 타이양셴은 중요하긴 합니다. 사실 제 아이디어도 그게 없으면 무용지물이거든요. 하지만 화성 착륙선을 만드는 건? 풋, 그건 좀 아니죠."

"좋아. 자네 아이디어라는 게 뭐지?"

297

벤카트가 물었다.

리치는 책상에서 종이 한 장을 휙 집어 들었다.

"여기 있다!"

그는 어린애처럼 싱글벙글 웃으며 그것을 벤카트에게 건넸다.

벤카트는 요약본을 받아 훑어보았다. 그것을 읽어나가면서 그의 눈이 점점 휘둥그레졌다.

"이게 확실한 건가?"

"당연하죠!"

리치가 환하게 웃었다.

"다른 사람한테 얘기한 적 있나?"

"누구한테 얘기하겠어요?"

"글쎄, 친구라든지?"

벤카트가 물었다.

"저 친구 없는데요."

"좋아, 그럼 모자 속에 단단히 넣어두게."

"저 모자 안 쓰는데요."

"관용적으로 쓰는 말이야."

"그래요? 재미없는데."

리치가 말했다.

"리치, 버릇이 없어지는군."

"앗. 고맙습니다."

포겔,

대타 화학자로 뛰려니 죽을 맛이네요.

나사는 식물학자와 화학자가 모두 '학자'로 끝나니까 서로 비슷하다고 생각한 모양이에요. 어쨌든 저는 결국 포겔의 대타 화학자가 되었어요.

나사의 지시로 하루 동안 저한테 화학 실험에 대해 가르쳐 주신 일 기억하세요? 한창 임무 준비를 집중적으로 할 때였죠. 아마 잊으셨을 거예요.

그날 교육을 시작하면서 가장 먼저 저한테 맥주를 사주셨죠. 그것도 아침 식사로. 독일 사람들은 참 대단한 것 같아요.

어쨌든 지금 저는 가진 게 시간밖에 없기 때문에 나사는 제게 일거리를 왕창 안겨주었어요. 포겔의 화학 실험들도 전부 내 차지가 되었죠. 그래서 죽도록 따분한 실험들을 해야 한답니다. 시험관이며, 토양이며, pH 수치며… 드르렁 드르렁….

제 삶은 이제 필사적인 생존 투쟁이 되었어요. 거기에 가끔 화학실험이 더해졌죠.

솔직히 포겔이 슈퍼 악당이 아닐까 의심하고 있어요. 화학자인 데다 독일 억양을 가졌지, 게다가 화성에 기지를 갖고 있었잖아요…. 그 이상 근거가 더 필요할까요?

"대체 '엘론드 프로젝트'가 뭐예요?"

애니가 물었다.

"어떻게든 이름을 지어야 했어요."

벤카트가 대답했다.

"그래서 생각해 낸 게 '엘론드'예요?"

애니가 집요하게 따졌다.

그러자 미치가 추측을 내놓았다.

"비밀회의라서 그런 것 아닙니까? 메일을 보니까 비서한테도 말하지 말고 오라고 했던데."

"국장님 오시면 다 설명할게요."

벤카트가 말했다.

"어째서 '엘론드'가 '비밀회의'를 뜻하는 거죠?"

애니가 물었다.

"중대한 결정을 내려야 하는 겁니까?"

브루스 응이 물었다.

"맞습니다."

벤카트가 대답했다.

"그걸 어떻게 알았어요?"

애니가 짜증 섞인 목소리로 물었다.

그러자 브루스가 대답했다.

"엘론드잖아요.《반지의 제왕》에 나오는 엘론드의 회의장. 거기서 그들은 절대반지를 파괴하기로 결정하지요."

"맙소사. 다들 고등학교 때 여자랑 자본 적도 없죠?"

애니가 말했다.

"좋은 아침."

테디가 회의실로 들어오며 인사를 건넸다. 그러고 나서 자리에 앉아

두 손을 탁자 위에 놓으며 물었다.

"이게 무슨 회의인지 아시는 분 있습니까?"

"잠깐. '국장님'도 모르십니까?"

미치가 물었다.

벤카트는 심호흡을 하며 입을 열었다.

"우리 천체역학자들 중에 리치 퍼넬이라는 친구가 헤르메스를 화성으로 다시 돌려보낼 방법을 찾았습니다. 그가 생각해 낸 경로를 따르면 헤르메스는 549화성일째에 화성을 근접 통과하게 되지요."

침묵이 흘렀다.

"지금 우리 놀리는 거예요?"

애니가 물었다.

"549화성일째라고요? 그게 어떻게 가능합니까? 이리스도 588화성일째나 되어야 착륙할 예정이었는데."

브루스가 물었다.

벤카트가 다시 입을 열었다.

"이리스는 집중적인 추진을 하는 우주선이잖아요. 헤르메스의 이온엔진은 지속적으로 추진을 합니다. 끊임없이 가속도가 붙고 있지요. 게다가 헤르메스는 현재 속도가 엄청납니다. 현재 지구궤도로 돌아오는 중이니 지구와 속도를 맞추기 위해 다음 달에는 감속을 해야 합니다."

미치가 뒤통수를 긁적이며 말했다.

"와 549화성일이라니. 와트니의 식량이 떨어지기 35화성일 전이네요. 그럼 모든 문제가 해결되겠는데요."

테디는 상체를 앞으로 바싹 숙였다.

"제대로 설명해 보게, 벤카트. 그럼 무얼 어떻게 해야 하나?"

그러자 벤카트가 설명을 시작했다.

"이 '리치 퍼넬 기동'을 한다고 하면 헤르메스는 당장 가속을 시작해 현재 속도를 보존하고 그보다 훨씬 더 속도를 높여야 합니다. 지구궤도로 돌아오지는 않되, 중력 조력을 이용해 경로를 수정할 수 있을 만큼 가까이 오는 겁니다. 그즈음에서 일정 연장에 필요한 식량을 실은 보급선을 도킹하지요.

그런 다음 가속 궤도에 올라 화성으로 향하면 549화성일째에 도달합니다. 말씀드렸다시피 화성을 '근접 통과'하는 겁니다. 정상적인 아레스 임무와는 완전히 다릅니다. 궤도로 들어가기엔 속도가 너무 빠를 겁니다. 그런 다음 방향을 돌려 지구로 돌아오는 것이지요. 근접 통과로부터 211일 후면 지구로 돌아올 겁니다."

"근접 통과가 무슨 소용입니까? 화성 표면에 있는 와트니를 태울 수도 없을 텐데요."

브루스의 말이었다.

"그렇죠…. 그게 좀 걸리긴 합니다. 와트니가 아레스 4 MAV까지 가야 하거든요."

벤카트가 대꾸했다.

"스키아파렐리까지요!? 거긴 거리가 3,200킬로미터나 되는데!"

미치가 숨을 들이켰다.

"정확히 3,235킬로미터입니다. 아주 불가능한 일은 아니지요. 패스파인더 착륙지까지도 갔다 왔잖아요. 그것도 1,500킬로미터가 넘었습니다."

벤카트가 말했다.

그러자 브루스가 끼어들었다.

"거긴 평평한 사막 지형이었지만 스키아파렐리로 가는 길의 경우…."

"몹시 힘들고 위험할 거라고만 해두죠."

벤카트가 계속 말을 이었다.

"하지만 나사엔 똑똑한 과학자들이 많습니다. 그들의 도움을 받아 와트니가 로버를 적당히 개조하면 됩니다. 그리고 MAV도 개조해야 할 겁니다."

"MAV는 왜요?"

미치가 물었다.

벤카트는 설명을 시작했다.

"MAV는 화성 저궤도에 도달하도록 설계되었습니다. 하지만 헤르메스가 근접 통과를 할 경우 MAV가 화성 중력을 완전히 벗어나야만 헤르메스와 만날 수 있습니다."

"어떻게 개조합니까?"

미치가 물었다.

"무게를 줄여야겠지요…. 아주 많이. 하는 쪽으로 결정이 나기만 하면 그 문제를 해결할 사람들은 수두룩합니다."

"아까 헤르메스에 보급선을 도킹한다고 했는데, 그건 가능한 건가?"

테디가 물었다.

"타이양셴 추진 로켓을 이용하면 가능합니다. 지구 근처의 도킹 지점까지 쏘는 거죠. 화성까지 보급선을 보내는 것보다 훨씬 더 쉬울 겁니다. 그건 확실합니다."

벤카트가 대답했다.

"그렇겠지. 그럼 우리에겐 두 가지 선택권이 있는 셈이군. 하나는 와트니에게 아레스 4가 도착할 때까지 버틸 수 있는 식량을 보내주는 것, 그리고 또 하나는 당장 헤르메스를 돌려보내는 것. 둘 다 타이양센이 있어야 하니 둘 중 하나만 할 수 있고."

테디의 말이었다.

"그렇습니다. 하나를 선택해야 합니다."

벤카트가 말했다.

그들은 모두 생각에 잠겼다.

마침내 애니가 침묵을 깨고 물었다.

"헤르메스 승무원들은요? 그렇게 되면 그들 임무 기간이…."

그녀는 머릿속으로 잠시 계산한 뒤 다시 말을 이었다.

"533일 더 늘어나잖아요?"

"그들은 조금도 망설이지 않을 겁니다. 단 1초도. 그래서 벤카트가 이 회의를 소집한 겁니다."

미치의 말이었다. 그는 벤카트를 노려보며 다시 말했다.

"우리가 대신 결정을 내려주자는 거겠죠."

"맞습니다."

벤카트가 말했다.

"이건 루이스 대장의 판단에 맡겨야 합니다."

미치가 말했다.

"루이스에게 물어보는 건 의미가 없어요. 이 결정은 '우리'가 내려야 합니다. 생사가 달린 문제잖아요."

"루이스는 아레스 3 탐사대의 지휘관입니다. 생사가 달린 결정을 내리는 건 지휘관의 역할이죠."

미치가 말했다.

"진정해, 미치."

테디가 말했다.

"이게 말이 됩니까? 문제가 생길 때마다 그들에겐 알리지도 않고 쉬쉬하는 거 말입니다. 와트니가 살아 있다는 것도 알리지 않았잖아요. 이번엔 그를 구할 방법이 있다는 사실까지 숨기려고 하는 겁니까?"

"이미 다른 방법이 있잖아. 지금 우린 또 다른 방법을 논의하고 있는 것뿐이네."

테디가 말했다.

그러자 미치가 대꾸했다.

"그 추락착륙선 말입니까? 정말 그게 성공할 거라고 생각하는 사람 있어요? 있으면 손 좀 들어보시죠."

"알았네, 미치. 자네 생각은 잘 알았어. 일단 다음으로 넘어가지."

그런 다음 테디는 벤카트를 돌아보며 다시 말했다.

"헤르메스가 예정된 임무 종료일 이후로 533일을 더 운행하는 건 가능한가?"

그러자 벤카트가 대답했다.

"가능할 겁니다. 여기저기 손볼 일이 생기겠지만 어쨌든 다들 적절한 훈련을 받은 사람들입니다. 기억하시겠지만 헤르메스는 원래 다섯 번의 아레스 임무를 모두 수행할 예정이었습니다. 이제 목표한 예상 수명의 절반이 지났을 뿐입니다."

"헤르메스는 지금까지 건조된 우주선들 가운데 가장 비용이 많이 들었어. 그런 것을 또 만들 수는 없을 거야. 만약 잘못되면 승무원들뿐만 아니라 아레스 프로그램도 함께 죽는 거지."

그러자 벤카트가 말했다.

"대원들을 잃는다면 그보다 더 끔찍한 일이 없겠지요. 하지만 헤르메스를 잃는 일은 없을 겁니다. 헤르메스는 여기서 원격으로 조종할 수 있습니다. 원자로와 이온엔진들이 계속 돌아가기만 한다면 헤르메스는 되찾을 수 있습니다."

"우주여행은 위험한 겁니다. 무엇이 가장 안전한가 하는 논의가 되어선 안 됩니다."

미치가 말했다.

테디가 다시 입을 열었다.

"난 그렇게 생각하지 않네. 이 논의의 핵심은 '전적으로' 무엇이 가장 안전한가 하는 것이야. 그리고 몇 사람의 목숨이 걸려 있는가에 대해서도 생각해야 하지. 두 계획 모두 위험이 따르지만 와트니에게 보급선을 보내는 계획에는 한 사람의 목숨만 달려 있는 반면, 리치 퍼넬 기동은 여섯 명의 목숨이 달려 있어."

그러자 벤카트가 말했다.

"위험의 '정도'를 생각해 보시죠, 국장님. 미치의 말이 옳습니다. 추락착륙선은 위험부담이 아주 큽니다. 화성을 지나칠 수도 있고 재진입에 문제가 생겨 타버릴 수도 있습니다. 추락의 충격이 너무 심해서 식량이 못쓰게 될 수도 있고요…. 성공 가능성은 30퍼센트로 추정됩니다."

"지구 근처에서 헤르메스에 도킹하는 건 성공 확률이 좀 더 높은가?"

테디가 물었다.

"훨씬 높습니다. 송신 지연 시간이 1초 이하이니 보급선을 자동 시스템에 맡기지 않고 지구에서 직접 관제할 수 있습니다. 도킹할 때에도 마르티네스 소령이 송신 지연 없이 헤르메스에서 원격으로 조종할 수 있고요. 그리고 헤르메스에는 인간 승무원들이 있으니 설사 문제가 생긴다고 해도 극복할 수 있습니다. 대기권 재진입을 할 필요도 없지요. 보급품이 초속 300미터의 충돌을 견딜 필요도 없고요."

벤카트가 확인해 주었다.

이번에는 브루스가 입을 열었다.

"그러니까 하나는 한 사람의 목숨이 달려 있지만 목숨을 잃을 확률이 높고, 다른 하나는 여섯 사람의 목숨이 걸려 있지만 목숨을 잃을 확률이 낮은 거군요. 맙소사. 이걸 어떻게 선택합니까?"

"우리가 각자 의견을 내놓고 결정은 국장님께 맡겨야지요. 달리 방법이 없는 것 같은데요."

벤카트가 말했다.

미치가 입을 열었다.

"루이스에게 결정을 맡기는 방법도…"

"그걸 제외하면 말입니다."

벤카트가 그의 말을 잘랐다.

애니가 말했다.

"질문 있어요. 저는 여기 왜 온 거죠? 이 문제는 여러분 같은 천재들이 논의할 일 같은데요."

그러자 밴카트가 말했다.

"참석하는 게 맞습니다. 우린 지금 당장 결정을 내리진 않을 겁니다. 내부적으로 조용히 세부 사항들을 조사해 봐야지요. 그 과정에서 이야기가 새어나갈 수도 있잖아요. 그러면 질문 공세가 쏟아질 테니 준비를 해야지요."

"언제까지 결정해야 하나?"

테디가 물었다.

"이 기동은 39시간 안에 시작하지 않으면 기회가 사라집니다."

"알겠네. 여러분, 이 문제에 관해서는 직접 만나서 혹은 전화상으로만 논의할 겁니다. 이메일은 안 됩니다. 그리고 여기 있는 사람들을 제외하곤 '아무한테도' 말해선 안 돼요. 불가능할 수도 있는 위험하고 무모한 구조 작전에 대해 여론의 압박을 받게 될 수도 있으니까."

테디가 말했다.

★☆★

베크에게,

안녕. 잘 지냈어?

난 지금 '비참한 상황'에 처했으니 더 이상 사회 규칙을 따를 필요가 없겠지. 그러니까 누구에게든 허심탄회하게 말할 수 있어.

그래서 하는 말인데… 이봐 조한슨한테 그냥 고백해. 그러지 않으면 두고두고 후회할 거야.

입 발린 소린 안 할게. 물론 안 좋게 끝날 수도 있어. 조한슨의 마음은 나도 전혀 모르니까. 사실 조한슨의 속은 알 수가 없지. 워낙 특이하잖아.

단, 임무가 끝날 때까지만 기다려. 앞으로 두어 달은 더 조한슨과 한 배에 타고 있어야 하니까. 그리고 임무가 끝나기도 전에 두 사람 사이에 뭔가 생기면 루이스 대장이 가만두지 않을 거야.

★☆★

벤카트와 미치, 애니, 브루스, 테디는 이틀 사이에 두 번째로 모였다.

'엘론드 프로젝트'는 비밀에 싸인 채 우주센터 전체에서 음울한 의미를 갖게 되었다. 그 이름을 아는 사람은 많았지만 그 목적을 아는 사람은 없었다.

추측이 난무했다. 어떤 이들은 그것이 현재 논의되고 있는 새로운 프로그램이라고 생각했다. 그런가 하면 아레스 4와 5를 취소하려는 책동일지도 모른다고 우려하는 이들도 있었다. 대부분의 사람들은 현재 논의 중인 아레스 6이라고 생각했다.

테디가 한자리에 모인 핵심인사들에게 말했다.

"쉬운 결정은 아니었습니다. 하지만 결국 이리스 2 작전으로 가기로 했습니다. 리치 퍼넬 기동은 없던 일로 하지요."

미치는 주먹으로 탁자를 쾅 내리쳤다.

"이번엔 최선을 다해 성공시키겠습니다."

브루스가 말했다.

벤카트가 입을 열었다.

"괜찮으시다면 왜 그렇게 결정했는지 말씀해 주실 수 있습니까?"

테디는 한숨을 쉬며 대답했다.

"위험부담 때문이야. 이리스 2는 한 사람의 목숨만 걸려 있잖아. 리치 퍼넬 기동은 여섯 명의 목숨을 걸어야 하지. 리치 퍼넬 기동이 성공 가능성이 더 높다는 건 알지만 여섯 배로 높을 거라고는 생각하지 않네."

"겁쟁이."

미치가 말했다.

"미치…."

벤카트가 주의를 주었다.

미치는 벤카트의 경고를 무시하고 계속 밀고 나갔다.

"그렇게 새가슴인 줄은 몰랐네요. 국장님은 그저 손실을 줄이고 싶은 거죠. 피해를 최소화하는 데만 급급해서 와트니의 목숨은 안중에도 없는 겁니다."

"그게 왜 안중에 없겠나. 자네 어린애 같은 태도는 더 이상 못 봐주겠군. 심통 부리고 싶으면 마음대로 하게. 우리 어른들은 어른처럼 행동할 테니. 이게 무슨 TV 쇼인 줄 아나? 위험한 해결책이 늘 최선인 것은 아니야."

테디가 말했다.

그러자 미치가 날카롭게 받아쳤다.

"우주는 어차피 위험한 곳입니다. 그게 우리가 하는 일이에요. 늘 안전한 쪽으로만 가고 싶으면 보험회사에 가셨어야죠. 그리고 심지어 이건 국장님의 목숨이 걸린 일도 아닙니다. 대원들이 스스로 결정할 수 있는 일이란 말입니다."

"그건 아니지. 그들은 지금 너무 감상에 젖어 있어. 자네도 그런 것 같군. 난 한 사람의 목숨을 구하려고 다섯 명의 목숨까지 추가로 걸지는 않을 거야. 그러지 않고도 그 한 사람의 목숨을 구할 가능성이 있다면 더더욱 그렇지."

테디가 반박했다.

"됐습니다!"

미치가 날카롭게 소리치며 자리에서 일어났다. 그러고 나서 계속 말을 이었다.

"국장님은 위험을 감수하지 않으려고 추락착륙선이 성공할 거라고 자기합리화를 하고 있는 겁니다. 책임질 일을 만들지 않으려고 와트니를 버리는 거라고요. 정말 비겁하시네요!"

그는 쿵쾅거리며 회의실을 나가 문을 쾅 닫았다.

몇 초 후 벤카트가 그를 따라 나가며 말했다.

"제가 진정시키죠."

브루스는 의자에 깊숙이 몸을 묻으며 편치 않은 목소리로 말했다.

"우린 과학자잖아, 젠장. 뭘 어쩌라고!?"

애니는 조용히 자신의 물건을 챙겨 서류가방에 넣었다.

테디가 그녀를 보며 말했다.

"소동 피워서 미안하군, 애니. 어쩌겠나? 가끔 그놈의 남성호르몬 때문에…"

"저는 미치가 국장님을 한 대 치길 바랐어요."

애니가 테디의 말을 잘랐다.

"뭐?"

"우주비행사들을 걱정하시는 건 알겠는데, 미치의 말이 맞아요. 국장님은 심하게 새가슴이에요. 좀 더 용기를 내시면 와트니를 구할 수도 있을 텐데요."

★☆★

루이스 대장에게,

안녕하세요, 대장.

우린 훈련 기간부터 화성에 도착해서까지 2년을 함께 동고동락했죠. 저는 대장을 꽤 잘 안다고 생각합니다. 제가 전에 보낸 이메일을 보시고도 여전히 제 상황에 대해 자책하고 계실 것 같네요.

대장은 어이없는 상황에 직면해 어려운 결정을 내리셨어요. 그게 지휘관의 역할이죠. 그리고 대장의 결정은 옳았어요. 더 지체했다면 MAV는 쓰러졌을 겁니다.

틀림없이 이랬다면 어땠을까, 저랬다면 어땠을까, 라고 생각하고 계시겠죠. 그럴수록 ('초능력을 부리지' 않는 이상) 달리 방법이 없었다는 결론이 나올 겁니다.

대원 한 명을 잃은 것이 최악의 일이라고 생각하시겠지만 그렇지 않습니다. 모든 대원들을 잃는 게 최악의 일이죠. 대장은 그런 상황을 막은 겁니다.

그나저나 그보다 더 중요한 얘기가 있어요. 대체 대장에게 디스코는 뭡니까? 70년대 TV 프로를 좋아하는 건 이해하겠어요. 촌스러운 옷차림의 털보 아저씨들은 누구나 사랑하니까요. 하지만 디스코는 정말….

디스코라니!?

★ ☆ ★

포겔은 헤르메스의 위치와 진로를 예정된 경로와 비교해 보았다. 늘 그랬듯 정확히 맞아떨어졌다. 그는 아레스 3 탐사대의 화학자일 뿐 아니라 유능한 천체물리학자였다. 하지만 그가 맡은 항법 관련 업무들은 우스울 만큼 시시했다.

경로는 컴퓨터가 이미 알고 있었다. 이온엔진들이 적절한 방향을 조준하도록 선체의 각도를 조정하는 일도 컴퓨터가 알아서 해주었다. 게다가 컴퓨터는 언제든 헤르메스의 위치를 파악하고 있었다(내장 원자시계를 통해 정확한 시간을 알았으므로 태양과 지구의 위치를 통해 쉽게 계산할 수 있었다).

컴퓨터가 완전히 작동을 멈추거나 여타의 심각한 사건이 터지지 않는 이상 포겔의 막대한 천체역학 지식을 사용할 일은 없었다.

확인이 끝나자 그는 엔진들을 점검했다. 전부 문제없이 돌아가고 있었다. 그는 이 모든 것을 자신의 숙소에서 해결했다. 모든 내장 컴퓨터들이 우주선의 모든 기능들을 관리할 수 있었다. 직접 엔진을 일일이 둘러보며 점검하는 시대는 지났다.

이제 하루 일과를 모두 마쳤으니 마침내 메일을 읽을 시간이 생겼다.

그는 나사에서 선별하여 보내준 메일들을 쭉 훑어보고 그중 가장 구미가 당기는 것부터 읽은 다음 필요한 경우에는 답장을 썼다. 그가 쓴 답장은 캐시에 저장되었다가 조한슨이 업로드를 할 때 한꺼번에 지구로 보내졌다.

오늘 그의 눈길을 끄는 것은 아내가 보낸 편지였다. 제목은 '운저러 킨더(우리 아이들)'였고 사진 한 장만 달랑 첨부되어 있었다. 그는 한쪽 눈썹을 치켜세웠다. 몇 가지 이상한 점이 눈에 들어왔다. 먼저 '킨더(kinder)'를 대문자로 시작하지 않았다는 점. 브레멘에서 중등학교 교사로 일하는 아내 헬레나는 좀처럼 그런 실수를 하지 않았다. 게다가 그들 부부는 아이들을 지칭할 때 '디 아펜(독일어로 '원숭이들'이라는 뜻-옮긴이)'이라는 애정 어린 표현을 사용했다.

그는 사진을 열어보았지만 첨부 파일을 읽을 수 없다는 경고가 떴다.

그는 좁은 통로를 걸어갔다. 인공 중력을 극대화하기 위해 대원들의 숙소는 끊임없이 회전하는 우주선의 외곽에 맞붙어 있었다. 조한슨의 숙소는 평소처럼 문이 열려 있었다.

"조한슨, 안녕."

포겔이 말했다. 모두 똑같은 일과로 생활하는 대원들은 이제 잠자리에 들 시간이었다.

"어서 와요."

조한슨이 컴퓨터에서 눈을 들며 대꾸했다.

"컴퓨터가 좀 이상해. 봐줄 수 있을까?"

포겔이 말했다.

"물론이죠."

조한슨이 대답했다.

"지금은 개인 시간이니까 내일 근무시간에 보는 게 낫겠지?"

포겔이 물었다.

"지금도 괜찮아요. 어떻게 이상한데요?"

그녀가 물었다.

"파일 때문에. 사진 파일인데 내 컴퓨터에선 안 보이네."

"어디에 있어요?"

그녀는 키보드를 두드리며 물었다.

"내 공유 폴더에 봐봐. 파일명은 'kinder.jpg'야."

"일단 좀 볼게요."

그녀가 말했다.

그러곤 키보드 위로 현란하게 손을 움직이자 화면에서 창들이 열렸다 닫혔다.

"jpg 헤더에 문제가 있을 거예요. 다운로드 할 때 손상됐겠죠. 헥스 에디터로 볼게요. 뭐가 있는지…."

얼마 후 그녀가 다시 말했다.

"jpg 파일이 아니에요. 아스키코드 파일인데요. … 글쎄요, 뭔지 모르겠네요. 수학 공식이 잔뜩 있는 것 같은데."

그녀는 화면을 가리키며 물었다.

"혹시 이게 뭔지 알아요?"

포겔은 허리를 굽히고 화면을 보았다.

"헤르메스 경로 조정에 관한 내용인데. '리치 퍼넬 기동'이라는군."

"그게 뭐예요?"

조한슨이 물었다.

"나도 이런 기동은 처음 듣는데."

그는 화면을 보며 말을 이었다.

"복잡해…. 굉장히 복잡한데."

그러다 멈칫하며 소리쳤다.

"549화성일째!? '마인 고트(독일어로 '오, 주여'라는 뜻–옮긴이)!'"

★☆★

헤르메스의 승무원들은 많지 않은 개인 시간을 이른바 '휴게실'에서 보냈다. 탁자 하나가 놓여 있고 여섯 명이 겨우 둘러앉을 수 있는 공간으로, 인공 중력 우선순위에 들지 않는 구역이었다. 선체 중앙부에 위치해 있었으므로 중력은 겨우 0.2였다.

그렇다고는 해도 모두 함께 앉아 포겔의 이야기를 듣는 데에는 무리가 없었다.

"…그런 다음 211일 후에 지구궤도에 도달하면 임무가 끝나는 거지."

그가 말을 끝마쳤다.

"고마워, 포겔."

루이스가 말했다. 그녀는 아까 자신을 찾아온 포겔에게 미리 다 들은 얘기였지만 조한슨과 마르티네스, 베크는 처음 듣는 것이었다. 그녀는 그들이 이 소식을 받아들이도록 잠시 시간을 주었다.

"그게 정말 되는 거예요?"

마르티네스가 물었다.

포겔은 고개를 끄덕였다.

"내가 계산을 해봤거든. 전부 맞더라고. 끝내주는 경로야. 대단해."

"와트니는 화성에서 어떻게 이륙해요?"

마르티네스가 물었다.

루이스가 앞으로 바싹 몸을 숙이고 설명을 시작했다.

"그에 대한 방법도 적혀 있어. 우리는 지구 근처에서 보급선을 도킹해야 하고 와트니는 아레스 4의 MAV로 가야 한다는 거지."

"그런데 왜 이렇게 꽁꽁 숨겨서 보낸 거죠?"

베크가 물었다.

루이스가 다시 설명했다.

"그 메시지에 따르면 나사가 반대했대. 우리 모두가 낮은 위험을 감수하느니 와트니 혼자 큰 위험을 감수하는 게 낫다고 생각한 거지. 거기에 찬성하지 못하는 누군가가 포겔의 메일에 그걸 몰래 끼워 넣은 거고."

"그럼 나사의 결정에 정면으로 맞서야 하는 거네요?"

마르티네스가 말했다.

루이스는 그의 말을 확인해 주었다.

"맞아. 바로 그거지. 만약 우리가 그 기동을 그냥 실행해 버리면 그쪽에선 보급선을 보내지 않을 수가 없어. 그러지 않으면 우린 죽을 테니까. 우리가 그들을 강제할 수 있는 셈이지."

"할 거예요?"

조한슨이 물었다.

대원들은 일제히 루이스를 보았다.

루이스가 말했다.

"솔직하게 말할게. 난 정말 하고 싶어. 하지만 이건 쉽게 결정할 일이 아니야. 나사에서 확실하게 반대한 일이잖아. 그러니까 반란이 될거야. 내가 반란이라고 한 건 결코 가볍게 하는 말이 아니야."

그녀는 일어나서 천천히 탁자를 돌며 걸었다.

"만장일치로 찬성하지 않으면 하지 않을 거야. 모두들 그 결과에 대해 충분히 생각한 뒤에 대답해 줘. 만약 보급선 도킹에 실패하면 우린죽어. 만약 지구의 중력 조력을 제대로 이용하지 못하면 우린 죽어.

모든 게 문제없이 이뤄진다고 해도 임무 기간이 533일 연장될 거야. 533일 동안 계획에 없는 우주여행을 하는 셈이고, 따라서 그사이에 무슨 문제가 생길지 아무도 모르지. 우주선을 유지 보수하는 게 쉽진 않을 거야. 고칠 수 없는 고장이 일어날지도 모르고. 만약 그게 치명적인 고장이라면 우린 죽어."

"저는 찬성입니다!"

마르티네스가 웃으면서 말했다.

"진정해, 카우보이. 너랑 난 군인이야. 고국에 돌아가면 우린 군법회의에 회부될 수도 있어. 그리고 나머지 사람들은 틀림없이 다시는 우주로 나오지 못할 거야."

루이스가 말했다.

마르티네스는 희미한 미소를 지은 채 팔짱을 끼고 벽에 몸을 기댔다. 나머지 대원들은 조용히 대장의 말을 곱씹어 보았다.

포겔이 말했다.

"만약 이걸 하게 되면 우주에 1,000일 넘게 있는 거잖아요. 그 정도면 평생에 한 번으로 족할 것 같은데요. 저는 다시 오지 않아도 됩니다."

"포겔도 찬성인 것 같은데요. 저도 당연히 찬성이에요."

마르티네스가 빙긋 웃으면서 말했다.

"하죠."

베크가 말했다.

"대장이 성공할 거라고 생각하신다면 저는 대장을 믿어요."

조한슨이 루이스를 보며 말했다.

"좋아. 하게 되면 어떤 일들을 해야 하지?"

루이스가 물었다.

포겔은 어깨를 으쓱하며 대꾸했다.

"제가 경로를 짜서 실행시켜야죠. 또 뭐가 있을까요?"

그러자 조한슨이 말했다.

"원격 강제 조종 장치. 그건 우리가 다 죽거나 했을 때 이 우주선을 되찾으려고 만들어놓은 거예요. 관제 센터에서 헤르메스를 조종할 수 있죠."

"하지만 우리가 이 안에 타고 있으면 그쪽이 무얼 시도하든 막을 수 있지 않아?"

루이스의 물음에 조한슨이 대답했다.

"그건 아니에요. 내장 제어장치보다 원격 강제 조종 장치가 우선이에요. 재난이 일어나면 우주선의 제어장치들을 믿을 수 없으니까요."

"그걸 무력화시킬 수 있나?"

루이스가 물었다.

조한슨은 잠시 생각해 보았다.

"글쎄요…. 헤르메스에는 비행 컴퓨터가 네 대나 되고 하나당 세 개의 통신시스템과 연결되어 있어요. 통신시스템들 중 하나라도 신호를 받아서 그것을 네 대의 컴퓨터 중 하나에만 전달할 수 있으면 관제 센터에서 조종할 수 있어요. 그렇다고 통신시스템들을 다 꺼버릴 수는 없어요. 그러면 원격 계측과 유도 시스템을 이용할 수 없으니까요. 컴퓨터들을 다 끌 수도 없어요. 우주선을 조종해야 하니까. 그럼 각 시스템의 원격 강제 조종 장치를 일일이 무효화해야 한다는 말인데… 그건 OS의 일부니까 해당 코드를 뛰어넘게 해야 할 테고…. 네, 할 수 있어요."

"확실해? 정말 무효화할 수 있는 거야?"

루이스가 물었다.

"어렵지 않을 거예요. 그건 보안 프로그램이 아니라 비상 기능이잖아요. 악성코드에 면역이 없어요."

조한슨이 말했다.

"악성코드? 그럼… 해커가 되는 거야?"

베크가 미소를 지으며 물었다.

조한슨도 미소를 지어 보였다.

"응. 아마도."

루이스가 다시 입을 열었다.

"좋아. 그럼 할 수는 있는 것 같군. 하지만 누구든 동료들의 압박 때문에 억지로 하는 건 원치 않는다. 24시간 동안 기다려 보지. 그동안 마음이 바뀌는 사람도 있을 거야. 나한테 와서 조용히 얘기하거나 메

319

일을 보내줘. 그럼 이 일은 없던 걸로 할 거고, 그 사람이 누구였는지
는 아무한테도 말하지 않을게."

대원들이 줄지어 나가고 루이스 혼자 남았다. 그녀는 그들이 미소를
지으며 나가는 모습을 보았다. 네 사람 모두 웃고 있었다. 화성을 떠나
온 후 처음으로 그들은 예전 모습으로 돌아갔다. 그 순간 그녀는 아무
도 마음을 바꾸지 않으리라는 것을 알았다.

그들은 화성으로 돌아갈 것이다.

★☆★

브렌던 허치가 곧 임무들을 총괄하게 되리라는 것은 누구나 아는 사
실이었다.

타성에 젖은 대규모 조직에서 그만큼 빠르게 진급하기도 어려웠다.
그는 자신의 일에 성실하기로 정평이 나 있는 데다 모든 부하 직원들
로부터 기량과 리더십을 인정받는 사람이었다.

브렌던은 매일 새벽 1시부터 오전 9시까지 밤새도록 관제 센터를
책임졌다. 이 일을 꾸준히 제대로 해내면 진급할 수 있을 게 분명했다.
이미 아레스 4의 보조 비행 감독이 될 거라는 발표가 났고, 아레스 5의
비행 감독이 될 가능성이 높았다.

"비행, 여기는 교신 담당이다."

그의 헤드셋에서 목소리가 들렸다.

"듣고 있다, 교신."

브렌던이 응답했다. 그들은 같은 방에 있었지만 늘 무선통신 규약을
따라야 했다.

"헤르메스에서 예정에 없던 상황 보고가 들어왔다."

헤르메스는 90광초 떨어져 있었으므로 음성통신을 주고받는 일이 거의 없었다. 언론 보도용이 아닌 이상, 지구와 훨씬 더 가까워지기 전까지는 문자로 교신을 주고받았다.

"무슨 내용인가?"

브렌던이 물었다.

교신 담당이 자신 없는 목소리로 응답했다.

"그게… 잘 모르겠다. 사실 상황 보고가 아니라 그냥 한 줄짜리 메시지다."

"뭐라고 적혀 있나?"

"'휴스턴에 통보한다: 리치 퍼넬은 문제해결능력이 아주 뛰어난 사람이다'라고 적혀 있다."

"뭐? 리치 퍼넬이 대체 누구야?"

브렌던이 물었다.

"비행, 여기는 원격 계측."

또 다른 목소리가 들려왔다.

"말해라, 원격 계측."

브렌던이 응답했다.

"헤르메스가 경로를 이탈했다."

"교신, 헤르메스에 표류하고 있다고 알려라. 원격 계측, 수정 벡터를 준비…"

그러자 원격 계측 담당이 그의 말을 잘랐다.

"아니다. 표류가 아니다. 그쪽에서 경로를 수정했다. 계측 업로드에 따르면 고의적인 27.812도 회전이다."

321

"이게 무슨?"

브렌던은 버벅거리며 다시 말했다.

"교신, 어떻게 된 건지 물어봐라."

"알았다, 비행… 메시지 전송했다. 최소 응답시간은 3분 4초."

"원격 계측, 계기 고장일 가능성이 있나?"

"없다. 지금 위성관리팀과 함께 그들을 추적하고 있다. 관측된 위치로 봐선 경로 변경이 맞다."

"교신, 일지 기록을 읽어보도록. 교대 전에 무슨 일이 있었는지 확인하라. 경로 변경 지시가 내려졌는데 우리가 보고받지 못한 것일 수도 있다."

"알았다, 비행."

"유도 관제, 여기는 비행."

브렌던이 말했다.

"듣고 있다, 비행."

유도 관제사가 응답했다.

"경로를 되돌릴 수 있는 시간이 언제까지인지 알아봐라. 더 이상 지구궤도로 돌아올 수 없게 되는 시점이 언제인가?"

"계산 중이다, 비행."

"그리고 대체 리치 퍼넬이 누구인지 아는 사람!"

★☆★

미치는 테디의 사무실 소파에 털썩 앉았다. 그는 탁자에 두 발을 올리고 테디에게 미소를 지어 보였다.

"부르셨습니까?"

"왜 그랬나, 미치?"

테디가 다짜고짜 물었다.

"뭘 말입니까?"

"뭘 말하는지 잘 알 텐데."

미치는 순진한 얼굴로 대꾸했다.

"아, 헤르메스 호의 반란 말이군요? 영화 제목으로 딱일 것 같지 않습니까? '헤르메스 호의 반란' 괜찮은데요."

"자네 짓인 거 다 알아. 어떻게 했는지는 모르지만 그걸 보낸 사람이 자네라는 건 안다고."

테디가 딱딱하게 말했다.

"그럼 증거는 없으시군요."

테디는 그를 노려보았다.

"그래. 아직은 없지만 찾고 있어."

그러자 미치가 말했다.

"그래요? 시간이 '그렇게' 남아돈단 말입니까? 지구 근처로 보급선을 보낼 계획을 세워야죠. 물론 와트니가 스키아파렐리로 가는 방법도 찾아야 하고요. 할 일이 태산입니다."

테디는 화난 목소리로 대꾸했다.

"그래, 자네 말대로 정말 할 일이 태산이야! 자네가 재주를 부린 덕분에 우린 어쩔 수 없이 그걸 해야 하는 상황이 되었지."

"아직 제가 했다고 확인된 건 아니죠."

미치는 이렇게 말하며 손가락 하나를 들어 올렸다. 그런 다음 계속 말을 이었다.

"우리가 이 위험한 기동을 시도하기로 결정한 것을 애니가 언론에 공개해야겠지요? 그게 반란이란 사실은 숨길 테고요."

"당연하지. 그렇지 않으면 우리가 얼마나 무력해 보이겠나."

테디가 말했다.

미치는 미소를 지었다.

"그럼 모두들 처벌은 면하겠군요! 누군가를 나사 정책 위반으로 해고할 수도 없을 테고. 루이스도 무사하겠네요. 반란 따윈 없었으니까. 그리고 와트니는 아마 구조되겠지요. 모든 면에서 해피엔딩입니다!"

"승무원 전원이 사망할 수도 있어. 그런 생각은 해봤나?"

테디가 반박했다.

"그들에게 리치 퍼넬 기동을 보내준 사람은 그저 정보를 전달한 것뿐입니다. 하겠다고 결정한 사람은 루이스예요. 감정에 이끌려 그런 판단을 내린 거라면 개똥 같은 지휘관이겠죠. 루이스는 개똥같은 지휘관이 아닙니다."

미치가 말했다.

"만약 자네가 범인이라는 걸 증명할 수만 있다면 어떻게든 해고할 거야."

테디가 경고했다.

미치는 어깨를 으쓱해 보였다.

"그러십시오. 하지만 만약 제가 사람의 목숨을 구하기 위해 기꺼이 위험을 감수하려 들지 않는 사람이라면 저는…."

그는 잠시 생각한 뒤에 덧붙였다.

"저는 국장님과 똑같은 인간이겠죠."

17

∅ 일지 기록 : 192화성일째

맙소사!

그들이 나를 데리러 온단다!

어떻게 반응해야 할지 모르겠다. 말이 나오지 않는다!

그리고 나는 그 버스를 잡아타고 집으로 돌아가기 전에 할 일이 엄청나게 많다.

그들은 궤도에 진입할 수 없다. 그들이 지나갈 때 내가 우주로 나가 있지 않으면 그들은 그저 손을 흔들며 가버릴 수밖에 없다.

나는 아레스 4의 MAV로 가야 한다. 나사도 동의했다. 나사의 잔소리꾼들이 3,200킬로미터 육로 이동을 추천한다면 진짜 난감한 상황이라는 뜻이다.

스키아파렐리여, 내가 간다!

아니… 당장 가는 건 아니다. 앞서 말했듯이 나는 아직 할 일이 엄청나게 많다.

패스파인더를 찾으러 갔던 일은 다가올 대장정에 비하면 짧은 소풍에 불과했다. 그때는 버텨야 하는 기간이 겨우 22화성일이었으므로 많은 것들을 대체품으로 때울 수 있었다. 이번엔 상황이 다르다.

패스파인더를 찾으러 갈 때는 화성일 하루당 평균 80킬로미터를 달렸다. 스키아파렐리까지도 그렇게 갈 수 있다면 40화성일이 걸릴 것이다. 넉넉잡아 50화성일이라고 치자.

하지만 이번엔 단순히 이동만 하면 되는 게 아니다. 그곳에 도착하면 진을 치고 MAV를 이러저러하게 개조해야 한다. 나사는 30화성일이 걸릴 것으로 추정한다. 넉넉히 45화성일로 잡겠다. 그렇다면 출발에서부터 MAV 개조에 이르기까지 걸리는 시간은 총 95화성일이다. 95는 너무 어정쩡하니까 화끈하게 100화성일이라고 치겠다.

그러니까 나는 거주용 막사를 떠나서 100화성일 동안 살아야 한다.

이렇게 묻는 소리가 들린다(나의 들뜬 상상 속에서 말이다).

"MAV까지만 가면 되는 거 아니야? 거기에 보급품이 있지 않을까? 최소한 공기와 물은 있을 것 아니야?"

아니다. 거긴 정말 아무것도 없다.

공기 탱크들은 있지만 비어 있다. 어차피 아레스 임무는 많은 양의 산소와 질소, 물을 필요로 한다. 굳이 MAV에 별도로 딸려 보낼 이유가 없다. 대원들이 거주용 막사에 있는 것으로 MAV를 채우는 편이 더 수월하다. 우리 탐사대의 경우 다행히 마르티네스가 임무 계획에 따라 1화성일째에 MAV 탱크들을 채웠다.

근접 통과가 이뤄지는 날은 549화성일째이니 나는 449화성일째에 떠나야 한다. 따라서 257화성일 동안 똥줄 타게 움직여야 한다.

꽤 넉넉한 시간이라고 생각할 수도 있다.

그사이에 나는 로버를 개조해 '3대 장비', 즉 대기 조절기와 산소 발생기, 물 환원기를 실을 수 있게 만들어야 한다. 세 장비 모두 가압 격실 안에 있어야 하는데 로버 내부는 공간이 충분하지 않다. 세 장비 모두 멈추지 않고 돌아가야 하는데 로버의 배터리로는 그렇게 오랜 기간 동안 그것들을 모두 돌릴 수가 없다.

뿐만 아니라 식량과 물, 태양 전지, 비상용 배터리, 공구, 비상용 부품 심지어 패스파인더까지 로버에 실어야 한다. 나사와의 유일한 통신수단인 패스파인더는 지붕에 실어야 한다. 클램페트 할머니(1962~1971년에 방영된 오리지널 〈비벌리힐스의 아이들〉의 등장인물로, 오픈카의 꼭대기에 타고 다녔다-옮긴이)처럼 말이다.

해결해야 할 문제가 산더미지만 내겐 그 모든 걸 해결해 줄 똑똑한 사람들이 아주 많다. 거의 지구 전체가 동원되었다고 할 수 있을 정도다.

세부 계획은 나사에서 아직 논의 중이지만 기본적으로는 로버 두 대를 모두 사용할 것이다. 하나는 이동 수단으로, 다른 하나는 화물 트레일러로 말이다.

화물 트레일러는 구조 변경을 해야 한다. 여기서 '구조 변경'이란 '외곽에 커다란 구멍을 뚫는 것'이다. 그런 다음 3대 장비를 모두 싣고 막사 캔버스를 사용해 그 구멍을 헐렁하게 막는다. 로버에 다시 공기를 채웠을 때 떨어지지 않고 풍선처럼 부풀도록 말이다. 그렇다면 로버 외곽에 커다란 구멍은 어떻게 뚫을까? 나머지 설명은 나의 어여쁜 비서 벤카트 커푸어에게 맡기겠다.

[14:38] 제트추진연구소: 로버에 구멍을 어떻게 뚫을지 알려주겠다.

　　　　우리가 실험해 본 결과, 암석 표본 채취용 드릴로 외곽을 뚫을 수 있어.

드릴의 날이 심하게 마모되지 않더군(탄소복합재는 암석보다 무르니까).

일렬로 작은 구멍들을 낸 다음, 그사이사이를 끌로 갈아내는 거야.

자네가 부디 드릴질을 좋아했으면 좋겠군. 폭이 1센티미터인 날을 사용해 0.5센티미터 간격으로 뚫어야 하고, 최종 재단 부위의 둘레는 11.4미터야. 총 760번을 뚫어야 한다는 얘기지. 그리고 구멍 하나를 뚫는 데 걸리는 시간은 160초야.

문제는 그 드릴들이 건축용이 아니라는 거지. 잠깐씩 암석을 채취하는 용도라 배터리가 겨우 240초밖에 가지 않아. 드릴은 두 개가 있지만 어쨌든 구멍 세 개만 뚫고 나면 충전을 해야 해. 충전하는 데 걸리는 시간은 41분이야.

그렇다면 전체 작업에 소요되는 시간은 총 173시간이고, 선외활동은 하루에 여덟 시간으로 제한해야 하지. 드릴질에만 21일이 걸린다는 얘긴데 너무 길어. 하지만 일단 그걸 뚫어야만 다음 계획으로 넘어갈 수 있지. 그렇지 않으면 시간을 들여 새로운 계획을 구상해야 해.

그러니까 드릴 하나를 막사 전기에 직접 연결하게.

드릴의 사용 전압은 28.8볼트, 전류는 9암페어야. 그 정도를 감당할 수 있는 건 로버 충전용 케이블들뿐이지. 최대 36볼트에 10암페어이니까. 케이블은 두 개니까 하나는 마음 편히 개조해도 될 거야.

전압을 낮추고 차단기를 추가하는 방법을 보내주겠네. 하지만 자네가 이미 알고 있을 것 같군.

내일은 고압 전기를 만질 거다. 까짓것 별일 있겠어?!

고압 전기를 만졌는데도 멀쩡하게 살아 있다. 사실 기대했던 만큼 스릴 넘치는 작업은 아니었다. 먼저 전기를 차단했으니까 말이다.

지시받은 대로 나는 로버 충전용 케이블을 드릴의 전력원으로 바꾸었다. 전압을 낮추는 일은 저항기를 추가하는 것으로 간단하게 해결되었다. 저항기는 나의 전기 공구함에 넉넉하게 들어 있었다.

9암페어 차단기는 내가 직접 만들어야 했다. 나는 3암페어 차단기 세 개를 병렬로 놓았다. 9암페어의 전류가 3암페어 차단기 세 개를 직렬로 연속 통과하면 셋 다 내려갈 게 분명하다.

그런 다음 드릴을 다시 연결해야 했다. 패스파인더를 고칠 때와 거의 비슷한 작업이었다. 배터리를 빼고 대신 막사의 전선을 연결하는 일. 하지만 이번엔 훨씬 더 수월했다.

패스파인더는 너무 커서 에어로크를 통과할 수 없었으므로 그 모든 작업을 밖에서 해야 했다. 우주복을 입고 전기를 만져봤는가? 그런 개고생이 없다. 기억할지 모르겠지만 심지어 그때는 MAV 착륙 지지대로 작업대까지 직접 만들어야 했다.

어쨌든 드릴은 에어로크를 쉽게 통과했다. 착암기처럼 생긴 1미터짜리 막대에 불과하니까. 우리는 암석 표본을 채취할 때 서서 작업했다. 아폴로 우주비행사들처럼 말이다.

게다가 패스파인더는 무작정 때려잡아야 했지만 드릴은 완벽한 도식이 있었다. 나는 배터리를 빼고 그 자리에 전선을 연결했다. 그런 다음 드릴과 새로 연결한 전기 코드를 밖으로 갖고 나가 개조한 로버 충전용 케이블에 연결하고 전원을 켰다.

마법 같았다! 드릴은 완전히 흥에 겨워 윙윙거리며 돌아갔다. 신기하게도 한 방에 모든 걸 해치웠다. 틀림없이 드릴이 바싹 타버릴 거라고 내심 걱정했는데 말이다.

아직 점심때도 되지 않았다. 곧바로 드릴 작업을 시작해도 되지 않을까 싶었다.

[10:07] 와트니: 전기선 개조 완료. 드릴에 연결했더니 아주 잘 돌아감. 아직 해가 많이 남았어요. 구멍 재단에 대한 명세를 보내주세요.

[10:25] 제트추진연구소: 기쁜 소식이군. 바로 드릴 작업을 시작할 수 있다니. 헷갈릴까 봐 다시 말해두는데, 로버 1을 개조해야 해. 우리가 지금까지 말한 '트레일러'는 로버 1이야. 로버 2(패스파인더를 찾으러 갈 때 개조해서 몰고 갔던 로버)는 지금 상태 그대로 둬.
구멍을 낼 부분은 지붕이야. 선체 뒤에 있는 에어로크 바로 앞까지. 길이는 최소 2.5미터에 폭은 가압 격실의 폭 2미터에 맞춰.
재단하기 전에 트레일러에 스케치를 한 다음 패스파인더 카메라에 잡히는 위치에 트레일러를 놓아봐. 위치가 적절한지 우리가 봐줄 테니까.

[10:43] 와트니: 알겠습니다. 11시 30분에 사진 찍으세요. 그전에 변동 사항이 있으면 다시 말씀드리죠.

로버들은 유사시에 서로를 견인할 수 있도록 서로 연결하는 장치를 갖추고 있다. 그래야 엄청난 난리가 나도 동료들을 구할 수 있다. 같은 이유로 로버들은 서로 호스를 연결하면 공기를 공유할 수 있다. 이 작은 기능 덕분에 나는 장기 여행을 하는 동안 트레일러에도 공기를 공급할 수 있다.

트레일러는 내가 오래전에 배터리를 훔쳐냈으므로 자력으로 움직이지 못한다. 그래서 나는 그것을 끝내주게 개조한 나의 로버에 연결해 패스파인더 근처로 끌고 왔다.

벤카트는 재단하기 전에 '스케치를 하라'고만 했을 뿐 그 방법에 대해선 알려주지 않았다. 화성 표면에서 쓸 수 있는 펜 따위가 있는 것도 아닌데 말이다. 그래서 나는 마르티네스의 침대를 파손했다.

우리의 침대는 기본적으로 해먹이다. 경량 끈을 느슨하게 엮어 편안하게 잘 수 있는 잠자리로 만든 것이다. 화성에 보낼 물건을 만들 때엔 1그램도 허투루 쓰지 않는다.

나는 마르티네스의 침대를 풀어 경량 끈을 밖으로 갖고 나온 다음, 트레일러 외곽에 내가 재단하려는 모양대로 붙였다. 물론 덕트 테이프는 거의 진공에 가까운 대기에서도 사용할 수 있다. 덕트 테이프는 어디서든 사용이 가능하다. 덕트 테이프는 마법이며 숭배해야 마땅하다.

나사의 계획은 대충 짐작이 간다. 트레일러 뒤쪽에는 훼손해선 안되는 에어로크가 있다. 에어로크 바로 앞쪽을 뚫으면 3대 장비를 세워 놓을 수 있는 공간이 생긴다.

하지만 3대 장비를 매일 24시간 30분씩 돌리면서 어떻게 로버까지 구동시키려는 것인지 모르겠다. 틀림없이 나사도 아직 모를 것이다. 하지만 똑똑한 사람들이 많으니까 어떤 방법이든 찾아낼 것이다.

[11:49] 제트추진연구소: 스케치를 보니 괜찮은 것 같군. 반대쪽도 동일하겠지?

　　　　　　이제 슬슬 박기 시작해.

[12:07] 와트니: …라고 그녀가 말했죠.

[12:25] 제트추진연구소: 제정신이야? 마크, 그런 농담이 나와?

나는 먼저 트레일러를 감압했다. 정신 나간 짓처럼 보이겠지만 구멍이 뚫리는 순간 드릴이 폭발적인 힘으로 내 얼굴을 때리는 것은 원치 않았다.

그런 다음 어디서부터 시작할지 정해야 했다. 옆면부터 시작하는 게 가장 쉬울 것 같았다. 하지만 오산이었다.

지붕부터 시작하는 편이 나았을 것이다. 옆면은 드릴을 바닥과 평행하게 들고 있어야 하므로 여간 힘든 일이 아니었다. 집에서 아빠들이 쓰는 전동드릴을 상상해선 안 된다. 이 드릴은 길이가 1미터나 되기 때문에 양쪽 손잡이를 모두 잡아야만 안전하게 구멍을 뚫을 수 있다.

날 끝을 물리는 일이 녹록지 않았다. 로버 외곽에 날 끝을 대고 전원을 켜자 날이 이리저리 미끄러졌다. 그래서 나는 나의 충직한 망치와 스크루드라이버를 가져왔다. 스크루드라이버를 대고 망치로 몇 번 두드리자 탄소복합재에 작은 함몰이 생겼다.

그리고 나서 날 끝을 그 안에 물려 드릴을 고정시킨 채로 구멍을 뚫었다. 나사에서 예상한 대로 처음부터 온전히 구멍 하나를 뚫는 데 걸리는 시간은 대략 2분 30초였다.

같은 방식으로 구멍 하나를 더 뚫었는데 이번엔 훨씬 더 수월했다. 세 번째 구멍을 뚫고 나자 드릴의 과열 표시등에 불이 들어왔다.

이 연약한 드릴은 오랫동안 연속해서 사용하도록 설계된 것이 아니었다. 그래도 다행히 과열이 되면 그것을 감지하고 경고해 주었다. 몇 분 동안 작업대에 기대 세워놓고 나자 금세 열이 식었다. 화성에 관해 확실하게 말할 수 있는 한 가지는 '정말' 춥다는 것이다. 공기가 희박해 열을 제대로 전달하지 못하지만 모든 것을 차갑게 식히는 능력만큼은 탁월하다.

그전에 나는 드릴 덮개를 제거했다(전기 코드가 들어가야 했으므로). 그에 따른 유쾌한 부작용이 있었으니 바로 열이 훨씬 더 빨리 식는다는 것이었다. 먼지가 잘 타서 몇 시간에 한 번씩 꼼꼼하게 청소해 줘야 한다는 단점이 있긴 하지만.

17시에 해가 지기 시작할 때까지 총 75개의 구멍을 뚫었다. 첫날치곤 괜찮은 편이지만 아직 갈 길이 멀었다. 결국에는 (아마 내일쯤) 바닥에서 손이 닿지 않는 곳도 뚫어야 할 것이다. 그러려면 뭔가 밟고 올라갈 것이 필요하다.

내 '작업대'를 사용할 수는 없다. 거기엔 패스파인더가 놓여 있고 패스파인더를 망가뜨리는 일은 절대 하고 싶지 않으니까. 하지만 MAV 착륙 지지대가 아직 세 개 더 남았다. 그것으로 경사로 따위를 마련하면 된다.

어쨌든 그건 모두 내일 일이다. 오늘 저녁에 할 일은 '온전한' 한 끼 식사를 먹는 것이다.

안 될 것 없다. 549화성일째에 구조되지 않으면 어차피 죽는다. 그럼 35화성일분의 식량이 남는다. 가끔은 포식을 해도 괜찮다.

Ø 일지 기록 : 194화성일째

구멍 하나를 뚫는 데 걸리는 시간은 평균 3.5분이다. 주기적으로 드릴을 식히는 시간까지 합쳐서 그렇다는 말이다.

그것은 꼬박 하루 종일 드릴질을 한 후에야 알아낸 사실이다. 여덟 시간의 따분하고 노동 집약적인 작업 끝에 총 137개의 구멍이 생겼으니까.

바닥에서 손이 닿지 않은 곳에 구멍을 뚫는 일은 막상 해보니 그리 어렵지 않았다. 결국 착륙지지대를 개조할 필요는 없었다. 그저 밟고 설 만한 것이 있으면 되었다. 나는 지질시료 용기('그냥 통'이라고도 알려져 있음)를 사용했다.

나사와 교신하기 전이었다면 여덟 시간이 넘어서도 계속 일했을 것이다. 사실 '비상용' 공기를 쓰지 않고도 열 시간을 버틸 수 있다. 하지만 나사에는 내가 규정 시간 이상 나와 있는 것을 원치 않는 새가슴 겁쟁이들이 너무 많다.

오늘 작업량까지 합치면 전체 재단 작업의 약 4분의 1을 끝냈다. 적어도 드릴질만 치면 그렇다. 그러고 나면 759개의 작은 틈들을 끌로 갉아내야 한다. 게다가 탄소복합재가 끌로 얼마나 잘 갈리는지도 모른다. 하지만 나사 사람들은 지구에서 수백 번 시험을 해본 다음 가장 좋은 방법을 알려줄 것이다.

어쨌든 이런 속도라면 4일 더 (죽도록 따분한) 일을 해야 드릴 작업을 끝낼 수 있다.

루이스가 가져온 구린 70년대 TV 프로는 다 봤다. 조한슨의 미스터리 소설들도 다 읽었다.

이미 오락거리를 찾아 다른 대원들의 물건들도 뒤져보았다. 하지만 포겔의 것은 전부 독일어로 되어 있고 베크가 가져온 것은 의학저널밖에 없으며 마르티네스는 아예 아무것도 가져오지 않았다.

나는 너무 심심해서 주제가를 골라보기로 했다!

적당한 것으로. 그리고 당연히 루이스의 짜증 나는 70년대 노래들 가운데서 골라야 했다. 그러지 않으면 의미가 없다.

끝내주는 후보곡들이 많다. 데이비드 보위의 〈화성에서 사는 것?(Life on Mars?)〉, 엘튼 존의 〈로켓맨(Rocket Man)〉, 길버트 오설리번의 〈(당연히) 다시 또 혼자[Alone Again (Naturally)]〉 등등.

하지만 결국 비지스의 〈살아 있는 것(Stayin' Alive)〉으로 정했다.

Ø 일지 기록 : 195화성일째

오늘도 하루 종일 구멍을 뚫었다. 이번엔 145개다(점점 나아지고 있다). 절반은 끝냈다. 정말 지겨워지고 있다.

하지만 적어도 벤카트로부터 기운 나는 메시지를 받았다.

[17:12] 와트니: 오늘은 145개 뚫었음. 총 357개.

[17:31] 제트추진연구소: 지금쯤 더 많이 뚫었을 줄 알았는데.

컥.

그건 그렇고 여전히 밤이 너무 심심하다. 좋은 일일 것이다. 막사는 문제없이 잘 돌아간다. 내 구출 계획이 마련되어 있고 몸을 많이 써서 잠도 잘 온다.

감자를 키우던 때가 그립다. 감자밭이 사라진 후 막사는 완전히 다른 곳이 되었다.

흙은 아직 그대로 남아 있다. 굳이 다시 내다놓을 이유가 없었다. 나는 달리 할 일이 없어서 흙을 갖고 몇 가지 실험을 해보았다. 놀랍게도 박테리아 일부가 살아 있었다. 개체 수가 꽤 많은 데다 그 수가 점점 늘고 있다. 거의 진공에 가까운 대기와 극지방에 가까운 기온에 24시간 이상 노출되었던 점을 감안하면 꽤 감동적이다.

짐작건대, 일부 박테리아의 주위에 얼음주머니가 형성되면서 그 안에 생존을 가능케 할 만큼 압력이 들어찼을 것이고 기온도 죽을 만큼 낮지 않았을 것이다. 수십만 마리의 박테리아들 가운데 한 마리만 살아남아도 멸종을 면할 수 있다.

생(生)은 놀랍도록 끈질기다. 그들도 나만큼이나 죽고 싶지 않은 모양이다.

Ø 일지 기록 : 196화성일째

망했다.

완전 망했다. 이번 실수로 인해 나는 결국 죽을지도 모른다.

오늘 나는 평소와 똑같이 8시 45분쯤에 선외활동을 시작했다. 망치와 스크루드라이버를 갖고 트레일러 외곽에 함몰 자국들을 내기 시작했다. 구멍 하나를 뚫을 때마다 일일이 자국을 내는 일이 성가셨으므로 이제는 그날 뚫을 구멍을 한꺼번에 모두 표시해 두고 있었다.

150개의 자국을 낸 뒤(나는 낙관론자다) 드릴 작업에 착수했다.

어제나 그저께와 다를 바가 없었다. 드릴로 구멍을 뚫고 옆 칸으로 옮기고. 또 구멍을 뚫고 다시 옆 칸으로 옮기고. 세 번째로 구멍을 뚫은 다음 드릴을 옆에 놓고 잠시 식히고. 점심시간이 될 때까지 똑같은 과정을 계속 반복했다.

12시가 되자 휴식시간을 가졌다. 막사 안으로 들어가 맛있는 점심을 먹고 컴퓨터로 체스를 몇 판 두었다(또 참패했다). 그런 다음 오늘의 두 번째 선외활동을 하려고 다시 밖으로 나왔다.

나의 파멸이 일어난 시각은 13시 30분. 그러나 당시에는 그 사실을 전혀 몰랐다.

인생 최악의 순간들은 대개 아주 작은 예고에서 시작된다. 옆구리에 생긴 작은 혹. 아내 혼자 있는 집에 돌아왔을 때 싱크대에 놓여 있는 와인 잔 두 개. "뉴스 속보를 전해드립니다…"라는 메시지는 언제든 들을 수 있다.

내 경우에는 드릴의 전원이 켜지지 않는 순간이 그러했다.

불과 3분 전만 해도 멀쩡하게 돌아가던 놈이었다. 나는 구멍 하나를 마저 뚫은 다음 식히려고 옆에 세워두었었다. 평소와 똑같이 말이다.

그런데 다시 일을 시작하려고 하자 드릴이 먹통이었다. 전원 등도 들어오지 않았다.

나는 걱정하지 않았다. 다른 건 몰라도 드릴은 또 하나가 있었으니까. 전기선을 연결하려면 또 두세 시간이 걸리겠지만 그런 건 문제도 아니었다.

전원 등이 들어오지 않는다는 것은 분명히 선에 문제가 있다는 뜻이었다. 에어로크 창문을 흘끗 보니 막사에는 불이 켜져 있었다. 전기는 문제가 없었다. 내가 만든 차단기를 확인해 보니 아니나 다를까 세 개 모두 내려가 있었다.

드릴에 너무 센 전류가 흐른 모양이었다. 별일 아니었다. 나는 차단기들을 다시 올리고 하던 일로 돌아갔다. 드릴이 바로 켜졌으므로 다시 구멍을 뚫기 시작했다.

별일 아니지 않은가? 나도 당시엔 분명히 그런 줄 알았다.

나는 131개의 구멍을 뚫은 뒤 17시에 오늘의 작업을 끝냈다. 어제보
단 성과가 떨어졌지만 드릴이 고장 나는 바람에 시간을 조금 허비한
탓이었다.

나는 오늘의 성과를 보고했다.

[17:08] 와트니: 오늘은 131개 뚫었음. 총 488개. 드릴에 약간의 문제가 있었음.
차단기가 내려갔더라고요. 드릴에 간헐적인 합선이 일어난 모양이에요.
아마 전선 연결 지점에서 일어났겠죠. 선을 다시 연결해야 할지도 모르
겠네요.

이제 지구와 화성의 거리는 약 18광분이었다. 대개 나사에서는 25분
안에 답신을 보냈다. 기억할지 모르지만 나는 모든 교신을 로버 2에서
하고, 로버 2가 패스파인더를 통해 메시지를 전달한다. 막사 안에서 편
하게 응답을 기다릴 수가 없다. 그들이 답신을 보낼 때까지 로버 안에
있어야 한다.

[17:38] 와트니: 응답이 없네요. 30분 전에 마지막 메시지 전송했음. 확인 요망.

나는 또 30분을 기다렸다. 여전히 응답이 없었다. 걱정이 뿌리를 뻗
어가기 시작했다.

제트추진연구소의 천재 사단은 허접한 메신저 프로그램이라도 깔아
주기 위해 로버와 패스파인더를 해킹할 때 문제 해결용 커닝 페이퍼
를 보내주었다. 나는 거기에 나온 첫 번째 지시를 실행했다.

[18:09] 와트니: system_command: STATUS(시스템 명령: 상태)

[18:09] 시스템: 최종 메시지 전송 시각 00시간 31분 전. 최종 메시지 수신 시각 26시간 17분 전. 탐사선으로부터의 최종 핑(ping) 응답 수신 시각 04시간 24분 전. 경고: 응답받지 못한 핑 52개.

패스파인더가 더 이상 로버와 교신하지 않고 있었다. 4시간 24분 전에 핑 응답이 멈췄다. 대충 계산해 보니 오늘 낮 13시 30분쯤이었다. 드릴이 먹통이 된 시각과 일치했다.

나는 마음을 가다듬으려고 노력했다. 문제 해결 커닝 페이퍼에는 통신이 끊겼을 때 시도할 수 있는 방법들이 열거되어 있다. (순서대로) 다음과 같다.

1. '패스파인더'에 전기가 연결되었는지 확인한다.

2. 로버를 재부팅한다.

3. 전력 공급을 끊었다가 다시 연결한 후 패스파인더를 재부팅한다.

4. 다른 로버의 컴퓨터에 로버 통신 소프트웨어를 설치하여 거기서 시도해본다.

5. 다른 로버에서도 안 되면 패스파인더의 문제일 가능성이 높다. 각종 연결 상태를 아주 면밀하게 점검해 본다. 패스파인더에 쌓인 화성 흙먼지를 청소한다.

6. 돌멩이를 이용해 모스부호로 어떤 방법들을 시도했는지 써놓는다. 패스파인더를 원격으로 업데이트하여 문제를 해결할 수도 있으므로.

1번에서 바로 답을 찾았다. 패스파인더의 전기 연결 상태를 확인해 보니 음극(−) 도선이 끊어져 있었다.

와, 다행이다! 순간 마음이 놓였다! 나는 미소를 지으며 전기 공구함을 가져와 그 도선을 다시 연결할 준비를 했다. 먼저 그것을 꼼꼼하게 (우주복 장갑을 낀 상태에서 최대한 꼼꼼하게) 청소하려고 패스파인더에서 빼냈다가 수상한 점을 발견했다. 절연재가 녹아버린 것이다.

나는 왜 그런 일이 생겼는지 곰곰이 생각해 보았다. 절연재가 녹았다면 대개는 합선이 되었다는 뜻이다. 전선에 감당할 수 없을 만큼 과도한 전류가 흘렀다는 건데 절연재 안에 있던 전선 자체는 까매지지도, 심지어 그슬리지도 않았고, 게다가 양극(+) 도선의 절연재는 전혀 녹지 않았다.

그러다 화성의 무시무시한 현실들이 차례차례 머릿속에 펼쳐지기 시작했다. 이 전선은 타거나 그슬린 게 아니다. 그러려면 산소와 접촉했어야 한다. 화성 대기에는 산소가 없다. 어쨌든 합선일 가능성이 높았다. 하지만 양극 도선이 멀쩡한 것을 보면 어딘가 다른 곳에서 전기가 왔다는 뜻이다.

그리고 같은 시각에 드릴의 차단기가 떨어졌다….

아… 젠장….

패스파인더의 내부 전기회로에는 선체 외피로 연결되는 접지선이 포함되어 있다. 그래야만 화성의 기후에서도 정전기를 방지할 수 있기 때문이다(물이 없고 모래바람이 빈번하게 불기 때문에 정전기가 엄청나게 일 수 있다).

패스파인더의 외피는 그것을 화성으로 운반해 준 사면체의 네 면 중 하나인 패널 A에 놓여 있었다. 나머지 세 개의 패널은 아레스 협곡에 두고 왔다.

　패널 A와 작업대 사이에는 패스파인더가 추락착륙을 할 때 사용한 마일라(폴리에스테르 필름 상표명-옮긴이) 기구들이 있었다. 나는 패스파인더를 옮기느라 그중 대다수를 잘라냈지만 아직도 많이 붙어 있었다. 패널 A를 둘러 패스파인더 외곽에 닿을 만큼 말이다. 이쯤에서 밝혀둘게 있으니, 바로 마일라가 전도체라는 사실이다.

　13시 30분, 나는 드릴을 작업대에 기대어 놓았다. 드릴은 전력선을 연결하느라 덮개를 벗긴 상태였다. 작업대는 금속이다. 드릴이 작업대에 똑바로 기대어져 있었다면 금속과 금속이 접촉한 셈이다.

　그것이 바로 사건의 진상이었다.

　드릴 전선의 양극선에서 나온 전기가 작업대와 마일라, 패스파인더 외피, 그 밖에 극도로 민감하고 교체 불가능한 전기회로들을 통과해 패스파인더의 음극선으로 나온 것이다.

　패스파인더의 정격전류는 50밀리암페어이다. 그런데 9,000밀리암페어가 흘렀다. 그 엄청난 전류가 민감한 전기회로를 통과하며 모든 것을 바싹 튀겨버렸다. 차단기들이 내려갔지만 때는 이미 늦었다.

　패스파인더는 죽었다. 이제 나는 지구와 연락할 수 없다.

　나는 혼자가 되었다.

18

∙━━━━━━●━━━━━━∙

∅ 일지 기록 : 197화성일째

휴우….

이번만큼은 계획대로 이뤄지길 바랐는데.

화성은 호시탐탐 나를 죽이려고 든다.

인정한다. 패스파인더를 전기 처형한 것은 화성이 아니다. 그러니까 정정하겠다. 화성과 나의 어리석음이 호시탐탐 나를 죽이려고 든다.

그만, 자기연민은 여기까지다. 금방 죽는 건 아니다. 계획보다 일이 좀 더 어려워진 것뿐이다. 목숨을 부지하는 데 필요한 건 다 갖고 있다. 그리고 헤르메스는 여전히 나를 데리러 오고 있다.

나는 암석들을 주워 모스부호로 메시지를 썼다. 'PF(패스파인더) 9암페어로 타버림. 되살릴 수 없음. 계획은 그대로. MAV로 가겠음.'

아레스 4 MAV까지 갈 수만 있다면 문제없다. 하지만 나사와 연락이 끊겼으므로 나의 위대한 화성 캠핑카는 내가 직접 설계해야 한다.

당분간은 모든 일을 접을 생각이다. 계획도 없이 밀고 나가고 싶진 않다. 분명히 나사는 온갖 종류의 훌륭한 아이디어를 갖고 있을 것이다. 하지만 이제 내 힘으로 방법을 찾아야 한다.

앞에서도 말했듯이 3대 장비(대기 조절기, 산소 발생기, 물 환원기)는 필수적인 요소들이다. 패스파인더를 찾으러 갈 때엔 대체 장비를 사용했다. 이산화탄소 필터로 대기를 조절했고 전체 여정에 필요한 산소와 물을 충분히 가져갔다. 이번엔 그런 방법이 먹히지 않는다. 내겐 3대 장비가 꼭 필요하다.

문제는, 그것들이 전기를 엄청 많이 잡아먹는 데다 하루 종일 돌아가야 한다는 점이다. 로버 배터리들의 전력량은 18킬로와트시이다. 산소 발생기 하나만 해도 화성일 하루당 44.1킬로와트시를 사용한다. 이제 문제를 이해하겠는가?

그리고 말인데, '화성일 하루당 킬로와트시'는 너무 긴 것 같다. 단위의 명칭을 과학적으로 다시 지어보겠다. 화성일 하루당 1킬로와트시는… 아무거나 뭐 없나…? 아… 난 이런 건 정말 못하는데…. 그래, '해적닌자'라고 부르겠다.

3대 장비가 사용하는 전력량은 다 합쳐서 69.2해적닌자이다. 그중 대부분이 산소 발생기와 대기 조절기에 들어간다(물 환원기의 소비 전력은 겨우 3.6해적닌자이다).

줄일 방법이 있을 것이다.

가장 쉬운 것은 물 환원기이다. 나는 총 620리터의 물을 갖고 있다(막사가 폭발하기 전에는 훨씬 더 많았다). 나는 1화성일당 3리터만 있으면 되므로 총 206화성일을 버틸 수 있다. 이곳을 떠나 헤르메스 호에 오를 때까지 (혹은 그걸 시도하다 죽을 때까지) 버텨야 하는 기간은 겨우 100화성일이다.

결론: 물 환원기는 가져갈 필요가 없다. 그냥 마음껏 마시고 밖에다 배출하면 된다. 그래, 화성, 난 너에게 똥도 싸고 오줌도 쌀 거야. 시도 때도 없이 날 죽이려 한 대가야.

됐다. 일단 3.6해적닌자는 벌었다.

산소 발생기에 대해서도 돌파구를 찾았다!

나는 거의 하루 종일 산소 발생기 명세를 들여다보았다. 이 기계는 이산화탄소를 섭씨 900도로 가열한 다음 그것을 지르코니아 전기분해조로 보내어 탄소 원자들을 제거한다. 소비 에너지의 대부분은 기체를 가열하는 데 사용된다. 그게 왜 중요할까? 나는 혼자인데 이 산소 발생기는 6인용이기 때문이다. 이산화탄소의 양이 6분의 1이면 그것을 가열하는 데 소비되는 에너지도 6분의 1이다.

'명세'에 따르면 산소 발생기의 소비 전력은 44.1해적닌자이지만 이산화탄소의 양이 줄었기 때문에 사실상 지금까지 7.35해적닌자만 소비하고 있었던 것이다. 이제야 말이 좀 통하는군!

아직 대기 조절기 문제가 남았다. 대기 조절기는 공기 표본을 채취하여 무슨 문제가 있는지 파악한 다음 그 문제를 수정한다. 이산화탄소가 너무 많으면? 이산화탄소를 제거한다. 산소가 충분하지 않으면? 산소를 공급한다. 대기 조절기가 없으면 산소 발생기도 무용지물이다. 이산화탄소를 분해하려면 먼저 이산화탄소를 수거해야 하니까.

대기 조절기는 분광학으로 공기를 분석한 다음 그것을 과냉각하여

기체들을 분리한다. 각 요소들은 제각기 액화되는 온도가 다르다. 지구에서 이 많은 공기를 과냉각하려면 어마어마한 에너지가 들 것이다. 하지만 (내가 뼈저리게 느끼고 있듯이) 여긴 지구가 아니다.

화성에서는 공기를 막사 외부로 내보내기만 하면 과냉각이 이뤄진다. 공기는 순식간에 바깥 기온으로 떨어진다. 바깥 기온은 섭씨 영하 150도에서 섭씨 0도 사이이다. 날씨가 비교적 따뜻할 때엔 추가로 냉각을 해주지만 추운 날엔 공짜로 기체를 액화할 수 있다. 정작 연료비가 발생하는 부분은 그것을 다시 가열할 때이다. 공기가 다시 가열되지 않은 상태로 들어온다면 나는 얼어 죽을 것이다.

이렇게 생각할지도 모른다. '하지만 잠깐! 화성의 대기는 액체가 아니잖아. 왜 막사 공기만 응축되는 거지?'

막사의 대기는 밀도 100배가 넘기 때문에 훨씬 더 높은 온도에서 액화되는 것이다. 대기 조절기는 양쪽 세계를 최대한 활용하고 있다. 문자 그대로 말이다. 주석: 화성의 극지방에서는 대기가 응축된다. 사실은 응고되어 드라이아이스를 이룬다.

문제: 대기 조절기의 소비 전력은 21.5해적닌자이다. 막사용 전지 몇 개를 추가한다고 해도 1화성일당 전력량으로 치면 대기 조절기만 간신히 돌리다 끝난다. 로버를 구동하는 건 어림도 없다.

좀 더 생각해 봐야겠다.

 ⊘ 일지 기록 : 199화성일째

알아냈다. 산소 발생기와 대기 조절기를 모두 돌릴 수 있는 방법을 찾았다.

작은 가압 격실의 문제는 이산화탄소 중독이 되기 쉽다는 것이다. 세상의 모든 산소를 다 가져도 이산화탄소가 1퍼센트 이상이면 나른해지기 시작한다. 2퍼센트가 되면 술에 취한 것처럼 몽롱해진다. 5퍼센트가 되면 정신을 차리고 있기가 힘들다. 8퍼센트가 되면 결국 사망에 이른다. 생사를 결정짓는 것은 산소가 얼마나 있느냐가 아니라 이산화탄소를 얼마나 제거하느냐이다.

그렇다면 대기 조절기는 꼭 필요하다. 하지만 산소 발생기는 계속 틀어놓을 필요가 없다. 나는 그저 대기 중의 이산화탄소를 제거하고 산소를 다시 채우기만 하면 된다. 막사 안에는 25리터들이 탱크 두 대에 액화 산소가 50리터 채워져 있다. 기체로는 50,000리터, 85일을 버틸 수 있는 양이다. 구조되는 날까지 버틸 수는 없지만 그래도 꽤 많다.

대기 조절기는 이산화탄소를 분리해 다른 탱크에 저장하고 나의 산소 탱크에서 필요한 만큼 산소를 빼내어 대기를 채울 수 있다. 산소가 다 떨어지면 하루 동안 로버를 세워놓고 내가 가진 모든 전력을 동원하여 탱크에 저장된 이산화탄소를 산소 발생기에 넣고 돌리면 된다. 그러면 산소 발생기가 로버 구동을 위한 전기까지 다 잡아먹는 일을 피할 수 있다.

그러니까 대기 조절기는 계속 돌리되 산소 발생기는 정해놓은 날에만 돌리는 것이다.

이제 다음 문제. 대기 조절기가 이산화탄소를 냉각해 분리한 후에도 산소와 질소는 여전히 기체 상태지만 그 온도가 섭씨 영하 75도이다. 대기 조절기가 나의 공기를 다시 데우지 않고 그냥 들여보내면 나는 얼마 못 가 얼음덩어리가 되어버릴 것이다. 그런 일을 막기 위해 대기 조절기는 소비 전력의 대부분을 쏟아 공기를 데운다.

하지만 내겐 더 좋은 공기 가열 방법이 있다. 나사에서는 살인을 작정했다고 해도 절대 고려하지 않을 방법이다.

RTG!

그렇다, 그 RTG 말이다. 내가 패스파인더를 찾아오려고 신나는 모험을 떠날 때 썼던 그 RTG를 아마 기억할 것이다. 방사성이 강해서 1,500와트의 열을 발산하고 그 열을 사용해 100와트의 전기를 수확하는 사랑스러운 플루토늄 덩어리. 그런데 나머지 1,400와트는 어떻게 될까? 그것은 열로 방사된다.

패스파인더를 찾으러 갈 때 나는 그 빌어먹을 물건에서 발산되는 과도한 열기를 밖으로 빼내기 위해 오히려 로버의 단열재를 제거해야 했다. 이제 그것을 다시 제자리에 붙여야 한다. RTG의 열기로 대기 조절기의 귀환 공기를 데워야 하니까.

다시 계산해 보았다. 대기 조절기가 계속 공기를 재가열하는 데 드는 에너지는 790와트이다. RTG에서 발산되는 열은 1,400와트이니 그 일과 동시에 로버의 온도를 적정 수준으로 유지하는 일을 하고도 남는다.

실험을 위해 나는 대기 조절기의 히터를 끄고 전력 소비량을 확인했다. 몇 분 후에 곧바로 다시 켰다. 귀환 공기가 죽을 듯이 차가웠기 때문이다. 하지만 어쨌든 원하는 데이터를 얻었다.

공기를 가열할 때 대기 조절기가 소비하는 전력은 21.5해적닌자이다. 공기를 가열하지 않을 때는… (두구두구두구) 1해적닌자이다. 그렇다. 소비 전력의 거의 대부분이 공기를 가열하는 데 들어가고 있었다.

인생의 문제들 대부분이 그러하듯 이 문제도 한 통의 '순수한 방사선'으로 해결할 수 있다.

그 후 나는 계산을 다시 한 번 확인해 보고 몇 가지 시험을 더 하며 남은 하루를 보냈다. 모두 맞아떨어진다. 이건 가능한 일이다.

　　∅ 일지 기록 : 200화성일째

오늘은 암석을 옮겼다.

나는 로버/트레일러의 전력 효율을 파악해야 했다. 패스파인더를 찾으러 갈 때엔 18킬로와트시의 전력으로 80킬로미터를 갔다. 이번에는 짐이 훨씬 더 무거울 것이다. 트레일러뿐만 아니라 온갖 잡동사니들을 끌고 가야 하니까.

나는 로버를 후진해 트레일러 앞에 대고 견인 클램프들을 채웠다. 어렵지 않았다.

트레일러는 한동안 감압해 놓은 상태였으므로 (어차피 이젠 200여 개의 작은 구멍이 나 있었다) 나는 단번에 실내까지 도달할 수 있도록 에어로크의 양쪽 문을 모두 열어놓았다. 그런 다음 암석들을 던져 넣었다.

무게는 어림짐작으로 해결해야 했다. 내가 가져갈 짐 가운데 가장 무거운 것은 물이다. 620킬로그램. 냉동건조 감자들은 대략 200킬로그램쯤 나갈 것이다. 태양 전지도 전보다 더 많이 챙겨가야 하고 막사 배터리도 하나쯤 가져가야 한다. 당연히 대기 조절기와 산소 발생기도 실어야 한다. 그 잡동사니들의 무게를 전부 재느니 어림짐작하여 1,200킬로그램이라고 치기로 했다.

현무암 0.5입방미터면 (대략) 그 정도 무게가 나간다. 나는 수없이 징징거리며 두 시간 동안 엄청난 힘을 쓴 끝에 암석 0.5입방미터를 모두 실었다.

그런 다음 배터리 두 개를 완전히 충전하고 배터리가 다 떨어질 때까지 막사 주위를 돌았다.

로버는 최대 속도가 '무려' 시속 25킬로미터이므로 액션과 스릴이 넘치는 드라이브는 아니었다. 하지만 그렇게 엄청난 무게가 더해졌는데도 여전히 그 속도를 유지할 수 있다는 것은 감동적인 일이었다. 로버의 토크는 끝내준다.

그러나 물리학의 법칙은 보통 완고한 게 아니다. 결국 그것은 추가된 무게에 대해 응징을 하고야 말았다. 겨우 57킬로미터를 달리고 나자 배터리가 다 떨어져 버렸다.

그것도 대기 조절기를 연결하지 않은 상태에서(어차피 대기 조절기의 히터를 끄면 전력을 많이 잡아먹지 않겠지만) 평지를 달렸는데도 겨우 57킬로미터였다. 넉넉잡아 하루에 50킬로미터를 간다고 치자. 그러면 스키아파렐리까지 64일이 걸린다.

하지만 그것은 계속 이동할 때 얘기다.

며칠에 한 번씩 하루 종일 로버를 세워놓고 산소 발생기에게 모든 전력을 양보해야 한다. 며칠에 한 번일까? 계산에 계산을 거듭한 결과, 나의 18해적닌자 예산으로 산소 발생기가 만들 수 있는 산소는 2.5화성일분이다. 2, 3일에 한 번씩 로버를 세우고 산소를 만들어야 한다는 얘기다. 그러면 나의 여행은 64화성일에서 92화성일로 늘어난다!

너무 오래 걸린다. 로버에서 그렇게 오래 지내다간 내 머리통을 뽑아버릴 수도 있다.

어쨌든 나는 돌을 들어 옮기느라, 그리고 돌을 들어 옮겨야 한다고 징징거리느라 진이 다 빠졌다. 허리를 삐끗한 것 같다. 남은 하루는 그냥 쉬어야겠다.

∅ 일지 기록 : 201화성일째

아아, 허리를 삐끗한 게 틀림없다. 아침에 깨어보니 통증이 너무 심했다.

그래서 로버 개조 계획에서 잠시 손을 떼기로 했다. 대신 오늘은 약을 먹고 방사선을 주물럭거렸다.

먼저 나는 허리 통증 때문에 비코딘(복합 진통제 상표명-옮긴이)을 잔뜩 먹었다. 베크의 구급약은 최고다!

그런 다음 로버를 몰고 RTG로 향했다. 그것은 내가 가져다 놓은 자리, 즉 막사에서 4킬로미터 떨어진 구멍 속에 그대로 있었다. 바보가 아니고서야 그걸 막사 가까이에 두려는 사람은 없을 것이다. 어쨌든 나는 그것을 다시 막사로 갖고 왔다.

날 죽일 수도 있고 아닐 수도 있다. RTG는 깨지는 것을 막기 위해 엄청난 연구와 노력을 쏟아 부은 물건이다. 내가 나사를 믿지 않으면 누굴 믿겠는가(나사가 그것을 먼 곳에 갖다 묻으라고 지시한 사실은 잠시 잊겠다)?

돌아올 때는 그것을 로버 지붕에 실었다. 정말 엄청난 열기를 내뿜는 녀석이다.

내겐 물 환원기가 작은 고장을 일으킬 때 사용하는 유연한 플라스틱

관이 있다. 나는 RTG를 막사 안으로 들여온 뒤, '아주 조심해서' 그 방열판들에 관을 둘러 붙였다. 그런 다음 종이 한 장으로 깔때기를 만들어, 물이 플라스틱 관을 통과해 시료 용기 안으로 떨어지게 했다.

아니나 다를까, 물은 데워졌다. 그리 놀라운 일은 아니지만 어쨌든 열역학이 제대로 작용했음을 확인하니 기분이 좋았다.

한 가지 걸리는 것은 대기 조절기가 일정하게 돌아가지 않는다는 사실이다. 동결 분리 속도는 바깥 날씨에 좌우된다. 따라서 차가워진 공기가 다시 안으로 들어올 때에는 일정한 흐름을 유지하지 않는다. 하지만 RTG는 일정하고 예측 가능한 열을 발산한다. 사용하지 않은 열을 '모아두는' 것은 불가능하다.

그래서 나는 RTG로 물을 데워 열을 모아두는 축열기를 만든 다음 귀환 공기가 그 물을 지나게 만들 계획이다. 그렇게 하면 공기가 언제 다시 들어오든 걱정할 필요가 없다. 그리고 로버의 갑작스러운 온도 변화도 걱정할 필요가 없을 것이다.

비코딘의 약효가 떨어지자 허리가 아침보다 훨씬 더 아프다. 아무래도 쉬어야 할 것 같다. 계속 진통제로 버틸 수는 없다. 며칠 동안 힘쓰는 일을 놓아야 한다. 그리하여 나는 오직 나만을 위한 작은 발명품을 만들었으니….

바로 조한슨의 침상을 공격해 해먹을 뜯어냈다. 그 프레임에다 남아 있던 여분의 막사 캔버스를 덮고 침상 안으로 움푹 들어가게 하여 구덩이를 만든 다음, 남은 캔버스 자락을 프레임 밖으로 넘겼다. 그 캔버스 자락을 암석들로 누르자 물샐틈없는 욕조가 생겼다!

욕조가 얕아서 물은 겨우 100리터가 들어갔다.

그런 다음 나는 물 환원기의 펌프를 훔쳐냈다(한동안 물 환원기가 돌아가지 않아도 버틸 수 있으니까). 그것을 새로 만든 RTG 온수기에 연결하고 물 주입구와 배출구를 모두 욕조에 담갔다.

어이없는 짓이라는 건 안다. 하지만 나는 지구를 떠난 뒤로 욕조 목욕을 하지 못한 데다 허리가 몹시 아프단 말이다. 게다가 어차피 100화성일 동안 저 RTG와 함께 생활해야 한다. 며칠 더 끼고 산다고 해서 해가 되진 않는다. 개똥 같은 합리화이지만 그냥 그렇게 생각하련다.

물을 섭씨 37도로 데우는 데에는 두 시간이 걸렸다. 물이 데워지자 나는 펌프를 끄고 그 안에 들어갔다. 맙소사! 이 말밖에 나오지 않는다. "우와아아아."

왜 진작 이 생각을 못 했을까?

Ø 일지 기록 : 207화성일째

지난 한 주 동안 허리 부상을 치료하는 데만 주력했다. 통증이 심하진 않았지만 화성에는 척추 지압 전문가가 없으므로 위험을 감수하고 싶지 않았다.

나는 하루에 두 번씩 뜨거운 물에 몸을 담갔고, 남는 시간에는 계속 내 침상에 누워 촌스러운 70년대 TV 프로를 봤다. 루이스 대장이 가져온 것들은 이미 다 보았지만 달리 할 일이 없었다. 이제 나는 재방송까지 섭렵하는 지경에 이르렀다.

그사이 많은 것을 구상했다.

태양광판을 더 많이 가져갈 수 있다면 좀 더 수월해질 것이다. 패스파인더를 찾으러 갈 때는 열네 개를 신고 가서 두 개의 배터리에 18킬로와트시를 저장할 수 있었다. 이동할 때에는 지붕에 신고 묶었다. 트레일러가 있으니 이번에는 일곱 개를 더 실을 수 있다(트레일러 지붕의 절반은 아직 작업 중인 구멍에 할애해야 하니까).

이번 여행에 필요한 전력량은 산소 발생기가 좌우할 것이다. 그 탐욕스러운 놈에게 1화성일당 얼마나 많은 전력을 공급할 수 있느냐가 관건이다. 산소를 만들기 위해 로버를 세우는 빈도수는 적을수록 좋다. 산소 발생기에 제공할 수 있는 전력량이 많아질수록 '공기의 날' 빈도수를 줄일 수 있다.

조금 욕심을 부려보겠다. 태양광판을 일곱 개가 아니라 열네 개 더 실을 공간을 마련한다고 가정해 보자. 아직 방법은 모르지만 일단 가능하다고 치자는 얘기다. 그러면 36해적닌자의 전력을 얻을 수 있고 그 정도면 공기의 날 하루 동안 5일분의 산소를 만들 수 있다. 그럼 5화성일에 한 번씩만 로버를 세우면 된다. 훨씬 낫다.

게다가 남는 전력을 저장할 배터리를 추가할 수 있다면 1화성일당 100킬로미터를 이동할 수 있다! 하지만 말처럼 쉽진 않을 것이다. 나머지 18킬로와트시를 저장하는 것은 꽤 까다로운 문제다. 그러려면 막사에서 9킬로와트시짜리 연료 전지 두 개를 빼내어 로버나 트레일러에 실어야 한다. 그것들은 로버 배터리와 다르다. 작은 휴대용이 아니란 말이다. 가볍긴 하지만 제법 크다. 가져가려면 로버 외부에 실어야 할 텐데 그러면 태양 전지를 실을 공간이 줄어든다.

1화성일당 100킬로미터를 이동하는 건 너무 낙관적인 희망이다. 그래도 1화성일당 90킬로미터를 이동할 수 있고 5화성일에 한 번씩 로버를 세우고 산소를 만든다고 가정해 보자. 그러면 45화성일 만에 도착할 수 있다. 그럴 수만 있다면 얼마나 좋을까!

한편, 나사에서 몹시 불안해하고 있을 거라는 생각이 불현듯 들었다. 그들은 위성으로 나를 지켜보고 있는데 나는 엿새 동안 막사 밖으로 나가지 않았다. 이제 허리가 조금 나았으니 한 줄 적어줘야겠다.

나는 선외활동을 하러 나갔다. 이번에는 아주 조심해서 암석들을 끌고 와 모스부호로 메시지를 적었다. '허리 다쳤음. 지금은 좋아짐. 로버 개조 재개할 예정.'

오늘의 육체노동은 이 정도로 충분하다. 과로하고 싶지 않다.

이제 욕조에 들어가야겠다.

Ø 일지 기록 : 208화성일째

오늘은 태양 전지들을 시험해 보았다.

먼저 거주용 막사를 저전력 모드로 바꾸었다. 실내조명을 다 끄고 생명 유지에 꼭 필요하지 않은 장비들은 모두 껐으며 실내난방도 모두 중단했다는 얘기다. 어차피 오늘 나는 거의 하루 종일 밖에 있을 예정이었다.

그런 다음 태양광 농장에서 태양 전지 스물여덟 개를 분리해 로버로 끌고 왔다. 그 후 네 시간에 걸쳐 그것들을 이러저러한 방식으로 쌓아보았다. 가엾은 로버는 이제 〈비벌리힐스의 아이들〉에 나오는 트럭 같았다. 어쨌든 내가 시도한 방식은 하나도 먹히지 않았다.

스물여덟 개를 전부 지붕 위에 쌓아올리면 너무 위로만 높아져서 내가 돌아서는 순간 무너져 내릴 게 분명했다. 서로 맞물려놓으면 전체가 한 덩어리로 떨어질 것 같았다. 로버에 확실하게 붙여놓을 방법을 찾으면 로버와 함께 넘어갈 게 분명했다. 사실 직접 시험해 보진 않았다. 결과가 뻔했고 무언가가 망가지는 것은 원치 않았으니까 말이다.

아직 나는 트레일러의 외곽을 떼어내지 않았다. 반쯤 구멍을 뚫긴 했지만 아직 아무것도 확실하게 정하지 않았다. 지금 상태로 둔다면 태양 전지를 일곱 개씩 네 줄로 쌓을 수 있다. 그러면 괜찮을 것이다. 패스파인더를 찾으러 갈 때와 똑같은데 로버가 두 대이니 두 배로 가져가는 것뿐이다.

문제는 구멍을 반드시 뚫어야 한다는 것이다. 대기 조절기는 가압 격실에 두어야 하는데 크기가 너무 커서 로버를 개조하지 않으면 들어가지 않는다. 게다가 산소 발생기도 작동하는 동안에는 가압 격실에 있어야 한다. 5화성일당 하루씩만 돌리면 되지만 어쨌든 그 하루 동안은 어떻게 한단 말인가? 그러니까 구멍은 반드시 뚫어야 한다.

지금 상태로는 태양 전지를 스물한 개만 실을 수 있다. 나머지 일곱 개를 실을 방법을 찾아야 한다. 가능한 곳은 한 군데뿐이다. 로버와 트레일러의 양쪽 옆면.

초창기에 로버를 개조할 때 나는 로버 양쪽에 이른바 '안장주머니'를 걸었다. 한쪽에는 (지금의 트레일러에서 빼낸) 여분의 배터리를 넣고 반대쪽에는 무게를 맞추기 위해 암석들로 채웠다.

이번에는 그 안장주머니가 필요 없다. 배터리 2는 원래 그것이 있던 트레일러에 다시 끼우면 된다. 사실, 덕분에 이제는 매일 한참 달리다 말고 케이블을 바꿔 끼기 위해 귀찮은 선외활동을 할 필요가 없다.

로버들은 서로 연결해 놓으면 전기를 포함해 갖가지 자원을 공유한다.

나는 일단 트레일러에 배터리를 다시 끼웠다. 두 시간이 걸렸지만

355

이제 좀 한가해졌다. 안장주머니를 걷어 한쪽으로 치워놓았다. 언젠가 필요할 수도 있다. '클럽 화성'에 머물면서 한 가지 배운 점이 있다면 '무엇이든' 언젠가는 써먹을 수도 있다는 것이다.

로버와 트레일러는 양쪽 옆면이 모두 비었다. 나는 그것을 한동안 바라보다 답을 찾았다.

차대에 L자 브래킷을 붙여 밖으로 튀어나오게 만드는 것이다. 한쪽에 브래킷을 두 개씩 붙이면 선반 역할을 할 수 있다. 그런 다음 그 선반에 태양 전지들을 올려 로버에 기대어 놓는 것이다. 물론 내가 손수 만든 밧줄로 차체에 단단히 묶어야 한다.

그러면 로버에 두 개, 트레일러에 두 개, 총 네 개의 '선반'을 만들 수 있다. 태양 전지를 두 개씩 실을 수 있을 만큼 튀어나오게 붙이면 여덟 개를 더 실을 수 있다. 내가 계획했던 것보다 심지어 하나를 더 가져갈 수 있다.

브래킷을 만들어 붙이는 일은 내일 할 것이다. 오늘 해버릴 수도 있었지만 날이 저물었고 나는 게을러졌다.

Ø 일지 기록 : 209화성일째

어젯밤은 몹시 추웠다. 아직 태양 전지들을 제자리에 갖다놓지 않았으므로 막사를 계속 저전력 모드로 유지해야 했다. 다시 히터를 켜긴 했지만(아직은 제정신이다) 전기를 아끼려고 실내 온도를 섭씨 1도로 해놓았다. 아침에 깼을 때 몹시 추운 공기를 마주하자 놀랍게도 고향 생각이 났다. 어쨌든 난 시카고에서 자랐단 말이다.

그러나 향수는 그리 오래가지 않는다. 나는 오늘 브래킷을 완성하기로 했으므로 태양 전지들을 다시 제자리에 갖다 놓았다. 그래야 빌어먹을 난방을 다시 틀 수 있으니까.

나는 선반을 만들 쇠붙이를 빼내기 위해 MAV 착륙지지대로 향했다. MAV는 대부분이 복합재로 이뤄져 있지만 지지대는 착륙의 충격을 흡수해야 했다. 금속이 최선의 선택이었다.

선외우주복을 입고 작업하는 불편한 상황을 피하기 위해 착륙지지대 하나를 막사 안으로 들여왔다. 가늘고 긴 금속 막대들을 볼트로 고정해 만든 삼각 격자였다. 나는 그것을 분해했다.

L자 브래킷의 모양을 잡는 데 필요한 공구는 사실 망치만 있으면 된다. L자를 만드는 일은 그리 정밀한 작업을 필요로 하지 않는다.

나는 볼트 구멍을 만들어야 했다. 다행히 패스파인더를 살해한 드릴 덕분에 금방 해치울 수 있었다.

브래킷을 로버 차대에 붙이는 일이 쉽지 않을 줄 알았는데 막상 해보니 꽤 간단했다. 차대는 쉽게 분리되었다. 나는 드릴로 구멍을 뚫고 볼트를 끼운 후에 브래킷들을 부착해 다시 로버에 붙였다. 트레일러에도 똑같은 과정으로 브래킷을 설치했다. 중요한 주석을 덧붙이자면 차대는 가압 격실에 속하지 않는다. 거기에 구멍을 뚫는다고 해서 내부의 공기가 새어나가지 않는다는 얘기다.

나는 암석으로 브래킷들을 때려 튼튼한지 시험해 보았다. 우리 우주 과학자들은 이런 면에선 꽤 영악한 것으로 유명하다.

물건을 싣자마자 브래킷이 부러질 일은 없겠다는 확신이 들자 나는 새로운 배치를 시험해 보았다. 로버 지붕에 태양 전지를 일곱 개씩 두 줄로 쌓아 올리고 트레일러에 또 일곱 개를 쌓은 다음 브래킷 선반에 두 개씩 실었다. 모두 꼭 맞게 들어갔다.

태양 전지들을 묶어 고정시킨 후에 잠시 시운전을 했다. 기본적인 가속과 감속을 해보고, 점점 더 작은 원을 그리며 돌아보기도 했으며, 심지어는 급정거도 한 번 해보았다. 태양 전지들은 잘 붙어 있었다.

드디어 태양 전지 스물여덟 개를 실었다! 게다가 하나를 더 실을 자리도 있다!

나는 당당하게 허공에 대고 주먹을 몇 번 흔든 다음, 전지들을 내려 다시 제자리에 끌어다 놓았다. 내일은 시카고의 아침을 마주하고 싶지 않다.

Ø 일지 기록 : 211 화성일째

나는 회심의 미소를 지었다. 이건 자기 차를 '무사히' 난도질한 자의 미소다.

오늘은 하루 종일 로버와 트레일러에 있는 쓸데없는 잡동사니들을 치웠다. 그것도 아주 공격적으로 말이다. 가압 격실 내부 공간은 품귀 상태다. 로버의 잡동사니들을 많이 치울수록 가용 공간이 넓어진다. 트레일러의 잡동사니를 많이 치울수록 그 안에 더 많은 물품을 실을 수 있고 따라서 로버의 짐을 덜어낼 수 있다.

첫째, 각 로버에는 긴 승객용 의자가 하나씩 있었다. 잘 가렴!

그다음, 트레일러는 생명 유지 장비를 구비할 필요가 없다. 산소 탱크, 질소 탱크, 이산화탄소 필터… 모두 불필요하다. 트레일러는 로버와 공기를 공유하는 데다(로버에도 이런 탱크들이 똑같이 구비되어 있다), 대기 조절기와 산소 발생기도 싣고 갈 것이라 문제없다. 막사 장비들과 로버 장비들을 합치면 생명 유지 장비는 두 세트나 된다.

그다음엔 트레일러의 운전석과 제어반을 떼어냈다. 트레일러는 로버와 물리적으로 연결되었다. 따라서 트레일러는 로버에 끌려가면서 공기를 공급하면 되니 조종 장치나 인공 지능은 필요치 않다. 그래도 컴퓨터는 남겨두었다. 작고 가벼우니 그냥 갖고 가기로 했다. 도중에 로버 컴퓨터가 잘못되면 비상용으로 쓸 수 있다.

트레일러 내부가 훨씬 더 넓어졌다. 이제 실험을 해보자.

거주용 막사에는 9킬로와트시짜리 배터리가 열두 개 있다. 그러나 커다랗고 거추장스럽다. 높이는 2미터 남짓, 폭은 0.5미터, 두께는 0.75미터이다. 부피가 커지면 킬로와트시당 저장 용량의 무게가 줄어든다. 직관적으로는 이해가 안 될 것이다. 하지만 나사는 부피를 늘리면 무게를 줄일 수 있다는 사실을 알아낸 후 전적으로 그 방식에 의존했다. 화성에 보내는 물건은 그 무게가 비용을 좌우한다.

나는 그중 두 개를 빼냈다. 해가 지기 전까지 제자리에 갖다놓기만 하면 된다. 막사에서는 주로 밤에 배터리를 쓰니까.

나는 트레일러의 에어로크 양쪽 문을 모두 열어놓고 첫 번째 배터리를 들여놓았다. 이 배터리를 적당히 비켜놓고 두 번째 배터리까지 들여놓기 위해서는 한바탕 실사판 테트리스를 치러야 했다. 배터리 두 개가 트레일러의 앞쪽 절반을 잡아먹었다. 쓸모없는 잡동사니를 치우지 않았다면 넣을 수 없었을 것이다.

트레일러 배터리는 차대에 있지만 주 전력선은 가압 격실을 지나기 때문에 막사 배터리를 직접 연결할 수 있었다(빌어먹을 선외우주복을 입고 하려니 여간 힘들지 않았다).

로버에서 시스템 점검을 해보니 제대로 연결한 것 같았다.

전부 별것 아닌 듯 보이겠지만 사실은 대단한 일이다. 스물아홉 개의 태양 전지와 36킬로와트시의 저장 능력을 갖게 되었다는 뜻이니까. 결국 나는 하루에 100킬로미터를 달릴 수 있게 된 것이다.

5일 중 하루씩은 빼야 하지만.

내 달력에 따르면 헤르메스 재보급선이 (지연되지 않을 경우) 이틀 후 중국에서 발사된다. 그게 틀어지면 대원들 전체가 깊은 수렁에 빠진다. 지금 가장 걱정되는 것은 바로 그런 상황이다.

나는 몇 달 동안 죽음의 위험에 처해 있었으므로 이제 어느 정도 적응이 되었다. 그런데 다시 불안해지기 시작했다. 죽는 건 싫다. 하지만 내 동료들이 죽는 건 그보다 훨씬 더 싫다. 게다가 나는 스키아파렐리에 도착하기 전까지 보급선 발사가 어떻게 됐는지 전혀 알 길이 없다.

동료들에게 행운이 따르기를.

19

"안녕, 멜리사… 연결되고 있는 거야? 나 보여?"

로버트가 말했다.

"잘 보이고 잘 들려, 자기. 화상 연결 안정적인데."

루이스 대장이 말했다.

"제한 시간은 5분을 준다더군."

로버트가 말했다.

"그게 어디야?"

루이스가 말했다. 그녀는 자신의 숙소를 떠다니다가 표류를 멈추기 위해 격벽을 살짝 잡았다. 그러곤 말을 이었다.

"이렇게 실시간으로 당신 얼굴을 보니까 새롭고 좋다."

그러자 로버트는 미소 지었다.

"그러게. 지연되는 것도 거의 모르겠는데. 당신이 돌아오는 중이라면 얼마나 좋을까."

루이스는 한숨을 쉬었다.

"나도 가고 싶어, 여보."

로버트는 얼른 덧붙였다.

"오해하진 마. 그럴 수밖에 없는 거 이해하니까. 그래도 내 입장만 생각하면 당신이 보고 싶지. 그런데 지금 떠 있는 거야?"

"아, 지금은 우주선이 회전하지 않거든. 그래서 원심력이 없어."

"왜?"

"며칠 후에 타이양셴을 도킹할 거니까. 도킹할 때는 우주선이 회전하면 안 되거든."

"그렇군. 거기 생활은 어때? 속 썩이는 사람은 없어?"

로버트가 물었다.

루이스는 고개를 저었다.

"없어. 다 좋은 사람들이야. 내가 운이 좋은가 봐."

"아 참! 내가 끝내주는 물건을 찾았어!"

로버트가 말했다.

"그래? 뭔데?"

"아바 히트곡 모음 음반, 포장도 그대로야."

루이스의 눈이 휘둥그레졌다.

"정말? 1976년판이야, 아님 재판이야?"

"100퍼센트 1976년판."

"와! 대단하다!"

"그렇지!?"

★☆★

제트여객기가 마지막으로 부르르 몸서리를 친 뒤 게이트 앞에 멈춰

362

섰다.

벤카트는 자신의 목을 주무르며 말했다.

"윽, 내 평생 가장 긴 비행이었어요."

"음."

테디가 눈을 비비며 말했다.

벤카트는 신음을 했다.

"그래도 주취안은 내일 가도 된다니 천만다행입니다. 하루에 열네 시간 반 이상 비행하는 건 정말 무리죠."

그러자 테디가 말했다.

"너무 안심하진 마. 세관도 통과해야 하니까. 우린 미국 정부 관리이니 양식을 한 뭉치는 작성해야 할걸… 몇 시간은 더 있어야 잘 수 있을 거야."

"윽."

그들은 기내용 짐을 챙겨 다른 여행자들과 함께 터벅터벅 비행기에서 내렸다.

큰 공항의 터미널들이 대개 그러하듯 베이징 수도 국제공항의 3번 터미널에도 불협화음이 메아리쳤다. 벤카트와 테디는 줄이 길게 이어진 출입국 관리소로 향했다. 그들과 함께 내린 중국인들은 더 단순한 입국 절차를 밟기 위해 옆길로 갈라졌다.

벤카트가 줄을 서자 테디는 그 뒤에 서서 터미널 안을 둘러보며 편의점을 찾았다. 카페인이 절실했다.

"실례합니다."

옆쪽에서 누군가가 말했다.

고개를 돌리자 청바지에 폴로셔츠를 입은 중국인 청년이 보였다.

"제 이름은 쑤빈빠오입니다. 중국 항천국에서 일합니다. 두 분이 체류하시는 동안 가이드 겸 통역을 맡았습니다."

청년이 완벽한 영어로 말했다.

"만나서 반가워요, 미스터 쑤. 난 테디 샌더스이고 이쪽은 벤카트 커푸어 박사예요."

테디가 말했다.

벤카트는 다짜고짜 이렇게 말했다.

"우린 좀 자야 할 것 같아요. 세관을 통과하자마자 호텔로 데려다줘요."

"그럴 필요 없습니다, 커푸어 박사님. 두 분은 중화인민공화국의 국빈이십니다. 세관을 통과하실 필요가 없습니다. 바로 호텔로 모시겠습니다."

"훌륭한 청년이군."

벤카트가 말했다.

"중화인민공화국에 우리가 아주 고마워한다고 전해줘요."

테디가 덧붙였다.

"전하겠습니다."

쑤빈빠오는 미소를 지었다.

★☆★

"헬레나, 여보. 당신 잘 있는 거지?"

포겔이 아내에게 말했다.

"응, 잘 있어. 당신이 보고 싶은 것만 빼면."

포겔의 아내가 말했다.

"미안해."

"어쩔 수 없는 일인데, 뭐."

그녀는 어깨를 으쓱하며 대꾸했다.

"우리 원숭이들은?"

그러자 그녀는 미소를 지었다.

"애들도 잘 있어. 엘리자는 전학 온 남학생한테 푹 빠졌고, 빅터는 팀의 골키퍼가 됐어."

"잘됐다! 당신 지금 관제 센터에 있는 거지? 나사에서 브레멘까지 연결해 줄 수는 없었나?"

포겔이 말했다.

"그럴 수도 있었어. 하지만 내가 휴스턴으로 오는 게 이쪽에선 더 편하다고 하더라고. 덕분에 공짜로 미국 여행을 왔잖아. 그런 기회를 왜 거절하겠어?"

"잘했네. 어머니는 어떠셔?"

"늘 똑같지, 뭐. 좋아지셨다 나빠지셨다 그래. 지난번에 찾아뵀을 땐 나를 못 알아보시더라고. 어떤 면에선 그게 축복인지도 몰라. 나처럼 당신을 걱정할 필요가 없으니까."

헬레나가 말했다.

"더 나빠지신 건 아니고?"

포겔이 물었다.

"아냐. 당신 떠날 때보다 더 나빠지시진 않았어. 의사들 말로는 당신이 돌아올 때까지는 괜찮으실 거래."

"다행이다. 어머니를 다신 못 뵐까 봐 걱정했거든."

그가 말했다.

"알렉스, 무사히 돌아올 거지?"

헬레나가 물었다.

"최대한 노력할게. 헤르메스도 아무 이상 없고 타이양셴을 도킹하고 나면 남은 여정에 필요한 보급품도 충분할 거야."

"몸조심해."

"그럴게, 여보."

포겔이 약속했다.

★☆★

"주취안에 오신 걸 환영합니다. 비행은 편안하셨는지요?"

궈밍이 말했다.

쑤빈이 궈밍의 말을 통역하는 동안 테디는 관망실의 두 번째 상석에 자리를 잡았다. 그는 창밖으로 주취안의 관제 센터를 보았다. 커다란 스크린에 나오는 중국어는 한 글자도 이해할 수 없었지만, 그것을 제외하곤 휴스턴의 관제 센터와 놀랍도록 비슷했다.

"물론입니다. 중국에 와서 아주 극진한 대접을 받았습니다. 여기까지 전용 제트기를 타고 오게 해주셨으니 무얼 더 바라겠습니까."

테디가 대답했다.

"저희 항천국 직원들은 귀국의 선발팀과 아주 즐겁게 일하고 있습니다. 지난 한 달은 아주 흥미로운 시간이었습니다. 중국의 추진 로켓에 미국의 무인우주선을 탑재하다니, 사상 처음 있는 일이지요."

궈밍의 말이었다.

"과학에 대한 사랑은 어느 문화권이나 보편적이라는 뜻일 겁니다."

테디가 말했다.

궈밍은 고개를 끄덕였다.

"우리 직원들은 특히 나사 사람들 가운데 미치 핸더슨의 직업윤리에 대해 칭찬을 늘어놓더군요. 열정이 아주 대단합니다."

"사실은 골칫덩어리입니다."

테디가 말했다.

쑤빈은 잠시 머뭇거리다 결국 그 말을 통역했다.

궈밍은 웃음을 터트리며 말했다.

"국장님은 그렇게 말씀하실 수 있지요. 저는 그럴 수가 없습니다."

★☆★

"그러니까 다시 설명해 봐. 왜 오빠가 선외활동을 해야 한다고?"

베크의 여동생 에이미가 말했다.

"실제로 하게 되진 않을 거야. 그냥 준비해 둬야 하는 거지."

베크가 설명했다.

"왜?"

"보급선이 제대로 도킹하지 못할 경우에 대비해서. 문제가 생기면 나가서 그걸 붙잡는 게 내 일이거든."

"헤르메스를 움직여서 도킹하면 안 되는 거야?"

"어림도 없어. 헤르메스는 거대한 우주선이야. 미세한 기동은 하기가 어려워."

베크가 말했다.

"그런데 왜 하필 오빠가 해야 해?"

"내가 선외활동 전문가니까."

"난 오빠가 의사인 줄 알았는데."

그러자 베크가 대답했다.

"의사이기도 하지. 여기선 모두들 제각기 하나 이상의 역할을 맡고 있어. 난 의사 겸 생물학자 겸 선외활동 전문가야. 루이스 대장은 지휘관 겸 지질학자이고. 조한슨은 시스템 운영 관리자 겸 원자로 전문기사야. 다들 그렇다고."

"그 잘생긴 남자 있잖아… 마르티네스인가? 그 사람은 뭐 해?"

에이미가 물었다.

"마르티네스는 MDV와 MAV 조종을 맡고 있어. 그리고 애 딸린 유부남이기도 하고. 그러니까 일찌감치 포기해."

"그렇구나. 와트니는? 그 사람은 뭐였어?"

"식물학자 겸 엔지니어. 그 친구 얘기할 때 과거형으로 말하지 말아줘."

"엔지니어?《스타 트렉》의 스콧처럼?"

"비슷해. 문제해결사지."

베크가 대꾸했다.

"지금 완전 유용하겠는데."

"내 말이."

★☆★

중국 항천국은 미국 손님들의 임시 사무실로 작은 회의실을 내주었다. 비좁긴 했지만 주취안의 기준에서는 호화로운 편이었다. 미치가 들어왔을 때 벤카트는 예산표를 작성하고 있었으므로 잠시 일을 놓게 되었다는 사실이 반가웠다.

미치는 의자에 풀썩 앉으면서 말했다.

"정말 별난 사람들이에요. 여기 중국의 컴퓨터 또라이들 말입니다. 하지만 추진 로켓은 잘 만들더군요."

"다행이네요. 추진 로켓과 우리 보급선과의 연결은 어때요?"

벤카트가 물었다.

"잘 맞습니다. 제트추진연구소가 명세를 완벽하게 따랐어요. 장갑처럼 꼭 맞아요."

미치의 말이었다.

"걱정되는 점이나 미심쩍은 부분은 없어요?"

벤카트가 물었다.

"있어요. 어젯밤에 먹은 음식이 걱정됩니다. 아무래도 그 안에 눈알이 들어 있었던 것 같거든요."

"설마 눈알이 있었겠어요?"

"중국 엔지니어들이 나를 위해 특별히 만들어준 거였어요."

미치가 말했다.

"그럼 정말 눈알이 맞을 수도 있겠네요. 싫어하는 사람한테는 그럴 수도 있죠."

벤카트가 말했다.

"왜 날 싫어해요?"

"워낙 거슬리니까. 누구한테든."

벤카트가 대꾸했다.

"그럴 수도 있겠네요. 보급선이 헤르메스에 제대로 도달한다면 그 사람들이 내 분신을 만들어서 불태운다고 해도 상관없습니다."

★☆★

"아빠한테 손 흔들어 줘! 저기 아빠 있네!"

마리사가 데이비드의 손을 잡고 카메라를 향해 흔들며 말했다.

"아직 어려서 아무것도 모를걸."

마르티네스가 말했다.

"나중에 놀이터에서 친구들한테 자랑할 걸 생각해 봐. '우리 아빤 화성에 갔다 왔다. 너희 아빤 뭐 해?' 이렇게 말이야."

"그래, 내가 좀 대단하긴 하지."

마르티네스는 맞장구를 쳐주었다.

마리사는 계속해서 데이비드의 손을 잡고 카메라를 향해 흔들었다. 하지만 데이비드는 다른 쪽 손이 더 흥미로웠다. 열심히 코를 파는 중이었기 때문이다.

마르티네스가 말했다.

"당신 화났구나."

"그게 보여? 숨기려고 했는데."

마리사가 말했다.

"우린 열다섯 살 때부터 함께 지낸 사이야. 내가 당신 화난 걸 모를까 봐."

"자진해서 533일 동안 연장 임무를 수행하겠다고 한 거잖아. 나쁜 자식."

그녀가 말했다.

"그래, 그것 때문일 줄 알았어."

마르티네스가 말했다.

"당신이 돌아오면 당신 아들은 유치원에 다니고 있을 거야. 당신에 대한 기억도 없이 말이지."

"알아."

마르티네스가 말했다.

"난 533일 동안 금욕 생활을 하며 기다려야 한다고!"

"그건 나도 마찬가지지."

그가 방어적으로 대꾸했다.

"게다가 내내 당신 걱정을 해야 한단 말이야."

그녀가 덧붙였다.

"그래. 미안해."

그가 말했다.

그녀는 숨을 깊이 들이마셨다.

"언젠간 지나가겠지."

"언젠간 지나갈 거야."

그가 동조했다.

★☆★

"CNN 마크 와트니 특보입니다. 오늘은 화성 탐사 계획의 책임자인 벤카트 커푸어 박사님을 모셔보겠습니다. 현재 중국에 체류하고 계셔서 위성으로 연결합니다. 커푸어 박사님, 나와주셔서 감사합니다."

"불러주셔서 영광입니다."

벤카트가 말했다.

"커푸어 박사님, 타이양셴에 대해 말씀해 주시죠. 왜 보급선을 발사하러 중국까지 가야 하는 거죠? 미국에서 발사할 수는 없나요?"

"헤르메스는 지구궤도에 진입하지 않을 겁니다. 지구궤도를 지나쳐서 화성으로 갈 예정이지요. 그런데 그 속도가 '엄청납니다'. 따라서 지구의 중력을 벗어나 헤르메스의 현재 속도를 따라잡을 수 있는 추진 로켓이 필요합니다. 그 정도의 힘을 가진 것은 타이양셴 추진 로켓뿐입니다."

벤카트가 말했다.

"보급선에 대해서도 설명 부탁드립니다."

그러자 벤카트가 다시 입을 열었다.

"급하게 만들었습니다. 제트추진연구소에 주어진 시간은 겨우 30일이었지요. 그 안에 최대한 안전하고 효율적으로 만들어야 했습니다. 기본적으로는 식량과 여타의 보급품이 가득 든 껍데기에 불과합니다. 기동을 위해 일련의 표준 위성 분사기들을 장착하긴 했지만 그게 전부입니다."

"그것만으로 헤르메스까지 날아갈 수 있나요?"

"타이양셴 추진 로켓이 헤르메스까지 날려줄 겁니다. 분사기들을 장착한 것은 미세조종과 도킹을 위해서입니다. 제트추진연구소는 유도장치를 만들 시간이 없었습니다. 인간 조종사가 원격으로 조종할 예정입니다."

"누가 조종하는 거죠?"

캐시가 물었다.

"아레스 3 탐사대의 파일럿인 릭 마르티네스 소령입니다. 보급선이 헤르메스에 접근하면 마르티네스가 책임지고 그것을 도킹 포트로 유도할 겁니다."

"만약 문제가 생긴다면요?"

"헤르메스에는 선외활동 전문가인 크리스 베크 박사가 우주복을 입고 대기하고 있을 겁니다. 필요할 경우 베크가 말 그대로 두 손으로 보급선을 잡아 도킹 포트로 끌고 갈 겁니다."

"너무 비과학적인 방법 같은데요."

캐시가 웃으면서 말했다.

벤카트는 미소를 지었다.

"더 비과학적인 얘기를 들려드릴까요? 보급선이 모종의 이유로 도킹 포트에 부착되지 못하면 베크가 보급선을 열고 식량을 직접 에어로크로 옮길 겁니다."

"장을 보고 식료품을 집 안에 들여놓는 것처럼 말인가요?"

캐시가 물었다.

"그렇습니다. 네 번쯤 왔다 갔다 해야 할 겁니다. 하지만 이 모든 건 비상시를 위한 대책입니다. 도킹 과정에 문제가 생기진 않을 것이라 예상합니다."

"만반의 준비를 하신 것 같군요."

캐시는 미소 지었다.

"그럴 수밖에 없지요. 만약 그들이 보급품을 받지 못하면… 어쨌든 그들은 꼭 보급품을 받아야 하니까요."

벤카트가 말했다.

"시간 내주셔서 감사합니다."

캐시가 말했다.

"언제든 불러주세요, 캐시."

★☆★

조한슨의 아버지는 무슨 말을 해야 할지 몰라 안절부절못하고 앉아 있었다. 잠시 후 그는 주머니에서 손수건을 꺼내어 벗어진 머리의 땀을 닦았다.

"만약 보급선이 제대로 가지 않으면 어떻게 되는 거냐?"

그가 물었다.

"그런 생각은 하지 마세요."

조한슨이 말했다.

"네 엄마는 너무 걱정돼서 같이 오지도 못했다."

"죄송해요."

조한슨은 웅얼거리며 시선을 떨궜다.

"엄마는 먹지도 못하고 자지도 못하고 계속 몸이 안 좋아. 나도 크게 나을 게 없고. 어떻게 이런 일을 시킨다니?"

"시킨 것 아니에요, 아빠. 제가 자원했어요."

"엄마한테 어떻게 그럴 수가 있니?"

그가 다그쳤다.

조한슨은 기어들어가는 목소리도 말했다.

"죄송해요. 와트니는 제 동료예요. 죽게 내버려 둘 순 없어요."

조한슨의 아버지는 한숨을 쉬었다.

"널 좀 더 이기적인 아이로 키웠어야 했는데."

조한슨은 조용히 웃었다.

"어쩌다 이렇게 됐는지 모르겠구나. 난 평범한 냅킨 공장의 영업 본부장이야. 그런데 왜 내 딸은 우주에 가 있는 거냐?"

조한슨은 어깨를 으쓱했다.

"넌 어릴 때부터 과학을 아주 좋아했지. 참 대단했어! 전 과목 A였잖아. 소심해서 딴짓이라곤 할 줄 모르는 공부벌레들하고만 어울려 다녔고. 난폭한 아이도 아니었지. 넌 모든 아빠들이 꿈꾸는 그런 딸이었어."

"고마워요, 아빠. 난…."

"그런데 갑자기 커다란 폭탄을 타고 화성으로 날아가 버리다니. 말 그대로 폭탄을 타고 날아갔잖아."

그러자 조한슨이 지적했다.

"엄밀히 말하면, 추진 로켓은 궤도에 진입하게만 해준 거예요. 저를 화성까지 데려다 놓은 건 원자력 이온엔진이었죠."

"그거나 그거나!"

"아빠, 전 무사할 거예요. 엄마한테도 그렇게 전해주세요."

"그렇게 말하면 뭐해? 네 엄마는 네가 돌아올 때까지 가슴이 타들어 갈 거다."

"알아요. 하지만…."

조한슨이 중얼거렸다.

"하지만? 하지만 뭐?"

"저는 죽지 않을 거예요. 정말이에요. 설사 일이 잘못된다고 해도 말예요."

"그게 무슨 말이냐?"

조한슨은 인상을 쓰며 대꾸했다.

"그냥 엄마한테 저는 죽지 않을 거라고 전해주세요."

"어떻게 죽지 않는다는 거야? 이해가 안 가는구나."

"그건 설명드리고 싶지 않아요."

조한슨이 말했다.

그녀의 아버지는 카메라로 바싹 몸을 기울이며 말했다.

"베스, 아빠는 늘 네 사생활과 독립성을 존중해 줬어. 네 인생에 참견하지도 않았고, 이래라저래라 하지도 않았잖아. 아빠가 그건 정말 잘하지 않았니?"

"그렇죠."

"그러니까 평생 네 삶에 간섭하지 않은 대가로 이번 한 번만 참견하게 해주렴. 아빠한테 말하지 않은 게 뭐야?"

조한슨은 몇 초 동안 아무 말도 하지 않았다. 그러다 마침내 입을 열었다.

"계획을 세웠어요."

"누가?"

"여기 사람들은 늘 계획을 세워요. 사전에 모든 것을 대비하죠."

"무슨 계획인데?"

"제가 살아남기로 했어요. 제가 나이가 제일 어리거든요. 살아 돌아가는 데 필요한 기술도 있고요. 게다가 몸집이 제일 작아서 식량도 제일 적게 필요해요."

"보급선이 실패하면 어떻게 되는 거냐, 베스?"

그녀의 아버지가 물었다.

"저만 빼고 다 죽을 거예요. 모두 약을 먹고 죽기로 했어요. 식량을 축내면 안 되니까 곧바로 말예요. 루이스 대장이 살아남을 사람으로 저를 골랐어요. 어제 저한테 얘기해 주더라고요. 나사에선 아직 모를 거예요."

"지금 있는 식량으로 지구에 돌아올 때까지 버틸 수 있는 거냐?"

"아뇨. 지금 우리가 가진 식량은 여섯 명이 한 달을 버틸 수 있는 양이에요. 저 혼자 남으면 6개월을 버틸 수 있겠죠. 아껴 먹으면 9개월까지 버틸 수 있어요. 하지만 지구로 돌아가는 데에는 17개월이 걸려요."

"그럼 어떻게 버틴다는 거야?"

"남은 식량 말고 다른 것도 먹어야죠."

그녀가 말했다.

아버지의 눈이 휘둥그레졌다.

"이런 맙소사…."

"엄마한테는 남은 식량으로 버틸 수 있다고 해주세요. 아셨죠?"

★☆★

미국과 중국의 엔지니어들이 주취안 관제 센터에서 함께 환호했다.

중앙 스크린에는 쌀쌀한 고비 사막 위 하늘에 남은 타이양셴의 비행운이 비쳤다. 우주선 자체는 더 이상 육안으로 볼 수 없었지만 계속해서 궤도를 향해 날아오르고 있었다. 귀가 먹먹하던 포효 소리가 잦아들면서 먼 천둥의 울림으로 바뀌었다.

"완벽한 발사입니다."

벤카트가 소리쳤다.

"그렇습니다."

쥐타오가 말했다.

"우리를 위해 정말 큰일을 해주셨습니다. 감사드립니다!"

벤카트가 말했다.

"큰일을 하긴 했지요."

"이제 중국이 아레스 5에 합류할 수 있겠습니다. 서로 좋은 일을 했네요."

"음."

벤카트는 곁눈질로 쥐타오를 흘끗 보았다.

"별로 기쁘지 않으신가 봅니다."

그러자 쥐타오가 말했다.

"저는 타이양셴에 4년을 투자했습니다. 저 말고도 수많은 연구원들과 과학자들, 엔지니어들이 그만큼의 시간을 투자했지요. 모두가 혼을 쏟아 붓는 동안 저는 지원금이 끊어질까 봐 계속 정치적인 투쟁을 벌였습니다.

그렇게 해서 결국 아주 멋진 탐사선을 만들어냈지요. 역사상 가장 크고 가장 튼튼한 무인우주선을 말입니다. 그런데 이제 창고에 틀어박혀 있습니다. 아마 끝내 날아오르지 못할 겁니다. 국무원에서 그런 추진 로켓을 다시 만들 수 있는 지원금을 내주지 않을 겁니다."

그는 벤카트를 돌아보며 말을 이었다.

"타이양셴은 과학 탐구의 유산으로 길이 남았을 수도 있습니다. 이제는 그저 배달꾼이 되어버렸지요. 화성에 중국인 우주비행사를 보낼 수 있게 되었지만 그래봐야 다른 우주비행사들도 가져올 수 있는 과학적 지식을 얻는 게 전부겠지요. 그러니 이번 작전은 인류의 지식 발전에 크나큰 손실입니다."

"글쎄요."

벤카트는 신중하게 말을 이었다.

"마크 와트니에겐 크나큰 이득이지요."

"음."

줘타오가 말했다.

★☆★

"거리 61미터, 속도는 초당 2.3미터."

조한슨이 말했다.

"문제없습니다."

마르티네스는 두 개의 화면에서 눈을 떼지 않은 채로 대꾸했다. 화면 하나에는 도킹 포트 A에서 촬영되는 영상이 비쳤고 다른 하나에는 보급선의 원격 계측 데이터가 지속적으로 나오고 있었다.

루이스는 조한슨과 마르티네스의 뒤에 떠 있었다.

무전으로 베크의 목소리가 들렸다.

"시야에 들어왔음."

그는 우주복으로 무장하고 에어로크 3의 바깥문을 연 채로 (자석 부츠를 이용해) 서 있었다. 등에 커다란 세이퍼 장비(비상용 로켓팩─옮긴이)를 착용하고 있었으므로 필요할 경우 우주에서 자유롭게 이동할 수 있었다. 그에게 부착된 줄은 벽에 붙은 얼개로 이어졌다.

루이스가 자신의 헤드셋에 대고 말했다.

"포겔, 위치에 있나?"

379

포겔은 우주복으로 무장하고 헬멧을 벗은 채로 아직 감압을 하지 않은 에어로크 2에 서 있었다.

"위치에서 대기하고 있습니다."

그가 응답했다. 베크를 구조할 일이 생기면 그가 비상 선외활동을 하기로 되어 있었다.

"좋아, 마르티네스. 보급선 데려와."

루이스가 말했다.

"알겠습니다, 대장."

"거리 43미터, 속도는 초당 2.3미터."

조한슨이 소리쳤다.

"예정대로 진행되고 있습니다."

마르티네스가 보고했다.

조한슨이 말했다.

"보급선이 약간 회전하고 있어요. 상대 회전 속도는 초당 0.05."

"0.3 이하면 괜찮아. 도킹 시스템이 알아서 할 거야."

마르티네스가 말했다.

"수동으로 수거할 수 있는 범위 안으로 한참 들어왔습니다."

베크가 보고했다.

"알았다."

루이스가 말했다.

"거리 22미터, 속도는 초당 2.3미터. 각도 양호."

조한슨의 말이었다.

"속도를 조금 늦춰야겠군."

마르티네스가 말하며 보급선에 명령을 전송했다.

"속도 1.8… 1.3….'

조한슨이 계속해서 보고했다.

"0.9… 초속 0.9미터로 안정."

"거리는?"

마르티네스가 물었다.

"12미터. 속도는 계속 초당 0.9미터."

조한슨이 대답했다.

"각도는?"

"각도는 좋아."

"그럼 자동 도킹이 가능하겠군. 아빠에게 오렴."

마르티네스가 말했다.

보급선은 부드럽게 도킹 포트를 향해 이동했다. 긴 삼각형의 금속으로 이뤄진 도킹 탐침이 깔때기 모양의 도킹 포트 안으로 들어가면서 가장자리를 조금씩 긁었다. 그것이 포트의 견인기에 도달하자 이 자동 시스템이 탐침을 물어 안으로 끌어당기면서 자동으로 보급선의 방향을 잡아 조정했다. 헤르메스 전체에 커다란 철컹 소리가 몇 번 울려 퍼지더니 컴퓨터가 도킹 성공을 알렸다.

"도킹 완료."

마르티네스가 말했다.

"정확하게 맞물렸어요."

조한슨이 말했다.

"베크, 서비스가 필요 없겠는데."

루이스가 말했다.

"알겠습니다, 대장. 에어로크 닫습니다."

베크가 응답했다.

"포겔, 들어와."

루이스가 지시했다.

"알겠습니다, 대장."

포겔이 응답했다.

"에어로크 100퍼센트 가압."

베크가 계속해서 보고했다.

"들어가고 있어요… 들어왔습니다."

"저도 들어왔어요."

포겔이 말했다.

루이스는 헤드셋의 버튼을 눌렀다.

"휴스…, 아니… 주취안, 보급선 도킹 완료. 어려운 점 없었음."

그러자 미치의 목소리가 들려왔다.

"정말 다행이다, 헤르메스. 보급품을 모두 들여와서 검사한 후에 보급품 상태를 보고하라."

"알았다, 주취안."

루이스가 말했다.

그녀는 헤드셋을 벗으며 마르티네스와 조한슨을 돌아보았다.

"보급선의 화물을 들여와. 난 베크와 포겔이 우주복 벗는 것을 도울 테니까."

마르티네스와 조한슨은 허공에 둥둥 떠서 복도를 따라 도킹 포트 A로 향했다.

마르티네스가 말했다.

"그런데 누굴 가장 먼저 먹을 생각이었어?"

조한슨은 그를 노려보았다.

"내가 제일 맛있을 것 같아서 말이야."

마르티네스는 팔을 구부려 보이며 다시 덧붙였다.

"이것 봐. 근육도 탄탄하잖아."

"재미없거든."

"완전히 방목 고기지. 거기다 옥수수까지 먹인."

조한슨은 고개를 저으며 앞질러갔다.

"같이 가! 멕시칸 음식 좋아하는 줄 알았는데!"

"안 들리거든."

조한슨이 소리쳤다.

20

∅ 일지 기록 : 376화성일째

드디어 로버 개조를 끝마쳤다!

생명 유지 장비들을 계속 돌리는 방법을 찾는 일이 가장 까다로웠다. 나머지는 전부 그저 노동이었다. '엄청난' 노동.

한동안 일지를 제대로 쓰지 못했으므로 요약해서 정리해 보겠다.

먼저 나는 패스파인더를 살해한 드릴로 구멍들을 마저 뚫었다. 그런 다음 구멍들 사이사이를 끌로 백만 번 갈아냈다. 총 759군데였지만 기분상으로는 정말 백만 번 갈아낸 것 같다.

다 끝내고 나자 트레일러에 커다란 구멍 하나가 생겼다. 날카롭게 튀어나온 부분들을 없애기 위해 가장자리를 줄로 갈았다.

간이텐트들을 기억하는가? 그중 하나의 밑부분을 잘라내자 트레일러의 구멍에 크기와 모양이 꼭 맞는 캔버스 천막이 탄생했다. 나는 쫄대를 사용해 그 천막을 트레일러 안쪽에 부착했다. 가압을 한 뒤 공기가 새는 부분들을 찾아 몇 번 밀봉하고 나자 트레일러 뒤쪽으로 커다랗게 멋진 풍선이 불룩하게 튀어나왔다. 이제 가압 격실에 산소 발생기와 대기 조절기를 수용할 공간이 생겼다.

한 가지 난제: AREC를 외부에 설치해야 한다. 대기 조절기는 그 이름도 창의적인 '대기 조절기 외부 장비(Atmospheric Regulator External Component, 줄여서 AREC)'를 통해 공기를 동결 분리한다. 바로 문만 열면 말도 안 되게 차가운 공기가 있는데 군이 동결 과정에 에너지를 쏟아 부을 이유가 없지 않은가?

대기 조절기는 공기를 AREC로 보내어 화성에게 동결 분리를 맡긴다. 공기는 막사 벽 밸브를 통과하는 관을 타고 밖으로 나간다. 귀환 공기는 또 다른 관을 통해 똑같은 방식으로 들어온다.

트레일러의 캔버스 풍선에 관을 꽂는 일은 그리 어렵지 않았다. 내게는 여분의 '밸브 패치'가 몇 개 있었다. 기본적으로 가로 세로가 각각 10센티미터인 막사 캔버스 조각 한가운데 밸브가 붙어 있는 모양이다. 이게 왜 있을까? 대기 조절기 밸브가 고장 나면 어떤 일이 벌어지겠는가? 임무를 아예 중단해야 한다. 그러느니 비상용 밸브를 보내놓는 편이 훨씬 낫다.

AREC는 크기가 작은 편이다. 나는 태양 전지용 선반들 바로 밑에 그것을 실을 선반을 만들었다. 이제 대기 조절기와 AREC를 옮겨놓을 준비는 완전히 끝났다.

그래도 아직 할 일이 많다.

서두르진 않을 것이다. 지금까지도 천천히 해왔다. 밖에 나가 일하는 시간은 하루에 네 시간으로 제한하고 나머지 시간은 막사 안에서 휴식을 취하고 있다. 게다가 가끔은 하루씩 통째로 쉴 생각이다. 특히 허리가 아플 때에는. 지금은 어디든 다쳐선 안 된다.

일지 기록에 좀 더 신경을 써야겠다. 이제 진짜로 구조될 수도 있으니 사람들이 실제로 이 일지를 읽을 것이다. 좀 더 부지런히 매일 써야겠다.

∅ 일지 기록 : 380화성일째

축열기를 완성했다.

내가 RTG로 실험을 하고 뜨거운 욕조 목욕을 했던 것을 기억하는가? 같은 원리이지만 개선 방법을 찾았다. RTG를 아예 물속에 담그는 것이다. 그러면 열이 조금도 낭비되지 않는다.

나는 먼저 커다란 경식(硬式) 시료 용기(나사에서 일하지 않는 사람들이 보기엔 그저 '플라스틱 통')를 준비했다. 그런 다음 그 용기의 열린 윗부분으로 관 하나를 넣고 내벽을 따라 아래로 내려보냈다. 그것이 바닥에 닿자 나선형으로 돌돌 말리게 했다. 그 상태로 붙인 다음 끝을 막았다. 드릴 날 가운데 가장 작은 것을 사용해 나선형으로 말아놓은 부분에 수십 개의 작은 구멍을 뚫었다. 대기 조절기에서 나간 동결 귀환 공기가 물을 통과하면서 작은 방울들을 생성하게 할 계획이었다. 표면적이 넓어지면 열이 공기에 더 잘 퍼진다.

그런 다음 중간 크기의 연식(軟式) 시료 용기(즉, '지퍼락 봉지')를 준비해 그 안에 RTG를 넣고 밀봉하려고 했다. 하지만 RTG는 정형화된 모양이 아니라서 봉지 속의 공기를 완전히 빼는 게 불가능했다. 그 안에 공기가 있어선 안 된다. 그러면 열이 온전히 물로 가지 않고 일부가 공기 중에 저장될 것이고 너무 뜨거워지면 봉지가 녹을 수 있다.

몇 번이나 시도해 봤지만 무슨 수를 써도 미처 빼내지 못한 공기주머니가 남아 있었다. 좌절하던 찰나 에어로크를 생각해 냈다.

나는 우주복을 입고 에어로크 2로 가서 완전한 진공 상태로 감압했다. 그런 다음 RTG를 봉지에 넣고 봉했다. 완벽한 진공 포장이었다.

다음은 테스트다. 나는 진공 포장한 RTG를 플라스틱 용기 바닥에 놓고 물을 채웠다. 20리터를 넣었는데 RTG는 금세 물을 데웠다. 1분에 1도씩 올라갔다. 나는 족히 섭씨 40도가 될 때까지 놔두었다가 대기 조절기의 귀환 공기줄을 내가 만든 장치에 연결하고 결과를 지켜보았다.

성공이었다! 내가 바란 대로 공기가 물속으로 보글보글 나왔다. 게다가 방울들이 물을 동요시켜 열을 고르게 퍼뜨렸다.

한 시간 동안 그대로 두자 막사 안이 추워지기 시작했다. RTG의 열기는 거주용 막사의 엄청난 표면적에서 일어나는 열손실을 상쇄할 수 없었다. 문제없다. 나는 이미 그것이 로버를 데우기에는 충분하다는 사실을 확인했으니까.

귀환 공기줄을 다시 대기 조절기에 연결하자 모든 것이 정상으로 돌아왔다.

Ø 일지 기록 : 381화성일째

그동안 나는 화성의 법(法)에 관해 생각해 보았다.

나도 안다. 뭘 그런 걸 생각하나 싶을 것이다. 하지만 시간이 남아도는데 어쩌랴.

지구 밖에 있는 것에 대해서는 어떤 국가도 소유권을 주장할 수 없다는 내용의 국제조약이 있다. 그리고 또 다른 조약에 따르면, 어떤 국가의 영토 내에 있지 않은 사람에게는 해법(海法)이 적용된다.

그러니까 화성은 '공해(公海)'인 셈이다.

나사는 미국의 민간 조직이고 거주용 막사를 소유하고 있다. 따라서 내가 막사 안에 있을 때에는 미국법이 적용된다. 하지만 밖으로 나오는 순간 나는 공해상에 있는 셈이다. 다시 로버에 들어가면 나는 미국법에 제재를 받는다.

여기서 멋진 사실 한 가지: 나는 결국 스키아파렐리로 가서 아레스 4의 착륙선을 내 맘대로 사용할 것이다. 아무도 이를 명시적으로 허락하지 않았고, 내가 아레스 4 MDV에 탑승해 통신 장치를 작동시키기 전까지는 아무도 허락할 수 없다. 탑승한 뒤 나사와 교신하기 전까지 나는 허락을 받지 않고 공해상에서 우주선을 내 마음대로 주무를 것이다.

그러면 나는 해적이 된다!

우주 해적!

Ø 일지 기록 : 383화성일째

자유 시간에는 내가 무엇을 하는지 궁금할 것이다. 나는 게으른 엉덩이를 붙이고 앉아 많은 시간 TV를 본다. 하지만 누구나 마찬가지이니 한심하게 보지 말길 바란다.

또한 앞으로 있을 여행을 계획하기도 한다.

패스파인더를 찾으러 간 여행은 아무것도 아니었다. 거기까지는 평평하고 고른 지형이 펼쳐져 있었다. 그때 유일한 문제는 길을 찾는 일이었다. 하지만 스키아파렐리까지 가려면 기복이 심한 지형을 지나야 한다.

내가 가진 화성 지도는 대략적인 위성 지도뿐이다. 그리 자세하진 않지만 그거라도 있어서 얼마나 다행인지 모른다. 나사는 내가 막사에서 3,200킬로미터 떨어진 곳까지 가게 되리라곤 예상 못했으니까.

아시달리아 평원(내가 있는 곳)은 비교적 고도가 낮은 편이다. 스키아파렐리도 마찬가지다. 그사이에 최대 10킬로미터까지 고도가 바뀌는 지형이 펼쳐져 있어 운전하기 위험한 구간이 많을 것이다.

아시달리아를 벗어나기 전까지는 평탄한 지형이 이어지지만 그 구간은 겨우 650킬로미터이다. 그러고 나면 분화구가 가득한 아라비아 테라가 나온다.

그래도 나를 도와주는 게 하나 있다. 맹세컨대, 하느님의 선물일 것이다. 바로 마우르스 협곡이란 곳인데, 모종의 지질학적 이유로 '완벽한' 위치에 자리하고 있다.

수백만 년 전에 그곳에는 강이 흘렀다. 지금은 협곡이 되어 가혹한 아라비아의 지형 속으로 삐져나와 있는데, 이 협곡은 스키아파렐리를 향해 거의 일직선으로 뻗어 있다. 다른 아라비아 테라 지형보다 훨씬 더 순탄할 뿐만 아니라, 협곡을 벗어나 올라가는 부분도 경사가 완만해 보인다.

그러니까 아시달리아에서부터 마우르스 협곡까지 1,350킬로미터는 비교적 쉬운 지형이다.

나머지 1,850킬로미터는… 그리 평탄하지 않을 것이다. 특히 스키아파렐리에 도착하려면 비탈을 내려가야 한다…. 윽.

어쨌든. 마우르스 협곡. 짱이다.

Ø 일지 기록 : 385화성일째

패스파인더를 찾으러 갈 때 가장 힘들었던 점은 로버 안에 갇혀 있
는 일이었다. 온갖 잡동사니와 체취가 가득한 비좁은 공간에서 생활해
야 했기 때문이다. 대학 시절과 똑같았다.

두둥!

농담이 아니라 정말 미치는 줄 알았다. 너무도 비참한 22화성일이
었다.

나는 구조되기 (혹은 죽기) 100화성일 전에 스키아파렐리로 떠날
계획이다. 신에게 맹세하는데, 로버 안에서 그렇게 오랫동안 생활해야
한다면 내 얼굴을 다 뜯어버리고 말 것이다.

내겐 무언가에 부딪히지 않고 똑바로 서서 몇 걸음이라도 뗄 수 있
는 공간이 필요하다. 짜증 나는 선외우주복을 입고 밖에 나가 있는 것
말고 말이다. 내게 필요한 것은 50킬로그램짜리 옷이 아니라 나만의
공간이란 말이다.

그래서 오늘 나는 텐트를 만들기 시작했다. 배터리를 충전하는 동안
쉴 수 있는 곳, 편안하게 누워서 잠을 잘 수 있는 그런 곳을 만들고 싶
었다.

간이텐트 두 개 중 하나는 최근에 트레일러 풍선으로 만들었지만,
다른 하나는 온전하게 남아 있다. 게다가 그 텐트는 로버 에어로크에

연결할 수 있는 부착 장치도 탑재했다. 내가 감자밭으로 개조해서 그렇지 그전에 원래 용도는 로버의 구명정이었으니까.

나는 그것을 로버와 트레일러 가운데 원하는 쪽의 에어로크에 연결할 수 있다. 트레일러보다는 로버에 연결하는 편이 좋을 것이다. 로버에는 컴퓨터와 제어장치들이 갖춰져 있으니까. 무언가의 상태(이를테면 생명 유지 장비나 배터리 충전 상황)를 확인해야 할 경우 곧바로 접근할 수 있어야 한다. 간이텐트를 로버의 에어로크에 연결하면 걸어 들어가기만 하면 된다. 선외활동은 필요 없다.

또한 이동할 때에는 텐트를 접어 로버 안에 넣어둘 것이다. 그러면 비상시에 빠르게 이용할 수 있다.

이 간이텐트는 내 '침실'의 토대로 삼을 뿐 침실 자체로 사용하지는 않을 것이다. 텐트는 그리 큰 편이 아니다. 로버보다 썩 넓지 않다. 하지만 에어로크에 부착할 수 있으니 훌륭한 출발점이 될 것이다. 나의 계획은 면적과 높이를 각각 두 배로 늘리는 것이다. 그 정도면 편안하게 쉴 수 있는 쾌적한 공간이 될 것이다.

바닥은 간이텐트 두 개의 바닥재를 합쳐서 사용할 생각이다. 그러지 않으면 막사 캔버스는 너무 유연하기 때문에 나의 침실은 커다란 햄스터 볼이 되고 말 것이다. 압력을 가하면 동그란 공 모양이 되려 할 테니 말이다. 그런 모양은 유용하다고 할 수 없다.

이런 문제를 막기 위해 막사와 간이텐트는 특수 바닥재를 사용한다. 작은 분절들로 펼쳐지게 되어 있는데, 그 분절들은 180도 이상 젖혀지지 않기 때문에 평평한 상태를 유지해 준다.

간이텐트의 바닥은 육각형이다. 지금은 트레일러의 풍선으로 변신한 간이텐트의 바닥도 남아 있다. 따라서 완성된 침실은 두 개의 육각형을 이어붙이고 거기에 벽과 조악한 천장을 두른 모양이 될 것이다.

접착제가 엄청 많이 들겠군.

간이텐트의 높이는 1.2미터다. 그것은 편하게 쉬는 용도가 아니다. 위급 상황에 처한 우주비행사들이 동료들의 구조를 기다리는 동안 웅크리고 들어가 있는 용도이다. 나는 높이를 2미터로 늘리고 싶다. 일어설 수 있었으면 좋겠단 말이다! 이게 그렇게 무리한 소망이라고 생각하진 않는다.

이론상으론 그리 어려운 일이 아니다. 그냥 캔버스를 적절한 모양으로 잘라 서로 이어 붙인 다음, 기존의 캔버스와 바닥재에 붙이면 된다.

하지만 그러려면 많은 양의 캔버스가 필요하다. 처음에 갖고 있던 캔버스는 6평방미터였는데 지금은 그중 대부분을 사용했다. 주로 거주용 막사가 터졌을 때 파열 부분을 메우는 데 들어갔다.

빌어먹을 에어로크 1.

어쨌든 침실을 만들려면 30평방미터의 캔버스가 필요하다. 남은 캔버스로는 어림도 없다. 다행히 내겐 막사 캔버스를 대체할 만한 것이 있다. 바로 막사다.

문제는, (이제 꽤 복잡한 과학이 나오니 잘 따라오기 바란다) 거주용 막사에 구멍을 내면 공기를 잡아둘 수 없다는 것이다.

막사 내부를 감압한 다음 한쪽을 잘라내고 다시 (더 작게) 봉해야 한다. 오늘 나는 하루 종일 정확히 어떤 크기와 모양의 캔버스가 필요한지 궁리해 보았다. 망치면 안 되니 모든 것을 세 번씩 점검했다. 심지어 종이로 모형까지 만들어보았다.

막사는 돔의 형태다. 바닥 근처의 캔버스를 잘라내고 남은 캔버스를 아래로 끌어내려 다시 봉하면 된다. 한쪽이 꺼진 돔이 되겠지만 상관없다. 압력을 유지해 주기만 한다면 말이다. 이제 이 막사에서 62일만 더 버티면 된다.

나는 펜으로 벽에 모양을 그렸다. 그런 다음 시간을 들여 길이를 다시 재보고 크기가 알맞은지 몇 번이고 확인했다.

오늘 하루 종일 한 일은 그게 전부다. 별일 아닌 듯 보이겠지만 계산을 하고 모양을 잡는 데 꼬박 하루가 걸렸다. 이제 저녁을 먹어야겠다.

몇 주 동안 감자만 먹고 살았다. 이론상 한 끼 식사를 4분의 3으로 제한하면 여전히 식량 팩을 먹고 있어야 맞다. 하지만 계속 식사를 4분의 3으로 제한하는 건 쉽지 않은 일이므로 지금 나는 감자를 먹고 있다.

화성을 떠나는 날까지 먹을 식량은 충분하니 굶지는 않을 것이다. 하지만 감자가 너무 지겨워졌다. 게다가 감자는 섬유질이 풍부해서⋯ 뭐, 화성에 나 말고 다른 사람이 없어서 천만다행이라고만 해두겠다.

식량 팩 다섯 개는 특별한 날을 위해 남겨두었다. 하나하나 이름도 써놓았다. 스키아파렐리로 떠나는 날에는 '출발'이라고 적힌 팩을 먹을 것이다. 1,600킬로미터 지점을 찍는 날에는 '절반'이라고 적힌 팩을, 도착한 날에는 '도착'이라고 적힌 팩을 먹을 것이다.

네 번째 팩에는 '죽을 고비를 넘긴 날'이라고 썼다. 어떤 좆같은 일이 일어날 게 확실하니까. 정확히 어떤 일일지는 모르지만 어쨌든 그런 일이 일어날 것이다. 로버가 고장 날 수도 있고 치명적인 치질에 걸려

앓아누울 수도 있으며 적대적인 화성인 따위를 맞닥뜨릴 수도 있다. 그런 날 (살아 있다면) 네 번째 팩을 먹을 것이다.

다섯 번째는 화성을 떠나는 날을 위한 것이다. 이름은 '마지막 식사'.

아무래도 썩 좋은 이름은 아닌 것 같다.

Ø 일지 기록 : 388화성일째

오늘은 감자 하나로 하루를 시작했다. 그것을 화성 커피와 함께 내려보냈다. 내가 말하는 화성 커피란 '뜨거운 물에 알약으로 된 카페인제를 넣어 녹인 것'이다. 진짜 커피는 이미 몇 달 전에 다 떨어졌다.

가장 먼저 할 일은 막사 안의 물건들을 꼼꼼하게 조사하는 것이었다. 공기가 없어졌을 때 문제가 될 만한 게 없는지 뒤져봐야 했다. 물론 막사 안의 모든 물건들은 몇 달 전에 혹독한 훈련을 받았지만 이번엔 통제된 감압이므로 문제없이 해내야 했다.

중요한 것은 물이다. 지난번에 막사가 날아갔을 때 승화 작용으로 물 300리터가 사라졌다. 이번에는 그런 일이 일어나선 안 된다. 나는 물 환원기를 비우고 탱크들을 전부 단단히 밀봉했다.

그 외에는 그저 이것저것 쓸어 모아 에어로크 3에 넣어놓았다. 진공에 가까운 상태에서는 온전히 버틸 수 없다고 생각하는 것들은 모두 넣었다. 모든 펜과 비타민(비타민은 진공 상태에서도 문제가 없겠지만 혹시 모르니까), 상비약 등등.

그런 다음 막사 강제 종료를 수행했다. 중요한 장치들은 진공상태에서도 버틸 수 있도록 설계되었다. 막사 감압은 나사가 고려한 수많은

394

시나리오들 가운데 하나였으니까 말이다. 나는 시스템을 하나씩 정지시켜서 메인 컴퓨터를 끝으로 모든 시스템을 완전히 종료했다.

그러고는 우주복을 입고 막사의 공기를 뺐다. 지난번에는 캔버스가 내려앉으면서 모든 게 뒤죽박죽이 되었다. 그런 일이 일어나선 안 된다. 막사의 돔은 주로 기압으로 지지되지만 내부 곳곳에 잘 휘어지는 보강 기둥들이 캔버스를 지지하고 있다. 처음에 막사를 세울 때에도 그 기둥들을 토대로 삼았다.

나는 캔버스가 그 기둥들 위로 부드럽게 내려앉는 모습을 지켜보았다. 감압이 되었음을 확인하기 위해 에어로크 2의 양쪽 문을 열었다. 에어로크 3만 남겨두었다. 그 안에는 잡동사니들을 넣어뒀으므로 압력이 유지되어야 했다.

그런 다음 자르기 시작했다!

나는 재료공학자가 아니기 때문에 나의 침실을 그리 우아하게 설계하지 못했다. 그냥 둘레가 6미터이고 천장이 붙어 있는 모양이다. 직각과 모서리 따위는 없다(가압 격실은 그런 것을 좋아하지 않는다). 공기를 넣으면 그냥 둥그스름한 모양으로 부풀 것이다.

따라서 캔버스를 기다란 모양으로 커다랗게 두 조각만 잘라내면 되었다. 하나는 벽으로 쓸 것, 하나는 천장으로 쓸 것이었다.

막사를 다 썰고 난 뒤 남아 있는 캔버스를 바닥으로 끌어당겨 다시 밀봉했다. 캠핑용 텐트를 설치해 보았나? 안에서 해보았나? 갑옷 입고 해보았나? 더럽게 힘들다.

압력이 제대로 유지될 수 있는지 확인하기 위해 20분의 1기압으로 가압했다.

하하하! 당연히 그럴 리가 없었다. 여기저기서 공기가 새어나갔다.

이제 새는 곳을 찾아야 했다.

지구에서 작은 입자들은 물에 들러붙거나 그냥 사라져 버린다. 화성에서는 작은 입자들이 계속 떠다닌다. 모래의 맨 위층은 마치 땀띠분 같다. 나는 봉지 하나를 들고 밖으로 나가 모래 표면을 긁었다. 그냥 모래도 들어왔지만 가루도 꽤 많이 채집했다.

나는 빠져나간 공기가 계속 다시 채워지도록 하여 막사의 압력을 20분의 1기압으로 유지시켰다. 그런 다음 봉지를 '훅훅' 불어 미세한 입자들을 풀어놓았다. 그것들은 금세 공기가 새는 곳으로 이끌려갔다. 나는 새는 곳들을 찾아 수지로 밀봉했다.

몇 시간이 걸리긴 했지만 결국 완벽하게 밀폐되었다. 정말이지 이제 막사는 꽤 '허름해' 보인다. 한쪽이 통째로 푹 꺼졌다. 그쪽으로 갈 때는 몸을 숙여야 한다.

나는 압력을 온전히 1기압으로 높인 다음 한 시간 동안 지켜보았다. 공기가 새는 곳은 없었다.

길고 고된 하루였다. 몹시 피곤하지만 잠을 이룰 수가 없다. 무슨 소리가 들릴 때마다 바들바들 떨고 있다. 막사가 터지는 소리 아니야? 아닌가? 아니군…. 무슨 소리였지!? 아닌가? 아니네….

나의 엉성한 수작업에 목숨을 맡기는 건 정말 못할 짓이다.

약상자에서 수면제를 가져와야겠다.

Ø 일지 기록 : 389화성일째

대체 그 수면제에 뭐가 든 거야!? 벌써 대낮이잖아.

화성 커피 두 잔을 마신 후에야 조금 정신이 들었다. 그 수면제는 두 번 다시 먹지 않을 생각이다. 아침에 출근해야 하는 것도 아니니까.

그건 그렇고, 내가 멀쩡하게 살아 있다는 사실로 짐작할 수 있듯이 밤사이 막사는 공기가 온전히 붙어 있었다. 확실하게 밀폐되었다. 좀 흉측하긴 하지만 튼튼하다.

오늘의 과제는 침실이다.

침실 만들기는 막사를 밀봉하는 것보다 훨씬 더 쉬웠다. 이번에는 선외우주복을 입고 작업할 필요가 없었기 때문이다. 나는 모든 작업을 막사 안에서 해결했다. 굳이 밖으로 나갈 이유가 없었다. 그냥 캔버스일 뿐이니까. 다 완성한 후에 말아서 에어로크로 갖고 나가면 된다.

먼저, 온전하게 남은 간이텐트를 수술해야 했다. 로버 에어로크 부착 장치와 그 주위의 캔버스 부분은 남겨두었다. 나머지 캔버스는 잘라냈다. 어차피 더 큰 캔버스로 바꿀 거라면 원래 있던 캔버스를 다 잘라내는 이유가 뭘까? 이음새 때문이다.

나사는 물건을 잘 만든다. 나는 그렇지 않다. 이 구조물에서 위험한 것은 캔버스가 아니다. 바로 이음새이다. 간이텐트의 기존 캔버스를 사용하지 않으면 전체 이음새의 길이를 줄일 수 있다.

나는 텐트에서 에어로크 부착 장치를 제외하고 나머지 대부분을 잘라낸 다음, 간이텐트 바닥 두 개를 쫄대로 연결했다. 그런 다음 새 캔버스 조각을 적절한 위치에 붙였다.

선외우주복을 벗고 일하니까 훨씬 더 수월했다. 훨씬, 훨씬, 훨씬 더 수월했다!

다음 순서는 테스트였다. 역시 막사 안에서 했다. 나는 선외우주복을 갖고 텐트 안으로 들어가 미니 에어로크 문을 닫았다. 그런 다음 헬멧을 열어둔 채로 우주복을 켰다. 압력을 1.2기압으로 설정했다.

기압을 높이는 데는 약간의 시간이 걸렸고 그사이 나는 우주복의 경보장치 몇 개를 꺼놓아야 했다("야, 너 정말 헬멧 안 쓴 것 같다니까!" 이런 경보 말이다). 질소 탱크가 거의 다 고갈되긴 했지만 결국 1.2기압으로 올라갔다.

그런 다음 나는 그 안에 앉아서 기다렸다. 나는 숨을 쉬었고 우주복이 대기를 조절해 주었다. 다 괜찮았다. 나는 우주복이 '빠져나간' 공기를 메우고 있지는 않은지 판독장치들을 신경 써서 지켜보았다. 한 시간이 지나도 별다른 변화가 없자 첫 실험은 성공이라는 결론을 내렸다.

나는 그것을 통째로 말아서(사실은 그냥 뭉쳐서) 밖으로 나가 로버로 갖고 갔다.

정말이지 요즘 나는 우주복을 엄청 많이 입는다. 장담하는데, 그부분에서도 내가 기록을 세웠을 것이다. 보통 화성에 오는 우주비행사는 선외활동을… 글쎄, 마흔 번쯤 하려나? 나는 수백 번을 했다.

침실을 로버로 갖고 들어간 나는 그것을 안에서 에어로크에 부착했다. 그런 다음 릴리스 레버를 당겨 풀어놓았다. 나는 여전히 선외우주복을 입고 있었다. 나는 그렇게 멍청한 사람이 아니니까.

침실이 부풀면서 3초 만에 공기가 가득 찼다. 열린 에어로크 창구가 침실과 직접 연결되어 있었는데 압력이 유지되는 것 같았다.

아까와 마찬가지로 한 시간 동안 그대로 두었다. 그리고 역시 아까와 마찬가지로 대성공이었다. 막사 캔버스를 밀봉할 때와 달리 이번에는 단번에 성공했다. 가장 큰 이유는 빌어먹을 선외우주복을 입고 작업할 필요가 없었기 때문이다.

원래 나는 침실을 밤새도록 그 상태로 놓아둔 다음 아침에 확인해 볼 계획이었다. 그러나 문제에 봉착했다. 그렇게 하면 내가 거기서 나올 수가 없다는 것. 로버는 에어로크가 하나뿐인데 거기에 침실을 연결했다. 침실을 떼어야만 내가 나올 수 있고 내가 로버 안에 있어야만 침실을 부착해 가압할 수 있다.

좀 오싹한 일이다. 언제가 됐든 밤새도록 시험해 보려면 내가 그 안에 있어야 할 것이다. 하지만 나중에 하련다. 오늘은 이 정도로 충분하다.

Ø 일지 기록 : 390화성일째

현실을 직시해야 한다. 로버 준비는 끝났다. 그런데 정말 끝난 것 '같지가' 않다. 하지만 어쨌든 떠날 준비가 되었다.

식량: 감자 1,692개. 비타민제
물: 620리터
대피처: 로버, 트레일러, 침실
공기: 로버와 트레일러 합쳐 액화 산소 14리터, 액화 질소 14리터
생명 유지 장비: 산소 발생기와 대기 조절기. 비상용 일회용 이산화탄소 필터 418시간분
전력: 36킬로와트시 저장 가능. 태양 전지 29개 적재 가능
열원: 1,400와트 RTG. 대기 조절기의 귀환 공기를 데우기 위한 수제 축열기. 비상용 로버 전기 히터
디스코: 평생분

나는 449화성일째에 이곳을 떠난다. 이것저것 시험해 보고 문제가 있을 경우 수리할 수 있는 시간이 59화성일 남았다. 무엇을 가져가고 무엇을 남겨놓을지도 결정해야 한다. 대략적인 위성 지도를 사용해 스키아파렐리까지의 경로도 계획해야 한다. 그리고 잊은 것이 없는지 머리를 굴려봐야 한다.

나는 6화성일째부터 이곳을 떠나기만을 고대했다. 그런데 막상 거주용 막사를 떠난다고 생각하니 미치도록 겁이 난다. 약간의 사기 진작이 필요하다. 잘 생각해 보자. '아폴로 우주비행사라면 어떻게 했을까?'

아마 위스키사워 세 잔을 마시고 셰보레 코르벳을 몰고 발사대로 가서 나의 로버보다도 작은 사령선을 타고 달로 날아갔겠지. 아아, 그들은 정말 멋졌다.

21

Ø 일지 기록 : 431화성일째

짐을 어떻게 꾸릴지 궁리 중이다. 의외로 쉽지 않다.

가압 격실은 두 개다. 로버와 트레일러. 둘은 호스로 연결되어 있으며, 멍청하지도 않다. 한쪽이 감압되면 다른 한쪽은 즉시 호스 연결을 봉쇄한다.

여기서 우울한 사실 한 가지: 만약 로버가 파열되면 나는 죽는다. 이에 대해선 어떤 대책을 세워도 소용없다. 하지만 트레일러가 파열되면 죽지 않는다. 그렇다면 중요한 것들은 전부 로버에 실어야 한다.

트레일러에는 진공에 가까운 기압과 아주 낮은 온도에서도 버틸 수 있는 것들을 실어야 한다. 그런 상황이 일어날 거라고 생각하지는 않지만 사람 일은 모른다. 최악의 상황에 대비해야 한다.

패스파인더를 찾으러 갈 때 사용한 안장주머니는 식량 저장고로 사용할 생각이다. 감자를 로버나 트레일러에 실을 수는 없다. 따뜻하고 공기가 가득한 환경에 두면 썩어버린다. 몇 개만 쉽게 꺼낼 수 있도록 로버에 넣어두고 나머지는 밖에 있는 거대한 냉장고에 보관해야 한다. 화성 전체가 거대한 냉장고니까. 트레일러는 꽉 찰 것 같다. 커다란 막사 배터리 두 개와 대기 조절기, 산소 발생기, 내가 손수 만든 축열기를 실어야 한다. 축열기는 로버에 실으면 더 편리하겠지만 대기 조절기의 공기 귀환 호스와 가까이 두어야 한다.

로버도 꽉 찰 것이다. 이동 중에는 급하게 탈출해야 할 경우를 대비해 침실을 접어서 에어로크 근처에 실어둘 것이다. 온전한 선외우주복 두 벌과 급하게 수리할 때 필요한 물건들, 예를 들면 연장통과 여분의 부품, 조금밖에 남지 않은 실런트, 다른 로버의 메인 컴퓨터(혹시 모르니까!) 그리고 영광스러운 620리터의 물도 전부 로버에 실어야 한다.

마지막으로 화장실로 사용할 플라스틱 통까지. 뚜껑이 잘 닫히는 것으로 말이다.

★☆★

"와트니는 어떻게 하고 있나?"

벤카트가 물었다.

민디는 화들짝 놀라며 컴퓨터에서 눈을 들었다.

"커푸어 박사님?"

"와트니가 선외활동 중인 사진이 찍혔다며?"

"아, 네."

민디는 키보드를 두드리며 계속 말을 이었다.

"주로 현지 시각으로 오전 9시경에 변화가 생기더라고요. 사람들은 대개 일정한 패턴으로 움직이잖아요. 그래서 와트니도 그때쯤 일을 시작하나 보다 생각했죠. 9시부터 9시 10분 사이에 17장의 사진을 찍도록 조정했어요. 그중 하나에 그가 찍혔고요."

"잘했군. 그 사진 좀 볼 수 있을까?"

"그럼요."

그녀는 화면에 사진을 불러냈다.

벤카트는 흐릿한 영상을 살펴보았다.

"이게 최고 화질인가?"

그러자 민디가 대답했다.

"궤도에서 찍은 거잖아요. 안보국에서 그들이 보유한 최고의 소프트웨어로 사진을 보정해 줬어요."

"잠깐, 뭐라고? 안보국?"

벤카트가 버벅거리며 되물었다.

"네, 국가안전보장국에서 도움을 주겠다고 연락해 왔더라고요. 정찰위성사진을 보정하는 데 쓰는 소프트웨어로 보정한 거예요."

벤카트는 어깨를 으쓱했다.

"전 세계가 한 사람의 생존을 응원하고 있으니 관공서의 쓸데없는 요식이 단번에 생략되는군."

그는 화면을 가리키며 다시 물었다.

"와트니가 뭘 하는 건가?"

"로버에 뭔가를 싣고 있는 것 같아요."

"트레일러를 마지막으로 손본 게 언제야?"

벤카트가 물었다.

"꽤 됐어요. 왜 메시지를 좀 더 자주 써놓지 않는 걸까요?"

벤카트는 어깨를 으쓱하며 대답했다.

"바쁠 거야. 해가 있을 때 거의 내내 일을 하고 있잖아. 돌멩이로 메시지를 쓰는 데에도 시간과 에너지가 들겠지."

"그런데… 여기까지 직접 어쩐 일이세요? 이런 건 메일로 보내드려도 되는데."

민디가 말했다.

"사실은 할 얘기가 있어서 왔어. 자네 업무를 조금 조정하려고. 지금부터는 화성 주위의 인공위성을 관리하지 말고 마크 와트니만 주시하게."

"네? 그럼 위성 궤도 수정과 정렬은 어떻게 하고요?"

민디가 물었다.

"그 일은 다른 사람들한테 맡길 생각이야. 이제부터 자네는 아레스 3의 영상을 확인하는 일만 맡아."

그러자 민디가 말했다.

"그건 좌천이잖아요. 궤도 공학자한테 파파라치와 다를 바 없는 일을 하라고요?"

"당분간만이야. 보상도 해줄 거고. 사실 자네는 몇 달 동안 이 일을 맡았으니 위성사진을 보고 아레스 3의 요소들을 식별하는 데 이골이 났잖아. 자네 말고는 그 일을 할 수 있는 사람이 없어."

벤카트가 말했다.

"이 일이 왜 갑자기 그렇게 중요해진 거죠?"

"시간이 다 되어가잖아. 와트니가 로버 개조를 어느 정도 했는지 우린 전혀 모르고 있어. 하지만 16화성일 안에 로버 개조를 끝내야 한다는 건 알지. 정확히 어떻게 되어 가는지 파악할 필요가 있어. 언론 매체들과 상원의원들이 끊임없이 내게 와트니의 상황을 묻고 있어. 심지어는 대통령도 두어 번 전화를 했고."

"하지만 그의 상황을 파악한다고 해서 도움이 되는 것도 아니잖아요. 늦어진다고 해서 우리가 무언가를 해줄 수 있는 것도 아니고요. 이건 무의미한 일이에요."

"자네, 정부에서 얼마나 일했나?"

벤카트는 한숨을 쉬었다.

Ø 일지 기록 : 434화성일째

이제 이 녀석을 시험할 때가 되었다.

그런데 문제가 있다. 패스파인더를 찾으러 갈 때와는 달리 진짜 시운전을 하려면 거주용 막사에서 필수적인 생명 유지 장비들을 빼 와야 한다. 막사에서 대기 조절기와 산소 발생기를 빼면… 천막만 남는다. 생명 유지에 도움이 되지 않는 커다랗고 둥근 천막만 남는단 말이다.

생각만큼 위험한 일은 아니다. 늘 그랬듯 생명 유지와 관련해 위험과 직결되는 부분은 이산화탄소 관리이다. 대기 중 이산화탄소가 1퍼센트에 이르면 이산화탄소 중독의 징후가 나타나기 시작한다. 따라서 막사의 이산화탄소 농도를 그보다 낮게 유지해야 한다.

막사의 내부 용적은 대략 12만 리터이다. 정상적으로 호흡할 경우 나 혼자 이산화탄소 농도를 1퍼센트로 끌어올리는 데에는 이틀이 넘게 걸린다(그래도 산소 농도는 크게 변하지 않을 것이다). 그러니까 대기 조절기와 산소 발생기를 잠시 옮겨놓아도 위험하진 않다.

둘 다 트레일러 에어로크를 통과하기엔 너무 크다. 다행히 두 장비는 화성에 올 때 '약간의 조립이 필요한' 상태였다. 둘 다 통째로 보내기엔 너무 컸다. 따라서 분해하기도 쉽다.

몇 번의 왕복 끝에 나는 분해한 부품들을 모두 트레일러로 옮겼다. 각 부품을 하나씩 하나씩 에어로크를 통해 들여놓았다. 정말이지, 트레일러 안에서 다시 조립하려니 여간 어려운 일이 아니었다. 그 안의 물건들은 모두 자리가 빠듯했다. 우리의 용감무쌍한 영웅을 위한 자리 역시 그리 넉넉하진 않았다.

그런 다음 나는 AREC로 향했다. 그것은 에어컨 실외기처럼 막사 밖에 놓여 있었다. 어떤 면에서는 에어컨 실외기와 똑같다. 나는 그 실외기를 트레일러로 끌고 와서 미리 마련해 둔 지지대에 올려놓고 끈으로 묶었다. 그런 다음 '풍선'을 통과해 트레일러의 가압 격실 안으로 이어지는 호스에 연결했다.

대기 조절기는 공기를 AREC로 보내야 하고, 그러고 나면 귀환 공기는 보글거리며 축열기를 통과해야 한다. 또한 대기 조절기가 대기에서 걸러낸 이산화탄소를 담을 압력 탱크도 있어야 한다.

나는 공간을 넓히려고 트레일러의 잡동사니들을 들어내면서 이런 경우에 대비해 탱크 하나를 남겨두었다. 원래는 산소를 보관하는 탱크이지만 어차피 탱크는 탱크일 뿐이다. 다행히 아레스 3 임무에 사용된 공기 호스들과 밸브들은 모두 규격이 똑같다. 실수가 아니다. 현장 정비를 좀 더 수월하게 만들기 위해 세심하게 내린 결정이었다.

AREC 설치가 끝나자 나는 산소 발생기와 대기 조절기를 트레일러 전기에 연결해 제대로 켜지는지 확인했다. 그런 다음 적절하게 돌아가는지 확인하기 위해 두 장치에 대해 전면적인 진단을 실행했다. 그러고 나서 산소 발생기를 껐다. 기억할지 모르겠지만 산소 발생기는 5화성일에 하루씩만 사용할 예정이다.

나는 로버로 갔다. 그러려면 또 10미터의 짜증 나는 선외활동을 해야 했다. 로버에서 생명 유지 장비의 상태를 점검해 보았다. 한 가지 명심할 점은, 로버에서 생명 유지 장비를 직접 확인할 수는 없지만(전부 트레일러에 있으므로) 공기의 상태는 확실하게 알 수 있다는 사실이다. 산소 농도와 이산화탄소 농도, 온도, 습도 등을 모두 파악할 수 있다. 전부 정상인 것 같았다.

나는 다시 선외우주복을 입고 이산화탄소 통을 열어 로버 안 대기에 이산화탄소를 풀어놓았다. 이산화탄소가 치명적인 수준으로 치솟자 로버 컴퓨터가 미친 듯이 날뛰기 시작했다. 그러다 시간이 흐르자 이산화탄소 농도는 정상 수준으로 떨어졌다. 대기 조절기가 제 역할을 해낸 것이다. 기특한 녀석!

나는 장비를 켜둔 채 다시 막사로 돌아왔다. 밤새 돌아가게 놔둔 다음 아침에 확인해 볼 생각이다. 내가 그 안에서 산소를 마시고 이산화탄소를 내놓는 상황이 아니니 실전과 똑같은 테스트라고 할 수는 없지만, 하나씩 풀어가자.

Ø 일지 기록 : 435화성일째

어젯밤엔 좀 으스스했다. 겨우 하룻밤 사이에 나쁜 일이 일어나지는 않는다는 사실을 '머리로는' 알고 있었지만 히터를 제외하곤 생명 유지 장비가 없다고 생각하니 조금 불안했다. 내 목숨은 낮에 내가 직접 계산한 수치에 달려 있었다. 부호 하나를 빼먹었다면, 혹은 숫자 두 개를 틀리게 넣었다면 나는 다시 깨어나지 못할 수도 있었다.

하지만 나는 깨어났고 메인 컴퓨터를 보니 내가 예상한 대로 이산화 탄소 농도가 살짝 올라가 있었다. 나는 또 한 화성일을 살 것이다.

'또 한 화성일을 살 것이다'. 제임스 본드 영화 제목으로 끝내줄 것 같다.

나는 로버를 점검해 보았다. 아무 이상 없었다. 운행하지만 않으면 배터리 두 개로 재충전 없이 대기 조절기를 한 달 넘게 돌릴 수도 있다(히터는 끄고). 안전 한도가 꽤 훌륭한 편이다. 길을 떠났다가 큰 문제가 생겨도 시간을 갖고 수리할 수 있다. 내겐 이산화탄소 제거보다 산소 소비가 제약이 될 텐데, 산소도 충분히 있다.

이번엔 침실을 시험해 볼 차례였다.

나는 로버에 들어가 안에서 바깥쪽 에어로크 문에 침실을 부착했다. 앞에서도 말했듯이 이 방법밖에 없다. 그런 다음 아무런 낌새도 차리지 못한 화성 위에 침실을 풀어놓았다.

내가 의도한 대로 로버의 압력으로 캔버스가 펼쳐지면서 침실이 팽창되었다. 그러나 곧 아수라장이 되었다. 갑작스레 압력이 가해지자 침실이 풍선처럼 터져버린 것이다. 순식간에 바람이 빠지면서 침실과 로버의 공기가 모두 바닥났다. 당시 나는 우주복을 입고 있었다. 난 빌어먹을 바보가 아니란 말이다. 덕분에 나는….

'또 한 화성일을 살 것이다!'(출연: 마크 와트니, 배역은… 아마 'Q' 이겠지. 제임스 본드는 아니다.)

나는 터진 침실을 끌고 막사로 들어가 꼼꼼하게 살펴보았다. 벽과 천장이 만나는 이음새가 터졌다. 그럴 만했다. 가압 격실에 직각을 시도하다니. 물리학은 그런 걸 좋아하지 않는다.

나는 먼저 그 부분을 다시 붙인 다음, 여분의 캔버스를 가늘고 길게 잘라 이음새 위에 덮었다. 이제 침실은 가장자리의 두께가 두 배가 되었고 밀봉 수지도 빙 둘러 한 겹 덧입혀졌다. 그 정도면 충분할 것이다. 지금으로선 짐작만 할 뿐이다. 나의 놀라운 식물학 기술은 이런 데엔 별 쓸모가 없다.

내일 다시 한 번 시험해 봐야겠다.

∅ 일지 기록 : 436화성일째

알약 카페인제가 다 떨어졌다. 이젠 화성 커피도 마실 수 없다.

그래서 오늘 아침에는 정신을 차리는 데 좀 더 오래 걸렸고, 일어나자마자 심한 두통에 시달렸다. 수백만 달러짜리 화성 대저택의 주인이 누릴 수 있는 한 가지 혜택은 순산소를 이용할 수 있다는 점이다. 어떤 이유에서인지 고농축 산소는 대부분의 두통을 없애준다. 이유는 모른다. 궁금하지도 않다. 중요한 건 괜히 고생할 필요가 없다는 사실이다.

나는 침실을 다시 시험해 보았다. 로버 안에서 우주복을 입은 채로 지난번과 마찬가지로 침실을 풀어놓았다. 이번에는 온전히 붙어 있었다. 다행이긴 했지만 이미 내 작품이 그리 튼튼하지 않다는 사실을 확인한 터라 좀 더 오랫동안 압력 밀폐 여부를 실험해 보고 싶었다.

그래서 몇 분 동안 우주복을 입고 빈둥거리다가 그 시간을 좀 더 유용하게 써먹기로 했다. 침실이 에어로크에 붙어 있는 동안 로버/침실 영역에서 나갈 수는 없지만 로버 안에서 문을 닫는 것은 가능했다.

나는 로버 안에서 문을 닫은 다음 불편한 선외우주복을 벗었다. 침실은 아직 온전히 가압이 된 상태로 에어로크 문 너머에 있었다. 그래서 나는 아직도 실험 중이지만 우주복은 벗고 있다.

임의로 여덟 시간을 실험 시간으로 정했으므로 그동안엔 이 로버에서 나갈 수 없다.

나는 그 시간을 이용해 여행 계획을 세웠다. 이미 알고 있는 사항에 추가할 것이 많지 않았다. 계속 직진하여 아시달리아 평원을 벗어나 마우르스 협곡에 이르면 그 협곡을 끝까지 따라간다. 그 길을 지그재그로 달리다 보면 결국 아라비아 테라가 나온다. 그다음부턴 평탄치 않은 길이 이어진다.

아시달리아 평원과 달리 아라비아 테라는 분화구들이 가득하다. 그리고 분화구가 나올 때마다 두 번의 심한 고도 변화를 겪어야 한다. 내려갔다 다시 올라와야 하니까. 나는 최대한 분화구를 돌아가는 최단 경로를 찾아보았다. 틀림없이 이동하면서 경로를 조종해야 할 것이다. 모든 계획은 적과 만나는 순간 생을 마감하는 법이다.

★☆★

미치는 회의실에 자리를 잡고 앉았다. 늘 보던 얼굴들이 자리하고 있었다. 테디와 벤카트, 미치, 그리고 애니. 그러나 이번에는 민디 파크와, 미치로서는 처음 보는 남성이 함께 자리했다.

"무슨 일입니까, 벤카트? 왜 갑자기 회의를 소집한 겁니까?"

미치가 물었다.

"몇 가지 새로운 소식이 있어서요. 민디, 자네가 직접 얘기하지."

벤카트가 말했다.

"알겠습니다. 와트니는 트레일러에 풍선을 붙이는 작업을 끝낸 것 같습니다. 우리가 보내준 설계도를 거의 그대로 따랐어요."

민디가 말했다.

"얼마나 안정적인지 알 수 있나?"

테디가 물었다.

"꽤 안정적이에요. 며칠째 문제없이 부풀어 있거든요. 게다가 와트니는 일종의… 방을 만들었어요."

"방이라고?"

테디가 물었다.

민디는 계속해서 설명을 이어갔다.

"막사 캔버스로 만들었을 겁니다. 로버 에어로크에 부착하는 방식이에요. 막사의 일부를 잘라 만든 것 같아요. 무슨 용도인지는 모르겠습니다."

테디는 벤카트를 돌아보았다.

"왜 만들었을까?"

그러자 벤카트가 대꾸했다.

"작업실이 아닐까 생각합니다. 스키아파렐리에 도착하면 MAV를 개조하기 위해 할 일이 많을 겁니다. 우주복을 벗고 작업하면 훨씬 더 수월하겠지요. 가급적 그 방 안에서 작업하려고 계획했을 겁니다."

"영리하군."

테디가 말했다.

그러자 미치가 입을 열었다.

"와트니는 영리한 친구지요. 생명 유지 장비를 싣는 건 어떻게 되어 갑니까?"

411

"다 끝낸 것 같습니다. AREC를 옮겼어요."

민디가 말했다.

"죄송하지만 AREC가 뭐예요?"

애니가 민디의 말을 자르고 물었다.

민디가 대답했다.

"대기 조절기의 외부 장비예요. 원래 막사 밖에 있었기 때문에 사라진 것을 금방 알았죠. 아마 로버에 탑재했을 거예요. 그렇지 않으면 옮길 이유가 없거든요. 아무래도 생명 유지 장비를 연결한 것 같습니다."

"대단해. 딱딱 맞아 들어가고 있군."

미치가 말했다.

"아직 기뻐하긴 일러요, 미치."

벤카트의 말이었다. 그는 새로 온 남성을 가리키며 말을 이었다.

"이쪽은 나사의 화성 기상학자인 랜돌 카터입니다. 랜돌, 아까 나한테 했던 얘기를 다시 해보지."

랜돌은 고개를 끄덕였다.

"알겠습니다, 벤카트 박사님."

그는 자신의 노트북 컴퓨터를 돌려 화성 지도를 보여주며 계속 말을 이었다.

"지난 몇 주 동안 아라비아 테라에서 모래 폭풍이 발달했습니다. 규모로 봐선 그리 심각하지 않습니다. 운전에는 지장이 없을 겁니다."

"그럼 뭐가 문제죠?"

애니가 물었다.

랜돌이 설명을 시작했다.

"이것은 저속 모래 폭풍입니다. 풍속이 낮긴 하지만 그래도 표면의 아주 미세한 입자들을 끌어올려 짙은 구름을 만들어낼 수 있습니다. 해마다 그런 폭풍이 대여섯 번은 발생합니다. 문제는 몇 개월씩 지속 되고 상당히 광범위하게 영향을 미치며, 대기를 먼지로 뿌옇게 만든다 는 겁니다."

"전 뭐가 문제인지 모르겠는데요."

애니가 말했다.

그러자 랜돌이 설명을 이어나갔다.

"빛이 문제입니다. 이 폭풍의 영향권에 드는 지역은 총 일조량이 크 게 떨어지지요. 지금 일조량은 평소의 20퍼센트밖에 안 됩니다. 와트 니의 로버는 태양 전지로 돌아갑니다."

"젠장, 그걸 알려줄 수도 없잖아."

미치가 눈을 비비며 말했다.

"그러니까 발전량이 줄어든다는 거군요. 그럼 충전을 좀 더 오래 하 면 되는 것 아닌가요?"

애니가 물었다.

이번엔 벤카트가 설명했다.

"지금 계획으로도 이미 하루 종일 충전을 해야 해요. 일조량이 평소 의 20퍼센트에 불과하다면 같은 양의 에너지를 얻는데 다섯 배의 시 간이 걸린다는 뜻입니다. 그럼 45화성일이 아니라 225화성일이 걸리 겠지요. 그렇게 되면 헤르메스가 근접 통과하는 시기를 놓칠 겁니다."

"헤르메스가 기다려 주면 안 되나요?"

애니가 물었다.

벤카트가 다시 설명했다.

"근접 통과잖아요. 헤르메스는 화성 궤도에 진입하지 않습니다. 진

413

입하게 되면 돌아오지 못할 겁니다. 귀환 궤도에 들어오려면 속도를 유지해야 합니다."

몇 분 동안 침묵이 흐른 뒤 테디가 입을 열었다.

"그저 와트니가 돌파구를 찾기를 기원해야겠군. 그래도 그 친구의 경로를 추적할 수는 있으니까…."

"그럴 수 없습니다."

민디가 그의 말을 잘랐다.

"그럴 수 없다고?"

테디가 되물었다.

민디는 고개를 저으며 대꾸했다.

"위성은 먼지를 투시할 수 없습니다. 그가 폭풍의 영향권에 들어가면 거기서 벗어날 때까지 우린 아무것도 볼 수 없어요."

"아아… 젠장."

테디가 말했다.

Ø 일지 기록 : 439화성일째

이 괴상한 물건에게 내 목숨을 맡기기 전에 테스트해 봐야 한다.

지금까지 해온 소소한 테스트로는 어림없다. 물론 지금까지 발전기와 생명 유지 장비, 트레일러 풍선, 침실을 모두 점검했지만 그 모든 것들이 함께 맞물려 완벽하게 돌아가는지 확인해야 한다.

장기 여행을 할 때와 똑같이 짐을 싣고 원을 그리며 돌아볼 생각이다. 막사의 반경 500미터를 벗어나지만 않으면 문제가 생겨도 괜찮을 것이다.

오늘은 하루 종일 시운전을 대비해 로버와 트레일러에 짐을 실었다. 진짜로 길을 떠날 때와 똑같이 짐을 싣고 달려보고 싶다. 게다가 적재물이 마구 움직이거나 뭔가를 망가뜨리지는 않는지도 확인해야 한다.

상식적으로 한 가지는 포기할 수밖에 없었다. 물. 물은 대부분 막사 안에 남겨두었다. 딱 시운전하는 동안 필요한 양, 즉 20리터만 실었다. 내가 손수 만든 이 정나미 떨어지는 기계 장치에서 공기가 빠져나갈 수 있는 방법은 무궁무진하다. 그런 일이 일어날 경우 내 소중한 물을 다 날려버리고 싶진 않다.

진짜 길을 떠날 때는 620리터를 싣고 갈 것이다. 따라서 나머지 600킬로그램을 메우기 위해 암석 600킬로그램을 다른 보급품과 함께 실었다.

지구의 여러 대학과 정부 들은 화성의 암석을 손에 넣기 위해 수백 달러도 기꺼이 지불하려 든다. 그런데 나는 그것을 바닥짐으로 사용하고 있다.

오늘 밤엔 한 가지 작은 실험을 해볼 생각이다. 나는 두 개의 배터리가 완전히 충전된 것을 확인한 뒤 막사 전원에서 로버와 트레일러를 분리했다. 잠은 막사에서 자지만 로버의 생명 유지 장비를 켜놓았다. 밤새 가압 상태를 유지시킨 후 내일 전기를 얼마나 잡아먹었는지 확인할 생각이다. 막사에 연결한 상태로 전력 소모량을 확인했을 때는 예상에서 벗어나지 않았다. 하지만 이번 결과가 진짜 증거가 될 것이다. 나는 '플러그 아웃 테스트'라는 이름을 붙였다.

어쩌면 썩 좋은 이름이 아닐지도 모른다(아폴로 1호의 세 우주비행사는 '플러그 아웃 테스트' 도중 화재 사고로 사망했다-옮긴이).

★☆★

헤르메스 승무원들은 휴게실에 모였다.

루이스가 말했다.

"간단하게 현재 상태를 점검해 보자. 다들 과학 실험은 미뤄뒀을 테고. 포겔부터 시작해 봐."

포겔이 보고를 시작했다.

"VASIMR(Variable Specific Impulse Magnetoplasma Rocket, 비추력 자기 플라스마 로켓) 4의 불량 케이블을 수리했습니다. 굵은 케이블은 그게 마지막이었어요. 또 그런 문제가 일어나면 가는 케이블 몇 개를 꼬아야만 전류가 제대로 흐를 겁니다. 그리고 원자로의 출력도 줄고 있습니다."

"조한슨, 원자로에 무슨 이상이 있나?"

루이스가 물었다.

조한슨이 대답했다.

"제가 줄여놨어요. 냉각팬 때문에요. 예전만큼 열을 배출시키지 못하더라고요. 녹이 슬고 있어요."

그러자 루이스가 물었다.

"어떻게 그럴 수가 있지? 그건 선체 외부에 있잖아. 반응할 물질이 없는데."

"헤르메스 자체에서 새어 나오는 소량의 공기나 먼지가 들어간 모양이에요. 어쨌든 녹슬고 있는 건 확실해요. 녹 때문에 미세 격자가 막히면서 표면적이 줄고 있어요. 표면적이 줄면 열 배출량도 줄죠. 그래서 열이 오르지 않도록 제가 출력을 줄여놨어요."

"냉각팬을 수리할 수는 없나?"

"아주 미세한 작업이에요. 실험실이 있어야 하죠. 대개는 임무가 한 번 끝날 때마다 나사에서 냉각기를 교체해요."

조한슨이 설명했다.

"임무가 끝날 때까지 엔진 동력을 유지할 수는 있는 거야?"

"녹스는 속도가 더 빨라지지만 않으면 가능합니다."

"그래, 계속 주시해. 베크, 생명 유지 장비는 어때?"

"삐걱거립니다. 이미 사용 기한이 많이 지났죠. 원래 임무가 한 번 끝날 때마다 각종 필터들을 교체합니다. 제가 실험실에서 만든 화학용액으로 청소하는 방법을 찾았는데 필터 자체가 부식되더라고요. 지금은 괜찮지만 다음엔 또 뭐가 고장 날지 모르죠."

그러자 루이스가 말했다.

"다 예상했던 일이잖아. 설계상 헤르메스는 임무가 한 번 끝날 때마다 점검을 받아야 하는데, 우린 아레스 3 임무 기간을 396일에서 898일로 연장했어. 이것저것 고장이 나겠지. 그래도 문제가 생길 때마다 나사가 나서서 도와주잖아. 일단 최대한 유지 보수를 하는 수밖에 없어. 마르티네스, 침실은 어때?"

마르티네스는 이맛살을 찌푸리며 대꾸했다.

"아직도 익을 지경이에요. 온도 조절기가 말을 듣지 않아요. 벽 안에 있는 냉각수 관이 문제인 것 같습니다. 하지만 외곽 안에 있어서 손쓸 수가 없어요. 그 방은 온도에 민감하지 않은 짐을 저장한다면 모를까, 다른 용도로는 도저히 쓸 수가 없습니다."

"그래서 마크의 방으로 옮긴 거야?"

"바로 옆방이잖아요. 거기도 마찬가지예요."

그가 말했다.

"그럼 어디서 자는 거야?"

"에어로크 2에서요. 걸리적거리지 않고 잘 수 있는 곳이 거기뿐이거든요."

그러자 루이스는 고개를 저었다.

"거긴 안 돼. 그러다 공기가 새기라도 하면 죽는 거야."

"달리 잘 데가 없어요. 우주선이 워낙 비좁잖아요. 복도에서 자면 통행에 방해가 될 겁니다."

"좋아, 그럼 지금부터 베크의 방에서 자. 베크는 조한슨과 함께 자면 되니까."

조한슨은 얼굴이 빨개지며 황급히 시선을 내렸다.

베크가 말했다.

"그럼… 알고 계셨어요?"

"내가 모를 줄 알았어? 이 우주선이 얼마나 작은데."

"화내지 않으실 겁니까?"

"정상적인 임무 수행 중이었다면 화를 냈겠지. 하지만 지금은 비공식적인 임무 수행 중이잖아. 일에 지장이 생기지만 않는다면 괜찮아."

"수백만 킬로미터 상공의 사랑이라… 근사하네!"

마르티네스가 말했다.

조한슨은 더욱 빨개진 얼굴을 두 손으로 감쌌다.

점점 능숙해지고 있다. 다 끝나고 나면 화성 탐사 로버 품질관리사가 될 수 있을 것이다.

테스트는 성공이다. 5화성일 동안 원을 그리며 돌아봤는데 하루 평균 93킬로미터를 달렸다. 예상보다 좋은 성과다. 이곳 지형은 고르고 평평하기 때문에 최고의 상황으로 쳐야 한다. 언덕을 오르고 커다란 암석을 피해야 하는 지형에서는 이만큼의 속도를 낼 수 없을 것이다.

침실은 끝내준다. 크고 널찍하고 편안하다. 첫날 밤에는 작은 온도 문제에 봉착했다. 사실은 더럽게 추웠다. 로버와 트레일러의 온도는 적절하게 조절되었지만 침실은 충분히 따뜻해지지 않았다.

내가 하는 일이 그렇지, 뭐.

로버에는 작은 팬으로 공기를 밀어주는 전기 히터가 있다. 필요한 열기는 RTG를 통해 모두 얻고 있으므로 그 히터는 아무짝에도 쓸모가 없다. 그래서 나는 그 팬을 뜯어 에어로크 근처의 전선에 연결했다. 전기가 통하자 팬을 침실 쪽으로 돌려놓았다.

단순한 해결책이지만 효과가 있었다. RTG 덕분에 열은 충분하다. 그 열을 고르게 퍼뜨리는 게 관건이었다. 이번만큼은 엔트로피가 나의 편을 들어주었다.

날감자는 정말 몹쓸 맛이라는 것을 깨달았다. 막사에서는 작은 전자레인지로 감자를 익혀 먹는다. 로버에는 그런 게 없다. 막사의 전자레인지를 로버로 옮겨와 연결하는 것은 어렵지 않지만 하루에 감자를 열 개씩 익히려면 에너지가 들어가기 때문에 이동 거리가 줄어든다.

어쨌든 나는 금세 나름의 일과에 적응이 되었다. 사실 오싹하리만치

419

익숙한 생활이었다. 비참했던 22화성일간의 패스파인더 여행에서 이미 해봤기 때문이다. 하지만 이번에는 침실이 생겼고, 침실이 있는 것과 없는 것은 천지 차이다. 로버에만 틀어박혀 있던 생활에서 벗어나 나만의 작은 막사가 생긴 셈이다.

아침에 일어나면 감자 하나를 먹는다. 그런 다음 안에서 침실의 공기를 뺀다. 꽤 까다로운 일이지만 나름의 요령을 터득했다.

먼저 선외우주복을 입는다. 그런 다음 에어로크의 안쪽 문을 닫고 바깥쪽 문(침실이 부착된 문)을 열어둔다. 그러면 내가 있는 침실이 로버의 나머지 부분과 분리된다. 그런 다음 나는 에어로크에게 감압 명령을 내린다. 에어로크는 자신이 작은 공간의 공기를 빼고 있는 줄 알지만 사실은 침실 전체의 공기를 빼고 있는 것이다.

공기가 다 빠지면 나는 캔버스를 안으로 당겨 접는다. 그런 다음 그것을 에어로크의 바깥문에서 분리하고 바깥문을 닫는다. 이때는 공간이 몹시 비좁다. 에어로크가 다시 가압되는 동안 나는 접은 침실과 함께 그 안에 끼어 있어야 한다. 가압이 끝나면 안쪽 문을 열고 거의 떨어지다시피 로버 안으로 들어간다. 그런 다음 침실을 집어넣고 다시 에어로크로 가서 정상적인 방식으로 화성으로 나간다.

복잡하긴 하지만 이렇게 하면 로버의 선실을 감압하지 않고도 침실을 분리할 수 있다. 기억할지 모르겠지만 로버 안에는 진공 상태에서 버틸 수 없는 물건들이 잔뜩 실려 있다.

다음 단계는 전날 펼쳐놓은 태양 전지를 거두어 로버와 트레일러에 싣는 것이다. 그런 다음 간단하게 트레일러를 점검한다. 트레일러의 에어로크를 통과한 다음 모든 장비들을 휙 훑어보는 게 전부다. 우주복을 벗지도 않는다. 눈에 띄는 이상이 없는지 확인하려는 것이다.

그러고 나서 다시 로버로 간다. 안으로 들어가 우주복을 벗고 운전을 시작한다. 네 시간 가까이 달리고 나면 전기가 다 떨어진다.

나는 주차를 하고 다시 선외우주복을 입고 또 한 번 화성으로 나간다. 태양 전지들을 펼쳐놓고 배터리를 충전한다.

그런 다음 침실을 설치한다. 접을 때와 반대 순서로 하면 된다. 결국 침실을 부풀리는 것은 에어로크다. 어떻게 보면 침실은 그저 에어로크의 확장판이라고 할 수 있다.

침실 급속 팽창은 가능하지만 실제로는 하지 않는다. 새는 곳이 없는지 확인하려고 해본 것뿐이다. 하지만 좋은 방법이 아니다. 급속 팽창은 엄청난 충격과 압박을 가한다. 결국에는 파열로 이어진다. 거주용 막사에서 대포알처럼 날아간 일은 그리 좋은 기억이 아니었다. 되풀이하고 싶지 않다.

침실이 설치되면 나는 선외우주복을 벗고 쉴 수 있다. 대개는 촌스러운 70년대 TV 프로를 본다. 사실 나는 하루 중 대부분의 시간 동안 백수와 크게 다르지 않은 생활을 한다.

4일 동안 이런 과정을 반복하고 나자 '산소의 날'이 돌아왔다.

막상 해보니 산소의 날도 네 시간의 운전이 빠졌을 뿐 다른 날과 크게 다르지 않다. 나는 태양 전지들을 설치하고 산소 발생기를 켜서 대기 조절기가 저장해놓은 밀린 이산화탄소를 처리했다.

이산화탄소가 모두 산소로 바뀌면서 그날의 발전량이 모두 소비되었다.

이번 실험은 성공이다. 제 날짜에 떠날 준비가 되었다.

대망의 날이다. 나는 오늘 스키아파렐리로 출발한다.

로버와 트레일러에 짐을 모두 실었다. 대부분은 시운전이 끝난 후 다시 내려놓지 않았다. 이제 물도 마저 실었다.

지난 며칠에 걸쳐 막사 전자레인지로 감자를 전부 익혔다. 한 번에 네 개씩만 넣을 수 있으므로 시간이 꽤 오래 걸렸다. 익힌 감자는 다시 화성 표면에 내놓고 얼렸다. 그런 다음 언 감자를 다시 로버의 안장주머니에 실었다. 시간 낭비처럼 보일 수도 있지만 사실은 아주 중요한 일이다. 스키아파렐리로 가는 동안 나는 날감자 대신 (차가운) 익은 감자를 먹을 수 있다. 무엇보다도, 익은 감자는 날감자보다 맛이 훨씬 더 좋다. 하지만 그보다 더 중요한 것은 익었다는 사실이다. 음식을 익히면 단백질이 분해되어 소화가 더 쉽게 이뤄진다. 그러면 칼로리를 더 많이 얻을 수 있다. 나는 가능한 칼로리를 모두 활용해야 한다.

지난 며칠 동안 모든 장비에 대해 전면적인 진단을 수행했다. 대기 조절기와 산소 발생기, RTG, AREC, 배터리, 로버의 생명 유지 장비(혹시 비상시에 필요할지 모르니까), 태양 전지, 로버 컴퓨터, 에어로크, 그 밖에 가동 부분이나 전기 장치를 구비한 모든 장비. 심지어 모터들도 일일이 점검했다. 모터는 각 바퀴에 하나씩 있으므로 로버에 네 개, 트레일러에 네 개, 총 여덟 개가 있다. 트레일러의 모터들은 돌아가지 않지만 비상시에 사용할 수 있다.

모든 준비가 끝났다. 문제는 보이지 않는다.

이제 막사는 껍데기에 불과하다. 중요한 장비들을 전부 빼냈을 뿐 아니라 캔버스도 왕창 잘라냈다. 나는 이 가엾은 막사로부터 가능한 것은 전부 가져다 썼고 그 대가로 막사는 1년 반 동안 내 목숨을 부지해 주었다. 아낌없이 주는 나무 같다.

오늘 나는 마지막 종료를 실행했다. 히터와 조명, 메인 컴퓨터 등등. 스키아파렐리 여정을 위해 빼돌린 것들을 제외하곤 모든 요소들을 종료했다.

그냥 켜둘 수도 있었다. 아무도 상관하지 않을 것이다. 하지만 막사를 완전히 종료하고 공기를 빼는 것이 원래 31화성일째(화성 탐사 임무를 종료하기로 예정되어 있던 날)의 절차였다. MAV가 발사될 때 가연성 산소가 가득 든 커다란 텐트를 바로 옆에 방치해 두는 것을 나사는 원치 않는다.

내가 종료를 실행한 이유는 아마도 아레스 3 탐사대가 수행할 수도 있었던 임무에 대해 경의를 표하기 위해서였을 것이다. 내가 누리지 못한 31화성일째의 작은 조각이랄까.

모든 것을 종료하고 나자 막사 안은 소름 끼치도록 적막했다. 나는 449화성일 동안 각종 히터 소리와 공기 배출 소리, 팬 소리 등을 들으며 생활했다. 하지만 이제 죽은 듯이 조용해졌다. 뭐라 설명하기 어려운 오싹한 정적이었다. 전에도 시끄러운 막사를 벗어나 보긴 했지만 그 대신 로버에 가 있거나 우주복을 입고 있었다. 둘 다 나름대로 시끄러운 장비이다.

이제 정말 아무 소리도 들리지 않았다. 나는 화성이 얼마나 적막한 곳인지 미처 깨닫지 못하고 있었다. 화성은 사실상 소리를 전달하는 대기조차 없는 황량한 세상이다. 내 심장박동 소리도 들릴 정도다.

너무 철학적으로 빠지는 것 같군.

지금 나는 로버에 타고 있다(막사의 메인 컴퓨터는 이제 영원히 꺼졌으니 당연한 일이다). 배터리 두 개는 빵빵하게 충전되었고, 모든 시스템이 준비 완료되었으며, 45화성일의 운전이 기다리고 있다.

스키아파렐리냐, 죽음이냐!

22

 ●─────────●─────────●

∅ 일지 기록 : 458화성일째

마우르스 협곡! 드디어 왔다!

사실 그렇게 감동적인 성과는 아니다. 이제 길 떠난 지 10화성일밖에 되지 않았다. 하지만 그래도 심리적 이정표로는 썩 괜찮은 편이다.

지금까지 로버와 나의 허름한 생명 유지 장비들은 훌륭하게 제 역할을 하고 있다. 적어도 원래 수명의 10배를 버틴 장비들치고는 훌륭한 편이다.

오늘은 두 번째 산소의 날이다(첫 번째 산소의 날은 5화성일 전이었다). 계획을 세울 때는 산소의 날이 지독하게 따분할 거라고 생각했다. 하지만 이제는 오히려 그날이 기다려진다. 산소의 날은 내게 휴일과도 같다.

평소에 나는 아침에 일어나 침실을 접고 태양 전지를 쌓아 올린 다음, 네 시간 동안 운전을 하고 태양 전지를 펼쳐놓고 침실을 펼치고 모든 장비(특히 로버의 차대와 바퀴들)를 점검한다. 그런 다음 주변에 암석이 충분하면 모스부호로 나사에 상황을 보고한다.

산소의 날에는 아침에 일어나 산소 발생기를 켠다. 태양 전지는 전날부터 펼쳐져 있다. 모든 게 준비된 상태다. 나는 긴장을 풀고 침실이나 로버에 자리를 잡는다. 꼬박 하루를 쉬는 것이다. 침실 덕분에 공간이 충분해서 답답한 느낌이 들지 않으며 컴퓨터에는 언제든 즐길 수 있는 구린 TV 재방송 프로들이 들어 있다.

엄밀히 말하면 마우르스 협곡에는 어제 들어왔다. 하지만 지도를 보고서야 그 사실을 알았다. 협곡 입구가 너무 넓어서 양쪽의 협곡 절벽이 보이지 않았다.

지금 나는 확실히 협곡 안에 들어와 있다. 게다가 바닥이 고르고 평평하다. 내가 기대했던 그대로이다. 대단히 경이로운 일이다. 이 협곡은 강이 흐르면서 천천히 깎여나가 만들어진 게 아니다. 대규모 홍수로 인해 하루 만에 만들어진 것이다. 얼마나 장관이었을까.

아시달리아 평원을 벗어났다고 생각하니 기분이 묘하다. 나는 아시달리아 평원에서 457화성일, 즉 거의 1년 반을 보냈는데 이제 영영 떠나왔다. 언젠가 먼 훗날 그곳이 그리워지지 않을까 싶다.

그 '언젠가 먼 훗날'이 내 삶에 존재한다면 약간의 그리움은 기꺼이 감수하겠다. 하지만 지금은 집에 가고 싶을 뿐이다.

★☆★

"CNN 마크 와트니 특보입니다."

캐시가 카메라를 보며 계속 말을 이었다.

"오늘은, 자주 모시는 손님이죠, 벤카트 커푸어 박사님과 이야기를 나눠보겠습니다. 커푸어 박사님, 많은 분들이 궁금해하실 것 같은데, 마크 와트니의 생존이 어려운 상황인가요?"

"아니길 바랍니다만, 사실 그의 앞에는 굉장히 어려운 과제가 기다리고 있습니다."

"최신 위성 데이터에 따르면 아라비아 테라의 모래 폭풍이 전혀 잦아들지 않았고 그로 인해 태양 빛이 80퍼센트는 차단될 거라고 하던데요?"

"그렇습니다."

"와트니의 유일한 에너지원은 태양 전지죠?"

"그렇지요."

"개조한 로버가 20퍼센트의 전력으로 운행될 수 있을까요?"

"저희가 아는 바로는 그럴 가능성이 희박합니다. 생명 유지 장비를 돌리는 데만도 그 이상의 에너지가 필요합니다."

"폭풍의 영향권에 들어가기까지 얼마나 남았죠?"

"지금 와트니는 마우르스 협곡에 막 들어섰습니다. 지금 같은 속도로 이동하면 471화성일째에 폭풍의 가장자리에 들 겁니다. 앞으로 12일 남았습니다."

"틀림없이 와트니 자신도 문제를 감지하지 않을까 싶은데요. 시계가 나빠지면 태양 전지에 문제가 생길 거라는 생각을 하지 않을까요? 그 지점에서 방향을 돌릴 수는 없는 건가요?"

"안타깝게도 모든 상황이 그에게 불리하게 돌아가고 있습니다. 폭풍의 가장자리가 마법처럼 선이 그어져 뚜렷이 구분되는 것은 아닙니다. 그저 그 구역에 이르면 모래 먼지가 좀 더 짙어지는 것뿐이지요. 계속 나아갈수록 점점 더 심해질 겁니다. 하지만 이런 일은 아주 미묘하게 일어날 겁니다. 날마다 아주 조금씩 어두워지는 것이지요. 그 차이가 너무 미묘해서 알아차리지 못할 겁니다."

벤카트는 한숨을 쉬고 다시 말을 이었다.

"왜 태양 전지의 효율이 자꾸 떨어질까, 하고 생각하면서 수백 킬로미터를 간 후에야 시계가 나빠졌다는 사실을 알아차릴 겁니다. 게다가 폭풍은 서쪽으로 이동하고 있고 그는 동쪽으로 향하고 있습니다. 폭풍 속으로 너무 깊이 들어가서 빠져나오기가 어려워질 수도 있습니다."

"그럼 우리는 그저 비극이 펼쳐지는 광경을 지켜볼 수밖에 없는 건가요?"

캐시가 물었다.

그러자 벤카트가 대답했다.

"언제나 희망은 있습니다. 의외로 빨리 알아차리고 방향을 돌릴 수도 있습니다. 폭풍이 갑자기 사라질 수도 있고요. 어쩌면 와트니는 우리가 찾지 못한, 적은 에너지로도 생명 유지 장비를 돌리는 방법을 찾아낼 수도 있습니다. 마크 와트니는 이제 화성에서 생존하는 데 전문가가 되었습니다. 그런 일을 할 수 있는 사람이 있다면 그 친구뿐일 겁니다."

캐시는 다시 카메라를 보며 말했다.

"12일 남았습니다. 지구상의 모든 사람들이 지켜보고 있지만 아무도 도울 수가 없군요."

또 하루가 무사히 지나갔다. 내일은 산소의 날이다. 따라서 내게 오늘은 금요일 밤과도 같다.

이제 마우르스 협곡을 반쯤 지나왔다. 기대하던 대로 길은 평탄하다. 이렇다 할 고도 변화도 없고 장애물도 거의 없다. 고른 모래밭과 50센티미터 이하의 암석들만 펼쳐져 있다.

내가 길을 어떻게 찾는지 궁금할 것이다. 패스파인더를 찾으러 갈 때는 포보스의 움직임을 보고 동서축을 구분해냈다. 하지만 패스파인더 여행은 이번 여정에 비하면 쉬운 편이었고 길잡이가 될 만한 지표들도 많았다.

이번에는 그런 식으로 넘어갈 수가 없다. 나의 (어쨌든) '지도'는 해상도가 너무 낮아 전혀 도움이 되지 않는 위성사진들로 구성되어 있다. 주요 지형지물, 이를테면 폭이 50킬로미터쯤 되는 분화구 정도만 간신히 파악할 수 있다. 나사는 내가 이렇게 멀리까지 오리라곤 전혀 예상하지 못했다. 패스파인더 일대의 고화질 영상을 갖고 있었던 이유는 단지 착륙을 위해 필요할 수도 있었다. 마르티네스가 목표지에서 너무 멀리 착륙할 경우에 대비해 넣어둔 것이었다.

따라서 이번에는 화성에서 내가 어디쯤 있는지 파악할 수 있는 확실한 방법이 필요했다.

위도와 경도. 그게 열쇠다. 위도는 쉽다. 먼 옛날 지구의 뱃사람들은 위도를 쉽게 파악했다. 23.5도 기울어진 지구의 자전축은 북극성을 가리키고 있다. 화성은 25도가 조금 넘게 기울어져서 데네브를 가리키고 있다.

육분의(六分儀, 두 점 사이의 각도를 정밀하게 측정하는 광학기계—옮긴이)를 만드는 것은 어렵지 않다. 내부가 뚫린 관 하나와 실 하나, 추 하나, 각도가 표시된 도구만 있으면 된다. 나는 한 시간도 안 되어 육분의를 만들었다.

그래서 나는 매일 밤 내가 만든 육분의를 갖고 나가 데네브를 본다. 생각해 보면 정말 우스운 일이다. 화성에서 우주복을 입고 서서 16세기 도구로 길을 찾다니. 하지만 꽤 쓸 만하다.

경도는 얘기가 다르다. 지구에서 맨 처음으로 경도를 알아내는 데 사용한 방법은 정확한 시간을 알아내어 하늘에 있는 태양의 위치와 비교하는 것이었다. 옛날 사람들에게는 배 위에서도 정확하게 가는 시계를 고안하는 일이 큰 난제였다(배에서는 진자가 제대로 진동하지 않으므로). 그 시대 최고의 과학자들이 모두 그 문제에 매달렸었다.

다행히 내겐 정확한 시계가 있다. 당장 눈앞에만 해도 컴퓨터가 네 대나 있다. 게다가 포보스도 있다.

포보스는 화성과 심하게 가까이 있기 때문에 화성 주위를 한 바퀴 도는 데 화성의 하루가 채 걸리지 않는다. 포보스는 (태양 그리고 화성의 또 다른 위성인 데이모스와는 달리) 서쪽에서 동쪽으로 이동하며 열한 시간에 한 번씩 저문다. 그리고 당연히, 아주 예측 가능한 패턴으로 움직인다.

나는 매일 태양 전지로 배터리를 충전하는 동안 열세 시간씩 그냥 빈둥거린다. 그사이에 포보스는 적어도 한 번은 확실하게 저문다. 나는 그 시간을 기록해 둔다. 그런 다음 그것을 내가 연구해 낸 복잡한 공식에 넣어 경도를 알아낸다.

따라서 경도를 알아내려면 포보스가 져야 하고 위도를 알아내려면 데네브를 볼 수 있는 밤이 찾아와야 한다. 썩 빠른 시스템은 아니다. 하지만 하루에 한 번만 하면 된다. 로버를 세워놓은 동안 나의 위치를 알아내고 다음 날 이동하면서 그것을 확인한다. 일종의 연속 근사법인 셈이다. 지금까지는 성공적이라고 생각한다. 하지만 누가 알겠는가? 지도 한 장을 들고 머리를 긁적거리며 내가 어쩌다 금성까지 왔을까 하고 고민하는 상황이 올지도 모를 일이다.

★☆★

민디 파크는 능숙하고 여유롭게 최신 위성사진을 확대했다. 한가운데에 와트니의 야영지가 보였다. 늘 그랬듯 태양 전지들을 원 모양으로 늘어놓았다.

그가 만든 작업실은 팽창되어 있었다. 영상에 나온 시각을 보니 현지 시각으로 정오에 찍힌 것이었다. 그녀는 얼른 상태 보고 메시지를 찾았다. 와트니는 암석이 풍부한 구역에 가면 로버 가까이에, 대개는 북쪽에 메시지를 적어놓았다.

민디는 시간을 절약하기 위해 자신도 모스부호를 배운 터였다. 매일 아침 일일이 문자를 찾아보는 수고를 줄이기 위해서였다. 그녀는 이메일 창을 열고 와트니의 메시지를 받고 싶어하는 사람들의 주소를 복사해 붙였다. 주소 목록은 점점 늘고 있었다.

'494화성일째에 도착하는 데 무리 없음.'

그런 다음 그녀는 인상을 찌푸리며 이렇게 덧붙였다. '참고: 5화성일

후에 모래 폭풍 영향권에 진입할 듯.'

Ø 일지 기록 : 466화성일째

마우르스 협곡은 신나게 달려왔다. 지금 나는 아라비아 테라에 와 있다.

나의 경위도 계산이 정확하다면 방금 그 경계 안에 들어왔다. 하지만 계산해 보지 않아도 지형의 변화로 분명하게 알 수 있다.

지난 이틀 동안 거의 내내 오르막길을 달려 마우르스 협곡을 벗어났다. 경사는 완만했지만 오르막이 계속 이어졌다. 지금은 고도가 훨씬 더 높은 곳에 와 있다. 아시달리아 평원(거주용 막사만 덜렁 서 있는 곳)은 기준 고도보다 3,000미터 낮고 아라비아 테라는 500미터 낮다. 그러니 2.5킬로미터를 올라온 셈이다.

기준 고도가 무슨 뜻인지 알고 싶은가? 지구에서 기준 고도는 해수면이다. 당연히 화성에서는 그런 게 먹히지 않는다. 그래서 실험가운을 걸친 일단의 샌님들이 모여 기압이 610.5파스칼인 곳을 화성의 기준 고도로 삼기로 했다. 그러니까 지금 내가 있는 곳보다 500미터 위가 그렇다는 얘기다.

이제 점점 힘들어지고 있다. 아시달리아 평원에서는 경로를 벗어나도 새로운 데이터를 토대로 정확한 방향을 잡을 수 있었다. 조금 전에 지나온 마우르스 협곡에서는 길을 잃는 게 아예 불가능했다. 그냥 협곡을 따라가기만 하면 되었다.

지금 나는 좀 더 거친 동네에 와 있다. 로버 문들을 전부 잠그고 교차로에서는 절대 완전히 정차해선 안 되는 그런 동네. 아니, 이건 농담이지만, 어쨌든 여기서 길을 잘못 들면 큰일이다.

아라비아 테라에는 피해가야 할 크고 험악한 분화구들이 많다. 경로를 잘못 계산하면 결국 분화구를 맞닥뜨릴 것이다. 분화구마다 내려갔다 올라갈 수는 없다. 비탈을 올라가는 데엔 엄청난 에너지가 든다. 평지에서는 하루에 90킬로미터를 이동할 수 있다. 가파른 비탈은 40킬로미터나 가면 다행이다. 게다가 비탈을 달리는 건 위험하다. 조금만 실수해도 로버가 넘어갈 수 있다. 그런 일은 생각하고 싶지도 않다.

물론, 결국 스키아파렐리로 들어가려면 로버를 몰고 내려가야 한다. 그건 피해갈 수가 없다. 정말 조심해야 할 것이다.

어쨌든 분화구가 나오면 로버를 돌려 전체 경로에 유리한 쪽으로 돌아가야 한다. 이곳은 분화구들이 우글거리는 미로와도 같다. 정신 바짝 차리고 항상 주위를 살펴야 한다. 경위도뿐만 아니라 지형지물까지 확인해서 길을 찾아야 한다.

첫 번째 도전 과제는 러더퍼드 분화구와 트루블로 분화구 사이를 통과하는 일이다. 그리 어렵지 않을 것이다. 두 분화구 사이의 거리는 무려 100킬로미터이니까. 설마 그런 것까지 재수 없게 걸리진 않겠지?

그렇겠지?

Ø 일지 기록 : 468화성일째

러더퍼드와 트루블로 사이의 바늘구멍을 통과하는 데 성공했다. 뭐, 바늘구멍의 폭이 100킬로미터이긴 했지만 그래도 어쨌든 성공이다.

지금 나는 네 번째 산소의 날을 즐기고 있다. 길을 떠난 지 20화성일이 되었다. 지금까지는 계획을 벗어나지 않았다. 내 지도에 따르면 나는 1,440킬로미터를 달려왔다. 아직 반도 못 왔지만 거의 반에 가깝다.

야영을 할 때마다 해당 지역의 토양과 암석 표본을 모으고 있다. 패스파인더를 찾으러 갈 때에도 그랬다. 하지만 이번엔 나사가 나를 지켜보고 있다는 사실을 안다. 그래서 각 표본에 현재 날짜를 적고 있다. 나사는 나의 위치를 나보다 훨씬 더 정확하게 알 수 있다. 따라서 나중에 각 표본을 그들이 파악한 위치와 연결하면 된다.

어쩌면 헛수고일지도 모른다. MAV 발사 허용 무게가 그리 크진 않을 테니까. 헤르메스와 만나려면 대기권 탈출 속도에 도달해야 하는데 원래 MAV는 화성 궤도까지만 도달하도록 설계되었다. 그러니 충분한 속도를 내려면 무게를 줄이는 수밖에 없다.

적어도 MAV 개조 방법은 내가 아니라 나사가 연구할 것이다. 일단 MAV에 도달하면 나는 다시 나사와 교신할 수 있고 그쪽에서 MAV를 어떻게 개조해야 하는지 알려줄 것이다.

그들은 이렇게 말할 가능성이 높다.

"표본을 모으느라 수고했네. 하지만 그냥 두고 와. 그리고 자네 팔도 한쪽 떼어놓고 와. 둘 중 더 마음에 안 드는 쪽으로." 그러나 만에 하나라도 갖고 갈 수 있을지 모르므로 열심히 모으고 있다.

앞으로 며칠 동안 평탄한 길이 이어질 것이다. 다음으로 마주할 주요 장애물은 마르트 분화구이다. 그것은 스키아파렐리로 향하는 직선 경로를 가로막고 있다. 돌아가면 100여 킬로미터를 더 달려야 하지만 어쩔 수 없다. 가급적 남쪽 가장자리로 향할 생각이다. 남쪽 테두리에 가까울수록 돌아가는 데 걸리는 시간이 줄어든다.

★☆★

"오늘 새로 들어온 소식 읽었어?"

루이스가 전자레인지에서 자신의 식사를 꺼내며 물었다.

"네."

마르티네스는 음료를 홀짝거리며 대답했다.

루이스는 휴게실 탁자에 그를 마주 보고 앉아 김이 모락모락 나는 식량 팩을 조심해서 뜯었다. 잠깐 식혔다 먹기로 했다.

"마크가 어제 모래 폭풍의 영향권에 들어갔대."

"네, 봤어요."

마르티네스가 말했다.

"마크가 스키아파렐리까지 오지 못하는 상황도 각오해야 해. 그래도 사기를 잃어선 안 돼. 집까지 긴 여정이 남아 있으니까."

루이스의 말이었다.

그러자 마르티네스가 말했다.

"마크의 죽음은 이미 겪어봤잖아요. 사기를 유지하긴 어려웠지만 우린 잘 버텨냈어요. 게다가 마크는 죽지 않을 거예요."

"상황이 좀 암울해, 릭. 이미 폭풍 속으로 50킬로미터 들어가 있고 계속해서 하루에 90킬로미터를 갈 거야. 곧 너무 깊이 들어가서 나올 수 없게 될 거라고."

마르티네스는 고개를 저었다.

"마크는 이겨낼 거예요, 대장. 믿음을 가지세요."

루이스는 쓸쓸히 웃었다.

"릭, 나 무교인 거 알잖아."

그러자 마르티네스가 말했다.

"알죠. 하느님을 믿으라는 게 아니라 마크 와트니를 믿으시라고요. 화성에서 별의별 개똥 같은 일을 겪고도 살았잖아요. 이번 폭풍도 이겨낼 겁니다. 어떻게 이겨낼지는 모르겠지만 어쨌든 이겨낼 거예요. 더럽게 영리한 놈이잖아요."

루이스는 식사를 한입 물었다.

"정말 그랬으면 좋겠다."

"100달러 거실래요?"

마르티네스가 미소를 지으며 물었다.

"그건 아니지."

루이스가 말했다.

"그러시겠죠."

마르티네스는 다시 미소를 지어 보였다.

그러자 루이스가 대꾸했다.

"동료가 죽는다는 데 돈을 걸 수는 없지. 하지만 그렇다고 해서 그가…"

"에에에."

마르티네스가 그녀의 말을 잘랐다. 그러곤 덧붙였다.

"솔직히 대장도 속으론 마크가 성공할 거라고 생각하시잖아요."

Ø 일지 기록 : 473화성일째

다섯 번째 산소의 날. 모든 게 순조롭다. 내일은 마르트 분화구의 남쪽 가장자리를 돌아야 한다. 그러고 나면 좀 더 수월해질 것이다.

나는 수많은 분화구들이 하나의 삼각형을 이루고 있는 구역의 한가운데에 있다. 나는 그것을 와트니 삼각지라고 이름 지었다. 이 정도 버텼으면 화성에 내 이름을 딴 지명이 하나 정도는 있어야 하지 않겠는가.

트루블로 분화구와 베크렐 분화구, 마르트 분화구가 삼각형의 꼭짓점을 이루고 있고 다른 주요 분화구 다섯 개가 삼각형의 변들을 따라 자리하고 있다. 보통 때 같으면 전혀 문제 되지 않겠지만 지금 내겐 길잡이가 될 만한 게 거의 없으므로 까딱하면 그중 하나와 맞닥뜨려 돌아가야 하는 상황에 이르기 쉽다.

마르트 분화구만 지나면 와트니 삼각지를 벗어난다('와트니 삼각지', 갈수록 입에 착착 달라붙는다). 그다음부터는 걱정 없이 스키아파렐리까지 직진하면 된다. 그사이에도 분화구가 수없이 많겠지만 비교적 작은 것들이라 돌아가도 시간이 많이 걸리지 않는다.

지금까지는 아주 좋았다. 아라비아 테라는 아시달리아 평원보다 울퉁불퉁했지만 걱정했던 것보다는 훨씬 더 수월했다. 암석은 대부분 그냥 넘었고 너무 큰 것만 돌아갔다. 이제 1,435킬로미터 남았다.

스키아파렐리에 대해 약간의 조사를 한 끝에 좋은 소식을 알아냈다. 그 안으로 들어가는 가장 좋은 경로는 지금 내가 있는 곳에서 직진을 하면 된다는 것이다. 조금도 돌아갈 필요가 없다. 그리고 그 입구는 아무리 길치라 해도 쉽게 찾을 수 있다. 북서쪽 테두리에 지표로 삼을 만한 작은 분화구가 있다. 그 남서쪽에 스키아파렐리 분지로 이어지는 완만한 경사로가 있다.

그 분화구는 이름이 없다. 적어도 내가 가진 지도에는 나와 있지 않다. 그래서 나는 '입구 분화구'라는 이름을 붙여주었다. 누가 뭐라 하겠는가.

한편, 장비들이 노후의 징후를 보이기 시작했다. 기대 수명을 훌쩍 넘겼으니 놀랄 일은 아니다. 지난 2화성일 동안 배터리를 충전하는 데 시간이 좀 더 오래 걸렸다. 태양 전지의 발전량이 전보다 줄었다. 별일 아니다. 충전 시간을 좀 더 늘리면 된다.

Ø 일지 기록 : 474화성일째

아, 망했다.

결국 우려했던 일이 일어났다. 길을 잘못 들어 마르트 분화구의 등성이와 맞닥뜨렸다. 이 분화구는 폭이 100킬로미터나 되어 전체를 볼 수 없기 때문에 현재 전체 분화구 테두리의 어디쯤에 있는지 전혀 모르겠다.

분화구의 등성이는 내가 달려온 방향과 직각을 이루고 있다. 따라서 어느 쪽으로 가야 할지 감이 잡히지 않는다. 가능하다면 먼 길을 돌아가고 싶지 않다. 원래는 남쪽으로 돌아갈 생각이었지만 길을 잘못 들었으니 북쪽이 최적의 경로일 가능성도 배제할 수 없다.

경도를 알아내려면 또 한 번 포보스가 지나가길 기다려야 하고 위도를 알아내려면 데네브를 보기 위해 밤이 오길 기다려야 한다. 그러니 오늘 운전은 여기서 접어야 한다. 다행히 하루 평균 이동거리 90킬로미터 가운데 70킬로미터를 달렸으니 많이 뒤처지진 않았다.

마르트 분화구는 그리 가파르지 않다. 그냥 내려갔다 반대편으로 올라갈 수도 있다. 워낙 커서 안에서 하룻밤쯤 자야 할 것이다. 하지만 불필요한 위험을 감수하고 싶진 않다. 비탈길은 좋지 않으니 피해야 한다. 애초에 충분히 여유 있게 계획을 세웠으니 안전을 우선으로 삼을 생각이다.

오늘의 운전을 일찌감치 끝내고 지금은 충전을 준비하고 있다. 어차피 태양 전지가 말썽이니 차라리 잘된 일인지도 모른다. 발전 시간이 늘어날 테니까. 어젯밤에도 전기가 시원치 않았다. 연결 상태를 모두 점검하고 먼지가 없는 것도 확인했는데 여전히 발전량이 100퍼센트에 미치지 못한다.

Ø 일지 기록 : 475화성일째

문제가 생겼다.

어제 포보스가 두 번 통과하는 것을 지켜보고 밤에는 데네브를 확인했다. 현재 위치를 최대한 정확하게 계산해 보았는데 원치 않는 결과가 나왔다. 내가 추정하기로 나는 마르트 분화구를 정면으로 맞닥뜨렸다.

젠장.

북쪽으로 갈 수도 있고 남쪽으로 갈 수도 있다. 둘 중에 더 빨리 돌아갈 수 있는 경로가 분명히 있을 것이다.

어느 쪽이 나은지 파악하려면 적어도 약간의 노력을 투자해야 한다는 생각이 들어 오늘 아침에는 조금 걸어보았다. 분화구 등성이 정상까지는 1킬로미터가 조금 넘는 거리였다. 지구에서라면 누구든 선뜻 걸을 수 있는 거리지만 우주복을 입고 있다면 쉽지 않다.

정말이지, 손자 손녀에게 떠벌릴 날이 손꼽아 기다려진다. "이 할아비가 젊었을 때 말이다, 분화구 언저리 끝까지 걸어가야 했단다. 한참 올라가야 했지! 그것도 우주복을 입고서 말이야! 거기가 화성이었거든, 이 녀석아! 알아들었니? 화성이었다고!" 이렇게 말이다.

어쨌든 나는 테두리 끝까지 올라갔고 아아, 끝내주는 광경을 보았다. 높은 곳에서 보니 기막힌 전경이 눈에 들어왔다. 나는 마르트 분화구의 반대편 가장자리를 보면 최적의 경로가 나올 거라고 생각했다.

하지만 반대편이 보이지 않았다. 대기가 뿌옇게 흐려져 있었다. 드문 일은 아니다. 어쨌든 화성에도 기후와 바람과 먼지가 있으니까. 하지만 좀 심하게 뿌연 것 같았다. 나는 전에 살던 초원의 집, 즉 아시달리아 평원의 확 트인 시야에 익숙해져 있단 말이다.

그런데 뭔가 이상했다. 나는 뒤로 돌아 로버와 트레일러 쪽을 보았다. 내가 두고 온 그대로였다(화성에는 자동차 도둑이 거의 없을 테니까). 하지만 시야가 훨씬 더 선명한 것 같았다.

다시 마르트 건너편을 보았다. 그런 다음 서쪽 지평선을 보았다. 다시 동쪽을 보고 다시 서쪽을 보았다. 선외우주복을 입고 있어서 시선을 돌리려면 몸을 완전히 틀어야 했다.

어제 나는 분화구 하나를 지나왔다. 이곳에서 서쪽으로 대략 50킬로미터쯤 떨어진 곳이었다. 지평선을 보니 육안으로도 확인되었다. 하지만 동쪽으로 몸을 돌리자 그 정도 거리에 있는 것들이 전혀 보이지 않았다. 마르트 분화구는 폭이 110킬로미터이다. 시계가 50킬로미터라면 적어도 테두리의 뚜렷한 만곡은 보여야 한다. 하지만 아무것도 보이지 않았다.

처음에는 그것이 무엇을 의미하는지 전혀 알지 못했다. 다만 양쪽이 비대칭이라는 사실이 편치 않았다. 그리고 나는 무엇이든 의심해야 한다는 것을 뼈저리게 배운 터였다. 그러고 나자 갖가지 생각들이 머릿속을 파고들기 시작했다.

- 시계의 비대칭을 설명할 수 있는 것은 모래 폭풍뿐이다.
- 모래 폭풍은 태양 전지의 효율을 떨어뜨린다.
- 며칠 동안 나의 태양 전지들은 서서히 효율이 떨어졌다.

이를 통해 나는 다음과 같은 결론을 내렸다.

- 나는 며칠 동안 모래 폭풍 속에 있었다.
- 젠장.

나는 지금 모래 폭풍의 영향권 안에 들어와 있을 뿐 아니라, 스키아파렐리로 접근할수록 모래 폭풍은 점점 더 심해지고 있다. 몇 시간 전만 해도 마르트 분화구를 어떻게 돌아가야 하나 걱정하고 있었다. 그런데 이제 훨씬 더 커다란 것을 돌아가야 한다.

게다가 서둘러야 한다. 모래 폭풍은 움직인다. 가만히 있으면 그 속에 파묻혀버릴 가능성이 높다. 하지만 어느 쪽으로 가야 한단 말인가? 지금은 효율을 따질 때가 아니다. 이번에 길을 잘못 고르면 먼지를 먹고 죽어야 한다.

내겐 위성사진이 없다. 폭풍의 규모와 형태, 진행 방향에 대해 알 길이 없다. 아아, 나사와 5분만 대화를 하게 해준다면 무슨 짓이든 할 수 있을 텐데. 그러고 보니 지금 나사는 이 판국을 지켜보며 몹시 불안해하고 있을 게 분명하다.

　철저히 알아봐야 한다. 이번 폭풍에 대해 알아야 할 것을 알아내는 '방법'을 찾아내야 한다. 지금 당장 말이다.

　그런데 아무것도 떠오르지 않는다.

★☆★

　민디는 터벅터벅 컴퓨터로 걸어갔다. 오늘 근무는 오후 2시 10분에 시작이었다. 그녀의 근무시간은 와트니의 일과에 맞춰져 있었다. 자는 시간도 와트니의 취침 시간에 맞춰야 했다. 와트니는 그저 화성에 밤이 찾아올 때 자면 되지만 민디는 매일 40분씩 자는 시간을 늦춰야 했으므로 창문에 알루미늄 포일을 붙이고 잠을 청하기도 했다.

　그녀는 최신 위성사진들을 불러왔다. 그러곤 한쪽 눈썹을 추켜세웠다. 그는 아직 야영을 철수하지 않았다. 대개는 이른 아침 길이 보일 만큼 날이 밝는 대로 곧장 운전을 시작했다. 그런 다음 한낮의 태양을 이용해 최대한 전기를 만들었다.

　그러나 오늘 그는 움직이지 않았다. 아침은 이미 한참 전에 지났다.

　그녀는 두 대의 로버와 침실 주위를 살피며 메시지를 찾았다. 평소와 똑같은 위치(야영지의 북쪽)에 메시지가 있었다. 모스부호를 읽는 그녀의 눈이 휘둥그레졌다.

　'모래 폭풍. 계획을 세우는 중.'

　그녀는 휴대전화를 꺼내어 벤카트의 개인 번호를 눌렀다.

23

∅ 일지 기록 : 476화성일째

돌파구를 찾은 것 같다.

나는 지금 폭풍의 가장자리에 있다. 폭풍의 규모와 진행 방향은 전혀 모른다. 하지만 이동하고 있는 것은 확실하므로, 그 점을 이용하면 된다. 나는 폭풍을 조사하려고 돌아다닐 필요가 없다. 폭풍이 나를 찾아올 것이다.

모래 폭풍은 대기 중에 모래 먼지가 떠다니는 것에 불과하다. 따라서 로버에 해가 되지 않는다. 그렇다면 나는 그것을 '전력손실률'로 간주하면 된다. 어제의 발전량을 확인해 보니 최대 발전량의 97퍼센트였다. 그러니까 지금은 3퍼센트 폭풍인 셈이다.

나는 이동을 해야 하고 산소를 만들어야 한다. 그 두 가지가 나의 주요 목표이다. 나는 산소 만드는 데 전체 발전량의 20퍼센트를 사용한다(산소의 날에 로버를 세우고 산소를 만드니까). 따라서 81퍼센트 폭풍에 들어서면 정말 곤란해진다. 이용 가능한 전기를 전부 산소 발생에 쏟아 부어도 산소가 부족할 것이다. 치명적인 시나리오다. 하지만 사실, 이미 그전에 치명적인 상황에 처할 것이다. 이동할 전기가 없으면 나는 폭풍이 지나가거나 사그라질 때까지 꼼짝도 하지 못한다. 폭풍이 지나가기까지는 몇 달이 걸릴 수도 있다.

발전량이 많을수록 이동하는 데 더 많은 전기를 쓸 수 있다. 하늘이 맑으면 전체 발전량의 80퍼센트를 이동하는 데 투자한다. 그럴 경우 1화성일당 90킬로미터를 이동한다. 지금처럼 전력손실률이 3퍼센트이면 하루 이동 거리가 2.7킬로미터 줄어든다.

화성일당 이동 거리가 줄어드는 것은 크게 문제가 되지 않는다. 시간은 넉넉하다. 하지만 폭풍 속으로 너무 깊이 들어가 버리면 끝내 나오지 못할 것이다.

적어도 폭풍보다 더 빠르게 이동해야 한다. 내가 더 빨리 이동할 수만 있다면 폭풍에 휩싸이지 않고 돌아갈 수 있다. 그렇다면 폭풍이 얼마나 빨리 이동하는지 알아내야 한다.

하루 동안 이대로 앉아 있으면 알아낼 수 있다. 내일의 발전량을 오늘의 발전량과 비교해 보는 것이다. 같은 시각에 비교하기만 하면 된다. 그러면 적어도 전력손실률의 측면에서 폭풍이 얼마나 빨리 이동하는지 알 수 있다.

하지만 폭풍의 형태도 알아야 한다.

모래 폭풍은 규모가 매우 크다. 폭이 수천 킬로미터에 달하는 경우도 있다. 그러니까 그것을 돌아가려면 어느 쪽으로 가야 하는지 알아야 한다. 폭풍의 이동 경로와 수직을 이루되 폭풍의 영향이 덜한 방향으로 이동하는 것이 가장 좋다.

따라서 나의 계획은 다음과 같다.

현재 내가 이동할 수 있는 거리는 86킬로미터이다(어제 배터리가 100퍼센트 충전되지 않았으므로). 내일은 이곳에 태양 전지 하나를 놓아두고 남쪽으로 40킬로미터를 달려갈 것이다. 그런 다음 그곳에 태양 전지 하나를 더 떨어뜨려놓고 또다시 남쪽으로 40킬로미터를 갈 것이다. 그러면 총 80킬로미터에 걸쳐 세 지점에서의 발전량을 알 수 있다.

그다음 날 갔던 길을 되돌아오면서 태양 전지들을 수거하여 데이터를 확인하면 된다. 동일한 시각에 그 세 지점에서의 발전량을 비교해보면 폭풍의 모양을 알아낼 수 있다. 남쪽으로 갈수록 폭풍의 영향이 심해진다면 북쪽으로 돌아가면 된다. 북쪽으로 갈수록 심해진다면 남쪽으로 돌아갈 것이다.

부디 남쪽으로 가게 되었으면 좋겠다. 스키아파렐리는 나의 남동쪽에 있다. 북쪽으로 가면 전체 여정에 걸리는 시간이 크게 늘어난다.

나의 계획에는 한 가지 '작은' 문제가 있다. 떨어뜨려놓고 가는 태양 전지의 발전량을 '기록'할 방법이 없다. 로버 컴퓨터로 발전량을 쉽게 추적하고 기록할 수 있지만 놓아두고 갈 수 있는 무언가가 필요하다. 내가 로버를 몰고 다니면서 발전량을 확인하는 건 안 된다. 동일한 시각에 세 개 지점의 발전량을 확인할 수 있어야 한다.

그래서 오늘은 과학에 미친 듯이 매달려 볼 생각이다. 전력량을 기록할 수 있는 무언가를 만들어야 한다. 각 태양 전지와 함께 놓아둘 만한 것을 말이다.

어차피 하루 종일 이곳에 있어야 할 테니 태양 전지들을 밖에 펼쳐둘 생각이다. 이렇게 된 김에 배터리라도 빵빵하게 충전해야지.

어제와 오늘을 꼬박 투자하긴 했지만 어쨌든 폭풍을 측정할 준비가 된 것 같다.

나는 특정 시각에 각 태양 전지의 발전량을 기록할 방법을 찾아야 했다. 세 개의 태양 전지 중 하나는 내가 옆에 있을 테지만 나머지 두 개는 떨어뜨려놓고 가야 한다. 나는 내가 가져온 여벌의 우주복에서 해결책을 찾았다.

선외우주복에는 보이는 것을 전부 기록하는 카메라들이 탑재되어 있다. 오른팔에(우주비행사가 왼손잡이면 왼팔에) 하나, 안면 보호막에 하나. 기록된 영상의 왼쪽 하단에는 예전에 아빠들이 손에 들고 찍던 홈비디오의 화면에서처럼 타임코드가 깜빡거린다.

나의 전기 공구함에는 전력계가 몇 개 들어 있다. 그러고 보니 이런 생각이 들었다. 기록계를 새로 만들 이유가 없잖아? 그냥 하루 종일 카메라가 전력계를 찍도록 놓아두면 된다.

그래서 그렇게 했다. 길을 떠나려고 짐을 꾸릴 때 나는 내가 가진 연장과 공구를 하나도 빠짐없이 챙겨왔다. 가는 도중에 로버를 수리해야 할지도 모른다고 생각했다.

먼저 나는 여벌의 우주복에서 카메라들을 떼어냈다. 조심스러운 작업이었다. 우주복을 망치고 싶지 않았으니까. 하나뿐인 여벌이란 말이다. 나는 두 대의 카메라와 각각의 메모리칩으로 연결되는 줄을 떼어냈다.

그런 다음 전력계 하나를 작은 시료 용기에 넣고 뚜껑 아래에 카메라를 붙였다. 뚜껑을 닫으면 카메라가 용기 안에 있는 전력계의 판독

장치를 찍게 된다.

실험을 할 때는 로버 전기를 사용했다. 하지만 화성 표면에 떨어뜨려놓고 가면 전기는 어디서 조달할까? 2평방미터짜리 태양 전지 자체에 연결하면 된다! 그 정도 양이면 충분하다. 그리고 밤에도 전기가 흐르도록 용기 안에 작은 충전용 배터리 하나를 넣었다(역시 여벌의 우주복에서 떼어냈다).

다음 문제는 난방이었다. 정확히 말하면 난방이 안 된다는 것이 문제였다. 이 장치는 로버 밖으로 나가는 순간 엄청난 속도로 냉각되기 시작할 것이다. 전기 장치는 온도가 너무 낮아지면 작동을 멈춘다.

따라서 열원이 필요했다. 그 해답은 나의 전기 공구함에서 찾았다. 저항기. 저항기는 엄청나게 많았다. 저항기는 열을 낸다. 그게 원래 저항기가 하는 일이다. 카메라와 전력계가 소비하는 전기는 태양 전지 발전량의 극소량에 불과하다. 따라서 남은 에너지를 저항기로 보내면 된다.

나는 '발전량 기록계' 두 개를 만들어 실험을 통해 영상이 적절히 기록되는지 확인했다.

그런 다음 선외활동을 했다. 태양 전지 두 개를 분리해 전력 기록계를 하나씩 연결했다. 한 시간 동안 신나게 발전량을 기록하게 한 다음 안으로 갖고 들어와 결과를 확인해 보았다. 성공이었다.

이제 밤이 다가오고 있다. 내일 아침에는 발전량 기록계 하나를 남겨두고 남쪽으로 이동할 것이다.

딴 일을 하는 동안 산소 발생기를 돌려놓았다(놀리면 뭐하겠는가?). 따라서 산소가 빵빵하게 차 있고 모든 준비를 마쳤다.

오늘의 태양 전지 효율은 92.5퍼센트였다. 어제는 97퍼센트였다. 폭풍이 동쪽에서 서쪽으로 이동하고 있다는 사실이 다시 한 번 입증된 셈이다. 어제 동쪽이 좀 더 뿌옇게 보였으니까 말이다.

따라서 지금 이 지역의 태양광은 1화성일당 4.5퍼센트씩 떨어지고 있다. 이곳에 16화성일 더 머물면 내 목숨이 위험할 만큼 컴컴해질 것이다.

다행히 나는 이곳을 떠날 것이다.

⊘ 일지 기록 : 478화성일째

오늘은 모든 일이 계획대로 이뤄졌다. 걸림돌이 전혀 없었다. 폭풍 속으로 더 깊이 들어가고 있는지 나가고 있는지는 모르겠다. 주위가 어제보다 밝은지 어두운지 구분하기가 어렵다. 인간의 뇌는 그런 정보를 교란시키려고 혼신의 힘을 다한다.

나는 출발할 때 발전량 기록계 하나를 남겨두었다. 그런 다음 남쪽으로 40킬로미터를 달린 뒤 잠깐의 선외활동을 통해 또 하나를 놓아두었다. 이제는 온전히 80킬로미터를 이동해 충전을 위해 태양 전지들을 펼쳐놓고 발전량을 기록하고 있다.

내일은 왔던 길을 되돌아가면서 발전량 기록계들을 수거할 것이다. 위험할 수도 있다. 이미 폭풍 구역임을 알고 있는 곳으로 되돌아가는 셈이니까. 하지만 위험을 감수하면 대가가 돌아온다.

그런데 감자가 지겹다는 얘기를 한 적이 있던가? 아아, 정말 감자가 지겨워죽겠다. 지구에 돌아가면 웨스턴오스트레일리아에 작고 예쁜 집을 한 채 살 것이다. 웨스턴오스트레일리아는 지구에서 아이다호(감자로 유명함-옮긴이)의 정반대편에 위치한 곳이다.

이런 얘기를 꺼내는 이유는 오늘 저녁에 식량 팩으로 식사를 했기 때문이다. 나는 특별한 날에 먹으려고 식량 팩 다섯 개를 아껴두었다. 그중 첫 번째는 29화성일 전에 스키아파렐리로 출발할 때 먹었다. 그러나 며칠 전 중간 지점에 도달했을 때 까맣게 잊고 두 번째 식량 팩을 먹지 못했다. 그래서 뒤늦게 절반 지점에 도달한 것을 축하하려고 파티를 즐기고 있다.

어쩌면 오늘 먹는 게 더 정확할 수도 있다. 이 폭풍을 돌아가는 데 얼마나 걸릴지 모르니까. 그리고 결국 폭풍에 갇혀 죽을 운명에 처한다면 아껴둔 나머지 식량 팩도 다 먹어버릴 생각이다.

∅ 일지 기록 : 479화성일째

고속도로에서 잘못 나가본 적이 있는가? 다음 출구로 나가서 돌아오면 그만이지만, 목적지에서 멀어지는 내내 부아가 치민다.

오늘 하루 종일 내 기분이 그랬다. 지금 나는 어제 아침에 출발했던 지점에 돌아와 있다. 윽.

오는 길에 중간 지점에 놓아둔 발전량 기록계를 수거했다. 그리고 방금 전에 어제 이곳에 놓아둔 기록계를 갖고 들어왔다.

두 기록계 모두 내 기대를 저버리지 않았다. 나는 각각의 비디오 기록을 노트북 컴퓨터로 옮기고 시간을 정오로 돌려보았다. 드디어 80킬로미터 구간의 세 개 지점에서 같은 시각에 측정한 태양 전지 효율 기록을 얻었다.

어제 정오를 기준으로 각각의 기록계를 확인한 결과, 가장 북쪽에 있던 태양 전지의 전력손실률은 12.3퍼센트, 중간 지점 태양 전지의 전력손실률은 9.5퍼센트, 가장 남쪽에 있던 로버의 기록은 6.4퍼센트의 전력손실률을 가리켰다. 그림이 꽤 명확해졌다. 폭풍은 나의 북쪽에 있다. 그리고 서쪽으로 이동하고 있다는 사실은 이미 파악했다. 그러니까 폭풍을 피하려면 남쪽으로 이동해 폭풍이 북쪽에서 나를 지나가게 한 다음 다시 동쪽으로 향하면 된다.

드디어 좋은 소식이다! 남동쪽은 내가 원하던 방향이다. 시간을 많이 까먹진 않을 것이다.

휴우… 내일은 두 번이나 지나간 지긋지긋한 길을 또다시 달려야 한다.

Ø 일지 기록 : 480화성일째

아무래도 폭풍을 벗어나고 있는 것 같다.

나는 하루 종일 화성 1번 고속도로를 달려 어제 떠난 야영지로 돌아왔다. 내일은 드디어 다시 전진을 하게 된다. 나는 정오쯤에 운전을 끝내고 진을 쳤다. 이곳의 전력손실률은 15.6퍼센트이다. 어제 야영지의 전력손실률이 17퍼센트였으니 이대로 계속 남쪽으로 가면 폭풍을 벗어날 수 있다는 얘기다.

제발 그렇게 되길.

폭풍은 원형일 '가능성'이 높다. 폭풍은 대개 원형이니까. 하지만 어쩌면 나는 우묵하게 들어간 부분으로 이동하고 있는지도 모른다. 만약 그렇다면 그냥 죽어야 한다. 달리 무얼 할 수 있겠는가.

곧 알게 될 것이다. 폭풍이 정말 원형이라면 발전효율이 매일 점점 좋아져 결국 100퍼센트로 돌아가야 한다. 100퍼센트에 이르면 폭풍을 북쪽에 두고 완전히 벗어났다는 뜻이니 다시 동쪽으로 달리기 시작하면 된다. 보면 알겠지.

폭풍만 아니었으면 나는 목표지를 향해 남동쪽으로 직진했을 것이다. 지금은 남쪽으로만 가고 있으므로 이동 속도가 훨씬 느려진 셈이다. 평소처럼 하루 90킬로미터를 달리고 있지만 피타고라스는 심술쟁이이기 때문에 스키아파렐리에 다가간 거리는 37킬로미터에 불과하다. 언제쯤 폭풍을 완전히 벗어나 다시 스키아파렐리로 직진할 수 있을지 모르겠다. 하지만 한 가지는 확실하다. 494화성일째에 도착하려던 나의 계획은 끝장났다.

549화성일. 그들이 나를 데리러 오는 날이다. 그날을 놓치면 나는 이곳에서 아주 짧은 삶을 연명하다 떠날 것이다. 게다가 그전에 MAV도 개조해야 한다.

푸.

Ø 일지 기록 : 482화성일째

산소의 날. 휴식을 취하며 사색하는 시간이다.

휴식을 위해 나는 조한슨의 전자책 가운데 애거서 크리스티의《백주의 악마》를 80쪽 읽었다. 아무래도 린다 마샬이 살인범인 것 같다.

사색으로 말할 것 같으면, 대체 언제쯤 이 폭풍을 벗어날 것인지에

451

대해 사색했다.

나는 여전히 남쪽으로만 이동하고 있고 여전히 발전효율이 완전히 돌아오지 않았다(계속 벗어나고 있긴 하지만). 이런 개똥 같은 상황에선 하루 90킬로미터가 아니라 겨우 37킬로미터씩 MAV에 다가가고 있다. 미칠 노릇이다.

산소의 날을 건너뛸까도 생각해 보았다. 산소가 다 떨어지기 전까지 이틀 정도는 더 갈 수 있고 폭풍을 벗어나는 것은 꽤 중요한 일이니까. 하지만 그러지 않기로 했다. 이미 하루 정도는 이동하지 않아도 괜찮을 만큼 충분히 폭풍을 빠져나왔다. 게다가 이틀이면 충분한지도 알 수 없다. 남쪽으로 얼마나 더 폭풍의 영향권에 들어 있을지 누가 알겠는가?

하긴, 나사는 알 것이다. 그리고 지구의 뉴스들에서도 보도되고 있을 것이다. '마크와트니죽음구경닷컴' 같은 웹사이트도 생겼을 가능성이 높다. 그러니까 이 폭풍이 정확히 남쪽 어디까지 영향을 미치는지 수천만 명의 사람들이 알고 있다는 얘기다.

그런데 나는 그 안에 포함되지 않는다.

Ø 일지 기록 : 484화성일째

드디어!

'드디어' 이 죽일 놈의 폭풍을 벗어났다. 오늘의 발전량은 100퍼센트였다. 대기도 깨끗하다. 폭풍은 나의 이동 방향과 수직으로 이동하고 있으므로 현재 나는 먼지 구름의 최남단 지점 아래로 내려왔다는 뜻이다(폭풍이 원형이라면 말이다. 그렇지 않다면 망한 거다).

내일부터는 스키아파렐리로 직진하면 된다. 정말 다행이다. 지금까지만 해도 시간이 많이 지체되었으니까. 나는 폭풍을 피하느라 남쪽으로 540킬로미터 내려왔다. 경로를 엄청나게 벗어난 셈이다.

사실 그렇게 나쁘기만 한 것은 아니다. 지금 나는 테라 메리디아니 안에 한참 들어와 있는데 이곳은 울퉁불퉁하고 덜컹거리는 아라비아 테라보다 운전하기가 좀 더 수월하다. 스키아파렐리는 거의 정동쪽에 있으므로 육분의와 포보스를 이용한 나의 계산이 정확하다면 이제 1,030킬로미터만 더 가면 된다.

1화성일당 이동거리가 90킬로미터인 점과 산소의 날을 감안하면 498화성일째에 도착한다. 사실 그렇게 나쁜 성적은 아니다. '마크를 죽일 뻔한' 폭풍으로 인해 지체된 시간은 겨우 4화성일이다.

나사가 계획하고 있는 MAV 개조 작업을 수행할 시간이 44화성일이나 남는다.

∅ 일지 기록 : 487화성일째

이곳에는 흥미로운 기회가 있다. 여기서 '기회'란 기회라는 뜻을 가진 화성 탐사 로버 '오퍼튜니티'를 말한다.

지금 나는 경로에서 꽤 많이 벗어났으므로 오퍼튜니티에서 그리 멀지 않은 곳에 있다. 대략 300킬로미터 거리. 4화성일 정도면 도착할 수 있다.

젠장, 정말 유혹적이다. 오퍼튜니티의 통신 장치를 이용할 수 있다면 다시 인간과 접촉할 수 있다. 나사는 나의 정확한 위치와 최적의 경로를 지속적으로 알려줄 것이고, 또 다른 폭풍이 오고 있다면 경고해 줄 것이며, 전반적으로 나를 지켜줄 것이다.

하지만 솔직하게 말하면 이토록 끌리는 진짜 이유는 따로 있다. 혼자라는 사실이 지긋지긋하다. 젠장! 패스파인더를 고친 뒤로 나는 지구와 교신하는 데 익숙해져 버렸다. 그런데 드릴을 작업대에 잘못 세워놓는 바람에 그 모든 게 날아가고 나는 다시 혼자가 되었다. 겨우 4화성일만 투자하면 그런 생활을 끝낼 수 있단 말이다.

그렇다고 해도 비합리적이고 어리석은 생각이다. 11화성일 후면 MAV에 도착한다. 완벽하게 돌아가는 새 통신 장치를 사용할 날이 2주도 채 남지 않았는데, 낡은 로버를 파내어 임시로 교신하겠다고 옆길로 새는 게 말이 되는가?

따라서 또 다른 로버가 아주 가까이에 있다는 사실은 정말 유혹적이지만 결코 현명한 행동이 아니다(아아, 우린 이 행성에 로버를 정말 많이 버렸다).

게다가 미래의 유적지를 훼손하는 일은 이미 충분히 했다.

Ø 일지 기록 : 492화성일째

침실에 대해 좀 생각해 봐야겠다.

지금은 내가 로버 안에 있어야만 침실을 설치할 수 있다. 침실은 에어로크에 부착되기 때문에 침실이 펼쳐져 있으면 나는 밖으로 나올 수 없다. 내가 이동하는 동안에는 어차피 침실을 매일 접어야 하니 문제가 되지 않는다. 그러나 MAV에 도착하면 더 이상 이동할 필요가 없다. 침실은 공기를 넣었다 뺄 때마다 이음새에 압박이 가해진다(막사가 폭발했을 때 어렵게 배운 교훈이다). 그러니까 그냥 펼쳐두는 것이 가장 좋다.

맙소사. 그러고 보니 나는 내가 실제로 MAV에 도착할 거라고 믿고 있나 보다. 방금 내가 무슨 짓을 했는지 아는가? MAV에 도착해서 일어날 일에 대해 태연하게 얘기했단 말이다. 아무것도 아니라는 듯이. 대수롭지 않다는 듯이. 그냥 스키아파렐리로 순간 이동하여 MAV를 만질 수 있다는 듯이.

좋은 일이다.

그건 그렇고, 어쨌든 다른 에어로크는 없다. 로버에 하나, 트레일러에 하나가 전부다. 둘 다 확실하게 고정되어 있어서 하나를 떼어다 침실에 붙이거나 하는 건 불가능하다.

하지만 침실을 완전히 밀폐할 수는 있다. 뭔가를 더 만들 필요도 없다. 침실의 에어로크 부착 지점에는 말려 있는 덮개가 있는데, 그것을 펼치면 뚫린 입구를 봉쇄할 수 있다. 기억할지 모르지만 나는 이 에어로크 부착 부분을 간이텐트에서 떼어왔고, 간이텐트는 로버 안에 있는 동안 압력이 유실될 경우를 대비해 마련해놓은 비상 장비이다. 따라서 그 자체로 밀폐가 되지 않으면 의미가 없다.

안타깝게도 그것은 비상 장비이기 때문에 재사용이 불가능하다. 위급한 상황이 발생했을 때 간이텐트 안에 들어가 입구를 봉쇄하고 있으면 다른 대원들이 다른 로버를 타고 그곳으로 와서 구조를 해야 한다. 구조자들은 간이텐트를 파열된 로버에서 분리해 자기들이 타고 온 로버에 부착한다. 그런 다음 로버 안에서 덮개를 뜯어 텐트 안에 있는 동료들을 로버 안에 들인다.

이러한 구조 작업이 언제든 가능하게 하기 위해 임무 규정상 로버 한 대에 세 명 이상이 탑승할 수 없고 두 대의 로버가 모두 온전하게 기능하지 않으면 둘 다 이용할 수 없다.

따라서 나는 끝내주는 계획을 세웠다. MAV에 도착하면 더 이상 침실을 침실로 사용하지 않는다. 침실은 산소 발생기와 대기 조절기를 넣어놓는 공간으로 사용할 것이다. 그리고 트레일러를 침실로 사용하면 된다. 깔끔하지 않은가?

트레일러는 아주 넓은 편이다. 내가 엄청난 중노동을 한 덕분이다. 풍선을 만들어놓은 덕분에 공간이 꽤 널찍하다. 바닥은 그리 넓지 않지만 높이는 충분하다.

게다가 침실 캔버스에는 밸브 구멍이 몇 개 있다. 막사의 설계 덕분이다. 막사에서 떼어온 캔버스에 밸브 구멍들이(그것도 세 개짜리가!) 포함되어 있어 필요한 경우 밖에서 막사에 공기를 주입할 수 있도록 하기 위한 장치였다.

나는 결국 침실에 산소 발생기와 대기 조절기를 넣고 밀폐할 생각이다. 그런 다음 호스들을 연결해 침실과 트레일러가 공기를 공유하게 하고 역시 호스 하나를 통해 전선을 통과시키면 된다. 로버를 창고로 사용하면(더 이상 운전용 제어반을 쓸 필요가 없을 테니까) 트레일러는 완전히 빈다. 그럼 영구적인 침실이 생긴다. 심지어 MAV를 개조할 때 에어로크를 통과할 수 있는 것들은 그 안에 갖고 들어와 작업할 수도 있다.

물론 대기 조절기나 산소 발생기에 문제가 생긴다면 침실을 찢고 들어가야 한다. 하지만 이곳에서 492화성일을 보내는 동안 둘 다 문제를 일으키지 않았으므로 그 정도 위험은 감수할 생각이다.

　∅ 일지 기록 : 497화성일째

　내일은 스키아파렐리 입구에 도착할 것이다!

　다른 문제가 생기지 않는다면 말이다. 하지만 이번 임무에서는 모든 일이 아주 순조롭게 이뤄지지 않았던가(비꼬는 거다).

　오늘은 산소의 날인데 이번만큼은 정말 산소의 날이 반갑지 않다. 스키아파렐리가 너무 가까워서 실제로 그 맛이 느껴질 정도다. 그래봐야 주로 모래 맛이겠지만 그런 얘기가 아니지 않은가.

　물론 그렇다고 모든 여정이 끝나는 것은 아니다. 입구에서부터 MAV까지 가려면 3화성일이 더 걸릴 것이다. 그래도 정말 감동이다! 거의 다 왔다!

　스키아파렐리 테두리가 보이는 것 같기도 하다. 하지만 아직 멀리 있기 때문에 그냥 혼자만의 착각일지도 모른다. 거리가 무려 62킬로미터니 설사 보인다고 해도 간신히 보일 것이다.

　내일 입구 분화구에 도착하면 남쪽으로 방향을 틀어 '진입 경사로'를 통해 스키아파렐리 분지로 들어갈 것이다. 대충 끼적거리며 계산해본 결과 경사로는 그럭저럭 안전한 것 같다. 테두리와 분지의 고도 차이가 1.5킬로미터이고 경사로의 길이는 적어도 45킬로미터이다. 그러면 경사도가 겨우 2도라는 뜻이다. 문제없다.

　내일 밤엔 '더 이상 내려갈 수 없을' 것이다!

　아니, 다른 표현을 찾아보자….

내일 밤엔 '바닥을 칠' 것이다!

아니, 이깃도 별로인 것 같다….

내일 밤엔 조반니 스키아파렐리가 가장 좋아하는 구멍 안에 있을 것이다!

그래, 인정한다. 난 지금 놀고 있다.

★☆★

수백만 년에 걸쳐 이 분화구의 테두리는 지속적으로 바람의 공격에 시달렸다. 마치 강물이 산맥을 가르듯 암석으로 이뤄진 등성이가 침식되었다. 억겁의 세월이 흐르면서 마침내 분화구의 가장자리가 갈라졌다.

바람이 만들어낸 이 고압부에는 이제 일종의 '배수로'가 생겼다. 새천년이 도래할 때마다 균열은 점점 더 넓어졌다. 그러면서 바람이 실어 온 먼지와 입자가 그 아래 분지에 정착했다.

그리하여 결국 균형점에 도달했다. 모래가 분화구 바깥 지대와 같은 높이로 쌓인 것이다. 모래는 더 이상 위로 올라가지 않고 바깥쪽으로 퍼졌다. 비탈이 길어지다 새로운 균형점에 이르렀으니, 바로 무수한 미세입자들의 복합적인 상호작용 그리고 각진 모양으로 쌓이는 그 입자들의 성질에 의해 규정된 균형점이었다. 그리하여 마침내 진입 경사로가 탄생했다.

기후로 인해 둔덕들과 사막 지형이 생겨났고, 근처에 충돌 분화구가 형성되면서 그 여파로 돌멩이와 커다란 바위 들이 실려왔다. 경사로의 모양은 점점 울퉁불퉁해졌다.

중력도 가세했다. 경사로는 세월이 갈수록 단단하게 압착되었다. 그러나 고르게 압착되지 않았다. 밀도의 차이 때문에 제각기 다른 속도로 다져졌다. 어떤 지역은 바위처럼 단단해졌지만 어떤 지역은 활석처럼 무른 상태로 남았다.

분화구까지의 '평균' 경사도는 낮았지만 경사로 자체는 울퉁불퉁하고 몹시 들쑥날쑥했다.

하나뿐인 화성 거주자는 입구 분화구에 도달하자마자 스키아파렐리 분지 쪽으로 방향을 틀었다. 예상과 달리 경사로는 험난한 지형이었지만 육안으로는 그가 지금까지 지나온 다른 지대보다 더 나빠 보이지 않았다.

그는 작은 모래 둔덕들은 돌아가고 커다란 둔덕들은 조심스레 타고 넘었다. 방향을 틀 때나 둔덕을 오르내릴 때, 커다란 바위가 나타날 때면 세심하게 주의를 기울였다. 어떤 길이든 충분히 고심했고 모든 대안을 고려해 보았다.

그러나 그것으론 충분하지 않았다.

로버는 겉보기엔 완만한 비탈길을 내려가다 보이지 않던 등성이 밑으로 떨어졌다. 조밀하고 단단한 토양이 갑자기 부드러운 가루로 바뀌었다. 표면 전체가 적어도 5센티미터의 먼지로 덮여 있어 갑작스러운 토질의 변화를 육안으로 알아차릴 길이 없었다.

로버의 왼쪽 앞바퀴가 그 속에 빠졌다. 차체가 갑자기 기울면서 오른쪽 뒷바퀴가 바닥에서 떨어져 완전히 허공으로 떠올랐다. 그리고 나자 왼쪽 뒷바퀴에 더 무게가 실렸고 결국 그것마저 힘을 지탱하지 못하고 부드러운 가루 속으로 미끄러져 들어갔다.

그 안에 탄 여행자가 손쓸 새도 없이 로버는 옆으로 넘어갔다. 지붕

위에 깔끔하게 쌓아올린 태양 전지들이 사방으로 날아가 마치 한 벌의 카드를 던져놓은 듯 흩어졌다.

견인 클램프로 로버에 연결되어 있던 트레일러가 질질 끌려갔다. 클램프가 뒤틀리면서 탄탄한 복합재가 연약한 나뭇가지처럼 뚝 부러졌다. 두 로버를 연결한 호스들도 끊어져, 트레일러는 머리부터 무른 토양에 거꾸로 처박혀 풍선으로 부풀린 지붕을 바닥에 댄 채 멈춰 섰다.

로버에겐 그런 행운이 따르지 않았다. 로버는 계속해서 언덕을 굴러떨어졌고 그 안에 탄 여행자는 마치 건조기 안에 넣은 빨래처럼 사방에 몸을 부딪혔다. 2미터쯤 지나 부드러운 가루가 좀 더 단단한 흙으로 바뀌자 로버는 우뚝 멈춰 섰다.

그러나 옆으로 누운 채였다. 호스들이 끊어지고 나자 거기에 연결된 밸브들은 갑작스러운 압력 손실을 감지하고 봉쇄되었다. 압력 밀폐는 파열되지 않았다.

일단, 여행자는 살았다.

24

부서장들은 프로젝션 화면에 나타난 위성사진을 응시했다.

"맙소사, 대체 어떻게 된 겁니까?"

미치가 물었다.

민디는 화면을 가리키며 대답했다.

"로버가 옆으로 누워 있어요. 트레일러는 거꾸러졌고요. 주위에 흩어져 있는 사각형들은 태양 전지입니다."

벤카트는 한 손을 턱으로 가져갔다.

"로버 가압 격실의 상태가 어떤지 알 수 있는 정보가 있나?"

"확실한 건 없습니다."

민디가 말했다.

"와트니가 사고 후에 뭔가 활동한 흔적도 없고? 선외활동이라던가?"

"선외활동은 하지 않았어요. 현재 날씨는 맑은 편입니다. 와트니가 밖에 나왔더라면 발자국이 보였을 거예요."

민디의 대답이었다.

"여기가 전체 사고 현장인가?"

브루스 웅이 물었다.

"그런 것 같습니다. 사진 위쪽을 보시면 북쪽에 정상적인 바퀴자국이 보입니다. 여기요."

민디는 흙이 마구 헤집어진 커다란 구역을 가리키며 말을 이었다.

"저기서 문제가 생긴 것 같아요. 저 도랑으로 봐선 저기서 로버가 넘어가서 미끄러져 내려간 것으로 추정됩니다. 쭉 내려간 자국이 있어요. 트레일러는 앞으로 넘어가서 뒤집혔고요."

"아주 괜찮다고 말할 수는 없겠지만 보이는 만큼 그렇게 나쁘진 않은 것 같은데요."

브루스가 말했다.

"이유를 말씀해 보시죠."

벤카트가 말했다.

브루스는 설명을 시작했다.

"로버는 전복을 견딜 수 있게 설계되었습니다. 압력 손실이 있었다면 모래밭에 별 모양의 자국이 남았을 겁니다. 그런 건 안 보이는군요."

그러자 미치가 말했다.

"와트니가 다쳐서 못 나오고 있을 수도 있습니다. 머리를 부딪혔거나 팔이 부러졌을 수도 있어요."

"그야 그렇죠. 난 그저 로버는 무사해 보인다고 말한 것뿐입니다."

브루스가 대꾸했다.

"이 사진이 언제 찍힌 거지?"

민디는 자신의 시계를 확인하며 대답했다.

"17분 전에 들어왔습니다. 9분 뒤에 저곳이 MGS4의 궤도에 들어오면 사진이 또 한 장 들어올 거예요."

"와트니는 먼저 파손의 정도를 살피기 위해 선외활동을 할 거야. 민디, 변화가 생기면 바로 알려줘요."

벤카트가 말했다.

 ∅ 일지 기록 : 498화성일째

흠.

이런.

스키아파렐리 분지로 내려가던 중에 뭔가 잘못됐다. 얼마나 잘못됐는지 기록해두기 위해 지금 나는 컴퓨터로 손을 뻗어 이 일지를 쓰고 있다. 컴퓨터는 여전히 제어반 근처에 붙어 있으니까. 그리고 로버는 옆으로 누워 있다.

사방에 몸을 부딪쳤지만, 나는 위기 상황이 오면 잘 단련된 기계 인간이 된다. 로버가 기울어지는 순간 나는 공처럼 몸을 말아 웅크렸다. 그 정도 액션 히어로는 할 수 있다.

게다가 효과가 있었다. 전혀 다치지 않았으니까.

가압 격실은 멀쩡하다. 그것도 다행이다. 트레일러의 호스들과 연결된 밸브들은 봉쇄되었다. 그렇다면 호스들이 끊어졌다는 뜻이다. 그리고 그것은 트레일러와의 연결이 끊어졌다는 뜻이다. 야호!

로버 안을 둘러보니 뭔가가 고장 난 것 같진 않다. 물 탱크들은 밀폐된 상태 그대로이다. 공기 탱크들도 눈에 띄는 누출은 없다. 접어놓은 침실이 펼쳐져 내부를 온통 뒤덮고 있지만 기껏해야 캔버스이니 심하게 망가졌을 리는 없다.

운전용 제어반도 멀쩡하고 내비게이션 컴퓨터는 로버가 '기울기 위험 한도 초과' 상태라고 보고하고 있다. 고맙군, 내비!

나는 굴렀다. 그렇다고 세상이 끝난 건 아니다. 나는 살았고 로버도 무사하다. 그보다는 굴러떨어졌을 태양 전지들이 더 걱정이다. 게다가 트레일러가 분리되었으니 그것도 엉망이 되었을 가능성이 높다. 트레일러의 풍선 지붕은 내구성이 썩 좋지 않다. 만약 풍선이 터졌다면 그 안에 실은 물건들이 사방으로 날아갔을 테니, 나가서 찾아야 한다. 나의 생명을 유지해 주는 중요한 장비들이니까.

생명 유지 장비 얘기가 나와서 말인데, 로버는 밸브들이 차단되자 내부 탱크들로 갈아탔다. 잘했어, 로버! 간식 하나 줘야겠군.

산소는 20리터(40일 동안 숨 쉴 수 있는 양)나 있지만 (트레일러에 실은) 대기 조절기가 없으면 나는 다시 이산화탄소 화학적 흡수 장비에 의존해야 한다. 이산화탄소 필터는 312시간분이 남았다. 선외우주복의 이산화탄소 필터는 171시간분이 있다. 모두 합치면 483시간, 대략 20화성일분이다. 그러니 모든 장비를 복구할 시간은 있는 셈이다.

나는 지금 MAV에 엄청 가까이 와 있다. 약 220킬로미터 남았다. 이런 일 때문에 눈앞에 있는 고지를 포기할 수는 없다. 게다가 이제는 모든 것을 최상의 상태로 정비할 필요가 없다. 로버는 220킬로미터만 더 굴러가면 되고 생명 유지 장비는 51일만 더 버티면 된다. 그뿐이다.

이제 우주복을 입고 트레일러를 찾아봐야겠다.

밖에 나가보니 상황이 아주 나쁘진 않다. 그렇다고 좋지도 않지만.

태양 전지 세 개는 부서졌다. 로버 밑에 깔려 박살이 났다. 그래도 몇 와트 정도는 만들 수 있을지 모르지만 크게 희망을 걸진 않는다. 다행히 나는 여분의 태양 전지 하나를 더 챙겨왔다. 일상적인 장비 운행에 필요한 태양 전지는 스물여덟 개인데 나는 스물아홉 개를 가져왔다(로버 지붕에 열네 개, 트레일러 지붕에 일곱 개, 로버와 트레일러의 양옆에 맨 선반에 총 여덟 개).

로버를 밀어 똑바로 세워보려 했지만 역부족이었다. 지렛대로 활용할 만한 도구를 만들어야 한다. 옆으로 누워 있긴 하지만 그 밖에 다른 문제는 눈에 띄지 않는다.

아니, 꼭 그렇다고 할 수도 없다. 견인 고리가 완전히 망가졌다. 절반이 깔끔하게 떨어져 나갔다. 다행히 트레일러에도 견인 고리가 있으니 그것을 사용하면 된다.

트레일러는 위태로워 보인다. 거꾸러져서 풍선 지붕이 바닥에 닿아 있다. 어떤 신이 나를 보고 미소 지었는지, 어떤 신이 풍선 터지는 걸 막아주었는지는 모르지만 어쨌든 감사드린다. 가장 먼저 해야 할 일은 트레일러를 똑바로 세우는 것이다. 풍선은 눌릴수록 터질 확률이 높으니까.

나온 김에 나는 로버 밑에 깔리지 않은 태양 전지 스물여섯 개를 수거하여 배터리 충전을 시작했다. 놀리면 뭐하겠는가?

그러니까 지금 내겐 몇 가지 해결해야 할 문제가 있다. 첫째, 트레일러를 바로 세워야 한다. 최소한 풍선이 눌리는 것은 막아야 한다. 둘째, 로버를 바로 세워야 한다. 마지막으로 세 번째, 로버의 견인 고리를 트레일러의 견인 고리로 교체해야 한다.

또 하나, 나사를 위해 메시지를 적어놓아야 한다. 분명히 걱정하고 있을 것이다.

★☆★

민디는 모스부호를 소리 내어 읽었다.

"굴렀음. 수리 중."

"응? 그게 다야?"

수화기 저편에서 벤카트가 물었다.

"그것뿐이에요."

민디는 이렇게 보고하며 전화기를 어깨로 받치고 관계자들에게 이메일을 쓰기 시작했다.

"겨우 세 단어? 몸 상태에 대한 내용은 없어? 장비는? 보급품은?"

"딱 걸렸네요. 사실은 엄청 자세한 메시지를 남겼답니다. 그런데 제가 그냥 아무 이유 없이 거짓말을 한 거예요."

그녀가 대꾸했다.

그러자 벤카트가 말했다.

"예끼. 직급이 일곱 단계나 높은 상사를 놀려먹다니. 무사하지 않을 텐데."

"어머, 우주 파파라치 자리에서 쫓겨나는 건가요? 그럼 제 석사 학위는 다른 데 써먹어야겠네요."

"예전엔 얌전했는데."

"이젠 우주 파파라치가 됐잖아요. 원래 태도는 직업을 따라가기 마련이죠."

"알았어, 알았다고. 이메일이나 보내."

벤카트가 말했다.

"벌써 보냈어요."

∅ 일지 기록 : 499화성일째

오늘은 바쁜 하루였지만 많은 문제를 해결했다.

나는 찌뿌드드하게 하루를 시작했다. 로버의 벽에 누워 잠을 잤기 때문이다. 에어로크가 하늘을 향하고 있으니 침실을 펼쳐봐야 소용없었다. 그래도 침실을 써먹긴 했다. 잘 접어서 침대로 사용했으니까.

어쨌든 로버의 벽은 누워서 잘 만한 데가 못 된다 하지만 아침으로 감자 한 알과 비코딘을 먹고 나자 기분이 한결 나아졌다.

처음에 나는 트레일러를 세우는 일이 가장 시급하다고 판단했다. 그러나 생각이 바뀌었다. 한참 살펴보니 트레일러는 도저히 나 혼자 힘으로 세울 수 없다는 결론에 도달했다. 로버의 도움이 필요했다.

그래서 오늘은 로버를 바로 세우는 데 주력했다.

나는 MAV를 개조하는 데 필요할까 봐 내가 가진 공구들을 전부 챙겨왔다. 그리고 전기 케이블도 함께 갖고 왔다. MAV에 도착해 터를 잡고 나면 태양 전지들과 배터리들도 한 자리에 고정해 놓을 것이다. 그러면 멀리 떨어진 곳에서 드릴을 사용할 때마다 로버를 타고 왔다 갔다 해야 한다. 그래서 나는 전기 케이블을 자리가 허락하는 만큼 최대한 많이 실었다.

그것도 다행이었다. 케이블은 밧줄 대용으로도 사용할 수 있다.

나는 가장 긴 케이블을 꺼냈다. 패스파인더를 파괴해 버린 드릴에 연결했던 바로 그 케이블이다. 녀석에겐 '행운의 케이블'이라는 이름을 붙였다.

나는 한쪽 끝을 배터리에 꽂고 반대편 끝을 그 유명한 드릴에 연결한 다음 드릴을 갖고 멀리로 걸어나가 단단한 땅을 찾아보았다. 단단한 땅이 나오자 케이블이 닿는 곳까지 최대한 멀리 걸어갔다. 그런 다음 암석 하나를 골라 1미터짜리 드릴 날을 0.5미터쯤 박아 넣고 코드를 뽑아 케이블을 드릴 날에 묶었다.

그러고는 다시 로버로 가서 하늘을 향해 솟아 있는 지붕 끝의 걸고리에 케이블의 반대편 끝을 묶었다. 이제 로버와 수직으로 팽팽한 줄이 길게 연결되었다.

나는 그 가운데로 걸어가 케이블을 사선으로 잡아당겼다. 로버에 가해지는 지레의 힘은 엄청났다. 로버가 기울기 전에 드릴 날이 부러지지 않기만을 간절히 바랐다.

나는 계속해서 뒤로 가며 줄을 잡아당겼다. 무언가는 패할 수밖에 없었지만 그것이 나는 아니었다. 아르키메데스는 내 편이니까. 마침내 로버가 기울었다.

로버는 커다란 먼지 구름을 일으키며 바퀴로 바닥을 짚고 섰다. 소리는 나지 않았다. 대기가 엷어서 내가 있는 곳까지 소리가 전달되지 않았다.

나는 케이블을 풀고 드릴 날을 뺀 다음, 다시 로버로 가서 전체 시스템을 점검했다. 죽을 만큼 따분한 일이지만 생략할 수는 없었다.

모든 시스템 및 하부시스템 들이 정확하게 작동하고 있었다. 제트추진연구소는 이 로버를 정말 튼튼하게 만들었다. 지구에 돌아가면 브루스 옹에게 맥주 한 잔 사야겠다. 브루스 옹뿐만 아니라 제트추진연구소 사람들 모두에게 맥주를 사야 할 것 같다.

아니, 지구에 돌아가면 모두에게 맥주를 살 것이다.

어쨌든 로버가 다시 바퀴로 바닥을 짚고 섰으니 이제 트레일러를 세워야 했다. 문제는, 햇빛이 없다는 것이다. 기억할지 모르겠지만 지금 나는 분화구에 들어와 있다.

로버는 경사로를 내려가던 도중에 굴렀다. 경사로는 분화구의 서쪽 가장자리에 맞닿아 있다. 따라서 내가 있는 곳에서는 해가 아주 일찍 저문다. 지금 나는 서쪽 벽의 그림자 안에 있다. 정말 못해먹겠다.

화성은 지구가 아니다. 빛을 굴절시킬 만큼, 빛을 반사하는 입자들을 모퉁이 너머로 실어 나를 밀도 높은 대기가 존재하지 않는다. 이곳은 거의 완전한 진공 상태에 가깝다. 해가 보이지 않으면 바로 어둠이다. 포보스가 약간의 달빛을 보내주긴 하지만 일할 수 있을 정도는 아니다. 데이모스라는 위성은 아무짝에도 쓸모가 없다.

트레일러의 풍선이 땅에 처박힌 상태로 또 하룻밤 방치하고 싶진 않지만 달리 방법이 없다. 그러고 보니 트레일러는 꼬박 하루 동안 그 상태로 버텼다. 당분간은 별일 없을 것이다.

참, 이제 로버를 바로 세웠으니 다시 침실을 쓸 수 있게 되었다! 삶에선 단순한 것들이 중요한 법이다.

아침에 보니 트레일러는 아직 터지지 않았다. 출발이 좋았다.

트레일러는 로버보다 훨씬 더 어려운 과제였다. 로버는 기울이기만 하면 되었다. 트레일러는 완전히 뒤집어야 한다. 그러려면 어제 사용한 단순한 지렛대 기술보다 훨씬 더 많은 힘이 필요하다.

첫 단계는 로버를 트레일러 가까이로 몰고 가는 것이었다. 그런 다음 땅을 파야 했다.

아아, 또 삽질이라니.

트레일러는 앞부분이 비탈의 아래쪽을 향한 채로 뒤집혀 있었다. 비탈을 이용해 트레일러가 앞코를 대고 넘어가게 하는 것이 최선이라는 결론에 도달했다. 말하자면 재주넘기를 해서 똑바로 착지하게 만드는 셈이었다.

트레일러 뒤쪽에 케이블을 묶어 로버로 끌면 가능할 것 같았다. 하지만 그전에 먼저 구덩이를 파지 않으면 트레일러는 그저 미끄러져 내려올 게 분명했다. 나는 트레일러가 꼬리부터 위로 올라오게 만들어야 했다. 그러려면 앞코 부분이 처박히도록 구덩이를 파야 했다.

그래서 나는 구덩이를 팠다. 가로 세로 각각 1미터와 3미터, 깊이 1미터. 네 시간의 처참한 중노동을 해야 했지만 어쨌든 해냈다.

그런 다음 로버에 올라타, 로버로 트레일러를 끌며 비탈을 내려갔다. 내가 바랐던 대로 트레일러는 구덩이 속에 코를 박고 꼬리를 올렸다. 그러다 엄청난 먼지를 일으키며 똑바로 내려섰다.

나는 내 계획이 정말 성공했다는 사실에 어안이 벙벙해 한동안 그대로 앉아 있었다.

그리고 지금은 또 빛이 사라졌다. 한시라도 빨리 이 빌어먹을 그림자에서 나가고 싶다. MAV 쪽으로 하루만 더 달려가면 이 벽에서 멀어질 것이다. 하지만 지금은 또다시 이른 밤이 찾아왔다.

오늘 밤엔 트레일러의 생명 유지 장비에 의존하지 않을 생각이다. 바로 세워놓긴 했지만 그 안의 물건들이 멀쩡한지 확인하진 못했다. 아직 로버에 필요한 것들이 충분히 남아 있다.

남은 저녁시간은 감자 한 알을 즐기며 보내련다. 여기서 '즐기며'라는 것은 '살인을 하고 싶을 만큼 죽도록 증오하며'라는 뜻이다.

Ø 일지 기록 : 501화성일째

오늘은 무차(無茶)로 하루를 열었다. 무차를 만드는 건 어렵지 않다. 먼저 뜨거운 물을 준비한 다음 아무것도 넣지 않으면 된다. 몇 주 전엔 감자껍질차를 만들어보았다. 그에 대해선 말하지 않는 편이 좋을 것 같다.

오늘은 트레일러 안에 들어가 보았다. 쉽지 않았다. 트레일러 안은 너무 비좁아서 우주복을 에어로크에 벗어놓았다.

가장 먼저 감지한 사실은 내부가 몹시 덥다는 점이었다. 그 이유를 알아내기까지는 몇 분이 걸렸다.

대기 조절기는 멀쩡했지만 사실상 할 일이 없었다. 로버와의 연결이 끊어지면서 내가 뱉어내는 이산화탄소를 처리할 필요가 없어졌다. 트레일러 안의 대기는 완벽했으므로 일할 이유가 없었다.

대기 조절이 필요치 않았으므로 공기를 AREC로 내보내 동결 분리할 일도 없었다. 따라서 다시 안으로 들어오는 액화 공기를 가열할 필요도 없었다.

그러나 기억할지 모르겠지만 RTG는 쉬지 않고 열을 방출한다. 그것은 막을 수가 없다. 그래서 열이 축적된 것이다. 결국 균형점에 도달하자 RTG로 인해 더해진 열기는 외곽을 통해 빠져나갔다. 참고로 균형점은 푹푹 찌는 섭씨 41도이다.

나는 대기 조절기와 산소 발생기에 대해 전면적인 진단을 수행했고, 지금은 다행히 둘 다 멀쩡하게 돌아가고 있다.

RTG 수조가 비긴 했지만 지극히 당연한 일이다. 거꾸러지는 상황을 예상하지 못하고 윗부분이 터진 용기를 사용했기 때문이다. 트레일러 바닥에 물이 흥건히 고여 있어 한참 동안 내 작업복으로 물을 닦았다. 그런 다음 트레일러에 실어놓은 밀폐 용기의 물로 수조를 다시 채웠다. 기억할지 모르겠지만 그래야만 귀환 공기가 보글거리며 물을 통과할 수 있다. 그게 나의 난방 시스템이다.

하지만 여러 가지를 감안하면 상황이 좋은 편이었다. 필수적인 장비들이 멀쩡하게 돌아가고 있고, 로버와 트레일러 모두 바로 세웠다. 로버와 트레일러를 연결한 호스들은 훌륭한 설계 덕분에 끊어지지 않고 그냥 빠지기만 했다. 다시 제자리에 끼우자 두 선체는 다시 생명 유지 시스템을 공유하기 시작했다.

마지막으로 수리해야 할 것은 견인 고리였다. 견인 고리는 완전히 못쓰게 되었다. 전복될 때 충격을 온전히 받아냈기 때문이다. 그러나 내가 예상했던 대로 트레일러의 견인 고리는 홈집조차 나지 않았다. 그래서 나는 그것을 로버로 옮겨 달고 다시 두 대가 함께 이동할 수 있도록 연결했다.

종합하면 이 가벼운 사고로 나는 4화성일을 까먹었다. 하지만 이제 다시 행동 개시다!

아마도.

또 고운 가루가 덮인 구덩이에 빠지면 어떡하지? 이번엔 운이 좋은 편이었다. 다음번엔 그렇게 쉽게 회복할 수 없을지도 모른다. 내가 가는 길이 안전한지 확인할 방법이 필요하다. 최소한 이 경사로를 달리는 동안만이라도. 일단 스키아파렐리 분지에 도달하면 그다음부터는 내게 익숙한 보통의 모래밭이 펼쳐질 것이다.

지금 아무거나 한 가지를 가질 수 있다면 나사에게 이 경사로를 안전하게 내려가는 방법을 물어볼 수 있도록 무선통신 장치를 갖고 싶다. 사실 정말 '아무거나' 하나를 가질 수 있다면 아름다운 녹색 피부의 화성 여왕이 나를 구해주었으면 좋겠다. 그러면 그녀는 '섹스'라는 지구의 문화에 대해 좀 더 배울 수 있을 텐데.

여성을 본 지가 정말 오래됐다. 그냥 그렇다는 거다.

어쨌든 사고를 막기 위해서 나는… 아아, 그러고 보니… 정말 몇 년째 만나는 사람이 없었다. 큰 욕심은 없다. 솔직히 지구에서도 식물학자 겸 기계공학자는 여성들이 선호하는 직업이라고 할 수 없다. 아아, 그래도 그렇지.

어쨌든. 로버를 더 천천히 몰아야 한다. 아예… 기어갈 생각이다. 그러면 한쪽 바퀴가 빠져도 대응할 시간이 충분할 것이다. 게다가 속도를 늦추면 토크가 커져서 견인력을 잃을 확률도 낮아진다.

지금까지는 시속 25킬로미터로 달렸는데 시속 5킬로미터로 줄일 생각이다. 아직 경사로의 정상 가까이에 있지만 그래봐야 총 거리는 겨우 45킬로미터이다. 천천히 가도 약 여덟 시간이면 안전하게 다 내려갈 수 있다. 그건 내일 할 일이다. 오늘은 또 빛이 사라졌다.

또 하나의 보너스: 이 경사로를 벗어나면 MAV를 향해 곧장 직진할 수 있고 그러면 이 분화구의 벽에서 멀어질 것이다. 다시 반나절이 아닌 한나절의 햇살을 즐기게 된다는 얘기다.

지구에 돌아가면 유명해지겠지? 모든 장애물을 극복한 용감한 우주 비행사가 아닌가. 틀림없이 여성들은 그런 남성을 좋아할 것이다.

살아야 하는 또 하나의 이유다.

★☆★

민디가 설명했다.

"다 고친 것 같습니다. 게다가 오늘 '한결 나아졌음'이라는 메시지를 남겼거든요. 짐작건대, 전부 제대로 돌아가는 모양이에요."

그녀는 회의실에 앉은 사람들을 훑어보았다. 모두들 미소를 짓고 있었다.

"대단하군."

미치가 말했다.

"좋은 소식이군요."

스피커폰에서 브루스의 목소리가 들려왔다.

벤카트가 전화기 쪽으로 몸을 숙이고 물었다.

"브루스, MAV 개조 계획은 어떻게 되어갑니까? 곧 나오는 겁니까?"

"지금 그것 때문에 24시간 풀가동하고 있습니다. 큰 문제들은 대부분 해결했어요. 세부적인 계획을 세우고 있습니다."

브루스가 대답했다.

"잘됐군요. 제가 알아야 할 만한 특이사항은 없습니까?"

벤카트가 물었다.

그러자 브루스가 대답했다.

"그게… 몇 가지 있습니다. 지금 말씀드리긴 곤란합니다. 하루이틀 후에 개조 방법을 갖고 휴스턴으로 가겠습니다. 그때 같이 검토하시죠."

"불길한데요. 어쨌든 알겠습니다. 나중에 얘기합시다."

벤카트가 말했다.

애니가 물었다.

"오늘 소식, 공개해도 되는 건가요? 오늘 밤 뉴스에서는 로버 사고 현장이 아닌 다른 걸 보고 싶네요."

"물론입니다. 분위기도 전환할 겸 기쁜 소식을 전하면 좋겠지요. 민디, 와트니가 MAV까지 가는 데 얼마나 걸리나?"

"평소처럼 하루에 90킬로미터씩 가면 504화성일째에 도착할 거예요. 천천히 가면 505화성일째쯤 되겠죠. 운전은 늘 이른 아침에 시작해서 정오쯤에 끝냅니다."

민디는 자신의 노트북 컴퓨터로 프로그램 하나를 실행시킨 뒤 다시 말했다.

"504화성일째 정오는 휴스턴 시간으로 이번 주 수요일 오전 11시 41분이에요. 505화성일째 정오면 목요일 오후 12시 21분이고요."

"미치, 아레스 4 MAV와의 통신은 누가 맡습니까?"

"아레스 3 관제팀이 맡습니다. 2관제실에서 이뤄질 겁니다."

"참석하실 거죠?"

"당연히 참석해야죠."

"저도 가겠습니다."

　매년 추수감사절이 되면 우리 가족은 시카고에서 여덟 시간 차를 타고 샌더스키로 가곤 했다. 그곳엔 이모가 살았다. 운전은 항상 아버지가 했는데 우리 아버지는 지금껏 핸들을 잡은 사람들을 통틀어 가장 느리고 가장 조심스러운 운전자였을 것이다.

　정말이다. 아버지는 마치 운전면허 시험을 보듯이 차를 몰았다. 절대 제한속도를 넘기지 않았고, 두 손은 항상 10시 방향과 2시 방향으로 핸들을 잡고 있었으며, 운전석에 앉을 때마다 매번 룸미러를 조정했다. 다 열거하자면 끝이 없을 것이다.

　얼마나 답답했는지 모른다. 고속도로를 달리면 양옆에서 차들이 쌩쌩 지나갔다. 솔직히 제한속도를 준수하면 오히려 위험할 수도 있기 때문에 가끔 경적을 울리는 차들도 있었다. 나는 내려서 차를 밀고 싶었다.

　오늘 하루 종일 바로 그런 기분이었다. 시속 5킬로미터면 말 그대로 걷는 속도다. 그리고 나는 그 속도로 여덟 시간 동안 운전을 했다.

　하지만 또다시 고운 가루가 뒤덮인 구덩이로 떨어지는 일을 예방하려면 느리게 달려야 했다. 물론 그런 구덩이는 나오지 않았다. 전속력으로 달렸어도 문제없었을 것이다. 하지만 나중에 후회하느니 미리 조심하는 편이 낫다.

　다행히 이제 진입 경사로를 다 내려왔다. 평평한 지형이 나오자 나는 곧바로 야영 준비를 했다. 이미 하루 치 운전 시간을 초과했다. 아직 배터리가 15퍼센트쯤 남았으므로 더 갈 수도 있지만 나의 태양 전지들에게 햇빛을 최대한 쬐여주고 싶었다.

드디어 스키아파렐리 분지 안으로 들어왔다. 분화구 벽에서도 벗어났다. 이제부터는 매일 꼬박 하루 치의 햇빛을 누릴 수 있다.

오늘은 아주 특별한 날로 치기로 했다. 그래서 '죽을 고비를 넘긴 날'이라고 적은 식량 팩을 먹었다. 맙소사, 진짜 음식이 얼마나 맛있었는지 잊고 있었다.

운이 따라준다면 며칠 후에는 '도착'을 먹을 것이다.

∅ 일지 기록 : 503화성일째

어제는 평소만큼 충전을 하지 못했다. 운전하는 시간이 길어져서 70퍼센트만 충전한 상태에서 날이 저물었다. 그래서 오늘은 이동 거리가 단축되었다.

63킬로미터를 달린 후에 다시 야영을 해야 했다. 그래도 괜찮다. MAV까지 겨우 148킬로미터 남았으니까. 내일모레면 도착한다는 뜻이다.

맙소사, 정말 성공하려나 보다!

∅ 일지 기록 : 504화성일째

세상에, 정말 감동이다! 아아! 맙소사!

진정. 진정하자.

오늘 나는 90킬로미터를 달렸다. 추정컨대 MAV까지 50킬로미터 남왔다. 내일 안에 도착할 것이다. 그것도 신나지만 내가 이렇게 좋아서 어쩔 줄 몰라 하는 이유는 따로 있다. MAV로부터 삐 하는 신호가 잡혔단 말이다!

나사에서 MAV가 아레스 3 거주용 막사의 자동 유도 신호를 쏘도록 설정해 놓았다. 내가 왜 그 생각을 못 했을까? 너무도 당연한 일인데 말이다. MAV는 완벽하게 기능하는 매끈한 새 기계로, 언제든 명령을 따를 준비가 되어 있다. 나사는 MAV가 아레스 3 거주용 막사를 가장하도록 설정해놓았다. 나의 로버는 그 신호를 보고 내게 정확한 위치를 알려줄 것이다.

정말이지 '끝내주게' 좋은 아이디어다! 나는 MAV를 찾아 헤맬 필요가 없다. 곧장 가면 된다.

삐 하는 신호가 딱 한 번 잡혔다. 더 가까워지면 신호가 더 많이 잡힐 것이다. MAV는 지구와 아무 문제 없이 교신할 수 있는데, 나는 모래 둔덕 하나만 가로놓여 있어도 그 신호를 받을 수 없다니 참으로 얄궂은 일이다. MAV는 지구와의 통신 장치를 세 개나 구비하고 있지만 세 개 모두 극도로 직접적이며 가시선 통신용으로 설계되었다. 그리고 MAV와 지구 사이에는 모래 둔덕이 하나도 없다.

어쨌든 나사는 미약하게나마 방사상 신호를 보내도록 조작해 놓았다. 그리고 나는 그것을 포착했다!

오늘 나는 '무선 표지 신호 받았음'이라는 메시지를 써놓았다. 암석이 더 있었다면 '끝내주는 아이디어임!!!'이라고 덧붙였을 것이다. 하지만 여긴 모래만 잔뜩 있다.

MAV는 스키아파렐리 남서부에서 기다리고 있었다. 키가 27미터에 달하는 그 원뿔 모양의 몸통이 한낮의 태양 속에서 빛을 발하며 위용을 뽐냈다.

로버가 트레일러를 끌고 근처의 둔덕을 넘어왔다. 잠시 속도를 늦추는가 싶더니 곧 계속해서 전속력으로 MAV를 향해 달려왔다. 그러다 20미터쯤 떨어진 곳에 멈춰 섰다.

그 안에 탄 우주비행사가 우주복을 입느라 로버는 약 10분 동안 그대로 서 있었다.

우주비행사는 흥분한 얼굴로 뒤뚱뒤뚱 에어로크를 빠져나와 바닥에 쓰러졌다 다시 허둥지둥 일어섰다. 못 믿겠다는 듯이 MAV를 바라보며 두 팔로 그것을 가리켰다.

이윽고 그는 두 주먹을 높이 치켜들고 몇 번을 껑충껑충 뛰었다. 그런 다음 한쪽 무릎을 꿇고 허공에 여러 차례 주먹을 흔들었다.

그러고 나서 선체로 달려가 착륙지지대 B를 껴안았다. 얼마 후 그것을 놓고 또 한바탕 껑충껑충 뛰며 자축했다.

그러다 지친 우주비행사는 두 손으로 허리를 짚고 눈앞에 있는 매끈한 선들을 올려다보았다. 그것은 공학기술의 경이였다.

그는 착륙단 사다리를 타고 상승단으로 올라가 에어로크로 들어가 문을 닫았다.

25

Ø 일지 기록 : 505화성일째

드디어 해냈다! 나는 지금 MAV에 와 있다!

사실 지금 이 순간엔 다시 로버로 돌아와 있다. 어쨌든 나는 MAV에 들어가 시스템 점검과 부팅을 시행했다. 아직 그 안에는 생명 유지 장비가 없으므로 내내 선외우주복을 입고 있어야 했다.

지금 MAV는 자동 검사를 수행하고 있으므로, 그사이 나는 로버의 호스들로 산소와 질소를 채워 넣고 있다. 이 모든 것이 MAV 설계의 일부이다. MAV는 공기를 싣고 오지 않는다. 그럴 이유가 없다. 바로 옆에 공기가 가득한 거주용 막사가 있는데 왜 굳이 불필요한 무게를 감당하겠는가.

지금 나사 사람들은 샴페인을 터뜨리며 내게 메시지를 잔뜩 보내고 있을 것이다. 조금 이따 읽어볼 생각이다. 중요한 것부터 먼저 해야 한다. MAV에 생명 유지 환경을 구축하는 것. 그래야 그 안에서 편안하게 일할 수 있다.

그런 다음 나사와 따분한 대화를 나눌 것이다. 내용은 재미있겠지만 이곳과 지구 사이의 전송시간 14분은 조금 지루할 것이다.

★☆★

[13:07] 휴스턴: 관제 센터에 있는 모든 사람들이 축하를 보낸다! 잘했다! 현재 상태는?

[13:21] MAV: 고맙습니다! 다친 데 없고 건강해요. 로버와 트레일러는 좀 헐긴 했지만 잘 돌아가고요. 산소 발생기와 대기 조절기 둘 다 이상 무. 물 환원기는 안 가져왔음. 물만 가져왔어요. 감자도 충분히 남았고요. 549화성일째까지 무사히 버틸 수 있어요.

[13:36] 휴스턴: 다행이군. 헤르메스는 예정대로 549화성일째에 근접 통과할 예정이다. 알다시피 MAV는 헤르메스까지 올라가려면 무게를 줄여야 해. 오늘 안으로 방법을 전송하겠다. 물은 얼마나 있나? 소변은 어떻게 했지?

[13:50] MAV: 550리터 남았어요. 오는 길에는 소변을 밖에다 보았고요.

[14:05] 휴스턴: 물은 잘 보관하길. 더 이상 소변도 버리지 말 것. 어딘가에 저장해 둬. 로버 통신 장치를 켜둘 것. 이제 MAV를 통해 로버와 연락하면 되니까.

★☆★

브루스는 벤카트의 사무실로 터벅터벅 들어가 인사도 안 하고 의자에 털썩 앉았다. 서류가방을 툭 던져놓고 양팔을 늘어뜨렸다.

"비행은 괜찮았어요?"

벤카트가 물었다.

"잠을 제대로 잔 게 언제인지 기억도 잘 안 나네요."

브루스가 대꾸했다.

"준비는 다 된 겁니까?"

벤카트가 물었다.

"네, 다 됐습니다. 하지만 마음에 안 드실 겁니다."

"시작해 보시죠."

브루스는 마음을 다잡고 자리에서 일어나 서류가방을 집어 들었다. 그러곤 그 안에서 작은 책자 하나를 꺼내며 말했다.

"제트추진연구소 최고의 인재들이 모두 모여서 수천 시간 동안 연구와 실험, 수평적 사고를 거듭한 결과라는 점을 잊으시면 안 됩니다."

"이미 최대한 가볍게 설계한 우주선을 깎아내는 게 쉬운 일은 아니었겠지요."

벤카트가 말했다.

브루스는 책자를 책상 위에 놓고 벤카트 쪽으로 밀었다.

"문제는 속도입니다. MAV는 화성의 저궤도에 도달하도록 설계되었습니다. 저궤도에 도달하는 데 필요한 속도는 겨우 초속 4.1킬로미터입니다. 하지만 헤르메스는 초속 5.8킬로미터로 근접 통과할 겁니다."

벤카트는 책자를 쭉 넘겨보며 말했다.

"요약해 주시죠?"

"첫째, 연료를 추가해야 합니다. MAV는 화성의 대기로 자체 연료를 만들지만 대기 중 수소의 양이 허용하는 만큼만 만들 수 있지요. 설계대로라면 MAV가 지금까지 거둬들인 수소의 양은 19,397킬로그램의

연료를 만들 정도입니다. 수소를 더 공급한다면 연료를 더 많이 만들
수 있지요."

"얼마나 더 말입니까?"

"수소 1킬로그램으로 13킬로그램의 연료를 만들 수 있습니다. 와트
니가 가진 물은 550리터입니다. 그 친구한테 전기분해를 해서 수소
60킬로그램을 만들라고 해야 합니다."

브루스는 책상 위로 손을 뻗어 책자를 몇 쪽 넘긴 다음 도표 하나를
가리키며 말을 이었다.

"그럼 연료 설비는 그것으로 780킬로그램의 연료를 만들 수 있지요."

"물을 다 전기분해하면 마실 물은 어떻게 합니까?"

"떠나는 날까지 총 50리터만 있으면 됩니다. 그리고 인간의 몸은 물
을 잠시 빌리는 것이잖아요. 소변도 전기분해하라고 합시다. 이용할
수 있는 수소는 전부 동원해야 합니다."

"그렇군요. 그럼 그 780킬로그램의 연료로 우리가 얻을 수 있는 건
뭡니까?"

벤카트가 물었다.

"그 정도면 유효하중 300킬로그램과 맞먹습니다. 이건 전적으로 연
료 대 탑재하중의 문제입니다. MAV의 발사 무게는 12,600킬로그램이
넘습니다. 연료가 780킬로그램 더 생긴다고 해도 여전히 무게를
7,300킬로그램까지 줄여야 합니다. 이 책자의 나머지는 MAV의 무게
5,000킬로그램 이상을 줄이는 방법에 관한 내용입니다."

벤카트는 의자에 깊숙이 몸을 기댔다.

"말로 설명해 주시죠."

브루스는 서류가방에서 책자를 한 부 더 꺼냈다.

"당장 쉽게 들어낼 수 있는 것들이 몇 가지 있습니다. MAV는 화성의 토양 및 암석 표본을 500킬로그램 싣고 오는 것을 전제로 설계되었지요. 당연히 그건 빼야 합니다. 그리고 탑승 인원은 여섯 명이 아니라 한 명입니다. 다섯 사람의 무게와 더불어 그들의 우주복과 장비 들을 감안하면 500킬로그램은 덜 수 있지요. 가속 의자도 다섯 개는 들어내야 합니다. 물론 불필요한 장비도 모두 들어내야지요. 구급함, 공구함, 내부 안전벨트, 각종 띠, 그 밖에 고정되지 않은 것들은 모두 들어낼 겁니다. 그리고 고정되어 있는 것도 일부 들어내야 하지요."

그는 계속해서 말을 이었다.

"다음으로 생명 유지 장비를 모두 없앨 겁니다. 탱크들, 펌프들, 히터들, 공기줄들, 이산화탄소 흡수 장치 심지어 외곽 안쪽의 단열재도 버릴 겁니다. 전부 필요 없습니다. 와트니는 발사 내내 선외우주복을 입고 있으면 되니까요."

"그럼 제어장치를 사용하기가 불편하지 않을까요?"

벤카트가 물었다.

그러자 브루스가 대답했다.

"제어장치를 사용하는 일은 없을 겁니다. 마르티네스 소령이 헤르메스에서 원격으로 MAV를 조종할 겁니다. 이미 원격 조종이 가능하도록 설계되어 있습니다. 어차피 착륙할 때도 원격으로 조종했잖아요."

"뭔가 잘못되기라도 하면 어떻게 합니까?"

벤카트가 물었다.

"마르티네스는 최고의 훈련을 받은 조종사입니다. 비상시에는 더더욱 마르티네스에게 조종을 맡겨야지요."

브루스가 대답했다.

벤카트는 조심스럽게 입을 뗐다.

"흠. 지금까지 유인선을 원격 조종에 맡긴 적은 없습니다. 하지만 좋습니다. 계속하시지요."

브루스는 계속해서 설명을 이어갔다.

"와트니가 조종할 게 아니니까 제어장치도 필요 없습니다. 제어반들과 거기에 연결된 모든 전선 및 데이터 통신선들도 떼어낼 겁니다."

"이야, 정말 완전히 파괴하는군요."

벤카트가 말했다.

그러자 브루스가 대꾸했다.

"이제 시작에 불과합니다. 생명 유지 장비가 없으면 필요한 전력량도 크게 줄어들 테니 배터리 다섯 개 중 세 개 그리고 보조 전력 시스템도 들어낼 겁니다. 궤도 기동 시스템 분사기도 세 개나 있습니다. 그것도 없앨 겁니다. 그리고 제2, 제3 통신시스템 역시 없어도 됩니다."

"잠깐, 뭐라고요? 원격 조정으로 상승하는데 예비 통신 장치들을 없앤다고요?"

벤카트가 깜짝 놀라 되물었다.

"있을 필요가 없습니다. 상승 도중에 통신이 한 번 끊기면 다시 연결하는 데 시간이 너무 오래 걸려서 어차피 소용이 없습니다. 예비 장치는 무용지물입니다."

"너무 위험해지는 것 같은데요, 브루스."

브루스는 한숨을 쉬며 대꾸했다.

"저도 압니다. 다른 방법이 없어요. 게다가 가장 위험한 부분은 아직 시작도 하지 않았습니다."

벤카트는 이마를 문질렀다.

"좋습니다. 가장 위험한 게 뭔지 얘기해 보시죠."

"앞코 부분의 에어로크와 창문들, 그리고 19번 외판을 제거할 겁니다."

벤카트는 눈을 깜빡이며 되물었다.

"MAV 앞쪽을 다 뜯어내자는 말씀입니까?"

브루스가 대답했다.

"그렇습니다. 앞코 부분의 에어로크만 400킬로그램입니다. 창문들도 꽤 무겁고요. 그것들이 전부 19번 외판에 연결되어 있으니 그것도 떼어야겠지요."

"그럼 앞쪽이 뻥 뚫린 채로 발사하겠단 말입니까?"

"막사 캔버스로 덮으라고 해야지요."

"막사 캔버스? 궤도로 발사하는 데 막사 캔버스를 덮으라고요!?"

브루스는 어깨를 으쓱하며 대꾸했다.

"어차피 외판의 역할은 주로 공기를 잡아주는 것뿐입니다. 화성은 유선형도 필요치 않을 만큼 공기가 희박합니다. 공기저항이 문제 될 만큼 속도가 빨라지면 그 무렵엔 이미 사실상 공기가 아예 없는 높이까지 올라가 있을 겁니다. 저희가 다 시뮬레이션을 해봤습니다. 괜찮을 겁니다."

"와트니에게 천막을 씌워 우주로 날려 보내는 셈이군요."

"말하자면 그렇지요."

"급하게 짐을 싣고 떠나는 픽업트럭처럼."

"맞습니다. 계속해도 될까요?"

"그러시죠. 궁금해죽겠군요."

"가압 격실의 뒤판도 떼어내라고 할 겁니다. 지금 가진 공구로 뜯어

486

낼 수 있는 판이 그것뿐이거든요. 보조 연료펌프도 없앨 겁니다. 그것까지 떠나보내고 싶진 않지만 쓸데없이 무게가 너무 많이 나갑니다. 그리고 1단 엔진 하나와도 작별할 겁니다."

"엔진까지요?"

"그렇습니다. 1단 추진 로켓은 엔진 하나가 없어도 끄떡없습니다. 그걸 없애면 무게를 크게 덜 수 있지요. 그래봐야 1단 상승에만 도움이 되겠지만 그게 어딥니까. 연료가 꽤 많이 절약됩니다."

브루스는 입을 다물었다.

"끝난 겁니까?"

벤카트가 물었다.

"그렇습니다."

벤카트는 한숨을 내쉬었다.

"안전을 위한 비상 장비들은 대부분 없애버렸군요. 그럼 실패 확률이 어떻게 됩니까?"

"4퍼센트 정도입니다."

"맙소사, 보통 때 같으면 그렇게 위험부담이 높은 일은 고려해 보지도 않았겠지요."

벤카트가 말했다.

"저희가 할 수 있는 건 그 정도뿐입니다. 다 시험해 보고 시뮬레이션도 충분히 했습니다. 계획대로 이뤄진다면 괜찮을 겁니다."

"알겠습니다."

벤카트가 말했다.

★☆★

[08:41] MAV: 지금 저 놀리시는 거죠?

[08:55] 휴스턴: 아주 파괴적인 개조라는 건 알지만 어쩔 수가 없어. 우리가 전송한 설명서에 자네가 가진 공구들로 각 단계를 이행하는 방법이 있어. 그리고 연료 설비에 수소를 더 넣어야 하니까 지금부터 물 전기분해를 시작해야 해. 그 방법도 간략하게 보내겠다.

[09:09] MAV: 날 오픈카에 태워 우주로 날려버리려 하시는군요.

[09:24] 휴스턴: 막사 캔버스로 구멍을 막을 거야. 공기역학상 화성 대기에서는 그 정도로도 괜찮아.

[09:38] MAV: 그럼 포장 지붕 차를 타고 날아가는 셈이네요. 천만다행입니다.

∅ 일지 기록 : 506화성일째

　이곳으로 오면서 나는 그 방대한 자유 시간 동안 머릿속으로 '작업실'을 구상했다. 선외우주복을 입지 않고 작업할 공간이 필요하다고 생각했기 때문이다. 나는 대기 조절기와 산소 발생기를 지금의 침실로 옮긴 후 텅 빈 트레일러를 나의 작업실로 삼는 멋진 계획을 세웠다.

　그러나 어리석은 생각이었다. 따라서 실행에 옮기지는 않을 것이다.

　내게 필요한 것은 들어가서 작업할 수 있는 가압 공간이다. 나는 막연히 침실이, 뭔가를 들여가기가 번거롭기 때문에 작업실로 적절하지 않다고 생각했다. 하지만 그렇게 나쁘지 않을 것 같다.

　침실은 로버 에어로크에 부착해야 하므로 물건을 들여가는 과정이 여간 번거롭지 않다. 먼저 해당 물건을 로버로 갖고 들어간 다음, 안에서 에어로크에 침실을 부착해 부풀리고 로버에 있는 물건을 다시 침실로 옮겨야 한다. 게다가 밖에 나갈 일이 생기면 침실에 있는 공구들과 장비들을 전부 다시 로버로 옮겨놓고 침실을 접어야 한다.

귀찮긴 하지만 그래봐야 시간이 더 걸리는 것뿐이다. 그리고 나는 시간만큼은 적절하게 관리하고 있다. 헤르메스가 근접 통과하는 날까지 무려 43화성일이 남아 있다. 게다가 나사가 생각한 개조 절차를 보니 MAV 자체를 작업실로 활용할 수도 있을 것 같다.

나사의 정신병자들은 MAV를 갖가지 방식으로 훼손하라고 지시했다. 하지만 외판을 뜯어내는 일은 마지막에 해도 된다. 가장 먼저 할 일은 잡동사니들을 들어내는 것이다. 의자나 제어반 같은 물건들 말이다. 그러고 나면 작업 공간이 충분히 생긴다.

하지만 오늘은 곧 불구가 될 MAV에게 아무 짓도 하지 않았다. 오늘은 시스템 점검에만 주력했다. 이제 나사와 다시 연락이 닿았으므로 '안전제일' 방식으로 돌아가야 한다. 이상하게도 나사는 어설프게 개조한 나의 로버도, 모든 것을 죄다 트레일러에 밀어 넣은 나의 방식도 100퍼센트 신뢰하지 않는다. 그들은 하나도 빼놓지 말고 모든 장비에 대해 전면적인 시스템 점검을 하라고 지시했다.

조금씩 헐고 있긴 하지만 문제없이 돌아간다. 대기 조절기와 산소 발생기는 (완곡하게 말해) 효율이 최고 수준이라고 할 수는 없고, 트레일러에선 매일 공기가 조금씩 새어나가고 있다. 문제가 생길 정도는 아니지만 완벽하게 밀폐되진 않았다. 그 점에 대해서도 나사는 편치 않은 모양이다. 하지만 다른 방법이 없다.

그러고 나자 그들은 MAV에 대해서도 전면적인 진단을 실행하라고 지시했다. MAV는 상태가 훨씬 더 좋다. 번쩍거리는 새것이며 완벽하게 기능한다. 나는 새것이 어떤 모습인지도 거의 잊고 있었다.

이 멋진 물건을 곧 뜯어야 한다니 참으로 안타까운 일이다.

★ ☆ ★

"와트니를 죽였잖아."

루이스가 말했다.

"그렇네요."

마르티네스는 이렇게 대꾸하며 자신의 모니터를 노려보았다. '지면에 충돌함'이라는 글귀가 그를 비난하듯 깜빡거렸다.

조한슨이 말했다.

"제가 좀 고약한 수작을 부렸어요. 고장 난 고도 표시기를 주고 3번 엔진이 너무 일찍 멎게 했거든요. 치명적인 조합이죠."

"그래도 작전 실패까지 가선 안 돼. 고도가 잘못됐다는 걸 알아차렸어야지. 말이 안 되잖아."

마르티네스가 말했다.

"괜찮아. 그러니까 연습하는 거잖아."

루이스가 말했다.

"알았어요, 대장."

마르티네스가 대꾸했다. 그러나 여전히 인상을 쓰며 화면을 노려보고 있었다.

루이스는 그가 다시 기운을 차리길 기다렸다. 그럴 기미가 보이지 않자 그녀는 그의 어깨에 손을 얹었다.

490

"너무 자책하지 마. 원격 발사 훈련은 겨우 이틀 받았잖아. 착륙 전에 임무를 중단할 경우에 대비한 거였고. 손실을 줄이기 위한 시나리오였어. MAV를 위성으로 사용하기 위해 발사시키는 시나리오였지. 임무에 필수적인 일이 아니라서 집중 훈련을 받지 못했다고. 그런데 어쩌다 보니 마크의 목숨이 걸린 일이 되어버렸지. 앞으로 연습할 시간이 3주나 더 있잖아. 해낼 수 있을 거야."

"알겠습니다, 대장."

마르티네스가 대답하며 마침내 굳어 있던 얼굴을 풀었다.

"시뮬레이션 리셋 중이야. 특별히 시험해 보고 싶은 거 있어?"

조한슨이 물었다.

"무작위로 해줘."

마르티네스가 말했다.

루이스는 조종실을 나와 원자로로 향했다. 사다리를 '올라' 선체 중앙으로 향하자 그녀에게 작용하던 원심력이 0으로 떨어졌다. 포겔이 컴퓨터 콘솔에서 눈을 들었다.

"오셨어요?"

"엔진들은 어때?"

그녀는 천천히 돌아가는 방에서 떨어져 나가지 않으려고 벽에 붙은 손잡이를 잡으며 물었다.

"모두 허용 수준을 벗어나지 않고 있어요. 지금 원자로 진단을 실행 중입니다. 조한슨은 발사 훈련으로 바쁜 것 같더라고요. 그래서 제가 대신 해주려고요."

포겔이 말했다.

"잘 생각했어. 우리 경로는 어때?"

루이스가 물었다.

"이상 없어요. 할 필요가 없습니다. 계획한 궤도에서 4미터 이내에 있어요."

"변경 사항 있으면 알려줘."

"알겠습니다."

루이스는 허공에 뜬 채로 중앙을 지나 반대편으로 가서 다른 사다리를 타고 나갔다. '내려'갈수록 다시 중력이 점점 커졌다. 그녀는 에어로크 2 준비 구역으로 갔다.

베크가 한 손에는 둘둘 말린 금속줄을 들고 다른 한 손에는 작업용 장갑 한 켤레를 들고 있었다.

"어, 대장. 어쩐 일이세요?"

"마크를 어떻게 데려올 계획인지 들으러 왔어."

"MAV가 궤도까지 올라오기만 하면 어렵지 않습니다. 방금 우리가 보유한 줄을 전부 이어서 하나의 긴 줄로 만들었어요. 총 214미터예요. MMU(Manned Maneuvering Unit, 유인이동장치, 우주비행사가 우주유영을 할 때 분사를 통해 자세 및 방향 조정을 할 수 있게 해주는 배낭 같은 장비-옮긴이)를 착용할 겁니다. 그러면 쉽게 돌아다닐 수 있어요. 초속 10미터까지는 안전하게 유영할 수 있습니다. 그 이상이 되면 제때 멈추지 못할 경우 줄이 끊어질 수도 있어요."

"마크에게 도달했을 때 상대속도를 어느 정도까지 감당할 수 있지?"

"초속 5미터면 MAV를 어렵지 않게 잡을 수 있습니다. 초속 10미터면 달리는 열차에 뛰어오르는 것과 같죠. 그 이상이 되면 놓칠 위험이 큽니다."

"그럼 MMU 안전속도를 포함해 헤르메스와 와트니의 상대속도가 초속 20미터 이내가 되어야겠군."

"그리고 랑데부는 214미터 안에서 이뤄져야 합니다. 오차 범위치고는 좁은 편이지요."

베크가 말했다.

그러자 루이스가 말했다.

"그래도 여유가 꽤 있는 편이야. MAV 발사는 우리 궤도에 들어오기 52분 전에 시작되고, 소요시간은 총 12분이야. 우린 마크의 S2 엔진이 멎는 대로 바로 랑데부 지점과 속도를 알 수 있지. 그러니까 위치와 속도가 이상적이지 않다고 해도 조정할 시간이 40분이나 있어. 우리 엔진 속도 초속 2밀리미터는 아주 미미한 것 같지만 40분이면 다른 방향으로 최대 5.7킬로미터까지 이동할 수 있잖아."

"그렇네요. 그리고 랑데뷰 범위를 반드시 214미터로 제한할 필요는 없습니다."

베크가 말했다.

"반드시 제한해야 해."

루이스가 말했다.

그러자 베크가 다시 말했다.

"아니에요. 줄 없이 나가선 안 된다는 건 알지만 그래도 줄이 없으면 제가 더 멀리까지…"

"절대 안 돼."

루이스가 말했다.

"하지만 랑데부 안전 범위를 두 배, 심지어 세 배로도 늘릴 수 있는데…"

"그 얘긴 이미 끝났어."

루이스가 날카롭게 말했다.

"알겠습니다, 대장."

∅ 일지 기록 : 526화성일째

30억 달러짜리 우주선을 훼손해봤다고 말할 수 있는 사람이 얼마나 될까? 내가 그중 하나다.

나는 MAV 곳곳에서 중요한 장치들을 들어내고 있다. 무게만 나가는 성가신 예비 장비들을 하나도 갖추지 못한 채 궤도로 발사된다고 생각하니 기분이 끝내준다.

나는 먼저 작은 것들을 치웠다. 그런 다음 승무원 좌석과 몇몇 예비 시스템, 제어반 등을 비롯해 내가 분리해 낼 수 있는 것들을 들어냈다.

마구잡이로 하는 건 하나도 없다. 나는 나사가 보내준 대본을 충실히 따르고 있다. 이 대본은 모든 일을 최대한 쉽게 만들어주기 위해 마련된 것이다. 가끔은 나 혼자 모든 결정을 내리던 때가 그립다. 그러다 이내 그런 생각을 떨쳐낸다. 내 멋대로 하다 일을 망치느니 천재들이 정해주는 대로 하는 편이 단연 나을 것이다.

나는 주기적으로 우주복을 입고 잡동사니들을 최대한 에어로크에 쑤셔 넣은 다음 밖에 내다 버린다. MAV 주변은 〈샌포드와 아들(Sanford and Son, 고물상이 주인공으로 등장하는 70년대 미국 시트콤-옮긴이)〉의 세트장 같다.

내가 〈샌포드와 아들〉이라는 프로를 알게 된 건 루이스 대장 덕분이다. 정말이지 우리 대장은 70년대 중독증에 대해 상담 좀 받아야 한다.

494

물을 로켓 연료로 바꾸고 있다.

생각보다 쉽다.

수소와 산소를 분해하는 데에는 한 쌍의 전극과 약간의 전류만 있으면 된다. 문제는 수소를 모으는 일이다. 대기에서 수소만 빼내어 모아주는 장비가 없기 때문이다. 대기 조절기는 수소를 모으는 방법조차 모른다. 지난번에 대기에서 수소를 분리할 때에는(내가 거주용 막사를 폭탄으로 바꿨을 때 말이다) 태워서 물로 바꾸었다. 지금은 그 방법을 쓰면 내가 원하는 것과 반대되는 결과가 나온다.

그러나 나사에서 충분히 연구한 뒤 방법을 알려주었다. 먼저 나는 로버와 트레일러를 서로 분리했다. 그런 다음 우주복을 입은 상태로 트레일러를 감압하고 다시 순산소를 4분의 1기압으로 채웠다. 그다음으로는 물이 가득 든 플라스틱 통을 열고 그 안에 한 쌍의 전극을 넣었다. 그래서 산소를 채운 것이다. 그렇지 않으면 순식간에 물이 증발하여 대기에 수증기만 가득할 테니까.

이 전기분해를 통해 수소와 산소가 분리되었다. 이제 트레일러 안에는 산소가 훨씬 더 많아졌고 수소도 생겼다. 사실 꽤 위험한 상태였다.

그런 다음 나는 대기 조절기를 켰다. 방금 전에 대기 조절기는 수소를 알아보지도 못한다고 했는데, 그래도 대기에서 산소를 낚아채는 법은 잘 '안다'. 나는 안전장치들을 모두 차단하여 산소를 100퍼센트 회수하도록 설정했다. 그 과정이 끝나자 트레일러에는 수소만 남았다. 애초에 순산소로 대기를 채운 것은 이처럼 대기 조절기가 산소를 분리하게 하기 위해서였다.

그런 다음 안쪽 문을 연 상태로 로버의 에어로크를 작동시켰다. 에어로크는 자체 공기만 빼내는 줄 알았지만 사실은 트레일러 전체의 공기를 빼내는 것이었다. 에어로크의 저장 탱크 안에 공기가 저장되었다. 그렇게 해서 순수한 수소 한 탱크가 생겼다.

나는 에어로크 저장 탱크를 MAV로 가져가 그 내용물을 MAV 수소 탱크로 옮겼다. 전에도 여러 번 말했지만, 표준 밸브 시스템 만세!

마지막으로 연료 설비를 가동시키자 내게 필요한 추가 연료가 만들어지기 시작했다.

발사 날짜가 되기 전까지 이 과정을 몇 번 더 반복해야 한다. 심지어 내 오줌도 전기분해해야 한다. 그러면 트레일러 안에 기분 좋은 냄새가 진동하겠지.

이 모든 것을 이겨내고 살아 돌아가면 나는 소변으로 로켓 연료를 배출한 사람이라고 떠벌릴 것이다.

★ ☆ ★

[19:22] 조한슨: 안녕, 마크.

[19:23] MAV: 조한슨!? 이게 웬일! 드디어 직접 연결시켜준 거야?

[19:24] 조한슨: 응, 나사에서 한 시간 전에 직접 교신을 허락했어. 우리는 겨우 35광초 떨어져 있어서 거의 실시간으로 대화할 수 있지. 방금 시스템 셋업해서 테스트해 보는 거야.

[19:24] MAV: 그동안 왜 그렇게 우리의 교신을 막은 거야?

[19:25] 조한슨: 정신건강팀에서 개인 갈등을 우려했대.

[19:25] MAV: 뭐? 그러니까 대원들이 내가 살아 있을지도 모른다는 생각은 해

보지도 않고 황량한 행성에 그냥 버리고 갔다는 이유로 싸움이라도 날까 봐 그랬다는 거야?

[19:26] 조한슨: 말하는 거 하고는. 대장한테는 절대 그런 농담 하지 마.

[19:27] MAV: 알았다, 오버. 저기… 날 데리러 와줘서 고마워.

[19:27] 조한슨: 우리가 그거라도 해야지. MAV 개조는 어떻게 돼가?

[19:28] MAV: 지금까지는 잘 돼가. 나사에서 설명서를 엄청 꼼꼼하게 만들었더군. 잘 되더라. 그렇다고 쉽다는 얘긴 아니야. 지난 3일 동안 19번 외판과 앞 창문을 떼어냈거든. 화성 중력에서도 좆나게 무겁더라니까.

[19:29] 조한슨: 헤르메스에 타면 내가 열정적으로, 격하게 사랑해 줄게. 몸 잘 만들어놔.

[19:29] 조한슨: 이거 내가 한 말 아니야! 마르티네스가 한 거야! 콘솔을 10초쯤 비웠더니!

[19:29] MAV: 모두들 정말 보고 싶다.

Ø 일지 기록 : 543화성일째

다… 된 건가?

그런 것 같다.

목록에 있는 사항들은 죄다 이행했다. MAV는 날아갈 준비가 되었다. 그리고 6화성일 후에 진짜로 날아갈 것이다. 그러길 바란다.

어쩌면 발사가 되지 못할지도 모른다. 어쨌든 엔진 하나를 떼어냈으니까. 그 과정에서 뭔가 잘못됐을 수도 있다. 그렇다고 상승단을 시험해 볼 수도 없다. 한 번 점화하면 그걸로 끝이다.

하지만 나머지는 전부 지금부터 발사 전날까지 시험해 볼 것이다. 일부는 내가 하고 일부는 나사에서 원격으로 한다. 나사는 실패 확률을 알려주지 않으려 하지만 내가 넘겨짚기로는 역대 최고 수준이다. 유리 가가린(인류 최초의 우주비행에 성공한 러시아의 우주비행사-옮긴이)의 우주선도 이보단 훨씬 더 내구성 있고 안전했다.

게다가 구소련의 우주선들은 죽음의 덫이었는데 말이다.

★☆★

"자, 내일이 대망의 날이다."

루이스가 말했다.

승무원들은 휴게실에 떠 있었다. 다가올 작전을 준비하기 위해 우주선의 회전을 멈춰놓았다.

"저는 준비 끝났습니다. 조한슨이 온갖 상황을 다 던져줬거든요. MAV 궤도 진입과 관련해 가능한 시나리오를 전부 시험해 봤습니다."

마르티네스가 말했다.

"참담하게 실패하는 상황은 제외하고요."

조한슨이 그의 말을 정정했다.

그러자 마르티네스가 말했다.

"그야 그렇지. 상승 중에 폭발하는 상황을 시뮬레이션하는 건 무의미하잖아요. 우리가 손쓸 방법이 없으니까."

"포겔, 우리 경로는 어때?"

루이스가 물었다.

"이상 없습니다. 예상 경로의 1미터 이내, 예상 초속의 2센티미터

이내를 유지하고 있습니다."

포겔이 대답했다.

"좋아. 베크는 어때?"

루이스가 물었다.

"완벽하게 준비했습니다, 대장. 줄은 다 연결해서 에어로크 2에 감아놨어요. 제 우주복과 MMU도 완벽하게 준비해 뒀고요."

"좋아, 전투 계획은 꽤 명확하지."

루이스는 천천히 표류해 가는 몸을 지탱하려고 벽에 붙은 손잡이를 잡으며 계속 말을 이었다.

"마르티네스는 MAV 발사를 맡고 조한슨은 상승 시스템 관리를 맡는다. 베크와 포겔, 두 사람은 MAV가 발사되기 전부터 에어로크 2에 바깥문을 열어놓고 대기해. 52분 동안 기다려야 하지만 에어로크나 우주복에 기술적인 결함이 생길지도 모르잖아. 그런 위험은 피하는 게 좋겠지. 랑데부 범위 안에 들어가면 베크가 와트니를 데려오는 거야."

"와트니의 상태가 좋지 않을 수도 있습니다. MAV는 불필요한 것들을 모두 제거해서 발사 시 최대 12G의 중력이 가해질 겁니다. 와트니는 의식이 없을 수도 있고, 심지어 내출혈을 일으킬 수도 있습니다."

베크의 말이었다.

그러자 루이스가 말했다.

"다행히 베크는 우리 탐사대 의사잖아. 계획이 순조롭게 이뤄지면 포겔이 줄을 이용해 베크와 와트니를 당겨서 승선시켜. 혹시 문제가 생길 경우에도 역시 포겔이 베크를 지원하고."

"네."

포겔이 대답했다.

루이스가 다시 입을 열었다.

"지금 우리가 뭐라도 더 할 수 있다면 좋겠지만 이제 남은 일은 기다리는 것뿐이다. 예정된 작업들은 다 면제야. 모든 과학 실험은 보류되었다. 잘 수 있으면 자두고 잠이 안 오면 각자의 장비를 점검하도록."

다른 대원들이 모두 허공에 떠서 밖으로 나가자 마르티네스가 말했다.

"꼭 데려올 수 있을 겁니다, 대장. 24시간 후에 마크 와트니는 바로 이 방에 있을 겁니다."

"그러길 바라자, 소령."

루이스가 대꾸했다.

★☆★

"교대 전 최종 점검 완료. 계시 담당."

미치가 헤드셋에 대고 말했다.

"여기는 계시 담당."

계시 담당관이 말했다.

"MAV 발사까지 남은 시간은?"

"16시간 9분 40초… 확인."

"알았다. 모두에게 공지한다. 비행 감독 근무 교대한다."

미치는 헤드셋을 벗고 눈을 비볐다.

브렌던 허치가 그에게서 헤드셋을 받아 썼다.

"모두에게 공지한다. 비행 감독 브렌던 허치로 교체되었다."

"무슨 일 생기면 나한테 연락해. 아무 일 없으면 내일 보지."

미치가 말했다.

"좀 주무세요."

브렌던이 말했다.

관망실에서 지켜보던 벤카트가 작은 목소리로 말했다.

"왜 시간을 계시 담당에게 물어보지? 중앙 스크린에 임무 시각이 저렇게 커다랗게 나와 있는데."

그러자 애니가 말했다.

"초조해서 그래요. 드문 일이긴 하지만 미치 핸더슨은 초조할 때 그러거든요. 모든 것을 이중, 삼중으로 확인하죠."

"그럴 만도 하죠."

벤카트가 말했다.

"그나저나 다들 잔디밭에서 야영할 판이에요. 세계 각지에서 온 기자들 말예요. 우리 기자회견실로는 공간이 턱없이 부족합니다."

애니가 말했다.

"언론은 드라마를 좋아하죠."

그런 다음 벤카트는 한숨을 쉬며 다시 말했다.

"내일이면 어느 쪽으로든 결론이 나겠지요."

"여기서 우리가 하는 일은 뭐예요? 만약 문제가 생기면 관제 센터에서 무얼 할 수 있죠?"

애니가 물었다.

"그런 건 없습니다. 아무것도 못 해요."

벤카트가 대답했다.

"전혀?"

"12광분 떨어진 곳에서 일어나는 일입니다. 그들이 우리에게 뭔가를 물어본다고 해도 24분이 지나야 답을 얻을 수 있다는 뜻이지요. 발사에 걸리는 시간은 총 12분이에요. 그들이 알아서 하는 수밖에 없어요."

"그럼 우린 완전히 속수무책인 거네요?"

"그렇죠. 미칠 노릇 아닙니까?"

벤카트가 말했다.

Ø 일지 기록 : 549화성일째

겁이 나지 않는다고 하면 거짓말이다. 네 시간 후면 나는 엄청난 폭발을 타고 궤도로 날아간다. 전에도 몇 번 해보았지만 이렇게 허술한 물건을 타고 간 적은 없다.

지금 나는 MAV에 앉아 있다. 선체 앞쪽, 창문과 외판의 일부가 있던 부분에 커다란 구멍이 나 있어 우주복을 입고 있다. 나는 '발사 명령을 기다리고' 있다. 말 그대로 그저 발사되기를 기다리는 것이다. 나는 전혀 참여하지 않는다. 그저 가속 의자에 앉아 운이 따라주길 바라는 수밖에.

어젯밤에 마지막 남은 식량 팩을 먹었다. 제대로 된 식사는 몇 주 만에 처음이었다. 남은 감자는 마흔한 알. 아슬아슬하게 굶주림을 면한 셈이다.

나는 여기까지 오는 내내 심혈을 기울여 표본을 채취했다. 하지만 하나도 갖고 가지 못한다. 전부 용기에 담아 몇백 미터 떨어진 곳에 갖다 놓았다. 언젠가 나사에서 탐사선을 보내어 수거해 갈지도 모른다.

집어가기 쉽게 놓아두는 편이 좋을 것 같았다.

　여기까지다. 그 뒤엔 아무것도 없다. 발사 중단 절차도 없다. 그런 걸 왜 만들겠는가? 이번 발사는 연기할 수가 없다. 헤르메스가 멈춰 서서 기다릴 수는 없다. 무슨 일이 있어도 발사는 예정대로 진행된다.

　나는 오늘 죽을 수도 있는 아주 실질적인 가능성에 직면해 있다. 썩 좋은 일이라고 할 수는 없다.

　MAV가 폭발한다면 차라리 나을 것이다. 무슨 일이 있었는지도 모를 테니까. 하지만 헤르메스를 놓쳐버리면 공기가 다 떨어질 때까지 우주를 떠돌아야 한다. 그런 경우에 대비해 미리 계획을 세워놓았다. 산소 농도를 0으로 내리고 질식할 때까지 순수한 질소를 들이마시는 것이다. 괴롭진 않을 것이다. 폐는 산소 부족을 감지하는 능력이 없다. 나는 그저 지쳐서 잠이 든 채로 죽을 것이다.

　여기까지라니 아직도 믿어지지 않는다. 정말 떠난다니. 이 춥디추운 황무지는 1년 반 동안 나의 집이었다. 나는 한시적으로나마 생존하는 법을 알아냈고, 이곳의 섭리에 익숙해졌다. 살아남기 위한 필사의 투쟁이 어느새 일상으로 자리 잡았다. 아침에 일어나 식사를 하고, 농작물을 돌보고, 고장 난 물건을 고치고, 점심을 먹고, 이메일에 답장하고, TV를 보고, 저녁을 먹고, 잠을 자고. 어떤 면에서는 현대 농부의 삶과 다르지 않았다.

　그다음에는 트럭 운전사가 되어 장기간 세상을 횡단했다. 그러다 마지막으로 건설 노동자가 되어 이전까지 아무도 고려하지 않은 방식으로 우주선을 개조했다. 이곳에서 나는 온갖 것들을 조금씩 해보았다. 할 수 있는 사람이 나밖에 없었으니까.

　이제 다 끝났다. 더 할 일도 없고 자연과 맞설 필요도 없다. 나는 마지막으로 나의 화성 감자를 먹었다. 마지막으로 로버에서 잠을 잤다. 먼지가 날리는 붉은 모래에 마지막으로 나의 발자국을 남겼다. 나는 오늘 화성을 떠난다. 어떤 식으로든.

빌어먹을, 얼마나 기다리던 일인가.

26

사람들이 모이기 시작했다.

지구촌 곳곳에 사람들이 모였다.

트래펄가 광장과 톈안먼 광장, 타임스퀘어에 모인 사람들은 커다란 화면을 지켜보았다. 사무실에 있는 사람들은 컴퓨터 모니터 주위에 모였다. 술집에 있는 사람들은 말없이 한구석에 설치된 TV를 응시했다. 집에 있는 사람들은 소파에 앉아 숨을 죽인 채 TV에서 펼쳐지는 이야기에 눈을 고정했다.

시카고의 한 중년 부부는 화면을 보며 서로의 손을 꼭 잡았다. 겁에 질려 좌우로 흔들거리는 아내의 몸을 남편이 가만히 잡아주었다. 나사 직원은 그들을 방해하지 않고 그들의 질문에 언제든 답할 수 있도록 곁에 서 있었다.

수억 대의 텔레비전에서 조한슨의 목소리가 흘러나왔다.

"연료 압력 이상 무. 엔진 고정 완료. 통신 이상 무. 비행 전 사전점검 준비됐습니다, 대장."

"알았다."

루이스의 목소리였다. 그녀가 다시 말했다.

"교신."

"준비 완료."

조한슨이 응답했다.

"유도."

"준비 완료."

조한슨이 다시 응답했다.

"원격 제어."

"준비 완료."

마르티네스가 대답했다.

"파일럿."

"준비 완료."

MAV에서 와트니가 응답했다.

세계 각지에 모인 군중 사이에게 낮은 환호가 일렁였다.

★☆★

관제 센터에서 미치는 자신의 자리에 앉아 있었다. 관제사들이 모든 상황을 지켜보며 최대한 도우려고 대기하고 있었지만 헤르메스와 지구 사이의 통신 지연 시간 때문에 속수무책으로 보고 있을 수밖에 없었다.

"원격 계측."

스피커에서 루이스의 목소리가 들렸다.

"준비 완료."

조한슨이 응답했다.

"구조."

루이스가 점검을 계속했다.

"준비 완료."

에어로크에서 베크가 말했다.

"구조 지원."

"준비 완료."

베크의 뒤에서 포겔이 응답했다.

루이스가 보고했다.

"관제 센터, 여기는 헤르메스 현장이다. 발사 준비 완료되어 예정대로 발사한다. 발사 4분 10초 전… 확인."

"들었나, 계시 담당?"

미치가 말했다.

"들었다. 우리 시계들을 헤르메스 시간에 맞춰놓았다."

응답이 돌아왔다.

그러자 미치가 중얼거렸다.

"그렇다고 우리가 뭔가를 할 수 있는 건 아니지. 하지만 적어도 상황이 어떻게 돌아가는지는 알 수 있으니까."

★☆★

"약 4분 남았다, 마크. 거기 상황은 어떤가?"

루이스가 자신의 마이크에 대고 물었다.

"빨리 그리로 가고 싶어 미치겠어요, 대장."

와트니가 응답했다.

루이스가 다시 말했다.

"그렇게 해줄게. 엄청난 중력이 가해질 테니까 각오해. 기절해도 괜찮아. 마르티네스에게 다 맡기면 돼."

"그 자식한테 통 굴리기는 하지 말라고 전해주세요."

"알았다, MAV."

루이스가 말했다.

"4분 남았어."

마르티네스의 말이었다. 그는 손마디를 꺾으며 다시 말했다.

"비행 준비 됐어, 베스?"

"응, 발사 시스템을 실행시키는데 중력이 전혀 느껴지지 않으면 기분이 좀 이상하겠다."

조한슨이 말했다.

그러자 마르티네스가 대꾸했다.

"그런 생각은 안 해봤는데 정말 그렇겠네. 의자 등받이에 몸이 들러붙지도 않을 거 아냐? 정말 이상하겠다."

★☆★

베크는 벽에 장착된 얼개에 줄을 연결한 상태로 에어로크 안에 떠 있었다. 포겔은 부츠를 바닥에 고정시키고 그의 뒤에 서 있었다. 두 사람은 열린 바깥문으로 저 아래 붉은 행성을 바라보았다.

"여길 다시 오게 될 줄은 몰랐네."

베크가 말했다.

"그러게. 우리가 처음이야."

포겔이 말했다.

"뭐가요?"

"화성에 두 번 온 건 우리가 처음이라고."

"그렇네요. 와트니도 그렇게 말할 수는 없잖아요."

"그렇지."

그들은 한동안 말없이 화성을 보았다.

"포겔."

마침내 베크가 말했다.

"네."

"혹시 내가 마크에게 닿지 못하면 줄을 풀어주세요."

"베크, 대장이 그건 안 된다고 했어."

포겔이 말했다.

"대장이 뭐라고 했는지는 알지만 겨우 몇 미터가 모자라면 그냥 줄을 놓아주세요. MMU가 있으니까 줄 없이도 돌아올 수 있어요."

"난 못 해, 베크."

"내 목숨이에요. 내가 괜찮다잖아요."

"베크가 대장은 아니잖아."

베크는 포겔을 노려보았지만 둘 다 얼굴에 반사 보호막을 쓰고 있어서 무서운 눈을 해봐야 소용없었다.

"좋아요. 하지만 다른 대안이 없으면 틀림없이 마음이 바뀔 거예요."

베크가 말했다.

포겔은 대답하지 않았다.

"발사 10초 전… 9… 8…."

조한슨이 말했다.

"주 엔진들 점화 시작."

마르티네스가 말했다.

"7… 6… 5… 계류 클램프들 해제…"

"약 5초 남았다, 와트니. 기다려."

루이스가 자신의 헤드셋에 대고 말했다.

"이따 뵐게요, 대장."

와트니가 응답했다.

"4… 3… 2…"

와트니는 덜컹거리며 이륙을 준비하는 MAV의 가속 의자에 누워 있었다.

그는 혼자 중얼거렸다.

"흠, 얼마나 더 걸리려나…."

MAV는 엄청난 힘으로 발사되었다. 우주여행 역사상 유인선이 그렇게 빠르게 가속된 적은 없었다. 와트니는 의자 속으로 깊숙이 눌려 신음조차 내지 못했다.

그는 이런 상황을 예상하고 미리 헬멧 뒤통수 부분에 셔츠 한 장을 개어 넣었다. 그 임시 쿠션 속으로 머리가 점점 더 깊이 파고들면서 시야의 가장자리가 흐릿해졌다. 숨을 쉴 수도, 움직일 수도 없었다.

선체가 기하급수적으로 가속되는 가운데 바로 그의 눈앞에서 막사 캔버스가 격렬하게 펄럭거렸다. 정신을 집중하기가 어려웠지만 머릿속 깊은 곳에서 그 펄럭거림은 좋은 징조가 아니라는 목소리가 들려왔다.

★☆★

"속도 초당 741미터, 고도 1,350미터."

조한슨이 소리쳤다.

"알았다."

마르티네스가 말했다.

"낮아. 너무 낮잖아."

루이스가 말했다.

"그러게요. 엄청 굼뜨네요. 말을 안 들어요. 대체 왜 이러지?"

마르티네스의 말이었다.

"초속 850, 고도 1,843."

조한슨이 말했다.

"힘이 엄청 달려!"

마르티네스가 말했다.

"엔진 출력 100퍼센트야."

"그래도 굼뜨다니까."

마르티네스가 우겼다.

루이스가 헤드셋에 대고 말했다.

"와트니. 와트니, 들리나? 보고할 수 있나?"

★☆★

와트니의 귀에 아득히 루이스의 목소리가 들려왔다. 마치 누군가가 긴 터널의 저편에서 외치는 것 같았다. 그는 막연히 루이스가 대체 무얼 원하는 걸까, 하고 생각했다. 앞에서 파닥거리는 캔버스 조각이 잠시 그의 주의를 끌었다. 파열이 나타났고 그 부위가 점점 넓어지고 있었다.

그러나 이내 그는 격벽에 박힌 볼트에 시선을 빼앗겼다. 오각형이었다. 나사는 왜 그 볼트만 육각형이 아닌 오각형으로 만들었을까 의아했다. 그것을 조이거나 풀려면 특수 렌치가 필요할 텐데 말이다.

캔버스가 더 찢어져 누더기 같은 천이 펄럭거렸다. 그 구멍으로 끝없이 펼쳐진 붉은 하늘이 보였다. '멋지군' 하고 그는 생각했다.

MAV가 더 높이 올라가면서 대기가 점점 더 옅어졌다. 곧 캔버스가 펄럭거림을 멈추고 반듯이 펴져 마크에게로 왔다. 하늘이 붉은색에서 검은색으로 바뀌었다.

"저것도 멋지군."

마크는 생각했다.

의식이 서서히 빠져나가는 사이, 그는 저렇게 멋진 오각형 볼트는 어디서 구할 수 있을까 생각했다.

★☆★

"이제 좀 반응이 오네."

마르티네스가 말했다.

"전력 가속 상태에 들어섰어. 항력 때문이었을 거야. MAV는 이제 대기권을 벗어났어."

조한슨이 말했다.

"무슨 소 한 마리를 끌어올리는 것 같았다니까."

마르티네스는 제어장치들 위로 두 손을 현란하게 움직이며 툴툴거렸다.

"더 끌어올릴 수 있나?"

루이스가 물었다.

조한슨이 대답했다.

"궤도에 들어오긴 하겠지만 만나는 경로는 조정해야 할 거예요."

"먼저 끌어올려. 만나는 건 그다음에 걱정하자고."

루이스가 말했다.

"알겠습니다. 15초 후에 주 엔진 차단."

"이제 아주 매끄러워졌어. 더 이상 나한테 저항하지 않아."

마르티네스의 말이었다.

"목표 고도보다 한참 아래에 있어요. 속도는 괜찮아요."

조한슨이 말했다.

"얼마나 아래에 있어?"

루이스가 말했다.

"확실하게 말할 수는 없어요. 지금 나와 있는 건 가속도계 데이터뿐이거든요. 와트니의 최종 궤도를 계산하려면 시간 간격을 두고 레이더 핑 응답을 받아야 해요.”

“자동 유도로 전환.”

마르티네스가 말했다.

“주 엔진 차단까지 4초… 3… 2… 1… 차단.”

조한슨의 말이었다.

“차단 확인.”

마르티네스가 말했다.

“와트니, 들리나? 와트니? 와트니, 내 말 들려?”

루이스가 물었다.

그러자 베크가 무전을 보냈다.

“기절했을 겁니다, 대장. 상승할 때 12G의 힘이 가해졌어요. 조금 시간을 주세요.”

“알았다. 조한슨, 궤도는 아직이야?”

루이스가 물었다.

“시간차 핑 응답은 받았어요. 지금 랑데부 거리와 속도를 계산 중인데….”

마르티네스와 루이스가 바라보는 가운데 조한슨은 랑데부 계산 프로그램을 불러왔다. 평소에 궤도를 계산하는 일은 포겔의 역할이었지만 지금 그는 다른 일로 바빴다. 궤도 역학과 관련해 그의 보조역은 조한슨이었다.

“랑데부 속도는 초당 11미터….”

조한슨이 입을 열었다.

“그 정도면 데려올 수 있어요.”

베크가 무전으로 말했다.

"랑데부 거리는…."

조한슨은 갑자기 말을 멈추고 숨을 들이켰다. 그러곤 불안한 목소리로 다시 말했다.

"거리는 68킬로미터나 되는데요."

그녀는 두 손에 얼굴을 묻었다.

"지금 조한슨이 68'킬로미터'라고 했어요!? '킬로미터'!?"

베크가 되물었다.

"미치겠군."

마르티네스가 속삭였다.

이윽고 루이스가 말했다.

"다들 진정해. 해결책을 찾아보자. 마르티네스, MAV에 쓸 만한 동력이 있나?"

"없습니다, 대장. 발사 무게를 줄이려고 궤도 기동 시스템도 없앴습니다."

마르티네스가 대답했다.

"그럼 우리가 가야겠군. 조한슨, 랑데부까지 남은 시간은?"

"39분 12초."

조한슨은 떨리는 목소리를 애써 진정시키며 대답했다.

루이스가 다시 말했다.

"포겔, 이온엔진으로 39분 안에 방향을 돌려 갈 수 있는 거리가 얼마나 되지?"

"5킬로미터 정도일 겁니다."

그가 무전을 보냈다.

루이스가 말했다.

"그 정도론 안 돼. 마르티네스, 우리 자세 조정 분사기들을 전부 한 방향으로 분사하면 어떻게 될까?"

"지구로 귀환할 때 자세 조정을 위한 연료를 얼마나 남겨놓을 것인 가에 따라 달라집니다."

"얼마나 필요해?"

"지금 남아 있는 양의 20퍼센트로 그럭저럭 버틸 수 있을 겁니다."

"좋아, 그럼 나머지 80퍼센트를 다 쓰면…."

"확인해 볼게요."

마르티네스는 콘솔의 숫자들을 두드렸다. 그러곤 다시 말했다.

"초당 31미터의 델타V를 얻을 수 있어요."

"조한슨, 계산해 봐."

루이스가 지시했다.

"39분 동안이면…."

조한슨은 빠르게 타이핑을 치며 다시 말했다.

"72킬로미터요!"

그러자 루이스가 말했다.

"해볼 만하네. 연료는 얼마나…."

"남아 있는 자세 조정용 연료의 75.5퍼센트를 쓰게 돼요. 그럼 랑데 부 거리가 0이 되죠."

조한슨이 말했다.

"해."

루이스가 말했다.

"알겠습니다, 대장."

마르티네스가 대답했다.

조한슨이 다시 입을 열었다.

"잠깐. 그럼 랑데부 '거리'는 0이 되지만 랑데부 '속도'가 초속 42미터나 되는데요."

"그럼 앞으로 39분 동안 어떻게 하면 속도를 줄일 수 있는지 알아내자고."

그런 다음 그녀는 다시 덧붙였다.

"마르티네스, 분사해."

"알겠습니다."

마르티네스가 말했다.

★☆★

"휴우. 순식간에 많은 일들이 일어났어요. 설명 좀 해주세요."

애니가 벤카트에게 말했다.

벤카트는 관망실에서 중역들이 웅성거리는 소리 너머로 오디오 소리를 들으려고 귀를 쫑긋 세우고 있었다. 유리창 너머에서 미치가 좌절하여 두 손을 허공으로 치켜드는 모습이 보였다.

벤카트는 미치의 뒤에 있는 스크린들을 보며 말했다.

"발사가 심하게 빗나갔어요. 랑데부 거리가 너무 멀어졌습니다. 그래서 자세 조정기들을 사용해 그 간격을 좁히려는 겁니다."

"원래 자세 조정기의 용도가 뭐죠?"

"우주선을 회전시키는 겁니다. 추진용이 아니죠. 헤르메스에는 즉각적인 대응 능력을 가진 엔진이 없어요. 느리게 꾸준히 가속하는 이온

엔진들뿐입니다."

"그럼… 문제가 해결된 건가요?"

애니가 희망에 찬 얼굴로 물었다.

벤카트가 대답했다.

"아닙니다. 와트니에게 도달하긴 하겠지만 그 시점의 상대 속도가 초속 42미터에 달할 겁니다."

"그럼 어느 정도죠?"

애니가 물었다.

"시속으로 치면 약 150킬로미터입니다. 그런 속도에서 베크가 와트니를 잡는 건 불가능하죠."

벤카트가 대답했다.

"자세 조정기로 속도를 줄일 수는 없어요?"

"정해진 시간 내에 간격을 좁히기 위해 속도를 크게 올려야 했습니다. 그러느라고 여분의 연료를 다 썼을 겁니다. 속도를 다시 늦추기엔 남은 연료가 충분하지 않지요."

벤카트는 이맛살을 찌푸렸다.

"그럼 어떤 방법이 있죠?"

"나도 모릅니다. 설사 안다고 해도 시간 내에 알려줄 방법도 없고요."

그가 말했다.

"미칠 노릇이네요."

애니가 말했다.

"그러게 말입니다."

벤카트가 맞장구쳤다.

★☆★

"와트니."

루이스가 불렀다.

"내 말 들리나? …와트니?"

그녀는 다시 한 번 불러보았다.

베크가 무전으로 말했다.

"대장, 와트니가 선외우주복을 입고 있는 거 맞죠?"

"응."

"그럼 생체신호 감지기가 있겠네요. 계속 신호를 보내고 있을 겁니다. 신호가 강하진 않겠지요. 로버나 막사에서 수신하도록 설계된 것이니 최대 200미터쯤일 겁니다. 그래도 혹시 잡힐지 모릅니다."

"조한슨."

루이스가 말했다.

"알아볼게요. 명세에서 주파수를 찾아봐야 해요. 잠깐만요."

조한슨이 대답했다.

루이스가 다시 말했다.

"마르티네스, 속도를 줄이는 방법은 생각해 봤어?"

마르티네스는 고개를 저으며 대꾸했다.

"도저히 생각이 나지 않아요, 대장. 우리 속도가 엄청 빠를 텐데."

"포겔?"

"이온 동력으로는 무리입니다."

포겔이 대답했다.

"무슨 수가 있을 거야. 뭔가 방법이 있을 거라고. 뭐든지."

루이스가 말했다.

"생체신호 데이터가 잡혔어요. 맥박 58, 혈압 98/61."

조한슨의 말이었다.

그러자 베크가 말했다.

"나쁘지 않네요. 좀 낮긴 하지만 18개월 동안 화성 중력에서 생활했으니 충분히 그럴 수 있습니다."

"랑데부까지 남은 시간은?"

루이스가 물었다.

"32분."

조한슨이 대답했다.

★☆★

더없이 행복했던 무의식의 상태가 흐릿한 의식의 상태로 바뀌면서 괴로운 현실이 스멀스멀 몸을 파고들었다. 와트니는 눈을 뜨다가 가슴 통증에 움찔했다.

캔버스는 거의 남아 있지 않았다. 캔버스가 덮여 있던 구멍의 가장자리에는 너덜거리는 천 조각들이 붙어 있었다. 덕분에 와트니는 궤도에서 화성을 훤히 볼 수 있었다. 분화구들이 패여 있는 붉은 행성의 표면이 끝없이 펼쳐졌고 그 가장자리를 따라 얇은 대기가 흐릿하게 떠 있었다. 역사상 이 광경을 직접 목격한 사람은 열여덟 명뿐이었다.

"꺼져."

그가 밑에 있는 행성에게 말했다.

그는 팔에 있는 제어장치로 손을 뻗다 움찔했다. 이번에는 좀 더 느리게 다시 한 번 손을 뻗어 통신 장치를 활성화시켰다.

"여기는 MAV, 헤르메스 나와라."

"와트니!?"

응답이 들렸다.

"맞습니다. 대장이죠?"

와트니가 물었다.

"맞아. 현재 상태는?"

"제어반도 없는 우주선에 타고 있죠. 제가 말할 수 있는 건 그 정도 뿐인데요."

그가 말했다.

"몸은 어때?"

"가슴이 아파요. 갈비뼈가 부러진 것 같아요. 그쪽은 어때요?"

"지금 데리러 가는 중이야. 발사에 문제가 좀 있었어."

루이스가 말했다.

"맞아요."

와트니는 눈앞에 있는 구멍을 바라보며 말을 이었다.

"캔버스가 버티지 못했어요. 상승 초반에 찢어진 것 같아요."

"우리가 발사 시에 확인한 바도 그래."

"얼마나 안 좋습니까, 대장?"

그가 물었다.

"헤르메스의 자세 조정 분사기로 랑데부 거리는 해결했어. 그런데 랑데부 속도가 문제야."

"어느 정도인데요?"

"초속 42미터."

"젠장."

★☆★

"일단 와트니는 무사하네요."

마르티네스의 말이었다.

루이스가 말했다.

"베크, 전에 얘기한 방법도 괜찮은 것 같아. 줄을 놓으면 얼마나 빨리 갈 수 있지?"

그러자 베크가 대답했다.

"죄송해요, 대장. 벌써 계산해 봤어요. 기껏해야 초속 25미터예요. 설사 초속 42미터까지 도달할 수 있다고 해도 돌아올 때 헤르메스에 맞추려면 또 초속 42미터를 내야 합니다."

"알았어."

루이스가 말했다.

"대장, 저한테 좋은 생각이 있어요."

저편에서 와트니가 말했다.

"그래? 그게 뭔데?"

루이스가 물었다.

"여기서 날카로운 물건을 찾아 제 우주복 장갑에 구멍을 내는 거예요. 그러면 빠져나가는 공기를 추력으로 사용해 제가 그쪽으로 날아갈 수 있어요. 제 팔에서 추력이 나오는 거니까 방향을 조정하기도 쉬울 거예요."

"어떻게 저런 생각을 하지?"

마르티네스가 끼어들었다.

루이스가 말했다.

"흠, 그렇게 하면 초속 42미터까지 낼 수 있나?"

"그야 모르죠."

와트니가 말했다.

"그럼 제어할 방법이 없잖아. 랑데부도 눈대중으로 계산해야 하고 추력 벡터도 거의 통제할 수 없을 거야."

루이스가 말했다.

그러자 와트니가 다시 말했다.

"목숨을 걸 만큼 위험하다는 건 인정해요. 하지만 생각해 보세요. 아이언맨처럼 날아다닐 수 있어요."

"우리가 좀 더 방법을 찾아볼게."

루이스가 말했다.

"아이언맨이요, 대장. '아이언맨'."

"기다려."

루이스가 말했다.

그러곤 인상을 쓰며 다시 말했다.

"흠… 그렇게 나쁜 생각은 아닌 것 같은데…"

그러자 마르티네스가 말했다.

"진심이에요, 대장? 말도 안 되는 얘기예요. 그냥 우주로 날아가 버리는…"

"그대로 하자는 게 아니고 응용하자는 거야. 공기를 추력으로 사용하는 거 말이야. 마르티네스, 포겔의 컴퓨터를 띄워봐."

루이스가 말했다.

"알겠습니다."

마르티네스는 키보드를 두드렸다. 화면이 포겔의 워크스테이션으로 바뀌었다. 마르티네스는 설정된 언어를 독일어에서 영어로 바꿨다.

"나왔어요. 어떻게 할까요?"

"포겔 컴퓨터에 선체 파열로 인한 경로 이탈을 계산하는 프로그램이 있지 않아?"

그러자 마르티네스가 대답했다.

"네, 원래 경로 수정을 추산해 주는 프로그램인데…."

"그래, 그거. 그것 좀 켜봐. VAL를 날려버리면 어떻게 되는지 알아봐."

루이스가 말했다.

조한슨과 마르티네스는 서로를 보았다.

"어… 알겠습니다, 대장."

마르티네스가 대답했다.

"VAL이라면 차량용 에어로크요? 그걸… 여시게요?"

조한슨이 물었다.

"이 우주선 안에는 공기가 충분히 있잖아. 그걸 이용해서 우주선을 한 번 뻥 차주면 되지."

루이스가 말했다.

마르티네스는 소프트웨어를 불러오며 대꾸했다.

"그렇… 죠…. 그러다 우주선 앞코를 날려먹을 수도 있고요."

"공기가 전부 다 빠져나갈 수도 있어요."

조한슨은 왠지 그 점을 상기시켜줘야 할 것 같았다.

"브리지랑 원자로실은 봉쇄할 거야. 다른 곳은 진공 상태로 만들어도 되지만 여기 브리지와 원자로 구역에서는 폭발적인 감압이 일어나 선 안 돼."

마르티네스는 소프트웨어에 해당 시나리오를 입력했다.

"그럼 와트니가 공기를 분사할 때랑 똑같은 문제가 생길 것 같은데요. 규모만 좀 더 클 뿐이죠. 추력의 방향을 통제할 수가 없어요."

그러자 루이스가 말했다.

"방향을 통제할 필요는 없어. VAL은 앞코 부분에 있잖아. 그리로 공기가 나가면 추력이 우리의 무게중심을 관통할 거야. 그러니까 헤르메스의 방향을 우리가 원하는 방향의 반대쪽으로 설정해 놓으면 돼."

"알겠습니다. 계산이 나왔어요. VAL이 파열되고 브리지와 원자로실은 봉쇄할 경우 초속 29미터로 가속됩니다."

마르티네스가 말했다.

"그럼 상대속도가 초당 13미터가 되죠."

조한슨이 덧붙였다.

"베크, 다 들었나?"

루이스가 무전으로 물었다.

"들었습니다, 대장."

베크가 말했다.

"초당 13미터면 괜찮겠어?"

그러자 베크가 다시 응답했다.

"위험할 겁니다. MAV의 속도와 맞추려면 초당 13미터로 나갔다가 다시 헤르메스를 따라잡으려면 또 초속 13미터로 돌아와야 하니까요. 하지만 42미터보단 훨씬 낫죠."

"조한슨, 랑데부까지 남은 시간은?"

루이스가 물었다.

"18분이요, 대장."

"그 파열로 우리가 받는 충격은 어느 정도지?"

루이스가 마르티네스에게 물었다.

"공기가 빠져나가는 데 4초가 걸릴 겁니다. 1G에 약간 못 미치는 힘을 받게 됩니다."

마르티네스가 대답했다.

"와트니, 방법을 찾았어."

그녀는 헤드셋에 대고 말했다.

"만세! 방법을 찾았다!"

와트니가 응답했다.

★☆★

관제 센터 전체에 루이스의 목소리가 울려 퍼졌다.

"휴스턴, 추력을 내기 위해 고의로 VAL을 파열한다."

"뭐? 뭐라고!?"

미치가 말했다.

"이런… 세상에."

관망실에서 벤카트가 말했다.

"정말 미치겠네요."

애니가 자리에서 일어서며 말을 이었다.

"전 기자회견실에 가봐야겠어요. 가기 전에 마지막으로 나눠주실 정보라도?"

벤카트는 여전히 얼이 빠진 얼굴로 대답했다.

"헤르메스를 파열한답니다. '고의로' 헤르메스를 파열하겠대요. 맙소사…."

"알겠어요."

애니가 말하며 문으로 달려갔다.

★☆★

"에어로크 문을 어떻게 열죠?"

마르티네스가 물었다. 그러곤 다시 말을 이었다.

"원격으로 여는 방법은 없고 사람이 직접 열면 공기가 폭발적으로 빠져나가…."

"맞아. 반대쪽 문을 닫은 상태에서는 열 수 있지만 둘 다 열려면 어떻게 해야 하지?"

루이스는 잠시 생각해 보았다. 그런 다음 무전으로 말했다.

"포겔, 들어와서 폭탄을 만들어야겠어."

"어… 뭐라고 하셨어요, 대장?"

포겔이 응답했다.

루이스가 다시 말했다.

"폭탄을 만들라고. 포겔은 화학자잖아. 이 안에 있는 걸로 폭탄을 만들 수 있어?"

"가연성 물질과 순산소가 있잖아요."

포겔이 대답했다.

"잘됐네."

루이스가 말했다.

"우주선에서 폭파 장치를 터트리는 건 당연히 위험합니다."

포겔이 지적했다.

그러자 루이스가 말했다.

"그럼 조그맣게 만들어. 에어로크 안쪽 문에 구멍을 내기만 하면 돼. 구멍 크기는 상관없어. 문을 완전히 날려버려도 괜찮아. 그게 아니라도 공기가 빠져나가는 속도는 느리겠지만 오래가겠지. 어차피 운동량의 변화는 똑같으니까 필요한 만큼 가속도를 얻을 수 있어."

"에어로크 2를 가압합니다."

포겔이 보고했다. 그러곤 다시 물었다.

"그런데 폭탄을 어떻게 활성화합니까?"

"조한슨?"

루이스가 조한슨을 불렀다.

"어…."

조한슨은 헤드셋을 집어 얼른 머리에 쓰고 다시 말했다.

"포겔, 폭탄 안에 전선을 연결할 수 있어요?"

"마개에 작은 구멍을 뚫어 전선이 들어가게 하면 돼. 그 정도면 밀폐에 거의 영향을 미치지 않을 거야."

"그럼 그 전선을 41번 조명 패널에 연결하면 돼요. 그 패널은 VAL 바로 옆에 있고 제가 여기서 켰다 껐다 할 수 있거든요."

조한슨이 대꾸했다.

그러자 루이스가 말했다.

"그럼 원격 방아쇠가 있는 셈이군. 조한슨, 가서 그 조명 패널 준비해. 포겔은 들어와서 폭탄을 만들고. 마르티네스는 가서 원자로실 문들 봉쇄해."

"네, 대장."

조한슨이 자리를 박차고 복도로 향하며 대답했다.

마르티네스가 출구 앞에서 잠시 멈추고 물었다.

"대장, 우주복 몇 벌 가져올까요?"

그러자 루이스가 말했다.

"필요 없어. 브리지의 밀폐가 파열되면 우린 음속에 가까운 속도로 내동댕이쳐질 거야. 그럼 우주복을 입어도 결국 젤리가 될걸."

그때 베크가 무전으로 말했다.

"마르티네스, 내 실험용 쥐들 좀 안전한 곳으로 옮겨줄래? 생체 실험실에 있어. 그냥 우리 하나만 옮기면 돼."

"알았어, 베크. 원자로실로 옮겨놓을게."

마르티네스가 말했다.

"들어왔나, 포겔?"

루이스가 물었다.

"지금 들어가고 있어요, 대장."

루이스는 헤드셋에 대고 다시 말했다.

"베크도 들어와야겠어. 우주복은 벗지 말고."

"알겠습니다. 그런데 왜요?"

베크가 물었다.

루이스가 설명했다.

"우린 말 그대로 문 하나를 폭파시켜야 해. 안쪽 문을 택하는 게 나을 것 같아. 바깥문은 온전하게 남아 있었으면 좋겠어. 공력제동을 이용하려면 매끈한 모양을 유지해야 하니까."

"그야 그렇죠."

베크가 허공에 떠서 우주선 안으로 들어오며 대답했다.

루이스가 다시 말했다.

"그런데 한 가지 문제가 있어. 바깥문을 기계식 고정 장치를 이용해 활짝 연 채로 고정했으면 해. 폭발적인 감압이 일어날 때 부서질 수도 있으니까."

그러자 베크가 말했다.

"그러려면 그 에어로크에 사람이 직접 가야 하죠. 그리고 바깥쪽 문을 활짝 연 채로 고정하면 안쪽 문은 열리지 않을 테고요."

"맞아. 그러니까 베크가 들어와서 VAL을 감압한 다음, 바깥문을 열어서 고정시켜. 그런 다음 우주선 외곽을 타고 기어서 다시 에어로크 2로 가야 할 것 같아."

"알겠습니다, 대장. 외곽 곳곳에 걸고리들이 있습니다. 암벽 등반하듯이 줄을 타고 이동할게요."

베크가 말했다.

"시작해. 그리고 포겔, 서둘러. 폭탄을 만들고 설치한 다음 다시 에어로크 2로 가서 우주복을 입고 감압을 하고 바깥문을 열어. 베크가 일을 끝내고 다시 들어올 수 있게."

루이스가 말했다.

"포겔은 지금 우주복을 벗고 있어서 대답할 수가 없습니다. 하지만 지시를 들었습니다."

베크가 보고했다.

"와트니, 어쩌고 있어?"

루이스의 목소리가 와트니의 귀에 들어왔다.

"아직까진 괜찮아요, 대장. 그런데 방법이 있다고 하셨죠?"

와트니가 응답했다.

"맞아. 공기를 배출해 추력을 만들 거야."

루이스가 말했다.

"어떻게요?"

"VAL에 구멍을 낼 거야."

"네!? 어떻게요!?"

와트니가 물었다.

"포겔이 폭탄을 만들고 있어."

"포겔은 미친 과학자예요! 차라리 제가 말한 아이언맨 방식이 나을 것 같은데요."

와트니가 말했다.

"그건 너무 위험해. 자기도 잘 알잖아."

루이스가 대답했다.

와트니가 말했다.

"사실은 이기적인 이유에서 그러는 거예요. 고국에 추모비가 세워지면 제 이름만 올라갔으면 좋겠단 말이에요. 대장의 떨거지 무리 속에 끼어 있고 싶지 않아요. VAL을 폭파시키는 건 안 돼요."

그러자 루이스가 말했다.

"정 그렇게 나온다면… 잠깐… 가만히 있어봐… 내 견장을 보니까 내가 대장이었네. 가만히 앉아 있어. 우리가 데리러 갈 테니까."

"치사하게."

화학자인 포겔은 폭탄 만드는 법을 알고 있었다. 사실 그가 폭탄 만드는 훈련을 받은 것은 실수로 폭탄 만드는 상황을 피하기 위해서다.

우주선 안에는 치명적인 화재의 위험을 막기 위해 가급적 가연성 물질을 비치하지 않았다. 그러나 음식에는 기본적으로 가연성 탄화수소가 포함되어 있다. 그는 진득하게 앉아 계산해 볼 시간이 없었으므로 어림짐작으로 해결했다.

설탕은 1킬로그램당 4,000킬로칼로리를 낸다. 1킬로칼로리는 4,184줄(J)이다. 무중력 상태에서 설탕은 허공에 떠올라 낱알이 분산되면서 표면적이 극대화될 것이다. 순산소 환경에서는 설탕 1킬로그램당 1,670만 줄의 열량을 낸다. 다이너마이트 여덟 개와 맞먹는 폭발력이다. 순산소는 그 정도의 연소성을 갖고 있다.

포겔은 주의 깊게 설탕의 양을 쟀다. 그런 다음 가장 튼튼한 용기, 즉 두툼한 유리 비커를 찾아 그 안에 설탕을 부었다. 용기의 강도는 폭발물 못지않게 중요하다. 용기가 약하면 충격적인 힘을 발산하지 못하고 불덩이만 일으킨다. 그러나 튼튼한 용기는 압력을 견디고 있다가 순식간에 매우 파괴적인 힘을 발산한다.

그는 재빨리 비커 마개에 구멍을 뚫고 전선 일부의 피복을 벗겼다. 그런 다음 전선을 그 구멍에 통과시켰다.

"제어 게페얼리히(독일어로 '아주 위험해'라는 뜻-옮긴이)."

그는 이렇게 중얼거리며 우주선 보급품인 액화 산소를 그 용기 안에 붓고 재빨리 마개를 돌려 닫았다. 불과 몇 분 만에 그는 원시적인 파이프 폭탄을 만들어냈다.

"위험, 위험하다고."

그는 허공에 뜬 채로 실험실을 나가 선체 앞코 쪽으로 향했다.

★ ☆ ★

조한슨이 조명 패널을 만지고 있는데 베크가 허공에 떠서 VAL로 향했다.

조한슨은 그의 팔을 잡으며 말했다.

"외곽 타고 이동할 때 조심해."

베크는 그녀를 돌아보며 대꾸했다.

"폭탄 설치할 때 조심해."

그녀는 그의 안면 보호막에 키스하고는 창피한 듯 고개를 돌렸다.

"나 미쳤나 봐. 내가 키스한 거 아무한테도 말하지 마."

"내가 그 키스 좋아한 거 아무한테도 말하지 마."

베크는 미소를 지었다.

그는 에어로크로 들어가 안쪽 문을 밀폐했다. 그런 다음 감압을 하고 바깥쪽 문을 열어 고정시켰다. 그러곤 외곽에 있는 손잡이를 잡고 밖으로 나갔다.

조한슨은 그의 모습이 시야에서 사라질 때까지 지켜보다가 다시 조명 패널 작업으로 돌아갔다. 아까 자리에서 나올 때 그 조명 패널을 미리 꺼놓았다. 그녀는 전선 하나를 잡아당겨 끝부분의 피복을 벗긴 다음 포겔이 올 때까지 전기 테이프를 만지작거리고 있었다.

1분쯤 지나자 포겔이 두 손으로 폭탄을 들고 허공에 떠서 조심조심 복도를 이동해 왔다.

그가 설명했다.

"점화용 전선은 하나만 사용했어. 스파크를 일으키려고 전선을 두 개나 쓰는 위험을 감수하고 싶진 않았거든. 설치하다 정전기가 일면 우리가 위험해지니까."

"어떻게 폭파시켜요?"

조한슨이 물었다.

"이 전선이 뜨거워져야 해. 거기로 흘려보내는 전기를 합선시키기만 하면 그걸로 충분할 거야."

"차단기를 고정해 놔야겠네요. 하지만 할 수 있을 거예요."

조한슨이 말했다.

그녀는 조명용 전선들을 폭탄의 전선에 대고 꼬아 테이프로 감았다.

"난 그만 가볼게. 에어로크 2로 가서 베크를 들여보내야 하거든."

"네."

조한슨이 말했다.

★☆★

마르티네스는 허공에 떠서 다시 브리지로 들어왔다.

"시간이 좀 남아서 원자로실 공력제동 차단 시의 점검사항들을 확인해 봤어요. 가속해도 문제없을 것 같습니다. 원자로실 자체도 확실하게 밀폐되었고요."

"잘했어. 자세 조정 준비해."

루이스가 말했다.

"알겠습니다, 대장."

마르티네스는 허공에 떠서 자신의 자리로 향했다.

무전을 통해 베크의 목소리가 들렸다.

"VAL을 열어서 고정했습니다. 외곽 횡단 시작합니다."

"알았다."

루이스가 말했다.

"계산이 까다롭네요. 전부 다 거꾸로 해야 하잖아요. VAL이 앞쪽에 있으니까 추력이 엔진과 정반대쪽에서 나옵니다. 우리 소프트웨어는 엔진이 거기에 있으리라곤 예상하지 못했을 텐데요. 그냥 마크 '쪽으로' 추진하라고 지시해야겠어요."

마르티네스의 말이었다.

그러자 루이스가 말했다.

"서두르지 말고 정확하게 해. 그리고 내가 지시하기 전까지는 실행시키지 마. 베크가 들어오기 전에 방향을 돌리지 않을 거니까."

"알겠습니다."

마르티네스가 말했다. 잠시 후 그가 다시 덧붙였다.

"됐어요. 자세 조정 실행 준비 완료."

"대기해."

루이스가 말했다.

★☆★

포겔은 다시 우주복을 입고 에어로크 2를 감압한 다음 바깥문을 열었다.

"빨리도 열어주시네요."

베크가 안으로 들어오며 말했다.

"늦어서 미안. 폭탄을 만드느라."

포겔이 말했다.

"오늘 참 이상한 날이네요."

베크가 말했다. 그런 다음 대장에게 보고했다.

"대장, 포겔과 저 위치에 들어왔습니다."

"알았다. 에어로크 앞쪽 벽에 붙어 서 있어. 4초 동안 약 1G의 중력이 가해질 거야. 둘 다 줄을 확실하게 연결해."

루이스가 말했다.

"알겠습니다."

베크가 말하며 자신의 줄을 연결했다. 두 사람은 벽에 몸을 밀착시켰다.

★☆★

"됐어, 마르티네스. 방향 조정해."

루이스가 말했다.

"알겠습니다."

마르티네스가 대답하며 자세 조정을 실행했다.

자세 조정이 실행되는 사이 조한슨이 허공에 떠서 브리지로 들어왔다. 선체가 돌아가자 그녀는 손잡이로 손을 뻗으며 말했다.

"폭탄 준비됐고, 차단기도 고정시켜놨어요. 원격으로 41번 조명 패널을 켜면 폭파될 거예요."

"브리지 봉쇄하고 자리로 돌아가."

루이스가 말했다.

"알겠습니다."

조한슨이 대답했다. 그녀는 비상 봉쇄 장치를 꺼내 브리지 입구에 꽂았다. 크랭크를 몇 번 돌리면 끝나는 일이었다. 그녀는 자기 자리로 돌아가 간단하게 실험을 해보았다.

"브리지 압력을 1.03기압으로 올릴게요…. 압력이 유지되네요. 확실하게 봉쇄되었어요."

"알았다. 랑데부까지 남은 시간은?"

루이스가 물었다.

"28초."

조한슨이 대답했다.

그러자 마르티네스가 말했다.

"와, 아슬아슬하게 끝냈군."

"준비됐나, 조한슨?"

루이스가 물었다.

"네, 이제 엔터만 치면 돼요."

조한슨이 대답했다.

"마르티네스, 각도는 어때?"

"정확합니다, 대장."

마르티네스가 보고했다.

"벨트 매."

루이스가 말했다.

세 사람은 의자에 앉아 벨트를 맸다.

"20초."

조한슨이 말했다.

★☆★

테디는 VIP실에 자리를 잡고 앉았다.

"현재 상태는?"

"VAL 폭파까지 15초 남았습니다. 어디 갔다 오셨어요?"

벤카트가 말했다.

"대통령하고 통화하느라. 성공할 것 같나?"

테디가 물었다.

"모르겠습니다. 제 평생 이렇게 저 자신이 무력하게 느껴진 적은 처음입니다."

벤카트가 말했다.

"위로가 될진 모르겠지만 세계 각지의 수많은 사람들이 똑같은 기분일 거야."

유리창 너머에서 미치가 왔다 갔다 하고 있었다.

★☆★

"5…4…3…"

조한슨이 말했다.

"가속에 대비해."

루이스의 말이었다.

조한슨은 카운트다운을 이어갔다.

"2…1…. 41번 조명 패널 활성화."

그러곤 엔터를 눌렀다.

헤르메스 내부 조명 시스템의 전류가 포겔의 폭탄 속, 피복을 벗긴 가느다란 전선으로 온전히 흘러갔다. 전선은 순식간에 설탕에 불을 붙일 정도로 달아올랐다. 지구의 대기에서라면 잠깐 지지직거리고 말았겠지만 순산소가 가득한 용기 안의 환경에서는 거칠 것 없는 큰불이 되었다. 10분의 1초도 안 되는 짧은 시간에 엄청난 연소 압력이 용기를 깨뜨렸고 그 폭발로 에어로크 문이 산산이 부서졌다.

헤르메스의 내부 공기가 뻥 뚫린 VAL로 빠져나가면서 선체를 반대쪽으로 밀었다.

포겔과 베크는 힘에 밀려 에어로크 2의 벽에 찰싹 붙었다. 루이스와 마르티네스, 조한슨은 각자의 자리에서 가속을 견뎠다. 위험한 수준은 아니었다. 사실 지구 표면의 중력보다도 작았다. 하지만 그들에게 가해지는 힘은 일정하지 않고 덜컥거렸다.

4초 후 요동이 사라지고 선체는 다시 무중력 상태로 돌아갔다.

"원자로실 압력 유지."

마르티네스가 보고했다.

"브리지 봉쇄도 멀쩡한 것 같네요."

조한슨이 말했다.

"손상은?"

마르티네스가 물었다.

"아직 확실하지 않아. 4번 외부 카메라를 앞코 쪽으로 돌렸어. VAL 근처 외곽엔 별문제가 없는 것 같은데."

조한슨이 말했다.

"그런 건 나중에 걱정해. 우리 상대속도와 MAV까지의 거리는 어때?"

루이스가 물었다.

조한슨은 빠르게 키보드를 두드렸다.

"거리는 22미터 이내일 거고 상대속도는 초당 12미터예요. 예상보다 추력이 더 좋았어요."

"와트니, 성공이야. 베크가 곧 갈 거야."

루이스가 말했다.

"성공이다!"

와트니가 응답했다.

"베크, 시작해. 초당 12미터야."

루이스가 말했다.

"그 정도면 충분합니다!"

베크가 대꾸했다.

★☆★

"뛰어내릴게요. 그럼 초당 2, 3미터 더 낼 수 있어요."

베크가 말했다.

"알았어."

포겔이 대답했다. 그러고는 베크의 줄을 느슨하게 잡으며 덧붙였다.

"행운을 빌게, 베크."

베크는 두 발로 뒷벽을 짚고 몸을 웅크렸다가 에어로크 밖으로 껑충 뛰었다.

허공에 뜨자 그는 주위를 살폈다. 오른쪽을 흘끗 보니 에어로크 안에서는 보이지 않던 광경이 눈에 들어왔다.

"보인다! MAV가 보여요!"

베크가 말했다.

MAV는 베크가 아는 우주선의 모습과는 딴판이었다. 한때 매끈한 선을 자랑하던 선체는 일부 외판을 떼어내고 보조 장비들을 들어낸 자국이 남아 들쭉날쭉 엉망이었다.

"맙소사, 마크. 대체 그 녀석한테 무슨 짓을 한 거야?"

"로버한테 한 짓을 봐야 하는데."

와트니가 응답했다.

베크는 랑데부 경로로 들어섰다. 수없이 연습한 일이었다. 원래 줄이 끊어진 동료를 구하기 위한 훈련이었지만 원리는 똑같았다.

"조한슨, 내가 레이더에 잡히나?"

그가 물었다.

"잡혀."

조한슨이 응답했다.

"약 2초 간격으로 마크와의 상대속도를 알려줘."

"알았어. 초속 5.2미터."

"이봐, 베크. 앞이 뻥 뚫려 있어. 내가 올라가서 잡아볼게."

와트니가 말했다.

그러자 루이스가 끼어들었다.

"안 된다. 줄 없이 움직이는 건 안 돼. 베크와 연결될 때까지 의자에 벨트 풀지 말고 그대로 있어."

"알겠습니다."

와트니가 말했다.

"초속 3.1미터."

조한슨이 알렸다.

"잠시 타력 비행을 한다. 일단 따라잡은 다음에 속도를 늦춰야겠어."

베크는 다음 분사에 대비해 몸을 회전시켰다.

"표적까지 11미터."

조한슨이 말했다.

"알았다."

"6미터."

조한슨이 말했다.

"그렇다면 역추진."

베크가 말하며 다시 MMU 분사기들을 발사했다. 그의 앞에 MAV가 나타났다.

"속도는?"

그가 물었다.

"초당 1.1미터."

조한슨이 말했다.

"그 정도면 됐어."

그는 MAV로 손을 뻗으며 다시 말했다.

"MAV를 향해 표류 중. 찢어진 캔버스 조각이 손에 닿을 것 같은데…"

너덜거리는 캔버스 조각이 손짓했다. 선체가 워낙 매끈해서 그 외에는 마땅히 잡을 것이 없었다. 베크는 손을 최대한 뻗어 간신히 캔버스 조각을 잡았다.

"접촉."

베크가 말했다. 그는 손에 힘을 주어 몸을 앞으로 끌어당기면서 캔버스를 좀 더 잡기 위해 다른 손을 휙 내밀었다.

"확실하게 잡았음!"

그때 포겔이 말했다.

"베크, 최대 근접 지점을 지나 이제 우리에게서 점점 멀어지고 있어. 줄이 169미터 남았다. 14초면 끝난다."

"알았다."

베크가 응답했다.

그는 뚫린 부분으로 머리를 당겨 격실 안을 들여다보았다. 와트니가 의자에 묶여 있었다.

"와트니가 보인다!"

그가 보고했다.

"베크가 보인다!"

와트니가 보고했다.

"좀 어때?"

베크가 MAV 안으로 몸을 넣으며 말했다.

"나… 난… 잠깐 시간을 줘. 18개월 만에 사람을 처음 보는 거라서."

와트니가 말했다.

"줄 시간 없어."

베크는 벽을 걷어차고 들어가며 계속 말을 이었다.

"11초 후면 줄이 끝나."

베크는 의자로 향하다 와트니와 충돌했다. 베크가 튕겨 나가는 것을 막기 위해 두 사람은 서로의 팔을 잡았다.

"와트니와 접촉!"

베크가 말했다.

"8초 남았어, 베크."

포겔이 무전을 보냈다.

"알았다."

베크가 응답하며 서둘러 줄에 달린 클립들로 자신의 우주복 앞면을 와트니의 우주복 앞면에 연결했다.

"연결했음."

그가 말했다.

와트니는 의자의 벨트를 풀었다.

"결박 해제."

"여기서 나간다."

베크가 의자를 걷어차고 뚫린 부분으로 향하면서 말했다.

두 사람은 허공에 둥둥 떠서 MAV 선실을 가로질러 뚫린 부분으로 갔다. 베크가 한 팔을 뻗어 외판의 가장자리를 밀어내자 두 사람은 MAV에서 완전히 빠져나왔다.

"밖으로 나왔다."

베크가 보고했다.

"5초."

포겔이 말했다.

"헤르메스와의 상대속도: 초당 12미터."

조한슨이 말했다.

"추진한다."

베크가 말하며 MMU를 활성화했다.

두 사람은 몇 초 동안 헤르메스 쪽으로 가속되었다. 그러자 베크의 전방 투시 표시기에 나타난 MMU 제어반이 빨간색으로 바뀌었다.

"연료가 끝났다. 속도는?"

베크가 말했다.

"초당 5미터."

조한슨이 응답했다.

"스탠바이."

포겔이 말했다. 지금까지 그는 에어로크 밖으로 줄을 계속 내어주었다. 이제 점점 줄어드는 줄을 두 손으로 움켜잡았다. 너무 힘을 주면 그가 에어로크 밖으로 끌려나갈 수 있었다. 그는 두 손으로 마찰을 일으킬 정도로만 줄을 감싸 쥐었다.

이제 헤르메스가 베크와 와트니를 끌고 가기 시작했고 포겔의 손이 충격 완화 장치의 역할을 하고 있었다. 포겔이 너무 힘을 주면 그 충격으로 베크의 우주복 클립에서 줄이 떨어져 나갈 수도 있었다. 힘을 너무 빼면 속도가 같아지기 전에 남은 줄이 다 풀려 중간에 덜컥 멈추게 되고 그 경우에도 역시 베크의 우주복 클립에서 줄이 떨어져 나갈 수 있었다.

포겔은 가까스로 균형점을 찾았다. 몇 초 동안 직감에 의지해 물리학과 팽팽한 사투를 벌이다 보니 줄의 저항이 약해지기 시작했다.

"상대속도 제로!"

조한슨이 들뜬 목소리로 보고했다.

"끌어당겨, 포겔."

루이스가 말했다.

"알겠습니다."

포겔이 말했다. 한 손 한 손 번갈아 줄을 잡으며 그는 두 동료를 천천히 에어로크 쪽으로 끌어당겼다. 몇 초 후 그들이 관성에 의해 표류

해오자, 그는 더 이상 적극적으로 끌어당기지 않고 그저 줄을 거둬들였다.

두 사람이 에어로크 안으로 둥둥 떠서 들어오자 포겔이 그들을 잡았다. 베크와 와트니는 벽에 장착된 손잡이로 손을 뻗었고 그사이 포겔은 그들 뒤로 돌아가 바깥문을 닫았다.

"탑승!"

베크가 말했다.

"에어로크 2 바깥문 닫았음."

포겔이 말했다.

"됐어!"

마르티네스가 소리쳤다.

"알았다."

루이스가 말했다.

★☆★

세계 각지에 루이스의 목소리가 울려 퍼졌다.

"휴스턴, 여기는 헤르메스 현장이다. 여섯 명 모두 안전하게 탑승했다."

관제 센터에서 박수가 터져 나왔다. 관제사들은 자리에서 벌떡 일어나 환호를 하며 서로를 부둥켜안고 눈물을 흘렸다. 세계 각지의 공원과 술집, 도심, 거실, 교실, 사무실에서도 같은 장면이 펼쳐졌다.

시카고의 중년 부부는 안도하며 서로를 끌어안았다가 나사 직원까지 끌어당겨 다 함께 얼싸안았다.

미치는 천천히 헤드셋을 벗고 VIP실을 돌아보았다. 유리창 너머로 정장 차림의 각계각층 남녀들이 격렬하게 환호하는 모습이 보였다. 그는 벤카트를 보며 묵직한 안도의 한숨을 내쉬었다.

벤카트는 두 손에 머리를 묻고 속삭였다.

"모든 신들께 감사드립니다."

테디는 서류가방에서 파란색 서류철을 꺼내며 일어섰다.

"애니가 기자회견실에서 나를 기다리고 있겠군."

"오늘은 빨간 서류철이 필요 없겠네요."

벤카트가 말했다.

"사실은 만들지도 않았어."

그는 방을 나가며 덧붙였다.

"잘했네, 벤카트. 이제 그들이 잘 돌아오도록 해주게."

∅ 일지 기록 : 임무 687일째

'687'이라는 숫자에 나는 잠시 화들짝 놀랐다. 헤르메스에서는 임무일수로 날짜를 따진다. 화성에서는 549화성일째이지만 여기서는 687일째이다. 쳇, 이제 화성 날짜는 중요하지 않다. 난 '이제 화성을 떠났으니까!'

맙소사. 나는 이제 정말 화성을 떠났다. 중력이 없고 주위에 인간들이 있는 것을 보니 확실하다. 아직 적응이 되지 않는다.

만약 이게 영화 속 장면이었다면 모두가 에어로크에서 기다리고 있다가 한바탕 하이파이브를 해댔을 것이다. 하지만 그런 광경은 펼쳐지지 않았다.

나는 MAV 상승 도중 갈비뼈 두 대가 부러졌다. 계속 아팠지만 포겔이 우리를 에어로크 안으로 끌어당길 때 더욱 통증이 심해졌다. 나는 내 목숨을 구해준 사람들의 기분을 망치고 싶지 않아서 내 마이크를 끄고 여자아이처럼 비명을 질렀다.

사실 우주에서는 여자아이처럼 비명을 질러도 아무도 듣지 못한다.

에어로크 2에 들어간 뒤 그들이 안쪽 문을 열자 나는 마침내 다시 우주선에 탑승했다. 헤르메스는 여전히 진공 상태였으므로 우리는 에어로크를 가압할 필요가 없었다.

베크는 내게 힘을 빼라고 지시하고 나를 자신의 숙소로 이어지는 복도로 밀었다(그의 숙소는 필요에 따라 이 우주선의 '병실'로 사용되기도 한다).

포겔은 반대편으로 가서 VAL의 바깥문을 닫았다.

베크와 나는 그의 숙소에 들어가 선체가 다시 가압될 때까지 기다렸다. 헤르메스에는 필요하다면 선내 전체를 두 번은 더 채울 수 있을 만큼 여분의 공기가 충분히 있었다. 감압 후 다시 공기를 채우지 못한다면 제대로 된 장거리 우주선이라고 할 수 있겠는가.

조한슨이 시스템 복구를 알리자 '잘난척쟁이' 베크가 나를 두고 자신의 우주복부터 벗은 다음 내 우주복을 벗겼다. 나의 헬멧을 벗긴 그는 몹시 충격을 받은 듯했다. 나는 내가 머리에 심각한 부상을 입었나 보다고 생각했는데 알고 보니 냄새 때문이었다.

나는 꽤 오랫동안… 씻지 않았다.

그 후 몇 차례 엑스레이를 찍고 가슴에 붕대를 감는 동안 나머지 승무원들은 우주선의 손상을 점검했다.

그런 다음 그들의 (괴로운) 하이파이브가 이어졌다. 그들은 나의 악취 때문에 최대한 멀리 떨어져서 하이파이브를 했다. 몇 분 동안 인사를 나누고 나자 베크가 모두를 내보냈다. 그는 내게 진통제를 주고 팔을 움직일 수 있게 되면 바로 샤워하라고 했다. 그래서 지금 나는 약기운이 돌기를 기다리고 있다.

그렇게 많은 사람들이 겨우 나 한 사람을 살리기 위해 힘을 모았다고 생각하면 도무지 이해가 되지 않는다. 나의 동료들은 자신의 인생에서 무려 1년이라는 시간을 희생해가며 나를 데리러 돌아왔다. 나사에서도 무수히 많은 사람들이 밤낮으로 일하며 로버와 MAV 개조 방법을 연구했다. 제트추진연구소 사람들은 혼신의 노력을 다해 보급선을 만들었다. 그 보급선은 결국 발사 도중에 파괴되었다. 그런데도 그들은 포기하지 않고 헤르메스에 보급하기 위해 또 하나의 무인선을 만들었다. 중국 항천국은 수년 동안 매달린 프로젝트를 포기하고 추진 로켓을 내주었다.

나를 살리기 위해 들어간 비용은 수십억 달러에 달할 것이다. 괴상한 식물학자 한 명을 구하기 위해 그렇게 많은 것을 쏟아 붓다니. 대체 왜 그랬을까?

그렇다. 나는 그 답을 알고 있다. 어느 정도는 내가 진보와 과학 그리고 우리가 수 세기 동안 꿈꾼 행성 간 교류의 미래를 표상하기 때문일지도 모른다. 하지만 진짜 이유는 모든 인간이 기본적으로 타인을 도우려는 본능을 갖고 있어서다. 가끔은 그렇지 않은 듯 보이기도 하지만 사실 그렇다.

등산객이 산에서 길을 잃으면 사람들이 협력하여 수색 작업을 펼친다. 열차 사고가 나면 사람들은 줄을 서서 헌혈을 한다. 한 도시가 지진으로 무너지면 세계 각지의 사람들이 구호품을 보낸다. 이것은 어떤 문화권에서든 예외 없이 찾아볼 수 있는 인간의 본성이다. 물론 그러거나 말거나 신경 쓰지 않는 나쁜 놈들도 있다. 하지만 그렇지 않은 사람들이 훨씬 더 많다. 덕분에 수십억 명의 사람들이 내 편이 되어주었다.

멋지지 않은가?

어쨌든 나는 갈비뼈가 미치도록 아프고 가속으로 인한 멀미로 여전히 시야가 흐리며 배가 몹시 고프고 앞으로 211일이나 더 있어야 지구로 돌아갈 수 있다. 게다가 내 몸에서는 스컹크가 땀이 밴 양말에 똥을 싸놓은 것 같은 냄새가 나는 듯하다.

그래도 오늘은 내 인생에서 가장 행복한 날이다.

옮긴이 박아람

전문번역가. KBS 더빙 번역 작가로도 활동했다. 옮긴 책으로는 라이오넬 슈라이버의 대표작 《빅 브러더》와 《내 아내에 대하여》, 《내가 너의 시를 노래할게》, 《포이즌 우드 바이블》, 《보이지 않는 다리 1·2》, 《행복은 따로 팝니다》, 《12월 10일》, 《해리 포터와 저주받은 아이 1·2》 등 다수가 있다.

마션

1판 1쇄 발행 2015년 7월 31일
2판 1쇄 발행 2021년 5월 4일
2판 7쇄 발행 2024년 9월 24일

지은이 앤디 위어
옮긴이 박아람

발행인 양원석 **편집장** 김건희
디자인 석윤이 **영업마케팅** 양정길, 정다은, 윤송, 김지현, 한혜원

펴낸 곳 ㈜알에이치코리아
주소 서울시 금천구 가산디지털2로 53, 20층 (가산동, 한라시그마밸리)
편집문의 02-6443-8902 **도서문의** 02-6443-8800
홈페이지 http://rhk.co.kr
등록 2004년 1월 15일 제2-3726호

ISBN 978-89-255-8865-0 (03840)